百器徒然袋——風

京極夏彦

ひゃっきつれづれぶくろ——かぜ

KYOGOKU NATSUHIKO 作品集 19

目錄

總導讀

獨力揭起妖怪推理大旗的當代名家——京極夏彥

／凌徹

日本推理文壇傳奇

在一九九〇年代的日本推理界，京極夏彥的出現為推理文壇帶來了相當大的衝擊。

書中大量且廣泛的知識、怪異事件的詭譎真相、小說的鉅篇與執筆的快速，這些特色都讓他一出道就受到衆人的激賞，至今不墜。

此外，京極夏彥對妖怪文化的造詣之深，也讓他不同於一般的推理作家。除了小說以日本古來的妖怪為名，故事中不時出現的妖怪知識，也說明了他對於妖怪的熱愛。

身為日本現代最重要的妖怪繪師水木茂的熱烈支持者，更自稱為水木茂的弟子，京極夏彥在妖怪的領域也具有無比的影響力。京極夏彥對於妖怪文化的大力推廣，也絕對是造成日本近年來妖怪熱潮的重要因素之一。

而這一切，或許都是京極夏彥當初在撰寫出道作《姑獲鳥之夏》時，所始料未及的吧。畢竟他以小說家之姿踏入推理界，進而在妖怪與推理的領域都占有一席之地，其實可說是無心插柳的結果。他出道的過程，早已成為讀者之間津津樂道的傳奇故事了。

京極夏彥是平面設計出身，就讀設計學校，並曾在設計公司與廣告代理店就職，之後與友人合開工作室。但由於遇上泡沫經濟崩壞，工作量大減，為了打發時間，他寫下了《姑獲鳥之夏》這本小說，內容則是來自於十年前原本打算畫成漫畫的故事。而在《姑獲鳥之夏》之前，他不但沒寫過小說，甚至連「寫小說」這樣的念頭都不曾有過。

《姑獲鳥之夏》完成後，因為篇幅超過像是江戶川亂步獎與橫溝正史獎這些新人獎的限制，所以他開始刪減篇幅，但隨後便放棄修改而沒有投稿。之後他決定直接與出版社聯絡，詢問是否願意閱讀小說原稿。會撥電話給講談社其實也是巧合，他當時只是翻閱手邊的小說（據說是竹本健治的《匣中的失樂》），查詢版權頁的電話，之後便撥給出版這本小說的講談社。儘管當時正值黃金週(日本五月初法定的長假)，出版社可能沒有人在，但他仍然試著撥了電話。

沒想到在連續假期中，講談社裡正好有編輯在。編輯得知京極夏彥有小說原稿，儘管是新人，但仍請他寄到出版社來。京極夏彥原本以為千頁稿紙的小說，編輯會花上許多時間閱讀，之後還有評估的過程，得到回音應該會是半年之後的事，於是小說寄出之後便不再理會結果回應來得出乎意料地快，在原稿寄出後的第三天，講談社編輯便回電，希望能夠出版這本小說。

推理史上的不朽名著《姑獲鳥之夏》，就這樣在一九九四年出版了。京極夏彥的作家生涯，也就此展開。

相較於過去以得獎為出道契機的推理作家，京極夏彥並沒有得獎光環的加持，只是憑藉著小說的傑出表現才有出道的機會。但他的才能不但受到讀者的支持，推理文壇也很快給予肯定的回應。一九九五年的《魍魎之匣》才只是他的第二部小說，就能夠在翌年拿下第四十九屆日本推理作家協會獎。一出道就聚集了眾人的目光，第二部作品更拿下重要的獎項，京極夏彥的實力，由此展露無遺。

而他初出道時奇快無比的寫作速度，則是除了小說內容外更令人瞠目結舌的。《姑獲鳥之夏》出版於一九九四年，接下來是一九九五年的《魍魎之匣》與《狂骨之夢》，一九九六年的《鐵鼠之檻》與《絡新婦之理》。表面上每年兩本的出版速度或許不算驚人，但如果考慮到小說的篇幅與內容的艱深，應當就能瞭解他的執筆速度之快了。除了《姑獲鳥之夏》不滿五百頁，之後每一本的篇幅都超過五百頁，後兩本甚至超過八百頁。如此的快筆，反映出的是他過去蓄積的雄厚知識與構築故事的才能。

兩大系列與多元發展

雖然京極夏彥在日後的執筆速度已不再像初出道時那麼快速，但他發展的方向卻更爲多元。在小說的領域，京極夏彥筆下有兩大系列作品，分別爲京極堂系列與巷說百物語系列，此外還有一些非系列的小說。在小說之外，則包括妖怪研究、妖怪圖的繪畫、漫畫創作、動畫的原作腳本與配音、戲劇的客串演出、作品朗讀會、各種訪談、書籍的裝幀設計等等，在許多領域都可以見到他的活躍，更讓人驚訝於他多樣的才能。

京極夏彥的成功，影響了日後許多的推理作家。講談社由此開始思考新人出道的另一種方式，不需要擠破頭與大多數無名作家競逐新人獎項，只要自認有實力，且經過編輯部的認可，作家就可以出道。一九九六年講談社梅菲斯特獎的出現，也正是將這種想法落實的結果。

倘若比較同時期的作家，從一九九四年的京極夏彥開始，出道於一九九五年的西澤保彥，與一九九六年的森博嗣，推理小說界在此時出現了不小的變動。當許多新本格作家的作品產量開始減少之際，前述的三位作家表現出截然不同的風格。他們出書速度快，短短數年內便累積了許多作品，而且又不會因爲作品的量產而降低水準，反而都能維持著一定的口碑。此外，更吸引了許多過去不讀推理小說的讀者，將讀者層拓展得更爲寬廣。

京極堂系列

在大致描述京極夏彥的作家生涯與特色之後，以下就來介紹他筆下最重要的兩大系列。

京極夏彥的主要作品，是以《姑獲鳥之夏》爲首的京極堂系列。到二〇〇七年爲止，這個系列總共出版了八部長篇與四本中短篇集，是京極夏彥創作生涯的主軸，也仍在持續執筆中。由於京極堂系列是他從出道開始就傾力發展的作品，配合上寫作前幾部作品時的快筆，因此作品數很快地累積，而其精采的內容，也使得京極夏彥建立起妖怪推理的名聲。

京極夏彥的作品特色，首推他將妖怪與推理的結合。或許也可以這麼說，他是在寫作妖怪小說時，採用了推理小說的形式，而這正表現在京極堂系列上。京極堂系列的核心在於「驅除附身妖怪」，原文爲「憑物落とし」。所謂的「憑物」，指的是附身在人身上的靈。在民俗社會中，人的異常行爲與現象，常會被認爲是惡靈憑附在人身上的關係。因爲有惡靈的附身，才使人們變得異常，而要使其恢復正常，就必須由祈禱師來驅除惡靈。

京極堂系列的概念類似於此。每個人都有著不同的心靈與想法，有些人的心中可能因爲自己的出身或見聞而存在著惡意。扭曲人心的惡意憑附在人類身上，導致他們犯下罪行或是招致怪異舉止，眞相也從而隱藏在不可思議的表象中。京極夏彥讓憑附的惡靈以妖怪的形象具體化，結果正如同妖怪的出現使得事件變得不可思議。陰陽師中禪寺秋彥藉由豐富的知識與無礙的辯才，解開事件的謎團，讓眞相水落石出。由於不可思議的怪事可以合理解釋，也就形同異常狀態已經回復正常。既然如此，那麼造成怪異現象的妖怪，自然也就在眞相解明的同時被陰陽師所驅除。

這樣的過程，正符合推理小說中「謎與解謎」的形式。京極夏彥曾在訪談中提及，推理小說被稱爲是「秩序回復」的故事，而他想寫的也是這種秩序回復的故事。在這樣的概念下，妖怪與推理，這兩項看似沒有任何關聯的類型，在京極夏彥的筆下精采地結合，也成爲他最大的特色。

而京極堂以豐富的知識驅除妖怪及解釋眞相，也讓京極夏彥的小說裡總是滿載著大量的資訊。《姑獲鳥之夏》中，京極堂所言「這世上沒有不有趣的書，不管什麼書都有趣。」，事實上也正是京極夏彥本人的想法。對於書的愛好，讓他的閱讀量相當可觀，因而得以累積豐富的知識，也隨處表現在故事之中。

另一個特點，則在於人物的形塑。身兼舊書店「京極堂」的店主、神社武藏晴明社的神主、以及陰陽師這三重身分的中禪寺秋彥，擔負起驅除妖怪與解釋謎團的重任。玫瑰十字偵探社的偵探榎木津禮二郎，可以看見別人的記憶。此外包括刑警木場修太郎，小說家關口巽，《稀譚月報》的記者同時也是京極堂妹妹的中禪寺敦子等等，小說中的人物有著各自獨特的個性，不但獲得讀者的支持，更成爲許多人閱讀故事時的關注對象。

介紹過京極堂系列的特色之後，以下針對各部作品做簡單的敘述。

一、《姑獲鳥之夏》（一九九四年九

月），女子懷孕了二十個月卻尚未生產，她的丈夫更消失在密室之中。同時，久遠寺醫院也傳出嬰兒連續失蹤的傳聞。

二、《魍魎之匣》（一九九五年一月），因被電車撞擊而身受重傷的少女，被送往醫學研究所後，在衆人環視之下從病床上消失。此外，武藏野也發生了連續分屍殺人事件。

三、《狂骨之夢》（一九九五年五月），女子的前夫在數年前死亡，如今居然活著出現在她的面前，雖然驚恐的她最終殺死了對方，卻沒想到前夫竟然再次死而復生，於是她又再度殺害復活的死者。

四、《鐵鼠之檻》（一九九六年一月），在箱根的老旅館仙石樓的庭院裡，憑空出現一具僧侶的屍體。之後，在箱根山的明慧寺中，發生了僧侶連續遭到殺害的事件。

五、《絡新婦之理》（一九九六年十一月），驚動社會的潰眼魔，已經連續殺害四個人，每個被害者的眼睛都被鑿子搗爛。而在女子學院的校園內，也發生了絞殺魔連續殺人的事件。

六、《塗佛之宴》（一九九八年三月、九月），分爲兩冊「備宴」與「撤宴」。「備宴」中收錄了六個中篇，「撤宴」解明隱藏於其中的最終謎團。關口聽說伊豆山中村莊消失的怪事，前往當地取材。數日後，有名女子遭到殺害，關口竟被視爲是嫌疑犯而遭到逮捕。

七、《陰摩羅鬼之瑕》（二〇〇三年八月），由良伯爵過去的四次婚禮，新娘都在初夜遭到殺害，兇手至今仍未落網。如今，伯爵即將舉行第五次的婚禮，歷史是否會重演？

八、《邪魅之雫》（二〇〇六年九月），描述在大磯與平塚發生的連續毒殺事件。

京極堂系列除了長篇之外，還包括了四部短篇集，都是在雜誌上刊載後集結成冊，有時也會在成書時加入未曾發表過的新作。這四本短篇集各有不同的主題，皆以妖怪爲篇名。

一、《百鬼夜行——陰》（一九九九年七月）收錄了十篇妖怪故事，每篇故事的主角皆爲系列長篇中的配角。藉由這十部怪異譚，讀者可以看見在系列長篇中所未曾描述的另一個世界。

二、《百器徒然袋——雨》（一九九九年十一月）、《百器徒然袋——風》（二〇〇四年七月）各收錄三篇，主角是偵探榎木津禮二郎，故事中可以見到他驚天動地的大活躍。

三、《今昔續百鬼——雲》（二〇〇一年十一月），共收錄四篇，本作的主角是妖怪研究家多多良勝五郎，描述他與同伴在傳說蒐集旅行中所遭遇到的怪事。

巷說百物語系列

京極夏彥的另一個系列作品是《巷說百物語》，這個系列於一九九七年開始發表，一九九九年出版第一本，到二〇〇七年爲止共出了四本。本系列的第三本《後巷說百物語》更讓京極夏彥拿下了第一三〇屆的直木獎，成爲他作家生涯的重要里程碑。

《巷說百物語》刊載於妖怪專門雜誌《怪》上，是這本雜誌的創刊企畫，一直持續至今。在試刊號的第〇期，京極夏彥發表了《巷說百物語》的第一個故事〈洗豆妖〉，之後除了兩期之外，其餘每一期都可以看見《巷說百物語》系列的小說。京極夏彥總是提及，只要《怪》繼續出刊，《巷說百物語》就不會停止，由此可見他重視這本雜誌的程度。

刊載於雜誌上的巷說系列，每期都是一個完整的中篇故事，目前爲止尚無長篇連載。而在匯整出版單行本時，京極夏彥會再新寫一篇未發表在《怪》上的作品，作爲每本小說的最後一則故事。本系列至今已出版了四本，從一九九九年八月的《巷說百物語》，二〇〇一

年五月的《續巷說百物語》，二〇〇三年十二月的《後巷說百物語》，到二〇〇七年四月的《前巷說百物語》，除了《巷說百物語》收錄了七篇作品之外，之後的三本都收錄六篇作品。

巷說系列的背景設定於江戶時期，從一八二〇年代後半開始。在那個時代，妖怪的存在依舊深植人心，人們深信妖怪會作祟，怪事的發生也可以歸因於妖怪而不必尋求合理的解釋。系列的靈魂人物是又市，以言語欺瞞人們的詐術師。在《巷說百物語》中，詭異的怪事不斷發生，而這一切怪事，其實都是又市在幕後所設計的。他接受委託，並與伙伴們刻意製造出妖怪奇聞，藉由這些怪事的發生，使得他能夠達成真正的目的，並且能夠被隱藏在怪異之下而不爲人知。

《續巷說百物語》與前作略有不同，著眼點較偏重於角色，固定班底的描寫在本作中被突顯，他們的過去也藉由不同的故事被一一呈現。《後巷說百物語》發生於江戶時代之後的明治時期，四名年輕人每逢遭遇怪異，便來請教一位隱居在藥研堀的老翁。老翁由這些怪事，回想起年輕時與又市一行人所遇到的事件，並在故事最後會同時解決現在與過去的事件。

《前巷說百物語》的設定再度轉變，描寫的是又市的年輕時期。在前三作中，又市已經是成熟的詐欺師，但他並非生來就是如此，《前巷說百物語》中的又市還年輕，他的技巧也還不純熟，因此故事又再次表現出和前三作不同的風格。

巷說系列目前共包含上述四本，但還有另外兩本小說與其相關，那就是《嗤笑伊右衛門》與《偷窺者小平次》。這兩本其實是京極夏彥改寫日本家喻戶曉的怪談，使其呈現新貌的作品。但是由於巷說系列的重要人物又市與治平也出現在其中，而且對他們兩人的生平有著較多的描述，因此雖然小說本身的重點在於固有怪談的重新詮釋，但由於人物的重疊，其實也等同於巷說系列的外傳作品。而在京極夏彥的得獎史上，這兩部作品同時都有得獎的表現，《嗤笑伊右衛門》拿下第二十五屆泉鏡花文學獎，《偷窺者小平次》則是獲得第十六屆山本周五郎獎。

開創推理小說新紀元

京極夏彥的過人才華，發揮在許多的領域上，也讓他有著非凡的成就。過去台灣曾經出版過京極夏彥的數本小說，讀者們也已經對他有著一些認識。可惜的是，過去都未曾以作品集的型態來全面地引薦與介紹，因而對讀者而言，期待度極高的京極夏彥作品，也始終都是傳說中的名作，無緣一見。

如今，京極夏彥的小說再度引進台灣，而且是他筆下最主軸的京極堂系列作品全集，讀者們可以從完整的小說集中一睹這位作家的驚人實力。足以在日本推理史上留名的京極堂系列，其精采的故事必然會讓人留下深刻的印象。妖怪推理的代名詞，開創妖怪小說與推理小說新紀元的當代知名小說家京極夏彥，現在，就在眼前。

二〇〇七年五月九日

作者介紹

凌徹，一九七三年生，嗜讀各類推理與評論，特別偏愛本格。

七面及七角。無一處空虛之空間——

第四番
五德貓　玫瑰十字偵探的慨然

◎五德貓——

有七德舞中忘二舞者

人稱五德官者

此貓亦忘何事否？

於夢中思於此

——畫圖百器徒然袋／卷之下

鳥山石燕／天明三年

（註：《徒然草》中提到，《平家物語》的作者信濃前司行長因忘記「七德舞」中的其中二舞，被人戲稱「五德冠者」，行長因憤而厭世隱居。）

1

「喏，你看，這舉的不就是右手嗎？」

近藤一臉滿足地說，把那張熊也似的臉轉向我。

滿臉大鬍子。

「怎樣？看起來難道不像這樣嗎？」大鬍子男幾近咒罵地說道，握起右手舉到臉旁，擺出和擺飾物相同的動作來。

近藤長了滿臉粗硬鬍子，頭上纏了條手巾，身上穿著綿袍，腳下趿著襯牛皮的竹皮草履，一副盜賊模樣。所以即使體型本身非常相似，看起來依然不像隻貓，至多像狸貓，不，還是像頭熊。

近藤背後的地上是爲數驚人的成片招財貓，大中小應有盡有，約莫有兩百個之多吧。

近藤就站在它們正中央，擺出相同的動作。大批招貓由於風吹雨打，每一個都變得灰頭土臉，而近藤也一副蓬頭垢面的模樣，那畫面看起來就像隱神刑部狸貓（註）率領著牠的八百八狸貓部下在同時敬禮。

「知道了啦，知道了啦，收起你那個動作啦。」

我極盡厭惡地擺出倦怠感全開的表情，牽制近藤。再繼續讓他順著竿子往上爬，我可吃不消。

雖然我的臭臉反正不會有屁用。

不出所料，狸貓頭目更加猖狂起來地說，「怎麼樣？明白了嗎？」

「再明白不過了。我的朋友，全日本首屈一指的連環畫畫家，近藤有嶽大師的淵博知識，實在讓我甘拜下風，五體投地。我這個淺學無知的製圖工，在近藤大師面前，也只能如同秋天的稻穗般，深深地低頭行禮——怎樣，你滿意了嗎？」

「不。」

近藤交抱起胳臂。

這次看起來像個達磨不倒翁。

「本島，我啊，並不是爲了啓蒙我淺學無知的總角之交，才大老遠跑到世田谷這兒來的。當然，我也不是想來參加拿米來區民大會(註二)。」

「那已經是七年前的騷動了耶。那個時候你根本還沒有復員回來吧？」

這傢伙眞隨便。——或者說，眞挖苦人。受不了，外表豪放不羈，骨子裡頭卻這麼陰險。近藤接著又說了什麼「我家代代都是淨土宗，這家寺院是曹洞宗，所以我也不是來參拜的。」

「好了……本島先生，那麼我倆爲何會身在這樣一個地方呢？」

「你有夠囉嗦的。我買就是了。我去那裡的攤子買給你，你等一下吧。順便還奉送護身符給你，好吧？」

「福錢，是嗎？很好，欽准。」

近藤這才總算露齒笑了。

我嘖了一聲，往大門前面的小攤子去。

事情的源頭，要追溯到約十天以前。我因爲一些陰錯陽差，被捲入了一樁與美食有關的國際美術品盜賣事件——我私下稱之爲山嵐事件——在一場大騷動之後，事情告一段落，我才剛重新恢復日常生活，這事又接踵而來。

事件結束，我的身分從**那個偵探**的手下，重又恢復爲一介電氣工程公司的製圖工。

同一時期，我的總角之交，也是鄰居的連環畫畫家近藤，總算從他熱愛的古裝劇飽受

註一：伊予國松山傳說中的妖狸。據說松山地區的狸貓有八〇八隻之多，其頭目就是隱神刑部狸，擁有四國最強大的靈力。

註二：一九四六年五月十二日，因戰敗後的糧食匱乏，世田谷舉辦「拿米來區民大會」，抗議民眾成群結隊，前往皇居遊行。

抨擊、最後慘遭腰斬的打擊中振作起來，百般委屈地畫起畫商委託的偵探劇連環畫。

標題決定爲《神妙偵探帖》。

白面貴公子私家偵探夢野塔十郎，帶著助手新之輔少年一起痛快消滅惡勢力的勸善懲惡武打劇——預定是這樣的內容。

我眞心覺得這聽起來很有趣。

因爲過去近藤所畫的連環畫，淨是些妓女遭到拷問、武家千金遭到活埋等等，劇情曲折離奇的古裝劇。而且近藤的畫風寫實得連我看了都覺得不忍卒睹，更別說是連環畫的兒童觀衆了，看了絕對會哭出來，保證會被嚇哭。所以這新的路線是正確的——我再三如此稱讚近藤。

然而故事毫無進展。

即使對他又哄又罵，軟硬兼施，故事也完全沒有進展。

一下說什麼不會畫手槍，一下子說什麼不會畫汽車，每畫一張，每塗一筆，手就停滯下來。

然後，荷包見底了。

連環畫是靠日薪糊口的工作，不管畫得再好，劇情有多精彩，都沒有關係。少畫一張，就少一張的收入，就是這麼回事，拖太久就會被開除。簡而言之，連環畫畫家最重要的本事，就是能夠穩定量產的技術。

畫商也根本不是想要什麼優秀的作品。不管三七二十一，總之連續不斷地畫，受歡迎就盡量拖，不受歡迎就變更爲受歡迎的路線——這樣的靈機應變，才是受歡迎的祕訣。這種事就連門外漢的我都可以輕易想通。連環畫畫家必須像藝術家般專心致志、像工匠般銀貨兩訖、像流行小說家般穩定量產。然而近藤卻像文學家般苦惱、像巨匠般考究、像藝術家般陷入創作空白期——就是這麼回事。

結果，近藤整個人累垮了。饑餓與身體

不適發揮相乘效果，近藤終於發起燒來。他染上了不合時節的流感。近藤睡了三天，荷包全空了。而每星期的假日和休半天的日子都來幫忙近藤畫圖賺零用錢的我，也失去了副收入的來源，深感困擾。

然後……

就在一星期前的星期日……變得憔悴了一些的近藤一大清早就來找我。可能是扯了自己的頭髮吧，近藤的頭變得好似石川五右衛門(註)般蓬亂稀疏，說著，「這是我最後一點錢了。」把一枚硬幣塞給了我，睜著充血的眼睛唐突地說了：

幫我買吉祥物回來……

我愣住了。

——吉祥物？

我禁不住反問，以爲近藤終於神經錯亂了。

近藤一臉嚴肅地說，「只要是能招福的東西，什麼都好。」接著他這麼說了：

要拿這錢填飽肚子很容易……

可是肚子一下子又會餓了……

飽足感頂多只能維持半天……

他說的是沒錯。

食物只要吃掉就沒了。

就算肚子飽了，不工作的話，空掉的荷包也不會再胖回來。

話雖如此，就算去買什麼吉祥物，錢包八成也是不會變胖的。都是一樣的。不，吉祥物甚至無法填飽肚子，反倒是虧了。

看來近藤是抱定了置之死地而後生的念頭，認爲被逼到絕境的話，即使是討厭的工作也做得下去。確實，把僅存的錢全部用光的話，就沒有後路了，如果不想餓死，即使不

註：石川五右衛門（?～一五九四），安土桃山時代的大盜賊，成爲許多戲劇的題材。

情願也得工作。

那樣的話，還是吃點什麼吧──我主張。

不吃遲早會死，死了也甭工作了。

這種情況，先吃點什麼，然後工作，才是最具建設性的態度吧。不管拿去買什麼，把錢用掉的狀況都是一樣的。不管是買吉祥物還是買芋頭，都一樣是來到了懸崖邊。

我這麼說，近藤卻說他覺得就算塡飽肚子也不會浮現出什麼好點子。

吉祥物雖然塡不飽肚子……

卻可以激發人心啊……

近藤接著這麼說。

看來他也不是相信吉祥物的庇祐。靠著吉祥物激起幹勁，著手工作，然後荷包就會漸漸飽足，這樣一來，肚子也能夠跟著飽足，順順當當──唔，好像是這樣的邏輯。

──教人似懂非懂。

非懂似懂。總之，連我都被攪混了。

結果我招架不住朋友那儘管悲愴卻顯得逗趣的、宛如懇求的粗獷瞳眸，出門買吉祥物去了。

我猶豫了。

因爲是這季節就買竹耙子（註），太平凡了。每個人都會買。從經驗上來看，買竹耙子絕對會被嘀咕。可是近藤也沒有虔誠信仰什麼的樣子，給他特定寺院神社的符咒又很怪。買護身符也有點不太對頭吧。

再說又不是要許什麼願，買尚未點眼開光的達磨不倒翁也很奇怪。

我一籌莫展，請教店員，店員介紹這是避炮瘡的、這是避盜難的、這是防火的、這是求良緣的，不管什麼東西，都有某些庇祐。結果我考慮再三，最後……

我買了招貓。

是招福的。

多麼單純明快的吉祥物啊。

——再妥貼不過了。

我這麼以爲。然而我錯了。

我把招貓遞出去，結果近藤瞪大了眼睛，歪起了脖子。

然後他把貓從頭到腳給細細端詳了一遍，說：

喂，你買錯啦……

我問買錯什麼，近藤居然胡扯說什麼這不是招福的貓。

怎麼可能？不可能的……應該。

說起來，招貓不招福，那要招什麼？如果這是會招來福氣以外的東西的怪貓，寺院神社才不可能煞有介事地拿來販賣。我激動地回嘴說你胡說八道些什麼，近藤便整臉寫滿了不平地說：

「你自個兒看看，這舉的可是左手耶……」

我啞然失聲，近藤又說，「不行，得是右手才行。」把我特地爲他買來的招貓給扔到他從來不收的懶人床上去了。

我……

狠狠地鬧起彆扭來。

我就是可憐我饑貧交迫的老友，才會答應他這莫名其妙的請求，大老遠去到街上，買回這大吉大利的神貓來。然而他卻挑三揀四，多麼地不講理，多麼地忘恩負義……

說起來，近藤應該只要是吉祥物，什麼都好，那麼不管我是買木屐還是買丁字褲回來給他，他都該感激零涕地恭敬拜領才是道理。

再說，店員完全沒有提到招貓還有種類之分。對於其他的吉祥物，店員都一一詳盡地說明宣傳效果，然而對招貓，卻只說有圍兜的

註：在竹耙子上裝飾有面具、假金幣等等的吉祥物。取耙子可以耙來許多東西之意，保祐招來幸福和財運。原本爲十一月酉之日各地的鷲神社所販賣。

貴一點，有座墊的更貴而已。而且我記得店裡的貓全都舉著同一邊的手。那些傢伙就像水手一樣，姿勢整齊畫一。我沒看到有半隻貓是舉另一隻手的。

根本沒看到。

因此我大力主張。

主張說招貓才沒有種類之分。

沒有左也沒有右。要舉左手還是舉右手，一定是看做的人高興。不，那八成是規格品。所以一定都是舉左手的。

然而……近藤受不了地說，「你是當真不曉得嗎？」然後他卯足了力氣擤了一泡鼻涕，瞧不起人似地瞥了瞥我，說：

我說你啊，這可是招客人的貓啊……

據近藤說，舉左手的貓是招客貓，舉右手的才是招福貓。我買來的貓的確是舉左手的，如果近藤說的是真的，那麼這就是招客貓了。「沒錢又發燒工作又沒進展的這種非常時期，再有客人找上門來，你是要我怎麼辦啦？」近藤歪起臉說。

我鬧彆扭鬧得更凶了。

好吧，或許左右真的有別。或許舉左手的貓是保祐招到客人的。或許是這樣好了。

就算、假設真的是這樣好了，那又有什麼不可以了？

只要有保祐，那不就好了嗎？對於做生意的人來說，客人就是福氣嘛。

那麼在一般家庭中，就應該純粹地把它當成招福來看才對……

我這麼說。

可是近藤不退讓。

他說規定就是右是福，左是客，這是沒有互換性的。據近藤說，客也可以說是人，換言之，右是福德，左是人德。確實，人德跟福德是不一樣的。人德有時候可以帶來財富，但也有並非如此的情況。

並非只有富貴才是福。

例如說，做顧客生意的人開店的話，他的人德有可能就這樣直接爲他帶來財富，但也有不會帶來財富的人德吧。仔細想想，有人德的人是不會執著於金錢的。同樣地，也是有除了致富以外的福德吧。

那麼福德就不能與財富畫上等號，招來人潮或吸引福氣，雖然也是有可能致富，但那終究只是結果的一種罷了——也是可以這麼看吧。

我問是不是這麼回事，結果近藤又否定我的意見說，「不是啦，不是那樣的啦。」

右手是錢啦，錢……

近藤用姆指和食指圈出個圓形。

舉右手的貓啊，麻煩的細節省略不提，就是招財啦，是再直截了當不過的吉祥物了——近藤興高采烈地說。

——這傢伙怎麼搞的？

看起來……他根本完全恢復了。悲愴感也消失到九霄雲外去，莫名其妙地連貪念都冒出來了。不，貪念都滿出來了。

——眞是個俗物。

近藤這傢伙，簡直就是個不折不扣的模範俗物。

我益發感到荒唐，所以懶散地說，「隨便怎樣都好吧。」近藤卻頑固地不退讓，任性地胡說起什麼，「我可是拿我壓箱底的寶貝錢去買的，我可不妥協。」

可是我也一樣不願退讓。

所以我堅持說根本沒那種規定。那是什麼時候決定的？誰決定的？有根據嗎？近藤說有根據，伸出右手，答道，「拿錢跟收錢的都是右手呀。」我回說，「那是因爲你是右撇子。」近藤更反擊說，「這可是我過世的祖母告訴我的。」

然後我們打了個賭。

是個古怪的賭注。首先，我負責近藤一星期的伙食。近藤則任勞任怨，這個星期之間就算是硬逼著自己也要畫出連環畫來，在週末之前攢到一筆錢。這是我們兩方的條件。然後我們各自尋找可以證明自己說法的憑據。

一星期後一決勝負。

如果我的意見正確，近藤得把剛賺到手的錢就這樣全數交給我。而如果近藤的主張才是對的，我不僅拿不到一文錢，還得買一隻那個什麼舉右手的貓奉送給近藤——這就是賭注的內容。

近藤工作了。就算是這麼愚蠢的賭注，只要意氣用事起來，也是工作得動的。說什麼畫不出來，結果說穿了就是一個字：懶。我這一星期之間，早晚努力做飯，勤奮地送到鄰家去。

然後今天，爲了揭曉這場古怪賭注的勝負，我們特地來到了世田谷豪德寺。至於爲什麼是豪德寺……

四處打聽之後，我獲得了豪德寺是招貓發祥地這樣一則非常有意思的情報。情報來源是一個叫青田太輔的輕浮中年男子，他在我任職的工程公司擔任會計。

據青田先生的說法，那座寺院似乎甚至被稱爲貓寺，裡面奉納的繪馬（註）全是招貓圖案，境內甚至有座貓塚，境內擺著大量的招貓。我們認爲如果那裡眞的就是招貓發祥地，應該會有一兩個起源傳說，那麼關於貓舉起來的手，以及它所保佑的是什麼，應該也可以獲得正確的答案。如果豪德寺眞是招貓發祥地，只要詢問住持，一定可以得到答案吧。然而，

根本用不著問。

豪德寺的貓，每一隻舉的都是右手。

舉的全是右手。就算遠遠地看，也可以看得一清二楚。就連密密麻麻一整排的大繪馬，上面畫的貓也彷彿嘲笑我似地，全都舉起

右手來。加之大門前的花店前還設有賣招貓的小攤子，那裡也都是舉右手的招貓雲集。

我啞然失聲，只能呆呆地看著那些貓，顧店的老婆子連問也沒問，就自顧自地這麼說了起來：

招福氣的招福貓兒唷……

看看它，舉右手唷……

跟其他的不一樣唷……

是招福德的貓唷……

在這個階段，勝負已塵埃落定，但臉色已經完全恢復紅潤的近藤惹人厭地竟默默不發一語，悠然踱到境內，無言地走到衆貓前面，把那兩百隻的貓瀏覽了一遍之後，得意洋洋地把那張大鬍子臉轉向我……

說了那聲「喏，你看。」就是這麼回事。

雖然我無法釋然，但輸了就是輸了。

總覺得我因爲好強，大虧了一筆。早知如此，就買達磨不倒翁，或是乖乖地從俗買個竹耙子交差就好了。

我有點嘔氣地穿過大門，來到那家教人憤恨的小攤子前。我一來到正面，顧店的老婆子又殷勤地說起跟剛才一樣的話：

「招福氣的招福貓兒唷。看看它，舉右手唷。跟其他的不一樣唷。是招福德的貓唷……」

——剛才聽過了啦。

我自暴自棄，問了句找碴般的廢話：

「這眞的會保祐嗎？」

「哦，謝謝惠顧唷。」

根本沒在聽。

別說是回答了，老婆子還指著商品，反問我要哪個。

「欸，這邊的是土偶，這邊是陶偶。兩

註：奉納在神社寺院裡，用以祈願或答謝的畫板。源自於過去奉納活馬的習俗，故圖案多爲馬。

種都非常靈驗，大吉大利哦。」

仔細一看，貓的確有兩種。

肚子上寫著招福的是土製的，畫個圓框裡頭寫著福字的是陶製的。

兩種都是白貓，土製的畫有紅色的項圈。

「這兩種有什麼不一樣？」

「就是這邊的是土偶，這邊的是陶偶。兩邊都是靈驗的招福觀世音菩薩大人的屬下唷。招福觀世音菩薩大人是這裡的本尊唷。只要祭拜這些貓，馬上就可以招到好運唷。」

「爲什麼……是舉右手？」

「舉左手的是招客，是做生意的人買的呀。這邊的貓是舉右手的。」

她好像不知道理由。

每一隻貓的長相都不太一樣，我一個個仔細觀察。因爲我覺得既然要買，至少要選個漂亮的。

結果我買了兩個土製的。我會選土製的，不是因爲比較便宜，而是覺得土製的比較可愛。會買兩個，不是要給近藤兩個，而是也買了自己的份。當然，臉畫得比較可愛的是我自己的。我得請這隻貓無論如何都要把我散出去的財給招回來才行。

我一手拿著貓，再次穿過大門，馬上就看到近藤了。

近藤站在招貓旁邊的石碑前，好像在和一名僧侶談話。

我登時想起落語(註一)的《御血脈》(註二)這則故事。是近藤那張有如五右衛門的臉孔與寺院這樣的景觀組合所帶來的聯想吧。

他該不會被誤認成小偷了吧？不，近藤的話，很有可能哦──我還冒出這種愚不可及的想法，但遺憾的是，在我走到之前，僧侶已經行禮離去了。近藤兀自點著頭說著，「這樣啊，原來如此啊。」

「什麼原來如此。拿去，保祐了你一星期的勞動報酬跟白吃白喝的偉大貓神。」

近藤接過貓之後，上下左右仔仔細細地端詳了一遍，說著，「什麼白吃白喝，說得眞難聽。」但仍一臉高興地把它收進了懷裡。

「把人說得像騙吃騙喝似的。」

「你不就白吃了人家一星期的飯嗎？」

「那是我賭贏了。不管那個，本島，我問到這座寺院的由來了。這裡啊，是井伊的菩提寺（註三）吶。」

「什麼今一？」

沒聽過。

「就井伊啊，井伊。」近藤說著，往本堂走去，「你連櫻田門外之變（註四）都不曉得嗎?你不會說你連井伊直弼都不認識吧？」

井伊直弼我還知道。是近藤自己發音不好。

「那是怎樣？井伊直弼葬在這座寺院嗎？爲什麼那樣招貓就非舉右手不可？」

「不是直弼啦，是他的祖先。是和家康一起經歷伊賀行（註五），立下彪炳戰功，成爲初代彥根藩主的井伊直政的兒子，代替體弱多病的長兄成爲二代藩主的井伊直孝。」

註一：落語近似中國的單口相聲。

註二：善光寺有顆叫做「御血脈」的印章，只要支付淨財百疋，蓋個章，無論犯下什麼樣的滔天大罪，都可以前往極樂淨土。由於「御血脈」流行，害得地獄門可羅雀，於是閻魔大王召開會議，一個聰明的鬼卒提議讓下地獄的盜賊亡魂去偷來「御血脈」，結果大盜石川五右衛門雀屏中選。五右衛門領命前往善光寺，順利偷到了「御血脈」，沒想到他居然就這樣利用「御血脈」，自個兒前往了極樂淨土。

註三：菩提寺爲一家祖墳所在之寺院。

註四：一八六〇年幕末時期，一群尊王攘夷派志士因不滿幕府大老井伊直弼未獲天皇敕令而簽定日美修好通商條約、以安政大獄彈壓反對派等各種作爲，於櫻田門外將其暗殺的事件。

註五：伊賀行指從畿內前往東國時經過伊賀國的路線。一五八二年，織田信長於本能寺遭明智光秀殺害時，德川家康正率領諸親信重臣於大阪堺地遊覽，爲避免在混亂中被明智軍襲擊而致使德川家全軍覆沒，經伊賀國匆促趕回領國三河之岡崎城。

「這又怎麼了？」

完全摸不著頭緒。

「你說那個直孝的墓地在這裡嗎？那太奇怪了吧？如果他是彥根城主，一般不是應該葬在彥根嗎？」

「配線工就是這樣，教人傷腦筋。」近藤說出職業歧視的發言來，「這一帶啊，是江戶近郊的井伊家領地啦。」

「什麼近郊……這裡不是東京都內嗎？」

「以前又不是。以前哪有都還是區啊？井伊直孝他啊，遵照德川秀忠的遺命參與幕政，從寬永（註一）十一年一直到他過世的萬治二年（註二），都一直待在江戶城御府內（註三）。你不知道嗎？」

我不知道。我是不知道，可是……

「那又怎樣嘛？」

「噯，你聽著吧。」

近藤在大型貓繪馬正下方的大岩石坐下。

「這座寺院啊，以前是一座又窮又破的寺院。」

「看起來不像啊。」

「就跟你說是以前了啊。然後呢，年老的住持秀道和尚，獨自一個人守著這座寺院。那個住持養了一隻白貓，非常疼愛。」

「連自己都快餵不飽了，還養什麼貓啊？」

「這就叫慈悲心啊。」近藤雙手合十說，「他與貓兒分食著僅有的一點糧食，勉勉強強地過日子。甚至寧可自己少吃一些，也要餵養禽獸活下去，這實在是非常難能可貴的情操，對吧？秀道和尚絕非泛泛之輩啊。然後呢，這個和尚有一天這麼對貓說了：如果你也知恩義，就招來一些果報吧……」

「這太現實了吧？」我打斷他的話頭，

因爲我心情很不好，「這類布施，不是應該不求回報嗎？要求報答不算違反佛道嗎？」

「就算是僧侶，畢竟也是人生父母養的嘛。」近藤見風轉舵，「不吃就會死，死了就不能工作了，本島，這話可是你自個兒說的呢。和尚也是一樣的。死掉的話，豈不是就不能宣揚佛法，也不能祭祀佛祖了嗎？說起來，如果和尚死了，誰來供養寺院墓地裡的死者啊？噯，這要不是和尚，應該不會叫人報恩，而是會說：還不了的話，就拿肉體來還吧。」

說得簡直像江戶時代的高利貸。

「貓要怎麼拿身體報恩啊？把貓賣到吉原花街去嗎？」

「不是啦，一般當然是吃貓啊。」

「一般人會吃貓嗎？」

「當然會啦。貓可是叫做陸河豚，很鮮美的。說起來，就算這麼跟貓說，貓也不可能會報恩嘛。貓這種生物啊，就算養了三年，也三天就忘恩了。而且貓就算給牠金幣，也不懂得價值（註四）。貓就是這種畜牲啦。」

也是，既然是對動物說的，一定只是玩笑話。

「豈料萬萬想不到，」近藤拍了一下膝蓋說，活像個說書的，「這隻貓啊，居然感恩圖報了吶。」

「簡直像白鶴吶。」

說到報恩，那當然是白鶴了。

「是啊，一般來說，貓都是報仇的。從鍋島的貓騷動（註一）開始，佐賀妖貓、有馬妖貓等等，咒殺仇人一向是貓的拿手好戲。豈料

註一：寬永爲江戶時代年號，一六二四～一六四四。

註二：萬治爲江戶時代年號，一六五八～一六六一。

註三：御府內指江戶時代以江戶城爲中心的市區，約爲品川大木戶、四谷大木戶、板橋、千住、本所、深川以內的範圍。江戶地圖上這些地區以朱線框起，故也稱御朱引內。

註四：日本有一句諺語叫「給貓金幣」，比喻不懂價值，暴殄天物。

萬萬想不到……」

「貓報恩了是嗎？怎麼報？」

「貓招來了福。」

近藤再次握起右手，擺在臉旁邊做出招手的動作。

是熊。

招熊繼續說道：

「你想像這座寺院門前的路……我想大概是這前面坡下的路吧。那裡啊，正好那位井伊掃部頭（註二）直孝大人路過了。」

「我沒辦法想像隨隨便便就有武士路過這附近啊。又不是賣金魚的。他是個權高位重的武士吧？」

「別管那麼多，想像就是了。他是個地位不凡的武士，所以是騎馬。其實我也不是很清楚啦。唔，這一帶是森林嘛，八成是去獵鷹之類的回來吧。結果啊，一隻白貓突然冒了出來，像這樣……」

「就叫你別模仿貓了嘛，近藤，你那看起來根本是熊還是狸貓在搔耳朵嘛。」

「沒禮貌！」近藤生氣了。

「我只是照實說呀。不管那個，你是說貓招來了那麼了不起的人物嗎？」

「如果是人胡亂招貴人，視情況可能會被當成無禮，當場斬死，可是貓是動物嘛。直孝大人有點累了吧。他在貓的招請下，來到這座寺院，於是和尚便說，難得大人大駕光臨，請暫時歇腳再行吧。一問之下，大人竟說是貓把他給帶來的。和尚吃了一驚。然後，唔，就請直孝大人進了本堂，奉上薄茶。」

「你知道得眞清楚吶。」我說，近藤答道，「這寺院以前很窮嘛。」眞是天花亂墜，信口雌黃。

「然後呢，嗳，和尚心想大人可能覺得無聊，便向他說法。唔，和尚會做的也只有說法跟唸經了嘛。沒想到和尚的說法十分引人入勝。直孝大人心想這和尙外表雖然窮酸，卻說得頭頭是道，不想此時天色一下子黑了下來，又是陣雨，又是落雷，眞不得了。如果沒有貓把自己招進寺裡，主公大人現在一定淋成了落湯雞。直孝大人大爲驚奇，心想這眞是天緣奇遇，便皈依了秀道和尙，從此就把這裡定爲井伊家的菩提寺，寄贈田地等等，大加厚遇，嗳，就是這麼回事。」

原來如此，這的確是貓招來的福氣吧。

「那麼那隻貓怎麼了？變妖怪了嗎？」

「怎麼會變妖怪？哦，聽說這座寺院以前叫做弘德寺，然後萬治二年直孝大人過世，葬在這裡的時候，得到他的法名豪德天英久昌院的一部分，改名爲豪德寺，直到今天，就是這麼個情形吧。貓呢，嗳，死了吧。」

「死掉變妖怪了嗎？」

「就跟你說沒變啦，就是普通地死掉了。那隻貓的墓地，聽說就是那座滿是招貓的石碑。叫做貓塚。」

說到萬治，是很久以前的事了吶——近藤說，盤起胳臂。

「你的同事告訴你這座寺院是招貓發祥之地，這個情報是正確的吶。」

「是嗎？」我總覺得無法信服，「那……爲什麼這裡的貓是舉右手，其他地方的貓是舉左手？」

「那當然是……」近藤把頭左右各彎了一下，「因爲這裡的貓是右撇子吧。」

「喂，難道這裡以外的貓都是左撇子嗎？這太奇怪了。」

註一：傳說肥前國佐賀藩二代藩主鍋島光茂時，家臣龍造寺又七郎不小心觸怒主公，遭到斬殺，又七郎之母遂向所養的貓傾吐怨恨之後自殺。貓舔了母親的血，化爲妖貓對城主作祟，最後家臣小森半佐衛門消滅妖貓，拯救了鍋島家。

註二：掃部頭爲掃部寮的長官，負責宮中活動時的佈置以及殿中的清掃。

「別輸不起啦。」

「不是啦。這根本不成解釋啊。」

我再一次望向貓塚。

有人影。

剛才應該沒有人的。

兩個人影蜷著身子，看起來像是來上香的。

貓塚後面是墓地，我以爲是來掃墓的，但看來似乎不是。

人影——好像是女人——似乎是在拜貓塚。近藤好像也發現了，說著，「那是在做什麼？」

我看了一會兒，影子之一忽然站了起來。

不出所料，是個小姑娘。

小姑娘穿著暗橘色和服，綁著圍裙，而且和服袖子也用帶子綁了起來，打扮得就像個旅館女傭。可是只有髮型看起來是西洋風，我難以判斷與那身裝扮搭不搭配。

那個小姑娘轉向仍然蹲著的另一個影子，滔滔不絕地說起什麼來。

從她擱在對方肩膀上的手的姿勢，還有看似溫柔的動作，看起來就像在安慰對方，但換個角度來看，也不能說不像是在責備對方。

我會這麼感覺，似乎是因爲小姑娘嘴裡說出來的話。雖然聽不出內容，但看得出勁道十足。如果是在安慰人，應該不會是那種連珠炮般的凌厲語氣。

蹲著的人——這個人也穿著同樣的服裝，但遠遠看過去的印象，感覺更要樸素幾分，年紀也比小姑娘要年長一些。直到那名女子站起來以後，我才發現看起來會像那樣，應該是髮型的緣故。

「她們是哪家客棧的女伙計嗎？」這話從近藤口裡說出來，簡直就像在演古裝劇。

「好像……出了什麼非常古怪的事吶。」

「喂，你聽得到哦？」

「你聽不到哦？」近藤露齒問道。

「很遠耶？」

「那姑娘聲音不是很大嗎？是聽不到全部，可是內容非常古怪呢。什麼貓作怪啊、母親被掉包的。」

「母親被掉包？」

什麼跟什麼啊？

「什麼叫母親被掉包？」

「我哪知道啊？可是感覺很有意思吶。喂，你過去打聽打聽。那個女伙計好像傷心欲絕，可是女孩看起來活蹦亂跳的，應該不打緊。」

近藤用粗短的手指指著兩名女子說。

「女孩？……她們是母女嗎？」

「喂，哪有那種可能啊？一個頂多二十七八，另一個才二十出頭吧。哪有這種母女的？」

如果近藤說中了，是沒這種母女吧。

近藤很擅長目測別人的年紀。

我這個盜賊風的朋友活像日本駄右衛門（註一）似地，威風凜凜地戳著我說：

「喏，快去。能在這裡相逢，也算是一種緣份啊。」

「緣份？要說這種話，連都電都不能搭了。在車廂裡頭，別說是衣袖相拂了（註二），根本是衣袖相擠了，緊貼在一塊兒了，哪有這種擠成壽司盒似的緣份啊？況且說起來，我們連袖子也沒擦到，哪來的緣份啊？」

「別在那裡強詞奪理了。」

「到底是誰在強詞奪理？總而言之，光

註一：日本駄右衛門是日本知名盜賊，也是歌舞伎戲碼《青砥稿花紅彩畫》中五名知名盜賊之一。

註二：日文俗話說，與陌生人衣袖相拂，也是他世修來的緣份，意近萍水相逢也是緣、百世修得同舟渡。

是目擊到、稍微耳聞到，才不會產生什麼緣份。再說就算有那麼一絲絲半丁點兒單薄微弱的緣份好了，即使是這樣，爲什麼非是我去不可？有興趣的人是你耶？反正你一定是想要拿去當成連環畫的題材……」

我在說話的當下，兩人也漸漸朝我們這裡走來。我忍不住躲到近藤背後。

姑娘的大嗓門也傳進了我的耳中。

我看妳啊，

還是找個偵探商量下吧，

是叫榎木津什麼的嗎？

「榎……榎木津？」

我大聲驚叫。

2

「所以說，它的右邊就是人家工作的店呀。不好意思唷。」

小姑娘——奈美節噘起嘴巴說。

這裡是太子堂（註）的甘味店。

「那麼，隔著那條路的左邊，是這位……」

「是的。」另一個女子——梶野美津子答道。

「說到澀谷圓山町，那兒是花街吶。」近藤說，「是明治末期，受到攤販大量出現影響，從道玄坂移過來的。市電和玉川電車通車後，澀谷一下子成了鬧區嘛。」

近藤用他那張看不出究竟活了幾年的臉，懷念過往似地說。

「那麼久以前的事人家不曉得啦。」阿節說，「不好意思唷，人家出生後連二十年都還沒過嘛。人家是昭和兒童呢。重點是，我們的關係，你們眞的弄清楚了嗎？」

「呃，清楚是清楚了……」

話說回來，這姑娘眞是呱噪。我有些目瞪口呆地看著坐在我正對面的阿節。

她整個人十分嬌小，小而細長的內雙眼皮眼睛令人印象深刻。她並不特別花俏，也不特別漂亮或特別醜，算是很普通的相貌，臉孔卻不知爲何十分搶眼。

——該說是嬌媚嗎？

不知爲何，我想起了中華蕎麥麵店的碗公上常畫的中國兒童圖案——辮髮圓臉的那種兒童。

明明也沒那麼像。

兩相對照地，坐在旁邊的梶野美津子幾乎是不發一語。

在阿節宛如地毯式轟炸般的舌鋒之間，她只是略低著頭，「嗯」，「欸」地應聲而已。聽說她二十九歲，但實際上看起來年紀更大。也不是顯老，只能說是樸素。阿節還帶有幾分稚氣，但梶野美津子連一點華美的地方都沒有。

可能有什麼內情吧——我是這麼想。

不管怎麼樣，近藤所推理的她們兩個的年紀，幾乎都說中了。

我覺得這眞是個古怪的特技。明明只是從那麼遠的地方瞄瞄，怎麼就看得出年紀呢？令人無法理解。

沒錯……直到剛才，我們都只是在豪德寺的境內遠遠地觀察她們倆而已。然而現在卻面對面吃著蜜豆，但這並非我聽從近藤的要求，輕薄地向她們搭訕的結果，也並非近藤下定決心，強硬地詰問她們的結果。

不瞞各位，其實是因爲我對阿節的某句話有了反應，不小心叫出聲來罷了。

理所當然，我們被當成了可疑人士。我

註：寺院內祭祀聖德太子的祠堂。

們倆是這樣一副外表，又是那種地點，這也是沒法子的事。假日的大白天，像熊又像盜賊般的粗獷男子，與一個其貌不揚的工作服男子兩個人廝混在一起，光是這樣就夠噁心了，而且還坐在寺院境內偷看婦女，就算被人以爲有變態嗜好，也沒有反駁的餘地吧。

我想一般女士在看到兩個這樣的傢伙的時候，就會尖叫著逃跑了吧。然而，

不巧的是，阿節並不是這樣一個姑娘。

阿節大步朝我們走來，以嚴厲非常的口氣逼問，「有什麼事嗎？」我嚇住了。至於近藤……他先前的威風都不曉得跑哪去了，慌得幾乎快口吐白沫，居然把我給推了出去。

阿節看到我們這種態度，可能是更感到懷疑了吧。她一臉凶悍，揮起了手中的束口袋。

然後，

就在那個時候……

我脫口說出了**不該說的話**。

因此，嗳，我沒有挨揍，嫌疑也洗清了。

可是事情變麻煩了。然後我們落入邊吃蜜豆邊聆聽阿節的遭遇——或者說，那本來應該是梶野美津子的體驗才對——的窘境。

「清楚是清楚了，然後怎樣？」阿節問。

因爲我只說「清楚是清楚了」就沉默下去了。我立刻回道「沒什麼。」面對一個年紀比我小的小姑娘，我竟然完全退縮了。

聽說阿節在池尻一戶富豪家中幫傭，本人說她是通勤的女管家。

另一方面，美津子說她是住在下代田一戶望族幫傭的女傭。本人說她是婢女。我不清楚在現代自稱這樣的職業名稱是否妥當，至少對於近藤來說，非常易懂。

職業種類雖然相近，但兩人毫無共通

點。

池尻與下田代說是鄰町，也算是鄰町沒錯，但兩人幫傭的地點好像並不是特別近，年紀也相差了將近十歲，出身地也不同。

外貌與性格都相差十萬八千里的富豪家女管家與望族家的自稱婢女，究竟是在何處相識的？——近藤的話，應該會在這裡下回待續，但遺憾的是，這並不是連環畫。這是現實發生的事。不過就像大部分的連環畫在下回待續告一段落的時候，其實也沒有準備好什麼特別的續集劇情一樣，現實發生的事揭曉開來一看，也不是什麼大不了的事。

兩人有兩個相關之處。

阿節是通勤上班的，所以並不是住在池尻的大宅子。

好像是她以前住宿幫傭的地方出了什麼可怕的事，讓她再也不願意住在職場工作了——不過這部分跟正題毫無關係，而且也沒人問她——她現在好像寄住在叔母家裡。

說開了沒什麼，阿節的落腳處就在美津子幫傭的望族宅院的後門一帶。

因爲這樣，放假的日子她們會在路上或菜攤子碰見，因此認識了。可是只有這樣的話，就只是街坊鄰居而已，據阿節說，要有更進一步的親交，還是需要一點特別的契機……的樣子。

契機——或者說另一個相關之處，就是店鋪。

阿節的雇主的大富豪好像叫做信濃銃次郎。

這位信濃氏在澀谷圓山町有一家大店，好像是餐飲店，但阿節沒有說明詳情。

而美津子幫傭的望族——聽說姓小池——也在圓山町經營同一類店鋪。

兩家是生意敵手，而且好像持續著相當激烈的競爭。因爲再怎麼說，這兩家店都是隔著一條狹小的巷子兩兩相鄰。面對小巷，右邊是信濃氏的店，左邊是小池家的店，阿節剛才就是在說明這一點。

「老爺一天會去店裡一次，去收錢啊，拿帳冊啊，處理一些事情什麼的。喏，老爺不是店長，是社長嘛。」

我才不曉得，是這樣回事嗎？

「老爺其他還有別的公司啊，事業什麼的，生意做得很廣哦。」阿節說。

富豪大概都是這樣的吧。

「我也相當受到老爺信賴呢。我來雖然還不到半年，可是介紹我去的睦子姊滿受老爺信任的。不過她辭職了，所以才介紹我去。先前工作的地方，也是接替睦子姊的。睦子姊動不動就辭職嘛。」

我才不曉得，我根本不認識什麼睦子姊。

阿節一副「你怎麼會不認識睦子姊」的表情。

「那，呃……」

我望向美津子。

美津子只是斜斜地看著阿節。

「哎呀呀，」阿節掩住嘴巴，「美津子姊也常去那家店，去跑腿。喏，美津子姊也都幫傭了二十年了嘛，所以唔，地位跟其他傭人是不同的。」

「幫傭了二十年之久嗎？」

那麼……她九歲就被送去幫傭了嗎？真的假的？

「不就是二十年嗎？算算就是這樣啊。」阿節機關槍似地說。

看來這姑娘認定自己知道的事，別人也應該都知道。

「所以啦，在那樣的鬧區碰到自己的鄰居，我也嚇了一跳嘛。一問之下，才知道她跟我一樣是女傭，而且還是隔壁生意對手的老闆家的女傭。對我來說，這眞是**値得金玉**的事實。」

「値得金玉？」

「應該是値得驚異的事實吧。」近藤悄聲說。

阿節僵了一秒鐘，但馬上就振作起來，說：

「到這裡爲止可以嗎？」

只要應一聲「可以」就行了吧。我無可奈何，算是做爲確認，總結了阿節的話說：

「唔……所以在相鄰的兩家競爭店鋪各自的老闆家幫傭、境遇相同的妳們兩人就開始變得親近了，是嗎？」

非常簡單的整理。用不了幾秒，而且還是跟正題無關的內容。

「瞧你說得那麼簡單。」阿節不服地說。

「那麼，那位小姐究竟是想拜託**那個偵探**什麼事？」

「關於這件事啊……你眞的是那個偵探的助手嗎？」

「咦……呃，差不多啦。」

沒錯。

我遭到阿節逼問的時候，情急之下撒了個謊，而且還是個非常要不得的謊。

——我、我是……

——那個榎木津偵探事務所的人。

好死不死，我居然詐稱了一個完全無法挽回的身分。

偵探——榎木津禮二郎。

眉清目秀、身手高強。身居上流，學歷傲人。破天荒又毫無常識。豪放磊落又天眞爛漫。世上的常識十成十對他不通用。天不怕地不怕，完全不記住別人的名字，所有的旁人對他而言都是奴僕，不調查不搜查也不推理的、天下無敵的玫瑰十字偵探。

對他的讚揚──這可不是唾罵──不勝枚舉。

總而言之，在我知道的範圍內，像他那樣的人再也沒有第二個了吧。這我可以斷定。如果有比榎木津還怪的傢伙，我無論如何都想見上一面。如果那傢伙眞的是個更勝於榎木津的怪人，要我倒立著縱斷日本列島都行。

嗳，以某些意義來說，他是個厲害角色，但怪到那種地步，對凡人來說，只是個大麻煩而已。

我在完全沒有這些預備知識的狀態下，因爲親人被捲入一些麻煩，不小心跑去委託榎木津偵探解決了。那個事件本身算是解決了──雖然那與其說是解決，說被破壞了比較正確──但是從此以後，我完全被那位偵探當成了奴僕。當然，都過了半年以上，我還沒有被他記住名字。每次見面，都一定被他要得團團轉，陷入不可收拾的狀況。

因爲這樣，當我耳尖地聽到阿節的口中冒出那個名字時，才會忍不住驚叫出聲。

這麼一想，這個謊有一半也可以說是不可抗力的。

再說，榎木津那破壞性的偵探活動，實際上我也幫忙了不少，所以這也不算是徹頭徹尾的謊言。不，有一半是眞的──我正要這麼想，結果還是打消了念頭。

再怎麼樣，有些謊可以說，有些謊還是不該說的吧。

這麼說來，以前我曾被某個人教訓爲了應付場面而信口開河撒的謊，是最要不得的謊，他說的完全沒錯。

雖然我參與了偵探活動，但我根本不是偵探助手，而是榎木津的奴僕，所以這依然是謊言。

我窮於回答。

阿節露出古怪的表情。

阿節……大概誤會了。

若非如此，就是被輿論給騙了吧。否則她不可能會萌生去委託榎木津這種無謀又不智的念頭。我想阿節是對那些惡質的風聞囫圇吞棗了。她是讀到了三流雜誌之類上頭有關榎木津的報導吧。

這個社會比想像中的更要流俗，而且不負責任。社會上對於榎木津的評價，是**名偵探**。

事實上，每一樁轟動社會的大案件，津木津皆參與其中。也是因爲這樣吧，不了解內情的一部分人士，**認定**這些案件全都是榎木津所解決的。

這顯然是個謬誤。

榎木津這個人，只會破壞他不中意的東西，根本不會解決什麼。榎木津的前方，存在的只有粉碎或殲滅。

才沒有這種名偵探。

即使如此，似乎沒有一個人認爲世上會有像榎木津這樣的**玩意兒**，因此他的偵探活動受到了相當大的誤會。流俗而不負責任的社會將他歌頌成名偵探，因此造訪榎木津事務所的不幸委託人不絕於後。

無知眞是恐怖。

我支支吾吾地含糊其詞。

「眞可疑。」阿節說。

「可、可疑？」

「太可疑了。不好意思唷，你這人很普通，我不認爲你擔任得了那個人的助手。不好意思啦，可是你眞的很普通。」

「普通？呃，難道……妳認識榎木津？」

「當然認識了。」阿節答道，「所以才會想要把他介紹給美津子姊啊。就是認識才會介紹哇。榎木津這樣古怪的名字怎麼可能憑空就從嘴巴裡蹦出來嘛？」

「那、那……」

「可是我不曉得怎麼連絡他。」阿節說，「喏，事件還沒解決，我就離開先前的宅子了。對介紹我的睦子姊是不好意思啦，可是死了一堆人，人家怕死了，沒辦法嘛。可是幸好我走得快。只差一點，我也要被捲入慘劇嘍。」

「被捲入慘劇？」

「我辭了差事，然後離開宅子，走去車站的這段期間，所有的人都死光光了呢。眞是千鈞一髮呢。」

「妳、妳不是在雜誌上看到榎木津的嗎？」

「我以前待的是織作家呀。」阿節答道。

「咦？妳說的是那個……」

非常有名。

「哦，是潰眼魔事件嗎？」近藤說。

「那個滅門血案的織作家，對吧？對了，我記得那也是……呃，你們那裡的榎木津偵探解決的，對吧？」

什麼叫你們那裡的？

我一瞬間感到惱怒，但隨即就發現近藤是在配合我的說詞。這反而是值得感謝的機靈發言。

我當下說道「是啊」。

「箱……箱根的事件還有伊豆的事件，連白樺湖的由良伯爵家的事件，都、都是我們家的偵探經手的。大磯的連續殺人案也是。」

我把我所想得到的一切案子都拿出來遮掩。

每一宗都是大事件。

「順帶一提，逮到先前的國際美術品竊盜集團的也是他。」我有些自豪地說溜了嘴。因爲那場逮捕劇，我人也在現場，懲治惡人的過程，我可是親眼從頭看到尾，那當然會教人想拿來吹噓一番了。我想這種經驗是很難得的。

不過，只有一網打盡這一點是事實，正確地說，榎木津並沒有逮捕兇嫌，也沒有解決。偵探眞的**修理**了惡漢。毫不留情地。體無完膚地。

「那眞是一場精彩的大亂鬥啊。」我連不必要的感想都說出來了。

——自掘墳墓。

說完之後我才發現。就算我說的體驗是事實，這也是謊上加謊，從這個狀況來看，是非常不妙的。

可是爲時已晚了。阿節說了聲，「哦，你眞的是助手呀。」接著轉向美津子，耳語似地說，「妳看，很厲害吧？」美津子好像有一點吃驚。我提到的每一樁事件都是報紙爭相報導的大案子，她會吃驚也是難怪吧。

「這個人雖然非常普通，可是那個偵探非常厲害哦。就連古怪的事件，也差不多都能解決。我是不太清楚啦。我先前待的宅子的事件，我到現在都還完全弄不清楚究竟是怎麼回事呢。不好意思唷。」

「即使解決了也弄不清楚嗎？」美津子問。

「弄不清楚呀。可是美津子姊，妳放心吧。就算弄不清楚，好像還是會解決啦。我是不太清楚啦。」

這段說明雖然莫名其妙，但頗具說服力。

阿節似乎掌握了榎木津的本質。

我正暗自佩服，阿節又說了多餘的話，「我們在談那個偵探的時候，碰上了這兩個人，這一定是某種緣份吧。」

此時我心生一計。

再這樣拖拖拉拉地繼續用謊言掩飾謊言，遲早會害慘自己。我再也不想被捲進古怪

的事件了。第一樁事件姑且不論，我才隔了幾個月，就連續遭到兩次池魚之殃。我可不是什麼偵探助手，而是工程公司的製圖工啊。

可是……

在現階段，還有辦法把謊言轉化成真實。

我從工作服的胸袋掏出禿掉的鉛筆，撕開老婆子拿來包裝招貓的廣告紙，在上面寫下榎木津的事務所——玫瑰十字偵探社的住址和電話號碼。我雖然不是助手，但連絡過那裡好幾次，所以都背起來了。

「這是榎木津先生的連絡地址。只要說是本島介紹的，就會幫妳安排見面……」

榎木津可能不記得我這種小角色的名字，但應對的是祕書兼打雜的安和，應該沒問題吧。

我把桌上的紙片推向阿節那裡。

接下來會怎麼樣都不關我的事了。只要推給津木津，在我的謊言曝光之前，事情總會有什麼發展吧。

阿節看了看紙片說：

「在神田唷？這紙我是收下啦，可是不好意思，美津子姊不能去呢。美津子姊沒有休假啊。她那樣根本不能去嘛。」

就算妳這麼說，我也愛莫能助啊。

「我是像今天這樣，星期天休假。可是美津子姊不是休假嘛，她不可能去的，就算我去也很奇怪啊。很奇怪對吧？我是局外人嘛。」

「這位小姐沒有休假嗎？」近藤悠哉地問道。

「我是被買過去的。」美津子滿不在乎地給了沉重的回答。

「被買過去的？」

「家父過世以後，家裡過不下去，我小的時候就被賣掉了。呃……」

「噢噢。」近藤叫道，「說到圓山町，

就是三業地（註一）。那麼，這位姑娘是……」

「那是什麼？」我問近藤。總覺得好像被拋在話題後頭，眞不舒服。

近藤答道，「你也眞笨吶，不就是紅燈區嗎？」

「紅燈區？那麼妳工作的店鋪是……」

「嗯，是一家叫金池廓的青樓。」美津子答道。

「青樓……這年頭還有這種東西嗎？」

「你這木頭人。」近藤戳我，「我說啊，你都多大歲數了？又不是三歲小孩了。我剛才不也說了嗎？圓山的花街，是以神泉谷的弘法湯（註二）爲中心發展起來的三業地啊。」

「什麼叫三業地？」

近藤朝我投以侮蔑的視線：

「就是藝妓屋跟料亭啊，再加上特種茶屋，就是三業地。茶屋你懂吧？就是做某些事的地方啦，土窯子啦。用現代的說法來說，就是私娼窟。這過去本來是在道玄坂的大和田那一帶。日俄戰爭的時候，那一帶冒出了一大堆這類場所。可是因爲澀谷站變成了現在說的轉運站，許多企業都爭相開發道玄坂，所以在圓山町設三業地，把神泉的二業地和大和田一帶的妓院就這樣統合在一起挪過去。道玄坂那裡出現了咖啡廳啊小料理店的，還規劃了什麼百軒店，現在還有電影院、脫衣舞……」

「夠了。」我制止近藤。

近藤咕噥「才正要說到精彩處呢。」然後望向美津子說，「可是那一帶全燒掉了，對吧？」

註一：三業指料理店、藝妓屋、特種茶室，三業地是允許這三種行業營業的特定地區。另有二業之說，指前兩種行業。

註二：神泉谷過去有湧泉，弘法大師的弟子在此地建起浴場，供當地人泡溫泉療養，後來浴場被稱爲「弘法湯」，泡湯客雲集，使當地逐漸繁榮起來。

他是在說空襲吧。

「幾乎全毀了。」美津子答道，「可是我們的店留下來了，也是第一個重新營業的。空襲過後才半個月就重新開業了。所以也因爲這樣，直到前陣子，都還是進駐軍的慰安設施。」

「那是在紅燈區的正中央吶。」近藤再次表現出難以理解的佩服模樣，「也就是老店嘍？」

「在那一帶應該是最老的吧。」阿節說。

「那麼，阿節小姐待的店也是……」

「我們那裡是……夜總會，然後還有附小房間的大浴場。樣式很古怪。是剛成立的。新興的。」

「什麼叫附小房間的大浴場？」

「你眞的啥都不曉得吶。」近藤受不了地說，「就像東京溫泉（註）那樣啦。有三溫暖，蒸好之後出來，會有年輕貌美的婦人爲你按摩。」

「推拿哦？」

「笨蛋！」近藤拍了一下我的額頭，「花街裡哪可能蓋那種只有一堆光頭推拿師傅的店？小房間裡，半裸男女纏繞在一塊兒拉筋舒活啦。這稍微想一下不就知道了嗎？僵硬的部位跟按摩的部位都不一樣啦。你不知世事也該有個限度吧。」

就是那樣的地方吧。

可是不管是什麼樣的地方，不曉得就是不曉得啊。

「就是那樣的地方呀。」阿節說，「我聽說我家老爺的店在空襲中全燒光了。老爺說什麼隔壁的金池郭沒事，老子的店卻燒個精光，氣得跳腳呢。我家的老爺啊，是靠那個……叫什麼去了？鋼？是叫鋼鐵產業嗎？是趁著那個產業流行大賺一筆的，所以老實說，不開那種店也無所謂。可是老爺怎麼樣就是不想輸給金池郭。」

「意氣用事？」

「是刁難。」阿節說，「因爲那根本就是在作對嘛。連店名都取作銀信閣，眞是太故意了。」

「可是銀信閣本來就叫這個名字。」美津子說。

「這樣嗎？可是老實說，我還是覺得是針對金池郭才這樣取的耶。」

「或許是吧……我家的老爺和信濃先生本來住的地方也是鄰居呢。信濃先生差不多就在我剛被買過去的時候搬到老爺家隔壁，然後買了金池郭旁邊的土地，蓋了銀信閣。不過那個時候不是現在這種大樓，而是跟我們的店一樣的傳統店鋪……」

聽說美津子的雇主非常生氣，說什麼後來的還這麼張狂。

「那麼……呃，小池先生從以前就一直住在代田嗎？」

「嗯。老爺家世世代代原本一直住在我先前提到的大和田，我有一段時期也待在那裡工作。可是那裡在空襲中燒掉了……店鋪雖然沒事，但宅子全毀了，所以才搬到下代田的別墅去。信濃先生家好像也燒掉了。」

「我家的老爺是去池尻蓋了新房子。」阿節說。

近藤佩服地說「原來如此」，然後問：

「難不成，小池老爺是和田義盛（註二）殘黨的末裔？」我問那是誰，近藤說是鎌倉時代的人。這熊男眞是想不透他在想什麼。美津子納悶地偏頭說：

註一：應指一九五一年成立於銀座的日本第一家三溫暖設施，除了三溫暖以外，還有牛奶浴、麻將桌、餐廳酒場等娛樂設施。

註二：和田義盛（一一四七～一二一三），鎌倉初期的武將。

「這我是沒聽說過……」

「可是，那麼妳是被賣到了那家金池郭……？」

而且這鬍子臉還大剌剌地探問這種難以啓齒的問題。

連一點客氣、一點顧慮都沒有。

這種問題——雖然不曉得爲什麼——我實在問不出口。

美津子把頭偏向另一側：

「哦，一開始我是被賣到藝妓屋，是去當藝妓的。可是就像兩位看到的，我長得醜，才藝又學不好，店裡的人說我實在沒法當個成材的藝妓，馬上就……」

「那是被轉賣了啊？真過分吶。」

「你那種說法才過分哩，近藤。根本沒把人家當人看嘛。」

「哦，失禮。」近藤討好地笑了，「也就是被賣去當契約工嘍？」

這個大鬍子實在有夠老古董的。

「是奴工啦。」阿節說。

「什麼意思？」

「哦，就是，那時候正好是戰爭時期——是敗戰兩年前的事吧。昭和十八年的夏天。」美津子說。

「是十年前呢。『全力射擊不要停』（註一）的時候。」

學徒動員（註二）的時期吶——近藤呢喃，阿節也說「那時候我才九歲。」

這些傢伙淨說自己想說的，完全摸不清楚正題究竟在哪裡。

「我老家的母親病倒了。」美津子說，「我的境遇沒什麼可以跟別人炫耀的，而且我並不是送去給人幫傭，而是被賣掉，所以自從九歲離家之後，一次也沒有回過老家，也沒有再見過母親。而且就算我成了個藝妓，在鄉下也不會被人用什麼好眼光看。可是……」

我不曉得娼妓過的是什麼樣的生活，也從來沒有深思過這些問題。

所以我並不會去輕蔑她們，但也無法特別加以擁護。

我老實承認，其實我不是很懂。

可是，我可以想像世人對從事這類工作的婦人的批判與攻擊。

從藝妓屋到妓院，這樣的過程看在世人的眼中是淪落吧。俗話說職業無貴賤，像這樣把娼妓視爲更下一等，我覺得以某種意義來說或許算是一種歧視。但是另一方面，我也覺得這類境遇的女性仍然是不幸的吧。

「不過我並沒有接客。」美津子說，「因爲我生得這副模樣嘛。」

美津子伸手摸臉。在我看來，她的容貌實在沒什麼好自卑的，不過就算假惺惺地說什麼「沒這回事，妳非常美。」聽起來也只像教人肉麻的奉承話吧。

我也非常清楚自己的審美觀並不值得參考。

因爲我看慣了近藤這種老古董般的人，像最近流行的八頭身美女，根本超越外國人，看起來不像人類了。

即使如此，連阿節都說美津子長得普通了，我想我的基準也沒有偏離得太遠。在我這個凡夫俗子的眼中看來，美津子的長相並不醜。老實說的話，是普普通通，也就是理所當然的長相。

沒錯，是理所當然。若對照凡人的基準，美津子的容貌非常理所當然，自然沒什麼好爲此自卑的。

雖然花柳界的常識可能不同。

註一：二次大戰時日本軍部向國民宣導的口號。

註二：二次大戰末期，爲了彌補勞動力不足，強制動員中學以上的學生，投入軍需產業工廠等地方勞動。

「其他女孩全都十五六歲就開始接客了，但我該說是缺乏社交性嗎，我實在是不擅長應酬，在店裡也都被派去內場工作。可是我被賣過來都近十年了，年紀也過了十八了，再這樣下去實在賺不到錢，豈不虧大了，看看情況，還是讓我接客吧——就在店裡的人這麼商量的時候，戰況愈來愈激烈了。」

「哦。」

「在大後方，店鋪也不能正大光明營業了。因爲我們店裡的賣點是講求高級。就是那個時候，我接到了母親病倒的消息。過去我都是幫忙打掃洗碗，做些打雜的工作，連一文錢也沒賺到。想要贖身，根本是痴想。時局又非常緊迫，就算聽到母親病倒，我也沒辦法送錢回家，更不可能請假。即使回家，我也沒錢，對母親的病情半點幫助也沒有。」

「就算爲了減少吃飯人口而賣掉的女兒回來，也只是多添了一張嘴吶。」近藤悲嘆地說，「眞教人心酸吶。」

「美津子姊是個不幸的少女呀。」阿節說。

「也還好啦。」美津子普通地回道。

原來如此，美津子看起來會那麼樸素，是因爲她不會過剩地表現自己。這個女子不管身處任何狀況，大概都會認爲**那是普通的**。

即便遭遇任何事，美津子都不會把自己貶低爲悲劇的主角，也不會把自己哄抬成幸運的寵兒。她總是普通的。不管走在高低落差多激烈的路上，只要當事人沒有自覺，頂多就只是景色改變了而已。對她來說，這是沒有任何波瀾起伏的平板人生。就算旁人說什麼妳到達巔峰了、妳墜落谷底了，她自己也沒有那種感覺吧。

我發覺就是缺乏抑揚起伏這一點，醞釀出她那本質的樸素。

「老爺爲我出了一筆錢。」美津子略略

微笑地說。

「錢……是治療費嗎？」

「老爺用我的名義，送了一筆錢回老家，還幫母親介紹醫生。因爲這樣，我母親保住了一命。實在是令人感激涕零。」美津子誠懇地說，肩膀放鬆下來。

「爲什麼……」

「老爺是好心。」

的確是好心，好心過頭了。有哪家妓院的老闆會砸下重金，只爲了救一個連客人都不能接的瘸腳娼妓的母親呢？應該不會有的，如果有，那眞是近乎奇跡的善心。可是這樣一個好心人，會開什麼妓院嗎？

我總覺得難以信服。

「妳的老闆很有錢嗎？」

「不……唔，絕對說不上窮，但因爲是那種時節，在後方凡事都不自由，再說，是因爲家世的關係嗎？我這種下賤人家出生的人不是很懂，不過好像也有許多複雜的問題……而且店也關起來了，實在不是手頭闊綽的狀況。再說老爺那個時候，在私人方面也碰上了麻煩……」

「我聽說過。」阿節說，「我家老爺說是冤枉的。」

事情又變得複雜了。

別說是脫線了，從頭到尾根本連路線在哪都不曉得。

「我想我家老爺會和小池先生那樣百般作對，就是肇因於那件事。老爺雖然沒有明白說出口，可是他一直懷恨在心呢。我知道的。」

「這次又是什麼了？」近藤用力垂下眉尾說，「兩位姑娘，內容跳躍得太厲害了啦。」

「嗯。」美津子望向阿節。

阿節一副終於輪到自己上場的模樣，與

沖沖地說了起來：

「十年前呢，小池先生家的小姐被人給殺了。」

「被人殺了……？」

我和近藤同時叫出聲來。

老闆娘從剛才開始就一直在看這裡，她像在埋怨這桌客人吵死人了似地，用那張河馬般的臉瞪了過來。這危險發言與甘味店實在是太格格不入了。

近藤齜牙咧嘴地朝老闆娘露出恐怖的諂媚笑容後，把背蜷得圓圓地，身子前屈，聲音壓得極細，問起理所當然的問題：

「妳說被殺，是命案嗎？」

「是命案啊。」阿節說，「人被殺了嘛。而且還是跟未婚夫一起被殺呢。兇手……是我家的小姐。」

「信、信濃家的小姐？」

「大家都這麼說。」阿節說。

「大家都這麼說？」

「就是這樣嘛。愛上別人的男人，最後殺了心上人跟情敵，嗳，就是這樣的情節。很老套啦。嫉妒殺人。可是我家老爺認爲絕對不是這樣。嗳，我是了解他想相信女兒無辜的心情啦。非常了解。所以我家老爺才會說是冤枉的。」

「信濃家的小姐是冤枉的嗎？」

「不是啦。」阿節做出撞我的動作。

「不是嗎？」

「睦子姊也說不是啊。」

又是睦子姊。那個睦子姊到底是何方神聖？

「既然連睦子姊都這麼說了，小姐就是兇手沒錯啦。」阿節炫耀似地說。雖然我怎麼樣都想不透這哪裡值得阿節炫耀了。

「呃，那個人……那麼值得相信嗎？還是……對了，她跟那椿命案有關嗎？她知道眞相是嗎？呃，那個人……」

「你說誰？」

「呃，就是，那個睦子姊……」

「睦子姊跟這事無關啦。」

無關？

「睦子姊跟我一樣，是女傭嘛。女傭跟命案是不相干的。女傭只會在暗地裡偷偷觀察。命案對女傭來說，不是給我們介入的，而是旁觀的。所以……不是啦，怎麼說？客觀？客觀地來看，小姐就是兇手啦，大概，幾乎。」

「客觀……嗎？」

「客觀啊。因爲我家小姐——我沒見過她，說我家，意思也不是我眞正的家哦——雇用我的老闆家的女兒啊，看見她愛上的男人去了小池家之後，就闖進人家家裡，在人家小姐的房間裡面殺了人，然後人就失蹤了，銷聲匿跡了。」

「她沒有被逮捕？」

「沒有。如果不是兇手，一般應該會出現才對吧？她十年之間跟老家都沒有連絡呢。雖然對老爺很不好意思，可是小姐就是兇手啦。可是我一直以爲是因爲這件事，兩家才會失和，我家老爺才會處處跟小池先生作對，可是聽美津子姊剛才的話，原來兩家從以前就有磨擦了啊。」

「好像呢。」美津子說，「兩家從以前就一直水火不容。」

然後——美津子客氣地出聲，像要把這個話題告一段落，總算開始繼續說下去。

不，這能說是繼續嗎？我覺得連正題都還沒有摸到。

「總之……即使在那樣的狀況下，老爺還是對我非常好。那個時候老爺爲我出的錢，是我一生都還不了的大錢……」

「所以才說奴工嗎？話題總算繞回來

啦。」近藤說。

「嗯。所以我從店裡調到宅子，從此以後，就一直以婢女的身分在那戶人家工作。」

「所以她才沒有休假。」阿節狀似滿足地說，「她才不能去什麼偵探事務所。」

本來在講的是這件事。若要說話題繞回來了，應該是現在才對。

或者說，

在聽到偵探這兩個字之前，我已經完全糊塗了，搞不懂自己怎麼會坐在這裡聽這個人的身世？

「現在美津子姊也是在跑腿的途中摸魚呢。她說她怎麼樣都要去豪德寺確認一樣東西，我是陪她來的。我是她爲數不多的朋友之一嘛。其實我今天休假的說。」

她那身打扮看起來一點都不像休假，任誰看來，那都完全是幫傭女工的模樣。

「所以。」阿節逼近我，「我直接在這裡委託你了。」

「委託？」

「委託啊。不好意思，可以請你這個助手轉告那個偵探嗎？看在我們認識的份上，也幫我殺一下偵探費吧。」

糟糕透了，這發展簡直是糟糕透頂。

3

「……我不是從剛才就一直說右了嗎？這個蠢貨！」

我一開門，立刻聽到一道怒吼。我準以爲是榎木津，連忙縮起脖子，可是該說是遺憾還是幸虧，大吼的是正牌偵探助手——益田龍一。

益田站在偵探的大辦公桌前，舉著馬鞭指著沙發，維持這樣的姿勢轉向我。

「哎呀，本島先生，怎麼啦？」

益田露出吃驚的表情，然後像平常那樣「咯咯咯」地短笑了一陣，是在害臊吧。可是嚇了一跳的是我才對。

「剛、剛才那是在做什麼?」

「啊，哦，這可不是我發瘋了，我只是在模仿瘋狂大叔罷了。絕對不是我腦袋壞掉喔。」

「是腦袋壞了，徹頭徹尾地壞了。」

坐在沙發上背對這裡的男子——祕書兼打雜的安和寅吉這麼說道，轉過頭來，對我說歡迎光臨。

「最近的益田弟愈來愈會模仿先生了。不光是模仿得維妙維肖，連那種瘋癲樣都愈來愈像了，眞傷腦筋。」

「我才沒那麼瘋呢。」益田噘起嘴唇說，「和寅兄，你這話也太令人意外了。一天二十四小時都待在一起，當然會愈學愈像啦。哦，就上次的好豬事件……」

「是豪豬。」寅吉吐槽。

關於這一點，寅吉是對的。

他們是在說山颪事件。

「一樣啦，隨便。那場逮捕劇後，喏，就是從町田回來的那天晚上。才一回來，榎木津先生一個叫司先生的朋友正好來訪。我家大將嚷嚷著肚子餓了，喏，因爲他沒怎麼吃到飯，又大鬧了一場嘛。所以就說要去吃飯，三個人一起上街去了。剛才我就是在跟和寅兄說那個時候的事。啊，請坐。」

益田用眼神示意沙發，同時寅吉站了起來。

面對客人，也不詢問來意，就自顧自地說起自己的，我覺得益田眞的愈來愈像他的老闆了。

有來客的話，平常不是該問聲「有何貴幹」嗎?更何況這裡是偵探事務所，好歹也算是服務業的一種吧……?

想到這裡，我發現了。

我已經不是客人了。在這裡，我只是單純的奴僕之一罷了。

我一坐下來，寅吉便前往廚房，益田在我對面坐下。我以為益田總算要問我來訪的理由了，沒想到他又喜孜孜地繼續說了下去。

「然後啊，我們就去到了淺草，吃了牛肉火鍋。到這裡都還好，我們去的地方，有個像是江湖走販的人，喏，不是很常見嗎？拿著三個像壺的東西蓋著，裡頭放進一顆骰子，像這樣混在一塊兒，然後讓人猜骰子在哪個壺裡？」

「哦……」

「一般是賭小錢吧，可是那個時候不一樣，販子的背後擺了一堆吉祥物啊玩具之類的東西，一次付多少，猜中就可以拿到那些獎品。那裡頭有隻貓。」

「貓？招貓嗎？」

「不曉得吶。反正有個老舊的擺飾物。然後呢，咱們的偵探閣下很喜歡貓嘛。他嚷嚷著：小喵咪，有小喵咪耶～」

已經模仿起來了。

感覺榎木津的確會這麼說。

「三十好幾的大叔在路邊鬼叫著：小喵咪耶，小喵咪呢，小喵咪～我真是覺得丟死人了，所以像這樣，想要悄悄地開溜，結果被他一把揪住後領，命令道：益鍋，你去給我贏來，我要小喵咪。」

我到現在還被叫成益鍋耶──益田厭惡地說。

一定會覺得厭惡。

當然會覺得厭惡。

「嗄，我無可奈何啊。司先生也叫我上。所以，嗄，我就自掏腰包，玩了幾次，卻怎麼樣都猜不中。」

「猜不中嗎……？」

老實說，我根本不想聽這種事，但我爲了希望他快點說完，附和催問著說。

「……仔細看就看得出來了吧？」

「看不出來。」益田斬釘截鐵地說，「人家可是靠這個做生意的呢。一個客人只收得到幾個零子兒，要是隨隨便便就被人猜中，生意也甭做啦，就是有它的獨門訣竅，才做得來這一行啊。而且應該還有場地費什麼的，人家也是拚了命的。相較之下，我是玩得心不甘情不願嘛。我玩了兩次，兩次都輸得一塌糊塗。可是榎木津先生跟司先生都不放過我，叫我一直玩到猜中呢。然後榎木津先生在我背後七嘴八舌地指揮，叫我猜左、猜中間……結果猜中了呢。」

「猜中了？」

「榎木津先生百發百中。」

「這……」

是因爲榎木津的特殊能力嗎？——我心想。

榎木津好像有著奇妙的體質，能夠以視覺感知他人的視覺記憶。當然我不曉得是眞是假，本人似乎也不怎麼計較這件事……

益田搖手，說：

「不是啦、不是啦。江湖販子當然知道骰子進了哪裡，可是那不是**看到的記憶**吧？大概是用手的動作去感覺的。榎木津先生是看不出這種事的。所以我想那應該是動態視力異常發達吧，跟動物一樣。」

「可是榎木津先生眼睛不好吧？」

我記得他應該視力很弱才對。

「一般的視力跟動態視力是不一樣的。動物也是，視力不好，可是看得出活動的東西不是嗎？榎木津先生猜得很準呢。」

「那……他自己玩不就好了嗎？」

「那個人怎麼可能自己下場？結果他只是想看我出糗取樂罷了。然後呢，嗳，玩到總

共第八回的時候，他大聲鬼叫……」

我不是從剛才就一直說右了嗎？這個蠢貨……

益田這次坐著重現我進來時同樣的台詞。原來如此，是這麼回事啊。

此時寅吉送茶過來了。

「原來如此啊。益田，那是你太蠢了。勸諫先生是你的工作。就算被揍也是你活該。」

「被揍？」

「沒有啦，喏，我是個膽小鬼，所以落跑了啦。攤販老闆生起氣來，演變成一場亂鬥了。除了我以外，還有其他客人嘛。其他客人都開始議論紛紛：哦哦，只要照著那個人說的押就會中了，全都照著榎木津先生說的押。而我因爲有骨氣，偏就不照著押。」

「如果你乖乖照著押，事情不是一下子就結了嗎？」寅吉說。

「才不要哩。就算照著他說的押，還不是會被說成什麼『你是只知道唯命是從的木頭人嗎？』『沒有我跟著，你就是個什麼都做不了的廢物。』可是對江湖走販來說，這是妨礙生意，對吧？老闆吼著，『你差不多一點！』揍了上來。」

「揍榎木津先生嗎？」

「嗯，嗳，那個人沒事的啦。反倒是司先生挨了一拳，可是找榎木津先生幹架，根本是大錯特錯。當時場面簡直是一場糊塗。」

榎木津這個人乍看之下很纖弱，打起架來卻強得嚇人。

「那一帶又有許多醉鬼，還有地痞啊、不曉得打哪來的混混，全都跑來參一腳，眞是亂成一團嘍。不過我在警察趕到之前就先溜之大吉了。可是啊，喏，那個叫司的人——你應該不認識，他也是個相當厲害的角色哦。在那場大混亂當中啊，喏……」

益田指著偵探的辦公桌上面。

偵探的大辦公桌上，可笑又嚴肅地擺著一個記載了偵探這個身分的三角錐，不過旁邊擱了一個斜坐著的高雅招貓。

「那個是……？」

「就獎品的小喵咪啊。」

「它怎麼會在這裡？」

不是沒猜到嗎？

「沒有啦，就司先生趁亂摸來的呀。我完全不曉得他是怎麼摸到手的。回來之後，他就從懷裡掏了出來。」

「偷、偷來的嗎？」

「說是挨揍的慰問金。噯，司先生只是在那裡起鬨，沒有像榎木津先生那樣妨害生意，算是白挨揍了，而且我也花了不少錢，摸隻貓來也不爲過吧。」

「這可不是前警察該說的話。」

寅吉說。雖然難以置信，但這個輕薄又滑頭的偵探助手，以前曾是個刑警。

益田「喀喀喀」地怪笑：

「可是和寅兄，這種東西很便宜的啦，連一百圓都不到吧？」

「一個五十圓。」

我買了三個之多。一開始買的陶製招貓是六十圓，在豪德寺大門前買的土製招貓是五十圓。榎木津辦公桌上的那個看起來像土偶。

「那比咖哩飯還便宜呢。」益田說，「一次十圓，我玩了八次，總共花了八十圓呢。算起來狸貓蕎麥麵（註）都可以吃上四碗了呢。再說，這怎麼看都不是新品嘛。看起來髒兮兮的，會不會是哪家倒閉的店裡神壇供著的東西？一定是不用半毛本錢的啦。」

註：一種加了炸麵衣做爲佐料的蕎麥麵。

的確，那隻招貓看起來不是非常乾淨。

貓是側坐的姿勢，比我熟悉的正面立坐的招貓更要細瘦，造型非常寫實。是白底黑斑，上面畫著紅紫相間的圍兜。許多地方都褪色或泛黃了。手……

是舉右手。

「這是……招財貓呢。」我說。

「你們眞是沒知識。」

寅吉神氣兮兮地說，捧著托盆走近辦公桌，捏起招貓轉了一圈。貓背上畫了個朱色的印記，是圓框中有一隻鳥的圖案。

「喏，看看這個。這可是老東西了。或許頗有價值也說不定。所以我才再三叫我們家先生拿去給舊貨商老師看看嘛。」

舊貨商老師指的是古董商今川吧。

「這可是江湖走販的獎品耶？」

「搞不好那個江湖走販也不識貨啊，這可是丸占貓呢。」

「丸占貓是啥？」

寅吉哼著鼻子「咕咕咕」笑了幾聲：

「看看，這個，圓圈裡頭不是畫著占字嗎？」

看起來像鳥，原來是占這個字。

「我父親說，這是一個人把錢獨占，也就是一本萬利的意思。這東西只到明治初期還在製作，現在已經絕跡了。我們家以前在侍奉榎木津大老爺以前，曾經在花川戶幫人裝修，我父親在小時候買了這個，擺飾在神壇上。」

「和寅兄的父親小時候，那到底是什麼時代啊？」益田問。

「明治吧。」寅吉答道，「一直到明治中期左右，我家一直都還有這個。或許擺了更久也說不定，我也不清楚。我家在大地震的時候震垮了嘛。」

「關東大地震嗎？」

「塌得面目全非呢。我家以前是出入榎

木津家的裝修工匠，在大正的地震時沒落，被子爵大人收留了。這些細節不重要，總之我父親非常中意這隻丸占貓，找了很久，可是已經沒在賣了，讓他嘆息不已呢。他說雖然有一樣是今戶燒的貓，可是舉的手不一樣，上面也沒有丸占的字樣。」

「請、請等一下。」我制止寅吉。

「什麼？」寅吉奇妙地揚聲問。

「這、這隻招貓……是今戶燒嗎？淺草的？」

「那當然是今戶燒吧。」寅吉神氣地說，「說到今戶燒，那就是淺草啊。沒別的今戶了吧？所以說到招貓，今戶燒就是元祖啊。」

「咦？」

是……這樣嗎？

「招、招貓的……？」

「招貓的元祖的元祖，就是這種丸占貓。益田這樣的鄉巴佬好像一點兒都不識貨吶。怎麼能把它跟這附近賣的、用模子灌出來的常滑燒的貓混爲一談呢？今戶燒可是江戶的風物詩呢。從箱根另一頭過來的土包子，才沒資格對它說三道四。」

寅吉不曉得在威風些什麼，再一次哼了一聲。

「今……」

今戶燒是招貓的元祖……

「這是眞的嗎？」我問。

「那當然是眞的啦。聽說從江戶時代就在製作了。據舊貨商的老師說，今戶燒這種瓦陶的歷史比清水燒更要古老呢。聽說隅田川那一帶，從天正時期（註）就在燒製了呢。一定很古老吧。」

雖然我是中學中輟，可也不是全然無學

註：天正爲安土桃山時代的年號，一五七三～一五九二。

的哦——寅吉再一次傲然挺胸。益田一次又一次撫摩尖細的下巴說：

「就算這麼說，這也不可能是天正時代的東西啊。誰知道貓是從什麼時候開始燒製的？頂多從明治開始吧。」

「丸占貓是從嘉永（註一）時候開始吧。」寅吉說，「聽說那個時候，我們在花川戶的老家後面一帶住著一個老太婆，她家裡養的貓入夢，說把牠的模樣做成人偶，就可以招福。」

「你看。」益田回道，「說到嘉永，不是很晚了嗎？都江戶快結束的時候了。」

「所以我聽說的是丸占貓是嘉永開始，但招貓是更久以前就有了。」

「請問……」

我一出聲，偵探助手和祕書兼打雜同時回頭，幾乎是同聲問道，「幹嘛？」

「什麼幹嘛，呃……」

「哦，本島先生，這麼說來，你有什麼事？」

現在才問這是什麼問題？這裡是偵探事務所，我當然是來商量有關偵探事務的事吧？

「我想要委託。」我小聲回答。

「委託……什麼？」

「委託偵探事務啊。這裡是偵探事務所吧？其實發生了一件怪事，而且正好……是跟招貓有關的事。」

「啊……」

益田發出懶洋洋的脫力聲音，肩膀也頹然垂下。

「怎樣啦？」我不滿地問。

「哦，本島先生涉入的事件該說是嚴重還是怎樣……全都是些路線非常微妙的古怪事件嘛。」

「喂，我說啊，我是不打算辯解，可是過去發生的事，只有一次是我委託的，好嗎？」

「是這樣嗎？」

「就是這樣啊。剩下的事，我都只是被捲進去而已。這次也是，委託人是另有其人。你們應該也認識，是奈美木節小姐。」

「奈美木……？」益田搖晃瀏海，望向寅吉。

「我不認識耶。」寅吉說。

「那是誰？」

「奈美木節小姐啊。那個很像笠置靜子唱的『採買搖滾』（註二），咕咕呱呱說個不停的姑娘。說什麼是今年春天，千葉潰眼魔事件時的關係者。她還說只要說是那個被暴徒嚇壞的惹人憐愛的少女，你們就知道了。」

阿節本人自稱是惹人憐愛的**美**少女，但我還是不得不把**美**字給省略了。

益田把食指抵在額頭上，露出嚴峻的表情，然後「唔唔」地呻吟了一聲。

「我不可能看到惹人憐愛的少女卻給忘掉啊。是那家學院的女學生嗎？」

「是女管家。」

「女……女管家？咦？織……織作家的……女管家？」

啊！——益田大叫一聲。

「有了，我想起來了。我幾乎沒見到，不過那場慘劇的日子，是有個姑娘辭職離開了。我看過，我看過。可是那姑娘惹人憐愛嗎？哦，是她啊，是那個長得很像中華料理碗公圖案的女傭，對吧？」

我也這麼覺得。

原來大家都這麼覺得嗎？

「她是……委託人？」益田把頭往前

註一：嘉永爲江户後期的年號，一八四八～一八五四。

註二：原曲名「買物ブギ」，爲一九五〇年發售的笠置靜子（笠置シヅ子）的歌曲。歌曲長達五分以上，內容爲連珠炮地描述主婦採買時的繁雜忙碌，大受好評。

探。

「正確地說，委託人是她的朋友。唔，我們是在某個地方偶然認識的。她說她想知道玫瑰十字偵探社的連絡地址，所以我告訴她了，可是本人沒辦法前來，所以我才代理過來。」

「你這真是遭殃型的宿命呢。」益田感動地說。

要你多管閒事，連我自己都覺得受不了了。

「那……是要調查外遇嗎？還是調查相親對象的品行？」

「這家事務所不是不接那類案子嗎？」我問。

「最近接了。」益田答道，「嗳，這類事情主要是我在調查啦。要是不接，和寅兄跟我的薪水就沒著落了。」

「我可不以為我是靠你吃飯的。」寅吉嘔氣說。

附帶一提，和寅是寅吉的綽號，是安和寅吉的省略形。

「與其受你的好處，我寧可去賣身還是幹嘛。要我去馬戲團還是跳越後獅子舞(註)都行。」

「我才沒賣你好處，沒那麼老的越後獅子舞童啦。」益田恨恨地說。

「對了，榎木津先生……不在嗎？」

我一問，原本反目成仇的兩人忽然面面相覷，頓了一拍，「噗嗤」笑了出來。

「怎、怎麼了？發生了什麼好笑的事嗎？」

「啊啊，好笑，這真是太好笑了。對吧，益田？」

「就是啊，我想本島先生聽了也一定要笑。」

兩人說完，同聲笑了起來。

「發生了什麼事嗎？」

「我家先生啊，賭氣跑去睡覺了呢。」

「賭氣……睡覺？」

「睡嘔氣覺啊。哎呀，眞是教人心曠神怡。看到那個目中無人的傢伙走投無路的模樣，實在痛快。大快人心。」

看來益田最近被欺負得很厲害。

「嗳，就算是我家先生，也對付不了大老爺嘛。不愧是前子爵大人，器量非比常人。」

「這跟家世身分無關啦。把那個怪人養大的可是那個大怪人呢，只是這樣罷了啦，和寅兄。」

榎木津的父親是前華族，也是財閥龍頭。

他雖然有錢有勢，卻似乎是個更勝榎木津一籌的怪人。

益田有些下流地「咿嘻嘻嘻嘻」地怪笑：

「沒有啦，直到剛才啊，他們還在隔著電話父子吵架呢。而且還是場荒唐古怪的吵架，根本聽不出來他們是在吵些什麼，而且那個人講的話本來就荒唐透頂了，不是嗎？跟他父親對話起來，更是變得不曉得是哪裡的外星話，光聽就笑死人了，然後啊，情勢變得愈來愈不利。」

「榎木津先生情勢不利？」

我無法想像屈居下風的榎木津。

「結果最後榎木津先生被說服了吶。是被唬弄過去了吧。然後他氣了一陣，罵了一陣，賭氣跑去睡覺了。」

「如果電話是我接的，我一定會挨罵吧，可是是先生自己接的電話，他找不到對象可以發洩。就算想遷怒，矛頭也沒地方

註：越後獅子舞是源自於越後，巡迴全國各地表演的一種街頭演藝，主要由兒童戴獅子頭，配合大人的鼓笛演奏等表演特技，沿路乞討賞錢。

指……」

寅吉「咕咕咕」地哼著鼻子悶笑，益田「喀喀喀」地像個壞人般奸笑。

「那件事不曉得會怎麼樣吶。」

「也不能怎麼樣吧。只有益田你去找房仲業者了。」

「我才不要哩。那種事，豈不是比外遇調查更沒意思嗎？那才不是偵探的工作哩。」

是被委託了什麼呢？我一問，益田便用完全是嘲弄的口氣說：

「找房子啦，找房子。說什麼北九州一個叫什麼的大富豪的浪蕩子要在東京近郊找別墅。說不管怎麼樣都得在這星期以內準備好家具陳設讓他搬進來。好像說中古的也行，可是要找乾淨整潔的地方。」

可是，

我想這種事，應該也用不著拜託不肖兒子處理吧。

說到榎木津集團，那似乎是一個規模驚人到我這種小角色胡亂談論都會遭天譴的大財閥。據說它旗下的企業多如繁星，各種行業應有盡有，會長榎木津的父親雖然是個怪人，在財政界卻非常吃得開，是個有頭有臉的大人物。我想不管是動產還是不動產，應該都可以隨心所欲。不，只要他大聲說一句「我要房子。」不管多少棟，應該都會有人自動奉上。不不不，只要動員員工，利用人海戰術，不就可以在一眨眼之間查遍全東京的物件嗎？再怎麼說，他都是個可以為了一個舊貨，毫不猶豫地掏出百萬圓的人物。憑著他的財力與人脈，區區一棟房子，應該可以輕易弄到手。

「可是啊……」益田露出奸笑說，「那個北九州的大富豪啊，不是客戶之類跟生意有關係的人。聽說不是跟榎木津集團相關的人，而是榎木津前子爵的私人朋友，在生意上沒有任何關聯。所以父親大人說不能動用公司的人力，公司的錢連一毛錢也不能花。對吧，和寅兒？」

寅吉用力點頭：

「大老爺是個公正無私的人，他絕不會公私混同。」

「他只是個大呆瓜罷了！」益田大概是在模仿榎木津，「說什麼不可以公器私用，卻把兒子拿來私用，不是嗎？那個臭蛐蛐父親！——對吧？」

「什麼蛐蛐父親？」我問。

「先生說的是蟋蟀啦，益田。不可以弄錯。」寅吉責備益田，「大老爺的興趣是採集蟋蟀。他把蟋蟀養在溫室，讓蟋蟀過冬。所以剛才先生才會說蟋蟀父親。」

「那我重說一遍。卻把兒子拿來私用不是嗎，那個臭蟋蟀父親！」

愈來愈像了。

「大老爺說會付錢，所以並不算把兒子拿來私用吧，我覺得。這是工作上的委託。」

「雖然這不是偵探的工作啦。」

尋找不動產物件——的確，這不在偵探的工作範疇內吧。榎木津四處走訪查看房仲廣告傳單的模樣一定很好笑。

「父親大人的理解是，偵探這一行就是尋找所有一切的東西。所以才會一下子吩咐找烏龜，一下子吩咐找山嵐，這下又是找房子，全是這一類的。真好玩呀真好玩……」

益田笑了一陣，然後用力甩了一下瀏海，望向我問：

「那要找什麼？」

「找什麼？沒有要找什麼啊。」

「可是你不是要委託嗎？」

「所以說……」

如果放任他們去，話題又會往我沒看過也沒聽過的方向亂跑，所以我決定強勢地說明狀況。

我想快點了結這事。

首先，我說明阿節與梶野美津子的關係。

然後我也提到美津子的雇主——還是該說買下她的人比較正確？——小池家，與阿節的雇主——這邊是真的老闆——信濃家之間的紛爭。這部分與委託內容可能沒有直接關係，但我就是沒辦法略過不提。我可以要約或換個說法，但沒辦法省略。因為我只會把聽到的內容就這樣照著聽到的順序說出來。

或許很笨，但我沒法整理。

說到命案的時候，理所當然似地，偵探助手和偵探祕書探出了身體，但他們發現那只是點綴在生魚片旁邊的蘿蔔絲，身子又退了回去。

然後，我總算述說起美津子的前半生。

節錄要點來說，那並非多罕見的遭遇。

雖然有許多發人省思之處，但當事人美津子說她不覺得悲傷，也不覺得不幸，所以我覺得身為第三者的我沒資格評論什麼。

再說，如果加入我這個轉述者的主觀，感覺會扭曲了實像。

所以我盡可能淡淡地說。

兩人大概也是淡淡地聽。

益田再一次「唔唔」呻吟了一聲。

「她有……呃，那麼糟嗎？」

他是在問容貌吧。

「絕沒那回事。」我否定說，「她長得很普通。不，大概只是樸素而已。只要打扮打扮，就會漂亮許多。像我朋友近藤的姊姊長得更要恐怖多了，可是連她都嫁得出去了。像美津子小姐那種相貌的人，到處都是。」

「可是……那樣的話，大概是太沒有才藝細胞了吧。她被賣掉之後，馬上又被賣了，等於是才九歲還是十歲，就被人認定沒有才能了，不是嗎？一定是笨拙到了極點吧。」

「原來如此啊。」寅吉發出感想，

「……這眞是難說呢。」

「什麼東西難說？」益田問。

「就很難說啊。一般說到長得醜、手腳笨拙，都是負面的事啊。只會吃虧而已。像我也是，只要再聰明點，或許已經是學士了呢。」

「不可能、不可能。」益田說。

「哪裡不可能了？這誰知道呢？你仔細分析看看呀，益田。說到長得醜、學不成才藝，在一般社會是不幸的源頭，然而在花街裡卻是相反的啊。」

「哪裡相反了？」益田不滿地說，「那位小姐可是當不成藝妓，被賣到妓院去了呢。如果說是學不成才藝，被主人撕了賣身契，還是同情她的笨拙，把欠債一筆勾銷，那你說相反也還可以理解，可是被賣到妓院去，就沒有後路了。如果她有一技在身，應該就不會碰上這樣的事了。」

「你也眞是笨吶。那位小姐雖然被賣到妓院，可是也多虧了她的笨拙，得以不必賣身，不是嗎？」

「這……算是幸福嗎？」益田一臉糊塗。

「那當然幸福啦。」寅吉肯定地如此說，「可以不必賣身，那當然最好了。益田你一定不曉得賣身有多麼苦吧？」

「我才不會曉得哩。就算我想賣也沒得賣嘛，所以我才覺得不能就這樣判斷啊。以我們的基準來看，或許會是那樣，但讓那個業界、那個圈子的人來說，那位小姐的確是淪落了啊。」

「有這樣的觀點嗎……？」

「有啦。」益田撩起瀏海如此主張，「例如說，像我跟和寅兄，看在世人眼中，不就是兩個大傻瓜嗎？可是從傻瓜天王的榎木津大明神眼中看來，我們傻瓜的程度還太嫩了。

就算看在世人眼中已經夠傻了，但在這個偵探社裡，卻會被罵還不夠格、不入流、還早了十年。處在關口先生、木場先生這些高級傻瓜之間，我們還眞是相形失色，自慚形穢，不是嗎？」

沒這回事，益田和寅吉也毫不遜色，完全夠格當一個傻瓜——雖然我這麼想，卻也感到原來如此。

從這種意義來說，最羞愧沒臉的應該是我才對。

「說穿了就看本人怎麼想啦。」益田作結說，「對於自己的境遇，本人——美津子小姐並沒有覺得特別比別人不幸的樣子。當然，她心底怎麼想我們不曉得，但至少她沒有放在嘴上。對於那個小池某人，她好像也視爲出大錢救她害病的母親的恩人，也認爲自己奉獻一生報恩是理所當然的事。」

美津子好像是眞心感謝。

以一般——或者說身爲凡人的我的基準來看，即便眞是如此，心裡多少還是會有憤憤不平之感吧。

益田再次低吟：

「唔，小池這個人的確是個奇特之士吧。竟然爲了那種沒半點用處——啊啊，抱歉。爲了那種沒什麼利用價值——呃，這說法一樣呢。爲了避免誤會，我在這裡聲明，我絕對不是在輕蔑那位小姐。只是呢，幹那行生意的人，爲了賺不了錢也沒什麼用處的下人出錢，是非常罕見的事吧。一般的話，連個子兒都不會出吧。」

不會吧……或許。

「不……還是會罵『這個光吃不做的窮鬼』地把她給趕走？」

「那可是花了本錢的，不會平白放走的。」寅吉說，「得先拿回從藝妓屋買來的本錢吧。既然沒辦法接客，嗳，這也沒辦法，一般會把她當成牛馬般來使喚吧，就算勉強也要她接客。不受客人歡迎的話，就扣她的飯之類的，待遇只會愈來愈糟。然而，就算是戰爭中的休業時期，卻不讓她接客，還好心爲她砸大錢，實在是個慈善家呢。」

「後來……她就在內場工作，是嗎？」益田問。

「她負責打掃洗衣採買煮飯，算是個打雜的下女，店裡的雜務是一手包辦。好像相當忙碌。」

「那當然忙了。負債金額是多少？」

「哦，我是不清楚金額，不過好像有字據。時代變了以後，法律什麼的好像也有了不少改變，所以我也不曉得字據是不是還有效力。」

「那要看字據的格式跟內容。」益田說，「視情況，或許也是可以提出異議。不過那位小姐大概沒那個意思吧？」

應該沒有吧。

「可是，既然那樣一個奇特的慈善家，會拿字據來束縛傭人嗎？」寅吉提出基本的疑問，「從一開始就是大虧了嘛。既然都已經有了虧那麼多的覺悟，乾脆撕了字據，把人放了，不也一樣嗎？據你的說法，就算把那位小姐留在手中，反正也賺不了多少錢。根本不合算。」

「這話就錯了。金錢問題是不同一回事。」益田說，「和寅兄，恩是恩，錢是錢啊。錢什麼時候還都行，但受了人家的恩情，就算耗費一生，也是還不清的。對吧，本島先生？」

「嗯。可是那筆錢的金額好像也大到不可能還得出來。所以美津子小姐現在是無償工作。」

「無償？」寅吉叫出聲來，「無、無償應該不行吧？益田。這不就是金錢問題了嗎？

這不是抵觸了那個什麼、勞動什麼的法嗎？」

寅吉歪起濃眉說。

「大概……算是先預支了一大筆薪水這樣吧。」益田看似心酸地說。

——原來如此。

也可以這麼看嗎？

賣身、花街、藝妓屋、奴工、字據，這一連串近藤喜愛的古老名詞相繼登場，好像連我的感性都倒退幾十年了。美津子與其說是奴工，更應該視爲是先預支了一大筆薪水，正在拚命工作還債這樣嗎？

「待遇方面怎麼樣？」益田問。

「嗯……唔，出於工作性質，好像沒有休假。可是她有自己的房間，三餐也沒有差別待遇，好像並沒有受到不人道的對待，雖然沒有可以自由支配的金錢和時間，不過待遇上應該算是不錯吧。」

「然後……她工作了二十年嗎？」

「二十年。不過其中十年算是娼妓見習生嗎？我也不太清楚，但她是以娼妓預備軍的身分住在店裡，也是有休假的吧。可是美津子小姐別說是老家了，好像甚至不會出去玩。就算拿到零用錢之類的，也都一直存起來。所以遷到宅子之後的十年，雖然沒有休假，但她反而是覺得幸福的吧。」

雖然這只是我的推測。

「十年之間，完全沒有休假嗎？」

益田和寅吉面面相覷。

「可是！」我模仿近藤，像個說書的拍膝。

「可、可是什麼？」

「美津子小姐她……上星期要求休假了。」

「哦？」

寅吉嘟起厚厚的嘴唇。

益田拉開薄薄的嘴唇。

「這又是爲了什麼?」

「她說她想起和母親說好再會的約定。」

「約定?」

「對。」

不管發生任何事……

不管發生任何事，二十年後我一定會回來。

美津子被賣掉離家的時候，曾經對母親這麼說。當然，這是要與離別的親人再次重逢的堅定誓言，可是這同時更是表明她這段期間一次也不會返家的堅定決心吧。

就是這樣的約定。

美津子的故鄉並不會很遠。

不過美津子並不清楚老家的正確住址。

那裡——美津子生長的貧窮村子，過去叫做彌彥村。

不過中間有過幾次町村合併，每次名稱都跟著改變，現在那裡好像已經不曉得叫做什麼了。或者說，從美津子描述的樣子來看，她住在那裡的時候，好像就已經不叫彌彥村了。

可是美津子的父母還有周圍的人，全都把那裡叫做彌彥村，這個稱呼依然通行。

不過美津子提到品川縣這樣一個古怪的行政區名，她好像依稀記得。

阿節大笑才沒那種縣，不過後來向人打聽，才知道品川縣是八王子一帶廢藩置縣後的名稱。

結果雖然不曉得正確地點在哪裡，但好像是八王子那一帶。那麼雖然不在區內，卻也還是在都內，是在東京。

聽說美津子家代代靠著抽繭絲勉強維生。這麼說來，我以前聽說過八王子一帶紡織業之類的產業很興盛。

美津子是四個孩子中的么兒，家裡除了父母及祖母以外，還有兩個哥哥和一個姊姊。

可是美津子沒有看過長兄的臉，也不知

道名字。

長兄在美津子出生不久前過世了。愛好時髦的父親帶著長兄去淺草十二階（註一）觀光……

碰上了大正的大地震。

只能說是運氣太背了。

我的姊夫是個愛湊熱鬧的傢伙，大地震幾天後跑去淺草參觀崩塌的凌雲閣，經常憶起說，「那麼巨大的建築物，居然從中攔腰折成兩半吶。」我本身對大地震幾乎沒有記憶，不過可以想像淺草一帶的狀況應該相當淒慘。寅吉也說他花川戶的老家都全毀了。

當時美津子的老家也不可能多富裕。既然有家業要顧，當然不可能閒閒沒事做，所以應該極少出門遊玩，然而卻好死不死偏在那樣一天出門去了。

總之，美津子的大哥被捲入大地震，與父親失散，在火災中被燒死了。

父親活著回來了，但因爲受了嚴重的燒燙傷，無法像以前那樣靈活工作了。

從此以後，梶野家的經濟狀況似乎是每況愈下。受到金融恐慌的影響，紡織業界的景氣也陷入低迷。

美津子就在這樣的狀況中誕生了。

美津子五歲的時候，父親過世了。姊姊嫁到附近的養蠶農家，二哥爲了補貼家計，十四歲就到工廠工作了。

可是……俗話說福無雙至，禍不單行。

每次聽到這類事情，我都會覺得這世上是不是沒有神佛了？

有些不幸是要自己負責的，也有些人會把旁人看起來沒什麼大不了的狀況當成不幸。有時候一點小事，對當事人來說卻是猶如世界末日般巨大的不幸吧。幸與不幸的樣態是形形色色。可是意外事故、無法預料的天災，這些災厄都是毫無預警、沒有任何因果關係，突然從天而降的。

這類災禍無法招來，所以也難以迴避。

我不想聽什麼前世造孽、信仰不虔誠、沒有祭拜祖先、因果報應這類鬼扯淡，但如果說有神也有佛，眞希望祂們至少把這些無從抗拒的不幸均等分配給每個人。

美津子說事情發生在她七歲的時候。

二哥在作業當中引發嚴重的意外，受了重傷。

不，不光是受傷而已。

美津子家就在失去養家糊口的支柱、窮途末路的當下，收到了工廠寄來的存證信函，要求支付天價賠償。當時美津子十分年幼，所以記憶也非常模糊，但來信似乎要求支付遭到波及而受傷的員工治療費、破損的機械修理費、停工造成的一部分損失。換句話說，不曉得是法院還是工廠方面，判定意外的責任全在受傷的美津子二哥身上——當然，事實如何並不清楚。

工廠好像討債討得很凶。

結果美津子的老家似乎不得不賣掉幾乎全部的土地財產。不，即使這樣還不足夠，包括身體殘缺的二哥及不滿十歲的美津子，一家四口必須不分晝夜地不停工作。沒有多久，二哥就因爲過勞逝世，祖母也害了病，不久也死了。

然後美津子……被賣掉了。

女衒（註二）過來的三天前，母親就以淚洗面。

然後不停地向美津子道歉。

年幼的美津子不太明白狀況，說她覺得與其那麼傷心，乾脆別這麼做不就好了？比起

註一：正式名稱爲凌雲閣，是位於東京淺草公園的觀覽高塔，共十二層樓高，故俗稱十二階。

註二：江户時代到近代專門買賣女人到妓院爲業的人。

不願意被賣掉，看到母親哭泣，更讓美津子悲哀。

妳會比留在家裡頭還要幸福……

一定，一定會比留在家裡頭還要幸福……

美津子說，她到現在都還對母親說過的話記得一清二楚。

就算難過，也要忍下去……

不可以回來這裡……

就算回來，也只會更苦……

我不可以回家嗎？美津子問。母親說，如果回家，只會吃苦。我再也看不到媽媽了嗎？美津子再問。結果母親哭得不成人形。

然後，

二十年後，如果妳過得好，就回來看媽媽……

美津子的母親這麼回答她。

我一定會回來，美津子這麼應道。

二十年——這樣一段期間說不上來是否恰當，但絕不算短，二十年太不上不下了。一般的話，就算要隔一段時間，也應該會選擇更剛好的時期，像是妳二十歲的話，或乾脆一點，像是十年過去的話。

我想這說到底，是慈母對女兒委婉的訣別吧。美津子當時才九歲，可是聽說母親已經快五十了。那麼二十年後就是七十歲，不能保證人還活著。

我覺得這番話的意思，是兩人就此咫尺天涯，永不相見了。

臨別之際，母親給了美津子一個小招貓。

這是爸爸爲了即將出世的妳，從淺草買回來的……

母親這麼說。

如果這話是真的，那就是在大正大地震的日子——長兄過世的日子——買來的東西了。那麼那隻貓別說是招福了，根本是招來了災厄。因爲美津子的家以這天爲界，是每況愈下，逐漸地沉入不幸的泥沼當中……

聽說妳要去的地方，有一座貓寺——美津子的母親這麼說。

把它奉納到那裡的貓塚……

好運一定會眷顧妳的……

母親接著這麼說，又哭了起來。

她說的貓寺，指的是豪德寺。

這也是我從同僚青田那裡聽來的，據說豪德寺這座寺院受到花柳界人士的熱烈信仰。說什麼刮下貓塚的石碑上的粉帶著，金錢運就會好轉。像大正時期，別說是圓山了，連赤坂、吉原等地的藝妓都會跑來參拜。美津子的母親可能也聽說過這些傳聞吧。

因爲母親哭得太厲害，美津子抱著招貓，也跟著哭了。她說當時女衒勸慰兩人，說愈哭只會讓以後愈苦。

然後，美津子被帶到澀谷圓山去了。

前往藝妓屋前，美津子先去了豪德寺，照著母親說的，奉納了招貓。那個時候女衒的男子還幫她出了香油錢，讓她非常高興——美津子眞的非常高興地訴說這段往事。

然後過了十年……

美津子從藝妓屋遷到了金池郭，但不管吃了什麼樣的苦，她都沒有逃跑，也沒有放棄，只是一心守著與母親的約定，默默地在花街生活。

我還是不明白這樣算是幸還是不幸。應該有益田說的不幸，也有寅吉說的不幸中的大幸吧。對於到達這樣的結果之前的經緯，也有各式各樣的觀點吧。

不久後……

戰爭爆發了。

這是一段絕對無法忘記，卻又令人不願去回憶的時代。那種實在是如坐針氈，卻又沉重苦悶、難以形容的時代空氣，若非親身體驗

過的人，我想是不會了解的。

上層階級當時過得如何，我無從得知，但我們連普通地過活都艱難無比，甚至連行動都無法隨心所欲，只能不由自主地低下頭過活。

昭和十七年，美津子從風聞中得知嫁出去的姊姊一家全家自殺了。

八王子一帶的紡織纖維產業由於進入戰時體制，遭到了莫大的打擊。生產額劇降，必然不得不轉型到軍需產業，而無法跟上轉型的小規模生產業者形同是被斷絕了生路。

美津子說，她連姊姊的長相都記不清楚了，所以雖然感到同情，卻也不覺得悲傷。

大概是這樣的吧。

我覺得美津子非常坦白。

然後……

美津子從把她賣到花街的女衒口中，聽到了母親病危的消息。

母親和姊姊不同，美津子是記得母親的。

所以美津子大爲動搖，也大爲狼狽，這是當然的吧。

可是就算知道這個消息，美津子也一籌莫展。她擔心得要命，眞的是坐也不是，站也不是。

既然姊姊已死，美津子沒有其他親人可以依靠了。一個不成才的妓女，除了坐視老母病死之外，沒有其他法子了。

所以金池郭老闆小池某人的好心——金錢，比任何溫言安慰都更讓她刻骨銘心——美津子說。

她說她眞心覺得要她一生侍奉老闆都行。

緊接著八王子遭到空襲，被炸得一塌糊塗，但聽說美津子的母親逃過一劫。

美津子說她一點都不擔心。

因爲老闆告訴她母親沒事，用不著擔心。小池某人似乎把美津子的母親疏散到安全的地點去了，而且還幫她找了醫生。這簡直可以說是無微不至的慈悲心。

美津子的母親撐過來了。

然後……又過了十年。

美津子到了第二十年，第一次……要求休假。

「然後總算有了一場賺人熱淚的再會嗎？哎呀，眞虧她這幾年來的忍耐吶，對吧？」

「然而……她第一次要求休假，卻被打了回票。」

「打回票……爲什麼？」

唔……一般是會覺得奇怪吧。

「難、難不成一生都不放她假嗎？」

「舉著字據逼她說這是到死都沒得休假的契約嗎？」

「不是那樣的啦。聽說小池先生對她說，要休假是無所謂，可是不可以去見母親。」

「爲什麼？」寅吉憤慨。

「這太莫名其妙了。」益田皺起眉頭，「人家可是爲了這個決心忍耐了二十年呢，含辛茹苦二十年呢，而且是活生生被拆散的母子再會呢。哪有理由阻止人家呢？那個老爺到底是好人還是壞人，乾脆一點好不好？」

我也這麼覺得。

「嗯，噯，是這樣的，老闆說：妳辛苦了這麼多年，沒一天休息，每天工作，我當然想讓妳好好休息一下。但事到如今，就算妳去見了母親，今後也不能一起生活，妳或許是好，但對妳母親來說，只是平添痛苦罷了。」

「這簡直是女衒的說詞嘛。」益田說，「唉，也不是不能理解啦，就是這麼一回事嘛。」

「見一次就生情，見兩次就依依不捨，愈見就愈難分離……」

「是這樣沒錯啦，」益田不服地說，「可是既然要裝慈善家，對人親切，就得好人

做到底呀。」

「什麼叫好人做到底？」寅吉問益田。

「就是說……美津子小姐的母親都七十好幾了，對吧？已經來日不多了，那個美津子小姐也獻身工作了那麼久，乾脆就讓她們母子重聚算了嘛。」

「你這是什麼意思？把欠債一筆勾銷，而且還還她自由身，是嗎？這有可能嗎？不，要住在一起的話，也需要一筆不小的錢吧。你是叫老闆再爲她出那筆錢嗎？益田啊，這也太說不過去了吧。說恩情與金錢是兩回事的，可是你耶。」

「我是說了，可是就算不用還她自由身，像是每星期給她休假，讓她去見母親，不是也可以嗎？」

「不行不行。」寅吉揮手，「就算讓她休假，也得有錢才能見面啊。坐電車要花錢，也得買個土產回家吧。每星期都給她零用錢的話，這跟還她自由身有什麼兩樣？所以，嘜，那位老爺說的或許是對的。」

寅吉說到這兒，提起茶壺在自己的杯中倒入冷掉的茶。

「對吧，本島先生？」

「呃，唔，美津子小姐自己好像也這麼想。可是即使如此，她還是無法死心。」

「就是嘛。」

「什麼啦？和寅兄，你到底是站在哪邊的？那，那位美津子小姐又再次要求休假了嗎？」

「嗯……」

美津子左思右想……

最後撒了謊。

我覺得身體不太舒服……

她這麼向老闆撒謊。美津子的身體並非特別健康，但好像也沒有哪裡不好。

我和店裡的女孩們商量，她們說好像是

婦女病，說三鷹那裡有個高明的針灸醫生，我想去那裡看看——美津子這樣向主人要求。

「說是婦女病云云，好像是阿節小姐給她出的主意。美津子小姐也辛苦了大半輩子，明年就三十了，身體哪裡開始出毛病也不奇怪。再說那個針灸醫生的風評也是真的，店裡的姑娘們都說想去看看，所以具有可信性。結果這次一試就獲得許可了……」

美津子帶著老闆給她當治療費的一百圓，第一次一個人離開花街。她說那遠比被女衒牽著來到圓山時，更教人不安害怕。

然後美津子整整睽違二十年，回到了自己出生的彌彥村。

「她說模樣整個改觀了，她根本分不清楚東西南北。」

「噯，都過了二十年嘛。」益田說，「她離家的時候還是小孩吧？那當然不記得啦。我也是，十歲的時候住的家怎麼走都忘了。」

「不是那樣啦。你是箱根山裡長大的，可能不曉得，可是八王子可是在東京大空襲中幾乎全滅了呢。景象當然會整個改觀啊。對吧，本島先生？」

我是不太清楚，但美津子也這麼說。

「我才不是箱根山長大的，我是神奈川人啦！」益田嚷嚷道，「只是箱根山以前是我的轄區罷了吧？我又不是金太郎（註），我才不是山裡長大的。」

「金太郎是足柄山。」和寅說。

「管他什麼山。那麼，美津子小姐的老家燒掉了嗎？」

「是的……」

註：金太郎是日本民間傳說中，居住在足柄山的山姥的孩子，全身赤紅而圓胖，總是扛著一把斧頭，圍著肚兜，喜歡相撲和騎馬，有怪力，與熊、鹿、猴等爲友。

景象了。

聽說……那一帶已經完全看不出過去的

不過就像益田一樣，美津子連老家的地點在哪裡都記不清楚了。她也不熟悉那一帶，好像花了很久的工夫尋找。然而，

美津子說，有一隻貓。

「貓？招貓嗎？」

「不是啦，是活生生的貓，動物的貓。一隻白色的日本貓。尾巴短短，脖子繫著鈴鐺的家貓。美津子小姐說她徬徨無主地走在路上，突然聽到鈴聲。她納悶地回頭一看，沒想到有一隻貓就站在路上。她心想，咦，有貓，不經意地盯著看，結果那隻貓別具深意地朝她回頭看了一眼，然後走進小巷子裡頭去了。美津子小姐感到奇怪，探頭望去……總覺得有點眼熟。」

「眼熟？什麼東西眼熟？」

「建築物全部重新蓋過了，可是那裡的地形，或者說道路的形狀，多少保留了一點戰前的模樣。那隻貓就像這樣，悠然走在那條路上。於是美津子小姐赫然想了起來：那不是隔壁家的多多嗎？」

「隔壁家的豆豆？」

「不是豆豆啦。也不是冬冬還是兜兜。多多是貓的名字。她說小時候隔壁家有一隻叫多多的小貓，一樣是白色的日本貓。」

「貓怎麼可能活上二十年？」

「益田，你這話就錯了。我父親說他養的貓活了十九年，生了十幾隻小貓呢。我父親說牠如果不是在大地震中死掉了，現在一定還活著。我是覺得不可能啦，不過應該可以活個二十年沒問題。」

「是嗎？」益田歪頭。

「噯，貓的年齡不重要，那隻貓是不是隔壁家的多多也不重要。總之那隻貓忽然走進去的人家隔壁……」

「就是美津子小姐母親的家嗎？」

兩人再次轉向我。

「嗳，就是這樣。美津子小姐是這麼說的。那戶人家的門牌上寫著梶野，而且頗爲豪華，和以前住的臨時小屋似的破房子完全不像。所以美津子感到非常不安，膽戰心驚地敲了敲鄰家的門打聽。」

請問隔壁家是梶野家嗎……？

住的是梶野陸太太嗎……？

「出來應門的是一個約四十出頭的太太，很乾脆地回道隔壁就是阿陸太太的家。」

「她母親是叫阿陸啊？」

「應該吧。所以美津子小姐激動萬分，說她以前就住在這一帶。但她沒有說出自己是阿陸的女兒。」

應該是……不敢承認吧。

美津子曾被暗示她的身分見不得人，萬一回來，會變得不幸。其實美津子現在並不是特種行業的人，但這樣的觀念已經深植在她腦中了吧。不，在美津子心中，不管是藝妓、娼妓還是下女，會不會都沒有區別？不僅如此，自己無才無藝，又不能接客，她似乎覺得自己比藝妓或娼妓更要不如。

不管怎麼樣，美津子內心應該明確地存有這樣的意識，而且她一定認爲母親有個做著下賤行業的女兒，在街坊間會抬不起頭來。

鄰居聽了似乎有些驚訝。

「可是仔細一談，才發現原來隔壁家的太太是在戰後才搬過來的。」

「那貓也是別的貓嘍？」

「那隻老貓……說是隔壁家的貓。」

「隔壁？……是美津子小姐的母親養的貓嗎？」

「鄰居是這麼說的。鄰居說，『那貓活了那麼久，會自己開門，偷舔油吃，還會偷魚，偷偷告訴妳，其實眞有點討厭吶。』那太

太還笑著說，等到牠會自己開門又關門，那就是妖怪貓了，再不久會不會就在頭上蓋條手巾，跳起舞來（註一）？要是牠有尾巴，絕對會分岔（註二）。」

「反正是隻老貓就是了。」益田說。

「是啊。噯，然後呢，畢竟暌違了二十年，美津子小姐回想起許多事，好像也近鄉情怯起來……」

不過美津子還是下定決心，敲了敲母親的家門。

喵──她說她聽見貓叫。

有人在嗎？有人在嗎……？

請問是梶野陸女士的家嗎？

我是、我是……

美津子說，她不曉得該如何介紹自己。

「門打開來，走出一個打扮整潔的老婦人。美津子小姐說，那人與她記憶中的母親相去甚遠。」

「容貌嗎？」

「不……先是打扮，服裝相當整潔。老婦人穿著白碎花的銘仙（註三）和服，抬頭挺胸。美津子小姐記憶中的母親好像總是穿著破破爛爛的下田工作服。她們家以前很窮嘛。而且總覺得……老婦人非常嬌小。」

「人老了會縮水嘛。」

「而且美津子小姐九歲的時候就和母親分開了，長到二十九歲再回來看，視線的高度也不同了吧。臉也小了一圈，變得皺巴巴的，雖然非常蒼老了，但母親過去的面容慢慢地浮現出來，美津子小姐忍不住哭了。那是她的生母，不可能忘記的。不，她強烈地認定自己不可能忘記。」

雖然這麼說。

回顧我自己，仔細想想……若問我是不是明確地記得自己母親的臉，我一點自信也沒有。當然，見了面應該就認得出來，看到照片的話，也能立刻指出來，可是問我能不能憑空在腦中清楚重現母親的臉，答案是否定的。我的母親是在八年前過世的，才短短八年，記憶就風化了。

即使如此，美津子還是認爲那就是母親。因爲對方就是母親的樣子。

可是，

梶野陸卻只是訝異地直盯著美津子看。

媽……

是我，是美津子啊……

美津子泣不成聲，總算說出這幾句話。

然而，

「然而萬萬想不到，母親——或者說，梶野陸女士，她皺起眉頭地看著美津子小姐，臉上寫著：這是在胡鬧些什麼？」

「她裝做不認識？」

「要是裝做不認識還好。嗳，對方是個老人家，而且中間隔了那麼久的歲月，又是突然造訪，就算是自己的親女兒，或許一時之間沒有認出來……唔，例如也有可能是老人痴呆，完全忘記了之類的。不，就算記得，或許也有某些想要斷絕關係的苦衷，那麼就有可能是在睜眼說瞎話。可是，美津子小姐說那個老婦人**生氣了**。」

「生氣了？」

「對，老婦人很生氣地說：妳到底有什麼**目的**？」

「目的？什麼意思？」

「不曉得。嗳，直截了當地想的話，也可以理解爲她是在指控美津子小姐假冒自己的

註一：日本有許多妖貓在頭上蓋頭巾跳舞的民間故事傳說。

註二：日本傳說貓老了之後尾巴會分岔成兩條，是妖怪化的象徵。

註三：一種廉價堅固的絹織物，多用於實用性和服或被套等。

女兒，想要欺騙她，偷走她的什麼吧。」

「不不不，說什麼偷，如果她是百萬富翁，還有可能有個天一坊(註)假冒她女兒接近她吧。但這實在不太可能。雖然失禮，不過她應該還是老糊塗之類的……」

「不，老婦人的外表整潔，說起話來也對答如流，看起來實在不像是痴呆了。美津子小姐吃了一驚，一次又一次解釋。可是母親完全聽不進去，冷漠無情，硬說她是騙子，要不然就是瘋子，連理都不理。最後還說她的女兒好端端的。」

「好端端的？……這什麼意思？」

「完全不懂。美津子小姐也不懂，問這是什麼意思？因爲她們家其他的孩子全都死了，總不可能是母親賣了美津子小姐以後再婚，又生了小孩。母親那時候已經超過五十了，也不太可能是跟有孩子的男人再婚。母親病倒的時候也是孤身一人，如果是之後結的婚，那也都超過六十歲了。」

「是啊……」益田甩動頭髮，「蘿蔔青菜，各有所好，世上也有所謂的逐臭之夫，還有什麼徐娘半老啊、老蚌生珠……」

「不可能、不可能。」寅吉脫力地搖手，「那種狀況實在不可能。噯，這世上或許是有益田這種變態趣味的人吧，不過那是男方的嗜好，但從本島先生的話聽來，那位母親不是會做出那種不知廉恥的事的人吧？萬一眞有那樣的事，一定會搬家的啦。考慮到街坊的眼光，這是當然的。」

「人際關係眞是麻煩吶。」益田沉思下去，「那……母親怎麼說？」

「妳不適可而止，我就要叫警察了。」

美津子小姐說她的母親這麼說。

「叫警察啊？這場母女重逢還眞是淒慘吶。連說唱情節都稱不上了。」

「就是啊。不成喜劇也不成悲劇。聽的

人是覺得滿滑稽的，本人可傷心極了。」

「美津子小姐與其說是傷心或氣憤，更是大吃一驚，簡直就像失了魂似的。就像被狐狸給迷了，還是被妖怪給騙了，或者是誤會一場，總之她無可奈何，只能打道回府……」

美津子在路上反覆尋思。

親生母親不可能忘了自己的女兒。

那個母親……

是不是冒牌貨？

眞正的母親會不會已經死了？

是不是被別人**掉包**了……？

「掉包？又來了嗎？」益田露出厭惡已極的表情。

「嗯，美津子小姐認爲除此之外沒有別的可能了。」

「可是……爲了什麼？這個狀況和上次不同吧？就算掉包，也沒有任何好處啊。那可是個窮光蛋的鄉下老太婆耶？」

「是啊。」

「像是爲了錢、爲了地位、爲了名聲、或是拿來做僞裝，這些都完全沒有，不是嗎？」

沒有，大概什麼都沒有。

「不好意思……我覺得還是當成老人痴呆比較合理吧？」

「我也這麼想過。」

「可是不就是嗎？要假冒一個人的話，絕對會避免和那個人的舊識接觸。因爲認識的人一看，馬上就會被識破了，因爲長相就不同嘛。就算相似也有個限度。就連雙胞胎，父母親一看就分出來了。要像偵探小說那樣輕易掉

註：《大岡政談》載，有一山伏（修驗道僧侶）天一坊自稱爲八代將軍德川吉宗的私生子，欲謁見將軍，被大岡忠相識破，遭到處刑。此事是根據事實改編，一個山伏源氏坊改行自稱德川一族，行騙世人，後來遭到處刑。

包，應該是非常困難的。嗳，二十年不見的話，或許是有可能……可是就連美津子小姐也覺得那個老婦人看起來就是她母親吧？」

「不過記憶並不確實。」

「既然覺得長得一樣的話……就只能是被原本就長得相似的人掉包了。她的母親是不是有姊妹？」

「好像沒有。」

「那……」

「所以說……」

美津子這麼推測了。是貓。

「是貓變成了她的母親。」

「什麼？」

「美津子小姐認爲，是隔壁家的老貓多多吃掉她的母親，然後**取而代之**……」

「有意思！」

一聲大叫冷不妨響起。轉頭一看，寢室房門大開，那裡……就站著玫瑰十字偵探。

4

「這樣啊，不是右邊啊。」

中禪寺秋彥說道，「啪」地一聲闔上書本。

「這樣啊，是左邊啊，左邊是吧……」

平頭青年說道，露出分不出是笑是怒的表情，搔了搔頭髮理得極短的頭頂。

「沒錯。左右有階級高低之分時，許多文化將右定爲優位，左定爲劣位。話雖如此，上下的情況，幾乎毫無例外，上都是優位，但左右的情況卻並不一定如此。例如說……例外的情況，像過去的中國及日本，就有一段時期是將左視爲優位的。」

「中國啊？」

「對，我們不是都說左右嗎？左在前面。」

「眞的耶。」青年說，「以漢式說法來說，的確是左右；可是用日式說法來講，就是右左了，對吧？」

「是啊。所以你說的也並非全然不對。話雖如此，看看《古事記》等等，大部分的記述都是以左爲優先。計算列在一起的東西時，也是以左端爲第一個。大化(註)以後，左大臣的地位比右大臣更高。縱然這是受到大陸文化影響的結果，既然日本接納了它，它也算是日本的文化了。」

「這樣啊。那我得再重新想過才行了吶。」青年撫摩著下巴參差不齊的鬍碴子說。

「右上位、右優先這樣的文化概念，是源自於人類生物學上的構造，或是可以還元爲物理法則的普遍事物——我覺得你這樣的發想非常有意思。在西歐，這大部分都被視爲一種默契，但應用在我國文化上的例子並不多吧。」

中禪寺說到這裡，總算抬起頭來，望向杵在走廊上的我。

「啊，失禮，我們這邊的事就快談完了，請進房間，把門關上吧。好像從昨天開始就有點冷起來了。」

「哦……」

這裡是位於中野的舊書店，京極堂的內廳。

京極堂的老闆中禪寺，是榎木津——幾乎是唯一一個——**並非奴僕**的朋友。

這個人不像偵探那樣破天荒，是個非常明事理的人，但論到古怪，感覺是五十步笑百

註：飛鳥時代，日本第一個正式採用的年號，六四五～六五〇。

步。因爲多餘的事，他幾乎是無所不知。不僅如此，還辯才無礙。無礙過頭，到了一種簡直是妖言惑衆的境界。

而且他的家業還是神主，副業是驅逐附身魔物的祈禱師。從社會觀點來看，這行業大概比偵探更要不正經。不，一般的偵探行業一點都不古怪，所以這不能當成比較對象。不，用不著拿來跟別的東西比較，光是驅逐附身魔物，我想就邪門到了極點了。

不，只是我這麼覺得而已。

光是透過交談，感覺中禪寺是個一絲不苟的合理主義者，明明是個神主，卻似乎壓根兒不相信神祕或心靈主義，這樣如何能夠驅逐附身魔物，眞是教人難以理解。雖然我沒看過他驅逐魔物的現場，不過聽說他非常有一套。

還有另一點，這個人總是穿著和服。不僅如此，他的表情總是臭得要命。一旦生起氣來，就算是裝的，也夠嚇人的了。

雖然我應該沒理由挨罵，卻總覺得心驚肉跳的，戰戰兢兢地坐到客廳角落。

「這位是沼上。」中禪寺這麼介紹。

平頭青年快活地說「我叫沼上。」年紀和我差不多吧。仔細一看，他的打扮也非常古怪。他穿著多層布的長棉襖，穿著寬鬆的過膝燈籠褲。比一年三百六十五天都穿著工作服的我還怪。

「沼上是我朋友的朋友，行腳全國蒐集民間傳說故事，是個怪人。他這次要在舍妹編輯的雜誌發表報導，正在找我商量這件事。」

可是沼上怎麼看都不像是個搖筆桿的。

「算不上報導，只是篇雜感罷了。」沼上害臊地笑了，風貌感覺有點像北國的漁夫。

然後中禪寺指著我說：

「……這位是本島，他在淀橋的電氣工程公司負責製圖，是我經常提起的**那個**榎木津的……受害者。」

我覺得這番介紹非常切要。

中禪寺正確地把握了現況。

「話說回來，本島，你又被**那個**傻子給拖下水了，是嗎？我都再三忠告，再四勸告了，跟**那東西**廝混在一塊兒，不用兩三下就會成了呆子。像你這種類型尤其危險。」

「謝謝你的忠告，眞是太過意不去了。」我答道，「被中禪寺先生警告過之後，我一直小心翼翼，可是……」

「怎麼了？」

中禪寺無聲地威嚇我。我把話吞回去，挪上前去。在沼上旁邊並坐下來後，感覺就像在接受面試一樣。

我悄悄地偷看沼上的側臉。中禪寺問，「是不好在別人面前說的內容嗎？」我窮於回答，結果主人說了：

「沼上的話，他形同我們的一份子，不必擔心。這位沼上在怪人圈子中，是個難得一見的健全分子，再說他的嘴巴比榎木津那種人要牢靠太多了。**那東西**就像鍋中的蛤蜊，嘴巴一煮就開了，但沼上就像深海中的阿古屋貝一樣，閉得緊緊的。」

「什麼阿古屋貝？」沼上笑了。

我……雖然猶豫，但還是說明了前述的經緯。

沼上一直靜靜地聆聽，但是最後「噢」地粗聲驚叫，說：

「妖怪貓，是嗎？哎呀，簡直就是小池婆吶。」

「小池？呃，那是金池郭老闆的姓……」

「噢，不是的，我是說像彌彥婆、彌三郎婆，一般有名的是……鐵匠婆嗎？」

「我說，不是這樣的，沼上先生。不是鐵匠婆，是梶野婆（註）。這是在小池家工

註：日文中鐵匠與梶野同音。

作的彌彥村的梶野家的小姐老母身上發生的事……」

「不不不，我是說，提到妖怪貓，想到的就是那幾個。對吧，中禪寺先生？」

「本島不懂的，沼上。」

中禪寺制止我說話，這麼說道。我覺得不懂的是沼上，到底是怎麼樣？

我一臉迷糊，於是中禪寺說著「我說啊，本島，」把下巴擱在交握的手上，用一種開導小孩般的口氣對我說了：

「你……聽到梶野美津子小姐認為上了年紀的貓吃了自己的母親取而代之的想法，有什麼看法？」

就算這麼問我……

「唔，貓變妖怪什麼的根本不可能吧，可是……是啊，我覺得這個想法很突兀。她是受到的打擊太大了嗎？她看起來也不像那麼迷信的人呢。話說回來……一般人不會冒出這種想法吧。」

「這倒不一定。」中禪寺說，「剛才沼上所列舉的，全都是吃掉老太婆，取而代之的野獸名字。」

「什麼？」

「這種事**很常見**的。」

這樣嗎？不，怎麼可能？

「呃，不好意思，我從來沒聽說過那種名字的動物，也沒聽說過那樣的事。我自以為活得滿普通的，難道呃……是我太孤陋寡聞了嗎？」

中禪寺笑了：

「不是這樣的。你似乎誤會了，這些是民間傳說，民間故事之類的。」

「不是真實發生的事？」

唔，把它當成真正發生過的事，或許才有問題。

「彌彥婆、小池婆和鐵匠婆，全都是傳

說中的野獸。」中禪寺說。

可是就算中禪寺這麼說，我連任何一個都沒有聽說過。

這眞的是那麼常見的故事嗎？

「算常見吧？」沼上露出爲難的表情說，「分布範圍還滿廣的。」

「是很廣啊。」中禪寺答道，轉向我說，「甚至可以說這類故事遍及全國各地吧。不過一般人是不會一一記往這類民間傳說的，沼上。本島這個人啊，可以說就像是普通這兩個字的範本呀。」

這是在稱讚我還是在損我？

「嗳，本島你聽了或許就會想起來了。鐵匠婆或鐵匠姥呢，是這樣的故事。有個行腳的商人，旅途中在原野或山中遇上日暮，不得不露宿郊外。然後他爲了小心起見，爬到樹上睡覺。」

「不、不會掉下來嗎？」

「我睡相很好，不會掉下來，可是爬樹很累，還是免了吶。嗳，當時不像現在——雖然不清楚是哪個時代，就假設是江戶時代的故事好了——要是在平地上就這麼睡下，會被野狼之類的襲擊。爬上樹去睡，是爲了護身。然後呢，旅人休息的時候，山貓出現了。山貓想要吃旅人。大部分的故事裡，山貓都是搭梯子爬上去。」

「梯子？」

「不過牠們不是建築工人，而是動物，所以說是搭梯子，也是一個接一個爬上前面一隻地背上去，或是跨在肩膀上這樣。旅人察覺，抓起懷刀砍傷了山貓。結果疑似大將的大山貓說：這下不妙，這傢伙不好對付，快去叫鐵匠阿婆來。於是部下跑去叫，然後就來了。」

「什麼東西來了？老太婆嗎？」

「來了一頭穿著無袖外套，頭上蓋著手

巾的大白貓。」

「那就是鐵匠婆？」

「沒錯。然而這個旅人明明是個商人，卻身手不凡。不管是哪個地區的這類故事，旅人大抵都很強。有時候的設定還會是武術高手，但就算是獵人還是和尚，也一樣高強。因爲身手不凡，所以不害怕，連這頭白貓也照砍不誤，讓牠受了傷。結果眾山貓一哄而散，跑得不見蹤影。隔天早上，旅人沿著血跡一路走去，找到了一戶打鐵人家。於是旅人想起那群山貓提到鐵匠阿婆什麼的，起了疑心，便向鐵匠打聽這裡有沒有一個老太婆？結果鐵匠回道有是有，可是正生病臥床。旅人更感到可疑，進一步追問阿婆最近有沒有什麼不對勁的地方？結果鐵匠說阿婆最近不知爲何，淨是吃魚。於是旅人說是慰問阿婆，把商品的柴魚拿了出來，阿婆非常高興，說放在走廊就好，結果房間裡頭只伸出了一隻手，把柴魚給拖了進去。於是旅人一把拉開紙門……」

「只見一頭巨大的白貓正拚命地舔著柴魚。」沼上高興地接下去說，「旅人喝！地一聲，把妖貓一刀兩斷，從地板下挖出了眞正的鐵匠的老母骨頭，就是這樣的故事內容。」

「哦……」

果然是第一次聽說。

可是，中禪寺說這是分布在全國各地的民間故事。

原來是很有名的故事嗎？

「有時候也會做爲稗史留傳下來。那種情況只是有史跡留存而已，但故事的結構本身是一樣的。老太婆的眞面目有些地方是狼，有些地方是貍貓，或是山犬，而旅人有時候是商人，有時候是山伏，形形色色。鐵匠家也有時候是村長家，也就是會反映出各地方的特色。貍與貓可以互換，所以大致上可以區分爲狼與貓兩類，也有些地方是鬼婆呢。不過與鐵匠有關的壓倒性地占多數，所以我認爲原型應該是貓。」中禪寺說。

「鐵匠與貓啊……」沼上極感興趣地說，「可是中禪寺先生，直到明治時期，高知縣的室戶一帶都還留有鐵匠姥之墓，但那個的眞面目是狼呢。去年年底中禪寺先生找到的《繪本百物語》的畫，畫的不也是狼嗎？有個叫千匹狼的故事，情節也是一樣吧？」

「是啊。」中禪寺點點頭，「可是也有許多地方，手下雖然是狼或山犬，卻只有頭目是妖貓。因爲野狼不會爬樹，但貓會爬樹。雖然也可以看成是原本不會爬樹的狼爬上樹去，所以是妖怪，但我還是覺得因爲牠們爬不上去，所以特地去叫擅長爬樹的貓過來，這樣比較合理。」

再說，重點還是鐵匠——中禪寺說。

「不是有個叫火車的妖怪嗎？一種會把屍體帶走，熊熊燃燒的車子妖怪，而牽引這種火車的，有人說是魍魎，也有人說是貓。」

「這麼說來，這類系統的故事中，也有奪走棺材，吃掉屍體的故事。是福井嗎？」

「對，火車傳說有可能與鍛鐵、製鐵相關。據說鍛鐵的時候，把人的屍體投入爐中，就能燒出好鐵。好像是人骨中含有的磷等等成分，會影響溫度調節的樣子……不過好像實際上眞的發生過製鐵相關者非法偷盜遺體的事。」

「它變化爲火車的傳說？」

「當然沒有那麼單純，不過算是補強燃燒的車子帶走屍體這種意象的事例。另一方面，俗話說不可以讓貓靠近屍體。像什麼貓跳過屍體不好、貓魂會進入屍體讓屍體活動、貓會操縱死人跳舞等等，屍體經常與貓被連結在一起。這也有各式各樣的背景。俗話說什麼敢跨過門檻的只有貓，敢坐在主人上座的只有貓、笨蛋、和尚跟吹火竹筒，貓這種生物，不管在家中任何一處，都我行我素、隨心所欲的。還有什麼貓養了三代就會殺掉飼主、養了幾年以上就會盯上飼主等等。」

「還有殺貓會被作祟七代。」

「對，也有很多地方把貓當成魔物看待。透過火車，貓這種魔物與製鐵連結在一起。喏，不是說貓跨過槍砲就會變妖怪嗎？還說不可以在貓的面前鑄子彈，也說塡子彈的時候不可以讓貓看見。有許多獵人被貓知道子彈的數目，害死自己的故事（註一）。」

「叫人準備驅魔用的祕密子彈的故事，對吧？」

「沒錯。然後……還有妙多羅天女。」

完全不懂他們在說什麼。

可是沼上卻當場反應：

「那是……越後地方嗎？」

這是一般人應該知道的事嗎？不，中禪寺說，我才是普通的化身，所以懂得的人才是異常。

「越後是指新瀉嗎？」我隨便插話說。

總之，我不想被人晾在一旁。

「對。這是彌彥山的故事。」

「也得去越後採訪一下才行吶。」沼上說，「我記得是獵人在山中遭到怪物襲擊，砍斷了怪物一隻手的故事呢。他把手帶回家，沒想到母親說那是我的手，搶了手逃走了——哦，這也是民間故事。」

「是茨木童子傳說（註二）式的故事呢。後來常有小孩子失蹤，眾人便祭祀老太婆，後來老太婆就成了妙多羅天對吧？還有別的故事是說，佐渡島的老太婆和貓嬉戲，玩著玩著，得到了貓的妖力，最後甚至變身妖貓，可自在飛行，便飛到對岸的彌彥山來，爲害鄉里，因此里人爲了鎮壓，遂加以祭祀。」

「那會飛嗎？」

「是啊。後者的情況，妙多羅天女會寫

成**貓**多羅天女，把貓字放進去。事實上，彌彥神社旁邊的寶光院就祭祀著妙多羅天女，不過這邊的由來又完全不同了。非常有意思呢。」

「怎麼說？」

「這邊的妙多羅天女，是承曆三年（註三）彌彥神社建造的時候，一個叫黑須彌三郎的鍛匠，與工匠爲了上梁儀式而爭吵，而彌三郎吵輸了。他的老母因爲過度憤怒，化爲鬼女，每當附近有人死掉，就**飛去**搶奪遺體。到了保元年間（註四），這個鬼女被寶光院的座主親手祭祀爲神。這篇故事中沒有貓登場，卻是彌彥山的鐵匠彌三郎的母親飛空搶奪屍體，所以也有傳說認爲，這個老母受祭祀而成的妙多羅天女，其實就是妖貓。」

「唔唔……」沼上發出低吟，「眞有意思呢。眞想聽聽我家老師的意見。」

沼上狀似十分愉快地說。

中禪寺還是一樣臭著一張臉。

那張臭臉突然轉向我說：

「自古以來，貓就像這樣，會吃掉老太婆，或取而代之。貓在全國各地吃老太婆，並取而代之。所以那位梶野美津子小姐的發想，也並非特別稀奇。」

「是、是這樣嗎？」

我也只能這麼答了。

話說回來，有誰會眞的以爲人是貓變成的？

註一：主要的傳說是有隻獵人養的貓，因偷吃獵物挨打而懷恨在心，一天看見獵人鑄子彈的場面，知道了子彈總是只有六發。獵人出門打獵，發現叢林中有野獸的氣息，然而連開了六槍都沒有射中目標，野獸也不逃走，等到六發子彈射完之後才現身，原來竟是獵人養的貓。獵人就要遭貓反撲時，想起身上還多帶了一顆子彈，使用它射死了貓。

註二：茨木童子是傳說中的鬼怪，爲酒呑童子的部下，曾在羅生門遭武士渡邊綱斬斷一隻手，遂變身爲渡邊綱的伯母把手搶回來。

註三：承曆爲平安時代年號，一〇七七～一〇八一。

註四：保元爲平安後期年號，一一五六～一一五九。

不管有多少傳說，那幾乎都是民間傳說。至多就是桃太郎、浦島太郎那類，說穿了就是古早古早以前在哪裡有個什麼這一類的故事。把妖貓食人代之的事當成現實，就等於是深信桃子裡面會蹦出嬰兒、人可以乘著烏龜到龍宮城去一樣。

我實在不認爲會有許多人相信這種事。如果有的話，還是只能說是離奇。

「貓這種生物……與其說是可愛，看來一般還是被認爲是相當危險呢。」

結果我說了這樣的話，這感想有點呆。

「甚至有俗諺說，貓是妖怪草子（註一）不可或缺的一分子呢。貓又這種妖怪在許多的妖怪之中，也是特別凶暴而且恐怖的一種。不過那是不是現今我們知道的貓，令人存疑。貓的異象開始受人談論，是平安時代左右，不過到了鎌倉時代，提到貓又的文章就已經開始出現了。藤原定家的《明月記》（註二）裡，也有描述貓又的段落，這是一種臉似貓，軀體如犬般修長的鬼，也就是一種異獸，這是野生的。另一方面，論到家貓引發異象的記錄，《古今著聞集》（註三）是最早的吧。這兩種不久後便統合在一起。像鴨長明（註四）還把它們混爲一談地說，老貓、棲野之貓，會食兒童，拐妻女。後來老貓與山貓便形影不離，一同肩負起貓的異象了……」

「原本應該是山貓吧。」沼上說，「大陸對於山貓、老虎之類的信仰與文化傳入日本的時候，因爲日本沒有山貓及老虎，便把它們的靈性分配到家貓或狸貓身上了……」

「這是多多良大師的拿手領域呢。」中禪寺從懷裡抽出手來，撫了撫下巴，「貓這種動物，傳說原本是爲了守護佛典免於鼠患，與教典一同進口到日本來的。《本草綱目》等著作就採用貓因爲會捉鼠，所以叫做鼠子（neko）（註五）的說法呢。」

我覺得這語源也太隨便了，都是這樣的嗎？

「這只是說法之一罷了。」中禪寺說，「佛教是種尖端知識，從上層階級開始流傳開來，所以也以寺院和貴族爲中心飼養貓。後來經過武家、商家，普及到下層人民，不過我國由於食穀量龐大，飼養了非常多能捕鼠的益獸，嗳，只要是有倉庫的有錢人家，幾乎都會養貓。或許普及率比狗還要高呢。」

「比狗還要普及嗎？」

「都市地區雖然有寵物狗，不過一般的狗，只有獵人才會飼養。可是狗被列爲畜類，貓卻被分爲獸類。人類雖然養了許多貓，貓卻永遠是**野獸**。藏在貓的獸性背後的就是山貓。」

「請問……」我又被晾在一旁了，「可是貓不是……呃，吉祥物嗎？」

「那是**去掉**山貓之後的貓。」

「去掉山貓？」

「對。《和漢三才圖會》（註六）引用《酉陽雜俎》，提到說：貓洗面過耳則客至……」

「客？那是舉左手嗎？」

「沒有左也沒有右。這《酉陽雜俎》的記述，可以把它想成中國的故事吧，不過這個動作，怎麼想都是家貓的動作呢。雖然我想貓科動物應該都會有一樣的動作吧。」

「故事？那是迷信之類的嗎？呃，就跟俗話說貓洗臉就會下雨還是放晴等等是一樣的

註一：草子也稱草紙，爲江戶時代通俗娛樂的廉價書籍類。

註二：鎌倉時代的宮廷貴族藤原定家的日記。

註三：鎌倉時代的世俗故事集，橘成季編，完成於一二五四年，提到許多當時的社會與風俗習慣。

註四：鴨長明（約一一五五～一二一六），鎌倉初期的歌人與隨筆作者。著有《方丈記》等。

註五：貓的日文發音爲neko。

註六：寺島良安所著，完成於一七一二年的插圖百科全書。

嗎？」

「一樣的。這個故事後來就在花街柳巷被擴大解釋了。」

「花街……？」

「也有個說法認爲，貓因爲總是在睡覺，所以才叫做寢子（neko）。」

「好單純哦。」我說，結果中禪寺應道「都是這樣的。」

「寢子，這也是指娼妓。娼妓不分公娼私娼，自古以來就被稱做貓。此外，後來藝妓也開始被稱爲貓了呢。有人說這是因爲藝妓會彈三味線。就像大家都知道的，三味線是貼貓皮、發淫聲的女人樂器。可是，把藝妓稱爲貓，與其說是俗稱，更接近蔑稱。是指賣身不賣藝的女人──寢子，也就是指賣淫的藝妓。」

「賣淫的藝妓……」

是指美津子那樣的女孩吧。

不，美津子最後也沒有轉行成功。

「花街柳巷與貓是密不可分的，因此貓會招攬客人這樣的關係圖可以輕易成立。娼妓也喜歡養貓。豁出性命，救了飼主一命的新吉原三浦屋的三代薄雲太夫養的貓的故事，就非常有名。」

完全沒聽說過。不過在這個家出現的話題，就算不知道，也沒有什麼好可恥的──應該。我坦白地詢問那是什麼故事。

「哦，那隻太夫養的貓成天黏著飼主，最後甚至連廁所都跟著去，飼主也不禁覺得內心發毛，懷疑這貓是不是什麼魔物？妓院老闆看不下去，砍斷了貓頭，沒想到貓頭一飛，居然咬住了大蛇的咽喉──是這樣的故事。」

「蛇？貓不會怕蛇嗎？」

「貓會抓小蛇啊，所以能咬死大蛇，表示那是隻非比尋常的貓。總而言之，覬覦太夫的不是貓，而是蛇，貓其實是在保護太夫的安全。衆人知道了這隻貓的動機原來如此令人欽佩，爲之動容不已，便將牠厚葬在當時以爲娼妓做法事而聞名的西方寺——豐島的一座寺院。根據巷說，有人爲了安慰傷心的太夫，用伽羅的銘木刻了這隻貓的木像送給她。太夫大喜，愛不釋手，所以便有人模仿那個木像，製作貓像，在淺草的年市販賣，這就是招貓的起源……」

「等、等、請等一下。」

怎麼，

又冒出個招貓的起源來了？

「招……招貓的起源不是豪德寺嗎？是那個井伊……」

「豪德寺是後來的。」中禪寺明快地說。

「後、後來的嗎？可是，我聽說是萬治二年什麼的……」

「差不多吧，是貓招來貴人的傳說，對吧？可是要說的話，被貓招來的武將還有很多啊。例如說……對了，這是你公司附近的傳說，或許你也知道，淀橋附近有座叫自性院的寺院，你知道嗎？」

「不知道。」

我對寺院沒興趣。不會沒事去寺院，跟寺院也沒關係。雖然先前去了町田一座怪寺院，前陣子也剛去了豪德寺，可是那都不是我想去才去的。

「不知道啊？總之，那座寺院有個貓顏地藏。地藏像本身是後人奉納給寺院的，不過最早可是那個太田道灌（註）奉納的呢。道灌平定了攻打過來的豐島泰經的兵力，卻迷了路。有隻貓對道灌招手，將他引向勝利，於是他便奉納了那尊地藏來祭祀那隻貓，這就是那尊

註：太田道灌（一四三二～一四八六），室町中期的武將及歌人。通軍法、精和漢之學，亦長於和歌。

貓顏地藏的起始。這是文明年間（註一）的傳說呢。更古老，對吧？」

「那裡也賣招貓嗎？」

「不，沒有。不過要說的話，豪德寺以前也沒有賣。」

「是嗎？」

「會開始賣招貓，應該是附近成立了圓山花街，娼妓們成了檀家信徒以後的事吧。這是近代的事。由來本身是很古老，但變成招貓是後來的事。」

「那起源還是你說的那個吉原太夫的……？」

「那也不是。」中禪寺說，「當時販賣貓的木像應該是事實，可是那些貓像會不會招來什麼，就不確定了。而且薄雲太夫的傳說，我想原本應該是《近世江都著聞集》裡頭的故事，這當中並沒有提到木像。木像應該是後人依軼事附會上去的。還有，更久以後的天明時代（註二），這距離薄雲太夫的時代有百年以上了，回向院前好像有家叫金貓銀貓的妓院，門口裝飾著金銀大貓。也有人說是它流行起來，而使得花街開始信仰起招貓。」

「是……這樣嗎？」

「但這篇文章並非點出招貓本身的由來，只是在說明招貓在花街**開始流行**的開端。而且，那金銀貓有沒有舉手，也沒有人知道。」

事物的起源不是那麼簡單就能釐清的——中禪寺說。

「實際上，茶屋和藝妓屋等，現在也會在神龕底下設吉祥龕，擺上招貓或福助人偶（註三）等等。可是我剛才也說過了，金貓銀貓出現更早之前，娼妓就被稱做貓，所以賺得多的娼妓，完全就是金貓銀貓。有店家因爲這樣，弄了金銀貓的擺飾物當成看板，結果大受歡迎，其他妓院想要沾沾那家店的光，也開始

購買貓像——從那篇文章裡，只能看出這些。換句話說，那個時候，那一帶已經有招貓在販賣了吧。」

「哦……」

好複雜的一段經緯。

「那麼……那是今戶燒嗎？」

這表示寅吉說的是對的嗎？

「今戶燒很古老吧。」中禪寺說，「今戶燒土偶——一文人偶好像頗受歡迎，歷史也很古老。奉納給寺社用的、還有土產用的，好像兩邊都有製作。可是招貓的話，今戶燒究竟是不是元祖，完全找不到確證。」

「寅吉說他以前的老家後面住的老太婆怎樣的……」

「哦，你說丸占貓嗎？」

沼上立刻有了反應。

「是貓出現在夢中的事吧？」沼上說，「那是特別的，是期間限定販賣的。民間販賣的招貓，是**舉右手**的吧。」

「什麼？」

「那應該是嘉永時期到明治左右……不過今戶燒的招貓本身應該更早以前就有了吧。」

「那是……舉左手的貓？」

「你怎麼這麼計較左右？」中禪寺說，揚起一邊的眉毛。

「不，呃……」

我和近藤之間的事難以啓齒。

「呃，美津子小姐的母親給她的，說是父親遺物的招貓，是……」

「依時期來看，應該不可能是丸占貓吧。買的時候是大正大地震那時期的話，丸占

註一：文明爲戰國時代年號，一四六九～一四八七。
註二：天明爲江戶後期年號，一七八一～一七八九。
註三：一種招福人偶，大頭矮個，多半爲跪坐姿。

貓應該已經沒在製作了。」

「河童的話應該有。」沼上接著說，

「我上次買了河童呢。」

「哦……那麼，不是丸占的今戶燒的招貓是舉左手的嗎？」

中禪寺沉思了一下。

「我不太清楚現在怎麼樣，不過我想**規定**已經沒了吧。」

「規定？」

——什麼規定？

原本微微俯首的中禪寺抬起頭來。

「現在是以灌模製作的常滑燒爲主流吧，所以多半是舉左手。不過現在就算是舉右手**應該也沒問題了**。爲什麼這麼問？」

「不……呃，美津子小姐奉納給豪德寺的是今戶燒的貓，她想如果把它拿去給老婦人看，或許就可以看出母親是正牌的還是冒牌的了……」

其實，那個時候美津子和阿節兩個人是在尋找那個今戶貓。美津子在數量驚人的大批招貓當中，尋找二十年前奉納的今戶燒的貓。

「可是實際上一找……卻找不到。沒找著。」

「放在那裡會受日曬雨淋。」沼上說，「而且還發生過空襲吶。就算有一兩個被偷了也看不出來。最近好像連炒股票的都會跑去刮石碑呢。」

「就是啊，美津子小姐說她好像沒看到自己的貓。」

「可是，那裡的貓數目也很多。會不會是混在一起，看不出來了？」

就像沼上說的，招貓的數量多到無法估算。可是，

「不，根據美津子小姐奉納時的記憶，那隻貓非常**醒目**。她不記得貓的哪裡怎樣醒目，可是她說就是異常地**突出**。戰前她好像曾

經被店裡的娼妓帶來參拜過幾次，她說每次一來，她都可以一眼看出自己奉納的貓。」

「豪德寺的貓全都是舉右手呢。」

是吧。

只有美津子奉納的貓是舉左手的。

這麼說雖然有點壞，不過就是招貓罷了。舉的是哪隻手，若特別留意去看，根本不會注意到，我一開始也是這樣。

可是當所有的貓都舉右手，卻只有一隻舉左手的話，會非常顯眼。感覺就像手旗信號訓練的時候，一個人搞錯邊的水手一樣。那樣的話，一眼就可以看出來。

「可是它卻在不知不覺間不見了。不過美津子小姐改到宅子去工作以後，好像十年之間都沒有去過豪德寺，可能是在這段期間不見的……我呢……」

「想拿榎木津的貓代替，是吧？」

被看透了。

「你打算拿小司從江湖走販那裡摸來的今戶燒的招貓，假冒成梶野美津子小姐的母親送給她的招貓，是嗎？」

「嗯，我想就算買新的今戶燒來，可能也會露出馬腳。就算動手腳把它仿舊，形狀也一定不一樣。在這一點上面，榎木津先生的貓……」

「唔，古色古香得恰到好處，而且又是在淺草買到的今戶燒。可是遺憾的是，榎木津的貓是珍奇的丸占貓，而且舉的手也不同，是嗎？」

「是啊……」

原本以爲我派得上一點用場。

——結果一點用處都沒有。

我總覺得空虛極了，從主人身上移開了視線。

與此同時，紙門的空隙悄悄地打開，一隻貓鑽了進來。是這家養的貓。

「哦，是貓耶。」沼上非常高興，「好可愛哦，可是牠將來也會變成妖貓吶。」

「咦，對喜歡金魚的你來說，貓不是天敵嗎？」

「食物鍊是自然的天理嘛。嗳，如果自己心愛的金魚被貓撈去吃了，那當然會火冒三丈啦。雖然是天敵，但我跟貓全體並沒有仇嘛。再說，如果牠變成妖貓的話……那我就更覺得牠可愛啦。」

沼上說，朝貓伸出食指，一彎一彎地逗弄。

貓朝他那裡瞥了一眼，但沒什麼興趣的樣子，打了個大大的哈欠，當場倒臥下去。

「這貓不怎麼親人。」主人恨恨地說，「嗳，雖然繼承了山貓什麼的靈性，但到頭來會變妖貓的還是家貓呢。不管是有馬還是鍋島，故事中的妖貓全都是家貓，對吧？山中棲息著野生的貓，跑出來攻擊人類的這類故事近代完全找不到吶。」

「是受到說書的影響嗎？《百貓傳》之類的。」

「不，用不著等到說書，江戶中期以後全都是這樣吧。因爲就像沼上你說的，這個國家沒有山貓，所以也無從妖化起。我說的是武家報仇、商家異象，還有妓院的故事。像黃表紙（註）中出現的品川的妖貓娼妓，根本就是妓女而已，完全不是山貓了吧。嗳，當時品川花街好像眞有個妓女被人傳說是貓變成的。貓是夜行性的，瞳孔會變化，毛也會倒豎，還會舔油，有不少像人的動作嘛。再說，家貓不會頻繁地狩獵，抓到獵物，就會拿來逗弄，不是嗎？」

中禪寺握起手來，做出在桌上扒的動作。

「抓到獵物，弄個半死，然後再像這樣推啊滾的，玩弄個不停。那是在練習狩獵吧，玩球或逗貓棒時也是吶。是野生的血統驅使牠們這麼做的。那些動作變成歌舞伎等等的妖怪物的範本，漸漸變成貓妖怪的電影之類的了。照片中的貓妖變得更像家貓了，對吧？對了，下個月要上映的《怪貓有馬御殿》好像非常精采哦。」

「我好想看吶。」沼上扭動身體說。

「相較之下，我家的貓只會睡，一點意思也沒有。」中禪寺冷冷地看壁龕。剛才的貓不知不覺間鑽進壁龕裡的書堆中，蜷成一團睡了。

此時中禪寺的妻子不知爲何慌慌張張地端來茶和點心。我來訪的時候，她好像剛好出門買東西，是急忙趕回來的吧。總覺得做了什麼壞事，我惶恐不已。

我喝著茶，與沼上聊了一會兒電影。

沼上好像也喜歡看電影，對電影瞭若指掌。我們聊到在戰前看的《本所七不思議》很有趣的時候，原本敷衍地應聲的中禪寺突然抬起頭來。

「怎、怎麼了？」

「還怎麼了，本島，你……是不是忘了最重要的什麼？我可免談。」

「免談……？」

「我是在警告你別把我給扯進去啊，本島。你只告訴我你被捲入的經緯，卻沒有說出那場顚末的最後，不是嗎？就算你想把我給捲進那最後的部分，也是不成的——我是在這麼提醒你。」

「哦……」

這下……不妙了。

「其實呢……」

「沒什麼其實不其實的，本島，你可以聊完電影，就這樣回去嗎？因爲沼上也在，所

註：江戶時代流行的一種黃色封面的繪本通稱。內容脫離過去草雙子的幼稚，爲成人取向的讀物。

以我也忍不住談論起妖怪來……可是結果你只說到榎木津那笨蛋開門走出來的地方而已，不是嗎？總不會是榎木津不肯答應，所以你就把差事就這樣推到我這兒來吧？我也不是不認識奈美木節這個女孩，但就算是這樣，我也沒有非答應不可的情義。完全沒有。」

「不、不是那樣的。昨天榎木津先生與高采烈……」

「興高采烈？」中禪寺一手拿著茶杯，就這樣露出駭人的凶相來，「我……有不好的預感吶。」

「就、就是吧？」

「沒錯，那傢伙心情好的時候最糟糕不過了。」

「就、就是吧？所以呢，我是想在中禪寺先生遭到波及之前，先來通報個一聲……因爲我想事先知道狀況的話，也比較有法子應付。」

這才是眞相。

昨天……榎木津氣勢洶洶地衝出房間，叫著「妖怪**喵咪**可是非常厲害的哦！」這種幼稚的台詞，踹起啞然失聲的益田，意氣風發地前往八王子了。完全沒問委託人的意向或商量金額。結果我跟榎木津連半句話都沒說到。

中禪寺右手按在臉上，嘆了一口氣，難過地說：

「那笨蛋九月剛看了《怪貓佐賀屋》啊。而且才發生過大磯的事，他無法自制了。」

「狀況不妙嗎？」沼上問。

「他一定會鬧出什麼事來。沼上，你可能不曉得，可是榎木津這傢伙，比多多良更要傷腦筋太多倍了。」

「這世上竟然有比那傢伙更教人傷腦筋的人存在？這世上還有天理嗎？」沼上吃驚地說，「那個老師就像是來自麻煩國、爲了散布麻煩而來的麻煩魔王耶？」

從先前的內容推測，那個叫多多良的人物應該是個研究家還是什麼，不過難道他還是異於偵探一伙的另一伙人的頭目嗎？

「多多良的情況，他雖然是給人添麻煩，可是他自己也會吃上苦頭啊。就算老是重蹈覆轍、永遠學不乖，他至少也是會反省一下吧？但榎木津這傢伙**只會**讓別人碰上麻煩，儘管如此，他本人卻沒有任何損失。不僅如此，他打出娘胎到現在，連一次都沒有反省過。」

「他從不反省嗎？」

「他是神嘛。」中禪寺不屑地說，「他學過帝王學。他不做不願意做的事，一生氣就發飆，覺得好玩的話，多少次都要玩，根本就是三歲小孩。」

「好率真的一個人呢。」沼上感動地說。

率真……說率真也是沒錯吧。

「再說啊，沼上，這個本島非常擅長被捲入荒唐的事件。」

「才、才沒那種事。什麼擅長……我又不是關口先生。」

「關口那種沒用的傢伙根本不值一提。他那不是被捲入，根本是無端惹事。不過雖然我不是宿命論者，但無論願不願意，似乎有人天生就註定是這樣的宿命……嗯？」

中禪寺把手從臉上拿開，轉向沼上。

「這……這麼說來，沼上，你不也是五十步笑百步嗎？在被捲入的方式和被捲入的次數上，你是遙遙領先呢。」

「這、這什麼話？那全都是我們老師害的啦。搞到我都不想叫他老師了。要是可以斬斷這段孽緣，叫我付錢我都願意。中禪寺先生也很清楚那傢伙有多教人傷透腦筋吧？」

「我是很清楚啊，雖然不及你清楚啦。可是有那種教人傷透腦筋的傢伙當朋友的可是你啊，沼上。再說這樣的孽緣，是到死都擺脫

不掉的。」

「我不要啦！」沼上哭喪著臉說。

我想中禪寺根本忘了他自己也有個比他評爲傷透腦筋的多多良更傷腦筋的朋友：榎木津。

「我……有不好的預感吶。」

中禪寺再次露出凶相來。

可是那臉凶相，也因爲突然席捲客廳的喧嘩聲，一口氣變成了認命之相。

「哇哈哈哈哈！」

砰！——紙門猛地往左右打開。

「久等啦！是我啊，嗚哈哈哈哈！」

隨著大笑現身的，不是黃金蝙蝠（註一）也不是丹下左膳（註二），不是別人，就如同衆人的預想……

是鼎鼎大名的榎木津禮二郎其人。

「我就知道你在這裡！你可瞞不過我的法眼。你，就是你！呃……本島權太郎！簡稱本權。」

榎木津指著我說。

我……心境複雜無比，看來他是記住我的姓了。

我是覺得滿開心的啦，可是我不叫什麼權太郎，所以被這麼簡稱也教人爲難。非常爲難。

「我想你們因爲我一直沒有現身，不安也差不多快瀕臨極限了，所以特地這樣爲各位登場，感激涕零吧！」

「你是王牌笨蛋嗎？你，那是哪門子登場方式？」

「好激烈的人哦。」沼上悄聲說。

榎木津指著沼上，「這和尚是誰？」毫不猶豫地在上座坐下。仔細一看，走廊上站著憔悴萬分的益田。有點翻白眼的偵探助手慢呑呑地關上紙門，就像剛才的我那樣坐到角落，無力地說，「打擾了。」

中禪寺沉痛地看著奴僕那個模樣，厲聲問：

「榎兄，這是做什麼？」

「你不是知道嗎？知道就別多此一問了。」

「我說你啊，我才不知道你在想什麼，也不想知道。」

「貓啊、喵咪、妖怪喵咪。」

「妖怪喵咪……？榎木津先生，你知、知道什麼了嗎？」

「本權，你以爲我是誰啊？這世上怎麼可能有我不知道的事呢，本權？」

看來……這個稱呼被他叫上癮了。

「全都是騙人的啦，一派胡言啦。」

「一派胡言……那個母親果然是冒牌貨嗎？」

「冒牌貨是女兒。」益田說。

「女……女兒？我遇見的美津子小姐是冒牌貨？」

「她是眞的。」榎木津說。

「什麼？」

「原來如此，是這樣的手法啊。可是那樣一來……」

中禪寺似乎一瞬間就理解了，接著他一臉凝重地撫摩下巴。

「……殺人及湮滅證據、協助逃亡、僞造文書、冒用身分，這些時效全都還沒有過，就是這麼回事對吧？益田？」

「中禪寺先生猜得不錯。而且還有逃漏稅。」

註一：黃金蝙蝠爲昭和初期連環畫的主角，爲一個身披漆黑斗篷的金色骸骨。現身時會高聲大笑，並伴隨著金色的蝙蝠。

註二：林不忘於一九二七年在每日新聞連載的《新版大岡政談》中出現的角色，爲性格乖僻的獨眼獨臂劍士。因大受好評，在續集中成爲主角。

「把錢送去那裡啊。當金庫來用嗎？」

「非常惡質呢，而且父女倆都非常難纏。」

「要……舉發他們嗎？」

「問題就在這裡……」

「這到底是在說什麼！」我大聲問，「我完全不懂是怎麼回事。到底出了什麼事？不要把我抛在一邊好嗎？我可是事情的源頭呢。」

「本島，你就是這樣，才會一再被捲入。」中禪寺冷冷地看我，「事情的源頭是梶野美津子小姐，不是阿節小姐也不是你。你只是消息的媒介，不是與事件相關的主體。你就是分不清楚界限，才會明明無關，卻被捲入。你已經完成你的任務了，與這件事無關了，甚至打道回府也行。」

「怎麼這樣……」

「中禪寺先生還是老樣子，好冷漠呀。」沼上說，「不過我也想知道呢。我都聽到一半了。」

「沼上就是那種熱血心腸害慘了自己吶。好吧，我想聽了就明白了……益田，查證工作呢？」

「我全都調查好了。這個人啥也不會做嘛，他只是走了一趟而已。去了八王子，還有國分寺。」

「原來**梶野美津子的妖貓**在國分寺嗎……？」

中禪寺再一次撫摸下巴。

「那裡眞是個不錯的小鎭呢。」榎木津說。

「那裡戰前是別墅區吶，不過久保也住在那兒。」

「久保？那是誰？不認識。嗳，木場那蠢貨租的地方離那裡太近，是唯一美中不足之處啊。」

榎木津儘管那樣熱鬧登場，卻好像一下子就弛緩了，他像隻貓似地打了個大哈欠。中禪寺嘆了一口氣，轉向益田說：

「那……偵探的工作不就結了嗎？接下來是刑警的工作吧？」

「唔，一般來說，是啦。」

「謎題解開了嗎？」我問。

「唔，是解開了。幾乎都已經查證過了，壞人的奸計完全敗露了。只要把罪狀揭露出來，一定會立刻被逮捕，然後馬上遭到起訴。而且完全沒有酌情的餘地。只是……中禪寺先生，你怎麼想？」益田探上前問。

「不怎麼想。」

「少來了、少來了，別騙人了。這不就是中禪寺先生最痛恨的類型嗎？事件解決，謎團冰解，犯人落網……卻沒有任何人得救。另一方面，壞事就算任由它去……」

「沒有人困擾，也沒有人不幸吶。那還是別管好了。」

「少來了少來了。」益田把臉皺成一團，「身為一般市民，不應該坐視明目張膽的違法行為，這不是師傅一貫的論調嗎？你不是老把這話掛在嘴上嗎？」

「連你都要叫我師傅嗎？那麼我從今天開始就叫你益鍋哦？」

「叫益鍋蛋吧。」榎木津插嘴。

「那也行。那，益鍋蛋，你要我怎麼做？」

「所以這時候還是該來進行一場驅魔啊。事實上就有人死掉了，也有好幾個人被騙啊。」

「那跟我無關啊。到底要從誰身上驅走什麼？」

就在這個時候，沼上叫道，「我懂了。」

「我猜出來了。原來如此，這樣啊，是

這麼回事啊。這下子棘手了吶。」

「什麼東西懂了？」

我完全摸不著頭緒，一頭霧水。別說是整體了，連事件的片鱗都瞧不出來。

這樣下去，我覺得我簡直就像是橫衝直撞在五里霧中暗夜行路的無知矇昧幼童一般。

「這件事呢，」沼上說，「就是剛才提到的鐵匠婆的故事啊。聽好嘍，本島先生。那個故事裡，如果旅人乖乖地被吃掉的話……會怎麼樣？」

「會怎麼樣……？也不會怎麼樣啊。」

「是不會怎麼樣呢。嘍，旅人會被吃掉，鐵匠婆會吃得飽飽的，回到鐵匠家，打鼾睡覺去。至於鐵匠，他就像過往一樣，繼續過著和平的每一天。只是母親變得有點愛吃魚而已。唔，其實母親是貓變成的，而貓也拿母親的皮當僞裝，在安全圈裡舒舒服服地吃人，所以不會連拿來做僞裝的鐵匠家的人都吃掉。鐵匠可以高枕無憂呢。雖然老母變得比以前腥臭了那麼一些，可是身子比以前更健朗……」

嗯，就是這樣吧。

鐵匠深信那真的是他老母，所以不會採取任何行動。

「可是呢，偏偏來了一個身手高強的旅人，使得鐵匠不得不面對自己的母親被淒慘地吃掉，只剩下一把骨頭的悲慘現實。這個故事啊，表面上是可惡的怪物遭到消滅，可喜可賀，而旅人也平安無事，拍拍屁股走人就好了，但從鐵匠的角度來看呢……」

只是徒留悲傷……是嗎？

「的確，殺掉真正的母親的是妖貓，而那隻貓被旅人給斬殺了，對鐵匠來說，唔，旅人的確是爲他報了殺母之仇，是他的恩人。可是換個角度來看，也可以說如果沒有那個旅人，根本就風平浪靜，**什麼事都不會發生**。鐵匠或許還可以跟妖貓婆和樂融融地過活呢。」

「可是……」益田接話說，「不過那隻……貓嗎？實際上也是有那隻貓每晚吃人這樣的事實吧？比照社會正義來看，這也是個無法視而不見的重大犯罪。」

「可是呢，這件事裡面——哦，我說的這件事是鐵匠的故事——抓人來吃的不是人，而是野獸，牠就算不住在鐵匠家裡，一樣會吃人。所以換個想法，牠肯變身成老太婆，還算是好心的，不是嗎？至少對鐵匠來說啦。」

「我不知道您是哪位，不過您說的沒錯。」益田說，「問題就在這裡啊。碰上如果遵從了法律，卻只會徒留悲傷的情況時，這樣做眞的好嗎？當然，應該也是非得照著法律來做不可啦，但還是讓人難受。所以我才會辭掉警職……」

「您本來是警察啊？」沼上佩服地說。

「托您的福，我以前是個刑警。可是呢，仔細想想，像偵探小說之類的，連呃……報仇嗎？連報仇都沒有呢。只會指出說：你母親死了，兇手是貓，這樣就結束了。」

「偵探就是這樣的。」中禪寺說，「聽好了，益田，制裁可不是偵探的工作。偵探的本分是解明經緯及構造，至於結果帶來的事象，無論那是多麼欠缺平衡的形態……也不可以做出加以矯正的逾越之舉來。恢復均衡、維持秩序，那是司法的工作。所以偵探小說只指出兇手就結束，是正確的。」

「是這樣嗎？」益田歪起薄唇，「可是，這怎麼說……中禪寺先生自己不也爲人驅逐魔物嗎？」

「那是誤會。」

「誤會嗎？」

「嚴重的誤會。你那終究只是結果論啊，益田。我是以祈禱師爲業的，眞相怎麼樣都無所謂。」

「哦……」

「事件這東西，就算擱著不管也會結束。只要在該停的地方停了，就算不解決也沒關係。就是因爲停不下來，才會亂七八糟。讓事情好好回歸平靜，是我的工作。」

「結果不就是撥亂反正嗎？」

「我就說那是結果論了。爲了撥亂反正，有時候也需要類似眞相的東西。需要的話，什麼都得拿來利用。所以我的工作有時候也會帶來那樣的效果，如此罷了。我要求自己做一個守法之士，是因爲照我的做法，也可以輕易地隱匿犯罪行爲。若是漠視這一點，一切限度都沒了了。我只是設下嚴格的基準，自戒而已。雖說是工作，我也不想讓自己變成罪犯。再說，說起來，這次到底要從誰身上把什麼……」

「只要從鐵匠那裡驅走妖貓就行了，在妖貓被消滅之前。」沼上說得很簡單。

中禪寺露出不情願的表情。

「也就是說呢，中禪寺先生，鐵匠婆的故事是因爲眞相在妖貓被殺之後才曝光，所以才教人覺得情何以堪。如果旅人先告訴鐵匠說你的母親是冒牌貨，妖貓吃掉了你眞正的母親取而代之，然後再爲鐵匠報仇的話，整個故事不是痛快多了嗎？就鐵匠來說，當成母親景仰的老太婆其實是母親的仇人。他被殺母仇人所騙，還把仇人當成母親奉養，那當然是雙重的不甘心了。說明白之後再報仇的話，眞的就可以大快人心了。把原本該有的鐵匠的憤恨與悲傷全都跳過，就只先顧著消滅了老太婆，感情大戲被丟到後面，所以才會覺得怪怪的，對吧？」

沼上向益田徵求同意。

「我不曉得您哪位，不過您說的完全沒錯。」益田說，「完全就像這位平頭先生所說的。」

「我不要。」中禪寺面露凶相，「對手太多了。一定很麻煩。」

「不要緊的啦，不要緊的啦。」難得乖乖觀望的榎木津說，「我來指揮，不要緊的啦。」

「不、不行。你一指揮，只會讓事情更複雜。再說……偵探的工作已經結束了吧？」

「你這賣書的胡說些什麼啊？我啊，連委託人的委託是什麼都還沒聽說呢。我也不曉得人家想幹嘛呢。根本就還沒有開始，當然也沒得結束啦。」

中禪寺滿臉受不了地別開臉去。然後他一臉怨恨地看我說：

「拜託你，拜託的時候好好拜託行嗎？本島。」

榎木津說，「怎麼樣？服了吧。」

我縮起身子鞠躬。

「哇哈哈哈哈，沒什麼好道歉的，本權。就是把它當成工作才不行。什麼調查外遇啊、私通的，從烏龜到房子什麼都找，那才叫工作。那類志工活動，交給鍋蛋那種廢物去做就行了！」

「那是志工活動嗎？」益田用哭腔說。

「是對我的志願奉獻。聽好了，京極，我跟你這種工作狂不同，我當偵探可不是工作。我的存在就是偵探，這並不是工作，所以沒那麼簡單就了結了。工作是奴僕的任務，不是神明的任務！神明的存在只爲施捨衆生！把我跟無能的奴僕混爲一談，是大錯特錯！懂了嗎？」

「懂了、懂了，我懂了。你到底要怎樣？」

榎木津半瞇起眼睛：

「做到我爽就是了。」

「反正你只想胡鬧一通罷了吧？」

「胡鬧？」

他在裝傻。

「我說啊，榎兄。你想胡鬧，請自個兒去鬧。幸好現在形同什麼事都還沒有發生，但萬一事情爆發開來，會有好幾個人傷心欲絕。不光是這樣。委託人美津子小姐也可能碰上某些災厄。」

——是這樣嗎？

「打擾了……」

此時紙門開了一條縫，夫人探出臉來。榎木津快活地打招呼：

「呀，這不是千鶴嗎！原來妳在啊。話說回來，這笨書商還真是老樣子吶！」

「嗯，這個人就算過了百年還是千年，既不會成仙，也不會變妖，一成不變。對了……榎木津先生的事務所打電話來。」

榎木津怪叫，「嗄！那個蟑螂男居然會打電話嗎！」他盡情唾罵了一頓後，吩咐益田說，「喂，鍋蛋，去接。」

留在事務所的應該是寅吉，想來寅吉也被叫成蟑螂男吧。

真可憐。

益田馬上回來了。他驚慌失措。長長的瀏海全披散在額頭上，效果十足地襯托出他的狼狽。

「不、不得了了，本島先生！」益田對**我**叫道。

「咦？我嗎？」

「這裡還有別的本島先生嗎？那位平頭先生應該不叫這個姓氏吧。本島先生，聽說阿節小姐剛才急匆匆地打電話到我們事務所來了。聽說她講得連珠炮似的，幾乎都像在繞口令了，而且又說得不得要領。不過總而言之，就是昨天美津子小姐遭到暴徒襲擊，差點送命，現在進了醫院了。」

「美津子小姐？」

「昨天晚上她去收帳回來的途中，被幾個大漢襲擊了。幸好路過的豆腐店老闆出手相救，錢和命好像都保住了，聽說那個豆腐店老闆是合氣道的高手，這眞是不幸中的大幸呢。可是美津子小姐手臂骨折，受了重傷。」

「不妙了。」中禪寺皺起眉頭。

「這下妖怪終於連鐵匠家的人都吃起來了……中禪寺先生，是不是這麼回事？」沼上這麼說，「這樣一來，即使置之不理也可以和平共存的構圖就瓦解了，不是嗎？這下糟了呢。怎麼辦？」

「殲滅。」

榎木津說。

然後他「哼哼」地笑了。

「喂，賣書的，你在想什麼，對吧？喂？」

「囉、囉嗦。辦事當然得小心爲上。要是交給你的話……」

「你要叫那個和尚也幫忙，對吧？」

「咦？我嗎？」

沼上指著自己的鼻頭。

「唔，沒被阿節小姐看過的只有你一個人了吶。沼上，你就把不巧在場當成一場無妄之災吧。」

「這算……災難嗎？」

「可是……這需要資金。」

「不必擔心，有個再現成不過的出資者。這樣啊！就這麼辦吧！」

到底是什麼東西怎麼辦？

榎木津輕快地站了起來。

5

「說就是那裡的右邊。」我伸手指道。

左邊是金池郭，右邊是銀信閣。

金池郭外表看起來像一棟高級料亭。

說不定就是因為相當老舊了，感覺才會格外高級。建築物也是純日式的平房，好像還有宏偉的庭院。最近即使是和風建築，也有許多地方是和洋折衷，所以金池郭更讓人感覺古老吧。它具備的風範，使得它與所謂的藝妓茶屋那類風化場所有著一線之隔。即使如此……它無疑仍是一家私娼窟。

另一方面，銀信閣是一棟四層樓的豪華大樓，當然很新。

邊緣鑲了燈泡裝飾的華麗看板、用霓虹燈管描畫出來的英文字母。太陽都還高掛在天頂，那些燈卻都已經亮了起來，閃爍不停。一樓幾乎全是玻璃牆，以裝飾柱隔開，可以看到裡頭的花卉及時髦的椅子等等。它應該是自詡為西洋風，但一點品味也沒有。

不過這是因為在大白天看才會如此，到了夜裡，或許這些也會顯得華美無比。阿節說是夜總會和附小房間的大澡堂，我連想都沒法想像那會是什麼樣的東西，不過銀信閣只是弄成西洋風罷了，說穿了裡頭好像也沒有多大的差別。

「我跟這種地方實在沒什麼緣呐。」

沼上張著嘴巴，仰望銀信閣，以目瞪口呆的口吻說：

「剛敗戰的時候，我曾經在黑市商人底下工作過，也出入過許多不三不四的地方，可是那陣子沒有這樣的設施呐。鬧區也完全變了個樣呢。那麼，那位小姐會過來這裡，是吧？」

沼上向我確認。阿節說她平日都會在四點整去店裡。她說她很盡忠職守。

至於我，前天缺勤，昨天跟今天也早退，實在不像話。

「受不了……那些人到底在想些什麼？」

結果我完全沒被知會事件的真相，還有這場作戰的全貌，沼上也是如此。他只聽到了自己該扮演什麼樣的角色。不過至少當時，沼上對事件提出了自己的一番見解，而且猜得似乎並沒有錯，所以應該比我好上一些。

「我實際上也不清楚究竟是怎麼樣呢。可是嘜，也不是要做壞事，沒事的。」

沼上這麼笑道，他眞的是一身僧侶打扮。

他身上那套法衣，是益田從服裝出租店租來的。

榎木津一直吵著和尚和尚，結果沼上眞的被弄成了個和尚。話說回來，這個叫沼上的人，昨天還一副北海漁夫相，今天卻已經是即將前赴西方淨土的聖人模樣，實在恐怖。他是個很容易入戲的人嗎？

「先前我在出羽那裡被捲入一樁古怪的事件，那個時候被中禪寺先生給救了。那樁事件眞的怪到了極點，像我，不但被柴刀劈了，還被吊起來監禁，只差一點就要被做成木乃伊了呢。不過那已經是三年以前的事了。」

「木、木乃伊？」

到底是什麼事件？

沼上露出苦笑。

「可是那位榎木津先生也眞不是個泛泛之輩呢。他說要把那位……是叫美津子小姐嗎？要把那位小姐從醫院抓來，興沖沖地出門去了，可是他眞的是要去抓人嗎？」

大概眞的要抓吧。至於把人抓來要怎樣，我就不曉得了。

不，他說事情緊急，衝了出去，或許已經抓到了也說不定。我確認懷表。離開中野以後，已經過了三個小時。

從榎木津的馬力推測，他應該已經抓到人，進入下一個階段了。

——晚了三十分鐘吶。

就在這個時候，道路另一頭冒出一張中國兒童的臉。

紮起袖子的和服、圍裙和購物籃。

「啊，那就是阿節小姐。」

沼上「咳」地清了清喉嚨。

「那我這路過的僧侶要上場嘍？後頭還有許多事等著辦呢。等一下還要去別處吧？會忙到晚上吶。」

「啊，來了。」

幾乎就在同時，阿節看到我，沼上發出大叫：

「喝！」

我真的嚇了一大跳，往後踉蹌。連我自己都覺得演得真是逼真。或者說，這驚嚇不是裝的。

「什、什麼？」

「不妙！這實在太不妙了！」

——什、什麼啊？

這……這傢伙也是那伙人的同類。他完全入戲了。

阿節跑了過來。

「哎呀哎呀哎呀呀，你在做什麼？我還以爲是誰，這不是偵探先生嗎？告訴你，不得了啦！我有打電話過去呢，你聽說了嗎？你聽說了吧？」

「我、我聽說了，美津子小姐……」

「事情更不得了啦！」

「咦？」

「聽說美津子姊不見啦！」阿節說。

——已經抓到了，是吧。

「說真的，我都嚇死啦。我剛才在過來這裡的途中，繞去醫院看了一下，結果美津子姊不見了呢。醫院也亂成一團。美津子姊一定是偷溜出來了。可是她受了重傷呢，這下不得啦，該怎麼辦才好？欸，不好意思，可以請你告訴我該怎麼辦才好嗎？」

「喝！」

阿節摔了一跤，然後大叫：

「哇！這、這人幹嘛啊？」

「什麼話！什麼這人，這姑娘著實無禮！妳給我聽仔細了，貧僧為了折伏貓魔岳之魔貓，在叡山修煉五年、高野山修煉十年、恐山修煉十年，共累積了二十五年道行，人稱那多大子鈍痛，可是個德高望重的僧侶！」

「鈍、鈍痛？」

——果然是同類。

「修行了二十五年，你看起來也太年輕了吧？」阿節跌在地上說。

「真是娃娃臉呢。」我隨口幫腔。

「非也！貧僧是習得了不老之術。貧僧今年五十五了。」沼上掩飾得更誇張。

「好厲害，可以請你教我那個法術嗎？」

普通人會相信嗎？

「這無法輕易傳授。重要的是，姑娘，這裡的房子充滿了邪念吶。特別是……右邊這一棟，被死不瞑目的女子冤魂以及老狸、川獺的靈魂給占據了。」

「女人、老貍跟川獺？」

「沒錯。非常糟糕。」

「是嗎？唔，兩邊互搶客人，整天都在吵架沒錯啦。那麼另一邊有狗還是黃鼠狼盤據嗎？」

「這邊的是貓，妖貓。」

「貓？……這人是你朋友嗎？」

阿節問我，我激烈地搖頭。

「剛、剛才在那裡碰到的。偶、偶然碰到的。我、我是受榎木津拜託，來、來找阿節小姐……」

「十年前死了一個姑娘！」

本來就要爬起來的阿節再次摔了一跤。

沼上的聲音充滿了低沉的磁性。

「欸，和尚，你看得出來哦？真的看得出來哦？」

「貧僧修行二十五年……」

「好厲害哦，欸，你怎麼會知道的？眞的假的？我眞的嚇到了耶。」

阿節不可能把別人的話聽到最後。

不僅如此……明明不聽到最後，卻深信不疑，眞是個粗心的女孩。可是她的粗心也幫了大忙。

「那你會幫我們驅魔嗎？和尚？」

「驅魔是神主的工作。」

「那要怎麼辦嘛？」

「右邊的店被左邊的店詛咒了。」

「詛咒？」

阿節爬起來，抓住沼上的法衣衣角，把他拉到路邊去。

「欸欸欸，你說的詛咒是什麼？欸，是什麼嘛？我是右邊的店鋪老闆家的傭人哦，很湊巧，對吧？眞的只是湊巧的哦。」

不是湊巧，是我們埋伏在這等她。

阿節眼睛閃閃發光地說著，「聽到詛咒這類事情，任誰都會在意嘛。」

我想這反應應該不是出於擔心，是愛八卦。沼上莊嚴地說：

「最近內宅出過什麼怪事，對吧？像是老闆……不，老闆夫婦……」

「他們感情壞透了。就跟和尚說的一樣。」

阿節近乎好笑地上勾了。

「果然吶。」

「看得出來啊？好厲害唷。可是就是嘛，嗳，十年前小姐惹出事情以後，那對夫妻的感情就冰冷到底了。因爲女兒殺了人，遠走高飛，這也是難怪嘛。他們一直是分房而睡，對話也非常冷淡。這樣說是有點過意不去啦，可是兩人之間根本沒有愛情嘛。老爺會變成一個守財奴，一定也是這個緣故。他會把隔壁店家當成眼中釘、肉中刺，跟人家作對，這心情我也不是不能了解，可是太過火了。就算不開這種店，錢也已經夠多了，可是爲了搞垮隔壁的店，老爺在這裡砸了好多錢呢。」

「怨念……」

「是怨念啊，比海還要深的怨念呢。」

阿節說。

——太簡單了。

這樣的話，我也做得來。就算不必特別誘導詢問，阿節也會自個兒把有的沒的全說出來。

「只要發生一點不好的事，老爺就全怪到隔壁店頭上嘛。身體不適、外頭下雨，全是小池家害的。電線桿是高的、郵筒是紅的，老爺也一定會說是小池家搞的鬼。要是問老爺，老爺一定會這麼說的。所有的壞事都是小池家害的。然後呢，我家老爺正在計畫要挖角隔壁店的招牌小姐呢。說什麼只要替她還清欠債，用高薪釣她，馬上就可以挖過來了。很壞，對吧？我家老爺以爲用錢可以買到人心呢。這些也全都是因爲最近他的腰痛……」

「就是吧，令主人的腰痛也是……」

「也是詛咒害的嗎？哎喲，那是因爲被詛咒才痛的唷？這下不得了了。光靠按摩治不好的呢。可是，噯，隔壁家會想詛咒我家老爺的心情也是可以了解啦。就小池先生來說，他可是女兒被殺了呢，被我家小姐給殺了。這樣啊，那上次我會從樓梯摔下來，也是詛咒害的嘍？」

這叫一廂情願。

「就是啊，一定是的。」阿節自個兒信服了，「我家太太啊，實際上一定是覺得小姐在哪裡自殺死掉了。也就是承認了女兒犯的罪。要不然的話，普通人哪裡會自殺呢？可是老爺相信小姐是清白的。他覺得小姐一定躲在哪裡。太太覺得老爺實在是不死心，而老爺覺得太太是個薄情女。說到底，就是這種沒有交集的夫妻生活，讓老爺做起這冷血無情的生意呢。一切的元凶都是十年前的命案，絕對是。就跟和尙說的一樣。」

「阿節小姐知道得眞清楚呢。」我說。

「大抵的事，女傭都看在眼裡的。」阿節說，「然後呢？」

「咦？」

沼上被突然其來地一問，一瞬間怔了一下，馬上又恢復了威嚴。

「哦，呃，貧僧料定，在十年前的命案中殺生的姑娘，最近就會現身。」

「你說小姐？這話可不能聽了就算了。」阿節把沼上往小巷更深處扯去，「你說銷聲匿跡的小姐，睽違十年會再次現身？這可是椿大事。什麼時候？在哪裡？」

「這……必須細細占卜一番才知。那麼貧僧就此告退。」

沼上就要離開，阿節揪住他的衣袖。

沼上朝我吐舌頭。

「有何貴幹？」

「還什麼貴幹，和尙先生，只說完這麼重要的事就跑掉，豈不是詐欺嗎？如果女兒現身坦承一切，老爺應該就可以死了心，以爲女兒已死的太太也會高興。這麼一來，我想我家老爺也會收起這泯滅人性的生意了。當然也得顧及世人的眼光，不過也不能再像過去那樣做生意了吧。這麼一來，在苦海中垂淚的人也可以得救了。隔壁家也……」

阿節說到這裡，轉向我這裡，一副這才注意到我的存在似地說：

「對了，你找我幹嘛去了？」

「我……」

我的事已經辦完了。

我的工作就是湊合阿節與沼上。

「……哦，就是……」

正當我支吾其詞，背後傳來人的氣息。

「哎呀……這不是大僧正嗎？」清晰無比的嗓音。

回頭一看，中禪寺就站在小巷的入口。

「中、中……」

「哎呀，那個人我也認識。」阿節說，「那個人不是偵探的同伴嗎？對不對？」

「咦？哦，該說是朋友還是……」

我完全不懂這到底是怎樣的計畫，所以也不敢胡亂應聲。中禪寺彷彿在欣賞我的狼狽相，悠然踱進巷子裡來。

「噢，這不是本島偵探助手嗎？你在這裡拖拖拉拉些什麼？委託人身陷危機，榎木津偵探長正四處奔走呢。啊，妳是委託代理人奈美木節小姐，對吧？我們曾經在勝浦見過。我想想……妳就是那個被暴徒嚇壞的惹人憐愛的美少女……」

「你知道得眞清楚。」阿節說，「我記得你是驅魔的……」

「沒錯，我是驅逐魔物的祈禱師。話說回來，阿節小姐，妳認識這位大僧正嗎？哎呀，實在教人羨慕。」

「我們剛才認識的。這個人很有名嗎？他叫……」

「那多大子鈍痛！」

沼上立刻報上名字，是爲了通知中禪寺吧。果然是隨口瞎掰的名字。

「鈍痛和尚盛名遠播哦。」中禪寺說，他快步走近說著，「哎呀，好久不見了。」握住沼上的手，上下揮動了幾次。

「哎呀，能見到大師，實在不勝光榮之至。我萬萬沒想到大師竟會現身此地。我還以爲大師現在人在印度呢。」

「印、印度？」阿節茫然張口。

「大師常去印度和西藏哦。這位大師是世界知名的僧侶呀，阿節小姐。再怎麼說，他過去曾在身延山與葛城山……」

「不是比叡山跟恐山嗎？」

「那、那些山我也待過。加起來修行年數共三十載。」

沼上好像慌忙掩飾，但阿節只是單純地吃驚，「竟然修行了三十年，太厲害了。」中禪寺背過臉去，肩膀上下起伏……

他在笑。

好狠毒的傢伙。

「總之，阿節小姐，在這位大師面前，必須謹言慎行。因爲我們的一切都被他看透了。大師的預言，是鐵口直斷。」

「鐵口直斷嗎？」

「百發百中。再怎麼說，他都相當於我的師傅，是位德高望重的僧侶。能夠與他認識，就已經是無上的幸運了。況且這位鈍痛和尙，還擁有一個驚人的神技，能夠叫出死人問話，比東北的乩童還要厲害，教人駭異呢。對吧，大僧正大人？」

「乩、乩童嗎？」

沼上一瞬間露出本色，不過立刻「呃咳」一聲，恢復成大僧正。

「沒錯。貧僧連死人也能喚回。反魂術之類的，是易如反掌。貧僧甚至與聖德太子和小野妹子(註)交談過。」

「太厲害了！」

深信不疑。

普通人……眞的會相信這種話嗎？

「那豈不是全都解決了嗎？」

阿節很興奮。

「失蹤的小姐回來，然後把死掉的小池家的女兒也叫出來的話，立刻就可以眞相大白了啊。這麼一來，就沒有懷疑的餘地了。可是你們說的是眞的嗎？」

這時候才在懷疑什麼？

「當然是眞的了。」這麼說的是中禪寺，「我可以保證。而且啊，這位大僧正呢，不管爲人進行什麼樣的加持祈禱，或顯現出何種靈驗的神跡，無論是布施謝禮還是賄賂，一切報酬，一芥不取，是個世間難得一見的無欲無私之人、教人無限景仰欽佩的聖人。這樣一個人有可能撒謊嗎？奈美木小姐？」

「免費嗎？那更合老爺的意了。」阿節低聲說道。

中禪寺看了一眼阿節內雙的眼睛，抓住我的手臂說：

「先不管這些，喏，本島，你得快點去追查梶野美津子小姐的下落。她很有可能被惡漢給擄走了。」

「惡、惡漢？」

明明就是被榎木津抓走了。

「你和我一道過來。啊啊，鈍痛和尚，我有些俗務纏身，實在遺憾，今天我得就此告辭了。」

中禪寺理好衣襟，規規矩矩地深深行了個禮，悄聲說了句，「明日正午。」

然後他把我從小巷裡推出去，臨去之際，留下一句：

「接下來就有勞大師了。」

沼上露出似哭似笑的表情，咳了一聲，隨口瞎掰道，「那麼，印度見了。」

我邊走邊回頭看了一眼，只見阿節正不停地向沼上低頭行禮。她好像在拜託沼上什麼。

「中、中禪寺先生，現在是什麼狀況？」我彎過轉角說。

「什麼什麼狀況……這下子沼上就會拜訪信濃銃次郎先生的家了，這樣罷了。噯，我

註：聖德太子（五七四～六二二），攝政期間曾多次派遣隋唐使，建立以天皇爲中心的中央集權國家體制等，並大力推廣佛教。小野妹子則爲聖德太子的朝臣，爲第一次的遣隋使成員之一。

有點掛心，所以跑來探探情況，但看那個樣子，應該不會有問題。沼上是個相當出色的演員。信濃先生應該會委託他進行十年前的被害人的降靈吧。」

「這樣嗎？那……靈是不是眞的會來姑且不論，可是那樣就等於是揭發自己的女兒的罪行了呢。信濃先生並不相信自己的女兒殺了人吧？」

「他只是不願意相信罷了。」中禪寺忽然停步，「信濃先生的煩躁源自於謎霧重重的眞相。亦即比起女兒是否犯罪，女兒下落不明這件事，對他來說才是更重要的問題。畢竟無論發生了什麼事，女兒都沒有投靠做父母的自己，而是選擇了消失啊。」

「是啊。」

「如果聽到女兒親口承認失手殺了人，信濃先生也不會再繼續懷恨小池家下去了吧。不，他應該會坦誠地向小池先生謝罪。」

「會嗎……？」

「那當然了。信濃這個人……唔，不是個值得稱讚的人。他是個靠著骯髒生意致富的暴發戶。可是很少有人是徹頭徹尾壞到骨子裡頭去的。再怎麼說，他也是爲人父母，應該可以理解失去女兒的悲傷。如果自己的女兒眞是兇手，他應該早就誠懇地謝罪了吧。」

被中禪寺這麼一說，我也覺得好像如此。

「可是，女兒沒有說出眞相，就突然從信濃先生面前消失了。不僅如此，信濃先生還被小池先生近乎單方面地指控你的女兒是殺人兇手，嚴厲糾彈。」

「明明就不曉得眞相如何，是嗎？」

「嗯，就是這樣吧。對信濃先生來說，小池先生這個人一直都是個難纏的生意敵手，也是把他當成後進小子輕蔑的可恨對象。就算小池先生是個失去女兒的可憐父親，被他這麼高壓地指控自己的女兒是殺人兇手，也沒法子同情得起來吧。當然，信濃先生沒辦法向對方道歉。」

也是，一旦道歉，就等於承認了女兒的罪行。

「沒有任何決定性的證據，警方也束手無策。在這樣的狀況下道歉，等於是平白長了可恨的敵人威風，拋棄自己心愛的女兒。不管命案狀況再怎麼可疑，這時候就算賭氣也絕對不能承認、不想承認——就是這麼回事吧。這種狀況持續了十年之久。這段期間，信濃先生愈來愈固執了吧。到了現在，感覺就像是如果收起對小池先生的敵意，就形同是背棄了女兒。」

「近似賭氣的偏執心情，在十年之間不斷地變本加厲，是嗎？」

「嗯，就像阿節小姐說的。信濃家的種種不和，全都是十年前的事件造成的。因爲這些不和，使得信濃先生做生意的手段愈來愈骯髒，結果讓許多人蒙受麻煩——這是事實吧。那姑娘雖然那副德性，她看人的眼光倒是不容小覷。」

「那、那麼……」

究竟要怎麼收場呢？

總不可能眞的要降靈吧？

「沒怎麼辦。」中禪寺說，「一切就如同方才沼上大僧正所言。」

「大僧正所言……你是說詛咒嗎？」

「沒錯，這些種種，也是小池家施下的詛咒。」

「爲了報復女兒被殺，所以下了詛咒嗎？」

中禪寺狡黠地一笑：

「這個嘛……本島，不是爲了報復，而是源自於保身與貪念的、充滿惡意的詛咒呀。」

「保身與貪念？」

「除此之外不可能有其他想法了。小池先生是真的覺得信濃先生很礙事吧。喏，你看看這個。」

中禪寺說到這裡，指示貼在木板圍牆上的貼紙。

黃色的紙上印刷著紅色的毛筆字體。這麼說來，從澀谷站到這裡的途中，好像貼了好幾張這樣的紙。我完全沒讀內容，但記得這個配色。

銀信閣是殺人犯的大樓！

豈可讓罪犯逍遙法外做生意！

把殺人兇手趕出圓山町！

「這……」

「這當然是小池先生印刷、張貼的。我在這一帶打聽了一下，這類誹謗中傷，似乎是他的拿手好戲。」

「哦……」

的確，即使眞兇就是信濃家的女兒，也沒道理把父親信濃也說成是殺人兇手吧？更何況信濃的女兒還不一定就是兇手。像這麼一看，文章似乎也充滿了惡意。那與其說是抗議，感覺更接近含血噴人。

「不只是說壞話而已。金池郭還會教唆地痞流氓鬧事、雇用假客人進去製造食物中毒騷動等等，從沒停過妨礙生意的行爲。聽說因爲這樣，戰前銀信閣有一段時期幾乎沒有客人上門。」

原來……是這樣嗎？

因爲我被灌輸了信濃是個邪惡的守財奴、小池是個親切的慈善家這樣的先入爲主觀念，所以完全沒想到這樣的可能性。

「可是……聽美津子小姐的描述，小池先生感覺不是那麼壞的人啊？」

「這世上沒有徹頭徹尾的壞人，但也沒有好到那種地步的活菩薩吧。」中禪寺說著，撕下傳單揉成一團。「不過信濃先生也沒有服輸。變成守財奴的信濃先生加入羽田製鐵旗下，靠軍需發了戰爭財，又利用鋼鐵股票賺錢，來維持店鋪。即使遭到空襲，仍然再接再厲蓋起了那棟沒品的新生銀信閣。那棟大樓雖然沒品，不過好像大受歡迎，是執念吶。俗話說，詛咒他人，需當心反撲己身，詛咒轉來轉去，結果又轉回了小池先生自己頭上吶。重新爬起來的信濃先生，這次卯足了全力開始和小池先生作對。這算……自做自受嗎？」

不太懂。不，關於兩邊商業上的競爭，我可以理解，可是……

「只有你說的詛咒，我不太明白。是指小池先生妨礙營業的行爲嗎？」

「簡而言之，就是有隻妖貓混了進來啊。」

「妖貓？」

「本島，這次啊，咱們是要讓那隻妖貓好好跳一場舞呀。」

「跳舞？跳舞是指……？」

更不懂了。

「哦，貓這種生物，自古以來就是會讓死人跳舞的。噯，如果一切照預定來，後天正午，死人就會跳著**看看舞**（註）現身了。這麼一來，鐵匠婆的眞面目也會跟著曝光，引發一場大混亂吧。噯，榎木津那傢伙好像想要大鬧一場，但我不會讓他鬧得太離譜。我會先設下防線。」

好了——中禪寺眺望開始西傾的夕陽。

「本島，你回去比較好吧。」

「回去？」

「哦，你的任務只是讓沼上和阿節小姐

註：看看舞起源於江戶晚期長崎的中國人所跳的舞，稱爲「唐人舞」，因歌詞第一句爲「看看也，賜奴的九連環」，故也稱「看看舞」。

會面而已。可是我想那樣的話，你可能不好脫身……」

「所以中禪寺先生才會出現在那裡？」

的確，如果中禪寺沒有現身，我應該會就那樣一直磨磨蹭蹭地待在原地，那麼一來，沼上或許也難以潛入信濃家了。

而且就算事情順利，那種情況，我也不清楚該如何是好。

因爲我不曉得策略是什麼，也沒有接到任何指示。

可是就算這時候叫我回去……

「看你一臉不想回去的樣子。」中禪寺說，「實在是，榎木津也眞是作孽。不，是你太倒楣了嗎？」

「一定兩邊都是吧。對了，榎木津先生呢？」

他……抓了美津子吧。我不曉得他是怎麼抓的，也不明白抓美津子有什麼意義，不過確實抓到人就是了吧。這才不是偵探該做的事。

「那傢伙現在應該在房仲公司吧。」中禪寺說。

「房仲公司？」

這種非常時期，他居然在爲北九州的闊少找別墅嗎？我露出不服的樣子，中禪寺在眉間擠出皺紋地看著我的臉，呢喃道：

「你也眞是傷腦筋呢。你不回去，是吧？那麼……好吧，那你就做好心理準備吧。」

「心理準備？」

「心理準備。」

或許……回去才是爲了自己好。

中禪寺傷腦筋似地繃著一邊臉頰，然後悄聲說，「那樣的話，請你等一下好嗎？」

接著他小跑步到轉角的雜貨店，看了一下裡面，這次大聲說，「不好意思，可以借個電話嗎？」

不一會兒，一個老人按著肚子搖搖晃晃地走了出來，表情痛苦得彷彿灌了蓖麻油，說這裡沒有公共電話。

中禪寺從懷裡掏出幾枚十圓硬幣給老人，指著櫃台的電話，說他借這隻電話就好。老人不知爲何連點了好幾次頭，就這樣兀自點著頭，拿著錢進去裡面了。

和服怪人等到老人的背影完全消失以後，伸手拿起話筒。

「哦，我是中禪寺。寅吉嗎？狀況如何？咦？這樣啊，已經抓到人了嗎？就只有這種野蠻事辦起來特別快吶……」

看來中禪寺正在打電話到玫瑰十字偵探社。那麼……所謂抓到人，是指美津子嗎？

「那麼，人現在在哪？那裡？在那裡，是嗎？被綁起來倒吊著？」

「什、什麼？」

「喂，人還活著吧？咦？勉強還有一口氣？」

——到底是做了什麼？

「喂喂喂，不關我的事哦。你們可別抓錯人嘍。咦？他全招了？這樣啊。唔，讓他跑了就麻煩了，不過還是好好治療人家一下啊。必要的話，看要找里村還是誰來治療吧。什麼？里村連健康的人也想解剖，不要？噯，是這樣沒錯啦。好，我明白了。」

中禪寺掛斷電話，大聲對店裡呼喊，「謝謝。」後，一臉清爽地從店裡出來了。

「中、中禪寺先生，這、這到底……」

到底是在做什麼？

「你們要把美、美津子小姐怎、怎麼樣？」

「不曉得。」

——好恐怖。

中禪寺理好外套衣襟，撩起頭髮。

「好了，本島，既然你說你不回去，那麼接下來也要請你演一場戲了。你……做好心理準備了嗎？」

「什、什麼戲？」

「這個嘛……嗳，去了就知道了。」

中禪寺說，甩著外套走了出去。

太陽已經完全西傾了。

黃昏時刻的澀谷車站人潮洶湧。路燈也多，卻總有些昏昏暗暗，儘管燈火輝煌，卻連人的臉都看不清楚。因爲有多少光就有多少陰影，結果還是一樣吶──我心想。

明明不是小孩子了，我卻不安起來。

唯一的依靠只有中禪寺的背影。可是和服男子卻不知怎地，完全沒有停步，卻也不會撞到行人，流暢地穿梭在人海之中，游過雜沓人群。我動不動就差點撞到人、踩到人，抽身的時候撞到階梯，怎麼樣都無法順利前進。

然後，我唐突──眞的非常唐突地──怕了起來。我怕起了應該是我的依靠的中禪寺。

這個人究竟……

──是什麼人？

仔細想想，我對他一無所知。

我們從澀谷搭玉川線坐了兩站。

在大橋車站下了車。

走了五分鐘。

我們經過一條籬笆連綿，頗爲寬敞的道路，轉了幾次彎，每一轉彎，路就愈來愈狹窄。來到煤氣路燈朦朧發光、砂礫遍佈的路中間時，原本一次都沒有停步、速度也維持一定的中禪寺冷不妨停了下來。

「本島。」

「啊，是。」

「我要拜託你演的戲很簡單。那裡……有一棟大戶人家，對吧？」

中禪寺指著道路右邊。

我看到一座有屋頂的大門，看起來就像諸侯大宅還是豪農的房舍。

「那裡應該就是小池宗五郎——美津子小姐的雇主家。接下來我要走去那裡。我開始敲門的時候，可以請你盡全力衝過來嗎？」

「衝過去，是嗎？」

中禪寺目測了幾次自己站立的位置與大門之間的距離，然後掏出懷表，像是在計測時間，說：

「我敲了三下左右的時候開跑的話，應該正好吧。」

「三下是嗎？」

「對，我會以咚、咚、咚這樣的間隔敲門。你聽到第三聲咚的時候開跑就行了。盡可能全力衝刺。然後……你只要站在我身後，附和我的每一句話就行了。」

「這……是某種……」

咒術嗎？

中禪寺什麼也沒說，大膽地笑了，悠然朝小池邸走了出去。一眨眼就遠去了。暗褐色的和服外套融化在幽暗的小巷裡。

——啊啊。

我總覺得緊張得要死。

就在這當中，中禪寺走到門前了。

咚、咚、咚。

我使盡全力衝過去。

「小池先生，請問這裡是小池家嗎！」

中禪寺的聲音漸漸變大了。

「不得了了，出大事了啊，請問宗五郎大爺在嗎？」

咚、咚、咚。

我抵達門前，同時大門打開了。

中禪寺的身子猛地向前傾頹，我忍不住伸手扶住他的肩膀。

眼前一陣發黑。我也跟著低下頭，喘個不停。

「怎麼啦？你是哪位？」

「這、這裡、是小、小池宗五郎大爺的家嗎？」

「是啊……怎、怎麼啦？」

中禪寺的表情……像是出了大事。看起來就像這樣吧。中禪寺不知爲何，一副上氣不接下氣的模樣，再三反覆著，「大爺、大爺呢……？」

「所以問你出了什麼事？大爺現在……」

「女、女衒的片桐被、被人殺了……」

「什麼？」

「對、對吧？金伍郎？」中禪寺對我說。

「啊、呃、是……」

不行，我眞的喘不過氣來了。

「你、你說片桐？怎、怎麼會？不，重點是你們是誰？」

「我、我們是銀、銀座的，花、花……對吧？」

又被問了。呃，所以說……

「啊、是，沒錯。」

不是裝的，我眞的只能這麼說。

「片、片桐大哥他，呃，在有樂町那裡，渾、渾身是血地倒在地上，我見狀嚇、嚇了一大跳，對吧，金伍郎？」

「啊、是。」

「結、結果美、美……叫什麼去了？金伍郎？」

「美？呃，是……」

「對了，叫美津子，片桐大哥是被美津子幹掉的……」

「你說美津子？眞的嗎！老爺！老爺！」

男子大叫，於是家裡跑出了幾個小混混風的男子。背後走來一個身穿和服，體態豐腴的中年男子。

「源治，出了什麼事？」

這大概就是宗五郎吧。

叫做源治的男子小跑步到宗五郎身邊，匆匆附耳說了什麼。

「什麼？你說美津子？怎麼可能？」

「可是……美津子她……」

「唔……是啊。」

源治瞥了我們一眼。

宗五郎把手下推到一旁，走上前來：

「你們是花惠的客人嗎？你們說片桐他怎麼了？」

「是，您、您是宗五郎大爺？」

「沒錯。重點是，你們爲什麼找上這裡？片桐他……死了嗎？」

「大概……哦，路人吵吵鬧鬧，警察也來了，片桐大哥留下遺言……叫我們盡快通知大爺您。」

「遺、遺言……？他眞的死了嗎？」

「他被亂刀砍傷，渾身是血。嚇死人了吶，對吧，金伍郎？」

「啊、是。」

我現在才想到，爲什麼我叫金伍郎？

「他留下什麼遺言？」

「哦，他說：是美津子下的手，事情全曝光了。」

「曝光了？他是這麼說的嗎？」

「是的。對吧？金……」

「是！」

誰要被你叫金伍郎？中禪寺……

在耍我。我還緊張得要命，眞是蠢斃了。

「片桐大哥不停地說，美津子恨死了，事跡全敗露了。然後我記得……」

中禪寺慢慢地看我。

「咦？啥？」

「對，片桐大哥還說了句『花惠』。然後我們聽見警笛聲，就慌忙逃走了。要是被當成兇手，就沒法來報信了嘛。對吧？金伍郎？」

「就、就是啊。」

我本來想回說「桃太郎大哥」，可是我辦不到。

宗五郎露出苦不堪言的表情來：

「感謝兩位前來通知。喂，好好答謝這兩位。然後……請兩位忘了今天來到這裡的事——不，把今天看到的事都忘了。如果兩位可能被警察找去，或是遭到逮捕，立刻通知我。我會爲兩位設法。」

「那眞是太感激不盡了，對吧？金伍郎？咱們也不想跟警察扯上關係嘛，金伍郎。你也快好好答謝大爺呀，金伍郎。」中禪寺說個沒完。

「啊、是，呃……」

所以誰是金伍郎？

「還請大爺……多多關照了。」

中禪寺低下頭來，慢慢地這麼說道。

6

「對對對，不是右手呀。」

榎木津看到我拿來的招貓，高興極了，像個孩子般手舞足蹈。

「榎、榎木津先生，到底是怎麼了？居然打電話到公司來。」

「因爲我需要這個嘛。有什麼辦法？」

「需要？……這種東西到處都有賣啊？」

我一早才剛去上班……榎木津就打電話到我的公司來了。

榎木津把接電話的女職員搞得混亂不堪，惹得代替她接電話的社長生氣、驚恐、目瞪口呆。

我……一直到被社長用一種像在怒吼又像求救又像哭泣般的聲音呼叫「本島、本島。」都壓根兒沒想到那通騷擾電話的原因就在我身上，正喝著粗茶，老神在在地看設計圖，結果火突然燒到我身上來，搞得我手足無措。

接起的話筒中傳來的，是連呼著「招喵招喵」的呆蠢聲音。我甚至花了整整一分鐘，才想到那是榎木津的聲音。

「有什麼事？」我再三詢問，被罵道，「左手啦、左手。」簡而言之，榎木津打電話找我，好像是要叫我立刻帶著我爲了近藤而買的第一個招客的招貓趕到國分寺車站去。

這太強人所難了。

我星期一請假，星期二跟三都早退了。工作雖然不忙，但再怎麼樣也不能繼續給公司添麻煩了。我卯足全力拒絕。

然而……這次我卻被在一旁聆聽的社長給責罵了。

才一開業，就被搞到脫力，完全喪失幹勁的社長命令我立刻早退，照著打電話來的人的吩咐做。他好像是覺得如果我不照做，會惹來更大的麻煩。

——受不了。

搞不好會害我被革職耶。

我心不甘情不願地離開公司，回到家裡，踹起還在睡懶覺的近藤，搶回第一個送給他的招貓，趁著近藤完全清醒之前，急忙離開家，跳進電車裡。

我那個像熊一樣的總角之交對偵探一伙好奇萬分，如果他醒來的話，一定會吵著叫我帶他去。我可不想把事情搞得更複雜。

國分寺的車站前，有三名男子正在等我。是打扮得有如美國空軍的榎木津、風貌宛如前衛詩人的益田，以及一個不知爲何，氛圍非常普通，而且一身普通到了極點的西裝打扮的男子。

處在脫離常軌的怪人之間，普通人看起來反而顯得突兀。穿西裝的男子簡直是突兀到了極點。我強烈地希望自己也能夠像他那樣。

普通的男子是房仲業者，名叫加藤。

加藤搓著手，對一介製圖工的我寒暄。

這是我第一次被房仲業者示好，感到異樣惶恐。

「那這是怎麼樣？榎木津先生，我要怎麼做才好？」

「什麼都不必做，再見。」

這樣……就完了嗎？

「益田先生？」

益田歪著嘴角說：

「你也眞倒楣呢。」

「哪有一句倒楣就想把人打發的？我可不會就這樣回去。」

「可是本島先生還有工作吧？」

「今、今天變成這才是工作了啦。」

「你被炒魷魚了？」益田說著笑了，

「敝公司沒有在徵人哦。」

誰要應徵那種見鬼的公司。

留神一看，榎木津與加藤正一邊談笑，一邊走了出去。我實在不認爲榎木津那個人能夠與一般人談笑，一定是加藤勉強在應和榎木津的話。

「哎呀。」益田說，跟了上去。他手中提了一個黑色皮包，看起來沉甸甸的。益田說著「再見。」向我舉手。

「什麼再見，益田先生，怎麼可以這樣……」

我一把抓住益田手中的大皮包，拖住想要追上兩人的他。

「喂，解釋給我聽嘛。那種招貓要拿去做什麼？你們怎麼知道我買了那個招貓？」

「我才不知道哩。我怎麼可能知道？那個人是……喏，爲我們仲介要給那個北九州大少住的別墅的房仲業者，接下來要去打契約。」

「那這跟事件沒有關係嗎？」

「不清楚呢。」益田納悶地說，「不管這個，本島先生，昨天怎麼樣了？那個和尚是否好好愛惜出租的衣服？萬一破掉要買下來的。」

「你說沼上先生嗎？」

這麼說來，沼上怎麼了呢？

他隻身一人潛入信濃家了嗎？

希望他沒露餡才好。

「……唔，我是不曉得要不要緊，不過應該是沒破吧，法衣很適合他嘛。倒是我，可是慘兮兮吶。雖然只有一小段距離，但跑得心臟都快爆炸了，還被一群流氓般的人請喝酒。」

好啦，喝個一杯，喝個一杯……

結果不曉得究竟被灌了幾杯。

「咦？那麼京極師傅也一起喝了嗎？」

「那個人完全沒喝啊，全都是我喝掉了。」

中禪寺裝出憔悴萬分的模樣，巧妙地躲掉了勸酒。舊書商原本就是一副肺病病人般的風貌，裝起來充滿說服力。

另一方面，我是眞的全力衝刺，所以心跳加速，嘴巴也乾了，無法正常說話，注意到時，杯子已經被斟滿了酒。沒有喝個爛醉，眞是不幸中的大幸。附帶一提，昨天晚上我叫遠山金伍郎，中禪寺叫水戶光彥（註）。

信口胡謅也該有個限度。

益田痙攣著脖子笑了。

「眞是，本島先生，我跟你說，中禪寺先生那個人啊，他的信條是絕對不操勞身體。他不做肉體勞動的。他當時應該是設定成你們

註：各別影射遠山金四郎和水户光國（即水户黃門），兩者皆爲知名歷史人物，在古裝劇中被塑造成爲經常微服出訪、爲市井小民主持正義的人物。

從銀座趕來吧。嗳，那個人最擅長唬人了，他就算不用眞的跑來，也可以巧妙地騙過去吧，但他可能是覺得要本島先生演戲太勉強了，所以才會要你眞的跑。」

哎呀，眞是倒楣透了吶——益田又笑了一陣。

「嗳，不過我這兒的倒楣度也不相上下呢。再怎麼說，我們都是從澀谷的醫院大逃脫，緊接著又是在有樂町展開一場亂鬥。那簡直就是電光石火啊。而且還是以道上兄弟爲對手上演全武行。嗳，就像你知道的，我是個膽小鬼，所以兩次我都躲在暗處，徹頭徹尾擔任監視的角色。路人尖叫連連，警車也來了五台。哎唷，眞是觀者如堵呢。銀座大混亂。」

這些傢伙到底做了什麼？

我們就這樣有一搭沒一搭地聊著，居然被我跟到目的地來了。

這裡的氛圍與其說是住宅區，更接近別墅區。

「這一帶最近有許多人遷住過來。」加藤也說。「這裡算是新興住宅區吧。土地經過區畫整理，建築物之間的距離也很寬闊，是讓人覺得像別墅區的主因吧。

「哦，這一帶在過去——說是過去，也是大正時代左右——曾經是有錢人的別墅地區……」

加藤像在回答我的疑問似地說。

沒什麼好猜疑的，這裡眞的本來就是別墅區。

「……後來啊，嗳，戰爭時期，來了一堆在近郊從事軍需產業的勞工之類的，然後還有疏散的人，很多這類人搬過來，車站一帶變得愈來愈雜亂了，不過這一帶的話呢，環境還很清幽，對吧？十分安靜，視野遼闊，卻不會給人蕭條之感。距離車站呢，是有那麼一點，有那麼一點點略嫌稍遠，可是請看，已經到了，一眨眼就走到了。」加藤說。

「就是這裡，這裡，這裡！」榎木津吵鬧起來。

是一棟還很新穎的大宅子。

外觀一看就是有錢人家住的房子，不合我的脾胃。

不過我的脾胃完全不重要。

「哎呀，一開始眞不知道會怎麼樣呢。再怎麼說，這房子都是前年才剛落成的嘛，要脫手也太早了。又是這麼一棟美輪美奐的屋子嘛。可是喏……」

加藤用姆指和食指圈成圓形，出示給榎木津看。

「開出來的價碼實在沒話說嘛，所以我想說先交涉看看好了，嗳，畢竟是那樣驚人的一筆價碼嘛，給敝公司的仲介費也……嗳，沒話說嘛，所以我們開出條件，由敝公司來包辦安排新住處和暫居處等等的雜事，當然還有搬家等事宜，結果對方意外爽快地就答應了。」

「這樣。」

榎木津好像沒興趣。他以一貫的弛緩動作掃視了屋子一圈，接著望向我。然後他注意到我。

「啊，我記得你是本島弦之丞！你在幹嘛？」

「弦之丞？」

「這樣啊，你也想大鬧一場，是吧。好吧。」

「大鬧一場……？大鬧什麼？」

「意思是允許你加入了吧。」益田答道。

「要在這裡大鬧嗎？……可是這裡……」

此時，我注意到精緻的紅磚造大門上掛著門牌。

梶野美津子……

「梶、梶野……」

「是叫鐵匠婆嗎？好了，大將要進攻了。」

請問有人在嗎？──我聽見加藤在叫門。

望過去一看，玄關站著一個盛裝打扮的婦人。

好醒目，好花俏。

唔，算得上是美女吧，可是怎麼看都不是良家婦女。

明明距離還這麼遠，我卻可以算出她的睫毛根數，嘴唇也是鮮紅色的。

頭髮不曉得是怎麼盤的，綁成一個驚人的形狀，是完美無缺的特種行業化妝。

「歡迎光臨……」

這招呼讓人誤以爲是走進了哪家酒吧。

她可能自以爲清純，但接客態度總有種黏膩之感。婦人向加藤行禮之後，假惺惺地注意到榎木津。

「……哎呀，這位先生是……？」

哪有人現在才在「哎呀」的。榎木津那樣一個大個兒，門一打開，第一個就看到了吧。

「這位就是……那位財閥公子，是嗎？」

所謂媚眼，指的就是這種眼神。

婦人以纏人的黏膩視線打量著榎木津。

一般來說，榎木津只要不說話，會非常吃香。他的五官端正媲美雕像，而且個子挺拔，眼睛碩大，瞳孔像外國人那樣色素淡薄，眉毛英挺飛揚。膚色白皙，頭髮還是栗色的。只是，

一開口……就成了個呆瓜。

我半是提心吊膽，半是迫不及待地等著被榎木津的外表迷得神魂顛倒的婦人失望的瞬

間。如果她知道了那個偵探的本性，究竟會露出什麼樣的表情來？

「幸會，這次承蒙您關照了。」

「咦？」

我摸不清楚是誰在說話。

我東張西望起來。

「我叫榎木津禮二郎，代理家父榎木津幹麿前來。此次提出無理的要求，實在惶恐。竟要請人將落成還未滿三年、如此華美的宅院出售，原本實在是難以啓齒的請求……但在北九州也是數一數二的名家，小早川家的公子無論如何都希望能夠搬進這裡……」

榎木津在**正常**說話！

我……好一會兒茫然注視著這幕難以置信的光景。

婦人擺出媚態說：

「哎呀，快請進屋。請進請進，今天外頭很冷呢。」

「不敢不敢。啊，還有，站在那裡的是我的部下，衣索比亞人益鍋達・達鍋益，是負責提行李的。旁邊的是電氣工程業者……」

「我、我叫遠山金伍郎！」

在被亂掰個名字之前，自己先說出來還比較好。

榎木津說：

「他叫金伍郎，說是想要檢查線路的狀況……」

「線路，是嗎？可是線路並沒有什麼問題……」

「哦，是……呃、關於電壓，呃……」

我支吾說。

「我知道了，請檢查吧。」女人說。

萬年工作服也是派得上用場的。而且我真的是電氣工程公司的員工。這麼一想，這還真是個空虛的用場。

「……既然已經決定要賣，這裡就是

榎木津先生的屋子了。請盡情檢查到您滿意吧。」女人說。

「契約都還沒有簽呢。」

「好，那麼現在就來簽約吧。」加藤不住地點頭哈腰。

女人瞥著他那個樣子，將眾人領到屋內。

家具和陳設都非常高雅。就像美國電影中出現的人家。是眞的有錢人吧。變得異樣正常的榎木津，極爲自然地在接待區的客用沙發坐下。有模有樣的，眞教人討厭。加藤在旁邊的圓椅子坐下，益田用古怪的音調說著「偶讚著就好。」杵在榎木津後面。

益田果然是個不遜於榎木津的笨蛋。

既然我都說了要檢查，無可奈何，只好找到分電盤，借來椅子，站在上面，裝做在忙什麼的樣子。

全是假的。

女人說「請稍待一會兒。」去了廚房。榎木津發出「嗚喵」的怪聲，伸了個懶腰。眞搞不懂哪邊才是他的眞面目。

我不經意地一看。

不知道叫什麼名稱的西式家具上，

——擱著我的招貓。

與周圍的景像格格不入。

是榎木津擺上去的嗎？

女子泡了紅茶還是什麼端來，於是加藤鄭重地說「那麼我們開始簽約。」從皮包裡取出文件。

「我想這類手續對忙碌的各位來說實在麻煩，但畢竟是規定，或許多少有些沉悶冗長，還請多多擔待。呃……」

加藤說到這裡，「呼」地吁了一口氣，說：

「抱歉，我不曉得像榎木津先生這種做大事業的人如何……但對敝人這樣一介小鎭房仲業者來說，這次的交易金額形同天文數字，嗯，讓我實在是緊張得直冒汗。那麼，在請雙方簽章之前，依規定我必須先朗讀契約事項，請兩位多多忍耐。」

「請盡可能慢慢地讀。」榎木津交代。

我在旁邊聽著，也一頭霧水。反正憑我的薪水，一輩子也買不起這種房子，一點參考價值也沒有。

我開始覺得荒謬了。

就在我想丟下一句「沒有異狀。」拍拍屁股走人的時候，門「碰」地打開，傳來「小姐、小姐。」的叫喚聲。女人突然嚇了一跳，制止加藤，然後慌忙跑向玄關。

「可惜！」榎木津說，「太可惜了。應該叫你唸快點的，好了，房仲先生，沒剩幾行了，快點把它唸掉，我沒時間了，我先蓋章吧。」

「呃，可是……」

「我要蓋了。」

加藤被榎木津的氣勢壓倒，繼續唸起下文。

我……望向玄關。

從我的位置可以看見通往玄關的走廊。女子慌亂之中沒有將門完全掩上，所以可以看見整個玄關。有幾名男子來訪。

我從椅子放下一隻腳，凝目細看。結果……

——那是。

四目相接了。

——我記得那是叫源治的……

是小池邸的源治。「你小子……」我聽到這樣的恫嚇聲。女子迅速用手指抵住嘴唇，說：

「悄聲些，源治。」

「小、小姐，那、那傢伙是……」

「笨蛋，叫你安靜啦。萬一重要的契約

告吹了怎麼辦？那是財閥的大少爺帶來的叫什麼的電氣工程公司的人啦。我記得是叫……呃，遠山……」

「金伍郎，是嗎？」

「對，金伍郎。你認識他嗎？」

「還有什麼認識不認識的，就是那傢伙啊，給片桐送終的傢伙之一。」

「是那傢伙？」

女子回頭看我。我諂媚地笑，行了個禮，裝做沒發現到源治，再次假裝進行作業。全是假裝。

眞的全是一派謊言。

「可是那傢伙怎麼會……」

「是碰巧的吧。那個榎木津的兒子是眞的啦，長得跟照片上一樣。」

「可是小姐……」

「片桐昨天傍晚離開銀座的店以後，遭到什麼人襲擊，下落不明，這是事實呀。也來了許多警察呢。而且……」女子壓低聲音，「不是說美津子也溜出醫院了嗎？」

「這樣啊。關於這件事，其實啊，剛才美津子打電話到宅子來了。」

「電話？她說了什麼？」

「她說她要來國分寺。」

「她、她要來這裡嗎！」女人叫出聲來，急忙捂住自己的嘴巴，「她、她怎麼會知道這裡？」

「不曉得。片桐那傢伙，臨死之前告訴那個金伍郎還有他的大哥，一個叫水戶的傢伙，說事情全曝光了。那個臭婊子，到底是從哪裡聽到的……不，搞不好就是片桐說出去的。不管怎麼樣，小姐有危險了。那臭婆娘好像還帶著刀子，所以我先一步趕來這裡……老爺也很快就會過來了。」

「那個老糊塗就算過來，又派得上什麼用場？所以說，早點收拾她就好了嘛。反正她連戶籍也沒有，就扔進山裡頭，當做沒這回事，不就是具名無屍了嗎？說起來，幹嘛讓她跑去八王子嘛。眞是的……」

「抱歉打擾你們談話……」

「啊……」

榎木津突然大聲說，害得背著臉偷聽的我差點從椅子上摔下來。我重新站正，定睛一看，榎木津還有提著皮包的衣索比亞人益田不知何時移動到通往玄關的走廊入口處了。

「契約還要簽嗎？我衣索比亞人的部下抱怨個沒完，說皮包很重。衣索比亞好像有句俗諺，說要是把裝了錢的皮包擱在地上，就一生不能吃米飯了。」

胡……胡扯一通嘛。

「偶愛吃飯。」

還跟著嬉皮笑臉。

「我忙得很呢，忙得都想揍人了。要是讓我等太久，我可要帶著這些錢回去了。現在立刻。」

「請、請等一下，呃……」

「英惠！」才剛聽見聲音，門就打開了，「英惠，妳沒事嗎？」

進來的是小池宗五郎。

「事、事情可大了！幹嘛啦，你這樣不是壞了我的事嗎……啊，沒事沒事，榎木津先生，我馬上過去，請在客廳稍待一會兒。」

「馬上哦。」

「馬、馬上去。還、還是乾脆叫這個人幫忙提著那些錢好了？呃，那位愛吃飯的……」

「迷關係，偶可以忍耐。」

益田胡說著莫名其妙的話，走回原處。

加藤孤孤單單地坐著。

他的表情……眞的很普通。

「總之你先進來，在隔壁房間等我簽完約吧。眞的就簽快好了。你以爲這筆生意可以賺多少啊？開玩笑。好了，你們也快進來，快點……」

女人匆匆地把宗五郎以及跟來的部下總共五人趕到客廳旁邊的房間，關上了門。

「好、好了，加藤先生，請繼續……」

「哦，呃，榎木津先生已經簽章完畢了……所以接下來只剩下梶野小姐的……」

「我、我簽名就可以了，是吧？好的。」

女子匆匆在沙發坐下，急忙拿起筆的瞬間——

「咦咦！」榎木津又發出怪叫，「窗外有人耶。」

「噫！」女子弄掉了筆。

「可能是小偷，我去看看。」

榎木津不待女人回話，敏捷地站起來，打開玻璃門，連鞋子也不穿，就跳出去陽台了。隔壁房門打開，源治探出頭來。女人不停地朝他打手勢示意，「退回去、退回去！」

「找到了！」

庭院傳來怪誕的叫聲。

「這裡有個女人！原來如此，我懂了，妳是這戶人家的朋友，對吧！這樣啊，是朋友啊。這怎麼行呢？帝國大學教人拜訪朋友家時該走玄關呢……」

榎木津快活地說著，帶來了一個女人。

「來，這是妳朋友……」

「美津子！」

那是……

一隻手纏著繃帶，用三角巾吊著，模樣看了教人心痛的梶野美津子。榎木津摟著美津子的肩膀，站在窗邊。

女人一看到美津子，立刻「哇」地尖叫，跳了起來，退到牆邊去。

同時「砰」地一聲，隔壁房門打開，在原本退進去的源治領頭下，所有的人都亂哄哄地跑了出來。

「美、美津子妳這臭婆娘！」

源治把手伸進衣襟。微微露出了一截匕首來。小池宗五郎注意到榎木津在場，慌忙制止。

「怎麼，大家都認識這位小姐啊？這位小姐叫什麼呢？我問了好幾次，她都不肯告訴我名字呢。」

「那、那個女人是……」

美津子愣在原地。

然後她望向宗五郎說了聲，「老爺。」

「囉、囉嗦！我、我才不認識妳。你們也都不認識她吧？」

「啊，是。」眾男人答道。

女子緊緊地把背貼在牆上，聲音顫抖地傾訴道：

「榎、榎木津先生，那、那個女人才不是我朋友，她……對，她一定是小偷，快把她交給警察吧！」

「沒錯，她、她是小偷。這裡有現金，榎木津先生又是尊貴之身，跟那種人在一起太危險了。會、會有危險。叫我們家的年輕小伙子，喏，這裡有一大批，叫他們現在立刻把她抓去給警察吧。喏，源治，別拖拖拉拉。」

感覺小池宗五郎昨天的威嚴全都蕩然無存了。

「這樣啊，原來她是小偷啊……好怪的小偷吶，而且還受傷了呢。」

榎木津假惺惺地說，放開美津子……卻又再次發出怪叫，望向外面。

「咦咦咦？這下可省了工夫了。這發展簡直就像安排好的嘛。」

「怎、怎麼了？」

「呵呵呵。」榎木津低笑。

我已經停止假裝，在椅子上坐了下來。

既然都演變成這樣，隔岸觀火是唯一的

選擇了。

玄關傳來敲門聲。

「噫！」女子倒抽了一口氣。

「喏，有客人呢。快去應門。」

「來、來了……」

女子盯著美津子，貼著牆壁，大大地繞過房間，總算去到了玄關。簡直就像隻超大型蟑螂。

門「砰」地打開了。

這次門外站著兩名男子。

男子從內袋取出黑色手冊般的東西。

「這裡是梶野美津子小姐的家吧？」

「呃……是。」

「打擾了，我是東京警視廳搜查一課一係的人員，敝姓青木。這位是木下刑警，請確認。」

「刑、刑警……？」

「沒錯，刑警。其實呢，我們正在調查一樁殺人命案。」

「命案？難、難道……」

「哦，其實呢，疑似嫌犯的女子似乎就在這裡……」

「對，她就在這裡，請快點抓住她！」

女子抓住刑警的手臂說著，「就在這裡，快點。」死命把他拖進來。刑警感覺連脫鞋都覺得焦急，匆匆進了屋內。這個刑警生得一張娃娃臉，感覺有點像小芥子人偶（註）。小芥子看到窗邊的榎木津和美津子，一雙細眼睜得圓圓的，「啊」了一聲。

接著進來的狸貓般的刑警也「噢噢」地短促一叫。

「沒錯，就是那傢伙，那個女的，就是她！」女人激動地指著美津子，歇斯底里地叫，「快點抓住她！那傢伙、那女人……」

「妳說那位小姐怎麼了？」刑警反問。

「所以說，刑警先生，」源治答道，

「殺死片桐的女人就是那傢伙啊。」

「片桐？」

「就是遇害的女衒啊。他臨死的時候一清二楚地留下了遺言，說兇手就是美津子，對吧，金伍郎！」

「咦？嗯。」

「還嗯！」源治吼道，「那個金伍郎就是證人。所以快點逮捕那個女的！」

「你們說這位小姐是誰？」

「所以說，在有樂町殺了女衒的就是那傢伙，梶野美津子啊！」

「原來如此！原來是這樣啊！」榎木津格外響亮、而且歡喜地叫道，「哎呀，幹嘛默不吭聲，這麼見外呢？原來妳就是梶野美津子小姐啊。好了，房仲先生！咱們快點簽約吧。聽說這個人就是梶野美津子小姐嘛。來，快點簽吧，梶野美津子小姐。」

榎木津把美津子牽進屋內。

「來來來，梶野美津子小姐，在這裡寫下妳的名字，蓋下印章，這筆巨款就全是妳的了，梶野美津子小姐！」

榎木津讓茫然自失的美津子在沙發坐下，硬要她握住筆。

加藤好像全呆了。

嘴巴完全合不攏。

「來，快簽名吧。」

「等一下！」女人厲聲尖叫，「不是的！」

「哪裡不是了？這裡是梶野美津子小姐名下的地產吧？登記簿跟謄本上都這麼寫著啊。梶野美津子、梶野美津子、梶野美津子。嗯，還有戶籍抄本哦。本籍地東京都八王子……不是嗎？父泰三，昭和四年死亡，母

註：一種東北地產生產的木製鄉土玩具，軀體呈圓筒狀，頭部則為圓球型，上面簡單地勾勒出五官。

陸……對吧？」

「對……」美津子無力地點頭。

「喏，你們看，她就是梶野美津子嘛。」

「不、不對！」

「到底哪裡不對了？」

「榎、榎木津先生，梶、梶野美津子是我。我才是梶野美津子。這個家是我的。所以那些錢也……」

「咦？那妳是殺人兇手嗎？」

「咦……所以那是……」

「那裡的金太郎，兇手叫什麼名字！」

「呃……梶、梶野美津子小姐。」

「妳看，妳就是兇手。」

「不是，不是的啦！」女人急得亂抓頭髮。

「哎，反正殺了片桐的是那傢伙，是那個女人！」宗五郎摟過女人的肩膀，指住美津子說，「喂，美津子，快點招吧！我照顧妳那麼多年的恩情，妳居然三天就給忘了嗎！妳這個殺人兇手！聽見了沒，美津子！」

美津子一臉悲傷地看著宗五郎：

「老、老爺……」

「怎麼，這小姐還是美津子小姐嘛。你們也眞壞，說話怎麼反覆不一？你們是被逼到絕路的政治家嗎？眞受不了，剛才還說不認識，結果其實認識，她不就是梶野美津子小姐嗎？好了，快點來簽約吧，梶野美津子小姐。」

「所以說……！」

女人甩開宗五郎的手，大步衝上前去，在榎木津正面叉開腿站住。

「所以說，殺人的蛇蠍女是那個梶野美津子，這個家的屋主梶野美津子是我！」

「哦，這眞是稀奇呢！居然有兩個不管是姓名年齡本籍父母的名字都一模一樣的人嗎？」

「就是有！」

就在女人要撲向美津子的剎那——杜鐘發出鈍重的沉響。女子一瞬間退縮了。眾人全都僵在原地，聲音響了十二回。

就在鐘響的餘韻完全消失的時候。

「喝！」

這次響起了一道似曾相識的渾厚聲音。

「幹嘛？這次又是什麼了！」女人尖叫。

玻璃門打開，一名僧侶傲立在庭院。

「南無大師遍上金剛！」

「誰啦！又是誰啦！」

——沼上。

是那多大子鈍痛，也就是沼上和尚。

換句話說……

明日正午……

死人會跳起看看舞……

指的就是現在這一瞬間。

「好了，請看！在十年前的命案**倖存下來的姑娘**就在這裡！十年前的**被害人**如今已從冥土歸來了……！」

隨著沼上的吼叫，幾名男女從庭院現身。

一個是頭髮塗滿髮油，平貼在頭上，身上一襲花紋庸俗的雙排釦西裝的中年男子，還有穿著紫色和服，插著珊瑚髮簪的婦人，然後是四五個身穿白色開襟襯衫配黑外套戴墨鏡的男子。最後是……

——奈美木節。

也就是信濃銃次郎一行人嗎？

信濃站在榎木津剛才站的位置。

正面擋著變得披頭散髮的濃妝艷抹女子。

「妳、妳是……！」

信濃露出厲鬼般的表情。

「妳……那張臉我忘不了！妳是小池家

的呆女兒！妳居然還活著嗎！啊啊！小池你這臭傢伙！」

「信、信濃！你、你怎麼會在這裡……」

「啊啊……囉嗦！可惡，既然你家的女流氓還活著，我家的小薰果然被……」

「閉、閉嘴閉嘴！這、這個……殺……」

「殺、殺人兇手是你才對吧！竟然騙了我十年！你、你這傢伙有什麼資格說別人是殺人兇手？殺了人家的女兒，還誣賴別人殺人，你這個狼心狗肺的東西！兇手就是你那個呆女兒，對吧！」

「噫噫噫噫！」

女人發出抽筋般的叫聲，拚命跺腳。

「搞什麼嘛！我不管了啦！」

女人——大概是小池英惠——發了瘋似地猛搔頭。稍早之前還梳理得那麼精緻的髮型，如今早已成了一團鳥窩。

「可惡，我豁出去了。源治……！」

小池的手下接連抽出匕首。

兩名刑警……

好像完全被驚濤駭浪般的發展給壓倒了。

「不管了，幹掉！信濃那個臭東西、所有的人，連刑警也一塊兒給我殺了！」

「臭傢伙，少在那裡鬼叫，那可是我要說的話，你這個貪得無厭的妖孽！喂，小池，你可是我女兒的仇人，伙計們……給我上！」

庭院裡的信濃手下也拔出匕首。

阿節在後面嚇軟了腿。

加藤倒了嗓地尖叫救命。

「囉嗦！上啊！只要有錢，其他都不管了！」

兩組人馬殺氣騰騰地隔著沙發對峙。

沙發上……

——咦？

益田不見蹤影。不光是嘴上說說，他眞的溜得很快。

不，連美津子都不見了。

不不不，沼上也不見了。半個人影都不見了。

還在場的……

——只剩下我一個人？

「呵呵呵呵。」

我聽見榎木津的低笑聲。

就在高舉著傢伙的地痞流氓與黑衣人之間……

玫瑰十字偵探倏地站了起來。

「哇哈哈哈哈！就得這樣才好玩嘛！左右兩邊都是大傻瓜。傻過頭了，連說教都懶了！」

榎木津身子機敏地一轉，以驚人之勢踢下領頭的地痞手中的匕首，腳就這樣一個大迴轉。

一道沉悶的聲響。

仔細一看，榎木津的腳尖陷進領頭的黑衣人脖子裡了。黑衣人「咕耶」一聲，發出青蛙被踏扁似的聲音，癱了下去。

以此爲契機。

左右兩邊的漢子同時朝榎木津撲了上去。不，那些人應該是打算彼此廝殺，但因爲中間站了個榎木津，看起來就像在攻擊榎木津罷了。

榎木津抓住撲上來的地痞手臂，用手刀朝他的脖子惡狠狠地一砍，接著抱起昏厥的那名男子，粗魯地扔向庭院。

趁著兩名黑衣人接下伙伴似地被壓垮的當下，榎木津緊接著舉起沙發，砸到倒地的三人身上，給予致命的一擊。

「哇哈哈哈哈，太弱了！你們眞弱吶，弱到底啦！」

榎木津愉快地說著，一記迴旋踢，一口

氣掃倒兩個人，接著鐵拳打進驚愕的一人心窩，順便再一個正拳打爛了他的臉。

鼻血像泉水般噴了出來。

看來手下留情這四個字與榎木津無緣。

剩下的兩人……

當然怕了。

手裡有傢伙的人反而害怕，這到底算什麼？

我甚至忘了逃跑，呆呆地看著狂暴的偵探。

「你、你到底……」

「沒有什麼到底不到底的，我說沒有就是沒有！聽好了，惡人們，給我洗耳恭聽了。我是全世界唯一的一個正牌偵探──榎木津禮二郎！爲了往後，你們可要記清楚啦！」

榎木津一把揪住源治的衣襟，高舉起來，從頭往接待區的桌子砸了下去。不曉得是桌子還是頭，總之好像有一邊壞了。

最後一個黑衣人扔下匕首，慘叫著說：

「我認輸了，放我一馬！」然而榎木津使盡全力踏住跪地求饒的那名男子背後，大概是惡狠狠地朝那張哀嚎不止的臉上……

一腳踹去。

好狠的傢伙。

「好了，最壞的是哪個？你們這些暴力分子聽好了，就算妄想用暴力贏過我，也是大錯特錯啊。所謂暴力，寫做狂暴的力量，就是偉大的狂暴力量啊！就算拿那種刀子亂揮，也一點都沒有什麼了不起的！」

「噫噫噫噫！」

榎木津踩著粗魯的腳步，先是站到軟了腿的信濃夫婦面前。

夫婦抖個不停。

「求、求求你，放、放過我吧，我、我是……」

榎木津一臉失望地說了：

「喂喂喂，這樣豈不是沒個壞人樣了嗎？再說就算你求我，我也沒道理要答應你的請求啊。還是你以爲只要像那樣求人，什麼事都可以稱心如意？」

「不，呃……」

「呃什麼呃，求人的時候，不是該提出相應的報酬或條件嗎？像是我不敢再做壞事了求您原諒我，還是我願意剃光頭或裸舞之類的。」

「啊，那、那樣的話，錢、錢的話……」

「錢。」

榎木津簡短地說，躲在隔壁房間的衣索比亞人偷偷摸摸地走了出來，舉起沉甸甸的皮包。

論錢，榎木津多的是。

「愚蠢。」

榎木津盡極一切侮蔑，半眯起眼睛，細細端詳著信濃銃次郎的臉。

「哦……？喂。」

「噫！」信濃縮起脖子。

「沒那個器量，還自不量力染指太骯髒的生意……小心連性命都給賠上啊。」

榎木津只說了這句話，便掉頭走了。信濃夫妻頓時脫力。偵探這次站到與女兒抱在一起抖個不停的小池宗五郎面前。

「喂！」

「什、什……」

「什？什什麼什啊，到底是在說什麼啊，喂？什麼趕盡殺絕，說得那麼神氣，結果連半個人也沒殺到，不是嗎？」

榎木津四下張望了一下，用手指彈了一下宗五郎的額頭。

「趕盡殺絕，意思不就是殺掉所有的人嗎？什麼給我殺，打起來一點勁也沒有，簡直就像在吃麩餅！什麼豁出去了，豁到哪去了？豁到你自個兒的肚子裡去了嗎？」

「呃，那是……」

「怎麼都說一樣的話呢？眞無趣。還是你以爲事情絕對不會曝光？你幹的壞事啊，早在一百二十年以前就被全日本的人知道光了，有名的很哪！自以爲沒曝光的只有你們兩個呆瓜而已，這對粉飾父女！妳這種人啊，就該這樣！」

榎木津說完，拔下英惠的假睫毛，貼到她的臉頰上。

「這樣不是很好玩嗎？」

「榎木津先生！」

刑警總算上前來了。看來他認識榎木津。

「你……滿足了嗎？這次是不是有點鬧得太過火了？眞傷腦筋呢。」

「有什麼好傷腦筋的？我可是沒有犧牲半個人就平息了這場殺人戰爭呢。甚至該受到表揚才對呢。」

「的確是沒有死人啦……可是也只算勉強還有一口氣，不是嗎？」

青木刑警看著倒在地上抽搐的衆人，嘆息著說。

也難怪他想嘆氣吧。

「喂，青木，支援到了……呃，已經結束了嗎？」

看來是去呼叫警官過來的木下刑警，一進門就露出吃不消的表情。

接著他說著「擔架、擔架」、「你們現在改當救護班了。」一眨眼就離開了。青木朝著他的背影說，「麻煩你嘍，喂。」接著走到小池父女面前。

「小池宗五郎先生，警方有許多問題要請教你。請你就這樣跟我到署裡一趟。還有……那邊的信濃夫婦，我們也有問題想要請教你們。然後，呃……小池英惠小姐。」

英惠抬起一張花掉的臉瞪住青木，威嚇似地齜牙咧嘴。

好可怕。

「妳……在十年前提出了死亡申告，因此無法申請對妳的逮捕狀。可是看來妳的嫌疑再明白不過了。我以殺害信濃薰及上田健吉的嫌疑……下午零時三十二分，緊急逮捕妳。」

青木刑警掏出捕繩。

英惠當場往後跳去，跑到本來是沙發的地點。

「妳……還要抵抗嗎！」

「哼，怎樣，我知道了啦。好哇，你要逮捕還是幹嘛都來啊，媽的！老娘才不怕！可是啊……」

英惠一把抓起家具上的**招貓**。

「……我、我才不會讓你稱心如意！」

毒婦惡狠狠地瞪住了榎木津。

7

「她應該擺個舉右手的貓才對呢。」

中禪寺說。

不懂他在說什麼。

事情全都結束了。有人被帶走，有人送醫，壞人和警官全走光了。中禪寺一副碰巧現在才到的模樣，但他絕對是算準了時機才進來的。

勉強修復的接待沙發上坐著美津子和阿節，還有加藤，榎木津不可一世地盤踞在對面。益田和沼上站在他後面。而我，結果一直待在同樣的地方。

徹頭徹尾的旁觀者……

這椅子坐起來眞不安穩。

中禪寺環顧了室內一圈問：

「全都結束了嗎？看你一副鬧不過癮的表情。」

「哼。這裡所有的人都被吩咐晚點要去警署報到，交代狀況。喂，京極，那個小芥子頭啥時變得那麼神氣兮兮啦？」

「唔……這是當然的吧。換句話說，我不用去也行呢。」

「我絕對要打你的小報告。」榎木津說。

「噯，隨便你。不管那些……好了，外頭很冷，請進屋吧。」中禪寺朝著玄關說道。

一個外表高雅的嬌小老婦人走了進來。

「啊……媽……」

美津子倏地站了起來。

「內情……我已經說明過了。來，請坐。」

加藤站起來讓座。

是美津子的母親——梶野陸吧。老婦人再三行禮，然後垂著頭坐下了。

「好了，阿陸女士，已經沒事了。我想……美津子小姐沒有生妳的氣。」

「可是……」

中禪寺點點頭：

「美津子小姐，令堂她……非常後悔，也感到羞愧。至於爲什麼羞愧、爲什麼後悔，其實令堂說前些日子妳去拜訪她的時候，雖然是隱隱約約，但令堂發現了妳才是她的親女兒。可是她無法認妳。她爲了無法認妳而羞愧，爲了沒有認妳而後悔。可以請妳……原諒她嗎？」

美津子還是一樣，一臉茫然，不久後她說了：

「當、當然了。我從來沒有怨過媽，還是恨過媽，所以也沒有什麼原諒不原諒的。」

「這樣啊，那……」

「房仲人！」

榎木津以怪誕的稱呼叫加藤。目擊到剛才那場壯烈武打劇的加藤，像個魚販似地

「嘿」地應聲。

「繼續簽約吧。」

「咦？可是……」

「我已經說過好幾次了，這個人才是眞正的梶野美津子小姐。法律上這塊土地這棟房屋都是這個人的，所以她要賣了也行的。」

「可以嗎？」中禪寺撫摩著下巴說。

「可以啦。我說可以就是可以。而且就算以後發生什麼糾紛，也是北九州的笨少爺跟那對犯罪父女之間的糾紛。房仲人，本大爺榎木津禮二郎保證你的利益與身家安全，咱們就簽約了吧！」

「是，小的遵旨。」

加藤把文件交給美津子，指示該簽名的地方。

「請問……」

此時……我戰戰兢兢地舉起右手。

「我不太懂這是什麼狀況？」

「我也不懂！」阿節說，「重點是，你們只要一來，就會把人家家裡搞得一塌糊塗嗎？可以告訴我嗎？」

榎木津瞇著眼睛看阿節，說：

「這個印度人是誰？」

「誰是印度人？我說啊，這下子我八成又要失業了。爲什麼睦子姊介紹給我的人家，每個地方都會落得這種下場呢？不好意思哦，可是眞的很教人受不了呢。總之我要失業了啦。所以至少我有知道的權利啊。」

榎木津放鬆手腕，嫌煩似地甩了甩手：

「說明吧。」

中禪寺揚起眉毛：

「這一切的開端，是肇始於距今十年前的命案。那個時候——當時正値戰爭時期——爲了一名男子，曾經掀起過一段爭風吃醋的風波，也就是三角戀情。三個點的頂端，是一個叫上田健吉的青年。他是某家大銀行的繼承人，也是隸屬於憲兵隊的青年將校。」

「好厲害哦。」阿節說，「如果我也在，那就是四角關係了。」

「不要在我面前說四角。」榎木津的反應真是毫無意義。

「剩下來的兩個點……」中禪寺不是會受外野的噪音干擾的人。「是在圓山町執牛耳的小池宗五郎的女兒，小池英惠小姐，以及當時是新興勢力的信濃銃次郎的女兒，信濃薰小姐。兩人都是羞花閉月的十八歲。兩家是形同水火。這場三角關係，不光是單純的戀愛糾紛呢。不，一開始應該，是吧。但是糾紛本身……說起來等於是兩邊父親的代理戰爭。」

中禪寺這麼說道。

「兩邊的父親……也想要和銀行攀上關係呢。」沼上說。

「咦，和尚的口氣怎麼不一樣了？」阿節吐槽。沼上搔了搔平頭。

「畢竟男方是銀行總經理的兒子呀。而且憲兵這個身分，應該也魅力十足吧。兩家做的都是見不得人的生意嘛。所以最後發展成相互毀謗中傷、揭對方生意的瘡疤。而在這場糾紛中，小池家屈居劣勢。」

「咦？屈居劣勢嗎？可是……英惠小姐跟健吉先生不是訂婚了嗎？」益田說，他手裡還提著皮包。

「是啊。」中禪寺順口應道，「信濃家和羽田家似乎有那麼一點親交。羽田製鐵和織作紡織機之間是姻戚關係，而織作又是深入那個柴田集團中樞的企業。噯，柴田跟信濃相比，等於是大鯨魚跟小蝦米，即便如此，還是有著極細微的人脈連繫。另一方面，小池家雖然家世古老，在當地也有名望，卻沒有那類人脈。所以……小池家心生一計，好像使出了美人計。」

「美人計？好好奇哦，眞教人好奇耶。」

中禪寺看了阿節一眼，露出吃不消的表情說：

「聽說小池英惠小姐以自己的姿色做武器，籠絡上田先生，謊稱懷孕，逼對方答應和她結婚。這件事昨晚女衒的片桐親口證實了。」

「片桐……還活著嗎？」

他不是被亂刀砍死了嗎？

「不是亂刀，是亂**踢**啦。」益田說。

亂踢……？

「啊，那益田先生說的有樂町的武打戲，就是片桐遇害的眞相……嗎？」

「所以說，正確來說是暴行傷害綁架監禁。」益田說，「人已經交給警方了，這件事就別再提了吧。」

「嗳，總之小池先生在這場戰爭中獲勝了——他這麼以爲吧。然而事情並沒有那麼順利。其實呢，上田健吉先生與信濃薰小姐兩個人情投意合。他與小池英惠小姐是……」

「一場錯誤。」阿節一臉深知原委的模樣，「是一時情迷意亂，犯下了過錯呢。」

「嗳……就是這麼回事。健吉先生深自苦惱，心想還是無法割捨對薰小姐的情意，打算悔婚。但因爲有懷孕這件事，沒辦法輕易反悔。」

「他不是個會腳踏兩條船的多情種子呢。」

「他似乎是個誠實的男子。於是他安排了一場談判，當然，薰小姐也……參加了。當時居中協調的是女衒片桐。結果……慘劇發生了。」

「殺起來了，是吧？」

「據說別說是談判了，還沒開始談判，就已經殺人了。英惠小姐惱羞成怒，二話不說，先把到場的薰小姐殺了，接著說是害她丟人現眼，連健吉先生都給殺了。」

「這樣啊！原來加害人跟被害人掉換了啊！」

我忍不住驚叫，同時惹來一堆白眼。

「本島先生，事到如今你才在說什麼啊？」益田說。

「可、可是……」

「還可是……喏？」益田向沼上徵求同意。

沼上露出苦笑。

「可是這樣的話，究竟是使了什麼詭計？」

「詭計？才沒有什麼詭計。」

「沒有詭計？」

「沒有。小池先生立刻把英惠小姐藏起來，然後報警。接著他這麼聲稱：信濃家的女兒跑過來，把我的女兒跟未婚夫殺掉，逃走了……」

「可是……聽說死者的臉被砸爛了……」

「才沒有被砸爛。」

「聽說被燒掉……」

「也沒有被燒掉，又不是偵探小說。那樣做反而會啓人疑竇，不是嗎？聽好了，本島，臉怎麼樣根本無所謂啊。喏，假設死了一個人好了。然後全家人都說這是我家的誰誰誰，警方會懷疑嗎？」

「哦……也就是……只是那麼**宣稱**而已嗎？」

「沒錯，就那麼宣稱，不斷地宣稱，也提出死亡申告，就這樣下葬了。薰小姐被當成英惠小姐，經過火葬並埋葬，受到祭祀。信濃先生也萬萬想不到會有這樣的事嘛。總不可能要求讓我檢查你家女兒的屍體吧？」

「哦……」

沒半點手腳、也沒有機關。

「因此在法律上，小池英惠這個人已經死了。所以剛才在這裡掙扎抵抗的是幽靈……不，是活屍吶。」

死人的看看舞。

確實如此。

「另一方面，信濃先生的女兒一臉蒼白地前往小池家，這部分是事實。也有目擊者。而且她有動機，然後她失蹤了。」

「那當然會失蹤啦。」沼上說。

「噯，那當然了。人都已經被埋葬了，不可能找得到。信濃薰幾乎被斷定爲兇手，遭到通緝。噯，雖說是戰爭中發生的事，畢竟遇害的是憲兵，似乎追查得相當徹底，卻仍然找不到兇手。信濃先生的生意也因爲這樣，完全關門大吉了。小池家獲得全面勝利。」

「那當然會懷恨在心了。就算不知道真相，老爺也對小池家恨之入骨呢。那個髮油老爺很難纏的。」阿節歪起了薄眉說。

「噯，信濃先生即使如此仍不認命，就算店鋪在空襲中被燒掉了，也不放棄，有效利用絲線般的細小人脈，努力起死回生，到了戰後，終於展開了反擊，是個相當百折不撓的人吧。可是若論戰時與戰後，是小池先生壓倒性勝利。可是……只有一件事讓小池先生傷透腦筋。」

「他女兒是嗎？」

「沒錯。女兒英惠表面上已經死了。不能一直把她藏在家裡頭。不，她還活著這件事必須永遠隱瞞下去，但也不能一直把她關在內房裡呢。」

「葬禮都辦了嘛。」沼上說。

「對，再說，就像剛才你們看到的，英惠小姐那種個性，不可能受得了終其一生關在家裡避人耳目地生活。於是……深知內情的片桐想出了一個奸計。被相中的，就是美津子

小姐。」

美津子好像正握著筆，全身緊繃地聽著這番話，她聽見駭人聽聞的命案中突然冒出自己的名字，嚇得全身打了兩個激靈。

「片桐呢，美津子小姐，就是把妳帶到圓山來的那個人。也就是在豪德寺給妳香油錢的人。」

「我知道。」美津子說，「那個人讓人搞不懂究竟是可怕還是好心。可是他從來沒有對我發過脾氣，大部分時候都對我都很好。」

「是美津子姊人太好啦。」阿節連珠炮似地說，「那種人大抵上都不能相信啦。」

「剛才我從令堂那裡聽說了……片桐這個人似乎是以前的彌彥村出身的，所以他與梶野家也是舊識。因此賣掉美津子小姐後，他每年也會回村子一趟。然後……他得知了令堂生病的消息。」

「啊啊，」我又叫出聲來了，「他讓那個叫英惠的人冒充美津子小姐……」

「你真的有夠遲鈍的耶。」益田說，「拜託你，到這裡來的時候就察覺了好不好？真受不了。」

「噯，有什麼關係，他是本島嘛。」中禪寺古怪地評論道。

到底是什麼意思？

「手法是這樣的。首先，將令堂生病的消息通知美津子小姐，讓她擔心不已，接著再假裝好心說要為她出錢。當然要寫字據。老實又耿直的美津子小姐只是一心感激，答應照著字據工作一生來償還……但其實呢，這並非出於好心，也不是精密估算利害得失之後的結果，純粹只是為了用來束縛美津子小姐的方便罷了。只有知道美津子小姐答應不再回去見母親，而且十年來真的連句想見母親的話都沒有說出口的人——片桐，才想得出這種計畫。把美津子小姐從妓院調到內宅工作，也是出於監視的目的。現在和江戶時代不同，表面上娼妓可以自由外出嘛。萬一讓她待在店裡，就沒辦法盯著她了。」

「萬一美津子小姐見到母親，一切都會**泡湯**了是吧？」

「沒錯，全都會泡湯。」中禪寺說。

他們的陰謀進行得非常順利吧。

「美津子姊實在是太認眞了。」阿節連珠砲似地說，「我的話，連半年都撐不下去呢。」

「印度嘛。」榎木津意義不明地答腔。

「一方面像這樣束縛美津子小姐……一方面讓英惠小姐冒充美津子小姐，回到村子。說詞是好心的老爺給了她很多錢，不必再工作也行了。」

「請等一下。」我插嘴說，「可是……兩個人長得一點都不像啊。英惠小姐是剛才那個人吧？就算除掉化妝，兩人也半點都不相像啊。益田先生不也說了嗎？冒充的話，因爲長相不同，一下子就會露餡了。」

「你說的沒錯，本島。」中禪寺不知爲何，感慨良多地說，「可是呢，成人之後經過十年，與九歲的孩子長到十九歲，兩者是不同的。長相會有巨大的變化。再說……」

中禪寺望向縮得小小的老婦人。

「母親那個時候……因爲營養失調，視力模糊。而且罹患重病，身體衰弱。她沒錢又無依無靠，心中不安極了。此時闊別十年的女兒回來了，溫柔地喊她媽，還爲她看病。一般人……會覺得那不是自己的女兒嗎？」

「說的……也是。」

那樣的話，就算是我也不會懷疑吧。

即便是長得絲毫不像的別人，或許……也會看走了眼。

「又是靠著**宣稱**克服過去了呢。」沼上說。

原來如此……這可以說是沒有動手腳的厲害之處。

「是啊。就母親來看，也完全沒想到會有人冒充自己的女兒。一般人想不到冒充美津子小姐的名義能獲得什麼好處嘛。而且……英惠小姐帶來了證據。」

「證據……？」

中禪寺從懷裡掏出一個老舊的招貓，擺到桌上。

貓舉著左手。美津子瞪大了眼睛。

「這是……」

「是片桐從豪德寺拿出來的，令尊的遺物。」

「這究竟是從哪裡拿來的？」

「它慎重地祭祀在八王子的令堂家的神龕裡。英惠小姐帶著它……去找令堂。」

「嗯……」老母發出沙啞的聲音，「可是，那種東西完全成不了證據。」

美津子的老母親垂著頭說：

「嗨，我眞是矇了眼。不，不光是生病害的。我滿腦子只想要個人來依靠、拯救，我害怕著可能明天，可能今天，隨時都會撒手人寰……」

阿陸用滿是皺紋的手掩住了臉。

「所以我才沒辦法認出親生女兒的臉，連聲音都聽不出來……」

美津子，媽對不起妳——老母垂下頭去，哭了。

「比起賣了妳，沒能認出妳的臉，更讓我這個做媽的覺得羞愧啊。」

美津子默默地低頭。

「我的病啊，兩年左右就治好了。老爺讓我疏散，爲我找醫生，我眞的很感激。噯，美津子——不，那個小姐，她對我也算是很好。所以戰爭結束時，我也康復了。然後她在別的地方蓋了屋子，一星期來看我個幾次，那個時候我已經完全習慣了。可是吶，有時候我會忽然覺得這個女孩不是。可是啊，我硬是要自己打消這種念頭。」

「硬是打消念頭？」

「是啊，我覺得要是說出來，就再也沒法過這樣的日子了。我很怕啊。那種時候，我總是抱著這隻貓，對自己說：沒有那種事，沒有那種事……」

「媽，這是沒辦法的事，別哭呀。」

美津子摟住老母的肩膀。

「托老爺小姐的福，媽的病好了，還蓋了新房子，可以像這樣健健康康地重聚，我覺得很感激啊。反正我們都說了二十年不見面了，那段期間小姐等於是代替我盡孝，小姐比我這個眞正的女兒要好上太多了啊。」

「好上太多？可是……」

阿節想要說什麼，被中禪寺制止了：

「英惠小姐在世人眼中似乎是潑婦、悍婦，但她對母親——阿陸女士，似乎非常體貼。」

剛才那個濃妝豔抹的兇悍女子，溫柔地對待眼前這個小老婦人的模樣，很遺憾，我想像不出來。

「我不明白英惠小姐對阿陸女士溫柔的用意。當然，裡頭有欺騙阿陸女士、讓她相信的目的吧。但或許幼時就失去母親的英惠小姐，是把阿陸女士當成眞正的母親……在照顧她也說不定。」

「要是這樣就好了。」阿節說。

「但是最主要的目的是掠奪戶籍，這是不爭的事實。蓋房子、結婚、成立公司、開店，不管做什麼都需要戶籍。才十八歲就失去了戶籍，等於是放棄了人生中的這一切。英惠小姐不是能夠忍受這種狀況的人。一生見不得人地偷偷摸摸生活，不合她的性子吧。」

「把自己殺了人這件事給忘了。」阿節

說。

「完全擱到腦後了。她把這件事塞進箱子藏進櫃子密密地封住，完全忘掉了。對美津子小姐來說不算什麼、理所當然的事——忍耐，英惠小姐卻完全做不到。英惠小姐雖然沒有結婚，但她在銀座開店，做些不正當的生意，到處活躍。她縱情恣欲，謳歌人生。利用梶野美津子的名字……」

「啊，那，我們假裝光顧的銀座的店……」

這麼說來，小池那個時候問我們，「是花惠的客人嗎？」

「沒錯，那個時候我還不知道英惠小姐的店叫什麼名字，所以一開始還在煩惱該怎麼矇混過去，沒想到兩三下就知道了。很簡單，店名好像就是英惠小姐的名字（註）。字雖然不同，不過就叫酒鋪花惠。她把自己拋棄的名字拿來當店名了。不，英惠小姐在店裡或許就恢復成過去的自己。」

「可是那樣的話……美津子小姐說要去見母親的時候，也難怪宗五郎先生會慌了手腳呢。」

「所以才急忙阻止啊。」

就算是這樣，

他難道沒料到美津子甚至不惜撒謊，也要去見母親嗎？

或許他是太小看美津子了。

「這孩子來找我的時候，我眞是怕死了。一開始我莫名其妙，可是這孩子一哭……」

美津子說她當時不知爲何，流下淚來。

「那個女孩對我雖然很好，卻從來沒有哭過。所以我當下就發現，啊啊，這才是美津子啊。我明知道，卻什麼也沒說。」

老母總算抬起頭來，細細地端詳美津子。

「噯，妳長大了吶。」變得矮小的母親說。

「可是中禪寺先生，那麼在澀谷襲擊美津子小姐的暴徒，是小池的手下嗎？」

「是啊。噯……他是狗急跳牆了吧，居然想殺掉這樣一個善良的小姐，眞是神智不清了。小池宗五郎這個人應該也做過不少黑心勾當，然而卻會選了這種下下之策，眞是教人啞口無言。其實小池先生的店現在正瀕臨破產。俗話說窮則鈍，這讓他連最後的德都失去了吶。這麼一來……也不能坐視不管了。」

「不過也因爲他做出那種事來，才造就了現在這個局面啊。噯，該說是觸犯了中禪寺先生的逆鱗還是什麼……」

「要是不變成這樣，你也不會出馬吶。」榎木津邋遢地拉長人中說。

接著他說，「好了，房仲人，契約簽得如何了？」

「是，還需要證明印鑑，接下來只需要在這裡蓋章……」

「啊啊！」益田怪叫，「榎……榎木津先生，印章怎麼辦？沒印章契約就沒辦法成立啊。我到底是爲了什麼一直提著這種重得要死的東西啊？不光是重而已，還貴得要命啊。不，裡頭是現金，說它貴也很怪吶。總之，我的辛苦……」

「閉嘴，益鍋達！用衣索比亞話說。你以爲我是誰！」

榎木津把手伸進外套懷中，摸索了一陣，然後抓出了什麼東西來。

那是……

「哇哈哈哈哈，怎麼樣！招喵！」

「咦？那是我的……」

註：「英惠」與「花惠」在日文中發音同爲hanae。

錯不了。那是六十圓的常滑燒，而且舉的是左手。那就是被近藤挑三撿四──不，是害我被捲入這次事件的最早契機，也是害我今天被趕出公司的罪魁禍首，可恨的招貓。

「……我的貓。」

「不對！」榎木津叫道，「金四郎，你的貓剛才被那女人拿走了。你連自己的貓跟別人的貓都分不出來嗎？這是那女人的貓！」

「你掉包了嗎？爲什麼……」

我才不會讓你稱心如意……！

──原來是這樣。

榎木津奸笑了一下，把招貓往桌上一撞，砸個粉碎。

「印～鑑～！」

「蠢蛋。」

中禪寺露出苦不堪言的表情來。

碎片裡面掉出一顆大印鑑來。

加藤再次目瞪口呆，但他用力搖了幾下頭，閉上嘴巴，拾起那顆印鑑。

「啊，眞的。這是原本登記的印章。」

「蓋吧。」榎木津命令美津子。

加藤遞出印泥。

美津子看了母親一眼，照著吩咐蓋下印章。

「哇哈哈哈哈，怎麼樣？那個睫毛女眞活該，這下子這棟房子就是北九州的，而這些錢都是妳的了！」

美津子把眼睛睜到不能再圓的地步。

「哈哈哈，對，妳，就是這麼回事啊！」

明明剛才還那樣連聲叫喚，榎木津卻似乎已經忘掉梶野美津子這個名字了。美津子才剛「哦」了一聲，益田立刻把巨大的皮包「砰」地擺到沙發上，然後比任何人都要疲累地頹坐下去。

「嗨……重死我了。我的手都麻啦，麻痺啦。」

「這個……要給我？」

「快點打開呀，美津子姊。」阿節說，結果自己動手打開了。接著阿節翻了個筋斗，一屁股跌坐下去。

「這、這世上居然能有這麼多錢！」

美津子困惑萬分：

「這……我很爲難啊。這種錢……我沒有理由收下啊。」

「就算妳爲難我也很爲難。妳不收下我就爲難了。」

「可是……」

美津子將皮包的內容物出示給母親。

老母發出分不清是倒抽一口氣還是噴出一口氣的聲音，喃喃著「擔不起啊，擔不起啊。」膜拜起來。

「這錢我們不能收。不能收啊，會遭天譴的。」

我很想看看到底有多驚人，可是又不想被人當成愛湊熱鬧的，硬是坐著不動。眞吃虧的個性。沼上探身一看，發出「噢」的渾厚驚叫，阿節機關槍似地在一旁說，「收下啦，收下分我一些啦。」

「美津子小姐……」

我靈機一動。

我從椅子站起來，往前走出一些，稍微挺直了背窺看皮包裡面，卻看不清楚。

「美津子小姐，妳先收下那筆錢，然後再還給小池先生如何？像是令堂的治療費等等的，把債還清……然後要小池先生撕了妳的字據。」

「本島……」

中禪寺難得露出快活的表情看我說：

「這眞是個好點子。這才叫做妙計呢。美津子小姐，就這麼辦吧。字據的金額大概不及這裡的總額。扣掉字據的份，剩下的就當成妳的薪水吧。妳的勞動應該値得這些。嗳，偵探費也從這裡頭出的話，應該就可以皆大歡喜了。」

中禪寺轉向我，慧黠地一笑。

接著他伸手拿起留在桌上較舊的招貓。

然後說：

「這果然是招客的貓吶。英惠小姐也是……如果想要錢，就該擺上舉右手的貓才是。就是因爲擺了舉左手的貓，才會招來了這麼多不速之客。」

「凡事都看怎麼想啦。」益田說出莫名達觀的話來，「對英惠小姐來說，招貓或許是招來大量不速之客的礙事貓，但對這位美津子小姐來說，招貓可爲她招來了無可取代的母親呢，這是好貓呀。」

「是啊。可是想到英惠小姐爲什麼會特意把印鑑藏在招貓裡頭，而且擺在醒目的地方……因爲這個招貓跟這個家的裝潢根本不搭嘛。」

中禪寺左右環顧說。眞的，完全不搭。完全看不到其他這類的東西。

家具等一切全都是西式的。

所以……

「我想英惠小姐看到擺在阿陸女士家神龕中的這隻貓……想把它擺飾起來了吧。」

「喵咪～」榎木津鬧場說。

偵探一定是對這種感傷的狀況覺得尷尬吧。

「儒教中說人有五德。即溫、良、恭、儉、讓這五德。兵法曰，五德爲智、信、仁、勇、嚴。左傳曰，武門七德爲禁暴、戢兵、保大、定功、安民、和衆、豐財。」

中禪寺突然說起這些來。

溫、良、恭、儉、讓……

如果說這些是德，美津子就具備了這五樣美德吧。

可是，

知識、信念、仁義、勇氣、嚴格……

如果這些是德，又怎麼說呢？

我怎麼樣呢？

「所謂德，是與生俱來之意。」中禪寺接著說，「所以德不像福或富那樣，能夠授受或交換。天生具備的才是德。」

是這樣的嗎？

「所以如果要獲得德，就是在出生的時候獲得的了。人天生就帶著種種德出世。不過……」

那並非完滿的——中禪寺說。

「也有天生欠缺的德，或與生俱來，卻忘了自己的這種天賦的話，德也不成德了。」

中禪寺撫摸招貓。

「有張妖貓的畫，標題叫五德貓。光聽這個名字，會給人一種有德性的、了不起的好貓之感，但這卻是一隻無精打采的貓。五德貓是尾巴分岔的所謂妖貓，頭上戴著擺在地爐等處的五德（註），拿著吹火的竹筒呼呼吹炭火。畫的作者鳥山石燕寫道，這隻妖貓似乎忘掉了什麼。」

「忘掉了什麼？」美津子問。

「對。有支舞樂叫做秦王破陣樂。是稱頌唐太宗七項武德的樂曲，一名七德舞。《徒然草》中提到，有個叫信濃前司行長、富有學識的人，忘了這支樂曲中的其中兩段，後來就被戲稱爲五德冠者。石燕就是引用了這篇故事。聽好了，只說五德的話，這是稱讚的話。因爲有多達五樣的德行嘛。但就是以有七德爲前提，少了兩樣才會變成罵人的話。換句話說，念念不忘少掉的德的人，會連原有的德都給忘了。」

小池先生，信濃先生，英惠小姐，他們

註：放在炭火上方，用來擱水壺等等的三腳或四腳圓架子。

全是五德貓——中禪寺說。

「他們搞錯了左右。」

中禪寺說，把貓交給美津子。

美津子珍惜地用雙手接過它。

客爲左。

財爲右。

「左與右……客與財，你知道爲什麼嗎？」中禪寺問我。

「完全不曉得耶。」

一頭霧水。

「這麼說來，我發現了一件頗有意思的事呢。」中禪寺說。

「發現？」

「也不是什麼大不了的事，前陣子呢，我在讀一本二十年前寫的書，《京都民俗誌》，找到一段有趣的文字。京都三条大橋的檀王在江戶時代曾經有過招貓——是這樣的內容。」

「檀王是啥？」榎木津問。

「檀王院無上法林寺的俗稱，它在江戶時代非常受歡迎，當時甚至有一句俗話，說碰上麻煩就找檀王。」

「那簡直就像我嘛。」榎木津說。

「中禪寺先生說那裡有過招貓，意思是……？」

「應該是當成吉祥物，像護符那樣販賣吧。」

「販賣？」

「用不著舉豪德寺的例子，一般認爲，寺社系的招貓比民間更晚才成立。將市井流行的吉祥物與自家寺院的由來融合在一起販賣的情況，多被認爲是明治以後才出現的。光說江戶時代有些模糊，但從狀況來看，也有可能是十八世紀。那麼檀王在寺社系的招貓當中要早上太多了。而且一般說法認爲關西不盛行招貓，但如果江戶時代京都三条有這樣的東西在販賣，這種看法或許也得修正才行了。」

「那爲什麼是右手？」榎木津很沒耐性。

「哦，檀王的境內有座祠堂叫主夜神堂。裡面祭祀的神就如同其名，是主夜神——司掌夜晚的佛教神。」

「夜晚的主人嗎？」

「也就是夜晚的帝王，是吧。」榎木津打諢說。

「嗯，就是這樣。主夜神就如同祂的名字，是掌管夜間世界的神明。華嚴經等可以看到祂的名字，祂也曾在據說影響東海道五十三次(註)的驛站數目的《華嚴五十五所繪卷》中登場。然後，主夜神也有許多種，這裡祭祀的是叫婆珊婆演底主夜神的神明。」

「波沙波也弟？」

「婆珊婆演底主夜神。這個主夜神的神使……就是貓。」

「神使？那是什麼？」益田問。

「簡單地說就是神的使者。和山王大神的猿猴、八幡大神的鴿子、稻荷神的狐狸是一樣的。」

沼上這麼解說，益田露出古怪的表情說：

「狐狸就是稻荷神吧？才不是使者。」

「不，狐狸是使者哦。」沼上說。

「是這樣嗎？」

「沒錯，就像沼上說的。不過主夜神的貓沒有山王的猿猴或稻荷的狐狸那麼普遍。」

「只限於那裡嗎？」沼上問，「以貓爲神使的神明，的確不多呢。一時想不出別的例子。」

「主夜神信仰的例子不多，老實說，我

註：江户時代，從江户日本橋到京都三条大橋的主要幹道東海道上的五十三處驛站。

不是很清楚究竟如何。然後，據說感應到主夜神尊，將其祭祀爲檀王的，是檀王院中興之祖——袋中上人。這個人曾經甚至遠渡琉球，寫下《琉球神道記》、《琉球往來記》等書，是個行動派的學僧，有說法說袋中上人前往琉球時，陪伴他的就是一隻黑貓，檀王院的招貓就是由來於此。實際上，那裡的招貓顏色似乎就是黑的。」

的確，我也看過黑色的招貓。

「另外，婆珊婆演底主夜神這個神明，別名也叫春和神，是潛伏於黑夜裡，驅逐恐懼及諸難，濟度衆生的神明。從這裡發展出避火難、避盜難等等的信仰，但既然是司掌夜晚的神明，當然也是做夜晚生意的人們信奉的神明了。那麼妓院等做夜間生意的人信仰招貓的習俗會固定下來，或許這也是理由之一。」

「原來如此。」沼上點點頭。

「或者是先有這樣的習俗，後來再融合在一起，使得貓被視爲主夜神的使者也說不定。不過根據這些事實，重新來看剛才提到的《華嚴五十五所繪卷》等等的話……」

中禪寺忽然舉起右手。

「婆珊婆演底主夜神的外貌，是坐禪的姿勢，左手在下，像這樣舉起右手。」

「這……是招貓的姿勢？」

「說像的話是很像。根據《京都民俗誌》的記錄，檀王販賣的招貓是綠色的，一樣是舉右手。可以連結主夜神與招貓的線索，目前就只有這個檀王院，所以過去我完全沒有思考過，但如果檀王的招貓眞的很古老，或許……一開始是把貓的動作跟神的姿勢重疊在一起製作的。」

「也就是舉著右手的貓是神明……是嗎？」

「有可能是在模仿神明的姿勢，如此罷了。」

「可能性，是吧。」

「因爲找不到其他例子。可是《京都民俗誌》有一段描述更耐人尋味。上面提到，德川時代**只許**民間製作舉左手的招貓。」

「不許做舉其他手的招貓？」

「沒錯。也就是說——雖然不曉得是不是趕搭檀王招貓的潮流——這段文章顯示，當時民間已經有招貓在販賣了。」

「啊，這樣啊。既然會禁止，表示已經有了嘛。」

「對。這篇文章也等於是反映出寺院認爲檀王神的招貓是神聖之物，不能讓民間也販賣一樣的東西。所以這段描述也可以解讀爲寺院強迫民間販賣的招貓必須擺別的姿勢——也就是**禁止**民間的招貓舉右手。」

「禁止……」

「爲了要有所區別吧。舉右手的是神聖的像，而舉左手的是模仿的玩具，可能是這樣的規定吧。不過，這裡必須留意的是，就在規定寺社系是舉右手，所以民間只能舉左手之後，寺社系的招貓**滅絕了**。」

「滅絕了？是說寺社不賣招貓了嗎？」

「因爲沒有記錄了，所以表示滅絕了。過去會一直認爲寺社系的招貓成立得比民間更晚，只是單純地因爲**找不到例子**。沒有任何記錄可考。結果民間販賣的招貓成爲主流，以娼館、花柳界爲中心傳播開來，固定下來了。店家想要客人，便拿中國的故事等等做爲根據，不久後開始出現招貓會招客的說法。可是這個時候，所有的貓都是舉左手的，當時候**只有**舉左手的貓。」

「因爲禁止舉別的手，是嗎？」

「對。然而到了明治，法律修改，娼妓也可以自由離開娼館了。她們被允許外出了呢。於是妓女們參拜豪德寺等鄰近的寺院，成了虔誠的信徒。」

美津子露出懷念的表情來。

「於是……由來與貓相關的寺社，便開始配合她們的需要，製作起招貓來。這麼一看，與其說寺社系的貓是後來才出現的，或許視爲重新復活比較正確。好了……問題是，娼妓們是想要客人嗎？」中禪寺問。

「這……」

「唔，客人當然……哦，比起客人，更想要錢？」

「沒錯。她們想要的其實並不是客人。她們想要的是可以買回賣身契、買回過去、重獲自由的錢啊。只要有了錢，就可以不必再接討厭的客人了。所以……這次換成寺院想要與當時已經成爲主流的舉左手的民間招貓做出區別吧。舉右手的貓跟擺在店裡的貓不同，舉右手的貓是女人自己的貓，舉右手的貓不會招客，而是……」

招財……

「客人與錢財這兩樣，一般來說不可能是對立的概念，並列在一起也很怪。會把客與財分配給左右，感覺實在有點不太對勁。可是像這樣想的話，不就稍微說得過去了嗎？」

雖然只是稍微而已——中禪寺作結。

「原來如此！」

榎木津……突然大叫。

「我是不太懂，總之喵咪是神的使者就是了吧！」

榎木津由衷歡喜地說，依序掃視了我們一圈。

「幹嘛？怎麼了？」益田問。

「哼，換句話說，喵咪比你們這些奴僕的地位更高。」

「咦？你是說我們連貓都不如嗎？好過分。對吧，本島？」

我也算同類嗎？

榎木津囂張地罵了聲「蠢貨！」

「哪裡過分了，你們是奴僕，當然比使者更不如了，不如到底啦。說起來，你們的肚子又不柔軟，爪子也不尖啊。耳朵也不是三角形的，難看斃了。你們那算哪門子耳朵？再說，你們這些奴僕根本不會報恩嘛。」

「什、什麼報恩？我們不是日日夜夜侍奉著你嗎？」

「這個大蠢蛋益鍋達！奴僕侍奉主人是天經地義的事，還敢拿來說嘴！你蒙受本大爺比山高比海深的恩義，卻連指尖大的恩都沒有報答過我，不是嗎？這個忘恩負義的傢伙！效法一下那隻貓吧！」榎木津望向美津子說。

益田問，「那隻貓是哪隻貓？」

全都是貓，從頭到尾都是貓。而且招貓還擺在桌子上。

「就是那隻白色的，戴著鈴鐺的貓。」榎木津說，「老喵咪。」

「多、多多……那是、那是在說多多嗎？」梶野陸說。

瞬間美津子再次睜大了眼睛，盯住老母說：

「多多？那麼那隻貓眞的是多多嗎？」

「嗯，家裡的貓是以前隔壁家養的多多啊。我從疏散的地方回來一看，看見多多孤零零地站在一片焦土上。不是都說貓不會離開土地嗎？牠離不開啊。所以我總覺得怪可憐的，收養了牠……」

「就……」美津子握住母親的手，「就是多多把我帶到媽的家的啊。」

「沒想到……多多竟然報恩了啊……」老母說。

「喏，看吧！」榎木津得意洋洋。益田不服地在鼻子上面擠出皺紋。

中禪寺什麼也沒說。

當然，這是巧合。可是，

我覺得是天意。

第五番

雲外鏡　玫瑰十字偵探的然疑

◎雲外鏡——

所謂照魔鏡者
映照諸怪形體之物也
以爲其影爲怪之姿
竟隨其活動，此鏡之妖怪也
於夢中思及此

——畫圖百器徒然袋／卷之下
鳥山石燕／天明三年

1

我是個卑微的電氣配線工程公司的製圖工，直到今天的這一刻，都克勤克儉、認眞工作，年輕的時候雖然是有過那麼一些厭世而嫉世憤俗的時期，也經歷過幾次的挫折與變節，即使如此，我一次也不曾背離人倫，更非不三不四之輩，我強烈地如此自認……

不，我這不是在自豪炫耀我有多麼地誠實耿直，也不是在老王賣瓜，自賣自誇。我毋寧只是想要主張我是個隨處可見的凡夫俗子，是個平平凡凡的無辜百姓罷了。我是個人畜無害的草民。

不不不，或許連草民都不及。我甚至覺得就算自貶爲無能都行。

我是個無能之徒。

爲何這樣一個無能的凡人，非得遭遇到這麼淒慘的事？我實在完全不懂──雖然有點拐彎抹角，不過我只是想表達這件事罷了。

善良到近乎愚鈍的我會碰到這麼淒慘的事，全都是那個偵探害的。

那個偵探──就算這麼說，大部分的人也不曉得我在說誰，但那個偵探只能說是那個偵探。除了小說等等出現的名偵探以外，活生生的偵探，我就只知道那個人而已──不，當然還有其他偵探，可是既然已經認識了那個人，對於跟蹤外遇老公、調查結婚對象品行，做那類工作的被稱爲所謂偵探的各位人士，也只能用別的職名去稱呼了。

那個偵探。

神田，玫瑰十字偵探社。

偵探──榎木津禮二郎。

他非凡。

他跋扈。

他目中無人。他天眞爛漫。他倨傲不羈。儘管如此，卻又眉清目秀，腰纏萬貫。頭腦是否聰穎我無從判斷，但他是個當機立斷、說做就做的人。

同時……

他令人無法理解。

榎木津這個人毫無常識可言。

大部分時候都搞不懂他在說什麼。他的狀態經常是狂躁的，語言經常是痙攣的。而且對榎木津而言，別人通常只有三種類。

敵人。

奴僕。

無所謂的人——就這三種。

榎木津對於無所謂的人，是徹底地漠不關心；並非忽視，而是完全不放在眼裡。不管是在他面前唱歌跳舞還是切腹自殺，無所謂的人不管做什麼，都沒辦法被他看進眼裡。另一方面，一旦被榎木津認定是敵人，就會被他徹底消滅。榎木津會進行慘烈的攻擊，將對方打到體無完膚，徹底殲滅。不管對方多麼十惡不赦，也會教人忍不住可憐起來。然後……

對於奴僕，他強制要求絕對服從。他根本不把人當人。不，應該是當成人，但那傢伙本來就把別人看成比自己更要低等。

我覺得這種人太過分了。

與榎木津立場相等的人——也就是能夠與那個奇人平起平坐的怪人——這樣的人我頂多只想得到三個。其他的不是被當成無所謂的人，就是奴僕。

我的情況，一開始應該是無所謂的人，但發現到時，我已經被升格——不，降格到奴僕，真是麻煩透了。

我蒙受了極大的麻煩。

說起來，我覺得榎木津這種人當偵探，這件事本身就夠怪的了。

出生於華族之家，又是財閥大少爺，過著豐衣足食的日子。被奇特的父親施以帝王學教育，在帝國大學求學，擔任海軍青年將校立

下種種武勳——眞是人人稱羨的華麗人生。

爲什麼這樣一個人在復員之後，非得選擇偵探這種鬼職業不可？

我想這看在世人眼中，是個莫名其妙的經歷。他可是財閥龍頭的公子。平常的話，應該會選擇不同的道路，即使不願意，也會被逼著走上符合身分地位的道路吧。如果他想遊手好閒，他的立場也可以讓他悠遊度日，如果想逞威風，待在大公司的上層，想怎麼威風就可以怎麼威風呀。

明明可能做得到這些，爲什麼偏去當什麼偵探呢？

爲什麼沒有任何人阻止呢？

嗳，據說人有選擇職業的自由，不管前華族要當偵探還是前士族要賣豆腐，都是各人的自由啦……

不過榎木津的情況，他成爲偵探的理由也非常不把人放在眼裡。

榎木津好像不是喜歡偵探，也不是想要當偵探。

榎木津這個人似乎擁有一種荒誕離譜到了極點的體質，能夠以視覺認知他人的記憶。他會選擇偵探做爲職業的主要理由，是出於他的體質，所以這動機可以說是豈有此理吧。

不，我是說眞的。我甚至覺得這對其他偵探眞是太說不過去了。不過……我也沒理由替他道歉啦。

我跟他沒關係。我是個配線工程的製圖工。我是個正常人。

就算是這樣，這世上有這麼奸詐的選擇職業的理由嗎？

我覺得沒有。

這種事可以行得通的話，對世人——不，對神佛都太過意不去了。

可是就榎木津來說，他應該半丁點兒內疚感都沒有吧。

榎木津禮二郎就是這樣一個人。

因爲這樣，榎木津不調查也不搜查，不跟蹤也不推理，是個啥都不幹的偵探。

他大抵上不是在睡就是在玩，要不然就是在作亂。

就算委託人來，他也不聽人家說話，就算聽了，他也不記得。像我，光是要他記住本島這個簡單的姓氏，就花了好長一段時間。到了最近，他好像總算是記住我的姓了，名字卻還是記不住。

我的名字明明那麼普通。

總之，即便是偵探，也無疑是一種服務業，我覺得至少也該假裝一下有在聽客人說話才對。

不過就算由榎木津來聽委託人說話，八成也毫無意義。榎木津的回答，每一句都突兀怪誕，結果榎木津在想什麼、有什麼看法，客人應該也……摸不著頭腦。也就是白費工夫。榎木津的反應只會讓委託人混亂。那麼或許他閉嘴站一邊去還比較好。

而且閉嘴不說話的話，榎木津是個翩翩美男子。

總而言之，榎木津偵探什麼也不聽什麼也不想，只會……指出眞相說，「兇手就是你。」

而他的指摘幾乎都是對的。我不知道是僥倖還是碰巧。我覺得他只是隨口胡說。不，絕對是隨口說說。就算是這樣，中獎率還是高得異常。

從這個意義來看，榎木津非常厲害。

榎木津第六感很強，運氣也很好。外表英俊頭腦又聰明。

只有性格——不，人格，簡直是一塌糊塗。如果他不說話不活動，只是默默坐著，噯，女人的話，十之八九都會對他痴迷。不，連漢子都要禁不住瘋狂。事實上，榎木津好像

就經常遭到有男色嗜好的老頭子糾纏，讓他困擾不已。

可是身為一個人，他那樣子是不成的吧。

我真是感到遺憾極了。不……

我感到遺憾萬分的，是現在我所置身的這個狀況。

再怎麼說，我……現在都被捆起來了。身為善良小市民的我，居然被人用繩子給捆起來了。

又不是罪犯，正正常常地過日子，會被人給捆起來嗎？曾經被捆起來的一般市民究竟有多少？

就連我也一直以為除非遭到強盜襲擊，到死都不會有被捆住的一天。

事實上……雙手無法自由的狀況，比想像中更教人痛苦。首先很痛，最重要的是這狀況太不尋常，我覺得能夠維持平常心才有問題，但實際碰到這樣的場面，人意外地能夠保持平常心。恐怖、不安這類赤裸裸的感情不怎麼會浮出表面。反倒是在不自由、不方便這類意義上覺得討厭。因為連個鼻頭都不能抓。

愈不能抓，就愈想要抓。

當然也是因為愈要自己覺得不癢，就愈覺得癢，但也會教人覺得：既然都這麼慘了，讓我搔個鼻頭也好吧？

即使如此，我還是一心忍耐。可是愈是忍耐，這下連其他部分也癢了起來。

我擔心起來，萬一連尿意都跟著上來了，到底該怎麼辦才好？

即使如此，我還是不能大叫，「喂，把繩子解開！」

要是我敢說出口……打一開始就不會被捆住了。

綁住我的那些人，怎麼看都是道上兄弟，也就是流氓。既然外表都可以讓人一眼看出來了，恐嚇效果自然是出類拔萃。而且對方還多達五人。

被這麼多凶神惡煞團團包圍，亮出匕首，別說是抵抗了，我連一聲都還沒吭出來，就給五花大綁了。

連尖叫都叫不出來。

當時我才剛離開榎木津的事務所——神田的榎木津大樓。

我就這樣遭到綁架，被帶到小川町郊外的一棟空大樓。我眞是一頭霧水。

雖然一頭霧水，但也並非……完全沒有底。

這一定是榎木津害的。

我在一直到今天的慘澹人生當中，從來沒有做出任何會招惹江湖分子或賭徒匪類的行徑。

一次也沒有。

我說沒有就是沒有。

眞的沒有。

就算有那麼一丁點兒得罪道上朋友的可能性，那也只可能是因爲與榎木津扯上關係而造成的仇恨。那麼我果然還是被榎木津害得落到這步田地的。

只因爲認識了他。

我在短短幾個月之間，總共被捲入了與榎木津有關的古怪事件共四次之多。

揭發財政界瀆職逃漏稅的鳴釜事件、發展成古美術贗品事件的瓶長事件、將美術品竊盜集團一網打盡的山颪事件。

然後還有幾天前才剛解決的，以澀谷圓山町爲舞台、因過去的命案而引發的娛樂區抗爭劇——我私自稱之爲五德貓事件。

最早的第一個事件的開端的確是我的親人，所以這也算是無可奈何之事。可是剩下的事件，我全是蒙受池魚之殃。雖然也並非完全沒有我主動涉入的嫌疑，但遭到波及就是遭到波及。

我不是偵探，不是偵探助手，也不是委託人，啥都不是。我完全沒有非依著那個破天荒傢伙的命令行事不可的道理。

完全沒有，

然而我拒絕不了。

因爲我是個凡人。

那……就等於是因爲我是個凡人，才會體驗到雙手被捆起來，被監禁在空大樓一室這樣非凡的體驗了。

這豈不是矛盾嗎？

很矛盾吧，就是吧——我沒完沒了地反覆著分不清是自我分析、狀況分析還是埋怨的沒營養思考。

接下來該怎麼辦？我到底會有什麼遭遇？我完全沒想到這些。不，我無法去想。因爲不管怎麼想，能夠想到的都只有一些駭人的狀況，這是顯而易見的事實。對於即將降臨在自己身上的事——可預見的悲慘現實，我用力閉緊雙眼不肯去看。

我不僅是個凡人，還是個懦夫。

房間空蕩，什麼都沒有。

幾乎是廢墟。沒有任何家具。也沒有電燈。

不過發霉還是被黑煙燻得髒兮兮的牆壁上掛了一個壁掛時鐘及一面鏡子。

時鐘的指針——如果我的時間感覺還維持正常的話——似乎差不多指著正確的時間。

從外觀判斷，這應該是空襲中燒剩的大樓，但只有時鐘長達八九年分秒不差地持續走動，也太奇怪了，所以或許還不到廢墟的程度，而是直到最近都還在使用的大樓。

鏡子上寫著紅字。好像寫著敬贈某某以及贈送人的名字。室內陰暗，沒辦法連名字都辨認出來。我想看清楚到底寫了什麼——雖然讀到了也不能怎樣——凝目細看。

怎麼樣都看不出來，忽然一個放鬆，我看見鏡中自己的呆樣。

受縛的凡夫……

模樣可憐到近乎滑稽。我被綁在醜陋地杵在房間正中央的柱子後，已經將近一個小時就這樣被迫坐在處處剝落的磁磚地上了。

地板又硬又冷。

總覺得厭惡起來了。

比起受縛的狀況，又硬又冷的地板更深深重創了我。一般會是這樣的嗎？

此時，門突然打開了。

我不經意地望過去，抬起頭的瞬間才驚覺不妙。老實說，我什麼都不想看。因此我立刻就後悔了。

我打從心底認定那裡一定會是一成排凶神惡煞，事到如今，我才不想看到他們那些醜陋的嘴臉。

可是我的預想有些落空了。

站在門外的並不是道上大哥之類。站在那裡的是一名中年紳士。

紳士戴著軟呢帽，還拿著手杖，穿著看似昂貴的西裝及時髦的襯衫。一副就是有錢人的打扮。

男子看我，一瞬間露出吃驚——假裝吃驚的樣子。我不知道爲什麼我覺得他是假裝的，但看來就是這樣。

「咦咦？」男子發出有些近似雜音的聲音，朝我走過來，「怎麼這麼粗魯呢，會痛嗎？」

當然痛啊——我覺得這麼回答也很笨，默然不語。

男子瞥了不悅的我一眼，呢喃著「眞傷腦筋。」繞到我身後，說著「啊啊，綁得這麼緊，我解不開吶。」

「而且還打了死結呢。我手無縛雞之力，這麼死的結，我解不開的。我是很想幫你啦……」

但我解不開──男子強調說。

就算他這麼說，我也無從回應。他是想丟下一句「我很想救你可是解不開繩子。」拋下我離去嗎？那這個人也眞是太胡鬧了。

這傢伙是來幹嘛的？或者說，這傢伙究竟是什麼人？

「啊，自我介紹得晚了。」

男子盡情觀察、檢查了我的手腕以及柱子上的繩結之後，慢慢地繞到我的正面，殷勤地行了個禮。

「我叫駿東。」

男子這麼報上名字。

接著男子討好似地看著我問，「你是本島先生，對吧？」他知道我的名字……這表示這個人是擄走我的傢伙們的同伙。換句話說，他根本沒有要救我的意思。我更不高興了。

他到底想幹什麼？

駿東不知爲何，親切地笑道：

「哦，我有事想和你單獨兩個人談談，可是突然到府上打擾也有點奇怪，話雖如此，連絡你的公司又不太妥當，所以我才拜託底下的年輕人代爲轉達一下。」

這哪裡是轉達了？有這種威脅綁架監禁的轉達嗎？而且還把人綁起來，太過分了。我恨恨地這麼想……

但我還是沒吭聲，凡人是很膽小的。

駿東再一次說：

「眞過分吶。可是你這人也眞奇特呢。遭到這樣過分的對待，卻連句怨言也沒有。而且也不抵抗……這事弄個不好，不是會驚動警察嗎？」

沒什麼弄個好弄不好的，這本來就是該驚動警察的事。

當然，我沒有說出口。

「你眞是沉默寡言呢。」駿東說，「可

是這樣的話，難得他們幫忙仲介，也沒辦法交談了。請稍等一下。」

駿東走到來時的門扉，把頭探出門外，做出下達某些指示的動作。走廊上有人吧。那麼……一開始吩咐那個人解開繩子不就得了？

我這麼心想，結果……

不一會兒進門來的，不是別人，就是那個一看就知道是道上兄弟的男子。男子抬著一把木椅子。黑道兄弟把椅子擺在我面前，向駿東行了個禮，說著「很抱歉，只有這樣的椅子。」……

然後就這樣走掉了。

繩子……怎麼樣都不打算幫我解開就是了。駿東坐在我面前，自私地說著，「好了，這下子就可以好好談了。」簡而言之，就是他不想站著談話罷了。

他打從一開始就不打算幫忙我解開繩子。

駿東笑了。

「其實呢，本島先生，我有點事想請教你。」

「呃……」

我被綁架之後，第一次發出聲音。

結果喉嚨深處糊在一塊兒，沒辦法順暢說話。駿東露出厭惡的表情說：

「你想叫我報上自己的身分，是吧。噯，瞞你也沒用。我啊，是一家叫做加加美興業的公司的常務董事。」

「加加美興業……？」

「是的。」駿東說，掏出手帕，擦拭自己的嘴唇，「其實呢，敝公司的社長非常憤怒呢。社長是個一生氣起來就不擇手段的人。噯，我這個人不喜歡引發風波，所以才採用了這種和平的方式……」

和平，這樣叫和平嗎？

說起來，我根本不曉得那個社長還是誰在對什麼生那麼大的氣。也不懂爲什麼那樣我就得被綁起來不可。

就算知道了他的名字和身分，也完全搞不清楚狀況。

「銀信閣啊。」駿東說。

「那是……五德貓事件的……」

我一說，駿東便問「那是什麼」，張開了一半嘴巴。仔細一看，這個人蓄了短短的小鬍子。因爲是白的，所以先前沒看出來。

噯……就算說五德貓事件，人家也莫名其妙。恕我重申，這個事件名稱是我自己亂取的。

那是個從契機到結尾，無處不是貓的事件。而五德貓事件的當事人之一所經營的不正經店家——附小房間浴場的夜總會——就是銀信閣。

「銀信閣的經營觸礁了啊。」駿東說，「那個事件，銀信閣結果其實是受害者呢。儘管如此，銀信閣卻自滅了吶。被**那個**偵探搞的。」

「自滅……？」

「就是啊。」駿東說，把手杖立在兩膝正中央，「噯，那裡的社長信濃做了不少黑心事業，隨便一挖，就可以挖到一堆把柄。可是過去他都處理得不錯，沒想到會因爲那種事而一敗塗地吶。噯，事情都鬧成那樣了。所有的手下也都被帶走，被警方問東問西，蒙上了不白之冤……不對，名實相符的罪名。說是自做自受，也的確是自做自受啦。」

駿東說著歪起細紋遍佈的臉。不，那百分之百就是自做自受。

「不不不，這可不是報復。」明明沒人問，駿東卻否定說，「銀信閣的社長是個小角色。那種人不管是被抓還是被殺，我們都不痛不癢的。可是讓那家店倒閉，敝公司的社長也無法接受。因爲我們也對那家店下了不少投資吶……」

「投資？」

「出錢啦，錢。」駿東以下流的聲調說，「弊公司的據點主要在關西地方。哦，我們生意做得很廣。像在梅田的八百坪，就開了很多店。你……應該不曉得吶。」

駿東發出失望的聲音看我。我怎麼可能知道？我連那地方在哪裡都不曉得。就算知道，也跟我無關。我跟娛樂區無緣，是甚至受到總角之交的熊男嘲笑的、不知風流不識玩樂的傢伙。

「弊公司呢，因爲有這樣的實績，所以在銀信閣的信濃社長要改建空襲中燒掉的店時，對於樣式格局也提出了種種建議，從設計到斡旋女衒，提供了許多協助，也資助了不小的一筆錢呢。我們打算把那裡當成進軍關東的跳板嘛。沒想到……這下子全泡湯了。」

「可是……」

「我懂。」

駿東維持溫和的態度，卻恐嚇似地說。

沒錯……我應該認清自己置身的立場吧。

「我們做了一番調查。對那個偵探……還有你。」

「我？」

「你。」

駿東把拐杖頭指向我。

這個人……

或許是個狠角色。

我一陣毛骨悚然。

「你們的確解決了一宗命案，並揭發了它所引發的種種犯罪。可是……你們的做法太胡來了，根本是犯規。」

對於被用「你們」來一概而論，我想要強烈抗議。可是除此之外的指摘，我不得不承認確實如此。

榎木津……太亂來了。

「總而言之，在那個事件中，該被揭發的只有小池某人吧。眞有必要採取那種連被害人銀信閣的內幕都揭露出來的手段嗎？我是這個意思。」

駿東慢慢地站了起來。

「敝社社長呢，對於近來家戶喻曉的榎木津偵探大爲光火吶。你懂嗎？」駿東說。

噯，不出所料。

我會被綁，也是榎木津害的。

「榎木津這個人，似乎是個相當不得了的人物呢，本島先生。」駿東說，再一次坐下。

相當不得了的人物這個形容頗爲微妙。是厲害得不得了呢、偉大得不得了呢、討厭得不得了呢、還是笨得不得了？

結果什麼都可以。

如果他的意思是怪得不得了，我只能點頭同意。

不過，駿東也說出「家戶喻曉」這個欠妥當的發言。那麼我想十之八九，這個人對榎木津的認識是錯誤的。

可悲的是……世人對榎木津的評價是讚譽有加。

除了我被捲入的四椿事件以外，這一兩年榎木津也參與過幾個案子。那些全都是各家媒體爭相報導的大案件，而且教人傷腦筋的是，那些案子好像全都變成……是榎木津解決的。

騙人。

我覺得一定是騙人的。

當然，我並沒有涉入那些大案子，並不知道眞相。雖然不知道，但我可以推測出來。

不調查也不推理的偵探——不，人格有問題到那種地步的傢伙，不可能解決什麼案件。只要跟那種人相處個半天，就連狗也看得出這點事。

只是，

榎木津看得出兇手。

幸而榎木津有衆多爲他擔任左右手工作的手下——不，被迫爲他勞動的奴僕，也有好幾個人協助他。其中似乎也有人具備犯罪調查方面的優秀資質，還有不少警界相關人士。

所以就算榎木津解決案件是謊言，榎木津一伙或多或少也以某些形式參與了破案吧。不，榎木津本身可能也對破案做出了某些貢獻。只是可能啦。

話說回來，被毫無根據地指出說「這傢伙就是兇手。」警方也很傷腦筋吧。

可是，

不知道是否因爲如此，最近有如苟延殘喘的糟粕雜誌般的犯罪雜誌、風俗雜誌等等，都刊登了有關榎木津的報導。

我也讀了幾本。

然而一讀就知道，那些報導從頭到腳、完完全全、徹頭徹尾地弄錯了。我不知道案件的概要，所以不能說什麼，但光看對於榎木津的描述，並以此爲基準來評估全體的話，教人忍不住懷疑起關於案件的描寫應該也扭曲得相當厲害。不，一定是這樣的。把蘿蔔誤當成牛肉的記者，不管怎麼採訪，也不可能寫得出像樣的料理報導。

不，所以我認爲那不是經過採訪而寫出來的報導。

因爲雜誌中的榎木津竟是個名偵探。說到名偵探——雖然我不是很清楚——那不是偵探小說中的主角嗎？

那個人不可能是那種東西。

的確，身爲前華族、美男子、又是財閥大少爺的私家偵探接連涉入震驚社會的大事件，我想這樣的題材對雜誌來說是魅力十足。

而且一個身爲前華族又是財閥公子的美

男子，一般人不會料到竟會是那樣一個人。不，就算不是那種身分來歷，依常識來看，也不可能有那種人。不能有那種人。所以關於這些錯誤的報導，也不能說全是記者或編輯或出版社的責任。

可是，只要直接採訪本人，不用五分鐘就可以知道真相了。

總而言之，報導中的榎木津像被扭曲到面目全非。不，那是創作，是幻想，是虛構。雜誌上所寫的榎木津的活躍，是鬼話連篇。世人都被矇騙了。可能是鬼話過了頭，活人聽不見吧，成了另一個世界的語言了。

所以榎木津的風評全都是架空的。理所當然，駿東這個人對他的認識應該也是錯的。

「你大概錯了。」我說。

「錯了？」

「榎木津這個人，怎麼說，不是那麼厲害的人。他……」

「呵呵呵。」駿東笑出聲來。

一般人不會相信的。會覺得我是在開玩笑、自卑、嫉妒或是中傷。不過不管榎木津這個人是超凡還是大笨瓜，總之是毫無常識可言，所以對於恪守常識的人來說，我想問題根本就不在於相信不相信。

可是駿東卻說，「我知道。」

「你知道？」

「我沒有見過榎木津先生，可是啊，本島先生，厲不厲害，是根據每個人不同的基準而言的。不過我大概知道你想說什麼。你是想這麼說，對吧？那個人……」

駿東說到這裡，瞇起眼睛頓了一拍。

「……非比尋常。」

被……猜中了。

駿東再一次笑了：

「我們擁有相當規模的調查機構，縝密地調查過了。那位偵探所涉入的案件防備都相當嚴密，沒辦法連細節都一一查明，因爲裡頭有些案子甚至與公安相關，沒辦法隨便探聽。可是，所以世人才會誤會……對吧，本島先生？」

是這樣嗎？

唔……世人誤會這一點是沒錯。

駿東按住軟呢帽，重新深深戴好。

「我也調查了榎木津偵探的同伴。裡頭似乎有許多棘手的人物吶……」

很多。棘手得要命。

榎木津一伙從頭目開始，每一個奴僕都不是普通人。硬要說的話——不，也不用硬說，在關係人當中，我比任何人都要普通。

「那麼，我想請教你的就是這個部分，本島先生。」

軟呢帽男用力把臉湊近我。

「榎木津偵探能夠立刻偵破事件的眞相……絕大部分都是靠他周遭的人幫助嗎？」

「啊？」

好難回答的問題。

我覺得是這樣，也可以說不是這樣。能夠走到解決這一步，的確可以說是靠著奴僕等一伙人的努力，但如果光論識破眞相這一點，是因爲榎木津那實在可疑的能力——看得見他人的記憶這種荒唐的體質吧。

「那個傳聞是騙人的吧？」駿東接著說。

「傳聞？」

「就是他擁有能夠瞬間看出兇手的心眼的……傳聞啊。」

「這是誰告訴你的？」我莫名著慌。

可是……仔細想想，這並沒有什麼好慌的。榎木津並沒有特別隱瞞自己的體質。

那根本不是什麼祕密。

說起來，對榎木津本人來說，那只是天生**如此**罷了。對偵探而言，是非常理所當然的

事，他並沒有特別宣傳，也不會拿來炫耀，只是完全不解釋罷了。不過我感覺那個偵探對自己的體質也並非完全理解，所以是真的無法解釋或怎麼樣吧。

再說，就算聽到這種解釋，也不會有人相信。

當然，也想不到。

知道的人也是，就算宣揚出去，不是遭到輕蔑，就是被敬而遠之，或是受到嘲笑，所以會對不知情的人三緘其口。所以這事才沒有傳開來而已，根本不是祕密。我沒有必要慌張。

「怎麼樣？」駿東再一次問，「為那個偵探擔任手足奔波的人才實在濟濟。有糟粕雜誌出身的地下記者、科學雜誌記者，警察方面有東京警視廳搜查一課的刑警、轄區刑警、派出所警官，連法醫都是他的棋子。還有古董商和小說家、可疑的貿易商、電影人、學者及僧侶……他的情報網分佈的範圍相當廣。而且客層又多是社經地位不凡的人士。像是柴田財閥、織作紡織機，不曉得是不是他父親的人脈，也有舊華族和士族會來向他委託……」

而且——駿東把臉湊得更過來了。

「令人費解的是那個舊書商。他的背後到底有什麼？」

不知道，我什麼都不知道。

我猛力搖頭。

駿東說的舊書商，是榎木津的朋友中禪寺秋彥吧。中禪寺的確是個有點古怪的人，對榎木津而言，他應該是最為可靠的盟友……但是我不可能知道他究竟擁有什麼樣的人脈。他——與事件有關的時候，雖然也會透露出可怕的一面——但在我面前，他只是個疼老婆的一般人。

其實他是個更恐怖的角色嗎？

「還有你。」駿東指住我，「想想每個

人的角色分配，那個叫榎木津的偵探能夠掌握到其他私家偵探望塵莫及的情報量，沒有一個是無用的人才。可是……你卻教人費解。」

駿東說。

「我……」

我是無關的。

恕我再三再四重申，我是代表性的凡人。凡人不可能有用途。

可是……

駿東這個人雖然強調他調查得有多麼仔細——事實上我也很佩服他的調查能力——但他從根本上就弄錯了。

確實，榎木津身邊有許多駿東剛才列舉的那些角色。聽到他說我才想到，這些人的確個個來歷不凡。可是，榎木津根本不信賴**那些玩意兒**，他根本是暴殄天物。

那個人眼裡根本沒有別人的頭銜，他覺得那才是無所謂。不管擁有什麼樣的特殊能力、身居多麼特權的立場，都沒有關係。要做什麼的時候，隨便找個在場的傢伙下命令，這樣就了事了。

是隨用即丟。

所以像我這樣的人也行，這事駿東是怎麼樣也料想不到吧。

說到底只要榎木津覺得好玩就行了。

所以榎木津的字典沒有輸這個字。他的字典裡有的只有「有趣」、「不有趣」這兩個種類。榎木津碰到看不順眼的事，就只有粉碎，不管做什麼事，都要做得好玩，只是這樣而已。如果不拘泥勝負，那我也不會去擬定什麼戰略。那麼適材適所、情報蒐集之類的，都沒有關係了。榎木津會和那伙人往來，也只是單純地覺得好玩而已。

「不是的。」

完全不是的——我說。

「那個人……根本不需要情報。」

「不需要情報？呃，那他不是在事先蒐集到相當數量的情報，再有效率地做出結論嘍？」

「不是不是，完全不是。」我說。

我有些大膽起來了。至少比起這個人，我擁有更多對那個偵探的知識。

雖然如果說「那又怎樣」，的確是不怎麼樣。

「那麼……他能識破真相，果然還是拜他的特殊能力所賜嗎？」

「是體質，體質。」

不是能力吧。

「那是……例如懂得對方在想什麼，這類讀心術之類的嗎？還是像靈術那樣，有神祕的力量在作用……」

「好像不是那樣。」

關於這一點，我一開始也曾經詢問過。

據榎木津的助手益田龍一說，並不是那一類的東西。

「聽說他只是看得見而已。」

「看得見？」

「也就是說……像是你今早看到的景色、見了誰、吃了什麼，這些事他知道。據說榎木津先生可以看到你親眼看到並且記得的東西。」

「噢！」駿東露出高興的表情，「果然……看得見記憶，指的就是這麼回事……那麼，本島先生，像是我的想法和心情，他就看不出來了？」

「看不出來吧。」

榎木津不了解吧，完全不懂。

「我不是他本人，所以不清楚到底怎麼回事，不過依他身邊的人說，對於這方面的事，他比一般人更要遲鈍……」

益田也這麼說。

簡而言之，就只是**看得到**罷了吧。榎木津不是個會去顧慮別人感受的人。

「那……他不明白我感到悲傷或氣憤、或是怎麼想，但是只知道我看到了什麼？」

「應該是吧。」我答道。

雖然我無從想像那看起來是什麼樣子，不過應該是看得到吧。

「所以……他知道發生了什麼事。比方說，殺人兇手一定會看到犯罪現場吧？所以他才知道。小偷也是，沒有竊盜犯不會看到自己行竊的現場的。」

「噢，噢。」駿東不知爲何非常高興，「原來如此，那太厲害了。如果是單純的案子，眞的一眨眼就可以解決了。實際下手的人根本不是對手吶。就算是教唆殺人這類不是實際下手的情況，對於曾經與實際下手的人連繫的部分，也無從抵賴……就是這麼回事吧。」

「唔……若是覆面的話，或許另當別論吧，應該也不是萬能的。」

「原來如此，說的沒錯。」駿東說道，笑咪咪地撫摸手杖，「對於**從頭到尾閉著眼睛進行的犯罪**……他看不出來呢。」

「是啊。」

看不出來吧。

我從來沒想過這麼古怪的事，但從道理上來推測，應該……是看不出來。

榎木津的體質只能重現他者的視覺性記憶，應該並未伴隨當時的聽覺與嗅覺，對於重現的影像，只能由榎木津本人去解釋。

可是，

總的來看，在談論榎木津這個人的時候，這個神祕不可思議的體質是否是不可或缺、非提不可的事？並非如此。我反而覺得這不是件多重要的事。因爲本人的言行舉止太荒誕不經，使得這種體質相形失色了。

仔細想想……

如果他的體質是眞的，那麼這應該……是完全超脫常識、科學這類事物的一樁大事吧。可是在那個人的言行舉止面前，連這件大事都黯然失色了。

榎木津會自以爲萬能，大概不是那種體質的關係。我覺得是他的性格所致。平常周遭的人幾乎不會意識到榎木津那種奇妙的體質，一定就是出於這種理由吧。

「這樣啊，果然是那種不可思議的法術呢。」駿東佩服了好一陣子，「哎呀呀，我眞是有眼不識泰山吶。」

「會嗎？」

我露出沒那回事的表情。那種體質本身沒什麼好炫耀的，更何況也不是我該拿來炫耀的事。

然後，

這個時候我總算赫然驚覺了一件事。

我，

——在普通地和人對話個什麼勁？

我可是被麻繩捆住，繫在柱子上，被迫坐在冰冷堅硬的地面上呢。另一方面，駿東看起來是綁住我的那伙人的雇主，而且還傲慢地坐在椅子上俯視著我。

兩人權力的差距，是一目瞭然。

而我爲什麼非得閒話家常似地跟他普通地對話不可？

本來的話，

說到這種情況我該採取的態度，是淚流滿面地求饒說救命放我一馬，要不然就是豁出去大罵他媽的要殺要剮隨你處置，朝他吐口水，只能是這二選一吧。

不管是懇求還是無謂地抵抗，不管怎麼樣，唯一可以確定的是，我跟眼前這個人的關係絕不友好。

可是事實上呢？

什麼「哎呀呀，眞是有眼不識泰山。」

什麼「會嗎？」

這可不是在簷廊對奕的老人對話。是遭遇綁架監禁這種不當非法行爲的一般人，以及犯下這不當非法行爲的主謀兩者之間教人緊張得手心冒汗的針鋒相對……才對。

一點緊張感也沒有。

不，這全都是這個叫駿東什麼的人害的。

如果這傢伙啞著嗓子威脅個幾句，我一定也會表現出符合凡人形象的害怕模樣，號哭著道歉。

——然而，

我瞄了駿東一眼。說起來，這古怪的狀況究竟是爲了什麼而安排的？

如果想談這種事，就算不用綁我也成吧？還是接下來我會……

我突然畏縮起來了。

因爲我開始有些恐怖的想像。

不管怎麼想，現在都不是閒話家常的時候吧。他們……簡而言之就是爲了前幾天的那件事，對榎木津一伙懷恨在心。

而我被當成同一伙的了。

當然，我是善良的一般人，不是一伙也不是三把火。

可是不管我心裡怎麼想，對榎木津來說，我都是他眾多奴僕中的一個。實際上爲了解決事件——或者說爲了讓榎木津發洩鬱悶，在設下圈套設計敵方的時候，我被榎木津和中禪寺等人任意使喚了不少次。不管我情不情願，既然我也參與了偵探的謀略，我一定也算是榎木津的爪牙之一。只是我自己缺乏同伙人的自覺罷了，在旁人眼中看來，我完全是他們一伙的。

——我會被報復。

我一下子怕了起來。

不過是個凡人，卻跟那種非凡之人扯上

關係，果然還是錯的。我一定會被這群來歷不明的傢伙們整得慘兮兮。搞不好還會送命。

駿東笑了。

——眼睛沒在笑。

這個人讓人看不出年齡。不光是年齡。完全看不出他在想什麼。那張臉就像戴了張面具。我覺得他從頭到腳都像在作戲。

駿東再次發出近似雜音的嗓音：

「本島先生。」

「啊、是！」

駿東在椅子上弓起腰來，就這樣壓低身子。然後他斜看著門扉，把聲音壓得極低地說：

「你看那道門。」

「什麼？」

「剛才那伙人在監視著啊。那些人啊，算是我那兒的小伙子們，表面上是聽命於我……可是呢，他們其實是社長的手下。」

「社長的手下？」

「沒錯。他們在監視我會不會背叛。」

「監視你？」

「對，就是這樣。喏，我一開始不是說了嗎？我這個人不管做什麼，都不喜歡引發風波。我可以說是個熱愛和平的人。所以，唔，在偵探的同伴中，我才會挑選了感覺即使接觸，也可以比較和平地了事的你……但我沒料到他們竟然會做出這麼粗暴的事。」

「哦……」

那……感覺幫我解開繩子也行吧？

「所以我不能幫你解開繩子啊。」駿東耳語似地說。

「為、為什麼？」

「這還用說嗎，如果我幫你解開了繩子，那我豈不成了背叛者了嗎？你和我都會**被幹掉**的。」

「被幹掉？」

「哦，就是會被施加危害的意思。那些傢伙打算啊……把你打個半死不活，以儆效尤啊。」

「打……」

我本來想重覆「打個半死」四個字，被制止了。

「請安靜。萬一被聽到就不好了。嗳，恕我失禮，但他們好像知道你是立場最弱的一個，才會想出這樣的計畫。是社長吩咐的，所以那些傢伙才會做出這種事。我……雖然依稀察覺了，卻也覺得光天化日之下，不可能綁得了人吧。我也料想就算你是一般人，應該也會有所抵抗才是……」

我沒有抵抗。這表示我連一般人都不如嗎？

那麼……

我豈不是失去一般人的立場了？

「嗳，那伙人極端排斥惹上警察。我想如果你吵鬧起來，他們應該就會收手，沒想到……」

駿東失望地俯視我。接著露出幻滅的表情，深深地嘆了一口大氣。

我好像惹人受不了了。

這也是沒辦法的事吧。

我是個無能的凡人。

「所以我在這裡跟你打個商量。」

駿東一臉肅穆，聲音壓得更低了。

「剛才和你談過之後，我知道榎木津先生並沒有其他意圖。他八成是看到銀信閣社長，就知道他所做過的壞事了吧。敝公司的社長呢，懷疑榎木津先生背後另有高人指點，想要摧毀咱們加加美興業。所以才會那麼生氣。」

根本沒那種事。

榎木津不可能會接下圖利企業的案子。

說起來，上次的工作會實現委託人的願望，也

形同偶然。榎木津只是順從自己的好惡，盡情興風作浪罷了。

「所以呢，」駿東說，「我想放你逃走。」

「請放我走。」

我坦白過頭地坦白說。這是忍不住脫口而出的話，所以是千眞萬確的眞心話。說出口後，我才覺得這話很蠢，但這時候逞強也沒有好處。

我……不想被打個半死。一般市民中有幾個人會碰到被打個半死這種事的？

「這個……」

駿東留心門扉，從內袋裡掏出什麼東西給我看。

是小刀。

「這個呢，喏。」

駿東以門扉看不見的角度，用小刀抵住自己的肚子。

用力一按。

「這是竹製假刀。喏，不會割傷，也刺不進去。」

「哦。」

的確，那是在木片還是竹片貼上錫箔紙做成的假刀。

「這是演戲用的小道具。」駿東說。然後他走到我前面，用那把假刀也抵住我的腳。

「不痛，對吧？」

唔，只是覺得被壓了一下。

「我這裡也有眞傢伙。」

駿東出示內袋。

「接下來……我們要演一齣戲。」

「戲？」

「對，我會用這裡的眞刀割斷綁住你的繩子，繩子一斷，你就……」

「逃、逃跑？」

「不，在逃跑之前，你也要演一齣戲，

要不然我就危險了。如果我只是割斷繩子放你逃走，我豈不就只是個背叛者而已嗎？對吧？那樣我會被打個半死的。不，我是道上人士，會被打個全死的。」

「全……」

打個全死是什麼意思？

「聽好了，我會割斷繩子，然後你就把這把假刀——不要弄錯嘍，從我手中搶過這把竹刀。然後用它狠狠地刺我。」

「刺你？」

「假裝的、假裝的。」駿東說，「看，不會刺進去，對吧？就算硬刺，也刺不進去的。即使狠命刺下去，也不會受傷。你就瞄準我的肚子刺上來吧，然後……」

駿東用拐杖頭指示窗戶。

「那道窗戶……是毛玻璃窗戶，那裡是開著的，你從那裡逃跑。哦，我會巧妙周旋，不讓他們追上去。那些人看到我按著肚子痛苦掙扎，也不會拋下我不管吧……而且他們也非常清楚你跟警察有交情，從今以後應該不會再找你麻煩了吧。」

「可是……」

不會曝光嗎？

「不會有事的。」駿東說，「我連血漿都買來了，就裝在肚子裡。爲了讓你我雙方都平安脫身，就只有這個方法了。快……」

駿東說完，繞到我的背後。

2

「然後怎麼了？」

中禪寺秋彥露骨地表現出沒興趣的樣子，意興闌珊地問。那張臉臭得彷彿世界連續毀滅了十次。

他看起來心情糟透了。

「哦……」

我在坐墊上僵住了。

肯定會被唸的。中禪寺雖然老是埋怨說他不是村子的隱居老人、他家不是澡堂二樓，結果一群廢物還是會群聚到這個家來，拿此蠢問題煩他，然後再被這個有如隱居老爺子的人惡狠狠地叨唸，這就是這個人的日常。

他的叨唸對凡人來說殺傷力極大。

該說是字字見血，還是句句道破，辛辣又精準，聽著聽著，連自己都要對自己絕望了。

中禪寺說，想想我說起的開端，斷在那裡豈不是教人不舒服嗎？

「那個叫駿東的傢伙繞到你背後，做了什麼嗎？」

「對。」

「對什麼對，本島，這裡不是關鍵嗎？你的遭遇只要聽這部分就行了。又不是赫恩的〈茶杯之中〉（註），我可不想聽有頭沒尾的故事。」

中禪寺說道，站了起來，關上面對庭院的紙門。

這裡是位於中野的舊書店，京極堂——中禪寺的店——的主屋內廳。

雖然是個整潔的客廳，但除了出入口以外的所有牆壁，全都變成了塞滿書的書架。

不僅如此，還有爲數驚人的書本整整齊齊地堆放著——有些堆在壁龕裡，有些堆在榻榻米上。

主人中禪寺秋彥一如往常，穿著樸素的和服坐在矮桌前。

他是這家舊書店的老闆，博學乖僻而善辯，而且本職是神主，還兼差擔任驅魔的祈禱師，是個令人難以理解的人物。

最令人無法理解的……是這個中禪寺對榎木津來說，是並非奴僕也非敵人更非無所謂之人、爲數稀少的**朋友**之一這一點吧。

這個人是能夠與榎木津對等說話的稀有人材。儘管如此，中禪寺——雖然他既乖僻又愛強詞奪理——姑且算是個明事理的人，也能和我這樣的凡夫俗子普通地交談。

雖然他會說些深奧難解的事，但他鼓舌如簧，能言善道，與一些說話散漫無章的人毫無要領的話相比，大概還要更容易懂。

換言之，對我而言，中禪寺這個人也等於是對榎木津的翻譯。

所以我最近常來這裡。

而且中禪寺的夫人是個從主人的臭臉完全無法想像的賢妻，泡的茶又如甘露般美味。

像我這種獨居慣了的粗漢子，嚐到細心泡製的茶水的機會可以說是少之又少。所以我也不是不能說是爲了這個目的而來。而且有時候運氣好，還能享用到夫人的廚藝。

今天落空了。

端出來的茶，顯然是主人親手泡的。濃得詭異。一問之下，說夫人因爲一些喜事出門去了。

「到底是什麼事？有那麼難以啓齒嗎？」中禪寺說。

「不……也不是難以啓齒，只是現在回想，我覺得實在太荒誕無稽了，實在是……」

我覺得太脫離現實了。

「脫離現實，那不是家常便飯了嗎？」中禪寺說，「本島，我不是再三再四忠告過你了嗎？跟榎木津那種傢伙往來，不要兩三下就會成了個大蠢蛋。再顯而易見不過，絕對會變成個笨蛋。那傢伙啊，跟常識、良識，總之是

註：赫恩（Lafcadio Hearn）即小泉八雲（一八五〇～一九〇六），歸化日本的英國作家、英國文學家。於東大等校執教鞭的同時，研究日本文化，介紹給海外。〈茶杯之中〉爲收錄於小泉八雲著作《骨董》中的一篇作品，文章在途中唐突地中斷，無人知曉原因。

這類東西根本沾不上邊。然而你卻無視我的好心忠告，跟那個笨蛋往來。發生在你身上的脫離常識的事，全都是它帶來的結果，不是嗎？那麼就算你碰上再怎麼脫離現實的事，都是莫可奈何。」

無所謂，快繼續說下去吧——中禪寺催促，把先前就一直在讀的舊書翻頁。強迫人家說話，自己卻不停止讀書，眞傷腦筋。

「依我猜想，那個叫駿東的中年男子，是不是突然演起古怪的戲來？」

「對……」

被他看透了。

駿東繞到我背後，大聲這麼叫道：

這樣啊，既然你這麼說，就讓你帶我過去吧……

當然，我一頭霧水。

駿東說著，「這是眞話吧，你該不會是在撒謊吧？」等假惺惺的台詞……

割斷了綁住我的繩索。

大概是用兩把刀之中的眞刀割斷的吧。

接著駿東把嘴巴湊近我的耳邊說：

好了，快搶走我手中的刀子……

我困惑起來。

雖然困惑，但那種情況，也不能不照著他說的做。

再怎麼說，當時都是那種狀況。我處在徹底不利的立場，最重要的是，駿東說要放我逃走……所以我能走的路只有一條。

所以我慢慢地站起來，假裝要抓住駿東。駿東迅速地向我遞出假的竹刀。

「那……確定是假刀吧？」

中禪寺視線仍然釘在書本上，這麼問我。

「什、什麼意思？」

「因爲他才剛割斷了你的繩索吧？既然割得斷繩子，表示他手裡的刀子是眞的吧？」

「不……他掉包了。哦，我一瞬間也猶豫會不會是眞刀，可是萬一搞錯，他會弄傷自己吧？怎麼說，我被情勢所逼，就這樣接下了刀子——也不算接下，是裝出搶刀子的樣子。可是我一拿到刀子，立刻就摸了刀刃的部分……」

「然後呢？」

「完全是鈍的，而且根本不是金屬。首先重量就不一樣，非常輕，是竹子做的。」

「原來如此。」中禪寺抬頭，撫摩下巴，「然後你就照著那個人的指示，裝出刺他肚子的樣子，從窗戶逃走了？」

對……

我甩掉困惑，緊接著幾乎是反射性地把竹刀往駿東的肚子刺了上去。

當然，不是眞刺。

別說是刺了，連半點感覺都沒有。我想頂多只有刀尖擦到襯衫而已。就算那是眞刀，應該也傷不到人。簡直就是一場有如兒童才藝發表會的鬧劇。

可是說到駿東，與我的花瓶演技相比，他演得實在是爐火純青。

中年紳士「嗚嗚」一聲，宛如巡迴演出的女劍劇(註)的主角，「啊啊」地呻吟，伸手划過空中，捂住肚子……

「大叫：我被幹掉啦……」

「他那麼叫？」

「他那麼叫。」

「簡直是耍猴戲嘛。」中禪寺吃不消地說。

「不，他演得很逼眞。害我以爲我眞的刺傷他了，又確認了一下假刀。」

註：由女性主演的劍劇，昭和初年，由大江美智子、不二洋子等人起始。

「然後呢？」

「哦，當然什麼都沒有啊。上面沒有沾到血，什麼事也沒有。駿東先生做出痛苦萬狀的動作……」

「一邊慘叫嗎？」

有慘叫嗎？我回想了一下。

右手捂著肚子，身體前屈，左手往前伸出……

「他叫著來人啊、來人啊……」

「向人求救？」

「正確地說，是裝作求救的樣子。全是裝的嘛。然後……啊啊，對了，血漿。」

駿東的襯衫染得一片通紅。

他好像真的就像他說的，準備了血漿。他先前指著自己的肚子說藏在這裡頭，應該是裝在袋子裡，用按著肚子的手把袋子擠破了吧。

「我見狀有點狼狽起來……」

凡人就算知道那是血漿，還是會不由得狼狽。

「然後……哦，駿東先生向我使了個眼色，所以我慌忙跑向窗戶。那不是人平常出入的窗戶，但有扇大小剛好的毛玻璃窗……就跟駿東先生說的一樣，鎖打開了。」

「使眼色啊……」

「也不算是使眼色吧……」

或許只是看了我一眼。但因為事前商量過，我才會把它當成是在叫我快點離開的意思也說不定。

「窗外是一條小巷，或者說，只是與隔壁大樓之間的圍牆與建築物的縫隙，一條狹長的空間，我頭也不回地逃走了。因為萬一被抓，不曉得會吃上什麼苦頭嘛。要是被發現只是裝的，放我逃走的駿東先生也不可能沒事吧。」

「唔唔……」中禪寺低吟。

接著他朝我投以吃不消的視線。

「然後呢？」

「哦……只有這樣……而已。」

只有這樣。

裡面的人沒有要追上來的跡象。

不，不是沒有，而是我根本沒工夫去留意那種事。

我一心看著前方，滿腦子只顧著跑——或者說，只顧著讓兩條腿交互抬起，兩手交互揮起。奔跑的時候，我幾乎連聲音都聽不見，這段期間應該看到的景色，也完全沒有記憶。

我連自己究竟在哪裡坐上電車——我應該是搭了電車——當時有沒有乖乖買票，都回想不起來了。

當我看到了我的住處，文化住宅那破舊的門扉時，才總算喘了一口氣。

我嚇到心臟幾乎快從嘴巴裡蹦出來。我怕死了。

不，直到那個時候我才怕了起來。

我的腿顫抖不已，眼前一片空白。

我莫名地害怕一個人獨處，沒有進入自己的家，而是敲起了隔壁家——我的總角之交，也是連環畫畫家的近藤家的門。

「然後你就這樣在近藤先生家過夜？」

「嗯。我害怕極了。被綁住的時候還沒那麼恐怖，可是逃出來一看，或者說逃掉之後，看到熟悉的自家風景，冷靜下來的瞬間，我怕起來了。」

「這眞是個大問題吶。」中禪寺說，「你好像有點遲鈍呢。」

「遲鈍……？」

我也不是不覺得自己遲鈍，但我有鈍到值得別人這樣目瞪口呆嗎？

「很遲鈍，非常。」中禪寺這次十足明瞭地說。

「非常……遲鈍嗎？」

才短短一秒鐘後，就已經不是「有點」遲鈍了。

「非常鈍。就像那個人說的，如果你早點怕起來的話……或許根本不會被綁架。那一帶行人相當多，也有許多店家，派出所也不遠。只要大聲吵鬧，絕對會引起注意。或者說……你也可以甩開他們，逃回榎木津那裡。」

「對耶……」

我完全沒想到。

榎木津的話，那種地痞流氓，不要一分鐘就可以收拾乾淨了。榎木津……打起架來強得嚇死人。

「說起來，你遭到綁架，不是下午才三點的事嗎？那時還算大白天呢。」

沒錯。我離開榎木津的事務所時，大概是下午兩點半左右。

我被帶進房間，用繩子綁住，駿東現身，是快四點的時候。我回到家則是快七點的時候。

「還有……」中禪寺說，「啪」地闔上攤開的書本。

灰塵般的東西飄揚起來。

「你不覺得奇怪嗎？」

「很……奇怪啊。」

所以我從一開始就說事情脫離現實了。

可是昨晚我不這麼想。

我只是怕極了。

我沒有回到自家，而是直接跑去近藤家，也是突然想到駿東曾說他連我家在哪裡都調查清楚了，也就是我陷入那些人可能會找上門來的恐怖。

那是叫做「上門回禮」嗎？

駿東說只要我照著他說的做，就再也不會有事了，但我實在無法相信。

我不是很清楚他們道上的規矩怎麼樣，

簡而言之在他們來說，我可是刺傷他們的上司之後落跑。平常的話，就算賭上一口氣也要報復才對吧。

雖然我其實並沒有刺他。

然後……就算謊言曝光，也一樣會演變成惹毛他們的狀況吧。

而且駿東還說那些凶神惡煞不是他的手下，而是聽命於更上層的人物——社長什麼的。

所以我抖個不停，闖進近藤家去躲起來了。

可是，

一夜過去，我略爲恢復平常心，重新一想……

開始覺得事情實在荒謬。

近藤也說我是被狸貓給捉弄了。狸貓會不會捉弄人我不曉得，可是我也總有這樣的感覺。

所以……我先來到中禪寺這兒向他報告。

「很奇怪啊。」我重覆道，結果被中禪寺反問，「你覺得哪裡奇怪？」

「就是……從頭到尾都很怪啊。這是我自己的體驗，所以我不說是假的，可是這實在很假啊。我不太明白這有什麼意義。」

「這就是你鈍的地方啊，本島。」中禪寺揚起一邊的眉毛說。

「鈍？」

「難道不鈍嗎？你說你懷疑這到底是不是眞的，可是既然你記得，那段體驗就是眞的吧？」

「嗯，是眞的。」

「如果這從頭到尾一切的一切，都不是你的妄想的話，他們一定有什麼目的。做出那種事，就一定有意義才對。」

「目的？目的是要蒐集榎木津偵探的情

報吧？」我說。

除了偵探以外的事，駿東完全沒問。我也是，除了偵探以外的事，什麼都沒有說。我實在不認爲還有其他意圖。

「可是他們不是已經調查清楚了嗎？」中禪寺回道，「那些傢伙連榎木津那種荒唐的體質都已經知道了，不是嗎？」

「是知道了。」

「那……爲什麼還非得特地綁架你不可？你在榎木津身邊的人之中，也是資歷最淺的一個，而且……」

沒錯，我是個遲鈍的凡人。這一點中禪寺說的沒錯。可是……會不會就是因爲這樣？

「所以我比較容易抓之類的……」

「唔……以結果來說，你非常容易抓，可是不實際抓抓看，也沒人知道啊。俗話說，膽子愈小的人愈會鬧啊……」

話說回來，他們究竟有什麼企圖？——中禪寺莫名拘泥這件事。

「這事……有這麼糟糕嗎？」

「也不是糟糕……以現況來看，實在很難掌握他們的意圖。」

「意圖？」

「至少不能就這麼照表象解讀，眞教人費解吶……」

我覺得中禪寺說的話還比較難懂。

「你的意思是，那一幕有什麼更深的意圖在裡面嗎？中禪寺先生。」

難以想像。發生的事是很脫離常識，但我覺得沒有更深的意義了。

我這麼說，結果中禪寺把眉毛挑得更高，露出一種傷透腦筋的表情說：

「肯定有什麼的。例如說……是啊，本島，你被監禁的房間有多大？」

換算成榻榻米的話，大概有二十疊吧。

「這樣。出入口只有一處吧？」

「有一道可以出去走廊的門。本來可能是辦公室之類的吧。門是嵌玻璃的木製門。啊，對了，感覺就像玫瑰十字偵探社的門口那樣。」

「那麼……可以看到室內。」

「想看就看得到吧，一清二楚。」

「你被綁住的柱子是在哪一帶？」

「呃……」

中禪寺遞出手邊的書，是叫我把它當成房間吧。

「呃……這裡是入口的門，大概是這一帶吧。不是正中央。這種位置怎麼會有柱子呢？這……」

「嗄，那裡的建築物就是這種構造吧。這無關緊要。那麼，你逃脫的窗戶在哪？」

在入口門的對側，我指示大略的位置。

「原來如此……那麼我問你，本島，那名男子被你襲擊的時候，爲什麼要做出那麼誇張的演技？」

「咦？」

是不想被手下發現他是故意放我逃跑的吧。我想那個世界有那個世界的麻煩規矩。我這麼回答。

「這可難說。」然而中禪寺卻這麼說，「照你的說法，他是想讓手下看見這幕情景，是吧？」

「是啊，那當然了。」

「手下站在門外，對吧？」

「好像。」

「他們監視著裡面？」

「不……我沒有確認……」

駿東說手下在盯著。說他們監視著他。

「這很可疑吶。」中禪寺板起臉來。

「不，我被綁起來，所以不曉得他們是不是一直盯著，但是裡面發生什麼事的話，一定會有人過來探看吧。因爲都有呻吟聲了。不，就算不用探看，站在走廊不就看得到了嗎？我剛才說過，門是嵌玻璃的，一探頭就看得到裡面了。」

「那麼爲什麼他們不進來？」

「咦？」

「那個人先是大聲說話，開始煞有介事地表演，不是嗎？然後才割斷你的繩子。如果外頭那些人眞的在監視，平常一聽到聲音，就應該說著：出了什麼事？馬上進來查看才對。」

「啊啊……不，我想一開始駿東先生大聲說話，的確是想要引起外面的人的注意。」

說是一直監視著，外頭的人也不是緊貼在玻璃門上。駿東一定是認爲大聲說話，他們就會注意房間裡面。

「再說，如果不先割斷我的繩子，我就不能刺他啦，所以他才隨便掰出一個割斷繩子的理由……」

「可是沒有人進去吧？」中禪寺說，「如果聽到一開始的聲音，立刻窺看裡面的話，應該就會看到你刺傷那名男子的場面了吧？」

「唔……應該吧。」

「那麼再怎麼樣也應該會進來才對吧。看到抓住的傢伙刺傷自己的大哥，黑道兄弟不可能默不作聲。大哥用誇張的聲音求救，還鄭重其事地準備了血漿，不是嗎？」

「嗯……。所以……手下應該是進來了吧？是我驚慌過度，所以才沒看見。」

「可是從這個相關位置來看……你像這樣刺了人，他們從這裡進來的話，你絕對跑不出窗外的。」

「啊……」

中禪寺出示書的封面。

「從門到這道窗戶之間，沒有任何障礙

物，是一直線呢。跨大步的話，沒幾步就走到了。就算窗戶沒上鎖，想要從這裡逃走，也會立刻被開門進來的傢伙們逮住。就算先繞過倒在柱子一帶的那個人，也花不到幾秒鐘吧。而且走廊那裡應該有好幾個人。」

「唔唔……」

確實如此。

「而且你刺人之後，頓了一下才跑掉。平常的話，頓在那裡的時候你已經被抓了。或者說，在那種狀況，還是刺不下手吧？」

這麼一說，的確如此。

「如果我是那個人，才不會搞什麼假裝遇刺。即使一樣是設計逃亡劇本，他那種演出方式也大錯特錯。」

「這、這樣嗎？可是……」

「如果他真的想放你逃跑，不必假裝被刺傷，應該趁著沒人在看的時候放你逃跑才對。就算有人在監視，也應該趁著監視者不注意的時候，先讓你逃跑才正確……或者說，絕對不該先放大嗓門說話，引人注意。」

萬一有人來了，你就跑不掉了——中禪寺指著書本的封面說：

「如果我是他，就先偷偷放你逃跑，等你跑掉以後，再大聲呼救。然後再裝出痛苦萬分的樣子。唔，弄破血漿袋也在這時候比較好。然後再對進門的傢伙們胡謅一個理由，這樣就行了吧？這樣才能確實讓你逃跑，謊言也比較難被拆穿。」

這……唔，或許是吧。一樣是撒謊，那樣也比較安全。如果能夠冷靜思考，我也會這麼做吧。

「那個人並沒有驚慌失措的樣子，」中禪寺說，「慌了手腳的是你。那個人還有工夫從容地做出媲美巡迴藝人的表演，所以這點事他不可能沒有考慮到。換句話說……你刺傷他的表演、他被你刺傷的表演，在放你逃跑這

椿戲的情節上，是**全然不必要**的。」

這樣嗎？

「事實上，我想那些手下**根本沒看見**你們兩人那遜到家的猴戲。那麼，他到底是想讓誰……看到這場戲？」

「讓誰……」

在場的只有我一個人。

「這顯然是戲吧？有些戲劇會把觀衆一起拉進來參加，但是沒有觀衆的戲……怎麼樣呢？難道他是爲了他自己而演戲嗎？」

「爲了他自己？」

「或許他有演戲的愛好。」舊書商一本正經地說。

愛好……應該不是吧，我覺得不是。

「不……所以說，那是要給手下……」

手下沒在看嗎？

「手下眞的沒在看嗎？」

我感覺並沒有多不自然。不過當時我的確是周章狼狽，也不能說那個狀況……完全不會不自然。

「我剛才不是分析給你聽了嗎？」中禪寺蹙起眉頭說，「手下沒在看。如果他們看到了，就表示他們對大哥受傷視而不見。不管怎麼樣，反正對於那個自稱駿東的男子熱烈的表演和慘叫這些訊息，走廊上的傢伙們半點反應都沒有。」

「會不會是我跑掉以後，他們才進來？」

「所以說，如果是你逃掉之後才進來的，先前的戲全都白做啦。」

「會不會是因爲不曉得他們什麼時候會進來？所以才鄭重起見……」

「所以……」中禪寺搔搔下巴，「我才說與其冒那種險，先放你逃走再呼救才是萬全之計。如果手下不是你從窗戶逃跑之後才進來，不管他們在哪個時機進門，計畫都一樣會失敗。」

「是這樣嗎？」

「這不是廢話嗎？萬一切斷繩子的瞬間，外頭的人進來了，你逃得掉嗎？」

唔……逃不掉吧。在那些殺氣騰騰的傢伙面前，就算是裝的，我也不可能刺得了駿東。不不不，別說是刺了，我應該會先被抓住。

我搖了搖頭。

中禪寺說：

「那麼，如果在你刺人的瞬間跑進來的話呢？」

「這……唔，一樣逃不掉吧。」

我應該會落得更慘的下場。

「那麼，是啊，就算人進來的時候，你已經半個身子探出窗戶……也一樣逃不掉吧？」

「半個身子探出窗戶也不行嗎……？」

「你想想窗戶與門的距離和相關位置。」中禪寺說。

事實上在逃脫的時候，我冷汗直流。一想到會有人從那道門闖進來，我就嚇得屁股直發癢。萬一那個時候那些人闖進來的話……

我還是會被抓吧。

「也就是說，不管是刺人之前，刺人的瞬間，刺人之後，你都一定會被抓。就算是已經要從窗戶逃跑了，也一樣會被抓。就連溜出窗戶以後也會被抓。那些人不管是堵住你還是在後頭追，都一定抓得到你。這是個洞若觀火、顯而易見的事實。然而那個人卻在割斷繩子之前就先大聲說話引人注意。」

確實……不太對勁嗎？

「就是這裡不對勁。我實在不認爲他是想放你逃走。那種做法，毋寧是**不想**讓你逃走。可是那樣的話……」

就沒必要演那齣猴戲了吧。

我本來就被抓住了。

「很奇怪吧？」中禪寺說著，把書拉到自己手邊，「那場猴戲徹徹底底毫無意義。可是儘管如此，那個人卻事先準備了一把眞刀和假刀，甚至準備了血漿。」

「是啊。」

「這太荒唐了。」中禪寺說。

「荒唐？」

「是啊。因爲據你說，那個人看到你被繩子綁住，說了這眞是過分之類的話，不是嗎？他還確認了繩結，對吧？」

「嗯，他說綁得很緊，他解不開。」

「如果綁得鬆，他就會幫你解開了嗎？」

「不，所以那是……」

「這一點首先就相當詭異。」中禪寺說，「說起來，有哪個蠢蛋會爲了放走監禁的傢伙，而去準備那種東西的？」

「沒有嗎？」

「才沒有。」中禪寺強調說，「既然做了那麼多準備前來，表示那個人一開始就打算背著手下，偷偷放你逃跑……對吧？當然，這表示他早就知道你會被綁得死死的。因爲他都準備了割繩子的刀子來了。」

「唔……是……這樣嗎？」

「就是這樣。刀子姑且不論，竹製假刀和血漿，可不是隨便哪家雜貨店都有賣的。也不是一般家庭常備品，更不會掉在地上讓人撿。那個人不是特地去戲劇用品專門店買的，就是向戲劇圈子的人要來的。」

「是、是這樣吧……」

「換句話說，這表示那個人早在前天，最慢也在昨天早上，就預測到你當時的狀態——遭到綁架，被綁得死死的。」

「是這樣……吧？」

「若非如此，就沒辦法準備那些古怪的

小道具了吧。儘管如此，那個人看到你被綁起來，卻裝出吃驚的模樣，不是嗎？從這裡就不對勁了。」

或許……是不對勁。

「等你遭到綁架，被五花大綁，受到監禁之後再去準備那些，是不可能的事。難道說那個人確認你的狀況之後，短短三十分鐘就想到那個古怪的計畫，準備好假刀子和血漿嗎？」

這……我想是不可能的。

「噯……就算不去計較這部分，他也絕對是一開始就準備要放你逃跑。可是，如果他預先準備好了，再怎麼蠢的人，也會想到更好的法子吧。不管他與手下再怎麼不合，他好歹也是大哥，也可以換個監禁的地點或監禁方法啊。」

這麼一說，或許是這樣。

「如此這般，照你的話聽來，你實在是遲鈍到家了……可是。」

好過分。

可是這好像是事實。

雖然受傷，但我甚至無從辯駁。

「我並不覺得那個自稱駿東的人有那麼笨。他看起來也沒有什麼古怪的嗜好吧？」

「嗯……」

雖然也有可能只是我太遲鈍，沒看出來而已。

「那樣的話……」中禪寺說，抱起雙臂，「也就是說呢，那場乍看之下沒有意義的拙戲，一定有什麼其他的意義才對。」

——其他的意義。

我還是覺得有那麼一點不甘心，所以拚命動腦。

的確，昨天的我或許有點遲鈍。可是那是因爲我遭遇非常狀況，慌了手腳。我雖然是個大凡人，但還沒有那麼蠢……應該。

如果就像中禪寺說的，那場鬧劇的目的並非爲了放我逃走的話……

確實，中禪寺說的不錯，不管手下在任何一個時間點進來，我應該都跑不掉。那麼，

「那麼……呃，那場戲會不會是爲了讓我更慘而設計的？」

「啥？」中禪寺發出怪叫，「哦……也就是要你假裝刺傷大哥，讓手下看見……讓激怒的手下把你打個落花流水，是嗎？」

「嗯……」

我覺得這樣的話，就說得過去了。

「那麼他的計畫失敗了。」

「是的，很遺憾的，那個計畫失敗了。嘜，他的手下不是太呆，就是當時在忙些什麼，分身乏術，所以一直沒注意到，意外地讓我給溜了……呃，不對呢。」

我覺得……不對。

說到一半我就確定了。雖然我完全無法分析出哪裡怎麼樣不對，但總之感覺不是那樣。中禪寺「唔唔」一聲，說：

「嘜，我是想稱讚你的發想轉換，但應該不是這樣吧。」

「不是吧，果然。」

應該不是吧。

如果想要整我，只要一句「揍他」就得了。「沒有意義呢。」我說，中禪寺應道「是啊。」

「說起來，不管他跟手下處得有多不好……我想這個世上沒那種非得演這種蠢戲才願意聽話的手下。那已經不叫手下了呢。再說，如果他們反目成仇到了非得安排這樣的猴戲才肯聽話的地步，那個人不管是被刺傷還是被殺掉，手下應該都不會關心。那麼更沒有這樣做的意義了。」

就是這樣。

事實上手下就沒有出現……

「那會不會是在……考驗手下的忠誠心？」

「什麼忠誠心？」

「所以說，駿東先生跟他的手下處不好。所以他才安排了一場戲，試驗如果自己被刺傷，手下們會怎麼反應……？」

「拿你當實驗台嗎？」

「嗄，是的。有沒有這種可能？如果當面詢問：萬一我遇刺，你們會怎麼辦？沒有人會回答說撒手不管的吧。當然會回答我們會報仇。嘴上說得多漂亮都成。那個人不相信這種說詞……之類的……」

「唔唔……」中禪寺更加苦惱地蹙緊了眉頭，「萬一，只是萬一哦，如果手下認爲你眞的刺傷了那個人，而那些手下有你說的忠誠心的話，與其把你痛揍一頓，我想他們搞不好會直接把你給殺了也說不定。」

「把我給殺了？」

中禪寺一臉若無其事地說出恐怖的話來。

我的內心……原本已經平靜下來的恐怖心再次猛烈地活性化起來。

——當時的狀況眞那麼凶險嗎？

「我會被殺嗎？」

我提出呆蠢的問題，中禪寺非常乾脆地回道：

「這當然有可能。不，你絕對會被殺吧。你可不是侮辱還是毆打了人家大哥，而是刺傷了人家大哥呢。拿刀刺人，表示懷有殺意。道上說的回禮，目的就在取得平衡啊。這是爲了恢復某人的行動造成的不均衡而做的行爲嘛。你刺了上頭的人，當然你也得挨刀。就算那個人只是受了傷，你至少也得賠上一根手指……」

「請、請不要說那麼可怕的事。」

我……眞的怕起來了。

我忍不住掩住小指。

我以前因爲摔落屋頂，傷到了腳，離開了配線工職位。要是連手指都沒了，連能不能繼續擔任製圖工都有問題了。

「我想大概不必擔心吧。」中禪寺淡淡地說，「大概啦。」

「大概嗎？」

感覺好討厭。

「總之……如果就像你說的，他是在考驗手下的話，這就是一場風險相當大的賭注了。如果手下對那個人懷有你說的忠誠心什麼的，那個手下一個差錯，可能已經犯下殺人重罪了。」

被殺的……是我嗎？

「然後呢，小弟爲了大哥甚至殺人，然而大哥其實活蹦亂跳。就算他表演得再怎麼逼眞，終究只是作戲，事情遲早會敗露。可是事情演變成那樣的話，可不是一句其實我是裝的就可以了事的。因爲小弟可是爲大哥殺了一個人呢。」

那個人就是我。

「弄到那種地步，誰還管什麼考驗忠誠心？那個人會因爲做了那種蠢事，遭到肅清吧。」

會變成那樣吧。

「然後，如果那些手下沒有忠誠心的話……嗳，什麼事都不會發生呢。可是你跑掉了。那個人只是小丑似地演出愚蠢的戲碼，是一個平白放掉到手的獵物的大傻瓜。」

這也就像中禪寺說的。

「他會冒這麼大的險嗎？」中禪寺用一種憐憫的眼神看我。

「不會……」

「不會。我說過很多次了，那個人的表演不是演給小弟看的。話雖如此，敵人的目標應該也不是你。那麼一定是……針對榎木津吧。」

中禪寺從懷裡抽出手來，撫摩下巴。

「他提到……與銀信閣有關的仇恨，是吧。」

「嗯，他是這麼說的。」

「還說那個叫加加美興業的企業是以關西爲地盤……」

是這麼說沒錯。中禪寺沉思了半晌，說：

「總不會羽田老人也牽涉在內吧……」

「羽田？」

我問那是誰。

「羽田製鐵的會長啊，羽田隆三。」

「那……」

那是一家大公司。

「那、那種大人物怎麼會……」

「銀信閣社長信濃先生在鋼鐵業界也有生意。雖然似乎非常細微，但他和羽田製鐵之間好像有什麼連繫。」

「這麼說來，聽說信濃社長靠鋼鐵股賺了錢什麼的……」

「對，奈美木節小姐也說他做了不少事業，對吧……？」

奈美木節是上次五德貓事件的委託人的朋友。

她是個說話如機關槍的奇特姑娘，說她在銀信閣的社長家擔任女僕工作。可是因爲前些日子榎木津胡搞一通，好像害得她不得不辭職了。

她可能會被解雇。

老實說……我昨天會去拜訪榎木津事務所，主要的理由就是爲了奈美木節。

一問之下，阿節說她在銀信閣的前一個差事，也是因爲榎木津的關係而丟了。不，正確地說，好像不是榎木津害的，但總之只要有榎木津牽涉在內，怎麼樣都會覺得是他害的，所以阿節會這麼認定也是無可奈何之事。

而這個工作緣不順的小姑娘竟然跑來找我，說要榎木津負起責任。

爲什麼一介製圖工必須幫忙失業的可憐女僕轉達斡旋職業的委託，這部分實在令人難以理解……不過我因爲情勢所逼，在阿節前面宣稱自己是偵探社的員工，也就是榎木津的部下，要說沒辦法，也是沒辦法的事。

阿節完全把我當成偵探助手了。追本溯源，那是在情非得已的狀況下一時情急撒的謊，但不管怎樣，撒謊的都是我，只好當成自做作受，死心認命，前往榎木津的事務所幫忙轉達阿節的話……嗯，就是這麼回事。

我就是在回程中遭人襲擊的。

「那個叫羽田的人……是什麼棘手人物嗎？」

「很棘手。」中禪寺板起臉來。

他好像真的非常厭惡那個人。

「嗯……春季以後，我和那位老先生有過一段不淺的因緣。對方應該也很清楚榎木津。嗯，羽田老人似乎不是個窮凶惡極的人，但無法用尋常方法應付……不管怎麼樣，他都是個燙手山芋。與那種老人爲敵，很折騰人的。」

要是背後什麼都沒有就好了──中禪寺說。

「加加美興業和羽田製鐵之間有什麼連繫嗎？」

「這我不清楚。」

主人說道，費勁地站了起來。

「那場大騷動之後，還沒有經過多久吧。就算銀信閣的社長因此被捕，露出馬腳，經營陷入困難，也不過才幾天的日子吧。然而那些人卻已經把榎木津的朋友關係什麼的，全都摸得一清二楚了，對吧？」

駿東好像知道得相當詳細。

視情況，搞不好他們握有的情報比我知

道的還多。

「如果單純只看那個事件……相關者並不多。我和你，還有沼上，然後就是榎木津的事務所那些人吧。可是他卻還提到雜誌記者、警察相關者、貿易商什麼的，對吧？」

「他是這麼說的。」

中禪寺把不死心地一直讀個不停的書擺回壁龕，「嗯」地伸了個懶腰。

「我覺得這些人的身分不是那麼簡單就可以查出來的。可是……如果他們背後有羽田老人，狀況就不一樣了。那些事應該兩三下就可以知道了。羽田製鐵和織作紡織機也有關係，那麼或許也可以獲得柴田製絲的情報。這些人是榎木津的客戶嘛。」

「哦……」

多麼如雷灌耳的名字啊。

感覺經濟界的幕後黑手都到齊了。

雖然我已經聽說過了，但別看榎木津那個樣子，他其實是個很不得了的大人物吧。

「特別是……」中禪寺披上外套，「有關榎木津那荒唐的體質，若非認識榎木津的人，是不會知道的。連糟粕雜誌都沒提過。」

「是啊。」

這麼說來的確如此。

我聽到駿東提起這個話題時，有種古怪的感覺。那個時候我轉念心想那也不是什麼祕密，可是……

的確，沒有任何人刻意對這件事保密，事實上就算說出去也沒人相信吧。可是在這之前……

根本不會有人說出去。

駿東說是傳聞，但仔細想想，我覺得並沒有這樣的傳聞傳開。因為報導中的榎木津偵探形象，不知為何，全都是名偵探。

有關榎木津的傳聞是錯的。世人知道的偵探形象，全都是胡扯一通。

換句話說……

這完全是因爲榎木津的那個能力**沒有被報導出來**。

如果知道這件事……

「表示……背後有過去榎木津參與的事件的關係人？」

「所以我就說要是有就麻煩了。噯，一部分愛搬口弄舌的傢伙是把榎木津說成靠著通靈般的靈光一閃破案的心眼偵探之類的吧。說什麼他是靠著銳利的第六感及明晰的頭腦，快刀斬亂麻一般地破解眞相——這是教人笑破肚皮的胡說八道啦——所以或許是參考了這類不負責任的報導吧。」

「哦……」

或許吧。

我記得駿東也用了心眼云云的形容詞。

「重點是，本島。」中禪寺說道。

仰頭一看，這個家的主人已經完全做好出門準備了。然而客人的我還悠哉悠哉地盤腿坐著，我也實在夠呆的了。搞不好我眞的很遲鈍。

「啊，你要出門嗎？」

「不是的。我得去那邊的神社收拾太鼓。先前忙著一些事，就這麼一直擱著沒收。雖然過年還得再拿出來，可是也得維修一下才行，所以我想從拜殿暫時把它挪到旁邊的倉庫去。然後……」

「哦，我來幫忙吧。」

我站了起來。

中禪寺這個人似乎極端厭惡肉體勞動。這種情況，還是助他一臂之力比較好。說是太鼓，也不可能重到哪裡去吧。

外頭很冷。

我在工作服上穿著向近藤借來的外套，打扮非常古怪。

我跟在抬頭挺胸的和服男子身後，有些

拐著腳、駝著背地跟上去。

從屋頂摔下來而傷到的腳，平常雖然沒什麼，但天冷的時候就會隱隱作痛。可能是昨天全力奔跑的關係吧。我覺得腳比昨天更疼了。

昨晚因爲心情激動，完全沒有意識到腳痛，但昨晚一定也在痛吧。

我們慢慢地走過屋旁的竹林，沒多久便來到古老的石階。

石階上聳立著鳥居。

那裡是中禪寺擔任神主，叫武藏晴明社的小神社。

走上石階時，中禪寺臉朝著正面，問道「不要緊嗎？」他是在顧慮我。

我答道「沒事。」石階不陡，而且距離也不長，我覺得比走在凹凸不平的地面還要輕鬆。

爬完石階後，我回過頭去，望向來時的方向。石階上的景觀遼闊了一些。雖然也不是看得到什麼，但我這麼感覺。

我從拜殿搬出太鼓，放進倉庫。

這是我第一次進入神社的拜殿。我從來沒進去過比捐獻箱更裡面的地方，所以有點緊張。

不出所料，太鼓很輕。

不過那不是我想像中的那種太鼓——我以爲是祭典時伴奏用的和太鼓——而是雅樂(註)中使用的扁平鼓。雖然輕，但一個人不太好搬吧。倉庫也不是什麼大倉庫，是個儲藏室般的地方。

稍微活動之後，身子暖和了一些。

「謝謝，你幫了大忙。」中禪寺向我道謝，他的這種地方跟榎木津是天壤之別。

我想榎木津打娘胎出生以來，一次也沒

註：日本盛行於平安時代的宮廷音樂及舞蹈，寺社亦會演奏。

有說過謝吧。

我說我要回去，被中禪寺挽留了。

「還要搬什麼嗎？」

「不是的。」中禪寺笑了一下，立刻又恢復平時的表情，「本島，事有萬一。你可能不願意……不過你等一下就去榎木津那裡吧。先報告一聲比較好。」

「報告？」

向誰報告？榎木津不可能聽我說話。

我這麼說，中禪寺便叫我告訴益田。益田是正牌的偵探助手。雖然個性有點滑腔油調，但以前是個警察，姑且算是比榎木津更能夠溝通。

「可是……你說的萬一是……？」

「我總覺得想不透。小心爲上。我也會調查一下……不過不管有什麼人找上門來，只要榎木津在旁邊，嗳，他應該會幫忙消滅……嗯？」

說到這裡，中禪寺突然回過頭去。

有人跑上階梯的聲息。

沒多久，鳥居底下出現一名年輕男子。那張臉好像在哪裡見過，但一方面因爲太遠，我想不起來那是誰。

是個頭有點大的娃娃臉男子，他穿著鼠灰色外套。

男子跑上階梯後，來到中禪寺面前，喘了一口氣。接著那張娃娃臉繃了起來，說：

「啊啊，太好了，原來你在這裡。」

「青木，怎麼了？這眞是稀罕。」

——青木。

對了。

聽到名字，我想了起來。他應該是東京警視廳的刑警。

「哦，中禪寺先生，又出怪事了。啊啊，呃……你，就是你，電氣工程公司的……我記得你姓本島，對吧？」

「是……」

「其實我是**來找你**的。」青木說。

「找我？」

爲什麼東京警視廳的刑警要找我這個凡人代表？而且如果我模糊的記憶正確，青木應該是隸屬於搜查一課一係。

也就是……

——那不是負責命案的部門嗎？

「找、找我有、有什麼……」

我大爲慌亂，向中禪寺投以求救的視線。

「不必怕成那樣啊，本島。他跟以前的那個木場刑警不同，是個很正常的刑警。對吧，青木？」

青木苦笑說，「唔，跟木場先生相比的話啦。」木場是榎木津的同類，是個長相恐怖至極的刑警。

「那麼究竟是怎麼了？話說回來……虧你知道本島在我這兒呢。你眞是優秀。」

「請別挖苦人了，這並不是警視廳的調查能力高明啦。我去拜訪本島先生家時，他不在家，然後我想起隔壁家——近藤先生，是嗎？畫連環畫的，我想起上次事件的時候，好像聽益田提起近藤先生是本島先生的兒時玩伴，想說或許他知道本島先生在哪裡，姑且問了一下，結果近藤先生說他去拜訪中野的京極堂……」

「哦？看來事態緊急？」

中禪寺揚起單眉，瞄了我一眼。

「我、我做了什麼嗎？」

「哈……」青木雙手撐膝，喘了一口氣。

看來他跑得相當急。

「其實呢，今早發生了一起命案。」

「命、命案？」

果然是負責命案的部門。

「是的。有人在神田小川町的空大樓

一室發現了一具他殺屍體，死者名叫駿東三郎。」

「什麼！」

怎。

怎麼會有這種事。

「你、你剛才說什麼？駿、駿……」

「駿東三郎。」青木說。我陷入一種全身血液流光、腦袋變得空白的奇妙感覺，再一次望向中禪寺。

「我、我、呃、啊……」

「本島，冷靜下來。然後呢？」

「哦，這起凶案的**兇手已經落網**了……可是狀況卻有點離奇呢……」

青木說道。

3

「眞的很教人頭痛耶。」偵探助手益田龍一一看到我，當場就這麼說。「的確太傷腦筋啦。」接著說的，是榎木津的祕書兼打雜的和寅——安和寅吉。

連招呼還沒打便迎頭受挫的我連句話也接不出來，甚至無法說出來意，半強制地被逼著坐到接待沙發上了。

這裡是神田的榎木津大樓——榎木津偵探起居的偵探事務所，玫瑰十字偵探社的一室。

「就是啊，出名也不全是些好事呢。」益田接著說，揮了幾下手中的馬鞭。這個人不曉得爲什麼，老是帶著那根鞭子。

「沒辦法的啦，益田。這就叫出名稅啊。我家先生這一兩年也非常活躍嘛。」

「活躍啊……」益田沮喪似地垂下頭去，「噯，他的確是很活躍啦。大大地活躍，但活躍也有正確的活躍方法吧？這種無益的活躍，我們也只是蒙受其害啊。」

無益的活躍這妙不可言的形容，讓我忍不住點頭同意。

「說起來啊，和寅兄，稅金這東西是隨著賺進的金額增加的吧。出名稅也是這樣啊。如果有相應的收獲，因而背上風險，那我還可以了解，但這樣不是只有我們蒙受麻煩而已嗎？」

「出了什麼事嗎？」

我總算岔進話題了。

益田聞言抬頭，露出這才發現我的表情說：

「啊，本島先生。」

親自請人家進來，這算哪門子待客之道？我的存在感有那麼薄弱嗎？我是外國小說中的透明人嗎？

「一堆事忙得很吶。」益田也不問我來意，逕自說了起來，「呃……啊，對了，阿節小姐的工作，是吧。這件事的話……對了，榎木津先生的哥哥，他的哥哥在日光開了家以外國顧客爲對象的渡假村，正好人手不足，問她願不願意去那裡工作？」

「不是這件事啦。」

我不是來談這件事的。

對我來說，這可是一樁大事。關係到我的人生。問題嚴重。

「不是哦？」益田露出詫異的表情，「那還有什麼事？」

「先不管那個，這兒出了什麼事？」

那件事本來就不好啓齒了，這種氣氛更是教人難以開口。我覺得先問個明白比較好。

「這個嘛……」

益田歪吊起薄唇。那樣子不像壞人，但怎麼看都不像個好人，就是那種表情。益田把另一邊的嘴角也歪起來的時候，寅吉端茶來了。

「我們被人下了戰帖。」

「戰帖？」

「要求一決高下吶。」

寅吉以悠哉的口氣說道，把茶擺到我前面，自己也悠然在沙發坐下。這個祕書兼打雜的，主人不在的時候最是神氣。

「好像是關西有個靈媒還是靈術師的，聽到了我家先生的風評……」

「通靈偵探啦，通靈偵探。」益田用一種瞧不起人的口氣說。寅吉懶散地應道，「對了，是通靈吶。」

「眞是世界末日了。什麼不好稱呼，自稱通靈偵探是什麼東西？本島先生，你不覺得這實在很蠢嗎？嗳，春天的時候也冒出一個類似的小鬼，惹了一堆麻煩，爲什麼這世上的人就是會去相信那種荒唐的東西呢？」

我說榎木津也是半斤八兩，益田立刻否定：

「才不是，完全不是。」

「完全不是？」

「完全不是啊。通靈的意思，就是可以通鬼神，不是嗎？榎木津先生才感應不到啥鬼神。那個人啊，啥都感覺不到。光是說有不好的預感，就會被他罵成蠢蛋了。」

「連、連預感都不行嗎？」

我並非完全否定通靈之類的東西。可是那是因爲我沒有足夠的知識去否定，也沒有興趣，絕對不是因爲我相信。即使如此，就連這樣的我，有時候也是會有預感的。

「連預感也不行。」

益田說，站了起來，大概是開始模仿起偵探。

「把根本還沒有發生的事情說得好似已經發生，本身就是愚蠢！還沒有發生的事還沒有發生，所以在發生之前，根本不知道是悲是喜，不是嗎？這個蠢蛋！」

「對對對。」寅吉說。

「他會這麼說，對吧？他說這跟對已經發生的事耿耿於懷一樣蠢，蠢到讓他連揍人的力氣都沒了。光是預感就這樣了，要是說到通靈，那還得了？」

「他不相信？」

「不相信的是中禪寺先生吧。」益田說，「他明明還是個神主呢。我覺得完全不信也有問題吶。榎木津先生呢，嗳，他是那種要是真的有幽靈，要他付大把鈔票他都想看的那類。他最愛那種的了。可是那大抵都是騙人的，所以他才會生氣呢。」

「對對對。」寅吉輕浮地應和，比任何人都先喝起自己泡的茶，「我以前曾經聽說過吶。據我們家先生說，預感是從裡頭冒出來的，所以不行。他說得是從外頭來的才行，否則就不是真的。我說我聽不懂，先生就說裡頭的東西啥都有可能，一點都不好玩，把我狠狠地唸了一頓呢。」

寅吉雙手捧著茶杯，呼呼吹氣。

好像懂，

又好像不懂。

不，我不懂，我不該懂。

我覺得要是能夠輕而易舉地理解榎木津的發言，那就已經**太遲了**。變成那樣的話，已經不是一般人了。是不折不扣的同路人。所以在努力去理解之前，直接宣告不懂而放棄才是正常的。

我說我完全不懂。

「那麼……」

凡人就該像個凡人，更樸拙、更平凡地行動才對。

「那個……通靈偵探嗎？通靈偵探怎麼了？一決高下是什麼意思？」

「哦，那個通靈男叫什麼神無月鏡太郎，是個奇特古怪的傢伙，他好像有一面鏡子。」

「鏡子？」

「對，好像是一面古老的鏡子，那叫啥去了？益田？」

「淨玻璃之鏡吧。」益田冷淡地答道。

「對，就是那個淨玻璃。名字是很氣派，說什麼只要用那個淨玻璃的鏡子一照，通靈神力一發，一眼就可以看穿壞事。」

「看穿……什麼？」

「看穿壞事啊。聽說鏡子照到的人，過去做過的種種壞事，全都會倒映在那面淨玻璃鏡上。舊惡全都會被揭發出來。唔，好像會像街頭的電視機那樣倒映出來，可是又說不是每個人都看得到，只有神無月本人才看得到。這部分實在太假了，可是又聽說是百發百中。」

寅吉弓起腰來，把身子往旁邊挪去，姿勢勉強地伸出手，從榎木津的大辦公桌上拿來雜誌還是報紙什麼的，遞給我說，「喏，你自個兒看。」

好像是沒看過的三流雜誌與地方報紙的剪報。

我提不起興致讀，只看了看標題。

通靈偵探立大功……

魔鬼刑警甘拜下風……

神無月偵探再次說中……

此次揭發化妝品商命案之兇手……

「呃，唔……」

「嗳……好像就是這麼回事。喏，那本雜誌底下不是有本小冊子嗎？那是那個神無月偵探事務所的宣傳手冊。嗳，上面寫了很多有的沒有的，可是不值一哂啦。要是中禪寺先生讀了，一定會勃然大怒的。那個人要是表情再變得比現在更恐怖，光是看到就會死人了吧。」

益田胡說八道一通，尖細的下巴往前頂了幾次，要我讀宣傳手冊。

各位可知道野宰相小野篁（註一）……？

這是手冊的標題。

內容如下：

過去平安時代，野狂之人小野篁往來冥府與現世，任閻魔廳之參議，此爲《今昔物語集》、《江談抄》中耳熟能詳之故事。傳說小野篁在往來此世與彼世時所使用的水井，現今依舊留存。遺憾的是，此一水井現已被填起。然而在過去，我們神無月偵探十代以前的祖先，神無月流陰陽道始祖，神無月佛滅公在世時，水井仍然通達冥界。佛滅公以其神通之力，自井底前赴冥界，其神力受閻魔王嘉許，特賜寶物淨玻璃之鏡。漫長歲月中受到封印的此一祕寶，一日忽然感應神無月偵探之靈術，綻放光輝，開始發揮其摩訶不可思議之神力……

「感覺實在很那個，對吧？」益田甩著瀏海邋遢地笑，「很假，對吧？」

「該說是很假還是……」寅吉也把粗眉擠成了八字型，「閻魔大王賜與的鏡子啊……這根本不是相信不相信這種次元的問題了。就算叫人相信這種說詞，也簡直跟人說他吃了桃太郎送的黍團子一樣嘛（註二）。本島先生，你怎麼想？」

就算問我，我也無從答起。

先前我也才想過這種問題。

「噯，這應該只是方便用來攬客的宣傳詞吧。」益田說，「看看那邊的報紙什麼的，他好像是累積了不少實績呢。化妝品命案和三件竊盜案，還有舊日本軍物資流入黑市事件等等……噯，好像是很活躍啦。就算閻魔大王什麼的是胡說八道，他也是解決了事件吧。」

註一：小野篁（八〇二～八五三），平安時代前期的官人、學者、歌人。由於生性反骨奔放，被稱爲「野相公」、「野宰相」。

註二：日本的桃太郎傳說中，桃太郎用老太婆給他的黍團子收服了狗、猴子及雉雞，率領牠們征討惡鬼。

「那……益田先生的意思是，這本手冊上面寫的是假的，但他能通靈是眞的？」

「不是啦，本島先生，討厭啦。」益田一本正經地這麼說完，「喀喀喀」地沒品地笑了。

「不是？」

「哦，春天的時候，也有個叫什麼藍童子的通靈少年轟動社會，他也是協助警方，揭發犯罪。可是吶，那結果也只是詐欺而已。」

「原來那是詐欺嗎？」

我完全不曉得。

益田說著：

「是啊，藍童子也說他有什麼看破謊言的照魔之術，其實只是利用流浪兒，蒐集地下社會的情報，弄到消息再打小報告。那當然會百發百中了。他只是知道犯罪的內幕，加以揭露罷了。那才不是什麼通靈，他只是個告密少年罷了。」

「哦……」

「是剝削犯罪者的詐欺呢。嗳，若說犯罪者是做壞事的人，告發他們有什麼不對，的確是沒有什麼不對。是害怕被揭穿的人自己不好。這種情況，眞教人搞不懂究竟算是在做好事還是做壞事呢。」

「不，是壞事。」寅吉莫名激動地說，「犯罪者當然不對，可是又不是每個人都喜歡做惡。就算要揭穿，也要顧及道義吧。」

「不，不管用哪種方法揭穿，制裁的都是司法，是同樣一回事吧。」

益田瞇起眼睛。這個青年以前其實是個刑警。雖然他怎麼看都不適合幹警察，但根據傳聞，他以前在當刑警的時候，似乎也幹得頗爲有聲有色。

「我倒是不這麼覺得吶。」寅吉似乎不服。

益田撩起瀏海說了：

「嗳……簡而言之，藍童子他的狀況，問題在於與其說是告發，更接近背叛這一點。因爲揭開來一看，他其實也是一丘之貉，是壞蛋出賣了自己的伙伴。」

「沒錯，就是這一點。」寅吉說，「這眞是無法原諒。不管是壞人還是好人，都有非遵守不可的道義吧。」

「不就是因爲淨做些不守道義的事才是壞人嗎？」益田問。我也這麼想。可是寅吉卻大聲否定：

「益田，你這話就錯了。黑道社會裡，注重的道義不是特別多嗎？比起我們，他們生活中的繁文縟節更多呢。雖然他們也做些不值得稱讚的事，或者說他們只做些不受人稱讚的事，或許是這樣，可是他們還是不會出賣同伴啊。」

「是嗎？這年頭還有那種充滿俠義心腸的道上兄弟嗎？不是說道上的仁義在戰後已經蕩然無存了嗎？那才是傳說故事級的往事了。」

「這是什麼話？我父親的朋友有個叫源治的道上兄弟，聽說他是個直性子的好漢……」

「源治？」

這麼說來，金池閣的手下也有個同名的小混混，應該是不同人吧。

「你說那個人怎麼樣了？」益田簡慢地說，總算喝了茶。

「聽說他在戰前的紛爭中被人割斷了腳筋，臥床不起，現在不曉得怎麼了呢。」

「你看，那不是戰前的事了嗎？嗳，那個源治兄跟現在在談的事沒有關係啦，這個叫神無月什麼的呢，跟那個藍童子是一樣的啦。」

「哦……」我也只能這麼應聲了。

益田說「聽好嘍。」從我手中拿起報

紙：

「這起化妝品商命案，這個案子呢，表面上是感情糾紛，其實有點不同。唔，它與當地的道上勢力和新興勢力的利益爭奪有關。其他事件也是，仔細調查，就可以知道背後都有類似的內情。每起事件結果都是以新興勢力獲利的局面收場……噯，就算眞相確實是如此，這種狀況也會教人不禁猜疑裡頭有什麼機關。如果我的這番推理正確，就表示那個新興勢力與神無月或許有什麼關係。」

「你的意思是案子是捏造出來的嗎？」

「也不是捏造，噯，假設發生了某些抗爭，結果發生了案子。然後……如果抗爭浮上檯面，對雙方都不利，所以案子原本應該會被葬送在黑暗裡……可是此時知道內幕的神無月佯裝無關的第三者現身，拿通靈之類莫名其妙的理由做爲說詞，予以揭露。」

「哦哦，但是對新興勢力不利的事情，就保密不說，是嗎？」

「這我就不曉得了。」益田把報紙扔到沙發上，「那種事無所謂啦，跟我們無關。可是啊，那個神無月居然對榎木津先生下戰帖來了。」

「戰、戰帖？」

「眞是搞錯時代吶。」寅吉說，「他說什麼既然同是通靈偵探，就來較量一下哪邊才是眞本事──誰跟你一樣是什麼通靈偵探了。眞是夠了。我家先生才不是什麼通靈。他說他可是全世界唯一一個偵探吶。」

的確，要是把光提到預感就可以惹得他震怒的榎木津叫成通靈偵探……他一定會發飆吧。

「他發飆了嗎？」

「**還**沒有。」

「還沒有？」

「他不在啦。」益田說。

「榎木津先生不在嗎？」

「不在。要是他在，才沒空在這裡廢話呢。喏，前天本島先生回去之後，來了一通電話。本家打來的。」

「本家……是榎木津先生的……」

我本來想說老家，又吞了回去。

因為我總覺得老家這樣的說法有種庶民家庭的感覺。說到榎木津家，那可是舊華族，而且他父親又是財閥龍頭。我覺得不能用那種好像親戚叔叔聊姪媳時會出現的詞彙去形容。

不出所料，寅吉說，「老爺生病了。」

一般家庭可沒有被稱為老爺的人。這跟老婆戲稱老公叫老爺的意義可完全不同，這裡的老爺是貨眞價實的老爺。

「榎木津先生的父親身體欠安嗎？」

「嗯，聽我父親說，好像是在溫室突然昏倒了。」

寅吉的父親住在榎木津家工作。說什麼以前曾經被榎木津的父親救過，就這樣一直服侍到今天。

「我覺得是溫差太大害的吧。現在不是很冷嗎？哦，本家那邊有溫室，原本好像是在種植蘭花什麼的，現在被老爺拿來讓蟋蟀過冬。」

「那種事不重要啦。」益田不知為何恨恨地說，「嗳，父親生病，回家探望很正常。可是他啊，居然穿著喪服去呢。他已經把他爸當成死人了。我拚命阻止，他卻嫌更衣麻煩。然後去是去了，卻就這樣沒消沒息了。神無月是在他去了之後送挑戰信來的，但光靠我們兩個，根本無法應對嘛。」

「連絡……」

「沒辦法連絡啊。」益田的表情變得更憤恨了，「我才不敢隨隨便便打電話去。搞不好……萬一眞的病危怎麼辦？」

「益田，你少在那裡烏鴉嘴亂說話。」

寅吉噘起嘴巴，「榎木津家的老爺對我們一家可是恩重如山，沒齒難忘。要是老爺眞有什麼萬一，我父親甚至甘願爲老爺殉死呢。」

看來寅吉本身也受到榎木津的父親不少照顧。每次一提到榎木津的父親，寅吉就要正襟危坐。

「什麼殉死，又不是乃木將軍（註）。噯，別看我這樣，我也是很擔心的。可是和寅兄姑且不論，像我，別說是父親大人的尊顏了，連本家都沒去過。」

「你沒去過嗎？」

「沒有，又沒有事得去。我連在哪裡都不曉得。我不知道本島你怎麼想，不過我上東京還不到一年呢。跟和寅兄不同，在這裡資歷還淺。當然人家也不知道我，所以我也不敢亂打電話。說起來，都去了三天了，連絡一下也不會死吧？和寅兄，你連絡一下你父親嘛。」

「人家應該正在忙吧。」寅吉說，「有什麼事的話，會連絡這裡的。」

「所以說，就算那裡沒事，咱們這裡也有事啊。這戰帖要怎麼辦嘛？」

益田站起來，走到偵探的辦公桌，捏起桌上疑似信件的東西甩個不停。那就是挑戰信吧。

「看，咱們被挑戰了呢。」

「是怎樣的挑戰？」

「哦，敵人要求和榎木津先生較量，看誰猜得出未解決案件的兇手。噯，那麼剛好的案子才不會隨便發生，應該要等適合的案子出現吧。可是到底接不接受，得在今天之內回覆給人家才行啊。喏，你看，上面寫著：賭上彼此的偵探生命，一決生死……」

「別答應就好了吧。」寅吉說，「我覺得這才是安全的做法。」

「我說和寅兄啊，擅自回信，到時候被怪罪的可是我耶。要是拒絕，這個神無月絕對會找雜誌刊登毀謗中傷的文章，說什麼玫瑰十字偵探是個軟腳蝦、臨陣脫逃之類的。不管怎麼樣，敵人都是爲了妙作，愛怎麼做都行。」

「那別理他就行了吧。對那種沽名釣譽之輩，不理會是最好的做法吧。輕率行事，只會讓敵人稱心如意。」

「話是這樣說沒錯……不過那可是榎木津先生呢，誰知道他會怎麼反應。的確，他有可能不理會，但也有可能理會。他有可能說有夠無聊，但也有可能興高采烈地說有夠好玩啊。說起來，那個人對於別人找碴，不是絕對不會相應不理的嗎？」

「那要答應嗎？」

「你也太隨便了吧。」益田把信扔到桌上，「我說啊，和寅兄，這事只要打通電話問一聲就結了，所以我才再三拜託你連絡啊。只要請示上諭，照著聖旨去做，至少就不會挨罵了嘛。反正他才不會聽我們說話，總有辦法的啦。」

「我不想打電話。」寅吉激烈地主張。

「爲什麼？」

「我不是那種身分。」

「這跟身分無關啦。我說啊，我已經講過好幾遍了，對方設下的期限是今天耶。信上不是寫著後天將前往詢問回音嗎？眞是，要是人跑來就麻煩啦。」

益田說著，在接待區周圍繞來繞去。

「要是神無月跑來，和寅兄，你可要應對啊。不關我的事了。我可不想應付那種通靈男。」

益田甩著瀏海，用有些倒嗓的聲音說完，走到我正後方，「啊」了一聲，停下腳步。

註：乃木希典（一八四九～一九一二），陸軍大將，於明治天皇大葬當天，在自家與妻子共同殉死。

「這麼說來，本島先生，你怎麼會在這裡？」

「一定是很閒吧。」寅吉說。

這話眞是太過分了。

「才不是那樣。我是來商量……或者說報告……中禪寺先生吩咐我來報告一聲……」

「中禪寺吩咐？什麼事？」

「哦，事情有點複雜……」

「又來了嗎？」益田露出厭惡的表情，「你爲什麼老是被捲入怪事呢？」

我才想問。

「其實呢，上次我來這裡回去的時候，被惡漢給綁架了。」

「綁架？」

寅吉反問，益田用耍人的語調反覆「綁架綁架」。接著他頓了幾秒，大聲說：

「綁架？什麼綁架？你被人抓了？」

「嗯。我走到那邊的轉角時，被五六個像是黑道的男子包圍，被抓住、威脅，然後被帶走，綁在廢屋什麼的柱子上……嗄，到這裡都還好……」

「哪裡好了？」

是不好。

「後來……我呢，好像變得不是我了。」

「什麼？」

「就是……我……好像變得不是我了。」

「本島先生，本、島、同、學？」

益田放鬆臉頰肌肉，露出一種厭煩到了極點的表情。接著他用一種脫力的聲音說：

「你還好嗎？欸，你是不是撞到頭了？發燒了嗎？你變得不是你……我不懂這意思耶？」

我也不懂。

我先把駿東與被綁住的我交談的內容，以及接下來發生的我刺傷駿東逃亡的鬧劇——據中禪寺說，是沒有觀眾的精湛演出

——告訴兩人。當然，就像中禪寺解釋給我聽的，我也一併說明那是多麼沒有意義的行爲。

「哦？那麼那個老頭和那些混混的雇主，是因爲先前銀信閣的事懷恨在心……這麼回事，是吧。然後你聽了那個老頭的古怪提議，演了一齣瘸腳戲之後逃走了。」

的確沒意義吶——寅吉說。

「與其說是沒意義，根本是胡鬧呢。本島先生絕對是被耍了。」

益田從我背後繞了一圈回來，坐到原本的位置。

「然後怎麼樣了？」

「沒怎麼樣……我昨天去向中禪寺先生報告了這件事。結果青木先生來了……」

「青木？你說刑警的那個青木嗎？」

「他不是被左遷到派出所什麼的去了嗎？」寅吉說。

「不到半年，馬上又被調回去了。喏，青木跟木場先生不同，是個模範生嘛。在大磯又大顯身手。」

「木場大爺沒辦法嗎？」

「沒辦法吧。」益田失望似地說，「他那個人，一生都沒辦法出人頭地吧。他再不久一定會在麻布署惹出問題，這次絕對會被懲戒免職。就算沒被革職，也會被調到離島的派出所吧。不管那個……青木跑來幹嘛？他現在是在東京警視廳吧？不是轄區警官去，而是青木找上門，那不是單純的案子嘍？」

「很單純。」

非常單純。

「我假裝刺殺的駿東先生的刺殺屍體，在疑似我遭到監禁的小川町的空大樓被人發現了。」

「啊！……你眞的刺死人家了？」

「才、才沒有呢。我向天地神明發誓，我沒有刺人。那是假裝的。這絕對錯不了。我拿的是竹製的假刀。」

「可是人死了？」

「噢噢！」寅吉把厚唇噘得圓圓的，「這麼說來，昨天凌晨有好幾輛警車經過呢。從這前面的路往那邊開去……啊，從方向來看，是從神田的警署趕往小川町，是吧。原來那就是啊。」

大概是吧。

「我知道了！」益田大叫，「本島，你被陷害了。哦，以前啊，喏，那個關口先生也曾經遭人陷害，被警方逮捕，那個時候眞是有夠好玩的……一定是這樣的啦。」

益田「喀喀喀」地笑，沒良心地笑著。

「嗳，眞是教人同情呢。你終於和關口先生並駕齊驅了。」

我才不想。

「你、你說陷害……是怎樣陷害？」

「哦，很簡單的。也就是有人想要把你誣陷成殺人犯吧。有人刺殺了那個叫駿東什麼的人，然後把罪嫌賴到你頭上……」

「對對對。」寅吉點頭。

「嗳，對我們——對這個玫瑰十字偵探社懷恨在心的人，盯上看起來最弱的你，設法陷你於罪，一定是這樣的陰謀吧。嗳，除了關口先生以外，第二弱的就是你嘛。」

「最弱的不是你嗎？益田。」寅吉說，「動不動就說我弱不禁風、我很虛弱。情勢只要稍微不對，第一個開溜的總是你。」

「這不是廢話嗎？」益田怫然不悅，「我很不會打架的。肉搏戰更是絕對免談。我痛恨暴力。因爲被打會痛，打人也一樣會痛啊。我在當警察的時候，已經飽嚐過打鬥的空虛了。所以我可以抬頭挺胸地宣言，我……是個膽小鬼！」

益田眞的抬頭挺胸。

「乍看之下像是會果敢應戰，其實一有

事就馬上開溜，二話不說立刻道歉——我就是這樣一個人。可是呢，我說的弱呢，是好不好欺負的弱。像那個關口先生，他光是走在路上，就讓人看了覺得沒救了。總覺得不攻擊他就對不起自己。」

難道他是在說我也是這樣嗎？

「對不對？」益田向我徵求同意，我無法回答。

「嗳，關口先生不在的話，就找本島，就是這樣。嗳，眞是倒楣吶。你被逮捕了嗎？」

「才沒有。」

「哦？你順利開溜了嗎？啊，是中禪寺先生幫你解的圍嗎？」

「才沒有呢。那個人不曉得爲什麼沉思下去……只叫我趕快通知榎木津先生。」

「通知榎木津先生？」

這可蹊蹺了——益田撓彎鞭子說。

「中禪寺這樣一個人，無法想像他會依賴榎木津先生這種人。榎木津先生不可能爲本島先生洗刷冤屈嘛。這麼說的話，連中禪寺先生也放棄你了嗎？那你會被起訴嘍？」

「所以我就說我沒被逮捕，啥都沒有了啊。」

看來他就是要把我搞成罪犯就是了。

益田想了好半晌之後，「啊」了一聲。

「爲什麼你沒被捕？」

「哦，就是……」

「難不成你在被拘捕的途中甩掉青木逃亡，跑到這兒來了？我們可不藏匿罪犯啊。會把你招出去的。」

「就說不是我了，**兇手另有其人**啦。」

「另有其人？」

「沒錯。警方已經逮到人了。只是缺少證據，證詞也曖昧不明……而且怎麼說呢，目擊證詞……」

從這裡開始，事情變得古怪了。

「……呃，我實在沒辦法有條理地說明，不過事情是，那個人**做了**和我前天做的完全相同的事。」

「我不懂吶。」寅吉納悶地偏頭，「完全不懂。是我腦袋太笨嗎？益田，你聽得懂嗎？」

「啥？我根本不懂。我絕對不認為和寅兄聰明，但正常說起來，這應該是聽不懂吧。本島先生，你太不會說明了啦。或者說，這根本算不上說明。請你說得……更容易懂一點吧。」

連我自己都弄不太懂了，這也沒辦法吧。

再說，我本身是當事人這件事妨礙了說明。這件事我應該是主體，但其實我並非主體。如果不站在第三者的角度，實在很難說明。

「那麼……好吧，請暫時忘了我剛才的遭遇，就算忘不了，也暫時擱到一旁，然後再聽我說明。這是青木先生告訴我的，目擊者加加美興業的員工——也就是綁架我的那些人——對警方供述的內容……」

內容十分離奇。

前天……

那群人確實在路上綁架了一名男子並帶到小川町的空大樓去，用繩子捆住他後，加以監禁。他們供稱自己綁架的男子是出入玫瑰十字偵探社的電氣工程配線設計師本島某人……

他們這麼**以為**。

然而，

他們抓住、綁起來的那個人，

卻是**完全不相干的別人**。

那群不法之徒供稱那名男子叫權田信三，是無關的他人。

聽說權田某人是在淺草及惠比壽一帶擺攤做生意的行販。男子們供稱，那個權田某人碰巧到進駐榎木津大樓一樓的服飾店買新衣，離開的時候被他們**誤認**成我，遭到了綁架。

然後……

那個駿東一樣在那棟空大樓與那個被綁起來的權田見面了。

交談之中，他們發現搞錯人了。這是當然，不可能沒發現吧。他們驚覺大事不妙，駿東想要爲權田解開繩子，但綁得太緊，解不開……

於是駿東以恰好收在內袋的護身用小刀割斷了繩子。

可是……

權田大爲光火，說莫名其妙遭到綁架，被帶到這種地方，被捆起來，最後竟說搞錯人了，這也太豈有此理了……

他迅雷不及掩耳地從駿東手中搶下刀子，刺上他的肚子——男子們如此供稱。

權田這個人好像算不上良民百姓，差不多是一腳踏在黑社會裡。可是即便如此，權田刺了人還是心生膽怯，跳出窗戶逃跑了。手下們確認駿東斷氣後，慌忙追趕權田。他們說，這一切全怪他們辦事不牢，所以他們是拚了命地追捕。

他們在深夜逮到了權田。

接著一群人商議之後，就這樣把權田帶到最近的派出所——好像是淀橋的派出所——坦承一切始末。

夜班警官大驚失色，立即連絡本廳，轄區警官接到本廳通知，凌晨四點左右在那棟空大樓發現了駿東的遺體。這就是事情經過。

因爲就如同證詞，找到了遺體，權田當場被緊急逮捕。

然而，

「權田突然主張說他什麼都沒做。他說

他根本沒刺殺什麼人，還說他沒被綁架，也沒遭到捆綁。然後……警方大爲困擾，跑來找原本應該要被綁架的我。」

「哦……」益田狀似恍惚地張著嘴，「這事……好怪呀。」

「這太古怪了。」寅吉好像也目瞪口呆。

「很怪吧？嗳，事情的開端與榎木津先生有關，而且聽說那位姓青木的刑警與榎木津先生也有一些關係。」

「關係匪淺。」益田說，「比起我來，青木跟那個人認識得更久。」

「這樣啊。而且前陣子的事件時，青木先生也來了國分寺，不是嗎？所以跟我也有一面之緣，而且也得向我詢問狀況才行，所以他才會找我……那個時候我人在中禪寺先生那裡，青木先生還特地大老遠跑到中野去呢。」

「青木想去京極堂是有理由的。」益田拉開嘴角說。

「是嗎？」

「唔，這事無關緊要。然後呢？」

「哦，然後他針對前天的事，問了我許多問題，我老實地把自己的體驗——那個時候我完全不曉得發生了那種事，所以我就將我的遭遇據實以告，結果青木先生抱頭苦思起來。」

益田繃起一邊的臉頰說：

「抱著他那顆小芥子似的頭，是吧。」

看起來果然像小介子嗎？

「唔……是啊，就抱著他那顆頭。」

「那當然會抱頭煩惱吧。青木是個普通人嘛。換言之……」

「嗯。那個叫權田的人聲稱碰上的事、做過的事，其實是我的體驗。可是抓住我的那群人卻眾口一詞，堅稱他們抓到的是權田，而關鍵人物駿東先生又死了。如果那是我的體驗，兇手就是我。可是現場的人全都說是權田幹的，而權田說他不知情……」

「複雜死了。」寅吉用力歪起濃眉，「會不會是這麼回事啊？那群人先是搞錯，抓到了權田，然後發生了一場爭執，於是他們再重新綁架本島先生。」

「那不可能。」

應該不可能。

「他們綁架權田，是前天下午兩點到三點之間，駿東先生抵達現場是四點左右，命案是在約三十分鐘之後發生，與我的體驗完全吻合。」

「會不會是不同一天？」

「才不是，我是前天被擄走的。我過來這裡是前天的事吧？」

「是榎木津先生的父親病倒那天，所以是前天啊，和寅兄。是接到挑戰信的日子，對吧？」

「會不會權田被擄其實是前一天？」

「我說和寅兄啊，」益田懶洋洋地說道，「如果先有權田的事，然後本島才被擄走，那這個人到底是跟誰對演了那場愚蠢的才藝發表會？那時駿東先生不是早就死了嗎？」

「噢，對耶。」寅吉搔搔有點蜷曲的短髮，「那會不會是權田的事比較晚發生？」

「我說你啊，都已經抓到要抓的人了，怎麼又會去錯抓別人？屍體可是昨天凌晨被發現的呢。」

「啊，說的也是呢。」

寅吉也沉思下去了。

「你知道死因還是死亡推定時間了嗎？」益田問。

「哦，我來這裡之前，去了警署那裡一趟，呃，是去說明詳細情形……那個時候我聽說了。」

死亡推定時間……

是前天三點到五點之間。青木是這麼說的。

「現在氣溫不是很低了嗎？聽說屍體被棄置在連暖氣都沒有的空無一物房間裡，所以難以判斷……」

「是從胃部殘留物推定出來的嗎？」

「哦，警方好像說了類似的事，可是因爲不清楚駿東先生是什麼時候吃的午餐……可是唔，聽說差不多就是那個時間。那樣的話，我在四點半到快五點的時候都和活生生的他在一起，所以……他是在我從窗戶逃跑之後立刻遇害的吧。」

「前提是你的說詞是眞的的話。」益田說。

「我、我沒有撒謊……」

「我知道，我知道的。你應該不是那種會撒謊的人，也沒鬼靈精怪到能撒那種複雜的謊。再說就算你做僞證，也沒有任何好處。要是你做僞證說完全不曉得這些事，我還可以理解因爲兇手都已經抓到了嘛。」

「哦……」

我不曉得後悔過多少次，早知道就那樣說了。只要我說一句我不曉得，就可以在只居住著凡人的凡人天國過著平平凡凡的凡人日子了。什麼殺人命案，那是另一個世界的事。

沒錯……

是另一個世界。

只可能是另一個時空的事。在同一個地點同一個時間，不同的人體驗到相同的事，依常識來看，是不可能的。我會不會是一個不小心，打開了異於我生活的時空的另一道時空之門呢？而我經歷了異於我應該經歷的另一個歷史時間。

是在哪裡、有什麼扭曲了……

簡直，

對，簡直就像鏡中的世界。

發生在空大樓一室的事，從頭到尾一定都倒映在那個房間的鏡子裡了。光是追趕現實進度就耗盡心神的我，沒有餘裕逐一去看鏡中的倒影，但或許倒映在上頭的人影並不是我，而是那個叫權田的人。

權田在鏡中碰到與我相同的遭遇，一樣是駿東幫他割斷了繩子。

可是……

鏡中的權田是不是眞的刺向了駿東？

萬一，萬一我搶到的刀子是眞貨——萬一駿東掉包失敗的話——視情況或許會發生那種不測的事態。

權田是鏡中的我。

然後應該是鏡像的權田與正像的我，因爲某些差錯掉換了。不，鏡子另一側與這一側暫時性地變爲一體……

只有駿東的屍體留在了這一側，是嗎？

——太荒唐了。

荒唐透頂。

這種事，死也不可能發生。

身爲凡人的我，應該比任何人都更清楚。這個世界絕對不會發生那種超乎常軌的事，不可能發生。

可是……

「那你會受到什麼懲治？」益田問。他的口氣有幾分前任刑警的味道。

「哦，目前我好像不會被拘留還是怎樣，因爲我沒有罪啊。」

「也是，本島先生目前還沒有做出任何違法行爲。」

「什麼目前……」

「如果你說的是眞的，你算是被害者……可是啊，你也有可能是兇手啊，從社會角度來看。」

「我、我……」

「噯噯噯，」益田安撫我，「我相信你

啦。」

我覺得那與其說是相信我，更接近瞧不起我。

「我眞的相信你啦。」益田強調，「可是那是我才會相信你，噯……在旁人看來，那個叫權田的江湖行販跟本島你是半斤八兩。」

「半斤八兩……？」

「當然啦，任誰來看都是這樣吧。唔，權田是第三者咬定他是兇手，而本島你是本人如此宣稱，差別只在這裡。一般的話，會採信本島你的說詞。可是這種情況呢，問題在於遭到監禁並逃亡的人就是命案兇手這件事上面。」

「可是……」

「我懂，我懂你想說什麼。」益田說，張開手掌對著我，「只是呢，本島，本島先生，請你聽仔細嘍。現階段警方認爲你是清白的，而權田是兇手，可是這並沒有什麼根據。警方並不是有什麼確證所以這麼判斷，絕對是這樣的。警方會如此認爲呢，理由只有一個，也就是全世界應該找不到幾個笨蛋，明明沒人懷疑，卻主動宣稱自己是兇手——根據頂多只有這樣而已。」

「什麼頂多這樣……」

「哎唷，你被刑警詢問，一定有的沒的說了一堆吧？而且還再次乖乖主動到警署報到，做出對自己不利的證詞。你說你今天去了本廳……公司一定遲到了吧？」

「我請假了。」

所以才會這種時間人在這裡。

「星期假日才剛結束，就甚至請假跑來作證、自掘墳墓的兇手……實在不多呢。反觀權田，第三者全都咬定他就是兇手，而他卻突然否定先前的說法。他是在被警方逮捕後，才開始說他不知情的，對吧？」

應該是吧。

「那當然可疑了。」益田說，「所以呢，這只是印象。你和權田的，只差別有你們兩個人的印象而已。」

「印象？」

「印象。毫無根據、毫無證據的印象。聽好了，一邊是個狂傲不遜、外貌舉止一副就是會做壞事的傢伙，另一邊則是會輕易受騙，卻絕對騙不了人的小人物……」

小人物。

是在說我。

新的貶詞又誕生了。聽到這個詞的瞬間，我的腦中接連浮現出阿斗、小丑、雜碎這類同義語。每個形容詞都很適合我。

如果完全相信益田的言論，那麼我就是因爲我是個小人物，才免於遭到懷疑嗎？因爲凡庸，而有了非凡的遭遇，因爲是小人物，因而逃過一劫……

我到底是怎麼搞的？

「……如果兩邊都同樣可疑，嗳，一般來說，大抵都會先懷疑前者。這不是偵探小說，很少會有什麼大逆轉的情況。世上大部分的事和第一印象都差不了太遠，警方也都是像這樣腳踏實地地下判斷。這種情況，小人物反倒有利。可是呢，本島，我不是因爲自己當過警察才這麼說，不過警察可沒那麼傻。」

「什麼？」

「我是說，警察不是笨蛋。的確，那個……權田，是嗎？那傢伙很可疑，非常不自然。可是要論不自然，你的證詞也是五十步笑百步。連你自己都覺得很怪，不是嗎？不，就像中禪寺先生指出的，你的體驗**顯然太邪門**啦，本島。」

「邪門……就是啊。」

「邪門到家了，反倒是被綁起來發飆刺死人才正常。爲了放你逃走，請你拿假刀演

戲，這種不自然的事平常才不會發生呢。」

的確是不會發生……吧。

在向中禪寺說明事情經過，被他點明之前，我雖然覺得古怪，卻完全沒想到這部分的詭異之處，我果然非常遲鈍。

「也就是說，只要找到一點印證對方清白的證詞或證據，下一個嫌疑犯就是你了。」

「找到一點……我就慘了嗎？」

「就連個屁一樣的證詞，也會讓嫌疑落到你頭上。因爲只有印象嘛。」

或許你就快被逮了呢——益田說，歪起薄脣。

「中禪寺先生說背後有什麼文章，對吧？」

「沒、沒錯。他還說目標有可能是榎木津先生。」

「榎木津先生啊……」益田尋思起來，「若說與人結怨，嘔，一定是他吧。可是這樣做……又能怎樣？這椿怪事對那位榎木津禮二郎閣下能造成什麼打擊嗎？」

「不能。」寅吉當場斷定，「本島先生，這樣說雖然不好意思，可是就算你被判死刑，我想我家先生也無動於衷。即使益田被處死刑，他也不痛不癢。」

「和寅兄也是一樣好不好？要是貓什麼的被欺負，他會暴跳如雷，但對我們這些奴僕，他是冷血無情啊。」

我想也是。

「敵人會不會是搞錯這一點了？」

「不曉得吶。嘔，這要是本島被抓，進退維谷，命在旦夕的話，或許也是有可能啦……」

益田朝我送上脫力的視線。

「雖說是印象，但目前你完全平安無事不是嗎？那榎木津先生更不痛不癢了。的確，如果案情就這樣陷入膠著的話，警方毫無疑問一定會懷疑本島吧。」

「我會被懷疑嗎？」

此時……

就在我想要開口傾吐愈來愈窩囊的心中感懷時，鐘「匡噹」響起，告知有訪客到來。益田抬頭，寅吉送上視線，背對門扉的我回過頭去。

入口站著一名男子。

來人頭戴鴨舌帽，身穿西式外套，一雙眼睛又細又長。

「各位，我在門外都聽到了。初次拜會，在下就是神無月鏡太郎……」

男子如此說道。

4

我穿過繩索，進入走廊，來到那道玻璃門前。

建築物的入口站著警官，但門前沒有人。這是棟空大樓，所以只要守住出入口，應該就無法進出了吧。

神無月戴上薄手套。

「鑑識工作果然已經結束了呢。不過再愼重也不爲過。請不要隨意亂摸。」

他說話的腔調是一種矯正過關西腔後的標準話。

突然出現在榎木津事務所的這個可疑的通靈偵探，說他不期然地聽到了我們的談話內容。神無月本人說這也是天命云云……簡而言之，就是他站在門口偷聽罷了。

想像通靈偵探在走廊鬼鬼祟祟偷聽的模樣，只能說是滑稽，但本人該說是厚顏無恥，還是道貌岸然……

他一本正經地宣言：

這案子我接下了……

我嚇了一跳。突然這麼說，叫人做何反

應才好？我連話都說不出來，望向偵探事務所的兩人，仔細一看，益田和寅吉也都一臉困惑，只是茫然張口。

然而神無月卻毫不理會困惑的我們，大步走進室內，高聲宣布：就以這位先生被捲入的怪奇事件來一決勝負吧！

我……更加困惑了。

不，那個時候，困惑的不只有凡人的我。益田也說不出話來，只是嘴巴開合了好幾次，至於寅吉，更是半張著他的厚唇，陷入弛緩。

可是……我想也只能這麼反應了。

直到剛才，益田和寅吉還針對該如何對付這名棘手的挑戰者，做了許多沒有結論的沒營養討論。此時本人突然就這樣闖將進來，還把原本在聊的話題給整個一手攬去……沒人可以冷靜應對得了。

說起來，他們這些奴僕根本無從答起。

榎木津本人並沒有答應要與神無月一較高下。不，榎木津甚至好像不知道有人向他下戰帖，所以根本無從回應。就像益田先前近乎囉嗦地說明的，奴僕是沒有決定權的。

換句話說……

不管神無月說什麼，益田和寅吉都無法回答好或不好。

在日本第一奇人榎木津的兩名親信呆滯僵硬的狀況下，我這小人物代表更不可能插得了口。場面完全被神無月主導，我就像個被彩衣吹笛人引誘的純眞兒童般，跟在神無月背後，離開了玫瑰十字偵探社。

神無月說，「那麼我們去現場看看吧。」我當場反問，「哪個現場？」

神無月抽動著形狀異常姣好、又細又直的眉毛。

我總覺得他沒什麼品。

不，他的相貌頗爲英俊。和我這個處在

大衆之中會被埋沒、無法辨別出個體的存在感薄弱的人相比也沒用，不過他屬於令人印象深刻的美男子類型吧。但他強烈的印象並非來自於他的長相。

神無月這個人非常俗艷。

暗褐色的條紋西裝、紅色襯衫，還配了條花紋口袋巾。塗滿了髮油平貼的頭髮從正中央分開。怎麼看都不像一般百姓。

要我直接說也行，他眞是低俗透了。

老實說，榎木津的服裝搭配也一塌糊塗，但不曉得是不是家世的關係，雖然一塌糊塗，但我覺得相當有品味。

不，品味或許也頗糟，卻感覺很高貴。相較之下，神無月顯得庸俗透了。

話雖如此……無論高不高貴，兩邊都一樣古怪，我覺得要是老跟這樣的傢伙混在一起，可能會被植入偵探的穿著打扮都很怪的奇妙先入爲主觀。要是這樣認定，就太對不起一般偵探了吧。

俗氣的通靈偵探默默地看我。

感覺到他的視線瞬間，我頓時爲了自己呆蠢的發言面紅耳赤。

哪個現場……？

這什麼蠢問題。

對長年擔任電氣工程公司基層員工的我來說，說到現場，只可能是工地現場。當然，神無月說的現場，一定是指命案現場吧。

我問，「是小川町的大樓嗎？」神無月答道，「那當然了。」

也就是我故意不去糾正錯誤，裝傻到底。我應該也被算在榎木津偵探一伙裡面，所以……我乾脆裝做其他還有好幾個事件現場。雖然我完全不確定對方會不會這麼以爲。

隨便了啦。

神無月似乎完全沒把我的內心糾葛放在心上，接著說：

「我要在你遭到綁架監禁的地點，鑑定你是否有罪。」

原來如此，他打算用那個什麼淨玻璃之鏡的玩意兒吧──我心想。

可是……

就算他這麼說，那裡也是不折不扣的殺人現場。

雖然我是相關人士，但一介平民可以擅自闖入嗎？屍體應該已經搬走了……可是我實在不認為那是可以隨意出入的地點。

不曉得是不是看透了我的疑慮，通靈偵探十分冷淡地說：

「沒問題的。」

鑑識工作結束的話，也不必保全現場了，發現遺體後已經過了整整一天，指紋採完了，攝影也結束了，沒問題的──神無月自信十足地說明。

不僅如此，聽說神無月還拿到了大阪警視廳的虎田警部這個人的介紹信。通靈偵探大發豪語：所以就算是封鎖區域，他大抵也能進去。

他說的是真的。

我被帶去的空大樓，不出所料，被警方封鎖了。

入口拉上了繩索，兩名警員杵在那裡看守。然而神無月靠上去，向他們耳語了幾句，警員立刻向他敬禮，拉起繩索，放我們進去了。

我心想，這傢伙或許意外地不容小覷。

榎木津的話，就沒法子這麼辦了吧。

當然，榎木津想要侵入的話，也是可以侵入吧。但他的話，不是揍倒警察，就是惹出其他亂子，再趁隙溜進去。榎木津是沒有計畫、步驟、溝通這些程序可言的。

神無月開門，掃視室內。

「怎麼樣？是這個房間嗎？」

「嗯……」

我隔著神無月庸俗的服裝肩膀處窺看裡面。

門口的正前方……

就是我逃脫的窗戶。

就像中禪寺說的，像這樣一看，我覺得想要從那道窗戶逃亡，簡直是有勇無謀到了極點。不用開門，隔著門上的玻璃，就可以一清二楚地看到窗戶了。即使是在走廊另一端發現狀況，只要開門直衝，用不到幾秒就跑到窗戶了。即使是我，八成也抓得住逃亡者。

窗戶——大概——維持著我逃脫時的狀態打開著，一樣圍上了繩索。

我原本有些畏懼的內心，熊熊地燃燒起好奇的火焰。

我本來都開始覺得我前天經歷的事或許是一場夢了。

可是既然這個場所就在我的眼前——如果這裡不是夢中的場所——那麼發生在這個地方的事，應該也是現實才對。

那麼，

這裡應該留有我的痕跡。

如果這裡留有我的痕跡，我的體驗就是真的，而權田的體驗就是假的了。換言之，權田某人是倒映在鏡中的我的虛像。

我在近處觀察門扉。

記不太清楚。

來這裡的時候，我遭到暴徒綁架，害怕不已。處在那種狀態，我不可能連細節都一一去留意。

房間整體就像我記得的，但關於細節，我本來就沒有記憶。那麼我遭到監禁的地方，是不是也有可能是別的房間？

我離開神無月，暫時出去走廊。

四下張望。

走廊有好幾道門。

可是玻璃門只有兩道──這個房間的門和中隔走廊的對側門而已。

我窺看對側的門。

──不對。

裡面排著桌子。

可是桌子也可以事後再搬進去。

不……

窗戶的位置不同。

再說，如果我是從對面房間的窗戶逃走的話，我的逃走路線就完全不同了。

對面的房間窗戶對著較大的馬路。但逃脫的我拐著腳全力奔跑的，應該是圍牆與建築物之間一條狹窄的隙縫。

換句話說，我是從面對建築物的窗戶出去的。

──果然。

「是這裡，對吧？」神無月笑也不笑地說。

「嗯……好像是吧。」

「唔，可是那樣的話……你的立場非常不妙呢。萬一這個房間驗出你的指紋……這次你絕對會被捕吧。」

「被、被捕？」

「你今天上警署去……被採了指紋嗎？」

「呃，嗯。不過是自願的。我並沒有做什麼虧心事，所以配合了。」

「哦？」

神無月用鼻子輕浮地哼聲。

「那樣的話，現在應該正在比對指紋吧。你摸了這個房間的哪裡嗎？」

「哦，呃……我抓過窗框，可是我不太記得了，我不敢保證沒有摸過哪裡。」

「哎呀呀？」神無月說著，走進房間。

「可、可以進去嗎？」

「沒事啦。我已經說過好幾次了，勘驗已經結束了。我們又不是在妨礙調查，反而是在協助調查呀。如果你是兇手，也有可能湮滅證據……可是……你不是兇手吧？」

通靈偵探說道，回過頭來，以誇張的動作催促我進房。

室內比屋外更冷。

一走進裡面，我整個人嚇住了。

——血泊。

房間正中央有一灘半乾的血泊。

以那片赤黑色的污痕爲中心，用白線勾勒出一個人體的輪廓。是用粉筆還是蠟石描畫倒地的遺體姿勢吧。白線旁邊倒著一把見過的椅子。

「哦，那個叫駿東的人死在那裡呢。怎麼，仔細一看，形狀還眞古怪。是像這樣舉起一隻手，以前屈姿勢倒地嗎？眞是怵目驚心……怎麼樣？本島先生，你和被害人爭執——不，假裝爭執的地點……是那一帶嗎？」

「唔……」

我覺得好像是，又覺得好像不是。我戰戰兢兢地探出腳尖，橫下心來踏出一步。

踏出一步之後，就好像有了勇氣，我大大地繞過人狀白線，走到那根柱子——我被捆起來的柱子——旁邊。

——被綁住的痕跡。

眞的有這樣的痕跡。

繩子本身畢竟是沒了——如果還留著，應該也被扣押了——不過柱子上還留有疑似繩索的痕跡，地上則還有一點麻繩屑。

我蹲身觀察柱子。

奉承也稱不上乾淨。柱子上污垢、傷痕等遍佈，接近地板的地方甚至還有疑似發霉的痕跡。可是，

——看不出來。

不管再怎麼仔細觀察，那根柱子——不，柱子表面細微的細節——都完全無法喚起我前天的體驗回憶。直截了當地說，我不記得

這根柱子。

剎那間，不安掠過心頭。

前天的事是不是一場夢？

虛像會不會其實是我？

可是，

我隨即轉念。

——**我又沒看到柱子**。

我……是背對這根柱子被綁住的。我不可能看到柱子。

當然，被帶進來時，我應該看到了柱子。可是就算看到，也不可能連這麼細微的表面污垢都記得。

我馬上就被綁起來，一直是背對著柱子，看著空無一物的房間——主要是牆壁。而且是從很低的視點。

因爲我就坐在這冰冷的地板上。

「怎麼樣？」神無月說，「符合你體驗的記憶嗎？你被監禁的確定是這個房間嗎？」

「請、請等一下。」

我無可奈何，繞了柱子一圈，以窺看慘劇痕跡的姿勢蹲下。

——得用同樣的角度來看才行。

骯髒的牆壁。

還有時鐘，以及……

——鏡子。

鏡子樸素簡單，好像是某家公司寄贈的。上面的文字還是一樣，讀不出來。光線不足，從這個距離沒辦法辨別出來。

——倒映出來了。

鏡子的表面倒映出與前天完全相同的情景。窩囊、可悲而滑稽的小市民……

是同樣的畫面。

連服裝都相同。

我一年三百六十五天都穿著工作服。

不同之處，只有我沒有被綁住。

還有……地板上殘留著恐怖的痕跡這一

點。不過我的下半身和地板都沒有倒映在鏡子裡，所以鏡中的場景是完全相同的。

神無月以悠閒的步調走到我前面。

「怎麼樣？沒錯嗎？」

我蹲著身子仰望。

前天，站在那裡的不是通靈偵探，而是中年紳士。

「我想……應該沒錯。」

「哦？你被綁在那個位置？」

「嗯。我被類似麻繩的東西，反剪著手緊緊地綁住，繩子在這根柱子上繞啊繞……」

神無月湊到我旁邊來，窺看柱子後側。

我想要站起來，被通靈偵探制止說別動。

「哦，柱子上也有疑似綁過繩子的痕跡呢。綁得相當緊吧。可是……」

神無月再次站到我正面，點頭似地別有含意般地窺看我。

「那個……江湖行販權田，是嗎？他也碰到了和你一樣的遭遇，是吧？」

「好像是。」

我隔著神無月看向鏡子。

難道……那個時候鏡子裡照出來的不是我，而是那個叫權田的人嗎？

——現在呢？

現在怎麼樣呢？

看不清楚，角度不對。

「本島先生，你……前天也穿著那套衣服吧？」

神無月不知爲何，確認似地問。

他猜得沒錯。不過或許就算沒有通靈能力，也可以猜得出來。

我是個凡夫，小人物，而且貧窮。沒幾套外出服這件事，隨便抓個小鬼頭來問，可能都猜得出來。

「你說的沒錯。」我答道。

神無月冷淡地應道，「是嗎？」先去到

門口，窺看外頭之後回過身來，繞過白線旁邊走近我。

「這裡確實是命案現場沒錯。而疑似凶案發生的時刻，你也確實就在這個房間裡。」

神無月扶起倒下的椅子，擺在恰好是駿東坐的位置上。

「而你與被害人在這裡像這樣談話。」

通靈偵探在椅子上坐下。

「像這樣，是嗎？」

完全就跟那時候一樣。相關位置與房間的亮度都完美地重現了。只有坐在椅子上的中年紳士變成一個服裝庸俗的怪偵探而已。

我說「是的。」神無月瞧不起人似地「哼」地應我。

「眞是件古怪的事吶。」

「是……很古怪啊。」

每一個聽到我的遭遇的人都這麼說。可是連通靈偵探這樣一個怪誕的傢伙都這麼說，老實講，我覺得滿窩囊的。

「那麼，你就以這個狀態與被害人交談了一會兒，然後呢？」

「什麼叫然後？」

我想當時我說了不少榎木津的事。然後駿東……

——門是嗎？

我記得他說手下在那道門監視。門……

我望向門扉。的確看得到走廊。那是玻璃門，當然看得到。不過沒辦法看見走廊上有什麼。

根據我的記憶，駿東當時是說「你看那道門。」

而我還沒有眞的看之前，他就說「剛才那伙人在監視著。」

我並沒有確認到手下在外頭監視。我只是聽了他的話，想像手下從門口窺看室內的模樣。

然後我相信了。

——因爲我看不到嗎？

對，結果我沒辦法看到。可是駿東叫我看。

換句話說，駿東沒辦法察覺從我的位置看不清楚吧。既然會叫我看，表示駿東看到了什麼，既然他看到了，手下當然就在那裡……

我單方面地這麼認定。

其實手下是不是眞的在那裡，頗爲可疑。

「本島先生，你怎麼了？」

神無月從椅子站起來。

就像駿東所做的那樣。

「哦……被害人——駿東先生叫我看門，然後就像你那樣……」

「哦，像這樣前屈？」

「嗯，然後……」

站了起來。

「站了起來。像這樣站起來？」

「他大聲說話，繞到我背後……」

「噢，噢。」

神無月就像駿東做的那樣，繞到我背後。

「然後被害人像這樣，割斷了你的繩索。繩索割斷後，你……」神無月在我耳邊說，「當然站起來了吧？」

那個時候。

我應該很困惑。可是我儘管困惑，仍然照著駿東說的做了，所以……

「對，我像這樣站起來……」

我做出抓住駿東的樣子。

「怎樣抓住？」神無月問。

「所以就是……」

我是踏出右腳？還是左腳？

我是右撇子，所以一定是伸出右手。那麼……

「大概是像這樣吧。」

我慢慢地重複自己的動作。

「然後，像這樣把假刀刺向他的肚子那裡。」

「哦？原來如此。那麼格鬥是在這一帶進行的呢。那……被害人……」

「呃……他裝出——應該是裝出——痛苦的樣子，像這樣用右手按住肚子。左手往前伸出，然後向我使了個眼色。我覺得那是叫我逃跑的意思。」

「在這個位置嗎？然後，你逃走了。」

「嗯……」

我慢吞吞地往窗戶前進。

那個時候我完全無法思考，連我是從房間的哪一帶以什麼樣的路線跑走的都不記得了，但這個房間本來就不怎麼廣，我想我一定是一直線衝向窗戶的。

我走到窗戶的時候，神無月大聲說「那麼。」回頭一看，神無月背對著我，站在和剛才一樣的地方。

「你沒看見被害人倒下的樣子，是吧？」

「沒看見。」

「原來如此……」

神無月站的位置和白線描畫的地點有些距離。可是如果是痛苦掙扎著倒下，或許會倒在那一帶也說不定。

「那麼……差不多該來鑑定眞實了。」

神無月自信十足地說。

神無月掀開條紋西裝的前襟，露出與其說是搶眼，更接近沒品的內襯。那裡似乎縫有特製的口袋。

如果要我老實陳述感想——很滑稽。

讓我再次直說吧，這個人很遜。

如果他自以爲這樣是在耍帥，那眞是誤會大了。

如果不是的話——嗳，像我，就算想要耍帥也沒得耍，所以沒資格批評什麼——如果他不是有意耍帥的話，就是他沒發現自己這個樣子真是拙到家了。

可是又遜又拙的通靈偵探是一本正經。

他應該完全不曉得我心中隱藏著這種失禮的感想，所以一本正經是當然的，但話說回來，他的動作也太誇張了。接著神無月就像歌舞伎的演員那樣，以誇大的動作把左手伸進口袋裡，莊嚴地取出什麼東西。

是一個用看似高級的紫布包裹著的、類似小盤子的東西。神無月恭恭敬敬地將它高舉到額頭前方，肅穆地敬禮。

他把小盤子擺在掌上，打開紫布。

從我的位置看不見裡頭究竟包裹著什麼。

神無月作勢使勁之後，用力「嗯！」了一聲。接著「閻魔耶娑婆訶！」地唸誦咒文般的詞句。

我覺得……真是有夠假的。

這類動作——我是不清楚這叫做宗教式還是巫術式、儀式還是作法——應該也是中禪寺的拿手好戲，但那個舊書商架勢十足，讓人看了是不寒而慄。隨便瞄瞄也覺得是正牌貨。

相形之下，神無月的動作即使奉承也說不上像真的。

當然，我打從一開始就在懷疑這個通靈偵探——不，這傢伙顯然是徹頭徹尾的可疑人物——不管怎麼樣，我對他有偏見，這是事實。

不過，並不是這樣的偏見讓我覺得神無月看起來古怪。我無法適切地說明，可是這個人不知道該說是惺惺作態還是矯揉造作——總之充滿了一種**三流冒牌貨**的味道。

話雖如此，神無月似乎是勁頭十足。他

一臉嚴肅地「哈！」「喝！」地吆喝著，伸出右手，舉起布中的物品。

是個金屬製的圓盤。

我杵在窗邊，只是盯著他奇矯的動作。

突然間，只見神無月手中的東西一閃。可能是金屬盤反射出我背後的窗戶射進來的一點微光吧。

——是鏡子嗎？

紫布裡頭包的，是類似手鏡的東西嗎？大小差不多也是那樣。

——不。

那不是手鏡。

現在他拿在手中的東西，就是他的祖先從冥界的閻魔大王那裡拜領云云的淨玻璃之鏡吧。那麼那比我所想像的更要小多了。

神無月用那面鏡子照耀四方似地——不，反射四方景色似地，當場轉了一圈。

倒映在鏡中的景象是虛像。

牆上的老鏡子映照出來的房間景色，彷彿一模一樣，卻截然不同。

那是相反的世界。

而且只有浮面的深度，是只有表面的世界。

倒映在鏡中的，是從一到十全是謊言的虛像。

我們只能用自己腦袋上的兩個洞穴——眼睛這個器官去窺看世界。不便的是，這兩個叫眼睛的洞穴無法從頭上取下來，所以我們無法看見自己的臉。

所以我所知道的我的臉，是倒映在鏡中的虛像。我並不知道自己真實的臉。那麼真正的我……

或許是那個叫權田的陌生男子……不是嗎？

我突然不安起來。

瞬間，神無月自信十足的動作開始像那

麼一回事了。

據說淨玻璃之鏡能照出眞實。它明明是鏡子，照出來的卻不是虛像嗎？

那麼那果然是顚倒的。

如果那裡映照出來的是眞實。

倒映在上面的臉……

會是我？

還是權田？

「唔嗯！」

神無月望向鏡子，點了一下頭。

然後再慢慢地轉了一圈。

我覺得……他好像燈塔。

很笨的感想。

當然，淨玻璃之鏡不會像探照燈那樣發出光線。不過轉向我的時候，那一瞬間的反光讓我覺得它有如燈塔，這樣罷了。

一閃。

太刺眼了，我忍不住瞇起眼睛。

光線左右搖晃了幾次，固定在直擊我瞳孔的位置。我背過臉去。

「不要低頭！」神無月吼道。

「什麼？」

「保持這樣，就保持這樣。」

神無月舉著鏡子，朝我靠過來。他掌中的、柔滑的布中的，

照映出眞實的顚倒鏡子……

是一個圓洞。

一個綻放刺眼光芒的圓洞。

那不是我所知道的鏡子質感。

上面隱約朦朧地照出了什麼。

那是……

是我。

「好了，請看。」神無月說。

「看？」

「請看這面神聖的鏡子。」

「哦……」

一片模糊。

這是……叫銅鏡的鏡子吧。

是和神社的御神體——是這麼稱呼嗎？

——那類裝飾物般的鏡子一樣的東西吧。但是我想神社的御神體不會照出參拜者的身影。

不，應該是可以照出來……

——什麼？

那是……我的臉嗎？

不，就是我的臉。

是我的臉，可是……

——文字？

還是花紋？

我的額頭浮現出奇妙的圖像。

——不對。

是被投影了。可是浮現在我額頭的圖像不是陰影，看起來更像光，所以正確來說，稱它投影並不對，該叫做照射才正確嗎？

我側過身體，望向背後的牆壁。

我背後的牆上……

映出一個光輝的地藏尊般的圖像。

「這……這是……」

我身子一矮——絕不是嚇軟了腿——以蹲下的姿勢，對顯現在牆上的光像看得出神。

像馬上就消失了。

是神無月把鏡子翻過去了。

「這、這是怎麼回事？」

對照我的常識，鏡子只會反射光線。也就是說……進入的光線碰到高反射率的平滑表面，使行進方向逆轉。

這種情況，鏡面的法線與反射的光線之間的反射角，與鏡面法線及射入的光線之間的入射角相同，因此從光源放射出來的光線會像從一半的地方反折張開的雨傘一樣散開。

結果回溯擴散的光線，在與實際光源對稱的位置——鏡中，就會出現不應該存在的反射光線的光源，就是這樣的原理。

這就是鏡中世界的眞面目。

不……根本沒有鏡中**世界**這種東西。

鏡子雖然倒映出各種事物，但都只是反過來顯現出世界的表面而已。

所以其實鏡像與其說是左右相反，更應該視爲**表面的翻轉**才對。

可是……總而言之，反射的光都只是光。它不可能形成奇妙的圖像。

依我所見，那面鏡子是平滑的。

平面鏡應該是消球差的。它無法匯聚或歪曲反射的光。

那樣的話……並非發光體的鏡子，能夠投射圖像嗎？

我覺得不可能。

——有什麼機關嗎？

例如那面鏡子其實是玻璃，背後動了什麼手腳讓它發光，也就是類似一個平坦的手電筒……

不，它那麼薄，這是不可能的。

就算可能發光，要讓光線筆直照射著正面也很困難吧。光線應該只會擴散開來吧。

我想著這種事。

「你……」神無月開口了，「你是清白的。」

「什麼？」

是這樣沒錯。

是這樣沒錯，可是聽人這麼說，還是會忍不住感動說，「原來我眞的是清白的啊。」

我想這就是我之所以是膽小的小市民吧。

「呃，我……」

「我明白，我明白。」神無月說，「可是……」

「可、可是？」

這個人看出什麼了嗎？

「你馬上就會被逮捕了吧。」神無月斷定說。

我……

我禁不住想：哦，這樣啊——一開始的時候。一開始我心想：原來如此，這樣啊。

可是。

「逮、逮捕？你說逮捕，是……」

「逮捕就是逮捕。」

「被警察逮捕嗎？」

「平民沒有逮捕權嘛。」

「請、請等一下。那，可是……」

他剛才不是說我是清白的嗎？

「你、你說我是清白的……」

「我說你是清白的，你會遭到逮捕。」

神無月以奇怪的音調說。

他果然是在矯正自己的關西腔，感覺好像在看一齣蹩腳戲。

「我、我果然……」

我果然遭到懷疑嗎？

可是萬一我在這時候被捕，我的立場應該會變得非常糟糕吧。

難以抗辯。或者說，根本無從抗辯。

現階段，我的體驗能夠是一段悠哉游哉的不可思議體驗，前提全是我並未遭到懷疑，而我沒有遭到懷疑——引用益田的說法的話——全是因爲我是個小人物。

事實上就像益田說的，我的證詞從一到十，可疑極了。愈說愈可疑。

就算人家願意相信我說的內容，還是相當可疑。如果不相信，應該會更覺得可疑吧。

中禪寺說，沒有人會做這麼荒唐的事，而遲鈍的我卻完全沒有察覺，被唬得一愣一愣地……

演了一齣拙到家的蠢戲。平常的話，或許途中就會發現了。而我竟然沒有發現，果然可疑。

再說，

益田說我與權田之間的區別，只有印象

而已。

換言之，我一旦被懷疑就完了。一旦被懷疑，我連辯解都不可能。

只是從一個遭逢奇禍的善良市民，變成特地請假到警署報到、不打自招的愚蠢殺人犯罷了。

「可、可是……」

——我。

我沒有殺人。

我想，

大概。

「你是清白的，這是千眞萬確的事實。」神無月神氣地說。

「就、就是嘛。」

「我通靈偵探神無月鏡太郎可以保證。聽好了，本島先生，眞實只有一個。只有那唯一一個眞實，會倒映在這面寶鏡上。而我看得見它。你的清白，我瞭若指掌。可是警方看不見眞實。所以你會受到懷疑，遭到逮捕……」

「我、我會被逮捕嗎？」

「不必擔心，沒事的，有我站在你這邊。」神無月挺胸說道，就在這個時候……

玻璃門「嘰」地打開……

青木刑警一臉泫然欲泣地進房來。

「啊，本島先生，其實……」

然後我……放棄抵抗了。

5

「那麼爲什麼……」

中禪寺看著皮裝書的版權頁，向我問道。那口氣就像順道一問。

「身爲重要關係人——不，頭號嫌犯的你，沒被逮捕、沒被拘留、甚至沒被訊問，而是在我家老神在在地悠哉喝茶？」

「哦，就是……」

我差點遭到逮捕。

青木刑警一臉凝重地來訪，再次要求我自願同行。上午我已經把我能說的全說出來了，事到如今就算更進一步審問我，我也只能擠出近似妄想的內容來。

我想就算說出我這顆凡庸的腦袋絞盡腦汁擠出來的貧乏想像或稚拙推理，對警方也不會有任何幫助。

這一點警方應該也非常清楚才對。

不管怎麼樣，我都因爲是個凡人，才被放過一馬罷了。

那麼既然要把我再一次拖到警署去……

肯定是打算逼我招供。

如果我不是凡人，或許警方會以其他罪嫌逮捕我，或是強制拘提。那樣的話，或許我會遭到近似拷問的審訊，不是嗎？

幸而我是個印象非常薄弱的凡人，應該是個只要問問，就會有的沒的全部招認的呆瓜，或許警方就是明白這一點，估計只要把我叫去，照一般審訊，我就會不打自招了。

「總之，他們打的算盤，大概是把我帶去警署，等我露出馬腳，就把我逮捕吧。」

「馬腳？」中禪寺揚起一邊的眉毛，「你怎麼會露出馬腳？你有什麼馬腳可以露嗎？」

「呃，不，這……」

「再說，」中禪寺「啪」地闔上書本，「我在問的，不是你外行人的胡猜，也不是樂觀到可怕的悲觀展望。什麼可能早就被逮捕了、可能早就遭到拷問了，那種胡言亂語根本無關緊要。我是在問你爲什麼現在可以逍遙自在、問你演變成目前狀況的事實經緯。」

「哦……」

這……

「是托神無月先生的福。」

「神無月……眞怪的名字。如果是本名也就算了，如果不是本名，那還眞是個品味差勁的名字吶。」

他的品味是很差勁沒錯。

「你是說，那個叫神無月的人救了你？」

「嗯。他擋到我面前，對來訪的青木先生說：想要逮捕他，最好先慢點。現在逮捕他只會讓警方丟臉。然後他說：明天我一定會以和榎木津先生一決高下的形式解決這宗命案，在那之前，請先暫緩逮捕這個人。」

「哦。」古書肆興致索然地應聲，「然後呢？」

「哦，神無月先生指示青木先生——比起指示，感覺更像命令——他請青木先生明天把命案相關人士集合到這裡——這裡說的是那棟空大樓，然後請警方轉達榎木津先生，叫榎木津先生務必過來。」

「榎木津啊……」中禪寺抬起頭來。表情難得地散漫。

「這、這一定是爲了洗刷我的不白之冤……怎麼說，那個偵探要將衆人齊聚一堂，解開謎團……」

「什麼謎團？」

中禪寺的表情變得更加懶散。

「謎、謎團……當然有謎團啦？」

難道……沒有嗎？

「本島，你這個人究竟是天眞到什麼地步？眞教人目瞪口呆。」

我終於被目瞪口呆了。

「可、可是中禪寺先生，我、我可是岌岌可危呢。大家也都這麼說，我……呃，是可疑萬分……」

「我說啊，不管世人是不是懷疑你，最清楚你不是兇手的，不就是你自己嗎？根本用不著慌。眞是的，現在的警察又不是戰時的特高警察（註），不會隨便逮捕兇手以外的人，更不會拷問兇嫌。再說，本島……」

中禪寺蹙起眉頭，端正坐姿。

「你口口聲聲說神無月爲你解圍，可是青木那個時候並不是帶著逮捕令來找你吧？如果是要求你自願同行，你可以憑你的意思拒絕啊。只是那個叫神無月的傢伙自個兒在那裡吵吵鬧鬧，顚倒黑白，混淆視聽，把事情攪得複雜萬分罷了。」

「唔……」

這麼一說。

「說起來，你今天離開警署時，有沒有告訴青木還是誰說你要去榎木津的事務所？」

「不，沒有。」

我沒有特地報告。沒有人問我接下來要去哪裡，要去哪裡，應該也是我的自由。我沒有獲得許可的必要，也沒有向誰報告的義務。

「那麼青木是怎麼掌握你的行蹤的？」

中禪寺說。

「咦？」

「上次是因爲近藤知道你的去處，青木才找得到這裡。可是這次不同吧？你沒有告訴任何人你要去哪裡。知道你去現場的空大樓的……只有益田和和寅兩個人吧？」

「是啊……可是……」

可是那裡是命案現場，也有警官監視，就算有刑警現身，也沒有什麼好不可思議的。

我這麼說，中禪寺嘆了一口氣：

「怎麼可能？……偶然晃到現場去，嫌犯就在那裡，既然剛好，就拜託他自願到警署來一趟——天底下才沒那麼湊巧的事，你不這麼想嗎？」

「太湊巧了嗎？」

「你聽好了，確實就像神無月說的，現場會查到你的指紋吧。可是那並不是什麼不利於你的事。」

「這樣嗎？」

「當然了。因爲你打從一開始就頭尾一致地不斷供稱你人在現場啊。會找到你的指紋反而是理所當然，找不到你的指紋才蹊蹺了。」

是這樣沒錯。

「如果現場找到你的指紋，這會成爲證明你的說詞的證據。這麼一來……做僞證的不就成了那些手下嗎？」

「唔，是的。」

「如果手下做了僞證，那麼眞兇也有可能甚至不是權田了，所以警方才會想要詢問你更進一步的詳情吧。如果警方眞的懷疑你，應該會立刻通緝你，那麼不管神無月這種古怪的民間人士說什麼，你都應該當場被警方拘捕了才對。」

「那麼……」

「告訴警方你人在那裡的，就是神無月本人。」中禪寺說。

「神、神無月先生？……爲什麼？他是怎麼告訴警方的？」

「我說你啊……」中禪寺把堆在桌上的皮革書推到一旁，稍微朝我探出身子，「你冷靜一點想想看啊，本島。我不曉得他有大阪警視廳的保證信還是推薦函，縱然他持有那種東西，一個突然冒出來的一般平民，不可能進得了封鎖的命案現場的。就算現場勘驗已經結束，也是一樣。」

可是我們輕而易舉地成功進入了。

神無月只是耳語了什麼，警官就讓我們進入圍繩裡面了。關於這件事，後來過來的青木刑警也沒有責怪我們，這是千眞萬確的事實。

註：特別高等警察，過去負責思想犯罪、鎮壓社會運動的警察，直屬於內務省，於二次大戰後廢止。

中禪寺困擾地說：

「所以說，你沒看到他說的介紹信吧？我猜神無月是這麼對看守的警官說的吧：站在那裡的是本案的重要關係人本島某人，請火速連絡本廳的青木刑警。」

「咦？」

「青木刑警應該正在找他，連絡到青木刑警的話，他一定會吩咐你們留住這個人，在青木刑警趕到之前，我會在這裡監視著他——神無月八成是這麼說的吧。要是聽到這種話……警官會怎麼做？」

會怎麼做？

「會向……青木先生確認吧。」

「是啊。這立刻就可以確認了。如果神無月撒謊，一確認就拆穿了，如果不是謊話……噯，當然不能讓你給跑了吧。」

「哦……」

「因爲有可能演變成責任問題，警官才會先叫你們在裡頭等著吧。」

「所以才讓我們進去嗎？」

「我想是的。然後警官連絡本廳。結果……你眞的是重要關係人，而警方也因爲我剛才說的理由，必須向你詢問更進一步的詳情，所以青木一定會這麼回答吧：我馬上趕去，別讓他們離開了……」

然後青木過來了嗎？

的確，除此以外，沒辦法解釋青木的登場。

「我不知道青木當時人在哪裡，不過他馬上就來了，應該是在本廳吧。神無月有效利用了青木移動的時間。你……一開始應該對神無月滿腹懷疑，結果卻完全落入了他的圈套。」

「圈、圈套？」

中禪寺露出凶惡的面相，說：

「居然被那種三流貨色耍得團團轉，這

怎麼行？」

「三、三流？」

「三流啊。聽好了，所謂咒術，就是作法。能否在舉手投足、一言一語都面面俱到，是勝負的關鍵。據你說的聽來，那個叫神無月的人，他的表演是拙劣到一塌糊塗。因爲連外行人的你都覺得假得要命，不是嗎？」

「我是這麼感覺。」

「連觀眾都覺得假——在這個階段，做爲一個咒術師，他已經喪失了一半的資格。嗄，這年頭的咒術師都是這種水準，也不能說全是他的錯。」

「他果然是個冒牌貨嗎？」

「咒術全是假的。」

「什麼？」

中禪寺居然面不改色地說出這種話。

「全部……都是假的？」

「當然是假的啦。那類東西，只有成功讓人眞心這麼相信的時候才會是眞的。可是嗄……從這種意義來說，連你都信了他，雖然是三流的，做爲一個詐欺師，他的身手還算是平平吧。」

「詐、詐欺師？」

「那當然啦。」中禪寺再一次目瞪口呆地說。

「那、那面鏡子的光……」

「那**只是面單純的魔鏡**罷了。」中禪寺說。

「魔鏡？」

很陌生的名詞。

「那……那是……？」

「魔法的魔，和鏡子的鏡。」中禪寺冷冷地說，「你不知道？」

「不知道。」

那種魔啊靈的詞彙，與我凡庸的人生無關。

我渺小的人生容不下那種可怕的東西。我當然不可能知道。

「不不不，魔鏡不是你所想像的那種可疑的東西。」毫無信仰的神主苦笑著說，「是很普通的東西。是理所當然的物理現象，所以毫無不可思議可言。」

「你說普通……」

那是……那神妙的現象能說是很普通的現象嗎？我雖然凡庸，但也還有一點常識。況且我雖然是個小市民，卻也是個現代人。而且還是居住在首都東京的電氣工程公司的製圖工。我還有點科學素養。

「平面鏡反射的光線能凝結成像嗎？」

「那不是平面的。」中禪寺答道。

「那、那是平面的呀。」

「可是……那是銅鏡吧？」

我沒仔細看，也不清楚，所以無法斷定，但我回答大概是。

「那與一般鏡子照起來的樣子顯然不同，我想大概是吧。」

「那樣的話，是鑄物吧？」中禪寺確認道。

說是鑄物的鏡子，我也不曉得是什麼。

「那是……鑄物嗎？」

「是鑄物啊，是銅製的。」中禪寺答道。語氣更冷淡了。

「現在說到鏡子，幾乎都是指玻璃鏡。玻璃鏡是在玻璃塗上水銀製成的。而銅鏡顧名思義，是銅所鑄造而成。這是彌生時代中期透過朝鮮半島從大陸傳來的。剛傳來的時候，屬於神具佛具之類。古墳等等也會挖掘到，對吧？」

「那可以拿來照東西嗎？」

我以為那只是圓形的裝飾物而已。

「當然可以了，那是鏡子啊。不久後國產的鏡子——和鏡開始出現，平安時代被當成化妝道具使用。玻璃鏡開始普及，頂多是明治以後的事，所以在我國，銅鏡的歷史更要來得悠久。」

「那就是……魔鏡嗎？」

「不是所有的銅鏡都是魔鏡啊。」古書肆一副對我傷透腦筋的模樣說，「就是因爲異於平常，才會冠上個魔字。一般的銅鏡只會映照出東西。可是鏡子這東西光是倒映出景色，就被人視爲一種神祕之物，也是一種咒物。比方說，如果它投射出特定的圖像，人們會把它當成神祕不可思議的事象看待，也是很理所當然的事的吧？」

「那……」

「也就是說，」中禪寺蹙起眉頭，用表情制止我，「當成神祕不可思議，與眞正神祕不可思議是兩回事啊，本島。聽好了，這個世上……沒有任何不可思議的事。」

中禪寺這麼說。

我問，「那只是單純的現象嗎？」結果被回說「那當然了。」

「銅鏡這東西……不是單純的圓盤。它的背面有花紋，對吧？」

「嗯……」

我依稀記得曾經看過。

「嗄，始祖的唐鏡也有葉脈文、蟠龍菱文、連弧龍文、日光連弧文等等，自古以來就有許多樣式。後漢時代開發出浮雕技法，能夠浮雕出主題。我國的花紋有家屋文鏡、直弧文鏡、狩獵文鏡等知名的紋樣。簡而言之，就是銅鏡的背面是凹凸不平的。」

「這我明白……但表面不是平坦的嗎？如果不平坦，不就不能發揮鏡子的功能了嗎？」

我想神社的御神體也是平面鏡。

「所以說，銅鏡並非平面鏡。」中禪寺再次重申，「銅鏡這東西，是平緩的凸面鏡。」

「凸面鏡？」

「沒錯。銅鏡是用銼刀之類的工具研磨鑄造好的銅塊表面，再施以錫合金處理做成鏡子的。也就是像這樣研磨。」

中禪寺做出磨擦矮桌表面的動作。

「哦。所以表面非常接近平面，對吧？就算因爲技術問題，也會是平緩的凸面鏡，而不是凹凹凸凸的吧？」

應該會愈磨愈平才對。

「而且反射面是凸面的話，光不是更會擴散出去嗎？想要集中反射光的話……是啊，那應該得是凹面鏡才行吧？完全相反啊。」

「所以說，它有凹凸啊。」中禪寺再次撫摸矮桌。

「聽好了，銅鏡的背面有花紋，而且是浮雕。換句話說，那類銅鏡，每個地方的厚度都不相同。薄的地方非常薄，厚的地方非常厚。用銼刀加以研磨的話……磨的時候呢，得像這樣施壓才行吧？」

中禪寺用手指按住矮桌的表面。

「不使力就無法打磨。可是就算以同樣的力道均等地研磨表面……厚度本來就不同。」

「嗯……可是有凹凸的是背面吧？」

「沒有正面背面之分，那是一整片的東西啊。你想像一下它的剖面圖。有厚有薄，在上面施加均等壓力。這麼一來，會怎麼樣？雖然它是金屬，也是會撓彎的。薄的地方被施壓就會凹陷，以釋放壓力。相反地，在沒有施壓的狀態下，它就會膨脹。這樣的狀態重複幾次……」

「噢。」

我照著中禪寺說的，在腦中想像鏡子的剖面圖。

「厚的地方反而會被磨掉更多，是嗎……？」

「說的沒錯。」中禪寺說，「換句話說，研磨過的鏡子表面，會形成背面花紋的**翻轉**圖樣。背面隆起的部分在正面會微微凹陷。整體看起來是凸面鏡，但上面形成了看不出凹陷的花紋，亦即只有那些花紋的部分變成了凹面鏡。這麼一來……就會如何？」

「就會如何……」

我在腦中繪圖。我做的是製圖工作，這已經接近習性了。

首先，筆直射進來的光碰到凸面的部分，反射的時候會擴散。但是碰到凹面的光會聚集。聚集的反射光當然會比擴散的光更明亮。

「會凝結成光像……」

「是啊。反射在凹面的光聚集在一起，凝結出與背面的花紋相同的圖案。視凹陷的深度等條件，焦點的距離會改變，所以不是所有的銅鏡都會有相同的現象，不過就算反射光凝結成圖像，這種現象也一點都沒有什麼好不可思議的。這類鏡子就叫做魔鏡，只是這樣罷了。」

「神無月……」

「唔，只是他有一面魔鏡罷了。」

「只是有魔鏡罷了……」

就是這樣吧，大概。

「是啊。我猜八成是在哪裡的茶道具店還是古董店找到的吧。你說他假惺惺地唸誦什麼閻魔天的眞言，但既然都會用那種陳腐的小道具了……」

「你的意思是，他是三流的？」

「三流的。」

那被這個三流貨色欺騙的我，立場何

在？

簡直是外行到家了。

「那，神無月是在行騙世人？」

中禪寺露出再恐怖也不過的表情說：

「難道你要說他是眞的？那怎麼看都是徹頭徹尾的騙子。聽好了，本島，他自稱他能通靈呢，通靈。居然相信大肆公言自己能通靈的人……本島，你也眞是蠢到骨子裡頭去了吶。說起來，你一開始對神無月不是抱持懷疑的態度嗎？」

「唔……」

與其說是懷疑，更接近無所謂。

加之神無月給我的第一印象絕不能說好。從上到下從裡到外，我覺得他沒有一處不可疑。

「你的第一印象非常切中要點。」中禪寺說，「什麼不好說，竟然自稱通靈偵探，眞教人作嘔。那傢伙根本沒把世人放在眼裡，是個差勁透頂的詐騙師。所以這次的事……全都是那個神無月策畫的吧。受不了，年底都忙成這樣了，閒閒沒事幹也該有個限度。眞希望他適可而止吶。」

中禪寺板起臉來，望向面對庭院的紙門。

「請、請等一下，中禪寺先生，你說這次的事……是**從哪裡開始**的事？」

「從哪裡？」

「就、就是神無月做了什麼？」

「他騙了你。」

「這、這我知道。門外漢小市民小人物凡人的我，今天下午完全被三流的通靈偵探給騙倒了。那麼，你說這次的事，指的是那件事嗎？」

「全部啦，全部。」

「全部……？」

好鈍。我眞的好鈍。我什麼都不明白。

「我說啊，本島，你打從一開始，就是

明天即將舉行的那場荒誕無稽的偵探決鬥的釣餌，是從餌箱裡被抓出來的海蚯蚓。」

「海、海蚯蚓……？」

「釣榎木津的餌啦。」

「咦？那我、我會被綁架，也是神無月的……」

「那當然了。」中禪寺說得理直氣壯。

「當然……？」

「嗳……沒有其他可能了吧。做那種事，沒有其他人能獲得好處了。綁架你，還逼你演可笑的猴戲……如果做這樣的事而樂在其中的話，不是個大變態，就是個大傻瓜吧。」

我這個人只對變態或傻瓜有利用價值嗎？

中禪寺笑了。

在這種節骨眼笑，我也只能發窘。

「可是……也虧他爲了這麼無聊的目的，想出這麼誇張的圈套呢。那個叫神無月的傢伙，眞是教人傷透腦筋。」

「圈套？……那……」

這一切都是設計好的嗎？

那麼駿東……

「那駿東先生……」

「噢。」中禪寺說，再次露出苦不堪言的表情，「說的也是，也不能淨是好笑吶。都死了一個人了……太凶殘了。」

中禪寺說。

沒錯，這不是件好笑的事。

「呃，我完全不懂這一連串的事件究竟是怎樣的機關，不過那位駿東先生……因爲這個圈套而遇害了，是嗎？」

「不，再怎麼樣，也沒有人會笨到只爲了**這點目的**就設計出犧牲人命的圈套吧……我想駿東先生遇害，應該有別的理由。就算與這個圈套無關，那個人也註定會因爲某些理由

而遭到處分吧。」

「某些理由是什麼理由？」

「這才是與加加美興業的內鬥有關的事吧。而且那家公司做的或許是些不值得稱讚的生意……」

「請等一下，中禪寺先生。」

每次和中禪寺先生說話，我都不曉得要請他等上多少次。可是如果他不等我，我就完全一頭霧水了。

「我完全不懂。我明白自己似乎掉進了某些圈套……不過話說回來，我是那個……釣餌，對吧？」

「是啊。」

「獵物果然是……榎木津先生嗎？」

「就是榎木津吧。」

我不懂。

「我不懂耶。」

「是嗎？」

眞是冷漠到家。

「中禪寺先生，請你解釋給我聽吧。我眞的完全不懂啊。我爲什麼遭到綁架？駿東先生那場沒有觀衆的戲究竟有什麼意義？爲什麼駿東先生死了？爲什麼你看得出這是那個通靈偵探設下的圈套……說到底，我……」

到底該怎麼做才好？

「我可以就這樣任由事態發展嗎？」

「也只能這樣了吧。」

「怎麼這樣……」

我覺得中禪寺對我的態度是日趨冷漠。

「我、我會怎麼樣？我會變成殺人兇手嗎？」

「不會怎麼樣。說起來，那個神無月不是大發豪語，說他明天會親自證明你的清白嗎？」

「唔……」

是這樣沒錯。

可是那有什麼意義？

如果事情眞的就如同中禪寺所說，那麼神無月就是陷害我的人。那就等於是陷害我的人說要救我。

的確……如果這一切全是神無月安排的，他要揭開眞相，也是易如反掌吧。就算是這樣，先陷害我，再拯救我，這行爲有什麼意義？

這……

「呃，難道，神無月是爲了自己的名聲……」

「不是。」

當場駁回。

中禪寺接著非常失禮地說，「如果他想要名聲，不會去陷害你這種人。」

反正我就是個凡人。

「我是個連陷害價值都沒有的人嗎？」

我沒有可以騙取的財產，也沒有可以貶損的名聲。

就算救了我，我也完全無以回報。

不值得騙，也不值得救。

「你沒必要妄自菲薄到這種地步。」古書肆冷冷地說。

被這麼說，反而更教人自卑了。

「哦，如果他是爲了追求通靈偵探的名聲而策畫了這件事，那麼他應該會安排一個確實讓你遭到警方逮捕的劇本。在你遭到逮捕，就要送交檢察單位的時候揭發眞相……這樣更具效果吧。」

或許吧。

大挫警方銳氣的通靈偵探，這樣的畫面魅力十足。

這種情況，受到冤枉而處境堪危的人——也就是我，是愈卑微的存在愈好吧。因爲這麼一來，神無月就會成爲爲善良可悲的小市民昭雪冤屈的正義英雄。

「可是這次不同。」中禪寺說，「你就算放著不管，也不會遭到起訴。大概也不會被逮捕吧。雖然會花掉一點時間，不過也無所謂吧。」

什麼無所謂。

「那麼中禪寺先生是叫我放著別管嗎？」

中禪寺一臉意外地說：

「有什麼不好嗎？就算不想任何法子，可以預測到的結果都是一樣的啊。」

為什麼他可以預測出來？

「我完全不懂中禪寺先生預測到什麼結果。再說，這說起來不是犯罪嗎？而且是與殺人有關的犯罪呢。那麼豈有扔著不管的道理呢？扔著不管，不就等於是讓兇手為所欲為嗎？」

「他沒辦法為所欲為的。」

「咦？」

「神無月的企圖會失敗。」中禪寺如此斷言。

「會……會失敗嗎？」

這麼說的話。

或許我是掉進了神無月的圈套，但是救了我的也是神無月，所以神無月的企圖無法成功的話……

這表示，

「神、神無月失敗的話……我、我豈不就成了兇手嗎？」

中間安靜了一拍。

中禪寺用力瞪了我的眼睛一眼，接著「哇哈哈」地大笑起來。

「請別笑呀，這有什麼好笑的嘛？」

「抱歉，抱歉。」中禪寺笑著說，「沒什麼好擔心的，應該是兇嫌的人物已經被捕了啊。駿東命案的兇手，九成九就是那個叫權田的人。」

「這……有什麼證據？」

權田……不是我的虛像嗎？

不，也有反過來的可能性……

「沒有證據，什麼都沒有。如果權田這個人是與命案無關的單純走販，他不可能在這件事參上一腳。他是以眞兇的身分登場的……不折不扣的眞兇。」中禪寺說，「我剛才也說過，那個叫駿東的人不是尋常百姓，而是黑幫份子。那麼他應該是因爲一些原因——像是抗爭、捅出什麼婁子，或是背叛，總之是對組織造成了某些損失，因而遭到抹殺。這當然是犯罪，這種情況，在那個世界是要付出相應代價的。權田這個人毫無疑問，是加加美興業相關組織的人吧。既然他們都把權田交給警察了，那些人並不打算隱瞞這宗犯罪。換言之，可以推測駿東命案已經結束了。神無月的計畫，是依附在那宗已經解決的案子而成立的。所以即令事情無法照著神無月的意思發展……你也不可能遭到警方懷疑。」

「我不會被懷疑嗎？」

中禪寺點點頭：

「所以不會有人蒙受困擾。」

「不會有人困擾？」

「我想……應該沒有吧。嗄，神無月或許是會困擾，不過那種自稱通靈偵探的愚劣之輩，愈困擾是愈好。或者說，拿什麼通靈妖言惑衆的傢伙，消滅了才是爲世人好。」

中禪寺一定非常痛恨通靈這個字眼吧。

「還有，嗄，對於已經過世的駿東先生，只能說無可奈何了……因爲這件事，似乎是與我們居住的世界不同的另一個世界的居民紛爭。不是我們這些平民百姓該插口的問題，他們也已經有了了結這件事的算盤吧。除掉這部分不看，這場騷動不會害任何人陷入窮境。」

這……

——是什麼意思？

「那……會不會有人得利之類的……？」

「也不會有人得利。這件事不是爲了讓誰獲得直接利益而策畫的。無論成功或失敗，都不會產生利益，也不會有所損失。所以若是徹頭徹尾失敗，也只是白忙一場。簡而言之，神無月沒有設想到這種不會有任何人困擾的局面。嗳，若說神無月料錯了，也是在這一點上面吧。」

「什麼……意思？請說明給我聽吧。」

我追問不捨。

「眞拿你沒辦法。」中禪寺失望地說，「這一點啊，本島，拿偵探小說比喻的話，是應該在最後才揭曉的事情。也就是魔術的解密。要是在這時候先聽到了，豈不是一點都不好玩了？」

「這、這不是好玩不好玩的問題吧，中禪寺先生。就算與駿東命案分開來想……我、我……」

「嗳，頂多也只是公司請假個兩三天罷了吧？」

是這樣沒錯。

可是總覺得屋漏偏逢連夜雨。

「不，不是的。不光是那樣而已。我雖然沒有挨揍，可是遭到威脅，被人擄走，還被綁起來呢。我還遭到監禁了呢。這是違法行爲吧？是不折不扣的暴力啊。連被綁的痕跡都還沒褪呢。這……本來就算我控告他們也沒話說吧？」

「那可是恐嚇罪加逮捕監禁罪呢。」中禪寺說，「你要告他們嗎？」

「咦？呃，不，事到如今我是不會告啦，可是……那我也有知道眞相的權利吧？」

雖然這邏輯很莫名其妙。

「你眞是教人沒轍呢。」中禪寺受不了

地說，「首先……你按順序想想發生了什麼事。然後整理一下你覺得像謎團的部分。這麼一來，連狗都能想通了。」

「連狗都能想通……」

被說到這種地步還想不出來的話，我就連狗都不如了。

——比狗都不如。

我終於墮落到這種境界了嗎？

首先……

我離開榎木津的事務所時，遭到仇視榎木津的加加美興業一伙人綁架，監禁在空大樓的一室。我在那裡見到駿東，他向我探聽榎木津的各種情報。附帶一提，在這個階段，對方對於榎木津似乎已經掌握到相當詳細的情報了。

接著……

發生了中禪寺說的沒有觀衆的鬧劇——僞裝殺人，然後我逃走了。

可是隔天，我發現同一個時間、同一個地點，有個叫權田的人碰到和我完全相同的遭遇。

權田的體驗與我的體驗相比較，不同之處只有一點——最後的鬧劇不是鬧劇，而是眞的成了一齣悲劇。

駿東死了。

落網的權田否認犯案，但中禪寺說權田就是眞兇，應該錯不了。

那麼……

「只有我的體驗……是多餘的呢。」

「是啊。在駿東三郎命案裡，只有你的體驗是多餘的。也就是說，那裡是另外添上去的部分。」

「添上去？」

「對。是**為了讓榎木津禮二郎出醜難堪**，神無月所添上去的……猴戲。」

「讓榎木津先生出醜？」

「對，神無月和加加美興業八成有關係。而且他們背後還有羽田製鐵撐腰。因爲羽田隆三握有榎木津的情報，先前的銀信閣那件事，讓加加美興業認爲今後榎木津對他們而言會是個絆腳石吧。所以他們著手毀掉榎木津。」

「怎、怎麼做……？」

「很簡單，你所演的殺人劇，**觀衆是誰**？」

「咦？那場戲……結果沒有半個手下看見，不是嗎？所以我才覺得奇怪……」

「不……不是有個人**看得一清二楚嗎**？而且還是坐在最前排的特等席。」

「你、你說誰？……那裡還有其他人嗎？」

當時在看的只有鏡子而已。

「難、難道那面鏡子有機關？」

「不是的。」中禪寺說。

「那、那你說是誰看到了？沒有任何人啊。哪裡有偷窺孔嗎？」

我按捺不住，有些拉開了嗓門叫道。

中禪寺無動於衷，莫名親切地答道：

「沒錯沒錯，完全是偷窺孔。不過第三者從那個窺孔看到你和自稱駿東的人演出的鬧劇……大概是明天的事吧。」

「明、明天？」

「洞孔就在這裡呀。」中禪寺說，指住我的臉。

「請、請別胡鬧了。」

「我才沒胡鬧呢。你的兩上就開了兩個偷窺孔啊。」

「咦？」

我用手遮住自己的臉。

中禪寺轉過身體，從堆在壁龕裡的書本旁邊的小抽屜取出手鏡，舉到我面前。

上頭映出一張凡庸的臉。

「洞……洞孔是……」

沒錯。

開在我臉上的洞孔。

——就是眼睛。

「那……也就是說……」

中禪寺點點頭。

「好嗎？你仔細回想看看。自稱駿東的人在開始演出鬧劇之前，執拗地向你追問榎木津的事，對吧？」

他問了很多問題。我也一一回答了。

「根據我的記憶，那個人在確認榎木津周遭一伙人的身分之後，這麼問你，對吧？榎木津的能力……是讀心術或靈術那一類的嗎？」

「唔，的確是。」

「你怎麼回答？」

「我回答說不是。」

——聽說他呢，

——只是看得見而已。

我想我是這麼回答的。

「我說他只看得到別人的眼睛看到、記得的事物而已。」

「你這麼回答之後，自稱駿東的人怎麼反應？」

駿東他……

「呃，對，他顯得很高興的樣子。然後他說……這樣啊，看得到記憶，就是這個意思啊，他不懂別人的想法和心情，是嗎……」

「確認似地向你問？」

「對，完全是確認似地又問了我一遍。記得他是問……他不明白別人悲傷、氣憤這類心情，只知道別人看到了什麼，是吧？……我回答說沒錯……啊啊？」

——他知道發生了什麼事。

——兇手一定會看到犯罪現場。

我像這樣回答。

那個時候……

駿東不知爲何，高興極了。

然後。

「啊！」

我懂了。

我……

我是觸媒嗎？

「那，駿東先生設計的戲碼……其實不是爲了放我逃跑，欺騙手下而做……」

「沒錯。他那誇張的演技和拙劣的表演，都是**為了讓你看見**——不，透過你的眼睛，**好讓榎木津看見**而做的。」

中禪寺說道，放下手鏡。

「怎麼會……」

「就是這麼回事。」中禪寺把鏡子擱到書上，「你說自稱駿東的人也這麼問過你，對吧？**對於從頭到尾閉著眼睛進行的犯罪，他看不出來對吧？**」

沒錯。

他這麼問過。

閉著眼睛進行的犯罪，一般無法想像。

我記得當時我還佩服這個點子眞奇特。

雖然佩服也很怪。

「眞是大費周章吶。」中禪寺呢喃，「我猜——接下來我要說的只是猜測罷了——你說那個自稱駿東的人，在鬧劇開始之前，向你指示玻璃門的方向，對吧？」

——你看那道門。

「對，他指著門口。說手下在看可是……從我的位置看不見門外，所以那裡是不是眞的有人……」

——很難說。

「應該有人吧。」中禪寺說。

「咦？有人嗎？」

「我想是有，**在那之前**是有人的。」

「在那之前？你說的之前，是他叫我看門之前嗎？」

「對。敵人當然也明白從你被綁的位置看不見走廊。明知道你看不見卻叫你看，是強人所難。所以那個動作——叫你看、並指示門扉的動作，應該不是對你做的吧。那是信號，在告訴從門外窺看房內情況的手下準備好了，可以動手了。」

「信號？」

「據我猜想……神無月這個人天生是個膽小鬼吧。這類人原本就會傾注心血去彌補一些無用的、瑣碎的矛盾。死亡推定時刻本來多少就會有一些誤差，但他應該是想盡可能貼近吧。」

「什、什麼意思？」

「嗯。」中禪寺抱起雙臂，「大概是……隔壁房間吧。對面房間好像面對大馬路，所以應該不是那裡。我想隔壁房間裡……大概就在你演出鬧劇的當時，一樣被奪去自由的駿東三郎，遭到矇住了眼睛的權田信三殺害。」

「矇住眼睛？」

「應該是矇住眼睛了，爲了預防萬一。那一瞬間，手下們應該也背過身去，或去做別的事了。而駿東先生可能被堵住嘴巴……或許臉也被矇住了呢。然後身體被固定成容易刺到肚子的姿勢。」

「固定？」

「嗯，因爲眼睛矇住了，權田手握凶器，摸索著，愼重地……刺死了對方。因爲必須一刀斃命，所以刺得很愼重吧。眞是太殘忍了。」中禪寺作結說。

那……

「那是……」

「從頭到尾閉著眼睛進行的犯罪。」

「原來是這麼回事嗎？」

明天……

在那棟空大樓……

神無月將與榎木津一決高下。

如果警方傳喚，就算是榎木津，也不得不到場吧。

但從榎木津的個性來看，不管益田和寅吉怎麼說明，他也一定聽不進去，就算聽進去了，應該也記不住。榎木津一定會像平常那樣，毫無防備地去到現場。

然後……

在警方的監視下，兩名嫌犯──我和權田，應該會被帶到那個房間。我不知道神無月打算怎麼做，總之他一定會逼迫榎木津指出哪一個才是兇手。

榎木津他……

只會看。

看我和權田的視覺性記憶。

權田……即使他是眞兇，如果事情就像中禪寺說的那樣，那麼他什麼也沒有看見，所以榎木津將不可能識破權田的犯罪。

另一方面，我……擁有親手刺殺駿東的記憶。不管有沒有眞刺，我所看到的景象，與眞兇應該看到的景象大概完全相同。

榎木津……

九成九會指控我就是兇手吧。

與榎木津認識已久的青木刑警肯定會相信榎木津的話。因爲青木知道榎木津的個性雖然亂七八糟，但指出眞相的機率高得嚇人。加之神無月一看就給人可疑的感覺。他一定會認爲與其相信那種人說的話，榎木津還更值得信賴多了。

我會因爲應該是自己人的榎木津的一句話，被當成眞兇逮捕。

此時……

──神無月再來逆轉情勢嗎？

是這樣的構想吧。

神無月會用他那面魔鏡進行冒牌占卜，指名權田才是兇手吧。此時權田再誠惶誠恐地自白認罪。如果神無月與權田在背地裡勾結、權田早已做好以殺人犯身分服刑的心理準備，這是再簡單也不過的事了。

我的冤情將會被洗刷。

可是……

榎木津將大大地出醜。

流傳於世間的對玫瑰十字偵探的溢美之詞，還有榎木津的名聲、實績、信用——全會當場掃地吧。

包括青木在內的榎木津一伙的內部也難保不會出現裂痕。再怎麼說，榎木津所指名的都是自己人，而且還完全猜錯了……

中禪寺嘆了一口氣。

「受不了……眞虧他想得出這麼蠢的計畫。實在蠢到家了。眞是夠了這四個字，就該用在這種情況。我想明天應該會掀起一樁大風波吧。神無月一定會把報紙雜誌等所有能找來的媒體全部叫到現場，準備一口氣毀掉榎木津吧。嗳，他是認爲如果讓榎木津狠狠地丟場臉，他今後也難以繼續活動了吧。」

「觀衆……原來是我嗎？」

「沒錯，演員的你，本身也是觀衆。或者說……這種情況，**只有演員才能擔任觀衆**。讓你裝出殺人的樣子，對神無月的計畫來說，是絕對不可或缺的一環。」

「裝出殺人的樣子……」

完全就是這樣。

「榎木津身邊的人當中，感覺做得來這件事的……本島，除了你以外沒有別人啊。關口已經被逮捕過一次，而且碰到那種狀況，他會怕得動彈不得。那樣根本沒戲唱吧。和寅跟益田應該不會上當，其他人則是根本難以綁架。你是最適合的人選。」

一點都不讓人高興。

可是，

「請等一下。」

我又叫停了。

「這件事，唔，我是理解了，可是呃，那麼，那個……」

被綁住的我，是與駿東對話。

而駿東打信號……

——然後駿東被殺了？

那我是在跟誰說話？

「當然是跟神無月說話啦。」中禪寺說。

「神、神無月？」

「和被捆住的你對話的，是變裝成駿東三郎的神無月鏡太郎啦。」

「你、你怎麼知道？」

的確，駿東的模樣很容易變裝。

帽子、手杖，還有……

——原來那是假鬍子嗎？

那古怪的話聲原來是裝出來的嗎？這麼說來，他那種年齡不詳的奇妙感覺，原來是想要隱瞞真正的年齡，結果老態的演技太不自然而造成的嗎？沒錯，那個人感覺像在作戲。說話的腔調也很怪。

對，就像勉強矯正關西腔似的……

「可是，怎麼證明那就是神無月……」

「神無月今天的行動……就是證據。」

「今天的行動？」

「神無月這兩天一定一直跟蹤著你。因爲……他發現了自己計畫中致命的缺點吧。而他爲了彌補這個缺點，今天把你釣出來，帶到那棟空屋去。」

「致、致命的缺點？」

「你不懂嗎？」

「不懂。」

「聽好了，本島，榎木津並非擁有可以自在窺看他人記憶的能力。不管願不願意，他

就是會看到他人的記憶。」

他的意思是，那不是能力，而是體質嗎？

「所以啦。」古書肆說到這裡，露出苦笑般的表情，「明天……神無月當然也會在場吧？」

「應該……會在場吧。」

「他不在就沒戲唱啦。那麼，榎木津出現在那裡的話……不光是你和權田的記憶，榎木津**也會看到神無月的記憶**。」

「啊。」

神無月的記憶。

如果與我交談的人就是神無月變裝的，那麼神無月的眼睛應該也看到被綁住的我、以及攻擊他的我了。這些應該都刻畫在他的記憶裡。

可是，那原本是不應該存在的記憶才對。

「記憶……是無法抹消的。」中禪寺說，「就算想忘掉……唔，應該也忘不掉吧。」

「問題在於更根本之處。忘掉並不是抹消，只是無法再生罷了。就像你說的，就算想忘掉也忘不掉，而且不管忘得再怎麼乾淨，記憶本身仍然存在。」

記憶是無法消除的——中禪寺重複道。

「另一方面，同樣的體驗——同樣的資訊，並非分開來認識、保存的。」

我不懂。我問是什麼意思，中禪寺叫我聽好，端正坐姿說了：

「假設有一顆蘋果，看到同一顆蘋果兩次時，人不會將它分開記憶爲蘋果一、蘋果二，而是會判斷看到同樣的蘋果兩次。除了第一次與第二次的差異以外，全都省略去認識。不是重新記住整顆蘋果，而是只將光澤、飽滿度等異於第一次看到的部分**覆蓋**到記憶上面。所以……神無月爲了隱瞞前天的視覺性記憶，他今天必須再次看到完全相同的情景才行。他有必要製造出因爲完全不同的理由而呈現的完全相同的狀況。」

的確，速度雖然不同，但我在那個房間重現了與前天完全相同的動作。而神無月的動作……現在想想，與駿東那天的動作……

——幾乎一模一樣嗎？

大概一樣吧。

「對你來說，今天發生的事，與前天的遭遇是完全不同的兩回事呢。首先對象就不同。就算那其實是同一個人，外表也完全不同。在你心中，這兩件事在視覺上也被理解爲不同的兩回事。另一方面，在神無月的記憶中……」

「是……同一件事嗎？」

是同一件事。

我穿著同樣的衣服。

「對，除了一部分以外，看在神無月的眼裡，你完全是相同的。唔，雖然像是沒有繩索、是他自己扶起倒下的椅子等等，有許多細微的差異，但除了這些細節以外，全是反覆的記憶。最大的差異在於神無月本身的臉和外表，可是……」

「神無月自己看不見自己。」

除非倒映在鏡子裡……

否則看不見自己的臉。

「假設明天榎木津看到神無月的記憶好了，可是神無月可以用那並非凶案當天發生的事來狡辯過去。因爲你的記憶中也留有似是而非的畫面嘛。」

「這……」

我說這實在是天衣無縫，中禪寺卻不屑地說，「根本愚蠢透了，愚蠢。」

「愚蠢？」

「簡直就像削千年杉來做免洗筷一樣，愚不可及。不愧是能面不改色地自稱通靈偵探這種丟臉名號的傢伙，看來他是個貨眞價實的大呆瓜。」

「那……中禪寺先生認爲榎木津先生不會掉進神無月設下的陷阱嘍？」

古書肆揚起單眉：

「不，他會輕易掉進圈套吧。」

「什麼？」

「這對那個笨蛋來說，是無從防範的事。不就是嗎？不，榎木津就像你知道的，腦袋空空，噯，事情大致上會照著神無月希望的發展吧。」

「那、那不就糟了嗎？」

「哪裡糟了？你會得救呀。」中禪寺詫異地說，揚起另一邊的眉毛，「那不就好了嗎？」

「不、不好啦。因爲那樣的話，榎木津先生不就當衆出糗了嗎？」

「那又有什麼關係？那種東西，光是走在路上就夠丟臉的了。俗話說，出外旅行不怕丟臉，但榎木津那根本是活著不要臉了。跟他待在一起的話，連自己都得每三十分鐘丟上一次臉呢。」

「可是這樣一來，不就會失去自己人——特別是警察相關人士的信賴了嗎？」

「誰是他自己人啊？」中禪寺厭惡已極地說，「榎木津身邊有的，借用他自個兒的說法，全是奴僕吧？如果眞是奴僕，就算主人丟了臉，也無法解除主從關係啊。」

「是這樣說沒錯……」

「其他人——除了奴僕以外的榎木津的熟人朋友，不管榎木津碰到什麼事，也只會覺得好玩，不會可憐他的。榎木津愈慘，他們愈開心。如果事情眞的照著神無月想的進行，認識榎木津的幾乎所有的人，都會捧腹大笑吧。我也會笑。狂笑不止。暫時是不愁沒有茶餘飯後的話題了。」

這群人……好狠的心。

「再說，」中禪寺這次狀似愉快地接著說，「警方打一開始就完全不信賴那種笨蛋，你根本不必擔心。就算榎木津說出眞相，警察也不會相信，如果他說錯了，警方也只會拍手叫好。」

「是……這樣嗎？」

「就是啊。我不曉得那個通靈偵探在大阪有多受警方企重，不過嘍，八成是假的，要不就是唬人的。頂多只是幫忙過兩三次，還是被表揚過一次，這點程度罷了吧。嘍，就算路上隨便一個小孩，只要協助調查，也會受到表揚。而且警方本來就絕對不會去依靠偵探。不管是偵探還是別的，萬一**讓民間人士調查**的事情曝光，那可是個大問題。像榎木津，警方對他根本是敬而遠之、退避三舍。從東京警視廳開始，千葉、神奈川、長野、茨城，只要跟榎木津打過交道的國家地方警察，全都會口徑一致地說他那種傢伙最好快點去死一死。我想每一個警官都是打從心底這麼想的。這跟警方一點關係都沒有啦。」

「可是身爲偵探……」

「他幹不下去才是造福世人。」中禪寺態度一轉，冷冷地說，「不過他大概是不會放棄這個頭銜的吧。」

「不會嗎？」

「我說本島啊，」中禪寺露出窩囊的表情繼續說，「榎木津這個人可不是什麼老實貨色，會因爲在意世人的眼光而改變職業。你應該也很清楚這一點吧？」

「嗯……」

嘍，應該是這樣吧。

「他啊，覺得別人怎麼樣都無所謂，相對地，也覺得別人怎麼想他都無所謂。他就是打定了這種主意，才能夠那樣目中無人。如果想要受人喜歡、還是想要當個乖寶寶，就不可能幹得出那種荒唐事了啊。說起來，如果他是個會在意別人眼光的傢伙，打一開始就不會當什麼偵探了吧。」

「哦，是啊……」

或許吧。任性的人大部分都自私自利，但獨獨榎木津似乎有些不同。他的確會誇耀自己了不起，叫別人崇敬他，但就算別人罵他笨蛋，他也只會說「笨蛋有什麼不好」吧。就算被他罵到臭頭，也不怎麼覺得生氣，原因或許就在這裡。

「不僅如此，照他的說法，偵探並不是職業。我是不懂他那套，可是他不是老說偵探是稱號嗎？既然不是職業，就無從辭職了吧。」

這麼說來，我好像也看過他那樣神氣地宣言。

「就像我一開始說的，神無月就是料錯了這一點。」

「料錯……？」

「對。看來神無月這個人，是個只能用自己的價值觀去忖度別人、度量狹小的傢伙呢。自己喜歡的東西別人應該也喜歡，自己高興的事，別人理當也會高興，他這麼深信不疑。他堅信自己的基準就是絕對，絲毫不去懷疑。所以他應該是以自己不願意碰上的事、自己覺得困擾的事爲基準來擬定這個計畫，不過……不會怎樣呢。」

「不會……怎樣嗎？」

「是啊。這些人大抵上都是固執於金錢、名聲這類無用之物，神無月看來也是這一類的。可是呢，榎木津半丁點都不會被金錢或名聲給吸引。他的基準啊……」

是好不好玩，對吧？——中禪寺說：

「再怎麼說，榎木津都是笨蛋，所以就算計畫照預定進行，對榎木津也不會造成任何打擊。他不痛不癢。當然，即使計畫失敗也是

一樣。那個笨蛋偵探，好玩就高興，不好玩就發飆，這樣罷了。」

這一點我痛切地了解。

「嗳，無論失敗或成功，榎木津都只有高興或發飆兩種結果。就算事情順利，要是結果讓榎木津發飆，就形同失敗，如果惹得榎木津發飆，事情可就不得了了……嗳，就算事情不順利，也是一樣的。」

意思是無論怎麼發展，都沒有什麼差別嗎？

「所以呢，這個圈套毫無意義。即使順了神無月的意，也一樣是失敗。結果絕對不會合乎敵人的心意。」

「你是說……沒有任何人會困擾？」

「你不覺得困擾吧？」

唔，是不困擾。

神無月的犯罪──到了這個地步，我已經完全搞不懂相當於犯罪的到底是哪一部分了──就算順利，也沒有意義。

可是。

「可是，就這樣讓神無月稱心如意，也……」

感覺有點不太甘心。

「榎木津先生會來嗎？」

「會吧。青木應該連絡本家了，榎木津的父親健康狀況令人擔憂，但榎木津就像我剛才說的，蠢到天邊去了，聽到古怪的事，一定會立刻上鉤。嗳，所以他應該會被騙吧。」

「至、至少通知他有這樣一個圈套……」

「沒用的。」中禪寺揮手，「這種錯綜複雜撲朔迷離的怪事，不管再怎麼親切詳細地說明，那個榎木津也不可能理解。弄個不好，讓他只聽懂神無月是個壞蛋，事情就麻煩了。他搞不好會說要揍他。」

很有可能。

「不過那種通靈男，挨揍還是挨踢都無所謂。可是如果榎木津做出什麼怪行動來……視情況，你的立場也有可能變糟。況且我也不曉得那傢伙現在在哪裡。我連絡本家的次數少得都可以數出來。」

「可是……對了，先告訴警方是不是比較好？」

「爲什麼？」

問我爲什麼，我也答不上來。

「哦，我覺得明知道卻不說……好像也怪怪的。只先告訴青木先生是不是比較好？」

「你要說嗎？我不會阻止。」

「唔……」

我是覺得說了也沒關係。

中禪寺一副吃不消的摸樣，臉一板，搔了搔頭說：

「本島，神無月可是維護你，叫警方不要逮捕你的人呢。而受包庇的你卻要跑去跟警方說眞兇是權田、這是神無月的計謀嗎？」

的確……這樣感覺更怪了。

「我是不會阻止你。」

「可、可是，只說結果的話，的確怎麼樣感覺都很怪，但只要從頭詳細說明……」

「根本沒有什麼詳情啊。」中禪寺說，「你跟我都沒有半點可以向警方報告的資訊。況且你不是已經把自己知道的事全告訴警方了嗎？」

「是……這樣沒錯……」

「那……這表示我和警方擁有同質、同量的情報。可以拼湊的材料是相同的，或許警方也已經做出了相同的結論。當然，也有可能做出不同的結論，就算是那樣，也是沒辦法的事。」

「可是……」

「可是什麼？」

「可是啊，都已經知道這麼多了……卻

又絕口不提，實在是……」

「你可別弄錯了。」中禪寺以嚴厲的語氣說，「這只是推測而已。雖然我想是沒有其他可能了，但依然是沒有半點證據。毫無確證卻說這種話，原本是很要不得的事。」

「可、可是……」

「嗳，如果能在神無月開始行動之前察覺這個事件，那還另當別論。如果能在更早的階段……像是敵人還在佈局的階段，或許還有法子可想。例如說，如果你今天不跟神無月一起去的話，敵人的計畫就出了大差錯……」

「啊。」

換言之。

是我害的嗎？

因爲我太遲鈍，錯過了可以設法的階段。

「這是沒法子的事啊。」古書肆冷酷地說，「在現階段根本無從下手。敵方的計畫已經完成了九成，到了只等收尾的地步了。不過，殺人的眞兇權田也已經落在警方手裡……不可能還會再出現犧牲者了。」

可是……眞的好嗎？

「嗳，我已經說過許多次了，你不會有多困擾的。你可能會變得出名一些……反正世人一下子就會忘記了。所以你應該不會因此被趕出住處或丟了飯碗吧。眞兇也受到了正當的制裁，至於榎木津，扔著別管又有什麼關係？他啊，沒正常到會因爲這種事受到打擊的，再說，你不是總是蒙受他的麻煩嗎？如果榎木津吃癟，你就大笑眞爽就行了。」

古書肆說完，笑了。

我……陷入了猶豫。

6

我是個卑微的電氣配線工程公司的製圖

工，直到今天的這一刻，都克勤克儉、認眞工作，我是個凡庸、膽小的小市民、小人物，而且遲鈍又毫無個性，一點長處也沒有，過著沒有半點精彩之處的人生，所以……

絕對沒有。

完全沒道理遭到這麼多人團團包圍。

大概有二十個人以上吧。

舉著相機的人，打開筆記本舔鉛筆的人，別著臂章的人，頭戴鴨舌帽的男人，戴著眼鏡的女人……

這些全都是神無月找來的媒體人士。有人穿戴正式，但也有人服裝隨便。不管是報社還是糟粕雜誌，只要是神無月能找來的，三教九流應該都全給叫來了。

大概是爲了大大地向世人宣傳榎木津等一下應該要出的糗……

警官圍出一道人牆阻隔。

我在中野的京極堂享用過晚餐，回家之後先去了澡堂，泡著熱水尋思我接下來究竟該如何是好，但想不出個結果，就這麼回家，保留結論入睡。享受了一晚惰眠後，叫醒我的不是早晨清爽的朝陽，也不是刺耳的鬧鐘聲，也非住在隔壁像熊一樣的近藤叫罵聲。

叫醒我的不是別人，是附近的派出所警官。

身爲代表性小市民的我，就如同其他小市民那般，對權力十分軟弱。

所以當我發現拜訪我的是身穿制服的公務員，登時幾乎是反射性地跳起來，也沒仔細聽他說什麼，不管三七二十一，就是服從。

我在完全清醒之前爬起來，差不多是無意識地換上工作服——這已經是無條件反復執行的習慣性動作了——坐上警察的車子後，才總算了解到自己置身的狀況。

當然，我被帶到解決案件——神無月與榎木津的偵探決鬥——的現場去了。

這件事我當然已經知曉，但完全沒想到會一早醒來就被帶去。警官的應對難得地十分恭敬，但碰到低聲下氣的態度，反而會更加猜疑，這就是小市民的習性。對膽小鬼來說，光是制服就已經夠嚇人的了。

再說，看在旁人眼中，無論是帶路、自願同行還是拘捕或緊急逮捕，看上去都是一樣的，一早就搭著警方的車子出門，眞是丟臉透了。

跟遭到地痞流氓綁架根本是半斤八兩。我腦中一片糊塗地坐上車子，只求避人耳目，縮著脖子垂著頭移動，然而才一抵達……

就是這堆人群。

我還沒來得及感到畏懼，更是先嚇了一跳，只能瞠目結舌。

那是叫……好奇的視線嗎？

過去我從來沒有被人這樣看過。不，我不可能被人這樣看。不不不，我不該被人這樣看。

青木一臉困擾地杵在那裡。

——得說點什麼才行。

我還沒開口，兩名警官就來到我旁邊，左右抓住我的雙臂。青木的表情變得更加苦惱，向我行禮。

——我說不出話來。

我……是嫌犯之一。很快地，場面更加混亂了。被比我更多的警官包圍的嫌犯之二——權田信三現身了。

權田的手被反剪在身後綁住，腰上也套了繩索。

鏡中的我……是個神情狂妄的中年男子。理得短短的頭髮有一半灰白，肥厚的臉上泛著油光，右眉上有一道舊疤。與凡庸的我完全不像，風貌個性十足。

「啊……」

青木雙手高舉，微弱地出聲。

那是一種爲什麼自己非幹這種事不可的、倦怠感十足的消極態度。

「啊啊，各位好像是媒體人士，可是這並不是表演秀啊。請各位回去。警方並未允許採訪。」

沒有半個人動。

不僅如此，閃光燈還連續閃了好幾下。青木被拍照了。

「請、請不要拍照！警方不允許攝影。我們會再召開記者會，請各位先離開。聽好了各位，這是未偵破的案件調查。你們要是隨便亂來，會吃上妨礙調查的罪名的。」

「爲什麼拍照就算妨礙！」

「我們有報導自由！」

粗鄙的叫聲此起彼落。

「通靈偵探神無月人呢！」

「接下來不是要舉行通靈偵探與華族偵探的決鬥嗎！」

「不、不是那樣的。」

「那是怎樣！」叫罵響起。

「聽好了，各位，有民間人士向警方提出調查協助，警方自然不能視而不見……」

「青木先生，你這樣不行啦。」

我聽見耳熟的聲音。我戰戰兢兢地抬頭一看，群眾之中有一張看過的臉。

「啊……」

是以前我在參與的鳴釜事件之中認識的青年鳥口守彥。這麼說來，我記得鳥口說他是雜誌記者。

青木好像更沒了幹勁，望向鳥口：

「我說你啊，瞧瞧狀況吧。」

「嗚嘿，青木先生好沒幹勁吶。嗳，一定是新任的小淵澤警部吩咐說這種荒唐事就交給你處理，對吧？不過看看聚在這裡的臉孔，每個都是沒皮賴臉的棘手角色哦。也有無牌記者，像你那樣畏畏縮縮的，不管說什麼都不會有人回去的啦。」

青木垂下肩膀。

「可是啊……」

「還可是，青木先生，你看看啊。喏，那個是大報社的記者，那個是知名雜誌的記者，還有喏……」

鳥口說著，從後頭把一名女子拉到前面來。

「連聲名如雷灌耳的《稀譚月報》的記者小姐也在呢。」

眼睛如小鹿般的嬌小女子看到青木，不知為何露出苦笑般的表情，向他點頭。鳥口臉上笑個不住。

「青木刑警，你總不會連這位小姐都要趕回去吧？可是也不可以偏心地只留下她一個人哦。」

青木垂下肩膀，渾身脫力。女記者歉疚似地再次向他點頭。

眾人背後……

「喲喲喲，好像來了不少吶。不愧是榎木津偵探，眞受歡迎。」

矯正過的古怪關西腔。

人牆分開，神無月鏡太郎穿著比昨天更沒品的西裝，擺出醫師即將開始動手術般的動作，站在那裡。

「讓各位久等了。我是神無月流陰陽道宗家，通靈偵探神無月鏡太郎。嗳，我在這塊土地還名不經傳，本日是我初次公開亮相，嗳，還請各位多多關照。」

神無月討好地向眾記者哈腰鞠躬，穿過警官圍成的人牆，站到青木旁邊，向右一轉：

「案情經過，就如同書面上所報告。」

「書、書面？」青木慌了手腳，「什麼書面？……你、你做了什麼……？」

「還有什麼，我不能向各媒體通知案情經過嗎？」

「什麼行不行，喂，這案子還沒有破……」

「今天就會破案了，放心。」

神無月厚顏無恥——或者說表面恭敬，實則倨傲地說道，踮起腳尖似地朝四方掃視。

「咦？榎木津偵探閣下怎麼了呢？總不會……是怯場了吧？刑警先生，你的確通知他了吧？」

「我通知了。」青木自暴自棄地說，「事務所跟老家都通知了。他人在老家，我連時間都確實連絡了。」

「他說他會來嗎？如果警方不負起責任把他帶來的話……那就算毀約嘍？」

「毀、毀約的是你。」青木皺起鼻頭說，「你為什麼叫來這麼多媒體記者？這我們根本沒有聽說。」

「這個嘛……因為我沒說，所以你們應該也沒聽說吧。」

「這什麼話，你……」

神無月以誇張的動作攤手，左右搖頭：

「不不不，警方沒道理對我生那麼大的氣哦。你說說，警方開出條件說不可以通知媒體嗎？沒有吧？可是我開出了條件。而你們答應了。你昨天跟我說好了吧？說你絕對會把榎木津叫來。」

「什、什麼絕對……」

我才沒說絕對——青木別過臉去說：

「你、你知道榎木津先生……是個什麼樣的人嗎？」

神無月斜眼盯著青木。

感覺好粗俗。

「他是個什麼樣的人都無所謂。他會來嗎？還是不會來？到底是哪邊？」

「我才不曉得他會不會來。」青木完全豁出去似地說，「不過……你說要把榎木津先生叫來，才告訴我們重要的情報，所以我們

警方才像這樣照著你的要求做。警方都妥善處理了，你就快點把你知道的情報說出來吧。」

青木感覺比起憤慨，更像是覺得荒謬得受不了。

神無月用鼻子哼了一聲。

「那麼……室外很冷，到建築物裡面再談吧……」

「裡、裡面……你是說，要讓這些人也進去現場嗎？」

就連青木似乎也瀕臨極限了，他的口氣變得粗魯了些。可是溫和的刑警難得一見的眞心動怒也持續不了多久。

「沒錯！」是鳥口的叫聲，「不可以忘了踏破現場百遍這句格言！」

青木感覺眞的要跌倒了。

鳥口接著呢喃，「每個現場都給踏破的話，修理起來也很辛苦耶。」眞是大蠢蛋。青木的憤慨完全被這個迷糊的打諢給攔腰折斷了。

然後……

結果我們一群人魚貫前往那間我遭到監禁的房間。

記者們被攔在走廊，我和兩名警官、架著權田的五名警官、神無月，還有青木進了室內。

門沒有關上，取而代之，兩名警官守在門口。可是隔著警官，記者成群結隊，你推我擠地窺看著室內的狀況。看來神無月誇下了相當大的海口。

我左右跟著兩名警官，與被綁住的權田一起站在柱子旁邊。

權田默默無語，我完全不懂他在想什麼、有什麼感覺。

「好慢吶。」

神無月坐立難安地在門扉與窗戶之間來來回回。

青木赤裸裸地表現出倦怠感，站在畫在地板上的人形旁。

「神無月先生，請你適可而止，好嗎？本島先生是自願協助的，這種待遇，簡直把他當成了兇手。」

「兇手！」神無月停步，大聲說道：「警方……果然也懷疑這位先生，是吧！各位，你們都聽到了嗎？」

「我說你啊……」青木歪起腦袋，「這樣挑人語病，你是三歲小孩嗎？別這麼幼稚了吧。這案子還沒有破，而這位本島先生是關係人，也是重要證人啊。可是……」

「可是什麼？警方判斷這位先生不是嫌犯嗎？」

「不，所以說，目前他並不是嫌犯。可是案子還在調查中，不曉得會如何……」

「那麼我來揭曉一切吧。」

神無月誇張地說，把手伸進內袋。

——淨玻璃之鏡，是嗎？

我已經從中禪寺那裡聽到了機關，更覺得假惺惺了。神無月從口袋裡取出紫色的小包。

「唔嗯！」

瞬間，入口的警官跌了個四腳朝天。是被記者推倒的。

幾名記者亂糟糟地湧入。

「不、不行！不可以進來！」

警官叫是叫了，但接下來已是一發不可收拾。

大批記者蜂擁而入，警官一眨眼就被推出走廊去了。

可是房間並不大，沒辦法所有的人一下子迅速進來。結果入口和走廊變得宛如都電般擁擠，仔細一看，鳥口也擠在前頭。他馬力十足吧。鳥口背後也可以看到那名女記者的身影。那個女記者眼如秋水，是個相當可愛的姑

娘。

「安靜！」

神無月大聲說。衆人的動作靜止了不少。雖然是三流，但好像也還有一點迫力。很快地，衆人幾乎都進了房間，沿著牆壁排成一排，很像小學家長參觀日。

入口的警官被推擠得不成人形，茫然若失。至於青木，他右手掩住臉孔，無力地垂頭。是在表示他束手無策了吧。

「閻摩耶娑婆訶！」

神無月在窗邊唸誦先前的咒文。

他舉起淨玻璃。然後慢慢地開始旋轉。

——沒問題嗎？

我自己也完全不了解我幹嘛擔心這種傢伙，但我有那麼一點擔心神無月能不能順利成功。

現在還是上午，沒有夕陽什麼的從窗外射入。就算是魔鏡，沒有光線也無用武之地。

神無月說「那邊讓一讓」，可是就算讓開，也照不出什麼。

我別開視線。

就算他是三流壞蛋，我還是不忍心看見一個人遭到衆人嘲笑。

然而，

我的耳中聽見的不是嘲笑，而是「噢」的驚叫。

掛著鏡子的牆面處，記者左右讓開，擠成一團。然後鏡子的右邊投射出那個有如地藏尊的圖像。

怎麼辦到的……？

「哈哈！請看，出現和昨天相同的結果了。這位叫本島的先生——本島五郎，他是清白的！」

神無月叫道，衆人「噢」地再一次驚叫。

可是……

我並不叫五郎。

一定是被忘記了，連神無月都忘記了。

我的名字眞那麼平凡嗎？

「我——通靈偵探神無月鏡太郎，昨天也在這個地點，使用這面映出眞實的淨玻璃之鏡，試圖映照出本島五郎在這個房間的罪狀……」

我說啊，我不叫五郎。

「沒有罪狀！本島五郎雖然受到矇騙，但他完全是無辜的。請看看映照在這裡的神聖地藏菩薩之姿啊！」

閃光燈連閃了好幾次。

不過我想那不可能拍到的。

我冷眼觀察。被叫錯名字，害我一口氣清醒過來了。誰會被那種詐術給騙了？

——這樣啊。

是鏡子嗎？

夕陽照入的窗戶的對側……

光從大開的門扉照了進來。

這些光反射在牆上的鏡子。那個入射角的話……正好可以反射到神無月站著的位置。神無月用他的魔鏡接住了那些反射光。反射光的反射光……唔，正好就在那一帶凝結成光像吧。

就像中禪寺說的，根本沒有任何不可思議。神無月會在原地打轉，只是爲了尋找出最容易反射光線的位置。這一切理所當然到了可笑的地步。

可是這麼想的似乎只有我一個人。

連青木都一臉茫然地看著牆上的圖像。警官也一樣看著牆壁。記者也是如此。不過只有那名女記者有些虛脫地看著門口。

——她發現了嗎？

女記者快步移動到門口，把手遮到打開的門前，然後悄悄地關上了門。

——她發現了。

光被遮住了——就在我這麼想的刹那，

神無月迅速地用布掩住了淨玻璃之鏡。女記者聳了聳肩，一副「失敗了」的模樣。

「這位本島五郎……」

神無月像是害怕冷場似地說了起來。要說話是無所謂，可是拜託把我的名字叫對，好嗎？我的名字又一點都不冷門。

「本島五郎他，」神無月像要強調這個名字似地說，「五郎他在經過這棟建築物時，一瞬間被封閉在房間裡的惡念囚禁，深信自己在這個場所遭到了監禁。這個老實到近乎憨愚、善良到教人頭疼的五郎……」

我的老天，那算哪門子形容啊？

「就這樣將他的幻覺照實稟告警方了。因此他遭到了無謂的懷疑，就像各位看到的，遭到了拘捕。」

我並沒有被逮捕，好嗎？只是兩旁有警官跟著，看起來也像是被拘捕罷了。

「可是！」

神無月好像不會介意這些瑣事。

「這全都是旁邊這個邪惡的男子，權田信三的體驗。眞實全都照映在這面鏡子裡了。在這裡殺害了駿東三郎的……」

突然間，「轟」地一聲巨響。

正以引人入勝的語調滔滔不絕的神無月皺起那雙修整過的眉毛，小聲問道，「怎麼了？」

噪音以驚人的速度通過走廊，很快地在門前停住了。

接著。

「哇哈哈哈哈！」

首先響徹房間的，是笑聲。

接著……

女記者關上的門，

猛地打開了。

「怎麼樣，各位蠢蛋，我來啦！」

刺耳的罵聲。

某個男子雙腿大開地聳立在那裡。

色素淡薄的皮膚、飴黃色的瞳孔，以及濃密飛揚的眉毛。

穿著一身有如俄國軍隊穿的禦寒衣物的玫瑰十字偵探——榎木津禮二郎，傲然挺立在那裡。

「榎木津先生……」

女記者目瞪口呆地說。

「呀！這不是小敦嗎？那我撤回前言。只有妳一個不是蠢蛋，其他的全是蠢蛋。好了，小芥子頭，接下這個吧！」

榎木津愉快地說，從走廊拖過什麼東西，朝室內扔進來。隨著「砰咚」一聲，還響起了「哇」的慘叫。

那是……

兩個流著鼻血、渾身是傷的男子。

定睛細細一瞧，那是綁架監禁我的混混——加加美興業的人。門口附近的警官趕了過來。他們困惑不已。人看起來被打得相當慘。

青木慌了手腳。

「榎、榎木津先生，這是……」

榎木津愉快地狠狠朝掙扎的小混混屁股一踢：

「嗚哈哈哈哈！哪有什麼這是那是的，這兩個人在那附近鬼鬼祟祟的，所以我就順道修理修理了。他們對那裡的……呃……」

榎木津指住我。

「對，本島！」

他好像想起來了。

「對那個本島文左衛門動粗，所以毫無疑問是壞蛋！」

「文、文左衛門？」

我忍不住叫出聲來。

到底要怎麼搞錯，才能變成那種名字？五郎還比較接近。

「喂，文左衛門，你也眞是個笨蛋大王

吶。不但被綁架監禁，還被麻繩捆住，又亮出刀子，從窗戶逃走，是嗎？嗚哈哈哈哈，多蠢啊。」

神無月走上前來。

「咦咦咦？你……還在說這種話嗎？」

他一副「上鉤了」的表情。

這表示中禪寺的推理說中了吧。

榎木津一定看到我的記憶了。

也就是只有殺人的實行犯才可能擁有的視覺情報。這樣下去，眞的會正中神無月的下懷。神無月一臉得意，站在榎木津面前。

可是，

榎木津完全無視於他的存在，說：

「呀，小鳥在那裡呀？你還是老樣子，眼睛怎麼湊得那麼近？眞是蠢吶。」

神無月露出奇異的表情。

鳥口「嗚嘿」了一聲，問，「令尊沒事嗎？」

神無月瞪了鳥口一眼，不學乖地又繞到榎木津前面，連珠炮似地說了：

「聽、聽好了，這位本島五郎並沒有遭到綁架監禁，更沒有亮出刀子。至於爲什麼……」

「哇哈哈哈哈，你問得好啊，鳥頭。告訴你，那傢伙眞是個老不死的，是個名符其實的笨蛋。我去的時候，我那臭老爸臉都已經開始發黑了，我以爲他穩死了，沒想到居然又活過來了！」

「至於爲什麼，這面淨玻璃之鏡……」

「然後啊，小鳥，你聽我說啊，你猜我那老爸復活的時候說了什麼？蟋蟀，他說蟋蟀呢！危篤的傢伙說了聲蟋蟀，突然一下子復原了。眞是荒唐到家了。一想到我竟然有個大叫著蟋蟀復活的笨父親，連我都不想活啦！」

榎木津輕快地說到這裡，原本好像再次要笑，但他此時好像總算注意到神無月了。

「你誰啊？」

「什、什麼誰……我是……」

「噢，你……」

榎木津說著，視線投向神無月的腦袋稍上方，半瞇起眼睛，沉默了一下。

「哦？」

「哦、哦什麼哦，我對你下的戰帖……」

榎木津無視於憤慨的神無月，大步移動，站到牆上的鏡子前。

「噢……上面就是那些字嘛。這樣啊，你就是這個吶。你怎麼會做這麼好玩的事！這個變態鏡子男！」榎木津大聲說，指住神無月的鼻頭。

「你、你說誰是變態！」神無月大為混亂。

「你，就是你，這個變態。說變態是變態有什麼不對，這個變態。」

「咕……」

「咕」聲之後，神無月究竟想說什麼，我無從想像。可是這種情況，就叫做啞然失聲吧。

總之碰上榎木津，與其說是出人意表，他的攻擊更是完全無法猜想，教人無從招架。

「那種事無關緊要！」

可是，神無月是個特地從關西來到東京粉碎榎木津的人。他似乎不會因為這點事而輕易落敗。

「不管那個，榎木津先生，你剛才說那邊那個本島五郎殺害了駿東三郎，是嗎？」

「近東是什麼東東？」

「被、被害人啦！你連這都不曉得就跑過來嗎！」

「不曉得。」

這個人真的什麼都不知道。

「他說的近東還是近西，是那個戴著帽子，拿著手杖，打扮古怪的傢伙嗎？」

「是啊。」青木說。

留神一看，警官們正在努力照護被打得落花流水、倒地不起的小混混們。總覺得這個畫面很可笑。

「被害人駿東的確是那樣的打扮。」

「哦～？是嗎？」

榎木津打從心底沒興趣地草草應聲，然後看我。

「那文吉刺的是……」

文吉是誰？

「看看，看看，」神無月匆忙繞到榎木津前面，「各位，你們聽到了，你們都聽到了對吧！」

神無月大聲說著，環顧眾人。

雖然沒有人清楚地回話，但聽得到斷續的小聲回答。

「可是……事實上怎麼樣呢？」

神無月垂下眼角，然後他來到一臉莫名其妙的權田面前，把淨玻璃之鏡舉到他的額頭上。

「閻魔耶娑婆訶！」

權田僵住了。

「那傢伙耍什麼白痴啊？」

榎木津向旁邊的警官問道。警官大概很想應和，但好像僅止於繃住臉頰，沒有反應。

「老實招了吧！」神無月叫道，「俯首認罪吧。就算騙得了人，也騙不了這面淨玻璃之鏡。這可是我等祖先神無月佛滅公下至冥府……」

「啊。」

榎木津打斷神無月的台詞叫道，瞪住了我。神無月厭惡無狀地瞥了榎木津一眼，繼續演說下去。

「從冥府之王，閻魔廳之長閻魔……」

榎木津指著我大叫：

「就是你！你……呃，本島熊次郎，你

昨天在京極家吃了晚飯，是吧！最近連我都沒吃到說，你這臭小子……！」

榎木津說著跑到我面前來，然後問：

「話說回來，今天這是什麼聚會？」

「什麼聚會……就榎木津先生的……」

「這樣啊，是讚頌我這個神明的愚者集會啊。」

「吵死人啦！」

神無月叫到都倒了嗓。

「你、你、你幹嘛在那裡吵吵鬧鬧地攪局！給我安靜一點！接下來才是精采之處啊！」

「笨蛋才沒有精采之處。」榎木津瞧不起人地露出邋遢的表情。

「你、你說什麼？」

「根本就沒人在看你嘛。哇哈哈哈哈！話說回來，你在那裡幹嘛？」

「我、我是……」

「把那種趁夜潛逃的舊貨商丟下來的垃圾裡頭挖到的生鏽老鏡子按在別人家額頭上有什麼好玩的嗎？好玩的話，也借我玩玩。」

「舊、舊貨……？」

「不就是嗎？怎麼……這樣啊，那跟神酒杯還有寶珠裝在同一個箱子裡，是吧？是倒閉的神社不要的廢棄品吧。」

「才、才不是！」

神無月的太陽穴冒出血管。

瞬間，權田「嗚嗚」呻吟：

「是、是我殺的，我氣不過他們搞錯人亂抓我，一時失手殺了那個人！」

不曉得為什麼，權田痛苦地全身扭動著。他被綁著，也只能這樣扭了吧。

「看、你看，你看你看……」

神無月跳了起來。

「你、你們都聽到了吧，他自白了！喂，你再給我說一次！」

「我、我就是兇手。」

「再說一次。兇手是誰？」

「兇手……就是我。」

「看吧！這傢伙不是自白了嗎？警察官，你們都聽到了吧！這傢伙果然就是兇手。如何？他都說了，他說他就是兇手，他這麼說了。哼，那個笨偵探根本猜錯了。怎麼樣？大家都懂了嗎？榎木津禮二郎根本不足爲懼啊！」

神無月對著榎木津齜牙咧嘴。簡直像隻猴子，一點品都沒有。

而且還完全變回關西腔了。

「如何，各位，這個笨蛋搞錯了啊！」

神無月接著轉向媒體記者，用一種諂媚的動作，不停地說著「他搞錯了」、「他是冒牌偵探」、「你們都聽到了吧。」

「如何？榎木津，你連吭都吭不出聲音來了，是吧？」

「當然吭得出來。」

榎木津完全不爲所動，走到神無月正前方，「哼～」了一聲。

「少、少開玩笑了！你這是做什麼？」

「什麼做什麼……吭聲給你聽啊？都這麼近吭給你聽了，還聽不出來嗎？眞是呆到家了。我嘴巴好好的，吭聲完全沒問題。哼哼哼，怎麼樣！喏，哼！要我呱也行。呱呱呱，怎麼樣，聽見了嗎？聽見了，是吧。話說回來，撒謊的人是你才對吧，這個變態男。」

「什、什麼撒謊？」

「還辯，漫天大謊啊。根本就是比漫天大謊還要誇張的宇宙大謊。因爲那個人殺的不就是你嗎？熊之進殺掉的被害人是你吧，這個變態男。」

不懂……他在說什麼。

「榎木津先生，聽不懂啊。」青木說。

「咦？怎麼會不懂？」

「你那樣說沒有人聽得懂啦。」

「可是被害人不是戴著帽子拿著手杖貼著白色假鬍子像個呆瓜似的傢伙嗎？你剛才跟我說是啊，你明明就說是的啊，這個小芥子人。」

「是那樣沒錯，可是榎木津先生，你說的那是被害人駿東三郎啊。這裡的是偵探神無月先生，不是駿東。他們是完全不同的兩個人啊。」

「完全一樣啊。」榎木津不服地說。

「什……」神無月開口，「什麼跟什麼？那是在說什麼？我要怎麼樣才會變成駿東？這大叔在胡言亂語些什麼？呆子是你才對吧？就像刑警說的，根本就不是嘛。」

通靈偵探口沫橫飛地攻擊榎木津。他好像已經漸漸地不計形象了。

「我說，」榎木津瞇起大大的雙眼，「戴上帽子，貼上鬍子，拿根手杖，當然就會變成那樣啦。現在這樣也夠蠢的了，那副打扮，更格外襯托出你的蠢。再怎麼說，那都是假鬍子嘛。鬍子很滑稽的呢。你自己不也這麼覺得嗎？所以你才**重貼**了好幾次吧？」

「咦……」神無月的臉僵住了。

「這個本島馬之進刺殺的是你啦，就是你。你連自己被殺了都不曉得嗎？你長不長腦袋啊？那邊那個——我不曉得那是誰，總之你那個老朋友刺殺的是另一個傢伙。」

「老朋友？」青木……在眉間擠出皺紋，露出以他來說難得一見的表情，「這是真的嗎？神無月先生，你和權田早就認識了嗎？」

「我、我才不認識他。」

神無月把視線從青木身上移開。

「我也不認識！」權田叫道，「我不認識他。我絕對不認識這種人。我、我連見都沒見過，今天是第一次見到！」

我覺得這番說詞更啟人疑竇了。榎木津半瞇起眼睛：

「啊啊，太蠢了，哪有那種可能？說起來……你們不是一起去買刀子嗎？那裡是鍋屋小巷（註）吧？買了兩把一模一樣的刀子。而且……這個章魚頭傢伙不是還削竹子做了把跟買來的刀子一模一樣的僞造品嗎？你的手也眞巧吶。」

權田的臉……漲得通紅。

埋沒在肉裡的小眼睛睜得老大。

「這、這傢伙不曉得在瘋言瘋語些什麼！」

神無月無意義地誇張揮舞雙手吼道，接著他機關槍似地說起來：

「怎麼樣？偵探，你到底有什麼證據？竟然那樣有的沒的血口噴人亂說一通，你說什麼？我跟權田一起去買刀？誰會買那種東西？你是白痴嗎？然後還有什麼？你說權田做了竹製假刀？你這意思豈不是在說我跟這個權田串通欺騙本島嗎？哪有那種可能嘛。那你是在誣賴我變裝成駿東嗎？這個白痴。」

「沒錯！」榎木津拍了一下手，「就是那樣。」

「那樣……是哪樣？」

神無月又被挫去銳氣，露出一張泫然欲泣的表情。

「我搞錯了。不是**變態**，是**變裝**。我重新訂正好了。你這個變裝男！」

「咦……」

榎木津原本半瞇的眼睛突然變得凌厲，惡狠狠地瞪住了神無月。

「偵、偵探，你想幹嘛？要、要幹架嗎？」

神無月用奇怪的動作擺出架式。

榎木津默默無語地靠上去。

榎木津禮二郎這個人因爲長相端正，具

有一種異樣的威壓感。沒錯，榎木津只要閉嘴不說話，就具備一種能夠鎮懾周圍的磁場般氛圍。

神無月被壓倒似地往後退，背貼在掛有鏡子的牆面上停住了。

「喂。」

神無月短促地「噫」了一聲，縮起肩膀。

「變裝男。」

「什、什麼變裝……」

「砰」地一聲，榎木津的右手按在牆上。

「你以為你瞞得過我的法眼嗎？」

「法、法眼……？」

「你以為我是誰？」

「呃、這……」

我這才第一次知道一臉正經的榎木津……相當可怕。

「你……剛才說靠著那面古怪的老鏡子，什麼都看得出來，眞的嗎？」

「眞、眞的。是眞的，這、這個……」

神無月掏出淨玻璃之鏡。榎木津不容分說……

把它給搶了過來。

「啊啊！」

「啊什麼啊，笨蛋，既然你能用，沒有我不能用的道理。像這樣是嗎？」

榎木津把淨玻璃舉到神無月的額頭一帶。就像神無月對權田做的那樣。

「怎麼樣？」

榎木津把鏡子壓上去似地，改變角度。

「這裡，是吧！」

神無月的額頭浮現出地藏菩薩。

衆人嘩然驚嘆。

註：鍋屋小巷（鍋屋橫丁）是南北縱貫東京都中野區本町、中央兩地區的商店街，江戶時代是通往妙法寺的參拜道，有家叫「鍋屋」的茶店，故被如此稱呼。

「哼。」

榎木津看了看鏡子背面，說：

「一樣的圖案嘛，無聊。不會跑出不同的圖案是吧？這樣一點都不好玩嘛。只是照出跟背面畫的一樣的圖案而已啊。」

神無月嘴巴一開一合。就像隻金魚。

另一方面，榎木津毫不留情。

「喂，你眞是個沒藥救的傻瓜吶。就算像那樣假裝金魚，也沒有人要撈你啦。這根本就是騙小孩的把戲嘛。你以爲拿這種騙小孩的玩意兒騙得了我嗎？你早了五十六億七千萬年啦。喏，這種東西，就該這樣！」

榎木津……

粗魯地把玻璃之鏡隨手一扔。

「鏘」地一響。據說是閻魔大王恩賜、來歷不凡的魔鏡，掉在地上就這樣滾向牆壁，停在站成一排的衆記者腳邊。

別臂章的男子撿起鏡子，翻過來摸摸，遞給旁邊的男子。「咦？」「哦？」的聲音此起彼落。神無月家的家寶被傳來傳去。

「哇哈哈哈哈！我剛才也說過，反正那是這傢伙不花一毛錢拿到的贓物，一點價值也沒有。照得又不清不楚的，沒半點用處。拿來剃鬍子都不行。各位就傳閱傳閱，看完了隨便扔水溝還是哪裡去吧。扔掉之前拿來踏一踏也行。不，就踏一踏吧！」

榎木津瞪著神無月這麼說。

我覺得太狠心了。何必做到這種地步呢？

可憐的神無月垂下眉角，嘴角也撇了下來，像條喪家之犬地仰望榎木津。

神無月個子矮小，而榎木津高大挺拔。

「可、可惡，榎木津！你、你以爲你這麼做可以沒事嗎！」

「當然了。廢話。我怎麼會有什麼事？誰找我有事？好了，你給我聽仔細。」

榎木津用力揪住神無月的頭髮，把他拖到牆上的鏡子前。

鏡中照出神無月的倒影。

「看仔細，這就是照出你這種空心蘿蔔本性的雲外鏡！」榎木津朗聲說道。

「雲、雲外鏡？」

「沒錯。我不曉得那是啥，不過是我剛才想到的。喏，你看看你自個兒，這個空心草包！」

倒映在鏡中的神無月，一張臉好像快哭了。

「眞是愈看愈呆吶。多麼可笑，愚蠢到家，你快確認啊，這個空心草包！」

神無月的頭和脖子根被揪住，即使如此，他還是不停地掙扎反抗。

然後他倒了嗓子大叫：

「什、什麼雲外鏡！不就是面鏡子嗎！」

「這什麼廢話，每一面鏡子都只是鏡子，這個笨瓜。要是有不是鏡子的鏡子，我倒想看看吶，這個愚鈍到家的笨瓜。古怪的鏡子哪可能隨隨便便就有！聽你鬼扯些什麼鏡子會映照眞實、會照出魔物，但鏡子照得出來的，永遠都只有鏡子前面的東西而已。站在鏡子前面，照出來的就是自己的臉啊，這個傻蛋！」

榎木津用力把神無月的臉朝鏡子壓去。

「喏，你看！除了你的臉以外，還能有什麼東西？鏡子這東西只會倒映。笨蛋照上去就是笨蛋，傻子照上去就是傻子，這樣罷了。要是你鬼扯得太過分，我就拿你的臉當武器，讓這面鏡子再也照不出東西！」

榎木津作勢要拿神無月的頭砸鏡子。

「住手、住手啊！」神無月慘叫出聲。

「太、太過分了。你憑什麼這樣對我？我、我究竟做了什麼？」

「你啊，裝傻也該有個限度。或許你是

耍了一堆小手段，卻根本是漏洞百出啊。好吧，我難得解釋一番，你就給我聽仔細吧。的確，自己看不到自己的臉，所以不管你是扮女裝還是戴上火男面具（註），你自個兒都看不見吧。可是啊，同樣地，倒映在鏡中的你的臉，也是只有你自己才看得見啊，這個笨瓜。」

「啊……」

倒映在鏡中的神無月的虛像血色乍失。

實像也同樣地面色蒼白吧。

「你不是對著這面鏡子，照著你那張呆臉，戴上帽子，黏上假鬍子嗎？你一清二楚地看到你自個兒變裝後的臉了嘛。不看就沒辦法變裝了，不是嗎？這個空心草包。你黏上假鬍子的臉的下方，不就明明白白地寫著那幾個大字嗎？羽田製鐵有限公司敬贈——一模一樣，呆子。」

原來如此……

神無月一伙人自以爲反過來利用了榎木津的能力——體質，擬定了一個十全十美的計畫，但根本行不通。就像榎木津本人說的，這個計畫是漏洞百出。

假裝成被害人，裝做被殺的樣子。讓我扮演加害人，目擊到只有加害人才看得到的情景。另一方面，在完全遮蔽視覺的狀態下動手殺人。把我設計成假想兇手……

感覺十分巧妙。

可是就算要變裝成被害人，如果是自己親手變裝的，本人就看到了變裝的過程。此外，如果事前接觸到真兇，計畫也會曝光。如果要陷害榎木津，至少還得更慎重、付出更萬全的注意行事才行。

中禪寺早就察覺了吧。所以他一點都不擔心。他說得那樣冷漠，其實一定早就知道會沒事。

再怎麼說……

神無月都是三流的。

神無月遭到威逼，滿頭大汗地回過頭來瞪榎木津。可是勝負在這階段已經完全分曉了，任誰來看都是神無月輸了。

榎木津不知爲何憤憤地俯視喪家之犬的神無月。

「你……還有什麼話要說嗎？」

「當、當然有！我還有一堆話要說。不管你說什麼，都無憑無據，不是嗎？說得那麼了不起，就算、假使你說的是眞的，我也沒有觸犯任何罪行。怎麼樣？」

「我想……是有的。」

牆邊傳來女人的聲音。

是那個女記者。

「神無月鏡太郎先生……我有點介意，所以調查了一下，你的本名叫各務太郎，對吧？」

「咦？」

「你是加加美興業的現任社長——各務二郎先生的哥哥，對吧？」

「什麼？」

原本一臉鬧肚子疼的表情——或許他是眞的胃痛——而一直沉默不語的青木走到榎木津旁邊來。

「敦子小姐，妳說的是眞的嗎？」

「是眞的。我仔細調查過了。然後我也針對加加美興業做了一番調查……他們似乎發生了內鬥。」

「內鬥？」

「嗯。前任社長——他是創業者、也是上上代社長神無月先生父親的弟弟，也就是神無月先生的叔叔，他的心腹就是被害人駿東三郎。前社長繼承創業者哥哥的地盤，踏實地經

註：一種日本傳統面具，表情模仿往灶裡吹氣的男子表情，眼睛一大一小，嘴巴高高噘起。

營，然而……」

衆記者開始抄起筆記。

「現任社長二郎先生──他在前社長在世的時候好像是專務，他從擔任專務的時候開始，就計畫讓加加美興業擴大到全國，野心勃勃。所以社長與專務的經營方針是對立的。這形成了兩邊的派閥。」

「囉嗦！那跟這事無關！」神無月嚷嚷著，但榎木津用力按住他的頭，他登時噤聲了。

「兩邊的派閥──創業者的弟弟前社長與創業者直系的二郎先生，勢力似乎是旗鼓相當。然而……加加美興業出於行業性質，與掌控當地的勢力──直截了當地說就是黑幫──有密切的關係，但或許是因為這些人素來看重道義，他們是支持前社長的。於是二郎先生為了與之抗衡，和一個叫做蓬萊組的新興黑幫聯手。那位權田先生……就是蓬萊組的成員。」

「敦子小姐，這是真的嗎？」青木回頭望向權田，「關於這傢伙的底細，我們正請四課協助調查中……」

「這是鳥口先生告訴我的情報。」女記者說。鳥口奸笑著說，「蛇有遲到（註）嘛。」

他弄錯成語了。

「沒多久，前社長過世了。坐上社長之位的二郎先生趁此機會，開始進軍關東，他打算拿來當成第一個跳板的，就是銀信閣。然而駿東先生對於他狠毒的作風強烈反抗，當地的黑幫也對此不表歡迎。」

當時和我對話的駿東，其實是變裝的神無月。換句話說，我和被害人駿東三郎一次也沒有見過面。不過駿東這個人與社長的派閥處不好似乎是事實。可是……

這麼一來……就等於虛像的假駿東，擺脫不掉實際存在的駿東影子了。虛像果然還是沒辦法做出虛像自己的主張吧。虛像或許只能夠倒映出實像。

「另一方面，長男太郎先生——神無月先生，自小就是個愛出鋒頭的人，對於事業似乎也毫無興趣，做起近似詐欺的通靈生意，似乎被檢舉了許多次。」

神無月在榎木津壓制下陣陣痙攣。他也只能痙攣了吧。

「二郎先生——或者說蓬萊組看上了神無月先生。爲了打垮當地的黑幫，他們想到可以把神無月先生塑造成通靈偵探，來進行妨礙工作。我想……通靈偵探這個發想，應該是來自於在今年春天發生的伊豆騷動中暗地活躍的藍童子。」

「那個孩子啊。」青木呢喃。

益田也提到過那個名字。

「神無月先生爲了搞垮敵人——駿東先生那一派的黑幫，以通靈偵探之名，接連揭發犯罪行爲。可是那說起來……只能算是內部告發，是知曉內幕的一丘之貉的窩裡反行爲……可是即使如此，如果宣稱是靠著通靈得知的，旁人也無從否定……」

就像益田和寅吉說的那樣。

「抗爭變得白熱化，駿東先生愈來愈礙事了吧。此時發生了先前的銀信閣騷動……」

她是在說五德貓事件吧。

「以結果來說，榎木津先生將二郎先生進軍關東的計畫給攪得一塌糊塗了。出於這樣的經緯，他們策畫出來的，就是這次的這場騷動。」

「讓槍手幹掉礙事的駿東，順帶把榎木津禮二郎也給擊垮，就是這樣的如意算盤

註：鳥口原本要說的應是「蛇有蛇道」。

啊……」

青木瞥了權田一眼之後，憐憫地看著神無月。然後他說：

「你啊，眞是惹錯對象了吶。」

「咦？」

神無月睜大眼睛看青木，然後戰戰兢兢地仰望榎木津。

榎木津親切地一笑：

「擊垮？擊垮誰？」

「呃，不……」

神無月在榎木津的威逼下，向後移動。

青木和警官都茫茫然地看著這一幕。

就在這個時候……

權田抓住一瞬間的空檔，甩開警官的手，就這樣壓低了頭朝著榎木津衝過去。他的雙手被綁住了，所以只能以頭衝撞。

「太郎兄快逃！」

權田邊跑邊獰猛地吼道。

可是他的吼聲馬上就中斷了。

權田肥厚的顏面……被榎木津的大腳確實地踩了進去。

權田一聲不吭，往地板上掙扎的垂死衆地痞身上倒去。

「噫啊啊啊！」

神無月尖叫著，踏過血跡、描畫屍體位置的白線等等，跳到房間正中央。或許他是想逃走。

「喂，你！」

「咦！」

「你會通靈，是嗎？」

「好……好像會，又好像不會……」

「剛才小敦說的是眞的嗎？」

「好……像是眞的，又像……呃……」

「你這傢伙眞是曖昧不清吶。眞夠無趣的。像你這種的就叫做無能。那……那個人叫什麼名字？」

榎木津指住我。

「咦?本、本島五、五郎。」

「混帳東西!」榎木津吼道。

神無月嚇軟了腿。

「就算搞錯,也錯得太沒品了。我最痛恨那種平庸的名字了!這個人是叫馬五郎還是犬之介這類名字的!」

實際上五郎還要若干接近一些。

榎木津揪起神無月的衣襟,把他拉起來,惡狠狠地送上侮蔑的視線。

「相信通靈這種荒唐東西的傢伙,怎麼可能當得了靈媒還是陰陽師!你眞是蠢到家了。更遑論偵探,別教人笑掉大牙了!我來嘲笑你吧,哇哈哈哈哈!告訴你,在這個世界上,偵探……」

只有我一個!

榎木津毫無意義地發威一陣之後,狠狠地把神無月朝權田及地痞所在的地方推去。

神無月弓著腰,像隻迴旋鏢似地飛了出去。

「哇哈哈哈哈哈!你那飛法倒有點意思。要是能像迴旋鏢那樣轉回來,那就太完美啦。還可以再射一次。對了,再揍你一次好了。」

榎木津就要走向軟了腿的神無月,青木制止他:

「請饒過他吧。那不是值得勞煩榎木津先生的對手。」

榎木津停步,瞄了青木一眼,以古怪的音調說:

「說的沒錯!那,垃圾處理就交給專門業者嘍。」

青木回道「交給我們。」接著彎下身去,觀望層層疊疊倒伏的窩囊壞蛋們。

「神無月先生,不好意思,事已至此,沒法把壞籤只塞給槍手一個人就了事了呢。你也是共犯之一，你們公司的社長也蒙上了教唆殺人的嫌疑。不管怎麼樣，都得請你做好心理準備了。」

青木一個指示，守在我旁邊的警官跑了過去，綁住神無月。

神無月好像已經徹底壞掉了，他無力地垂著頭，穿過眾多記者之間離去。如果中禪寺說的沒錯，神無月大概最痛恨丟人現眼了。而他現在等於是現眼現到家，丟臉丟到天邊去了。感覺他再也無法振作了。

相反地，鳥口與那個英勇的女記者湊到我旁邊來，行了個禮。

「因爲哥哥吩咐……所以我過來看看，心想有什麼狀況或許可以支援一下，但看來沒什麼事呢。害我白熬夜調查了。」

「哥……哥哥？」

鳥口向我耳語：

「這位是京極師傅的妹妹。」

我還沒來得及吃驚……榎木津已經大聲嚷嚷起來，「牛五郎，我肚子餓啦！」

我……毫不猶豫地大聲應好。

第六番

面靈氣　玫瑰十字偵探的疑惑

◎面靈氣——

聖德太子時

命秦川勝製百面

栩栩如生之面

必川勝之巧奪天工也

於夢中思及此

——畫圖百器徒然袋/卷之下

鳥山石燕/天明三年

1

這是個讓人難以釋然的年關。

我想是因爲先前那個荒唐的事件害的。

我私下把它稱爲雲外鏡事件，那是個眞正荒誕到家的事件。即使如此，有一段時期我還是被它搞得恐慌極了。不過最後我什麼事也沒有，事件似乎一開始就準備好了一個不管怎麼發展，我都不會有事的結果，所以也覺得好像沒什麼好計較的……

不過仔細想想，如果那樣的話，我還眞是個愚蠢到家的小丑吶。

這和徹底上當受騙的不甘心也有些不同。

至於爲什麼，

因爲在那個事件裡，我說起來只不過是生魚片旁邊點綴用的**白蘿蔔絲**罷了……

也就是如果沒有我，擺起盤來會有點傷腦筋，但是不管盤子上擺得再多，也不會有人去吃，就是這樣的存在。

敵人的眼中看到的，完全只有榎木津禮二郎，我說穿了只是用來釣榎木津這條魚的餌。

比起白蘿蔔絲，更接近餌嗎？

有人說我是海蚯蚓。在餌箱裡扭來扭去，連自己爲何會在這裡都不明白的海蚯蚓。腦袋空空地只顧著蠕動身體的時候，突然被釣客抓起來，驚恐害怕著：噢噢，我就要被這個人給吃了嗎？還是他對我有什麼仇，要把我一把捏死嗎……？

嗳，結果目的只是**為了**釣魚，只要釣得到魚，拿來當餌的海蚯蚓就算不是我——不，就算不是海蚯蚓也無所謂。——後來我得知了這件事。

最後我並沒有像海蚯蚓那樣被捏成好幾段，而是活生生地被穿上鉤子，又解下鉤子，放回了餌箱，可是……

那樣的話，我那戰慄驚恐的心情又算什麼？

我難道就沒有個人的尊嚴嗎？

我終歸只是個連個體區別都沒有的、糾纏在一塊兒的無數海蚯蚓中的一隻而已。如果我只能以無個性的大衆之一這樣的身分參與故事，眞希望可以盡量不要牽扯上我。不要把我放回餌箱，直接把我放生算了。

這麼一來，我就能以一介海蚯蚓的身分，過完無拘無束的一生了。

我絕對再也不去榎木津那裡了。

我如此堅定再堅定地下定決心，度過年底。

中禪寺秋彥和木場修太郎的忠告是正確的，他們打從一開始就不斷地告誡我不要跟榎木津扯上關係。中禪寺說尤其是我這種人——凡人，一旦與他扯上關係，就絕對不會有好下場。木場說，和他牽扯在一塊兒，就會以驚人的速度變笨。

我誤會了。

我一直以爲他們的意思是，像我這種凡庸的人，和那種奇特的怪人往來，會受到感化，也變成怪胎一個，最好還是避免。的確，受到榎木津影響的人，每一個都有點怪，我也一直以爲那都是被擁有驚人影響力的榎木津感染所致。

可是不是的。

他們**打從一開始就是怪人**。

因爲古怪，才能稀鬆平常地和榎木津往來。而我這種人，情況又有些不同了。與他往來會變笨——意思是會愈來愈覺得自己是笨蛋。

我並不特別聰明，但也沒有愚笨到哪裡去。所謂凡人，是指並不特別優秀，但也不格外低劣的人。這是否事實姑且不論，但我認爲藉由這樣想來維持自身安定的人種，就叫做凡庸。自己不比別人優秀，但應該也沒笨到哪去，雖然沒什麼值得誇耀的地方，但應該也不會受人輕蔑──選擇這樣的人生的人，就是凡庸。對於某件事有著絕對不輸給別人的自信、或是只有這件事我絕對做不來，有著這樣一面的人，不會認為自己是個凡庸之輩吧。

以這種意義來說，我真是凡庸到了極點。

然而我一碰上榎木津，整個人就走調了。

我失去了安定。我一瞬間以為搞不好自己是非凡之人。然後當然會嚐到挫敗感。因為靠著非凡，是絕對贏不了榎木津的。實在不可能與他那樣的角色匹敵。

而回到日常的時候，又會重新體認到自己的愚蠢、低劣、沒用、笨拙。我並沒有變得比以前更笨或沒用，但怎麼樣就是會這麼想。

雖然這只是單純的對比問題。

回到現實的我，不知為何，會陷入一種自己變得比以前更笨的錯覺。

原來和榎木津往來，會愈來愈笨，指的是這樣的意思。

所以我再也不要去榎木津那裡了。

我如此堅定再堅定地下定決心，度過年底。

……話雖如此。

仔細想想，沒事榎木津也不會找我去。就算逐一回顧過去的例子，無論是自願還是非自願，幾乎全都是我自個兒找上門的。結果只是讓事情變得複雜萬端。碰巧認識奈美木節、被那個三流神棍神無月綁架監禁，當然都不是我害的，但也不是榎木津害的。如果不是那類不幸偶然接踵而至，永遠都不可能發生榎木津需要我的狀況，而我應該也不會有事拜訪偵探社。

根本用不著下決心。

只要普通地過日子就行了。

沒錯，普普通通的就行了，我重新轉念想道。

根本沒什麼好下決心的。只要我自自然然的，就能夠度過風平浪靜的平凡人生了。會下這種決心，不就證明了我還處在榎木津的磁場當中嗎？

我必須無視，必須忘記。

只要淡淡地過著每一天就行了。

我認爲會深刻思考這種問題，自我分析的狀況，本身就已經是個大問題了。就是因爲有多餘的時間讓腦細胞活動浪費在這種多餘的思考，才會去想這種事。

最近製圖的工作減少，我清閒得很。我任職的電氣工程公司接下的案子這陣子全是修理工作。只有一些東西壞掉、要求修理的委託。不設計的話，就不需要圖面。

我很閒。

就算到了十二月，也沒有什麼和平常不一樣的地方，只是整個社會感覺變得慌慌亂亂的，所以我也順便裝出忙碌的樣子罷了。

怎麼樣都非得在年關之前完成的事，仔細想想還眞是沒有。

和過去不一樣，最近也沒有必須在三十、三十一日前將所有的債款還清的規定了。當然慣例上是有，但並沒有這樣的法律。

大掃除也是，如果平常就勤於維持整潔，也用不著在前頭加個大字特別去掃除，況且也不是說等明年一月再大掃除就有什麼不對。

再說我住的文化住宅十分狹小，只要偶爾爲之的小掃除就很夠了。沒有看不到顧不著的地方。

可是……就算打掃也沒有什麼不好。

打掃不是什麼會過猶不及的事。

雖然不骯髒，但也不是乾淨到無懈可擊的地步，所以抹個家具、整理個櫥櫃也不錯，可是我就是提不起這個勁來。

只有心裡乾焦急，結果完全沒動手。

再說，雖然每個人開口閉口就是十二月啦、年底啦，但進入十二月是才幾天前的事，距離過年還有半個月以上。我覺得現在就開始準備過年，好像嫌早了些。

可是平常做的那些理所當然的事，又教人無法定下心去做。無法著手。所以明明很閒，表面上卻又忙亂不堪。於是一回過神來，就發現自己在煩惱一些愚不可及的問題。

總覺得對精神衛生非常不好。

就在我差不多快要受不了的時候。

我聽見激烈的敲門聲。

開門一看，門口站著一頭熊。

說是熊，當然也不是真的熊。正確地說，是個像熊的人、像熊的男人。

可是儘管我與他認識了那麼久，看到的時候還是會忍不住心想：噢噢，有頭熊。

是住在隔壁的我的總角之交——近藤。

近藤是個與眾不同的落魄連環畫畫家，風貌有如發福的石川五右衛門，談吐舉止都像個古人。他的體型本來就豐滿圓滾了，大概又在不曉得穿了幾層的襯衫上面套了綿袍，形狀看起來簡直不像人類。臉上滿是鬍碴子，頭髮亂糟糟，又戴著黑框圓眼鏡，看起來完全就像國外滑稽畫中的熊。說可愛是可愛，但無疑是大叔一個。

「喂喂喂……」

近藤把滿是鬍子的臉朝我湊過來說。

「幹嘛啊，悶死人了，你的臉大成那樣，不用靠那麼近我也看得到啦。」

「我說你家啊……」

「我家怎樣了？很冷啦，快進來吧。」

「你家沒事嗎？」

「沒事？沒事啊。工作少了，加班也沒了，口袋空空，難得的星期六半天假日，卻哪兒都去不了，不過我跟你不一樣，不是靠日薪勉強糊口，我是領月薪的嘛。」

「我不是說那個啦，本島。」近藤說，背著手「砰」地關上門。狹窄的玄關被熊擠得無迴身之地。

「我是問你有沒有什麼不對勁的事。」

「不對勁的事？上星期多到我都受不了了呢。你不也知道嗎？事到如今何必再問。」

要是再來上更不對勁的事，誰消受得了啊——我說，在廚房椅子坐下。

近藤杵在玄關問：

「沒事，是吧。」

「什麼叫沒事？」

「闖空門啊。」

「闖空門？哦，這麼說來，後頭的阿婆抱怨說最近很多闖空門的呢……怎麼了，你家碰上了嗎？」

近藤那張鬍子臉猛地一歪，大大的嘴巴撇了下來。

「你家被闖空門了？」

近藤惡狠狠地瞪我。簡直像尊不動明王。

「喂，近藤，你家眞的被闖空門嘍？」

「好像是。」近藤說，突然萎靡下去。

「你、你被偷了什麼？」

「不知道。不知道，可是眞的有人跑進我家，物色家財道具，拿走了什麼。」

「那、那快點報警……」

「等一下。」

近藤伸出手掌，做出歌舞伎中「且慢」的動作。他的一舉一動都像古人。

「報警也是徒增困擾。」

「爲什麼？你該不會偷偷在做什麼見不得人的壞事吧？」

論起小偷，近藤長得比任何人都像個賊。他的外表根本就是日本駄右衛門。

要是拿把日本傘，直接就可以去演《白浪五人男》（註一）了。這麼說來，不管是戲劇還是小說，這個人都喜歡看古裝戲。難道他自任爲鼠小僧（註二），幹了什麼小偷勾當嗎？

我這麼說，近藤大爲憤怒：

「本、本島，你居然說這種話。我打出娘胎到現在，一次都沒有偷過東西！」

「聽你胡扯，你小時候不就偷採過柿子嗎？我還記得你偷採給我吃呢。」

「那哪算得上竊盜。俗話不是說，採花不是賊嗎？別混爲一談。」

「笨的是你吧，柿子又不是花，是果實耶，果實。既然都結實了，就不適用那個俗話還是格言了。所以當然可以相提並論。你有前科！」

「你也吃了，那不是同罪嗎？」近藤不滿地抱怨。

「那種事不重要啦，近藤，重點是，爲什麼不能報警？你要是沒做任何虧心事，不是應該立刻報警才對嗎？」

「我說……我不曉得到底被偷了什麼。」近藤說。

「什麼？」

「東西的確少了，可是現在這種狀態，根本沒辦法報警啊。」

「哦……」

我完全明瞭了。近藤家裡有著不計其數的莫名其妙東西。

近藤是個連環畫畫家。

而且是個特殊的連環畫畫家。

近藤原本立志當上日本畫家──雖然也不是因爲這樣──他對作畫非常講究。對小道具、建築物、服裝等等不必要地講究。

而且近藤過去一直都是出於興趣嗜好，

淨畫些古裝劇——當然並不受歡迎——但明明不受歡迎，古裝題材卻需要非常大量的資料。

這麼說雖然有點缺德，但只不過是用來給小朋友娛樂的連環畫，不管錯得多離譜、畫得有多假，應該也完全無所謂，可是爲了畫這些小鬼頭流著鼻涕舔著麥芽糖觀看的消遣圖片，近藤拚命地考據時代，努力畫出正確的場景。

可是畢竟是那種題材，近藤用到的淨是些古怪的資料。不光是書籍繪畫，也有許多實物。而這些不曉得從什麼鬼地方弄來的各種物品，一旦進入家中，就再也不會出去。是愈積愈多。

近藤雖然不修邊幅，卻莫名神經質，像他睡的床，是從來不收的，即使如此，房間裡還不到無立足之地的程度。可是一旦打開櫥櫃門，那裡完全是異境。我好幾次目瞪口呆，詫異到底要怎麼樣才能在那種地方塞進那麼多的東西？

「噯，你房間是那個樣子嘛……」

「就是說啊。」

「什麼就是說啊？說起來，怎麼會有小偷去你家闖空門？你幾乎足不出戶的，不是嗎？闖空門是闖入沒人在的家才叫闖空門，可是你根本就沒有離開家啊。難道你是鼾聲大作、豪快地睡倒在地上了嗎？」

「才不是咧。我是把完成的畫送去給畫商了啊。我又不是吃煙霞維生的仙人。喏，《機關偵探帖・箱車的怪人》第五回完成了啦。你被扯進古怪的事件，都不幫忙，害我畫得累死了呢。然後我回來一看……」

註一：正式名稱爲《青砥稿花紅彩畫》，爲歌舞伎戲碼之一，白浪即盜賊，描寫五名知名盜賊的活躍。

註二：鼠小僧爲日本知名盜賊之一，也是《白浪五人男》中的盜賊之一。

「家裡被翻過了？」

「不是的。」近藤表情異樣認眞，「上次的那個招貓……」

「噢，豪德寺的貓啊……」

是帶來我私下稱爲五德貓事件的騷動的招貓。

「它不見了。」

「不見了……？那很便宜耶。我一口氣買了兩個，不會錯的。我記得是五十圓吧。零售價是五十圓，就算偷了它拿去賣……或者說，就算偷那種東西……」

「不，我也這麼想。跟那種東西相比，顏料還要貴多了。岩顏料（註一）很貴的。可是啊……那是吉祥物嘛，我像這樣寶貝地擺在書桌的筆筒旁邊呢。可是……」

「它不見了？」

「是啊。」

近藤抱起胳臂。簡直就像仙台四郎（註二）的塑像。

「會不會是被你不小心踢飛，滾進暖爐矮桌裡去了？你仔細找過了嗎？」

「我徹底找遍了。我瘋狂地找。結果別說是找到了，反而發現了好幾樣不見的東西。」

「不見的東西要怎麼發現？」

「噢，對耶。」近藤拍了一下手，然後嘔氣地說，「別挑語病。我發現有東西不見的事實。這點細節你心神領會一下嘛。」

當然，我是明知道才挑語病的。

噯，凡庸的我能抓話柄的對象，頂多也只有近藤，這部分也只能要他多擔待了。

「什麼東西不見了？」我冷淡地問。

「哦，鴨舌帽，還有當資料借來的模型槍不見了。」

「模……模型槍？」

「我不會畫槍啊。不是你說的嗎？就是你在那裡吵鬧說『你畫的槍好奇怪』的，不是嗎？」近藤說，「所以我才研究了一番。」

「的確，我是覺得現代劇中出現的壞蛋拿著種子島還是短筒（註三）也太怪了，所以叫你改成現代風的槍……就算是這樣，那種東西有模型嗎？」

「有啊。不過是木雕的啦，可是做得相當棒。我是向拍電影的小道具人員借來的。那個老爺爺因爲弄不到拍戲用的手槍，就卯起來自己做。那是三流電影，沒有購買模造槍的預算吧。」

「那不是很重要嗎？」

「很重要啊。可是它不見了。消失了。這可是大事一樁。可是另一方面就像你說的，有小偷上門光顧我家太奇怪了。」

「很奇怪啊。你家怎麼看都不像有錢人家。或者說，文化住宅哪裡都半斤八兩。不管是我家還是後面阿婆的家都沒差。然而卻在這裡頭選擇了你家，這眞讓人想不透吶。」

「所以我才到處打聽啊。」

「原來是這樣啊。」我總算明白了熊的來意。

「就是這樣。」近藤神氣地說。

「那怎麼樣了？」

「哦，大馬路那邊——從車站那邊往這裡，有四家都被闖空門了。好像有可疑的傢伙溜進家裡物色財貨，留下了痕跡。不過噯，幾乎沒有損失的樣子。或者說，家裡富有到可以

註一：岩顏料是日本畫專用的顏料，以各種礦物和半寶石研磨製成。使用時與膠混合。

註二：仙台四郎，江戶時代末期到明治時期的眞實人物，因智能障礙無法言語，但他所拜訪的店皆生意大好，因此生前受到各地歡迎。死後被視爲保祐生意興隆的福神。

註三：種子島爲火繩槍的別名，一五四三年從歐洲傳到日本種子島，故被如此稱呼。短筒是一種槍身較短的槍砲，也稱懷鐵砲。

擺現金的人，才不會住在這種地方呢。也沒有人會在壺裡存金幣。當然沒有存摺那種新潮玩意兒。這裡的人都是把所有的財產裝在錢包裡，與主人形影不離。」

我也是這樣。

什麼我不是靠日薪糊口、是領月薪的，說得神氣兮兮，可是領到的月薪全都收在懷裡，愈接近月底，就愈來愈單薄。就算非常稀罕地過了一個月還有剩，我也不會拿去存起來。那種意外之財少得喜孜孜地拿去外食個一次，就會消失得無影無蹤了。

簡而言之，就是窮。

「全都遭小偷了嗎？」

「不是全部。因爲這裡不是各五戶兩排，總共有十棟嗎？在這一排，你家是最後一個。到底了。我家是從那邊數來第四間。噯，我也不是每一戶都問過，不過有一半都遭了小偷吧。所以我才擔心地跑來問你。」

「原來是這樣啊……」

我有點毛骨悚然。

直到剛才我連半點都沒有懷疑，但搞不好我在公司坐熱椅子的上午，就有人擅自闖進這個家裡面也說不定。

因爲絲毫不疑，所以完全沒有留意，但……也有可能只是我沒有發現罷了。當然，我都沒發現了，所以應該是沒有受害，可是還是覺得怪不舒服的。

我站起來掃視房間裡面。

感覺……沒有任何異狀。

「沒有……異狀啊。」

「你仔細看過了嗎？連我都在想到招貓之前，完全沒有發現呢。可是眞的有東西不見了。」

「唔唔……」

如果其他人家也受害了……近藤家遭小偷這種感覺不可能發生的事，也是事實吧。

我首先確認門窗鎖。

從公司回來，打開玄關鎖的時候，感覺並沒有什麼異狀。門鎖也沒有被撬開的痕跡。我檢查後發現，後門仍是從屋內鎖上的。窗戶也是一樣。因爲漏風漏得很嚴重，廚房的小窗被我糊死了。

靠走廊的落地窗是插銷鎖，沒法打開。而且這星期很冷，我也沒去陽台曬衣服，一次都沒有打開過。

「鎖都好好的啊。」

我這麼說，近藤便罵我「眞笨。」

「這年頭的小偷手法很高明的。這種破房子的陽春鎖，他們一下子就可以弄開了。我家也沒有任何異狀，其他家也是一樣。是用鐵絲還是什麼的，兩三下撬開玄關鎖的。」

「兩三下啊……」

就算是這樣，小偷辦完事後離開房子時，會先上鎖再走嗎？我覺得趕快落跑比較好。

「那樣的話，家人回來一開門就知道出事啦。比起開著門鎖，鎖上之後再離開，比較可以拖延發現時刻啊。這叫做欲速則不怎麼樣、吃緊弄破碗的精神。」

「唔唔。可是……」

沒有東西不見。

況且我根本沒有値錢的東西可偷。說到衣服，我只有工作服，每一件便服都是舊衣。最體面的外套外出時都穿著出門。別說是書畫古董了，我連一般家庭會有的東西都沒有。

鍋釜茶壺這類的，我想偷了也沒用。就算偷了，除非拿去給焊鍋匠補一補，否則也不能用。連棉被都得重新打過。

而這些東西都在，招貓也在。

「沒有。」

「什麼東西不見了？」

「沒有東西不見了。……或者說，自己家裡的東西竟然少成這樣，我自個兒都嚇著了吶。」

原來我的東西少到這種地步嗎……

我再次體認到這殘酷的現實，老實說，我頓時感到無比淒涼。

「比起窮，你的問題是出在太缺乏執著了。所以才不受女人青睞。」

近藤隨口胡說。這跟那有什麼關係？

「總之，你這裡沒事就好了。然後我想跟你打個商量……」

我有不好的預感。

近藤的商量，向來沒有什麼好事。

一下是叫人買招貓，一下是叫人採訪偵探，淨是些沒益處的怪事。而且最後的回禮竟然是一串蘿蔔乾，教人啞口無言。

「就是啊……」

熊把鬍鬚蓋住的嘴巴左右拉開，露出大大的牙齒笑了。

「不要笑啦，好恐怖。」

「我檢查了一下什麼東西不見了。」

「這我聽說了。」

「櫃子裡面也檢查過了。」

「這樣啊。」

──啊啊。

我再次瞬間理解了。

「整理起來……非常棘手，是嗎？」

「無從下手。」近藤不知為何，滿意地答道。

近藤的家真的是一片只能說是「無從下手」的慘狀。

這麼狹小的家，竟然能夠塞進這麼多的物品。在吃驚或目瞪口呆之前，我不由得先感到了佩服。不，到了這種地步，或許已經是一種值得尊敬的行為了。別說是立錐之地了，連身體要塞進去都有問題。甚至教人覺得呼吸困難。

不，實際上我真的呼吸困難了。

「怎麼會搞成這樣？」

「所以啦，我在想是不是有什麼東西不見了……」

近藤把入口附近的木箱子堆起來，用腳挪開綁成一疊的雜誌，空出通道後，進了自己的家。

「嗳，進來吧。」

「進去哪裡？」

根本進不去。

我無可奈何，用腳尖挪開近藤的破木屐，進入脫鞋處，眺望一片慘澹的室內。

舊報紙、舊雜誌、剪貼簿、書本、揉成一團的紙、疊起來的紙、塞進大量莫名其妙物品的箱子類——木箱茶箱帽箱衣物箱、行李箱、書帙、畫框、木板、陶器、壺、達磨不倒翁、小芥子人偶、紙糊火男面具、般若能樂（註一）面具、花笠（註二）、饅頭笠（註三）、三度笠（註四）、簑衣、假竹刀、假竹長槍、馬鞍、木雕牛……讓人看得是一頭霧水，莫名其妙。簡直就像大地震之後的舊貨市場一樣。

「近藤，這……是你搞出來的嗎？」

「很遺憾，就是這樣。這不是小偷幹的，是吾輩搞的。換句話說，連現場勘驗都沒辦法，也無法報告受害情況。所以……」

「嗳，是很難叫警察吶。」

我再一次深深地嘆氣。

「要整理這些，是嗎？」

「能不整理嗎？我馬上就得畫《箱車的怪人》的後續草稿了。不畫就等著餓肚子

註一：能樂是起源於日本中世紀的表演藝術之一，明治以後也稱能樂，包括能及狂言。同時具有舞蹈和戲劇的要素。般若則爲能樂中鬼女的角色。

註二：上面裝飾有花朵的斗笠，多爲節慶表演時所戴。

註三：一種頂部圓淺的斗笠。

註四：一種圓盤狀，半覆臉的斗笠，原爲江戶時代的三度飛腳（每月往來江戶、京都、大阪三地的信差）所戴，故名。

了。」

近藤果敢地朝破銅爛鐵堆中踏進一步。

「自己搞成這樣，還敢說什麼餓肚子。你仔細想想，萬一眞有小偷從這裡面偷東西，那個小偷也得先把房間搞成這種狀態吧？難道他又把這些恢復成原狀再離開嗎？哪有這種可能？你離開家的時間有多久？」

「大概兩小時。」

「哦？兩小時啊。溜進來花上一小時把這些東西一一擺出來，然後一小時之內完全恢復原狀。如果這是眞的，你去把那個小偷找出來，出錢請他整理吧。那傢伙是收納的天才。」

近藤在雜誌上頭坐下，說：

「別挖苦人啦。我知道啦。我說你啊，喏，仔細看看，鋪在那裡的東西邊邊有點捲起來，對吧？」

近藤說鋪在那裡的東西，但是那裡沒有地毯也沒有地板更沒有榻榻米。

「我感覺好像有人打開櫃子的痕跡，所以我有點介意，檢查了一下……結果檢查到一半，就一頭栽進裡面了。沒辦法的事嘛。把它當成兼大掃除就是了嘛。我不會虧待你的。」

總覺得已經被狠狠虧待一頓了。

我用表情表現出內心的厭煩後，心不甘情不願地侵入魔窟。

因爲我想這總比無所事事地待在家裡要好上一點。

可是一點都不好。想是這麼想……

「這搞什麼啦？到底要怎麼辦？」

動彈不得。

這世上是有讓人不知該從何著手的狀況的。但這種情況，不管從哪裡著手，都不能怎麼樣。

因爲動彈不得，只能從手邊的東西開始

處理，可是我只能把右邊的東西挪往左邊，但想要移動過去的位置，已經被別的東西占據了。

「丟一丟吧。」我說。

把東西從前面的依序搬到屋外，叫收破爛的來收一收，是最有效率的做法。

近藤抬起不知道是什麼的木箱，「啊啊？」了一聲。

「啊什麼啊？叫你丟一丟啦。」

「丟、丟什麼？」

「這些全部！」我站起來。或者說，我先前也沒坐下，是半蹲狀態。

我再一次說「丟一丟吧。」近藤先是露出愣住的表情，然後做出莫名其妙的反應：

「你還好嗎？」

「什、什麼還好，當然不好了。我自出生以來，從來沒看過亂成這樣的情景。亂成這樣，對心臟太不好了。膽小一點的人早嚇死了。」

「我不要緊。」

「近藤，你的心臟又不是人類的心臟，你裡頭裝的是熊的心臟。所以才會長得那麼像熊。絕對是的。」

「唔，我的確強壯。可是我強壯的內臟，跟你那丟一丟的偏激言論有什麼關係？」

「沒關係，可是丟一丟吧。」

「喂，本島，你仔細想想看，這個世界上有哪個笨蛋會只因爲家裡很亂，就把財產給扔掉的？吃完飯後，你會把餐具全丟了嗎？啊？你會把收進來的衣物全丟掉嗎？普通人啊，是把餐具洗好收進餐具櫃裡，把衣服洗好折起來收進衣櫃裡。這才叫普通。」

「我說近藤啊，我竟不曉得原來你是個普通人。普通人啊，是不會洗垃圾、折破布、收灰塵的。」

「啊？」

「還啊？你少像那樣裝普通了，我才不想聽你教訓什麼叫普通。這房間裡的東西啊，不是餐具，是餐具上的污垢，不是衣服，是衣服跑出來的線頭。不是財產，是廢物。你想一下好嗎？」

「你動不動就裝普通。」近藤說，鼓起腮幫子來，「本島，你最好拋棄那種自己才是普通人代表的想法。你這人也夠怪的了。我或許是奇怪，跟普通人不一樣，可是也絕對算不上非凡。這世上根本沒有所謂的普通。那是幻想。這世上根本不存在一般大衆這種東西。」

「是這樣沒錯啦……」

「就是這樣啊。我的確是奇怪，但我是戴著奇怪的面具在生活。跟你像那樣戴著普通人代表的面具沒什麼不同。這裡的雜物啊，在你看來或許是垃圾，但對我來說，是必要的東西。不需要的東西……」

一樣都沒有……！近藤宣言。

我……唔，是理解了，雖然一樣是無法釋然。

2

難以釋然的事情，不管解釋得再怎麼透澈，好像還是教人難以釋然。

「那麼這東西怎麼會在這兒？」

今川雅澄用一種有些混亂、略為黏稠、水氣過多的口氣問我。

這裡是位於青山的古董店──老闆今川本人說是舊貨店──待古庵的會客區。

店裡有櫃子、長衣箱、佛像、香爐以及花瓶茶碗等類，非常整齊、卻又以不可思議的間隔排列著。牆上有書畫、佛讚、扁額等類，一樣以微妙的間隔掛著。

看在我這種門外漢的眼裡，感覺擺得再緊密一點或寬闊一點，好像看起來會比較舒服一些。

要是把東西的間隔再縮小一些，就算不到加倍，至少還可以再擺上多三成的商品吧。

如果不考慮效率，想要好好地展示每一樣商品，就應該反過來減少兩成左右的商品數目，寬敞地陳列，比較能夠達到展示的效果。

不過在古董的世界，或許是不講究效率、效果這些事的。

也有可能這個景象反映出老闆本身不乾不脆的立場。

舊貨店的話，應該更雜亂，茶道具店的話，會裝飾得更華美。

經手的商品都頗爲高級，但或許是老闆大肆公言自己是雜貨商的心態，營造出這種不上不下的印象。

這裡是那家店內略高一段的客廳上面。

裡頭擺著藥櫃和階段櫃（註一）。

我跪坐在這個空間，向今川遞出一個附有奇妙箱書（註二）的桐箱。

那是個佈滿灰塵的扁平桐箱。

今川用一種感覺有點像動物的奇妙動作前屈，睜著栗子般的眼睛觀察著。

接著今川說，「我不太明白。」

「你看不出來嗎？」

「不是的……」

今川抬頭。這麼說雖然過意不去，不過他的長相眞夠怪的。

今川不是長得醜。除了嘴巴有些閉不緊和幾乎沒有下巴這兩點之外，應該算是頗具男子氣慨吧。他的眉毛又濃又英挺，每一個部位都出色到過頭，各別來看，是無可挑剔。但是

註一：江户到明治初期一種階梯狀的抽屜櫥櫃，兼具階梯與櫥櫃兩種功能。

註二：收藏書畫古董的箱子上，記載品名、作者、來歷等資訊的文字。

相對於台座的臉部面積，每一個部位尺寸都太大了些，就像店裡的商品陳列方式一樣，教人覺得哪裡不太舒服。

「唔，怎麼說，沒有脈絡。」今川這麼說。

「哦……」

我搔了搔頭。

的確，剛才的那番談話，完全是閒話家常，一點都沒有發揮告知來意的功能。也無法說明爲什麼眼前的桐箱會在這裡。

「……我好像很不會說明。對不起。」

「沒關係的。一般都是這樣的。」今川客氣地請我吃茶點，「最近都沒有客人。來買東西的客人少了，也幾乎沒人來賣東西。所以我很閒的。」

看來每個地方都不景氣。

「其實……」

我東想西想，最後放棄簡單扼要地要約，拉拉雜雜地繼續說下去。

整理近藤房間的作業一直持續到深夜。我去的時候是下午三點，所以令人吃驚的是，它竟然演變成了一場歷時八小時以上的浩大工程。

近藤說他花了兩個小時把東西弄出來，所以收拾等於是花了四倍的時間。而且還不可能全部照原樣收納回去。作業進行到三分之一的階段，我就已經看出不可能把全部的東西恢復原狀，再次向熊一般的朋友建議挑選之後處理掉一些。

近藤大爲躊躇。

一直以爲是無用的礙事長物，狠下心來丟掉的瞬間，結果又需要它了——這種事的確是有。可是相反地，一直覺得遲早用得上、遲早會需要的東西，就這樣連一次也沒有派上用場就結束一生的狀況也不少。

所以，

與其擺在那裡暴殄天物，即使它是天物，還是丟棄的好——我這麼說。

再說，近藤的雜物今後應該也會增加，應該會無限地增加。

而近藤搬到大房子的可能性是微乎其微。我不說沒可能，但除非以相當長期的展望來看，那種可能性甚至不在視野當中。

那麼不管近藤再怎麼努力，這樣的生活遲早會面臨破滅。文化住宅的櫥櫃不是收納能力無窮盡的魔法之壺。

我告訴他，不想死的話就扔了吧。

於是，近藤苦吟的時間開始了。

事實上，收拾的確相當費工夫，但選擇取捨的糾葛與浪費在猶豫的時間，才是我們長達八小時以上的苦鬥的本質。

「想要橫下心來，真的非常困難。」今川說，「執著或眷戀並非合理的感情。如果能依著有沒有用、派不派得上用場這樣的道理來收拾，一開始根本就不會擺在家裡了。」

「哦……」

是這樣的嗎？

像我，就是不喜歡冒出這種沒道理的羈絆，總是在生情之前就先把東西給丟了。

我就會去想，不管是東西還是人，相處的時間或許是愈短愈好。

「是這樣嗎？」我問。

「如果一切都能用道理去切割清楚，像我做的這行生意，根本就不會成立了。」今川答道，耐人尋味地笑了，「比起這裡的舊東西，新的東西更要便宜、牢固、方便；然而這裡的東西卻更要昂貴。如果比新品便宜許多，或是至少和新品出售時的價格相同，那還可以理解，然而定價卻遠遠高出許多。那麼可以說，多餘的部分正是它的價值所在。所以花錢在多餘的事物上，與浪費是不同的。可以說多餘的部分就是文化，如此罷了。」

感覺眞的只是如此罷了。我不是很懂今川說的內容，不過近藤所拘泥的，眞的全是些多餘之物。

「他眞的是一一端詳呢，仔仔細細地查看。那與其說是執著於一樣東西，還是在可惜一樣東西，更像是在回想起自己拘泥於那東西的什麼地方。」

「他忘記了嗎？」

「唔，數量多成那樣，沒辦法每一樣都記得吧。事實上同樣的東西就有好幾個。像是覺得可以當成資料而買來的大正時代的風俗雜誌，竟然總共有三套。他大發豪語說什麼沒有一樣東西是不需要的，實際上卻是忘記了。連自己買過、家裡就有都忘記了。接下來呢，他細細地尋思上半天：到底是要還是不要？幾經深思苦惱之後，能丟的東西丟掉，能賣的東西賣掉。」

「原來如此。」

「嗄，其實也用不著煩惱，能賣的東西幾乎沒有嘛。近藤他爲了賣掉那總共買了三套的雜誌、還有懷著斷腸的心情決定割捨的書本，現在去了神田的神保町。然後呢……」

接下來才是正題。

「在那堆雜物的洪水之中，近藤再三思量、再四忖度，卻有幾樣東西怎麼樣就是想不起來。」

「想不起來？是忘了在哪裡買的，還是誰送的嗎？」

「不，不是那樣的。那些事情，我灑脫的朋友根本不會記得。怎麼弄到手的，如今幾乎都已經不復記憶了。不管是買來的、收到的、撿到的，只要進了他手裡，全都是一樣的。然後呢，他說想不起來的，是東西的用途……還是說……」

「不明白物品與自己的關係？」

「說的沒錯。」

今川這個人乍看之下似乎遲鈍，其實擁有非常優秀的直覺。不管是推測還是對一件事的形容、說明，都非常地切中要點。

「近藤他呢，就像《勸進帳》（註）中的弁慶那樣，拿著手中的雜物凝視個不住。然後他就維持著這樣的姿勢卯足了勁思考，結果有幾樣東西，怎麼樣都想不出與他過去的工作和興趣有什麼關聯。可是噯，也不是完全無關。感覺很微妙呢。在我看來，每一樣東西都一樣，例如三度笠和簑衣，還有匕首，這……」

「是眞的匕首嗎？」今川瞪大眼睛。

「不是眞的。他說是巡迴藝人送給他的。他在做看板畫工的時候，在西伊豆認識了因戰爭而離散的演藝團團長，是那個人送的。近藤說他就是看著那把匕首畫了戲劇小屋的招牌什麼的。這個明白。可是呢，長槍就不懂了。」

「長、長槍？」

「當然是贗品。我以爲是那個時候團長一起送他的，可是近藤卻說不是。他說這種戰國時代似的長槍，巡迴表演才用不上。或許是這樣吧，可是這種事根本無關緊要吧？」

「那也說不定吧。」今川說，「如果家裡有來歷不明的長槍，一般人會覺得毛毛的。」

「哦……唔，或許是吧。」

如果家裡只憑空冒出來那麼一把長槍，的確是會覺得不太舒服。可是在那片渾沌之中，不管是有長槍還是有鋼叉，甚至睡著一匹馬，都不會顯得多不自然。

註：《勸進帳》爲歌舞伎戲碼之一，描述平安朝武將源義經一行人逃往奧州時，在加賀國安宅關被攔下，義經一行人假扮爲山伏（修驗道僧侶），對關守說他們正在化緣（勸進）途中，關守便要義經的部下弁慶讀勸進帳（化緣簿）來聽聽，於是弁慶隨手拿起一份卷軸，僞裝成勸進帳朗聲唸誦。

可是在近藤心中，這些大概有著明確的不同。就我看來，不管是長槍還是匕首都是一樣的。我覺得有匕首的家裡就算有長槍也不值得驚訝，但這部分似乎有待商榷。

「長槍的來歷是解決了。」我說，「噯，那把長槍呢，是某個地方舉行了武者扮裝隊伍的祭典什麼的，近藤跑去打零工擔任雜兵，那個時候拿到了一柄長槍……雖然是工作上用到的，可是自己扮演了那個角色，跟拿來當畫圖資料，狀況又不一樣吧？所以他才會不記得。然後長槍是解決了，卻還有幾樣東西解決不了。」

我記得大概有四五樣。

那麼龐大的數量中，居然只有四五樣來歷不明，我覺得相當了不起了，但近藤好像難以釋懷。

來歷不明的東西有些什麼，當然我不是全部記得，不過像是唐傘上長了手跟頭的紙糊玩具、明治時代的地方報紙剪報、還有相當古老的缺角手鏡等等，似乎讓近藤大為煩惱。

「雖然不是能賣的東西，但也不占空間，結果他決定不要丟掉，留下來想，此時……」

沒錯，就在此時。

「這個東西……成了問題。」

我向今川遞出桐箱。

今川再次以動物般的動作把臉湊近桐箱。

「這也是……來歷不明的雜物之一嗎？」

「其實……就是這麼回事。說明得這麼拐彎抹角的，眞是非常不好意思……不過近藤說他怎麼樣就是想不起這樣東西。這好像是老東西，或許還是什麼值錢貨。所以我代替去舊書店的近藤，來拜訪今川先生。」

「我拜見一下。」

今川伸手，我卻制止了：

「請等一下。」

今川厚厚的嘴唇鬆垮下來：

「等一下？」

「嗯，可以請你先等一下嗎？」

「等是沒關係……但是不打開箱子，我沒有辦法鑑定。雖然就算打開箱子，我也不確定是否鑑定得出來。」

「呃……我呢，是電氣工程公司的製圖工，說這種迷信般的話好像也不太對……可是……」

我指示桐箱的蓋子接合處。

「哦？」

今川把鼻子湊了上去，就像在嗅味道似的。

「上了……封印，是嗎？」

「就是啊。」

桐箱與蓋子的接合處，用和紙在四個地方上了封條。

凡事都神經大條的近藤爲了看裡面，一下子就把封印給撕破了，可是……

「我實在……非常在意。請看看那些封條紙。上面用朱墨寫著『封』字對吧？一般會那樣寫嗎？我完全沒有這類知識，所以問這種問題或許很丟臉，可是把東西收進這類桐箱的時候，都會像稅務署查封東西一樣封住嗎？」

「不。」今川以珍獸般的動作歪起脖子說，「這……非常鄭重其事。」

「就是吧？」

「感覺叫人不可以打開。」

「就是吧？嗳，近藤那個人，外表像個豪傑——只有外表是啦——所以人非常粗魯。而且他說這是他自己的東西，就這樣隨隨便便給打開了……」

「原來如此。」

今川朝蓋子伸手。

我再次制止他：

「請、請等一下。」

「還要等嗎？」

「我知道我的說明很讓人不耐煩，可是請你再聽我說一會兒。然後呢，打開蓋子一看，裡面用紫色的布包著一個東西。可是布上面……唔，這打開看就知道了……」

「這樣啊。」

「等一下！」

我按住箱子。不是今川太沒耐性。我非常明白，莫名其妙的是我的態度。

今川露出鯉魚旗（註）般的表情看我。

「是值得那麼驚訝的東西嗎？」

「不是的。我不是在賣關子，所以先說出謎底好了，裡面裝的是面具。布裡面包的，是一個古老的面具。」

「面具……是嗎？」

「是的。我不曉得那是什麼面具……或者說，我根本不知道面具有哪些種類。可是問題是呢，紫色的包袱巾上，擺了一張符。」

「符？」

「那叫什麼呢？神社會發的那種……」

「護符……是嗎？」

「**就是護符**。」我忍不住模仿起今川的語調。一不小心被影響了，「啊，呃，護符是用來驅魔避邪，用在這些地方的，對吧？平常會放那種東西嗎？還是它也有除蟲這類的效果？」

「這個嘛……」今川把頭歪向另一邊，「……我是聽過封蟲的護符，但從來沒聽說過只要擺進護符，就有防蟲效果這樣的事。那張符上面寫了些什麼？」

「我讀不出來。」我毅然決然地答道。

眞的完完全全讀不出個所以然來。不是字太亂了，而是那些字之稀奇古怪，教人懷疑這世上眞的有那樣的漢字嗎？上頭還蓋了朱印，無法判讀。

「連寫在箱蓋上的文字我都讀不出來了嘛。那些字好像是草書，可是太流麗了……」

「拜見。啊啊，我不打開。」

今川拿起箱子，細細端詳。

「上面寫著……禍。」

「禍、禍？」

「嗯，我孤陋寡聞，並不清楚，不過這大概是叫做禍的面具。旁邊寫的是……何……何人皆不許開啓。」

果然。

我就這麼感覺。

「不太妙呢。」

「這還不一定。上面……還有別的。此面使持者蒙災禍，佩者失其命，封印切不可除。」

「啊啊……」

眞是太糟糕了。

我和近藤都是日本人，箱子上也寫著日語，然而我們卻看不懂上頭寫了些什麼。

「上、上面寫得好可怕呢。」

「滿可怕的。」今川淡淡地說。

「可……可是我們，隨、隨便把它打開了耶。然後……近藤他當場就把面具戴上去了。」

「戴上去了？」

「戴上去了。緊緊地戴上去了。啪地一聲戴上去了。連半點猶豫或羞恥都沒有地戴上去了。」

「戴面具沒什麼好羞恥的。話雖如此，一打開箱子就立刻戴上去的人也眞罕見。」

註：日本風俗在五月五日兒童節會懸掛上大鯉魚旗，鯉魚旗眼睛渾圓，嘴巴張開。

罕見……或許吧。

「他大概是想要回想起來才戴上去的。剛才的長槍也是，近藤像這樣拿在手上，才想起它是怎麼來的。然而這個面具就算戴上去，近藤也想不起來。他說他沒見過也沒聽過更沒聞過這種面具。還說當然沒嗅過，然後把它擺回箱子裡了。放回去之後，他注意到箱上有封印什麼的，然後我們……漸漸怕了起來。」

「哦？」今川撫摸著自己不見蹤影的下巴。

「我先前會一再制止今川先生，也是心想萬一是寫著那類事情就糟了——啊，我不是迷信，只是不敢保證今川先生不是個講運勢的人，萬一是的話……」

「我不在乎的。」今川面無表情地說。

今川這個人不是個壞人，毋寧是個好人，可是實在是難以捉摸。從他的表情和動作，很難看出喜怒哀樂。

「可是今川先生，這果然是詛咒的面具、作祟的面具這類……邪惡的物品嗎？」

「這大概不偏不倚，就是個詛咒面具。」

「不偏不倚？」

「沒法子用其他方式形容了。除了詛咒面具，沒別的稱呼了。」

「沒、沒別的稱呼了嗎？」

今川發出一種不曉得是低吼還是哼歌的古怪聲音。

「詛咒的話，與其說是我的範疇，更接近京極堂先生管轄的領域。」

京極堂——中禪寺秋彥長於這類知識。

被所有朋友稱為書痴的他，擁有龐大的古今東西不知道也無所謂的無謂知識，而他的本業是神主，副業是驅魔師，所以對咒術的造詣極深，也是可以理解的。

「可是，得先看看裡頭的東西才行。」

今川一下子就打開了蓋子。

我嚇了一大跳。不，我毋寧是瞠目結舌。明明才說那是不折不扣的詛咒之物，言猶在耳，居然就打開了警告不許打開的蓋子……老實說，教人難以理解。他真的是個難以捉摸想法的人。今川捏起裡頭裝的——或說是被我照原樣擺回去的那張護符，仔細觀察。

「這……我完全看不出是道教還是陰陽道的護符，所以不清楚。看來去請教京極堂先生比較好。」

「呃，今川先生……那是詛咒的……」

「這塊布非常高級。可是時代……並不怎麼古老……」

「沒關係嗎？」我問。

「沒關係？……這話意思是……？」

「就是說，你剛才不是才說那是詛咒的面具嗎？上面不是寫說光是拿著就慘了，戴上去就死了，絕對不許打開嗎？」

「上面是這麼寫。」

「那……」

「只是這麼寫而已。」

「啥？」

「如此罷了。」今川說，「的確，這是個詛咒面具。可是大概不會怎麼樣。看來是不必擔心它上面抹了毒藥或是裝了刀子，所以沒事的。」

唔……近藤曾經戴過，感覺不像有那類古怪的機關。那個熊人還活蹦亂跳的。

「今川先生不相信詛咒嗎？」

不過我想並不是這種問題。

「我相信。」

當場回答。

「你相信？」

「我相信，詛咒是很可怕的。萬一被京極堂先生詛咒，會嚇到性命縮短好幾年。」

「那麼爲什麼……」

「哦，」今川說，用手抹了抹嘴角，「的確，這個箱子裡面似乎裝著咒物。既然箱書上這麼寫著，這一點是錯不了的。我想不管裡面裝了什麼，箱子上寫下這裡面的東西遭到詛咒的時候，詛咒就成立了。」

「是這樣的嗎……？」

這種事是誰說誰贏、誰寫誰贏的嗎？如果詛咒這樣就可以成立，那我覺得下詛咒很簡單。

「……沒有神祕的力量之類的嗎？」

我並不是那種深信神祕事跡或怪異事物——例如迷信幽靈妖怪之類——的人。至少我自己這麼感覺。

可是我一定也沒有足夠的知識、膽量和覺悟，可以毅然決然地去否定那一切。

例如說，我模糊地感覺不可能有什麼幽靈、應該沒有幽靈，可是這是做爲一個明事理的成人、或活在科學時代的現代人，非常模糊地這麼感覺而已，我一樣覺得走夜路滿恐怖的，心中某處總是懷著一絲會不會出現什麼鬼怪的疑念。

因爲這樣，如果問我相不相信詛咒或作祟，我會回答不相信，但若問我怕不怕……

我還是怕。

這麼說來，前些日子中禪寺也說通靈什麼的全是騙人的。

我覺得通靈感應與詛咒、作祟有幾分不同，但遺憾的是，我不覺得我明白中禪寺那段發言的眞意，但當時我認爲既然神主兼驅魔師的中禪寺都親口這麼斷定了，或許唔，眞的就是這麼一回事。想是這麼想……

但我依然無法釋然。

我表面上也是宣稱我不信亂力亂神，所以聽到有人說那都是假的，應該可以毫無疑問地同意「沒錯，就是如此」才對。然而我卻無法釋然，可見我並非打從心底這麼認爲吧。

結果我只是戴著應當不相信通靈及詛咒的現代人這樣的面具，其實面具底下的素顏，卻是驚駭得顫抖不已。

不過那種恐懼，或許也是反映出渴望那類超越人智的力量存在的心理吧。

所以今川剛才的說明，讓我感覺到強烈的失落。

「那，呃，怎麼說，詛咒並不是神祕的力量作用，而是怎麼說……」

是什麼呢？

如果就像今川說的那樣，光是寫下來，詛咒就成立了，究竟是什麼東西怎樣成立了？仔細想想，根本沒有什麼東西怎麼了。沒有相不相信可言。

一點都不神祕。

今川想了一下，說：

「我覺得這才叫神祕。」

「只是寫下來……就神祕嗎？呃，怨念還是災厄那類……」

「我想沒有那種東西。」

「沒有？」

「至於爲什麼，假設有人懷著怨恨過世，而他的負面情感──遺恨，凝聚在這個面具上……唔，這樣是無妨，不過那樣的話，本島先生和我就完全沒道理遭到作祟或詛咒了，就是這麼回事。」

「道理？」

「嗯，我不認識那個過世的人，也沒道理聽他傾吐怨言。就那個人來說，就算你或我不幸，他應該也沒有什麼好高興的。再說他人都已經死了。」

唔，是這樣沒錯吧。

「那……你說的詛咒是……？」

「也就是說，與那些事一點關係也沒有……例如光是這個蓋子上寫著咒，至少本島先生和你的朋友近藤先生……就遭到詛咒了。」

「咦咦！」

我從榻榻米上跳起兩寸高。

「我、我們被詛咒了嗎？」

我的臉色變得有些蒼白。

「沒錯。」

「什麼沒錯，今川先生……」

才剛跟人家說**沒有**那種東西，言猶在耳，就說我被詛咒，哪有這樣的？到底是哪邊？

「今、今川先生，你剛才不是才說沒有詛咒……」

「是的。因爲本島先生是剛才知道了這箱子上寫了什麼，才會覺得恐怖，不是嗎？」

「是、是覺得恐怖啊。」

「那麼，如果上面寫著打開這個蓋子，會發生好玩的事……你應該就不會感到害怕了。」

「哦哦……」

應該是不會怕吧。

或許反而會覺得開心。

「這叫做祝。」今川說，「如此罷了。」

「如此罷了？」

「在這個箱子上寫下這段文字的人，應該料想不到竟然會被任職於電氣工程公司的男性及他的朋友連環畫畫家看見吧？」

「唔……」

應該吧。我們無法解讀，但感到不安。能夠寫下這種流麗且無法判讀的毛筆字的人──這完全是我的臆測──應該是江戶時代左右的人。至少不會是現代人。

「……而且應該是以前的人寫的吧。不管怎麼樣，寫的人都應該無法預料到這樣的狀況。就連擁有這個箱子的近藤都不記得它了，應該沒有關聯才對。」

「可是，」今川說，「可是恐懼心萌生了。就像我剛才說的，寫下這段文字的人，與你我沒有任何關聯。我們完全沒有受詛咒的道理。然而這段箱書和箱子的外貌，不僅使兩位膽寒，甚至促成了使你將它帶到我這裡來的行動。換言之……不就可以說，你是被這個箱子給操縱了嗎？」

「這……就是詛咒？」

「我是這麼想的。不使用物理力量，即使相隔一段距離，甚至相隔一段時間，也能夠影響到第三者的事物，我認爲就叫做咒或祝。」

「哦，原來如此。」

隱約懂了。

直截了當地說，詛咒就是帶來負面結果的情報操作嗎？

這麼一說，似乎給人一種枯燥無味的印象，但如此單純的構造之中，卻密封著無法釐清的情緒或難以排遣的心情等等難說是單純的複雜怪奇之物，這就是神祕之所以神祕的地方吧。

就像今川說的，我和近藤都掉進了上古時代的什麼人設下的情報操作陷阱了。可是，那麼就像今川說的，**如此罷了**吧。

「那……什麼事都不會發生嗎？」

「這就不清楚了。兩位如何我不知道，但至少我不會有事。我對這個箱子和箱中的東西有興趣，卻沒有任何心結。」

今川說著，把手中的紫色布包擺到榻榻米上，打開來。

「哎呀……」

接著今川……倒吞了一口氣。

我反而是被今川的反應嚇了一跳。

的確，那是個奇異的面具。

材質……基本上是木材。上面有可能原本施有某些裝飾，但那些表面上的裝飾全在漫

長的歷史中風化了。簡而言之，那是個粗糙不平、泛黑的、日常用品般的面具。

「這……相當古老。」

「很古老嗎？」

今川翻過面具。

「遺憾的是，似乎沒有註明作者或年代。可是這個……啊，不，該怎麼說，如果我的鑑定眼光準確，並且有方法能夠證明我的推測……我想這……有可能成爲日本的財產。」

「我不太明白你的意思……這東西很古老嗎？」

今川把面具朝下放置，吸了吸鼻涕答道：

「很古老。」

接著今川又以動物般的動作歪起頭來，以短指撫摸著自己平滑的下巴說著，「不，還是不是？」

我問什麼不是。

今川好像自問自答起來了。

我毫無知識，所以無從猜想起。

「它不古老嗎？」

我這麼追問，今川把粗濃的眉毛彎成拱型，不太有把握地說：

「說到面具……本島先生會想到什麼？」

我的問題沒有得到回答，還被反問了。這樣根本顛倒了。可是就算今川問我，我也想不出什麼特別的東西。說到面具，我只想得到面具。我是個非常不會跳躍的人。

「說到面具，就是面具。」我這麼答。

「哦……怎樣的面具？」

「怎樣的……火男面具、阿龜面具、阿多福面具（註一）吧。」

「哦。」

都是夜市裡會賣的紙糊面具。

「然後還有天狗面具、鬼面具吧。」

「像這樣的嗎？」今川說，把擺在背後的茶箱般的東西拖到前面，伸手進去。

裡面傳來窸窣聲響。

今川取出一個塗得紅紅的、像是面具的東西。

是熟悉的紙糊鬼面具。不，我看過鬼面具的次數不多，不到可以說是熟悉的地步，不過那是個很一般的鬼面具，符合我不帶先入爲主觀、普通想到時會第一個浮現在腦中的平凡無奇鬼面具。

「這兒連這種東西都賣嗎？」

「只是碰巧。」今川答道，把鬼面具收回箱子裡，「你只……想得到這些嗎？」

「哦，其他的話……喏，還有同樣是長得像鬼的，那是叫般若面具嗎？還有那叫什麼呢，是女人的臉，圓圓的……不，也不算圓，沒有凹凸的面具。」

是常見的面具。不曉得叫什麼。

「能樂的小面（註二）是嗎？」

「就是那個。」

大概是吧。

我能想到的，大概就這些了。

「不是神樂面，就是能面呢。」今川說，點了點頭。

「對對對，就是能面。能面……是那個能樂裡頭使用的面具吧？我是沒有看過能樂啦。啊，這麼說來，我記得也有這種的呢。」

我記得是伯父家擺飾的。

是個滿臉皺紋、長著白鬚的老人面具。

眼前的詛咒面具沒有鬍鬚，而且粗糙樸拙，如果就這樣將它弄得再洗練一些，或許和伯父家客廳掛的那個面具頗爲相似。不，一模

註一：阿龜面具和阿多福面具都是醜女面具，表情滑稽。

註二：能面的一種，最小巧的年輕女性面具。

一樣。

「那種老爺爺的臉的面具……呃，是叫翁面嗎？」

「你是說尉嗎？」今川答道，「能面一般大分為老人的尉，然後是男面、女面，以及鬼面四大類。不過這種分類並不嚴謹，也有分為尉與翁的，除了鬼以外，也有神佛和動物，有時候也不叫做鬼面。如果是狂言面，就還有猿、狐、鳶、福神，以及動植物精靈的嘯吹及賢德等滑稽的面具，但狂言與能樂相比，需要面具的戲碼較少，所以論數量的話，能面壓倒性地多。」

「哦……」

我跟能樂與狂言都沒有關係，甚至無法區別它們有什麼不同。

「那麼……這個是那個尉？還是翁嗎？」

「不清楚呢。」今川把頭歪得更深，慎重地細細檢查面具，「嘴巴的部分好像沒有打開……我想應該不是尉面，可是感覺……」

語氣含糊不清。這麼說來，我記得伯父家的面具嘴巴是打開的，還綁著繩子。

「它的時代……」今川翻過面具。

「時代怎麼了？」

「感覺很古老。」今川說，「這個面具材質似乎不是桐。感覺更柔軟，像是山毛櫸。而且這種古色……塗料剝落的程度，還有粗澀的感覺……」

「很舊嗎？」

「不。」

今川不知為何露出高興的樣子。不，當然只是我看起來如此，我覺得今川不可能在高興。不管怎麼想，這都不是該感到高興的狀況。這個人很難用外表去理解。

「我覺得……相當古老。如果我的直覺正確……這是室町以前——不，平安初期——不不不，我想是沒這個可能，唔唔……」

今川說著「沒那種事，這不可能。」手掌按在臉頰上。

「哦……這面具很舊的話……會有什麼問題嗎？」

「哦，就是……」

臉頰鬆垮下來，看起來還是像在高興。

「只是我這麼相信而已。」古物商說。

「相信？」

「是的。是我這麼相信。」

我不是很清楚，但我以為古物商做生意，經手的物品是愈古老愈好。或許有些東西也不是古老就好，而且也得看物品本身的好壞，但不管怎麼樣，愈古老的東西，一定能定出愈高的價格。別看我這樣，雖然只有短短幾天，但我也曾經經驗過古物商生活的。雖然正確地說，是假冒古物商才對。

即使如此，那個時候我還是聽了不少高級茶道具店那貪得無厭的老闆的古董經，也看了相當多的古董。

所以我也不是不了解今川想要把它鑑定得古老一些的心情。再怎麼說，在這個世界裡，光是時代古老，同樣一個東西，價值就可以翻上數十、數百倍。如果灌太多水會變成詐欺，但就心情上來看，還是會想把它估得古老一些吧。

事實上，聽說也有一些惡質業者，會把頂多大正時代的東西，僞稱是室町時代的古物來賣，再說就算不是蓄意騙人，也會有鑑定錯誤的時候。有些東西就連堂堂大學教授也鑑定不出來。

可是表情奇妙的古物商還是一樣一臉珍妙地說，「不是那樣的。」

「不是嗎？能面也是愈古老愈有價值吧？比起明治，江戶的更貴，比起江戶，平安

的更……」

「不不不。」今川搖手，「**沒有**那種能面。」

「因爲沒有所以才珍貴吧？」

「你這樣的觀念是錯的。珍貴指的是數量稀少，並非**不存在**。這種情況是**不存在**，所以不是珍貴，還是只能說**不存在**。」

「不存在？完全沒有？」

「沒有。」今川反覆道，「的確，民間的古面具中也有許多古老的面具。像地方寺社，也還保留有不少室町時代的面具。可是沒有比室町時代更早的面具了，而且能面再怎麼努力尋找，也只能追溯到室町時代。」

「是這樣的嗎？」

「是的。因爲觀阿彌（註一）與世阿彌（註二）確立猿樂能（註三），是從南北朝到室町時代的事。」

「咦？那這之前就不可能有了？」

「對。過去也有猿樂、田樂等使用面具的表演藝術，但它們的面具形式很古老。和現在的能面樣式仍然有些不同。」

「哦……」

難道這個面具……是比能樂的歷史更古老的能面嗎？我這麼問，今川歪起厚唇說：

「這怎麼說都太矛盾了。」

唔，或許吧。

「如果是一般的鑑定家……或者說，只要是對能樂稍有認識的人，絕對會把它鑑定爲室町以後的物品。所以這不是我鑑定錯誤，就是……是啊，我想這有可能是偶然的產物。」

我不懂這話的意思。

「我不明白你說的偶然是什麼意思？」

「不明白嗎？」

「不明白。也就是說，如果這個面具沒有那麼古老的話，那……」

「並沒有什麼問題，就只是個老面具。」

「可是如果今川先生的眼光正確……」

「問題就大了。那種情況……我想應該推測爲碰巧有這樣一個面具才妥當。」

「我就是不懂你說的碰巧。」我說。

「如果不是碰巧，會有什麼麻煩嗎？」

「很麻煩。樣式是透過模仿逐步確立的。換句話說，老的才是原型。」

「哦……」

「能樂的原型，就像我剛才說的，是猿樂。可是這個面具儘管肖似能面，卻與猿樂面**不相似**。」

「能面與猿樂面不像嗎？」

「說像也是像，猿樂的面具現在也叫做能面。」

「那……」

都很像。

「問題是相似的方式。」今川說。

相似的方式，這說法還眞怪。

「意思是雖然相似，卻不相似嗎？如果相似的話，那就很像了吧？我實在聽不太懂呢。是我太笨嗎？唔，我是不特別聰明啦……」

「例如說……請想像一下白豬和山豬。」

這還眞是個符合今川面相的古怪譬喻。

「白豬與山豬很相似。很相似，對吧？」

註一：觀阿彌（一三三三～一三八四），南北朝時代的能樂演員及作者。被視爲猿樂的始祖。

註二：世阿彌（一三六三～一四四三），室町前期的能樂演員及作者，爲觀阿彌之子，與父親共同確立能樂，並提高了能樂的藝術性。

註三：猿樂是流行於平安時代到室町時代的日本演藝，觀阿彌與世阿彌集猿樂之大成，確立其形式，即爲現今所稱之能樂。

「嗯。唔，應該算相似吧。我沒仔細看過眞正的山豬……不過山豬長得就像花牌上面的圖案吧？那就相似了。而且我記得白豬是山豬家畜化、經過品種改良而成的豬吧？」

「正確的關係我就不清楚了，我也覺得那似乎是俗說。可是我想山豬與白豬是有類緣關係的動物。所以假設就像本島先生說的，馴養過後的山豬就是白豬好了……所以大家都認爲山豬與白豬相似，白豬是家畜化的山豬——就先這麼想吧。」

「好，我這麼想了。」

不，我從一開始就是這麼想的。

「這表示山豬比白豬更古老。」

「那樣的話，當然是山豬比較古老吧。」

「然而，如果此時突然發現了野生的白豬會如何？」

「什麼？」

「野白豬。」

「呃，野白豬是指家畜的白豬野生化變成的豬嗎？還是與白豬不同，是從以前就存在的豬？」

「請把它當成也有可能是從以前就存在的吧。當然，就像白豬與山豬相似，野白豬也與山豬相似。可是比起山豬，野白豬更肖似白豬。」

「哦，這就是你說的相似的方式不同嗎？」

「是的。這樣一來，白豬就有可能不是山豬經過家畜化和品種改良而成的，而是改良肖似山豬的野白豬而成的——或者說，白豬有可能本來就是白豬。」

原來如此，我依稀了解了。

「那……如果是時代鑑定錯誤的話，要怎麼理解才好？」

「那樣的話，就是野生的白豬其實是家

畜化的山豬變成白豬後再度野生化而成的。這種情況，山豬演化成白豬這樣的既定說法或者俗說，並不會被顛覆。」

會是這樣啊。

「那麼你說的偶然是……」

「跟山豬或白豬都毫無關係，古時候自然界就偶然有一種非常肖似白豬的動物。」

「咦？本來就有一種跟家畜化的山豬一模一樣的完全不同的動物……？」

這樣還能叫偶然嗎？

今川伸縮著看不見的下巴點點頭：

「那樣的話，相似只是偶然，既然是偶然，既定說法就不會被推翻。如此罷了。」

「如此……罷了嗎？」

我更進一步了解今川這個人的想法了。

這個人……簡而言之，是因爲自己的發想突兀得有可能推翻既定說法，因此感到猶豫、變得如履薄冰了吧。而他想要相信它是古老物品的心情，不是來自於可以提高物品價值、賣出更高價這類卑俗的動機，而是源自於想要顛覆既定說法的誘惑這種有點高尚的心理。

「本來就有肖似家畜白豬的野生白豬，這樣的可能性大嗎？」我問。

看起來淡泊無欲的古董商說，「問題就在這裡。」用手指撫摸著平梳到後腦杓的頭髮。

「民間的古面具，就像我方才說的，也有許多年代久遠的物品，形狀和技法是包羅萬象，也有許多並未樣式化。可以說是個性獨具，或是富有地方特色，也有很多面具的形狀教人完全意想不到。」

「也就是亂七八糟嗎？」

「不是亂七八糟，但可以說是五花八門。」

「那麼也有可能相似了嘛。」

「沒錯。」今川說。

他的表情完全沒變。如此無法從外表推測內在的人，也實在難得吧。

「所以，」古物商接著說，「論可能性的話，是十足有偶然相似的可能性。有可能是有可能，但即使如此，這些樣式迥異的民間古面具，細細觀察，還是有許多地方延續著早先的面具。不可能完全不受影響。是有一定的系統的。」

「你說的早先的面具，是指猿樂的面具嗎？」

「不是的。」

今川掃視了店內一圈，說：

「很遺憾，沒有剛好的樣本給你看。使用面具的表演藝術，不只有能樂和它的前身猿樂。面具從更早以前就有了。佛事中使用的行道面等等，也從奈良時代開始就有，舞樂中用的舞樂面，則是在平安時代成立的。狹義的伎樂中使用的伎樂面，也比能面更要古老。舞樂的安摩曲等使用的紙製雜面，還有與伎樂面相通的麻布製的布作面等等，我想起源一定也很古老。這些面具都是彼此影響，在漫長的歷史中漸漸形成……當然，民間的面具也受到它們的影響。天狗的面具發展成現今的形式之前，也應該有過一段迂迴曲折。我覺得裡頭有行道面的口取、伎樂面的治道和王鼻等等的影響。」

「哦……」

「可是，這個面具依我看來……也沒有受到那些猿樂以外的表演藝術影響。」

「哦。」

換言之，以偶然來說……

「也湊巧過頭了？」

「我這麼認為。這個面具……雖然十分粗澀，但怎麼看都是尉面的設計。嘴巴的部分沒有打開，所以正確來說不能算是尉面，但即使如此，形狀也完全相同……」

今川像要嗅味道似地把臉湊近面具：

「好像也有植入鬍鬚的痕跡，這是翁面。」

「也就是說，今川先生認爲野生的白豬和家畜的白豬以偶然相似來說，有點相像過頭了？」

「所以說，與其說是我這麼認爲，更應該說是我想這麼認爲。是妄想。」

今川想要用一句「如此罷了」來結束話題，但就我來說，這部分實在是聽得懵懵懂懂……

「請等一下，今川先生，你不是說它有可能成爲日本的財產、有可能顛覆既定說法嗎？」

「唔，我是說了。」今川有些害臊似地說，「只是一時說溜了嘴。」

我覺得今川不是那種油嘴滑舌到會不小心說溜嘴的人。

「哦，也就是說，如果這個面具就像我所想的那麼古老，以它的年代來看，實在不可能是這樣的形狀。」

「不可能？」

「是的。確實，一般認爲能面的起源是猿樂中一支叫式三番的祝舞中使用的翁面。翁面、父尉、三番叟、延命冠者這些，也都被認爲是源自於猿樂面，就這樣被能面所繼承。所以翁面等面具，無疑是能面中最古老的面具形式之一，先行的猿樂翁面，在鎌倉時代就已經存在了……可是這個面具，怎麼看都與它相異。」

「你說的它，是指猿樂的翁面嗎？」

「是的。像是從皺紋、眼睛、潤飾的感覺來看，這果然是能樂翁面的形式，而不是猿樂的翁面。儘管如此，它又無視於自古就有的樣式。像是從猿樂的時候開始，翁的嘴巴就是打開的……但這個面具是密合的。」

「唔，或許是吧。」

不太能夠理解。

那又怎麼樣了呢？

「呃，猿樂，是嗎？在那個時代……呃，沒有其他的尉面嗎？你剛才不是也提到什麼父尉嗎？會不會是那個？」

今川搖搖頭。

「不是嗎？」

「我想不是。這個……是能樂的尉面。是啊，說到酷似能樂尉面的猿樂面，比起老人的翁面，延命冠者的面具更要接近……」

「那個面具的嘴巴呢？」

「沒有打開。」

「那會不會是那個延命冠者？」

「唔……可是形狀還是有點不同。」

「會不會是從那個延命什麼的發展到能樂的尉面的途中……？」

「沒有那種可能。」古物商說，「延命冠者結果在能樂中幾乎沒有使用，一般認爲它反而是發展成狂言中的戎面和福神面了。所以尉面才會被視爲是能樂獨特的面具，是受到先行面具的影響逐漸演化而成的。換句話說，這個……」

我總算聽懂了。

「呃……我大概理解了。能樂的尉面，是能樂成立以後才完成的面具。而這個面具，怎麼看都與那個已經完成的能樂的尉面十分相似。」

「十分相似。」今川呢喃似地說，抱起胳臂。

「可是，今川先生認爲這個面具很像是能樂成立以前製作的物品。」

「我是這麼認爲。」

「可是，如果這是能面成立以前的民間古面具，受到能面的影響就太奇怪了，這是不可能的事。如果它能夠追溯到能面成立以前的年代……就應該受到包括猿樂在內的能面以外的面具影響才對——今川先生是這樣的意思吧？」

「是的。」

「呃，能面會不會與猿樂以外的面具有關係……？」

「當然有關係。」今川說，「鬼、動物、神靈系的面具，在舞樂面及行道面中有相當近似的。除此之外，像是技術面、細節處理等等，應該也有許多影響……」

「但這個面具也看不出那些，是嗎？」

「嗯……」今川發出頗沒自信的聲音，「這個……唔，怎麼看都只像是能樂的尉面。不，雖然不是尉面本身，是啊，感覺甚至就像……專門的面具師傅以外的人參考能樂的尉面打出來的面具。」

「可是很古老。」

「嗯。這木頭的感覺……不不不，不可能有這種事。所以……一定是我鑑定錯了，若非如此，果然還是偶然。一定是偶然。」

「你眞是計較呢。」

「那、那當然會計較了。」今川吞了一口口水，「這是非常重要的。」

「有多重要？」

我想知道有多重要。

或者說，我開始感興趣了。

不管是恐怖的詛咒，還是從近藤家的櫥櫃挖掘出這個面具的神祕事件，對我來說都無所謂了。

不，也不是完全無所謂。

「也就是說……早於能面的表演面具，不管是行道面、伎樂面還是舞樂面，都是以大陸傳來的面具爲原型。」

「不是日本固有的？」

「不，最後都日本化了，但一般認爲原

型全都是從大陸帶進來的。元祖是大陸那一邊。」今川說。

「原來如此。」

「換言之，我國民間的面具，可以說全都受到外來面具的影響。」

「進口的外國產面具是源頭，它傳進來以後逐漸變化，是吧？山豬棲息在大陸，進口到日本以後，逐漸被馴養而家畜化，變成了白豬，這樣想就行了，對嗎？」

「請忘掉豬的比喻吧。」今川笑道，「總而言之，日本固有的樣式不怎麼受人討論，彷彿被當成**從來不存在過**。當然，能面等等是日本固有的，但依譜系來看，它們被定位成先行的外來面具的後裔。」

「往前回溯，全都會追溯到外國的面具？」

「是的。」

今川再次把手伸進茶箱，拿出紙糊鬼面具。

是和剛才不同的另一個鬼面具，不過都非常相似。

「就連這種玩具鬼面，遙遠的祖先也是大陸產的。」

「中國也有這種東西？中國也有鬼嗎？」

「有是有，但完全不同。」今川說。「中國的鬼發音叫guei，在中國指的是亡靈（註）。」

「頭上沒有角？」

「別說是角了，好像根本沒有形體。哦，鬼本身跟這件事完全無關，問題在於鬼面具。當然，大陸沒有這樣的鬼，所以大陸也沒有這種面具，不過這個面具的源頭的源頭再源頭，是外國產的。理所當然，愈是回溯，就愈接近原型。面具愈是古老，就愈接近大陸產的，不相似**就邪門了**。」

「是這樣的嗎？」

「所以了，」今川探出身子，「在那麼古老的時代就存在這種設計的面具，實在太**邪門**了。能的翁面是日本的設計啊。這個面具如果真的如同我所想的那麼古老，它就有可能是能樂翁面的祖先，那麼一來，能樂的翁面就不是外來的面具日本化而成的，而會變成是日本固有的面具了。」

「哦。」

原來是這麼回事啊。

「你是說，這個詛咒面具會改寫日本面具的系譜？」

「我妄想搞不好會改寫，如此罷了。」今川說，「我沒有任何確實的證據。」

「呃，可是……」

「只是胡言亂語。」今川說，「本島先生與這個業界無關，而且對這類事情毫無興趣，是個完全的圈外人，所以我才能向你提這件事。如果一本正經地公開談論這種事，大多數的人聽了都要笑，我想也會有人聽了勃然大怒吧。我只會落得遭到嘲笑斥責的下場而已。」

沒半點好事——今川說道，把鬼面具收回茶箱，這次拿起了詛咒面具。

不會有好事吧。

再怎麼說，這都是個光是持有就會面臨災禍，戴上去就會死掉的詛咒面具。

我正想著這種事，外表遲鈍的古物商竟然把那個詛咒面具放上自己的臉去了。他想戴嗎？我還沒來得及出聲，不出所料，外貌古怪的古物商就要戴上詛咒面具。

瞬間。

「啊啊！」

註：在日本說到鬼，一般是佛教中地獄鬼卒的形象。

今川難得發出清晰的叫聲。

「有、有東西……」

「出……出了什麼事？」

「上面寫著東西。」今川說。

3

令人無法釋然的發展，大抵都會有個使人無法釋然的結果。懷抱著無法釋然的心情，忽一回神，一切都豁然開朗，或是得到一個無上滿足的結果，是絕對不會有這種情形的。

不管有了多麼可喜可賀的結局，無法釋然的事還是無法釋然，這種情況，不管是皆大歡喜還是美滿收場，還是會留下無法釋然的部分。

只是大家什麼都沒說，所以我也忍耐而已。這種情況，對我這種凡夫俗子來說，「無法釋然的事就忘掉吧。」這句話或許才是至理金言。可是，那完全是事過境遷以後的事，對於現在進行式的無法釋然，就連忘掉也辦不到。

唔，無法釋然，或許只是我的理解力太差，別人可能根本不這麼感覺。

我在腦袋裡嘀咕個不停，走上階梯。

神保町，榎木津大樓……

沒錯，這座階梯通往榎木津的事務所。

回想起來，我堅定再堅定地下定決心，絕對不再去玫瑰十字偵探社，絕對不再去找榎木津，是才短短兩天前的事而已。

這表示我堅定的決心只維持了一天左右。

——誰叫我是凡人嗎？

多沒意思的賴皮法。

這是不可抗力，因爲我得代替今川去拜訪榎木津。

今川好像被榎木津命令下午絕對要過

來。

然而今川無法實踐與榎木津的約定了。

當然，是因爲那個詛咒面具。

不過……也不是今川遭到詛咒，病倒或死掉了。

今川就要戴上詛咒面具的時候，在面具內側發現了疑似文字的東西，興奮不已。

古物商那邋遢的嘴巴更加合不攏，口沫橫飛──眞的是口水四濺──難得意氣飛揚。

這也是當然吧。

再怎麼說，上頭的文字都顯示出了製作年代……

而且那年代還印證了今川的推理──不，妄想……

也難怪他會興奮。

我也看了字，可是實在辨讀不出來。我連墨痕清晰的箱書都無法辨讀了，所以覺得讀不出來是天經地義的事，不過不是我辯解，那個時候我並非看不懂上頭的字，而是字跡模糊到根本無法判讀的地步。

那與其說是字，根本就是污垢。

字跡變淡、剝落，而且又灰又髒。要不是把臉湊近到幾乎要戴上去的地步，而且光線恰好適當，否則絕對不會發現。恕我重申，那看起來根本就是污垢。

可是……那原來是文字，今川說那是文字。

興奮的古董商說要去中禪寺那裡。他說這種狀況請教大學教授之類的人物比較好，而不是找茶道具古董商。

的確，中禪寺的話，感覺他與教授、博士那類人士也有門路。

或者說，我感覺中禪寺的話，搞不好就解讀得出來。

與偵探有關的人們，無論好壞，每一個總有些古怪的特出之處。這些人異於常人。搞

不好今川也這麼想。然後。

請把這個面具暫時借給我好嗎……？

今川這麼說。

我覺得這也沒有什麼好問的。唔，拿來面具的是我沒錯，但這個面具原本的物主是近藤。所以我覺得當場答應也有些不對，但反正這本來就是無用的長物，我覺得就算送給今川——不，甚至拿去丟掉還是弄壞都無所謂。所以我以非常輕鬆的口吻，當場「請請請」地答應下來，但是就在我這麼爽快答應之後……

我一瞬間興起了疑惑。

回答的時候，我本來打算就這樣和今川一起去找中禪寺。對於這件事，我絲毫不抱懷疑。可是仔細想想。

既然今川都要求借給他了，表示面具會離開我的手裡。借給他這樣的字句背後，不就隱藏著接下來不需帶來面具的我的意思嗎？

結果眞是如此。

我有件事想拜託你……

今川對著怔住的我，用一種平板呆滯，脫力鬆垮的語調說。

請你替我把這個送去……

今川把那個裝了玩具鬼面具的茶箱朝我遞過來，他叫我把這個茶箱送去榎木津那裡。

我當然不願意，所以露骨地面露難色，但今川卻睜著那雙栗子般的渾圓大眼直盯著我不放。

今川也不想去吧。

榎木津根本是把今川當成白痴耍了。

每一碰面，今川就遭到唾罵誹謗揶揄中傷、侮辱詆毀糟蹋譏誚等無止境的集中砲火攻擊。換做是我，絕對無法生還。

可是，我也已經下定決心了。

這是我做爲一個凡人，堅若盤石的決心。

說起來，詛咒面具是我帶去的，而且也

可以由我去找中禪寺啊。雖然去找榎木津和去找中禪寺，都同樣是被打發去辦事。

可是……

比方說，就算我帶著詛咒面具去找中禪寺，顯而易見，那才是不折不扣的小毛頭跑腿。

那個古書肆直覺靈敏得可怕，應該馬上就會明白我的來意了吧。問題在於我的理解力極爲低劣這一點。

中禪寺說的話非常淺白易懂，內容卻相當難解。不管怎麼聽，都很難百分之百完全理解。縱然理解了，要把它轉述給別人聽，也十分困難。我沒有那麼多的詞彙，也沒有那麼優秀的描述能力。換句話說，會變成我得把我靠著稚拙的理解力勉強記住的內容，用比理解力更差的表達力轉達給今川。不僅一知半解，還詞不達意，究竟能不能順利轉述，實在非常難說。不管我怎麼述說，也傳達不出一丁半點，也完全無法重現任何內容吧。倒不如直接由今川去拜訪，更有效率幾倍、幾十倍。

反之，榎木津說的話，橫豎沒有人聽得懂。今川聽了也不會懂，派小毛頭去就夠了。

我天人交戰之後，答應了。我沒有選擇的餘地。

我心不甘情不願地用貼有封印的桐箱中的詛咒面具，和隨便裝在茶箱子裡頭的鬼面具交換了。簡直像猿蟹打戰的故事（註）。雖然不曉得哪邊是猿，哪邊是蟹。

就算是這樣……

才剛下定決心不扯上關係，立刻就扯上關係，實在是造化弄人。我會搬出造化這樣誇張的東西，是因爲如果不這麼想，實在教人難

註：日本民間故事。故事開頭是猴子看到螃蟹拿著飯糰走在路上，便花言巧語拿撿到的柿子種子與螃蟹的飯糰交換。

以接受。就算我是凡人，一想到要遭到榎木津個人愚弄，還是教人氣不過。可是如果說這是造化，那也無可奈何了。因爲如果對手是造化，就算是榎木津大神，也無從對抗起吧。

或許也並非如此。

不管怎麼樣，我連作夢都沒想到自己會在這年關將近的節骨眼拜訪榎木津。

嗳，因爲我是凡人，所以不管我是決心還是發誓，遲早還是會碰上不測的事態，那樣一來，我那連屁都不如的決心，八成也無法堅持到底吧——當時我的心中一隅，懷著這種實在是窩囊到底的展望。

話雖如此……

沒想到年都還沒過就碰上這樣的事態，眞正是萬萬料想不到。

我爬完了樓梯。

毛玻璃上有著玫瑰十字偵探社的文字。

看熟了這幾個字的自己教人憤恨。

推開這扇門，就會響起「匡鐺」的鐘聲。

我推門。鐘響。鐘的確是響了，可是異於往常，沒有「歡迎光臨」的聲音，什麼都沒有。

我維持推開門的姿勢，就這樣窺看裡面，接待用沙發上坐著一反常態、表情一臉嚴肅的偵探助手益田龍一，對面坐著同樣一臉苦惱的東京警視廳搜查一課的青木文藏刑警，兩人正大眼瞪小眼地對望著。

根本沒發現我。

這鐘是幹什麼用的？我恨恨地仰望裝在門上的鐘。

結果打雜兼祕書的和寅——安和寅吉從廚房探出頭來，偷偷摸摸地沿著牆壁湊過來。簡直是蟑螂一隻。這麼說來，榎木津以前好像叫過他蟑螂。寅吉把手掩在嘴邊，悄聲說：

「現在正忙，過來這兒。」

「呃，我……」

「別囉嗦，過來這兒。」

我被寅吉拉著手，一樣蟑螂似地被拖進了廚房。

「噓！」

「我啊，是今川先……」

寅吉用食指抵住他厚厚的嘴唇。

「現在正是好玩的時候啊。」

「好玩……又出了什麼事嗎？」

「咕咕咕。」寅吉哼著鼻子笑道，「竊盜啊，竊盜。」

「什麼東西被偷了嗎？」

「不是不是，是闖空門，這次啊，那個囂張的益田遭到懷疑了。」

「益田先生闖空門？」

寅吉再次「咕咕咕」地笑：

「前任刑警蒙上闖空門嫌疑，他人生告終了吶他。噯，不管是身爲偵探的將來——不，做爲一個一般市民，他也是前途無亮了。我家先生對這種事是非常絕情的。不用多久他就會被炒魷魚了吧。闖空門的偵探，這怎麼抬得起頭來嘛？對吧？」

「我就說不是我了！」益田朝著寅吉怒吼，「和寅兒，你少在那裡胡謅亂扯，加油添醋。聽好了，我不是遭到懷疑，只是警方找我問案而已。」

「不都一樣嗎？」寅吉說，「在我的認知裡，就是因爲可疑才會找你問案啊。」

「不是啦。問案是對關係人或目擊者詢問狀況，跟訊問嫌犯是不一樣的。我根本沒被懷疑好嗎？青木先生，對不對？」

青木那顆小芥子般的頭往旁邊一傾。

「青木先生，難道你在懷疑我嗎？」

「不，我也不想懷疑你，可是總覺得……這事也巧過頭了吶。」

青木不乾不脆地回答之後，盯住益田。

「青木先生，你這是什麼話啊？」益田

倒了嗓地鬼叫，弓起腰來，甩著垂在額頭上長長的瀏海。這似乎是他誇示虛弱的一流演出。

「呃，就是……」

「原、原來你懷疑我！」

「不，就是，益田……」

「咱、咱們不都是玫瑰十字團的一員嗎？」

「我不記得我加入過那種團體。」

青木略爲歪起那張娃娃臉。

益田略爲歪起那兩片薄唇。

「青木先生，少來了，鳥口還有你跟我，咱們是風雨同舟，休戚與共。你不記得那場伊豆的大亂鬥了嗎？」

「因爲那件事，害我被減薪了。」青木露出苦澀的表情，「我甚至暫時被調換部署了，那個時候的罪責，我已經完全償還了。不要再舊事重提了。」

「這意思是你先走一步了？」益田說，頹坐在沙發裡，「好卑鄙哦。卑鄙可是我的專利耶。」

「我沒有加入任何團體，所以也沒有脫離任何團體。所以我並不卑鄙。」

「是這樣嗎？咱們先前不是還在神奈川一塊兒大顯身手嗎？你都忘了嗎，青木先生？」

「拜託，別愈扯愈遠了。」青木說，「益田，求你專心點好嗎？光你的事情就已經夠麻煩的了。」

益田把頭歪向旁邊悄聲呢喃，「自己還不是一丘之貉。」

青木不曉得是沒聽見還是裝作沒聽見，無視於他，以逼問的口氣問了：

「聽好了，不想被懷疑就不要裝瘋賣傻，清楚明白地說。我再問一次，你在目黑附近是九日跟十日，在池袋附近是十日和十一日，上星期的三、四、五，對吧？」

「就跟你說是了啊。」益田噘起下唇，「就是這樣。」

「那麼你去的地點是……」

「就是中目黑的……等一下，我說青木先生啊，你知道偵探有保密義務嗎？就跟警察官不得隨意將調查內容洩露給一般民眾一樣，偵探和律師等等，從事可以獲知關乎個人利益的私事內情的職業之人，不得隨意公開這類資訊，這是規定。隨意吐露，是有違商業道德的行為。」

「哦？」青木瞇起單眼皮的眼睛，「我以為就這家事務所而言，那些商業道德什麼的，早就已經一敗塗地了。再說，聽說你從調查官時代開始，就毫無節操地把調查內容洩漏給一般民眾，不是嗎？」

「所以我辭職了。」益田頂嘴似地說，「要是再不保密，我豈不是連偵探工作都得辭了嗎？」

「就算你在那裡悶不吭聲，也一樣得辭吧？」寅吉說，「被革職，被革職。」

「才、才不會有那種……」

「我家先生對奴僕有多麼地冷酷，你不是也非常清楚嗎？你去的每一個地方都被闖空門，而且還有一堆目擊者，這樣就算你是清白的，也一定會被炒魷魚的啦。錯不了的。你也這麼認為吧，本島？」寅吉喜孜孜地說。

我……雖然毫無想法，但我想榎木津對奴僕冷酷無情這件事是事實。就像寅吉說的，有罪還是無罪都沒有關係。榎木津不中意的話，馬上就會把人解雇吧。我答道，「我不清楚狀況，不過一定是這樣吧。」

益田想了一下，接著頂出尖細的下巴，「啾」了一聲。

「啾什麼啾？」

益田瞇起眼睛瞪了寅吉一眼，然後轉向青木，突然改變態度，滿臉堆笑地說了起來：

「其實呢，是上次神無月事件，收到戰帖之後，呃，大概一星期以後的事。」

「你願意說了嗎？」青木吃驚地探出身子。

「可、可以嗎？」

「那當然了。」

益田似乎豁出去了。

我忍不住插嘴。一般說來，這是很糟糕的行爲吧？

「哪有什麼可以不可以的，火都要燒到我屁股上了，還有什麼不能說的？我說過很多次了，卑鄙是我的信條。這種情況，我不會有任何猶豫。」

「保、保密義務呢？」

「那種東西遵守了也不能怎麼樣。就算保住委託人的利益，我的利益遭到損害也沒用嘛。就算我洩密的事曝光，道個歉就沒事了。如果道歉就能了事，要我道歉幾百萬次都成。叫我下跪跳脫衣舞也沒問題。託各位的福，我就是這樣一個卑鄙小人。」益田挺胸說道。

眞是個教人頭大的偵探。

「哦，有人委託調查外遇。日期是我忘也忘不了的——呃，我忘記了，是那邊的如水會館舉行日韓學生座談的日子。」

「哦，分析及調整日韓關係現況的座談會，是吧。」青木說。

「沒錯，就是那個。」

「那是八日的事。是神無月騷動發生後正好一星期的事。」

「不愧是現職刑警呢。」益田輕浮地說，「就像你說的，是八日。對了，政治家的會談好像陷入瓶頸呢。說起來，我覺得日本的說法太傲慢了。竟說什麼統治帶給了韓國恩惠？眞是太豈有此理了。帶給人家的是屈辱才對吧？青木先生對於日韓關係是不是也自有一家言呀？」

「就算有，我也不能說。」青木說，「我好歹也算是個公僕。嗯，同樣都是在神田。然後呢？」

「是是是。呃，委託人……我記得是住在中目黑的……」

益田掏出記事本翻開，沒節操地說出委託人的住址。青木臉色一沉，翻開自己的記事本。感覺他好像有所疑慮。

「你說的……是眞的嗎？」

「是眞的啊。叫人家說，現在又說這是什麼話？我就算撒謊，也得不到半毛錢的好處啊。」

青木要求再說一次地址。

益田毫不猶豫地回答。

什麼保密義務。

如果眞有那種義務，益田完全放棄了。

益田講完地址後，說明那裡是唐崎一帶的德川邸附近，被青木冷冷地一句話帶過：

「聽到地址就知道了。」

「那是一棟豪華的大宅第呢。感覺很時髦，有點西洋風格……」

「這個地址眞的沒錯吧？」青木打斷他似地再次確認。

「沒錯啦。我是靠著這條備忘找到那裡的。要是地址錯了，我就去不了了吧？」

「爲了愼重起見，可以把委託人的姓名也告訴我嗎？」

「沒問題。」益田應道。

眞是個傷腦筋的偵探。可是仔細想想，連地址都一清二楚地說出來了，就算只瞞著姓名也沒用。

「委託人姓鯨岡。過來委託的是先生，名字叫勳。年紀四十七歲，是金屬加工廠商的幹部人員，感覺手頭很闊綽。穿的西裝很高級，皮鞋大概是每天擦，亮晶晶的。」

「那種事無關緊要。」青木說。

「怎麼會無關緊要？不，既然要說，我就要說個徹底。有的沒有的我全都要說。那個穿著亮晶晶皮鞋的勳先生呢，懷疑太太紅杏出牆。噯，那個年紀，又是幹部，一定忙得很吧，那個老公很少回家呢。可是呢，太太年紀比他整整小了一輪，二十九歲呢。不說十八一隻花，可也正是徐娘半老的年紀。在那麼一棟大屋子裡——那屋子眞的很大哦——在那裡一直獨守空閨，做老公的當然也會擔心嘍。」

「他們沒有孩子嗎？」寅吉問。

「沒有孩子呢，很遺憾。說遺憾也不是我遺憾，不過他們沒有孩子。狗倒是有啦，看門狗。是一頭巨大的西洋狗哦。我不曉得是什麼種類，不是哈巴狗還是土佐犬那類的，是那種毛又長又膨鬆的狗。還有兩個每天定時來上班的女傭。沒有囉嗦的婆婆小姑之類的。」

日子愜意得很呢——益田說。

「以太太來說，唔，是個沒得挑剔、自由自在的環境吧。」

「是……這樣嗎？」青木露出詫異的表情。

「那當然啦，你看，有庭院還有狗，有女傭還有錢，老公又不在。這簡直是極樂世界嘛。可是啊，人一滿足，就會萌生貪念，不是嗎？」

沒有人應話。唔，我想也是。

益田想要驅散這掃興的氣氛似地說：

「會變得貪心的啦，所以老公也擔心得不得了。然後呢，既然要懷疑，當然是懷疑有沒有偷男人啦。說是有了貪念，其他方面也全都滿足了嘛。別說是滿足了，都滿到溢出來了呢。一定是有姦夫啦，姦夫。」

「知道了，快點說下去。」

從剛才開始，青木就攤著筆記本，拿著鉛筆，記也不是地停在那兒。益田說話非常誇張渲染，內容本身聽起來算是頗有趣，可是從剛才開始，就沒說到半點值得記錄的內容。廢話太多了。

「這不就在說了嗎？」益田說，「所以呢，愛操心的老公想要一天二十四小時監視老婆，可是喔，力不從心。所以我被吩咐接下這個老公不在的時候，監視老婆究竟都在做些什麼的任務。是出門了呢？還是有人來找呢？一定有什麼，叫我一定要揪出那個對象，抓到外遇的證據……」

玫瑰十字偵探社平常是不接品行調查這類**正常**偵探工作的。這家偵探社，簡而言之就像是只爲了滿足榎木津的消遣而存在的公司。

可是並非成天都會發生一些讓榎木津高興的稀奇古怪事件，要是不工作，事務所就要關門大吉了。即便事務所關門，榎木津本身是個不食人間煙火的傢伙，似乎也不會感到困擾，但好歹算是員工的益田可就傷腦筋了。因此一般偵探社會進行的樸實業務，全都由益田一手包辦。或者說，他不得不一手攬下。因此益田經常調查一些外遇案件……

「這是我拿手的跟監工作呀。」益田說，「警察時代，我可是經過一番嚴格訓練的。跟監是我的拿手好戲。然後我去了目黑的宅子。」

「他們住在那裡嗎？」

「當然住在那裡啦。」

「你說那對鯨岡夫妻？」

「上面掛著豪華的門牌，寫著鯨岡兩個字，然後狗從鐵門那邊汪汪汪地……」

「還有狗……？」

「有狗啊。我剛才不是說了嗎？有狗跟兩個女傭。」

「連女傭都有嗎？」

「屋裡我沒辦法看到。」益田說，「我才沒笨到會上門訪問說你好我是偵探呢，又不是送米的。我們偵探跟刑警不同，沒有任何強

制力。我們可是見不得人的一群啊。在暗地裡鬼鬼祟祟地探聽，是偵探的本分嘛。」

如果那是偵探的本分，可以說是跟榎木津揭示的偵探理念完全背道而馳吧。榎木津徹底痛恨踏實的調查活動。與其說是討厭，說瞧不起比較正確吧。不，或許說輕蔑比較對。

「我在周邊進行了訪查。」益田說。

「打聽那個鯨岡太太的事嗎？」

「其他還要打聽什麼事？我可不是官差，我是偵探啊，偵探。所以我到處向人打聽鯨岡太太的事呀。不著痕跡、偷偷摸摸地。很簡單，假裝要問路這樣，然後搭訕說：那戶人家好宏偉呀。」

「鄰近人家怎麼說？」

在我看來，青木似乎在懷疑些什麼。他感覺像是不相信。

「那戶人家跟街坊鄰居好像不打交道呢。」益田說，「可是呢，老公不在的時候，太太頻繁地外出，這一點似乎是確實的。那個太太很引人注目呢，每個人都異口同聲這麼說。聽說她每天……下午都會出門，不到黃昏不會回來。」

「真的嗎？」

「你怎麼這麼囉嗦？真的啦。我調查過，是真的。」

「唔……你打聽了幾戶人家？」

「怎麼這麼吹毛求疵的？」益田歪起細眉，「一直叫人家快點講下去，又這樣一再打斷，根本沒進展了不是嗎？我啊……我想想，我打聽了五戶人家。五戶人家說的都一樣。不服氣嗎？」

青木沒有理會，只是看著自己的記事本，「不，請繼續。」

益田一副無法信服的樣子，不過很快地繼續說了起來：

「根據我在周邊打聽到的消息，太太離

開家裡的時間，好像差不多都是下午一點半左右。於是我便像剛才說的，進行我最拿手的跟監工作。我對跟監非常有自信。我像這樣，蹲在廚房後門對面人家的樹叢裡——啊，躲藏的姿勢不必了嗎？」

「不必了。」

「不必了，是吧。非常冷呢，天氣又陰陰沉沉的。在冷天裡跟監，對腰負擔很大吶。然後呢，我就監視著，結果太太準時從後門出來了。這個鯨岡太太啊，是個美女呢。長得就像瑪琳．黛德麗（註）。」

「她是外國人嗎？」寅吉問。

寅吉不知不覺間在青木旁邊坐下了。這個祕書兼打雜的是個天生愛湊熱鬧的。相對的，我還穿著外套，捧著茶箱，杵在廚房裡。

我可是客人耶。

「不是外國人啦，這是比喻啦，比喻。」

「眞老套的比喻，明明還有別的形容可以用嘛。對不對，青木先生？」

寅吉表情認眞地說，但青木再次苦笑，應道「比喻無所謂啦。」益田瞪著寅吉。

「就是嘛，這無關緊要嘛。對不對，青木先生？」

「所以都無所謂啦。」青木反覆道，「看起來很闊綽，是嗎？」

「是啊。這年頭闊綽的應該只有**水字旁族**，看她那身打扮，家裡很有錢呢。」

「什麼叫水字旁族？」寅吉問。

「瀆職的水字旁啊，指瀆職官吏啦。聽說糸字旁跟金字旁已經退燒了，現在賺錢的是水字旁……」

「糸字旁是指織維業界，金字旁是鋼鐵

註：瑪琳．黛德麗（Marlene Dietrich），一九〇一～一九九二，德國演員及歌手，一九三〇六年代在好萊塢電影活躍，一九五〇年代起則以歌手身分活躍。

業界。」青木補充說，「是警察的行話。」

「哦……」

「兩邊都是我們的客戶吶。」寅吉佩服地說，「纖維跟鋼鐵都退燒了嗎？」

「跟先前的景氣相比的話。可是鯨岡家住的是豪宅，太太的打派也非常奢華呢。喏，就像上個月東京會館舉行的巴黎時裝秀那樣的打扮，很搶眼的。所以跟蹤起來也非常輕鬆。」

「那……你跟蹤了夫人嘍？」

「當然跟蹤了。」益田答道。

鯨岡夫人——聽說她叫鯨岡奈美——根據益田說的，她穿著就像克莉絲汀·迪奧設計的那類時髦服裝，在下午一點三十分離開了鯨岡邸的後門。她每天都從後門離開，益田說這是從鄰居口中探聽出來的。

眞的是愛說長道短。

如果說沒有表面上的往來，理應不清楚才對，卻怎麼會連這些細節都瞭若指掌？我是不曉得住在那一帶的是什麼樣的人士，但與我們這種老街的街坊交往狀況不同吧。

不管怎麼樣，夫人完全不曉得附近鄰居隨時都在用好奇的眼光監視著她——不，這天甚至有個輕浮過頭的奸細跟蹤著——匆匆穿過小巷，往大馬路走去了。

「她走路的樣子也像個模特兒一樣，背伸得直挺挺的。而另一邊的我呢，是蜷著背，立起外套領子……」

「是什麼樣的服裝？」青木問。

「就時髦的洋裝……」

「我是說你，你的打扮。」

「我嗎？青木先生明明說細節不重要，卻又淨問些奇怪的問題呢。我啊，穿著那邊的……」

益田指向入口。

衣架上掛著泛綠的灰色外套，還有一頂

破舊的鴨舌帽。青木的外套好像疊放在青木自己旁邊，而寅吉住在這裡，那肯定是益田的外套。

而我外套還穿在身上。

「然後像這樣，戴上口罩。」

「果然……」青木歪了歪頭。

「什麼啦？感覺眞討厭。嗳，我沒那麼多衣服，所以底下的褲子跟今天穿的一樣。然後呢，我立起那件外套的衣領，深深地戴上鴨舌帽，縮起脖子，蜷著背，就像隻溝鼠似地，鬼鬼祟祟地……」

「你的人生就像地下社會吶。」寅吉悲嘆說，「一點都不像我家先生的弟子。說到我家先生，打出生到現在，連一次也沒有鬼鬼祟祟過。榎木津禮二郎總是威風堂堂。」

寅吉這麼說，益田便頂回去：

「他那叫做厚顏無恥啦。不要拿那種人當標準。然後呢，是啊，大概走了三町左右吧……」

颯爽前進的奈美來到同樣一棟大宅子，放慢了腳步，仰頭看了一下建築物，停下來，然後走進了那棟屋子。

「她的動作看起來有點像在避人耳目。」益田說，「不，我看起來就是這樣。原本她都像這樣，抬頭挺胸，英姿颯爽地走著，所以才更這麼感覺也說不定。然後我在那戶人家前面監視了一會兒。因爲我也不能闖進去嘛。得先待機才行。如果她在裡面停留一段時間，也有可能是在偷情嘛。嗳，她那身打扮，如果做了該做的事，返家之前，也得再重新梳妝打扮一番，會花上不少時間……噢，不好意思，扯到下流的地方去了。」

「每個人都知道你這人有多下流。」寅吉說。

「你知道那一戶的地址嗎？」

「知道。不過直接說結論的話，那裡並

不是情夫家，呃……」

益田說出住址，連山倉這個姓氏都說出來了。

「山倉是通先生家……是吧？」

「咦？青木先生認識山倉先生嗎？」

「山倉先生……是前華族吧。」

「對對對，據說他們家世顯赫，哦，上一代的前男爵大人老早就已經過世了，現在是他的兒子……呃，你說的那個是通先生當家。不過說是兒子，也已經五十多歲……」

「五十四歲。」青木說。

「你好清楚哦。青木先生眞不愧是現任刑警呢，不同凡響。嗯，五十四歲。而且是通先生因爲嚴重的痛風，身體不靈活，不過他還是現任當家。其他家人有太太、上一代的太太，也就是祖母，三個人一起生活，傭人有三個左右。是通先生的兒子已經戰死了。哦，這些是後來調查到的，我那個時候並不知道，還以爲裡面正在翻雲覆雨……」

「並不是。」

「結果並不是呢。因爲以那樣的家庭成員來看，沒有人可以當年輕太太的對象啊，而唯一一個男的當家，右手又動不了。」

「然後……你怎麼做？」青木身子前屈。

「怎麼做……哦，我等了一個小時半左右，太陽都下山了，天愈來愈冷的時候，太太走了出來，所以我又繼續跟蹤，然後下一戶人家……」

「下一戶人家……是不是距離山倉家約十分鐘遠的大村家？」

「哎呀呀，」益田張大嘴巴，「您怎麼知道？」

「我當然知道了。接著隔天，你在上午拜訪山倉家和大村家，然後……」

「嗯，因爲兩家感覺都不像太太的外遇

對象，所以我再一次到鯨岡家後門監視，跟蹤太太……」

「然後這次太太去了池袋一家叫高田的刀劍鋪，還有叫土居的茶道具屋……我說的對不對？」

益田再一次「哎呀呀」。

「完全沒錯。咦？那些難道是……」

青木點點頭。

「是……那樣嗎？」

「沒錯，**全都是向警方報案失竊**的人家。」青木露出苦不堪言的表情說。

益田頂出尖細的下巴說，「豈有此理。」

「才不是豈有此理。一個和你相同打扮——身穿綠灰色外套，頭戴鴨舌帽，戴口罩，外貌可疑至極的男子，在每一戶遭竊的人家附近被人目擊。不僅如此，那個人還拜訪了山倉家和大村家。不，那個男的也去了刀劍高田還有土居茶道具。然後呢，那傢伙拜訪的當天晚上，家裡就遭竊了。這教人不懷疑才有鬼。」

「話、話是這樣沒錯……」

可是我不是小偷啊——益田說。

「我不是小偷，可是那個鴨舌帽的可疑男子，唔……應該就是我吧。」

「你不是最擅長跟監了嗎？」寅吉不屑地說，他的口氣真是酸到了極點。「結果怎麼一堆人目擊到你？你只是鬼鬼祟祟，根本沒有藏好嘛。還說什麼監視對腰負擔很大。完全曝光了嘛。好好地站在路邊還比較不會引人注意。一下蹲一下藏的，你只要動作一次，可疑感就加深一層。簡而言之，你只是個行跡鬼祟的傢伙。你這個樣子，根本沒有資格擔任玫瑰十字偵探社的員工！」

「有那麼多人看到我嗎？」

「你好像很引人注目。」青木說，「你說那個……鯨岡夫人嗎？你說她非常顯眼，但遺憾的是，對於那位夫人，完全沒有目擊證詞。你比她更要醒目多了。」

益田默默地蹙起細眉：

「怎麼會……」

「還怎麼會，這是事實。那你的調查後來怎麼了？那名女子爲什麼要去那四戶人家？」

「哦，山倉家呢，說前天下午確實有個女人來訪，說想看看庭院的松樹。說什麼她也想在自家庭院種松樹，經過的時候，看到這樣一棵漂亮的松樹，希望山倉先生務必介紹業者給她。」

「好假哦。」寅吉說。

「是很假啊，可是好像是眞的。然後呢，嗄，山倉家那樣的家庭，很難得有女性拜訪，山倉先生又好像非常熱愛園藝，便和她聊了近一個小時的庭園經，然後把大村先生介紹給她。」

大村先生是園藝師傅──益田說。

「然後呢，山倉先生說太太應該去找大村先生了。嗄，我也知道事實上她眞的去了，但爲了愼重起見，我還是去查證了一下，大村先生也說山倉先生介紹了一個婦人來找他商量庭木的事……」

沒有這樣的事嗎？──益田問青木。

「不，轄區的調查中，山倉先生和大村先生好像都沒有提到女子……」

「那、那他們是知情不報！」

「不，這是當然的吧。」

「爲、爲什麼？」

「因爲那名女子沒有任何可疑之處啊。就山倉先生來看，或許她是個稀客，但她是有事上門，而對大村先生來說，她雖然是個生客，但也就是個客人罷了嘛。相較之下，益田你這傢伙是渾身上下可疑到了極點啊。說起來，你冒充什麼身分拜訪這兩戶人家？」

「什麼冒充？這是在說什麼？」

「因爲你總不能自我介紹說你是偵探吧？」

「那當然啦，可是我也不能說我是路過的無名旅人嘛，所以我就，唔，假裝客人什麼的——對對對，我沒有冒充身分，我只是假裝。」

我覺得都一樣。

「我是假裝。」益田反覆說。

「假裝問路嗎？」

「問路是在周邊調查的時候啦。闖進搞不好就是賊窟的人家，問個路再離開，那就太蠢啦。」

「賊窟？」

「我說啊，青木先生，這可不是刑事案件的搜查，我是在進行外遇調查耶。」益田埋怨似地說，「偵探跟刑警不同，沒有調查權這種東西，是見不得人的一群。」

「唔，或許吧。」青木讓步了。

「私通跟以前不同，不算犯罪了嘛。可是如果外遇對象就在那裡，不管是什麼樣的人家，那裡對我們來說就是賊窟。哦，山倉家的家族成員我在前一晚就調查好了，所以基本上只是確認。因爲我想搞不好會多了個年輕的男傭之類的。也是有身分懸殊的坎坷之戀的嘛。於是呢，我佯裝成雜誌記者，喏，上個月不是寄生蟲防治運動月嗎？所以我就用調查寄生蟲防治觀念爲名目……」

「山倉先生好像也這麼作證，他是這麼說的：有個冒充雜誌記者的可疑男子來訪，不停地窺看我家裡，追根究柢地問些不相關的事，還有我家的私事……」

完全曝光了。

「不、不相關的事？」

「天氣如何、景氣怎樣，最近的婦女打扮怎麼樣，淨是在那裡兜圈子，就是不切入正題，而且還執拗地追問家裡有幾個傭人，最近有什麼客人等等，聽得教人都想叫警察了——山倉先生家的傭人好像這麼作證。」

「眞夠蠢的。」寅吉不知爲何，得意洋洋地說，「你眞是蠢到家了。偵探惹人起疑，還混得下去嗎？」

「就、就算被懷疑又有什麼關係？我們偵探只要打聽出必要的資訊，就再也不必去那裡了，無所謂的。我啊，確實地問到了鯨岡夫人到山倉家去，只是順道去打聽松樹這個我所需要的資訊，所以我的目的達成了。之後人家是要懷疑還是討厭，都不關我的事。然後呢，我在大村先生那裡……」

「大村先生作證說，有個說是來談生意，卻連園藝的園字怎麼寫都不曉得的外貌可疑的男子過來，聊些景氣如何，最近婦女的打扮怎麼樣，淨扯些無聊的廢話之後，對昨天過來的客人追根究柢地探問，然後回去了。」

青木瞇起單眼皮的眼睛看益田。

「刀劍鋪和茶道具店也都這麼作證。」

「我、我有那麼可疑嗎？的確，我是什麼都沒買啦。不，如果那裡是蕎麥麵店還是乾貨店，我可能也會吃碗素蕎麥麵，買個一片乾貨，但是買刀買茶具，可是沒法拿來報帳的耶。」

「人家太太買了東西吧？」

「啊……就是啊。其實呢，太太好像是去買仿造刀給先生的。她在茶道具店買了掛軸……」

「簡而言之呢，人家太太只是個單純的客人，而你只是個單純的可疑人士。」

「可是……」益田看看寅吉，然後看我，「就算這麼說，我又能怎麼樣嘛，本島？」

我無從答起。

「再說，你在拜訪的前一天，都在那些

人家附近徘徊了一個小時以上。刀劍鋪的小伙計在前一天確實地目擊到你在附近監視的樣子，而且還把你記得一清二楚，所以向師傅報告昨天的可疑男子又跑來了。」

「什麼跟監大師？」寅吉不屑地說，「比門外漢還不如嘛你。雜貨鋪的小伙計都比你高明。官差可是必須神不知鬼不覺地繞到背後，迅雷不及掩耳地逮人才行呀。你跟蹤得太拙劣了。」

益田好像生氣了：

「我、我從刑警時代開始，就很擅長跟蹤和監視的。我跟蹤的工夫太高明，還被同僚揶揄說我應該去當偵探，才不會埋沒了我的長才呢。」

「刑警跟蹤的機會沒那麼多的。」青木無力地說。

「沒、沒那麼多嗎？」

「不，也不是完全沒有，要看哪一課吧。我是不常跟蹤啦。」

「不跟蹤啊，這樣啊。」益田說，直打量著青木，「哎呀，那麼這就是本廳跟地方警察的差別了。地方常常跟蹤的。」

「這樣嗎？」青木納悶地偏頭。

「遜斃了，遜斃了，跟蹤工夫遜斃了。」寅吉不停嚷嚷。

青木用食指搔了搔那顆小芥子般的腦袋，接著用一種幾乎是漠不關心的口氣問道：

「那麼鯨岡夫人的調查後來怎樣了？」

「中止啊。」

「中止？」

「所謂中止呢，青木先生，就寫作中途停止。這件委託呢，在調查到一半的時候就結束了。」

「這我懂啦。我是在問爲什麼中止了啊，益田。」

「就是說，」益田撩起瀏海。

他好像有點不耐煩，不過還是一樣油腔滑調的。

「我做了中期報告。外遇調查的時候，是有中期報告的，要定期向委託人報告調查進度。嗳，有外遇的話，馬上就知道了，不是的話，也會報告個一兩次，如果沒有問題，就結束調查。嗳，其中也有一些老公非常鍥而不捨，就算完全沒有可疑之處，也非要調查到抓到決定性證據爲止。而鯨岡先生呢……」

「你見過委託人？」青木更加詫異地問。

「當然見過啦。就在剛才啊。今早對方連絡這裡，然後我們約在那邊的十字路口旁邊的咖啡廳，短短幾小時前才見過面。喏，就是那裡的……」

青木照著益田說的轉向窗戶。

「於是我報告說，截止目前，夫人是會外出，但並沒有外遇的跡象，然後告訴他夫人好像物色庭木之後，買了仿造刀和掛軸……結果先生突然臉色大變。」

「爲什麼？」

「哦，他說那一定是要買給他的生日禮物。還說太太一定是想要保密到他下個月的生日，給他一個驚喜。沒想到妻子竟然這麼體貼他，而自己竟然懷疑妻子，實在是愚昧得無可救藥──嗳，很無聊的情節啦。然後我們結算先前的必要經費和偵探費，這個案子就這樣結了。」

「根本沒結嘛。」寅吉說。

「不，結束了啦。」

「安和說的沒錯，益田。山倉家的家寶香爐失竊了。大村家砸重金買下的毘沙門天像被偷了。刀劍鋪丟了一把刀，茶道具店店裡最昂貴的桃山時代的手鏡還是什麼不見了。」

「我可沒偷哦。」

「你被懷疑了。」

「可是我沒偷啦。的確，拜訪那些人家的風貌詭異的可疑男子應該就是我，可是……」

「風貌詭異又偷偷摸摸鬼鬼祟祟賊頭賊腦的可疑男子。」寅吉說。

「青木先生可沒說我賊頭賊腦。總而言之……警方怎麼會知道那就是我？」

「第五個現場找到了一把馬術用的馬鞭。」

「咦？」

「用來鞭馬的馬鞭。」青木再一次說。

那是益田在事務所裡片刻不離手的東西。這陣子益田大抵都把玩著它。我總是疑惑爲什麼要拿什麼鞭子，沒想到他竟然隨身帶著走，眞教人驚訝。

「我記得你說過……你是在前陣子的大磯事件裡得到那把你總是拿在手上揮舞的鞭子的。那把鞭子在哪裡？」

益田沉默了一會兒，然後轉向寅吉，搖晃瀏海問：

「那、那把鞭子在哪呢？」

「我哪知道啊？你這幾天不是一直吵著鞭子不見了嗎？那種東西我碰都不碰的。」

「拿出門掉在外頭了，是吧？」

咕咕咕——寅吉嗤之以鼻。

「我、我才沒拿出去呢。那本來其實是榎木津先生的東西，不是嗎？是報公帳買的呢。我好好報帳結算過的呢。那不是我的私人物品，是擺在這裡的、玫瑰十字偵探社的公物耶。只是榎木津先生說益鍋，這很適合你，你拿著吧，所以我才……」

「拿出去了嗎？」

「就說我沒拿出去啦。雖然把鞭子拿進來的是我沒錯啦。可是我完全沒有頭緒呢。鞭子竟然留在現場嗎……咦？請等一下，第五個現場是哪裡？我只去過四個地方啊？」

「應該還有一個地方吧？」

「沒有啦。我拜訪的只有四家而已啊。就算被目擊，也是走在路上的時候啊。難道我光是走在路上就會被人懷疑嗎？」

「難道不可疑嗎？對不對？」

寅吉向我徵求同意。唔，這對我來說無所謂，所以我「嗯」地隨便應了一聲。

「本島，你好過分，怎麼連你也……」

「益田。」青木以沉著的聲音喚道。益田瞬間沉默了。「你是不是忘了你被目擊到最多次的地點──你好幾次在附近徘徊的房子？」

「那、那裡是哪裡？」

「你堅稱是鯨岡家的中目黑的房子啊。」

「堅、堅稱？什、什麼叫堅稱？我才沒有撒謊……」

「那個住址並沒有住著什麼姓鯨岡的夫妻。」青木說。

「明、明、明明就有。」

「沒有。益田，你聽好了，你腦袋放清醒點聽仔細。你剛才說的住址……那裡呢，是羽田隆三氏的別墅。絕對不可能住著那樣一對夫妻。」

「羽田？」益田大叫，「你說那個羽田製鐵的顧問羽田隆三嗎？那個講關西腔的，看起來一副色咪咪的老頭子？」

「他色不色我不曉得，不過那裡是羽田氏的別墅。哦，羽田氏在東京的住宅位在下目黑，但他覺得那裡太狹窄，今天夏天買下了新房子。原本的屋主好像也是從事鐵鋼相關工作，但因爲一些緣故……唔，大概是需錢孔急吧。聽說羽田氏現在來到東京的時候，都還是住在下目黑那裡……而中目黑的房子呢，主要是用來擺放他收藏的美術品之類，是當成倉庫使用。唔，也因爲有許多貴重物品，所以讓前社長祕書的女子做爲管理員住進裡面……」

「只有女人家一個人，太危險了吧。」寅吉說。確實如此。

「不，那裡的警備非常森嚴。有保鏢之類的人不分晝夜巡邏，尤其是晚上，有多達六人徹夜守衛。」

「狗、狗呢？」益田問。

「我沒聽說有狗。」青木回答，「所以呢，益田，你說你跟蹤的女子，應該不是鯨岡某人的夫人，其實是管理羽田氏別墅的女子——菊岡範子小姐吧？」

「青、青木先生，你在說什麼啊？怎麼可能有那種事？」

「你在附近打聽的時候，鄰近住戶也都說那戶人家姓鯨岡嗎？」

「咦？」益田撩起有點長的瀏海，「這話是什麼……」

「益田，附近的居民對你說的人，眞的是鯨岡家的夫人嗎？你總不會是對那些人說『請告訴我鯨岡夫人平日是什麼德行』吧？」

「那當然了，我只是個問路的路人，對這塊土地又不熟，怎麼會知道哪一戶住著什麼人……」

益田「咦」了一聲，沉默了一下。

「我……」他掩住嘴巴，「我探問說：那邊那棟大宅子……，於是那個大嬸就自個兒接口說：噢噢，你說那個白天老是外出的太太啊。然後那個老爺爺是說：有個打扮得花枝招展的婦人每天出門……啊啊，這、這麼說來，沒有一個人……」

「沒有一個人說那一戶姓鯨岡，是吧？」青木說。

「沒有……呢。沒有人這麼說。咦咦，這還眞……可是怎麼會……啊啊？咦咦咦？可是，可是哦，不，絕對沒那種事。對了，山倉先生也說，對，他說鯨岡夫人說她先生的愛好是園藝……」

「她應該是說『我家主人』吧？」

「是這麼說啊，說到主人，不就是指老公……難道不是嗎？（註）」

「她那句主人，應該不是指先生，而是老闆的意思吧？羽田好像有蒐集美術品的嗜好嘛。他應該也會買掛軸、仿造刀什麼的。」

益田「嗚嗄」了一聲：

「我被陷害了嗎？我益田某人居然遭到陷害？我可不是關口先生，也不是本島啊。」

什麼意思？

「我無法判斷你是不是遭人陷害。可是我了解狀況了。我想轄區警署早晚會派人來問案。」

「轄區……是目黑署嗎？」

「嗯。我在調到本廳之前，待的是豐島，有個豐島時代的同事調派到目黑，他來找我商量了一下，說上星期高田馬場一帶連續發生了多起奇妙的闖空門案件。」

他說的闖空門……

「嗳，高田馬場是淀橋的轄區，損失金額似乎也微不足道，所以目黑署那邊好像完全沒放在心上，但是沒想到目黑署轄區內終於也出現了被害……唔，聽說好像被偷走了相當值錢的東西。那就是這五宗失竊案，我問前同事是怎樣的情形，結果他竟說現場找到了掉落的馬鞭，我是覺得不可能，可是心想或許有個萬一，所以過來這裡探探，結果……」

「結果眞是那個萬一……」

益田認命似地這麼說完，接著叫道：

「我是無辜的！我、我幹嘛要闖什麼空門？我是清白的！清白的！說起來，你說的高田馬場的竊案是什麼啊！」

「高、高田馬場的竊案……？」

出聲的……是我。

三人同時看向我。

「啊，這麼說來，本島你怎麼會在那裡？」

「你……什麼時候冒出來的？完全沒發現。」

「這麼說來，你來啦。今天是平日耶？」

三人各自說出失禮到了極點的話。

青木好像甚至連我在都沒有發現。益田也好，寅吉也罷，對我再多一點關心也好吧？

「這什麼話……太過分了。我今天有事，請了有薪假，結果被分派差事過來了。我今天是做為今川先生的代理人，把這個送到這裡來。」

「代替古物商先生？」寅吉張大厚厚的嘴唇，「哦，這麼說來，我家先生今早好像說了什麼吶。」

「什麼是什麼？今川先生說他被命令絕對要把這個拿來呢。」

我遞出茶箱。

「我不曉得喲。」寅吉神氣地說，「那骯髒的盒子是什麼？不是我自誇，我家先生在想什麼，不管跟他交往幾年都不可能弄得清楚。現在我也不曉得他在哪裡。」

眞是個了不起的祕書。

簡而言之，就是想要茶箱的本人不在，想要的理由也只有本人才知道吧。不過這對我來說也無關緊要。

「總之，我被交代送這個箱子過來，我把它拿來了，請收下吧。」

我把茶箱塞給寅吉。寅吉不知爲何，厭惡地縮手。我正要問他爲什麼不收下，青木卻說：

「重點是，你剛才是不是想說什麼？」

註：在日文中，主人除了有雇主、主人之意，平常也指老公、先生。

「想說什麼？我只是想把這個箱子……」

「不，你剛才好像發出呻吟般的聲音……」

「哦，我不是呻吟。是因爲你提到高田馬場奇妙的闖空門事件。」

近藤家也遭小偷了。不，不只是近藤家。我住的文化住宅，好像好幾戶都遭殃了。

我這麼說，青木便說：

「哦，你住在高田馬場啊？是那區古老的文化住宅呢。那一帶也受害啦？嗯，是啊，以地區來看……是那一帶呢。那麼你那位鬍子朋友家也遭竊了嗎？有沒有報警？」

「沒有……正確地說，是沒辦法。」

我說明狀況。

青木露出一種失望的表情：

「你的朋友裡頭很多呢。」

「很多什麼？」

「怪──抱歉，奇特的人。」

用不著改口。就算改口也一樣。

「遭竊是什麼時候的事？」

「你說小偷跑進近藤家嗎？哦，那應該是前天星期六上午的事。聽說我住的文化住宅很多戶都遭了小偷……不過我住的是最裡面一戶，所以倖免於難。」

「果然是一品偷嗎？」青木問。

「一品脫？那是什麼？」

「就是從淀橋到豐島一帶流行的闖空門小偷啊。只偷走該戶人家看起來最昂貴的一樣東西。那是緊接著神無月騷動之後發生的事，所以是……這個月的四日還是五日開始傳出受害消息的。」

「只偷一品？」

原來如此，不是把看起來值錢的東西全數搜刮殆盡。那樣的話，也難怪看不出被偷了什麼。近藤家裡有一堆數不清的雜物，就算少了一兩樣，看上去也沒有什麼不同。不，就算增加了也不會發覺吧。

那麼小偷判斷那隻招貓是最值錢的東西嗎？

——不。

近藤說好像還少了什麼。不過他不記得少了什麼。

「近藤那裡好像丟了兩三樣東西。」

「那樣的話，只是普通的小偷吧。」青木說。

可是，那很有可能是近藤搞錯了。近藤的記憶非常含糊不清。他連那個詛咒面具都不記得了。

「請等一下啊，青木先生。」此時益田插嘴說了，「我不曉得是什麼情形，不過警方認爲高田馬場的闖空門，跟目黑的竊賊是同一人嗎？」

「現階段只能說不清楚。轄區不同，而且也沒有嚴重到要進行聯合調查的程度。不過因爲遭竊的物品十分貴重，目黑的竊案一定也是一品偷。山倉家裡好像還放有現金，刀劍鋪和茶道具屋也有許多商品，但是遭竊的只有一樣物品。」

益田歪起薄唇：

「哈哈哈，如果是同一個竊賊，我就是清白的。因爲除了去目黑以外，我都一直待在這裡，看著和寅兄這張不好玩也不好笑的個性派臉孔嘛。」

「搞不好有共犯。」寅吉冷語冷語說，「例如本島先生是共犯這個推測如何？我覺得獨獨本島先生家逃過一劫，十分可疑吶。」

說得好過分。

「我、我徹徹底底無關，好嗎？只有我家沒有遭竊也是誤會。重點是，榎木津先生怎麼了？我到底該怎麼做才好？這些面具可別叫我再拿回去哦。」

「面具？不是茶嗎？」

「只是裝在茶箱裡面而已。」

我故意把茶箱擺在益田和青木中間，打開蓋子。

「看。」

收下的時候，我沒重新檢查裡面，不過裡面好像裝著六個鬼面。青木探看箱中，說：

「啊，是紙糊面具啊。」

「是紙糊面具啊。」

因爲是今川派來的，他以爲裡頭裝的是古董還是什麼嗎？

的確，這是玩具，不是古董商會買賣的商品。

「你說是面具，把我嚇了一跳呢。」青木喃喃道。

「面具怎麼了嗎？」

「哦，說到今川先生會經手的面具，一般不會是這樣的面具吧？我本來以爲是更昂貴、更古老的面具。」

「如果是那種面具，會怎麼樣嗎？」

「沒怎麼樣啦。」青木笑道，「哦，我是沒看過高級面具，所以不清楚那是什麼樣的東西，不過羽田先生的宅子失竊的物品，聽說也是個大有來頭的面具。呃……我記得我有寫下來……哦，是這個。羽田家祖傳家寶面具……聽說是國寶級的，貴重無比的東西……」

青木這麼說道。

4

我無法釋然。

我被惡狠狠地痛罵一頓，最後被硬塞了鬼面具，從偵探事務所裡被趕出來了。

把我趕出來的……

是突然跑回來的榎木津。

當時青木從茶箱裡頭取出一個紙糊鬼面具，就要開始解說起那個失竊的叫什麼的來歷非凡的面具，結果那位榎木津名偵探大閣下頂著一張臭到了極點的臉歸來了。

光是開門的動作就粗魯無比。

鐘幾乎都要被他甩掉了。

因爲門開得太粗暴，鐘反而響不出聲音來了。只發出了「空」、「肯」般的怪聲。

不行，完全不行……！

這並非我當時的心情——噯，雖然我也是這樣的心情——而是榎木津閣下歸來之後開口第一句話。

沒有「我回來了」沒有「你好」也沒有「歡迎光臨」。他「完全不行根本不行不行不行不行」地連聲呼喊著不行，看也不看我們這些客人，一直線走向擺著慎重其事地寫了偵探兩個字的三角錐的自己的辦公桌，一屁股在他的大椅子坐下。

「不像話。什麼都不懂。」

「發生什麼事了？」寅吉問道，榎木津過分地說，「怎麼，你這蟑螂男還活著啊？」

「當然活著啦，那是哪門子稱呼啊？」

「囉嗦啦！你這種東西叫天婦羅也行！」

榎木津不屑地說。

照他那種說法……聽起來好像天婦羅比蟑螂還要低等。

我靈光一閃，莫非榎木津討厭天婦羅？我悄聲向益田詢問事實眞僞，這個儘管窮途末路，卻完全遭到雇主漠視的唯一一個偵探助手，一臉不情願地答道，「那個大叔最愛天婦羅了。」

「大叔？」

「他分明就是個大叔吧？只是看起來年輕點罷了。他都三十好幾了呢。」

唔……

是這樣沒錯。可是看起來實在不像。榎木津的面孔就像陶瓷人偶還是希臘雕像。與我實在不像是同一種生物。

他是非凡的。非凡的美形大叔吼出非凡到了極點的台詞：

「尖尖的是扔豆子大會！」

「那是在說什麼啊？」青木說，把面具放回茶箱。

太莫名其妙，已經不想理他了。

不，就算想理他，也力不從心。

「尖尖的是在說什麼？」

寅吉堅強地應對。不愧是祕書。

「這裡像這樣尖尖的，你竟然不曉得嗎？」榎木津指示自己的雙肩。

肩膀尖尖的——我迷茫地動腦，結果想到在近藤畫的連環畫上看到的武士打扮。也就是裃裝扮（註一）。

瞬間……

「就是那個！」榎木津大叫。

「那個……？是說裃嗎？」我問。

「對，就是那個卡！」榎木津說，「不會有人穿那種三角尖尖的衣服吧，又不是武士嘛。那種東西，只有祭典的時候跟神社的奴僕頭頭才會穿嘛。我對奴僕的制服一點興趣也沒有。我想要的是欺負鬼大會的服裝，跟扔豆子大會一點關係也沒有。那是更以後的事！」

「對不起。」寅吉低下頭來，「完全聽不懂。」

「蠢蛋！」榎木津睜大那雙大眼，唾罵奴僕說。

「呃，唔……我的確不算聰明過人啦。重點是，先生，你去哪裡了？」

「服裝出租店。」

「什麼？」

「我聽說那是個夢幻一樣的地方，只要付錢，什麼樣的衣服都可以借到，所以我才跑去，結果根本不是那麼一回事，完全不行。」

「不行嗎？」

「根本不行。他們竟然把扔豆子和欺負鬼當成同一回事。那簡直就像舉著七夕的竹葉（註二）去海邊摸蛤蜊（註三）一樣愚蠢。而且衣服還少得要命。」

別說是不是同一回事了，兩邊都根本聽不懂在說什麼。

「扔豆子應該是在說節分（註四）吧？」益田看著青木呢喃。青木沒有出聲，只動嘴說「原來如此。」

我不小心叫出聲來了。對我來說，有種謎題解開了的豁然開朗之感。

「啊啊，原來如此！是在說撒豆子啊。奴僕的頭頭，是在說氏子（註五）代表，對嗎？的確，節分的時候，氏子代表會穿著裃禮服撒豆子呢。然後用豆子扔鬼，欺負鬼。」

「不對！」榎木津大叫，「鬼是要用弓箭逼到角落去，惡整他們。」

「你說的鬼……」

不是在說鬼嗎？

「是這個嗎？」我從茶箱裡取出最普通、大概是最一般的鬼面具舉起來。

那是個紙糊的、紅臉的、眼睛大如銅鈴的、長著獠牙的、當然還有兩根角的，平凡無奇到了極點的鬼。

除了鬼以外，不可能是別的東西了。

註一：裃爲江戶時代武士的正式禮服，有肩衣和長褲裙，兩肩呈三角形。

註二：日本習俗，在七夕時會將寫有心願的短籤綁在竹枝上，祈求實現。

註三：春季至夏季，日本人習慣到海邊去撿貝殼或摸蛤蜊。

註四：指立春前天，日本一般會在這天撒豆子驅鬼並招福。

註五：氏子原本指祭祀氏神（某一特定區域的居民共同祭祀的神道教神明）的氏族子孫之意，後來轉變爲居住於祭祀某一氏神的地區的居民。

榎木津本來一直朝著另一邊叫囂，似乎畢竟是聽見了我的聲音，他連同椅子倏地轉向我這兒，「啊」地一叫。

「原來你在啊，益蛋！喂，那個女的到底是誰？」

「女的？」

榎木津不是看到我和我舉起來的鬼面，而是看到了益田——不，大概是益田的腦中重現的過去視覺記憶了吧。

這就是榎木津傷腦筋的體質。雖然難以置信，但很多時候不這麼想，實在是說不通，所以一定是眞的吧。

「哦，你說鯨岡奈美女士。」

「是菊岡範子小姐。」青木訂正。

「咦咦咦？」益田發出哭腔。

我也想哭了，沒有人理我。

榎木津意味深長地用鼻子哼了一聲，揚起了精悍的濃眉，瞪住益田。

益田垂下頭去。

「益山，你幹了什麼？」

語氣很嚴肅，名字卻完全搞錯了。

「我什麼也沒做。我是，呃，去調查了……」

「掉牙？」

「不，我不是小嬰兒了，不會掉牙了。是調查，調查啦。」

「查什麼？」

「哦，呃，有關婦人的平素行蹤……」

「爲什麼？」

「爲什麼？那當然是偵探的工作……」

「大蠢蛋！」

榎木津沉靜地，但激烈地辱罵奴僕。

「大、大蠢蛋？」

「蠢蛋。」榎木津再一次斷定。

「爲什麼？我可是……」

「蠢蛋。我不曉得什麼乳牙門牙，可是

偵探爲什麼非得做那種事不可？你這個大笨蛋！你這個大笨貨給我聽仔細了，在這個世界上，偵探指的是能夠先驗性地獲知世界本質的特權超越者，與奸詐地偷偷摸摸四處窺看的毛賊小子是天壤之別，中間的差距有如土星與土瓶！你也太不知天高地厚了！」

「不、不知天高地厚？」

「明明就是。說起來，你啥時變成偵探了？你這種傢伙不是地位低到了底嗎？動不動就哭，頂多只能算是哭山。」

看來又有新的稱呼誕生了。

「哭山還是哭河都好啦，不過我可是在進行世間一般說的所謂偵探業務……」

「世間一般偵探指的是偷看人家圍牆裡面，冒充身分諂媚討好，惹人討厭惹人懷疑的丟人現眼傢伙嗎？」

「唔……大概就是這樣啦……」益田以微弱的聲音說，垂著瀏海，眞的一副快哭出來的表情，「難道不是嗎？」

「不能說是，也不能說不是呢。」青木同情地回答，「不管目的爲何，調查的時候，是有不少偵探會採取這類手段嘛。結果有的時候也是會惹來厭惡或懷疑……不過站在我的立場，對於冒充身分，我只能說是不值得嘉獎的行爲。」

「就說那不是冒充身分了，是變裝啦！」

「你根本沒變裝啊。」寅吉說，「完全露出馬腳了。」

「不，那是變裝啦。我平常一點都不可疑的。我健全到了極點的。如果我看起來很可疑，那不就是不折不扣的變裝了嗎？偵探是會變裝的。夏洛克·福爾摩斯不也會變裝嗎？還有明智小五郎……」

「那是虛構的故事啦。」寅吉說，而榎木津斷言，「他們不算數啦。」

「不、不算數？」

「當然不算數了。這還用說嗎？告訴你，故事中出現的偵探，都是出於嗜好而變裝的。是爲了好玩才變裝的。只要是好玩的事，偵探做什麼都可以。證據就是，不管他們變裝得有多可笑，也不會有半個登場人物發現啊。就算是小說，也沒有半個偵探因爲變裝被人識破而哇哇大哭。但你不就在哇哇大哭了嗎？」

榎木津指住益田說。

「我眞的快哭了。」

「那你就哭到死吧，這個笨傢伙。說起來，爲什麼偵探非得幹那種冒充身分的事不可？難道你做了什麼見不得人的虧心事嗎，哭山？你在人前戴著面具好玩嗎？」

「面具……？」

「那不就像戴面具嗎？」榎木津說，「不管去到哪裡，去見誰，都拿眞面目示人就好了嘛。完全沒道理非戴上面具不可啊。然而你們卻動不動就戴上面具。到底是在害臊些什麼嘛？就是淨做些丟人的事，才會變成全身上下無一處不羞恥的傢伙，是吧！」

「好，那我就恢復本我面目，坦率地哭嘍。」益田雙手掩住了臉。

我非常了解他想掩面的心情。榎木津這番話也太亂來了。豈止是亂來，根本是瞎攪一通。可是我也覺得他的話有那麼一些道理。

近藤也說過一樣的話，的確，我們都戴著面具在生活。我在公司是員工之一，在客人面前只是個配線工或製圖工，在近藤面前則是他的幼時玩伴兼鄰居本島。而在榎木津面前，我是個連名字都無關緊要的奴僕。這些全都是我，每一個都一樣，卻有些微妙的不同。

當然，每一個都是我，內在也沒有什麼劇烈的變化，簡而言之，是對外的態度、與他人的應對方法有所改變而已，那叫做禮儀，或者叫社會性，又叫做常識，五花八門，形形色色；但如果把這叫做面具，就幾乎沒有一個人是不戴著面具的了。就連幼兒，在父母親面前和在他人面前，表現出來的樣子都不同。

不戴著面具，以真面目處世的──不，應該說**能夠**像這樣處世的──嗳，我想大概只有剛落草的嬰兒跟榎木津而已吧。

「哭吧，永永遠遠哭下去，哭到發瘋，哭到死吧你！」榎木津絕情到底地說，「我不是總是再三教誨，說到你們聽得耳朵都要長繭了嗎？那種下流的工作就交給警察那種沒品的傢伙。那些人就是只為了做那種毫無意義的事，趴在地上蠕動而活。那些拿這種無意義之事做為生存意義的瘋狂之輩聚在一起，領著國家的薪俸，做著無意義的事。如果你喜歡高興這麼做，那我也不說什麼了，但你哭著搶走人家的生存意義，到底是何苦啊？這個蠢貨。這就叫做自做自受。」

「無意義……的確是呢。」這次輪到青木一臉哭相了。

此時榎木津再一次「啊」地大叫，「真的一副驚訝的模樣說，「原來你也在啊，小芥子警察官。」

真是，教人啞口無言。

像我，根本還沒有被看進去。

「你什麼時候就在的？」

「哦，我一直都在啊，榎木津先生。嗳，你的發言總是那麼偏激，不過換個角度想想，的確是言之成理。我們警官的工作就是孜孜不倦地做著這些無意義的工作。我們不能引人注目，而且我們的工作減少的話，才是為社會好嘛……」

「哦？」榎木津頂出下巴，「那麼你是來對這個愚蠢的哭山的愚行下達制裁的鐵拳嗎？為了報復工作被搶走，耍著警察最喜歡的權力這下流沒品的武器，來把這個笨蛋押走，是嗎？」

「押走！」益田跳了起來，「青、青木先生，怎麼會……」

青木露出哭笑不得的表情：

「我還沒有要押你啦，放心吧。」

「不把他押走的話，至少先捆起來吧！」榎木津胡來地說，「警察，你不用對我客氣啊。哭山這種東西你可以立刻把他押走。就算抓去處刑也沒關係。如果你猶豫著不敢行刑，要我幫忙也可以。」

「我是清白的啦！」益田的聲音眞的成了哭腔，「青木先生，請告訴大家我是清白的啊！」

「我只是一介警官，不是能論斷有罪清白的立場。轄區也不同，我不能隨便說那種話。」

「什麼不能，可是……」

「雖然對你過意不去，」青木先這麼聲明後，接著說，「我會把你剛才告訴我的話，就這樣向轄區報告。」

「就這樣報告？不幫我辯護一下？」

「我只會把聽到的內容就這樣據實以告。不管有什麼樣的理由，我都不能扭曲訊息吧？誰叫我是個以無意義又愚昧的工作做為生存意義的警官之一嘛。」

「青木先生，何必酸成那樣嘛……？」

益田露出懇求的眼神，抓住青木。我想換做我是青木，也會想酸個一兩句吧。實在是被說得太不堪了。可是榎木津說「你眞是頗有自知之明吶。」地笑了。諷刺一點效果都沒有。

「嗳，好吧。益田也是，就像榎木津先生說的，如果你沒有任何內疚之處，用不著隱瞞，也用不著羞恥嘛。有什麼不好呢？」

「我、我才沒有隱瞞，可是請你那個，盡可能婉轉地轉述好嗎？」

「所以說，我會**據實以告**。」

青木故意強調「據實以告」四個字，站了起來，冷冷地丟下一句「各位似乎相當忙碌，我先告辭了。」然後望了我一眼，向榎木津行了個禮，匆匆回去了。

益田茫然佇立，發出怪叫。

可是青木和榎木津不同，他並不是故意在刁難益田，也不是在欺負他。我認爲身爲一個警察，青木的態度是理所當然。雖然是認識的人——不，正因爲是認識的人，如果因此手下留情，就不配做一個公僕了。

像這樣一說，青木聽起來好像是個不知通融、宛如酷吏般的冷血之人，但當然沒有這種事。青木這個人不僅光明正大，而且耿直吧。

與益田連絡，對青木來說，會不會其實是一件相當危險的事？簡單地說，這等於是警察調在私下接觸自己管轄外的案件嫌犯，並且洩露情報。如果益田是眞兇，他非常有可能因此獲知調查概況，試圖逃亡或者湮滅證據。如果演變成這樣的事態，青木罪無可逭。

即使如此，青木仍然滿不在乎地前來，一定是因爲他相信益田。

青木剛才說證據當中發現了鞭子，因而感到懷疑，所以前來確認，表面上這番說詞名正言順，但或許其實他只是想拿它來當個話頭罷了。

鞭子這種東西，平常不可能隨便在路上看到，更別說有朋友成天把玩了——這根本是最適合拿來當笑話的題材。

然而揭曉一看……

朋友居然眞的可疑萬分。

我想最爲吃驚的搞不好是青木自己。

話雖如此，既然發現益田的行動與案件細節一一吻合，也不能就這樣置之不理吧。我覺得這是當然的。益田爲了證明自己的清白，知無不言地說了一大串，結果反而招來更進一步的疑惑。

油腔滑調也該有個限度。

但是平素總是維持著輕薄態度，也就是成天嬉皮笑臉的偵探助手，唯獨這次似乎也不得不萎靡不振了。他很不安吧。

我很了解他的心情。現在的益田就是前些日子的我。上次的雲外鏡事件中，我莫名其妙地成了嫌犯──或是某種教人一頭霧水的傻瓜角色──被益田跟寅吉給惡狠狠地揶揄了一頓，嚇得心都涼透了。

一下子逮捕一下子自願同行，每當他們逗我說什麼冤罪、絕對跑不掉的時候，既膽小又凡庸的我就尖叫出聲，渾身縮瑟，跳蚤大的心臟猛烈地跳動，幾乎都快爆炸了。

自己的清白，自己最清楚──這是前些日子益田本人對我說過的話。

當然是這樣。可是就算明白，不安就是不安。

可是，當我驚恐戰慄的時候，益田看起來頗樂在其中。

因爲不關己事。

因爲這樣，所以我也不是沒有幸災樂禍的心情，但我還是禁不住同情。這個毫不害臊地大肆公言自己是個卑鄙傢伙的青年，好像其實也是個膽小鬼。

「我會怎麼樣？」益田說。

「嗄，會被逮捕吧。至少會被逮捕吧。」寅吉在一旁煽風點火。

「沒、沒有證據吧？」

「有鞭子。」

「贓、贓物呢？我手裡又沒有贓物。」

「賣掉就沒啦。你賣到黑市去了吧。」

「哪有可能！」益田一次又一次甩動瀏海，「我、我做錯什麼了嗎？本島，你也說說話啊。我是個認眞善良又有點卑鄙的、也就是典型的小市民啊。對不對？榎木津先生，我……」

「不關我的事。」榎木津乾脆地、極為簡短地說。

「什、什麼不關你的事……」

「你是竊賊還是強盜都不關我的事，就算因為這樣被處刑還是被流放外島還是被腰斬，跟我都沒有關係。現在的問題是欺負鬼大會吧？難得我想到這個妙點子，這下子豈不是不能實現了？」

「你說的……欺負鬼是什麼啊？」

「你是笨蛋嗎？」榎木津說。這是榎木津喜歡的口頭禪之一。「欺負鬼就是欺負鬼。是大家一起欺負鬼的歡樂活動，不是嗎？拿箭射鬼、拿腳踹鬼、在整個家裡把鬼追得團團轉，把鬼逼到角落去，再一刀斃命。唔，一刀刺下去是假裝的啦，不過還是很好玩。」

「哦……」

「還哦，這是風情畫啊，是傳統活動呢。」

益田顯得更喪氣了：

「嗳，至少在我知道的日本……或者說，在我長大的神奈川縣，沒有那種古怪的活動。那是什麼時候的活動？」

「除夕啦、除夕。」榎木津不耐煩地答道，「所以快沒時間了。」

「除夕要做那種事嗎？」

「當然啦。直到我爺爺死掉之前，我家每年都玩呢。可是從爺爺死掉那年開始，不曉得為什麼就中止了。大概是我爸太笨，所以不玩了吧。不，還是什麼被偷了去了？」

「被、被偷？」

益田對這些詞彙變得過敏了。

「對對對，」榎木津愉快地點頭，「我想起來了。有個像哭山的毛賊跑進我家倉庫裡，偷走了一堆有的沒的東西，本來有好幾個的面具裡面有一個也被偷了。我記得是這樣的。」

「面、面具是指鬼面具嗎？」

「沒錯沒錯。不，被偷的不是鬼面具，是鬼面具的同伴。好像是一組的。」

「什麼叫鬼的同伴？」寅吉說。

「除了鬼以外，還有好幾個相似的面具啦。你們不曉得嗎？」

「才不曉得哩。那、那是這樣的面具嗎？這種面具被偷了？跟這個一組的話……難道是阿龜面具還是章魚嘴男面具？這種東西有人要偷嗎？」益田指著我說。

我納悶幹什麼要指我，望向自己的手……

我的手裡還舉著紙糊的鬼面具。眞是有夠呆的。

舉是舉起來了，但話題馬上就轉移到其他地方去，我錯失收回面具的時機，就這樣一直舉在手裡。我完全沒意識到。因爲沒意識到，顯得更是愚蠢。

「啊！你也在啊，本島弦之丞。」榎木津非常吃驚。

吃驚到這種地步，讓人覺得根本是故意的。

這種狀況竟然沒有注意到我，簡直太離譜了。

而且連名字都變得莫名其妙。什麼弦之丞，那是哪來的武士啊？

榎木津一臉訝異地看著我——或者說，看著我這邊。不管被看上多少次，我依然會緊張不已。

或者說，一想到榎木津在看什麼，我就毛骨悚然。

「然後呢？」榎木津一臉猙獰地問。

「然後……什麼？」

「那是什麼？」

「我、我才不曉得這是什麼呢。榎木津

先生命令今川先生拿來的，不是嗎？我、我只是被派來跑腿的小伙計，我什麼都不知道。」

「我？命令拿這種東西？唔，這面具很好笑，說好玩是好玩，可是我不曉得這是啥。我不記得我叫他拿這種東西來。」

就算這麼對我說，我也無可如何。

「那是什麼？是那個噁心的大骨的面具嗎？」

「什麼？」

大骨好像是待古庵——今川的別名。或許是蔑稱。把面具翻過來看看，的確也有那麼幾分相似。

「不，這個是……」

我把手裡的面具放回茶箱，拿出其他面具。這個面具有著高聳的大鼻子和粗壯的牙齒，看起來十分獷悍。

「哇哈哈哈哈！這個比較像呢。是誰做的？」

「不，呃……」

「我覺得那是鬼呀。」寅吉說。

「不就是鬼嗎？」益田接著說，「榎木津先生一直鬼鬼鬼地鬼叫，所以本島才特地從箱子裡面拿出來的呢，對吧，本島？」

「嗯。或者說……」

如果這不是鬼，那什麼才是鬼？的確，這面具多少有點像今川，可是那應該說是今川長得像鬼，反過來以為這些面具是模仿今川的臉做的，絕對大錯特錯。不管誰說什麼，這些都是貨眞價實的鬼面具。

「是……鬼吧……？」我說。

好懦弱的語氣。

「咦？」

榎木津的表情更沉了。

「這是鬼嗎？這才不是鬼哩。不是吧？唔，是很像扔豆子時的靶子啦……」

那就是鬼。

節分時扔豆子的對象就是鬼。

榎木津瞇起眼睛，露骨地擺出厭惡的表情：

「嗯……？難不成你要說這就是我委託的東西吧？本島健十郎。」

「不，那是呃，今川先生他……」

「我不曉得嘴巴鬆弛的怪面人說什麼，可是這一看就知道了吧？這根本不是鬼嘛。反倒是……**那個還比較像**，不是嗎？」榎木津說。他說著，直瞪著我。

「那、那個是指……？」

我把遭到否決的面具扔進茶箱裡，找到其他的面具拿出來。

「這個嗎？還是……」

榎木津他……

瞪起三白眼，**嘔起氣來**。

「我說你啊，這甚至連大骨都不像啊。你是存心耍我嗎？權太郎？」

「嘿？」

權太郎……唔，是指我吧。如果是在說我，那眞是太不敢了。

退避三舍我倒是會，可是膽敢要榎木津這種事，就算天地倒轉過來都不可能。

我支支吾吾地含糊其詞，想著該怎麼辯解的時候，榎木津「砰」地一拍桌子，我整個人嚇壞了，把茶箱擱到接待桌上。

是爲了擺出立正姿勢。

「爲什麼世人對於欺負鬼大會這麼一點理解都沒有！那裡的哭山還是蟑螂男就算了，竟然連服裝出租店跟那個大骨都不曉得，眞是教人目瞪口呆，啞口無言。而且權太郎明明就知道，還給我裝傻！」

「什、什麼裝傻，我不曉得啊。我完全不曉得。還有我……」

不叫健十郎也不叫權太郎——爲什麼我就是不敢訂正？

「哼。這陣子碰上的淨是些荒唐愚蠢的事件，教人消沉，所以我才想把大伙找來，睽違二十年來舉行一場欺負鬼大會，多麼出色的點子啊！要讓猴子男、烏頭還有權太郎當鬼，好好欺負一頓！」

「連、連我都算嗎？」

請不要把我算進去，拜託。

「噢噢，這主意多妙啊！」榎木津說，「追趕用鬼祟的跑法跌跌撞撞四處逃竄的膽小沒用的鬼，還有只會凡庸地逃亡惹人失笑的小市民鬼……多好玩的企劃啊！」

眞討厭的企劃。

「難得我想到這麼棒的點子，這個樣子，豈不是不能實行了嗎？面具服裝弓箭，一樣都沒弄到。啥都沒有。說起來，你們怎麼會把它跟扔豆子混爲一談呢？你的那個熊貓朋友沒有其他面具了嗎？」

「那個？熊貓？朋友？」

熊貓是在說什麼？——我慢慢地思忖起來，就在我總算將那個古怪的**動物**與近藤那張獰猛又有些逗趣的臉連結在一起的時候，榎木津再次敲了一下桌子。

「事到如今，我不打算中止！」

「呃……不學無術的我說這種話或許是僭越了……」寅吉卑躬屈膝地說，「呃，先生說的欺負鬼用的服裝、面具等等的，宅子的倉庫那邊已經都沒有了嗎？我記得過去被偷的是其他的面具吧？面具全都賣掉了嗎？」

「賣掉？那麼痛快好玩的東西怎麼會賣掉。」

「那還在嘍？」

「當然在了。」

「不能借用嗎？」

「借？」榎木津閉上眼睛，朝上抬頭一下說，「哦，家裡有嘛。」

既然有的話……一開始不是就該想到

嗎？

「這樣啊，跟家裡借就好了嘛。原來如此，也有這一手啊。唔，一想到我那個老不死的笨父親的臉就有氣，所以我完全沒想到，不過的確有吶。雖然我不曉得在哪。」

「既然有的話，可以要我父親去找。」

寅吉的父親是榎木津家的傭人。

「原來如此，雖然借助你父親的力量非常教人氣不過，不過這是最快的方法！」

榎木津說道，猛地站了起來。

「怎怎怎、怎麼了？」

「你沒聽見嗎，毛賊。要回家去啊。」

「什、什麼毛賊……太過分了，我就說我不是什麼毛賊了啊。我什麼都沒有偷啦。榎木津先生的話，不是應該最明白不過了嗎？」

「你賊頭賊腦的就像個毛賊，所以一定是毛賊！」

這個大毛賊！──榎木津大聲說。

「呃……」

益田被那股奇妙的氣迫給震懾，嚇軟了腿。

「我、我、我是無辜的啦。我、我發誓我跟犯罪沒有關係啦，榎木津先生。所以，喏，求求你，求求你幫幫我……」

「爲什麼我非得幫你這種毛賊不可？誰叫你自個兒要去做些鬼鬼祟祟賊頭賊腦的蠢事。你是喜歡才做的吧？毛賊。這叫自做自受，這個犯罪男。喏，哭吧！哭山，給我哭！」

「犯、犯罪男……？」

益田癱瘓了。噯，換做是我也癱瘓了。

榎木津以威壓的視線俯視著我們說，「叫你竊盜人也行哦。」

「太狠心了，我不是一直爲榎木津先生鞠躬盡瘁嗎？」

「在哭了，是吧？不愧是哭山。你走投

無路了嗎？」

「當、當然走投無路了。我正走投無路得正大光明呢。」

「我說你啊，如果你是清白的，怎麼會走投無路呢？既然你會走投無路，那就是你是犯罪男的證據。」

「別開玩笑了啦，求求你啦。」益田說著走到榎木津的辦公桌前。榎木津極度厭惡似地板起一邊的臉頰：

「奴僕求我？」

「呃，就是……」

看樣子益田觸犯了榎木津的逆鱗。

榎木津就像個發條人偶似地從座位跳起來，朝著周圍不分青紅皂白地痛罵，「我想到的精彩企劃跟毛賊的請求哪邊比較重要！」益田從哭山變成毛賊，最後甚至拜領了犯罪男這種令人感激涕零的稱呼，連想出妙點子——其實也沒有多妙——的寅吉都被叫成了螻蟻。至於我，被榎木津用噁心臉男的沒用使者、對馬鼠唯命是從的熊貓助手這些完全不曉得是對誰的侮辱稱呼損到了底。用不著想，那些都是在罵今川跟近藤，我完全被略過了。我這個人就這麼沒有存在感嗎？

然後，結果我跟益田被趕出來了。

「我會怎麼樣啊，本島？」

益田看起來很不服氣。這也難怪。

「我還管得著你會怎麼樣，我才不曉得我會怎麼樣呢。這茶箱要怎麼辦？」

「還回去就是了吧。」益田立起外套衣襟，遮住臉似地冷冷地說。後半句的聲音都模糊了。

「榎木津先生的反應古怪，今川先生應該也非常清楚啦。跟他說句被退貨就成了。你根本不會有什麼事吧？」

「唔，是這樣沒錯啦……」

「就是啊。像我，我可是個犯罪男呢。

犯罪男。犯罪男耶，怎麼樣？」

「犯罪男啊……」

唔，看起來也並非不像個犯罪男。這身打扮怎麼看怎麼可疑。或者說，益田現在大概就是引來眾多人懷疑的那身打扮。只是缺了個口罩而已。看起來可疑是當然的吧。

「益田先生，你幹嘛把臉遮起來啊？總覺得看起來更賊頭賊腦了。」

「我可是個犯罪男，當然要藏了。」益田更自暴自棄地說。

「你承認你是犯罪男？」

「才、才不承認呢。不管使出多卑鄙的手段，我都要逃過法網存活下去。我才不會被抓呢。」

我覺得這種反應才糟糕。然後……

5

「教人無法釋然吶。」這麼說的不是我，而是益田。

這裡是中野的古書肆，京極堂的客廳。

被趕出偵探社的我和益田困窘了好一會兒，結果去拜訪了中禪寺。

是我提議要去的。

我完全沒能完成今川託付的任務——只是送茶箱這種連三歲小孩都辦得來的簡單工作——所以應該照著益田說的，帶著茶箱，直接回到待古庵，向今川道歉才是道理吧。

我這麼想。

想是這麼想。

可是我非常介意詛咒面具裡面的文字。當然，只要見了今川，這個謎自然就可以解開……

但那才是教人無法釋然。

對於無法完成任務這件事，我一點過錯都沒有。完全是榎木津不對。所以即使要歸還茶箱，我也想要先把這部分的不合理遭遇向誰傾吐一下再還。

我說我要去，益田便說他也要一起來。就益田來說，他現在就算連一根稻草都想抓吧。

京極堂的老闆是最適合商量這類古怪麻煩事的對象了。上回我碰到完全不像凡人會碰上的淒慘遭遇之後，第一個拜訪的也是這裡。

幸好今川還在京極堂。

對我來說，算是一石二鳥……

可是我無法報告我未能完成今川的託付，也無法詢問面具的由來怎麼樣了。

不，我甚至連好好打聲招呼都不行。

益田一到——正確地說是一看到中禪寺的臉，就像洪水決堤似地，滔滔不絕地說起青木帶來的竊盜案情報以及自己的遭遇。

益田邊脫鞋邊說，邊經過走廊邊說，邊打開紙門邊說，我跟在口沫橫飛的益田後面進了客廳，看見今川坐在那兒——就是這麼回事。

矮桌上擱著那個面具箱。

可是益田的話還沒說完，所以我無法說明也不能發問，只是向今川出示茶箱，向他使了個信號般的眼色。與那愚鈍的外表完全相反，聰慧過人的古物商只憑我一個眼神，便似乎大略察覺了狀況，縮了幾下不見蹤影的下巴。雖然我當然完全不懂他在想什麼。

然後，益田說完大致狀況後，他的結語是，「教人無法釋然吶。」

「然後呢？」

一直默默聆聽的中禪寺揚起一邊眉毛。

「什麼然後？」

「所以說……益田，你的話我非常明白了。那麼你爲什麼會在我家？我是在問你是來

幹嘛的？」

「來商量啊，對不對？」益田轉向我說。

「商量什麼？」

「也就是……呃……」

益田沉默了一會兒。的確，被這麼一問，教人詞窮。

「呃，怎麼說呢……哎唷，中禪寺先生，你太壞心眼了啦。我現在陷入窮境，這不是再明白也不過的事實了嗎？」

中禪寺微微聳了一下肩膀，瞄了在斜邊淨是睜圓了眼睛的今川一眼說，「他說他陷入窮境。」

今川連眉毛都沒動一下說，「陷入窮境。」

這是什麼脫離現實的對話。

「怎麼那麼悠哉呢？託各位的福，我現在是火燒屁股了。所以呢，說到商量，自然是我該怎麼做，才能夠洗刷嫌疑嘍。我要怎麼樣才能夠證明我的清白？」

「逮捕眞兇。」

中禪寺當場這樣回答。

「什麼？」

「所以說，逮捕連續竊盜犯就行了。這麼一來，就能夠證明你的清白了吧？不過前提是你眞的不是竊犯。」

中禪寺乾脆地說，向我出示矮桌上的桐箱：

「本島……你是來拿回這個的嗎？」

「呃，唔……算是嗎……？」

「哦？看你手上的茶箱，想來你是被榎木津那個笨蛋給耍了一頓是吧？」

「是那些面具。」今川答道。

「原來如此，他不肯收下，是吧……」

還是老樣子，洞察力驚人。我在詢問他怎麼知道之前，中禪寺就對今川說了：

「所以我不是說了嗎？不能小看了那傢伙。」

「我並沒有小看他。只是就像京極堂先生說的，看來是無法滿足他的希望。對本島先生眞是太過意不去了。」今川向我低頭，「榎木津先生生氣了嗎？」

「呃……」

他應該……算生氣了吧。

結果我完全不懂榎木津究竟不中意哪裡、到底想要什麼。雖然我遭到愚弄、被怒罵，結果我一點都無法理解榎木津究竟在說些什麼。

「所以了，噯，說是鬼面具，也是形形色色嘛。那麼榎木津那傢伙說了什麼？趕鬼祭嗎？還是消滅鬼……不，那傢伙的話，是欺負鬼吧。」

「中、中禪寺先生，虧你猜得出來呢。」

太教人驚訝了。他的確是怪叫著說欺負鬼大會的鬼什麼的。那跟節分的鬼不一樣嗎？那是在說什麼呢？」

「那是在說追儺(註)。」中禪寺說。

「噢，原來是追儺啊。」今川極爲佩服似地說，「我孤陋寡聞，所以不曉得。追儺的鬼面具與這種一般的鬼面具不同嗎？」

「其實什麼都可以的。」中禪寺簡單地答道，「只是他知道的面具碰巧與衆不同罷了吧。眞傷腦筋吶。怎麼可能找得到一模一樣的東西嘛。」

「他說他要回老家去拿什麼的。」

「怎麼，老家還有啊？眞拿他沒辦法吶。那今川的辛苦豈不是都白費了？」

「大家，」益田發出哭聲。「怎麼又都

註：追儺儀式始於中國，平安時代，宮廷中會在除夕日盛大舉行追儺儀式，驅趕裝扮成鬼的人，象徵驅逐惡鬼及疫病。

跑去聊欺負鬼的話題了？那個欺負鬼的話題莫名地搶鋒頭耶。那個話題有那麼緊急嗎？它是比憂慮我的困境更重要的話題嗎？」

「既然要在這個時期舉行追儺式的話，應該是除夕日吧。也沒法那麼悠哉了。」

「我、我、我也不能繼續悠哉下去了啊。各位，現在我正火燒眉毛、命在旦夕呢。」

「那又怎樣？」

益田一瞬間變得面無表情，僵掉了。

「等、等一下，中禪寺先生，你那平淡的回答是怎麼回事？為什麼這邊的人全都這麼樣地冷漠？願意同情我的處境的，頂多只有本島一個人而已耶？」

益田像在測發燒似地把手按在自己的額頭上，埋怨「有夠冷漠的」。中禪寺看了他的動作一眼，皺起眉頭，說：

「本島遭到懷疑的時候，你不也對他很冷漠嗎？益田，說那種話，就叫做恬不知恥啊。」

中禪寺這話說的不錯。

我這麼想，結果連我都被瞪了。

「本島也是，自己碰上那種事的時候，被那樣冷冷地奚落，卻還同情這個薄情卑鄙的偵探助手，你那就叫做爛好人。」

「是同病相憐。」今川說了多餘的話。

中禪寺只有嘴巴笑了笑地回道，「沒錯，俗語總是表達了眞理吶。」

「像鬪口，如果他也在場，一定也會同情益田吧。益田，眞是太好了，你終於也成了能夠受到他們憐憫的那類人了。」

同是天涯淪落人吶──中禪寺像要結束這個話題似地說。

益田不知為何，面色蒼白地叫道，「我才不要那樣！」那張表情是認眞的。

「我、我才不要，請不要說那麼恐怖的

事啦。」

被當成我們的同路人，是那麼惹人厭的事嗎？

的確……被拿來和關口某人相提並論，我也感到抗拒啦。

「聽好嘍，中禪寺先生，像本島，他頂多只是遭到綁架監禁，而且其實是假裝的。」

不，綁架監禁是事實，那不是裝的。

「像關口先生，則是遭到逮捕、拷問，幾乎就要被起訴了呢。如果他不是被證明了冤枉，搞不好得吃上十五年以上的牢飯呢。」

「用不著擔心，竊盜不會被判到十五年的。」舊書商平板地斷言。

「什麼不會……」

「嘍，你是初犯，只要好好表達反省之意，發誓洗心革面，一定可以換到緩刑……」

「所以就說我不是竊賊了啦！我才沒道理被警方逮捕呢。」

「就算你這麼說，眞兇暫時應該不會落網，所以你在不久的將來，就會被警方傳喚了吧。」

「會……被傳喚呢，果然……」

這件事身為前任刑警的益田最是清楚。

「可是，我是……」

「知道你自個兒清白的只有你自己。」中禪寺以滿是惡意的口吻說，「相對地，你做過十足惹人懷疑的行動。而目擊到你可疑行動的人多不勝數。你的發言只能證實那些眾多的目擊證詞，完全無法保證你的清白。聽好了，益田，青木從你那裡問到的證詞，全都是顯示你**人在現場**的內容。別說是不在場證明了，你等於是明確地自白你一直待在現場，那麼警方也會毫不猶豫地把你當成嫌犯。這根本無法可想啊。」

「毫不猶豫嗎……？」

「毫不猶豫吧。」

警方沒有理由猶豫啊——中禪寺強調似地再一次說。

「就算你不是竊犯也一樣。」

「就、就說我不是竊犯了。」

「所以說，即使如此，你也明明白白地就是嫌疑犯啊。不，如果現階段有人判斷益田龍一與犯罪無關，那個人一定會被烙下無能愚笨的烙印吧。連毛蟲都覺得你可疑。」

「連毛蟲……」益田茫然張口，「連毛蟲都這樣想嗎？」

「連毛蟲都這樣想。連回蟲、鉤蟲都這樣想。這還用說嗎？可是，」

「可是什麼？什麼什麼？」

「你幹麼那麼高興啊？哦，就是呢，即使這樣，又有什麼不好？」

「什麼好？哪裡好了？你是說就算我被懷疑也沒關係嗎？」

「我不是說你被懷疑也沒關係，是說你被懷疑也沒辦法。我的意思是，就算你被懷疑也無所謂吧。你的事，你本人最清楚。你是清白的吧？」

「我是清白的。」益田挺起胸膛，「我是無辜的。」

「那不就好了嗎？」

「意思是只要心懷信念去面對，冤屈遲早可以昭雪嗎？」

「不是的。益田，信念這種東西啊，不管在任何局面，都派不上半點用場。信念可能成為障礙，卻派不上用場。我說的不是那個意思。」

「那是什麼意思？」

「不管你在審判中被判有罪還是被打入大牢，你的眞實都不會改變，所以**就算了吧**——是這個意思。」

好殘忍。

「你、你是叫我甘心去蹲冤獄嗎？我才不要！我什麼都沒做，那樣太吃虧了。我已經說過太多太多次了，我是清白的。我才幹不來竊盜。我這個人有多麼膽小多麼小市民多麼窩囊廢，中禪寺先生不是也非常清楚嗎？」

「或許是吧。說你是窩囊廢，的確是窩囊廢，沒錯吧。不過做爲主體的你所認識的你，與你以外的人所認識的你，並不一定相同，而且也並不是說你是本人，就能夠完全認清自己。我們知道的你，你並不知道，你所認爲的你的姿態，也不會就這樣完全傳達給我們。我們所知道的，只是環境要求的益田龍一像與你本身設想的理想的益田龍一像在重疊之處妥協形成的『益田龍一』這個面具罷了。」

「面具……？」

「是面具啊。這個面具或許是模仿戴著面具的明星容貌而成的，也有可能是爲了變成另一個人的他人面具。它有可能爲了演出效果而施以誇張和裝飾。可是不管再怎麼精巧地模仿素顏，面具就是面具，並不是素顏，而且即使加上了某些效果，也不一定就會照著表演者的計算對觀眾產生作用。有時候演員本身也會深信面具才是自己的素顏。那樣的話，被壓抑在面具底下的演員素顏，連演員自己都無從知曉，這樣的例子非常多。總而言之，身爲觀眾的我們能夠知曉的，完全是戴著益田龍一這個面具登台的面具演員的舞台表演。這就是你的個性。個性並非個人塑造的，而是在社會中不可抗力地形成的面具。」

中禪寺是覺得麻煩，所以打算長篇大論一番，唬弄過去吧。益田一臉不安，視線在榻榻米上胡亂爬行。

「我的面具很可疑嗎？」

「是啊。在現階段，就算是警察，也一樣是觀眾嘛。光是觀看舞台上的表演，並無法獲得判斷舞台演員私生活的材料。因爲你的表演非常可疑啊。」

「那、那麼……非常簡略地要約，就是除非提出物證，否則我的主張不會被接受？」

「你那是樂觀的要約。告訴你，想要在物理上證明是不可能的。好嗎？益田，我不是從一開始就非常要言不煩地陳述給你聽了嗎？是你悟性太差，我才得落落長地說個沒完。找到真兇──除此之外，沒有還你清白的可能。根本用不著要約。」

「呃，只要找到委託人不就行了？」

我忍不住……向益田伸出援手。聽著聽著，我開始覺得無法置身事外了。可是中禪寺斬釘截鐵地說：

「沒用的。」

「沒用？至少如果有委託益田先生調查外遇的委託人作證，益田先生所採取的行動，意義也會不同了吧？因爲益田先生是接到那個人委託，才會做出那一連串行動，他並不是在事先勘察要下手行竊的人家……」

「我說啊，本島。」中禪寺一臉厭煩，「就算可以證明益田眞的是爲了進行偵探工作而行動，但他去的每一個地方都遭到小偷光顧，這個事實也不會改變。那麼他豈不是一樣可疑嗎？」

「啊……」

說的沒錯。如果雜貨店的小伙計出公差拜訪的每一戶人家都發生竊盜案，就算他因爲生意拜訪是事實，也一樣會被懷疑吧。

「在偶然因爲偵探工作拜訪的人家發現値錢貨，事後進來竊盜，這也是有可能的吧？那是兩碼子事。」

「是兩碼子事。」今川落井下石地說。

「根本問題不在那裡啊。」中禪寺更顯厭煩地說，「委託人委託益田什麼？」

「呃，調查太太的平素行蹤。」

「太太？誰的太太？」

「就委託人鯨岡……啊。」

對了，不成的。

「益田跟蹤的不是鯨岡奈美女士，而是羽田製鐵的前社長祕書啊。這個輕浮的偵探監視的是羽田宅吧。」

「我、我是被陷害的。」

「是被陷害了吧。」

當場斷定。

「徹頭徹尾被陷害了吶。所謂的委託人呢，就是陷害了這傢伙的罪魁禍首啊，本島。」

我連一聲都吭不出來。或者說，感覺眞是啞口無言。

「到、到底是誰……」

「嗯？都被玩弄到這種地步了，居然不曉得嗎你？」

「我怎麼會曉得嘛？到底是誰陷害這麼可憐的我？那個委託人——那個叫鯨岡的到底是誰？」

「什麼誰，那種問題別拿來問我好嗎？去見人家，答應人家委託的可是你呢。我連人都沒見過啊。可是，嗳，那個自稱鯨岡的人……應該是羽田底下的人吧。」

「羽、羽田？」

原本探出身子的益田突然渾身虛脫，癱坐下去。

「爲什麼羽田要對我……」

「果然就是羽田吧，應該。」中禪寺說，摸了摸下巴。

「羽田？羽田是指那個羽田製鐵嗎？爲什麼？」

我問，中禪寺答道，「跟上次一樣啊。」上次指的是我吃足了苦頭的雲外鏡事件吧。

換言之，這是五德貓事件的遺恨所引發的擊垮榎木津的計畫嗎？

「是報復啦。」中禪寺說，「銀信閣事件跟神無月事件的報復。」

「報復……那也不必報復到我頭上來吧？」

「眞是惹錯人了吶。」

中禪寺無視於益田，如此呢喃道。

這麼說來，雲外鏡事件的時候，中禪寺似乎也憂心背後有羽田在操縱。的確……說到羽田製鐵，那是一家大企業。要是被那樣的對象給盯上，不可能有勝算，根本無從抵抗。

我這樣說，外貌乖僻的主人便揮了揮手說：

「不不不，這跟公司規模無關。問題是羽田隆三個人。隆三先生這個人呢，嗄，是那種讓人不太想跟他有瓜葛的人物。嗄，我只是單純不太會應付那種精力過盛的俗物。他那人該說是貪得無厭、還是卑鄙齷齪，他到底有什麼陰謀，我不曉得、也不想知道……總之，沒法子照尋常法子去應付吧。」

益田扯開嘴巴，「嘎」了一聲：

「敵人果然是那個色老頭嗎？」

益田再次這麼說。看來那個人相當好色吧。

「以時期來看，我想是錯不了。」中禪寺呢喃，「上次神無月敗得一塌糊塗，這次大老親自出馬了吧。」

「可是……神無月不是加加美興業的爪牙嗎？上次找上門來的是加加美興業呀。」

「加加美興業形同毀了吧。」

前些日子……通靈偵探神無月鏡太郎被榎木津蹂躪到體無完膚。

神無月本人不必說，連在他背後撐腰的黑幫以及可疑的公司人員，全都遭到逮捕了。因爲神無月與大阪警視廳曾有合作關係，也有媒體根據這一點，做出警察組織的一部分與他們有所勾結的報導，但彷彿要否定這個傳聞似地，與神無月相關的人士全都遭到徹底檢舉。

「加加美興業與其說是與羽田製鐵有關，應該是跟羽田隆三個人有關係才對。滲透加加美興業背後的新興黑幫蓬萊組，是隆三一手拉拔的組織。那個老人都那把年紀了，興趣嗜好卻好像葷得很。如今想想，銀信閣是透過加加美興業，和羽田隆三本人牽上線的吧。鋼鐵公司與附小房間按摩室的夜總會有關係，一般根本料想不到，不過如果那個老人是源頭，那就可以理解了。」

「他是個老色精嘛。」益田說。

益田每次一提到羽田的名字，就這麼評論。

他眞的有那麼好色嗎？我詢問這一點，益田便答道：

「這可不是評論，是事實。那個老頭子就像穿上丁字褲、套上衣服的好色兩個字。」

那算哪門子形容？

「那麼，榎木津先生等於是不期然地從末端接連摧毀了那個色老頭的個人組織嘍？」

「唔……算是那樣嗎？隆三先生等於是腳的小趾頭被蟲咬了，氣得揮出左手想要拍死那隻蟲，卻沒有打到，狠狠地敲到了桌子什麼的，痛得滿屋子亂跳，爲了洩忿……開始遷怒了吶。」

「遷怒？」

「嗄，是啊。因爲沒打著蟲是自己的錯嘛，又不能對誰生氣。這種時候，你會怎麼做？」

「我會踹旁邊的東西。」益田說，「嗄，如果有人在看，我會忍一忍。我是在意他人眼光的小人物嘛。可是如果只有我一個人，就會大罵他媽的，把東西亂扔一通，亂踢一通。」

「你這人感覺就是會這麼做吶。雖然也不是扔了東西、踢了東西就能如何，不過這樣一來就可以氣消了……或者說，覺得可以氣消了，對吧？」

「大部分的情況，都是被遷怒的東西壞掉，踢到的腳也痛到，就這樣完了。」今川說，「而且有時候反而會搞得更生氣。」

「性急吃虧嘛。可是反正就是這麼回事啦，益田。而且從狀況來看，和上次不同，羽田先生好像不打算隱瞞自己介入其中這件事。」

都主動拿自己的別墅當陷阱了，就像中禪寺說的，羽田並不打算隱瞞吧。他是胸有成竹呢，還是漫無計畫，這我就不曉得了。

「是一樣的。」中禪寺憐憫地說，「是你說的色老頭跟笨偵探的打地鼠遊戲。」

「那跟我沒關係啊。」益田發出哭聲。

「怎麼會沒關係？你不是榎木津那裡的員工嗎？是自個兒找上門賴著不走的員工吧？不是奴僕志願軍嗎？像那裡的本島，他才是毫無關係，卻被抓去獻祭的小羊呢。」

沒錯。我才叫無關。

「可是那不是恨得沒道理嗎？」

「是這樣沒錯，可是發洩到無關的雜物上頭，就叫做遷怒，不是嗎？」

「我是雜物嗎？」益田不服地說，但我覺得論雜物的話，我比較接近。

「是啊，既然變成這樣，那也沒辦法了。嘜，誰叫你靠錯老闆了。下回你轉世投胎，記得離榎木津那樣的笨蛋遠一點就是了。」

嘜，認命吧——和服的舊書商笑也不笑地說。

「我……」

益田短短地叫了一聲，手伸出了一半，但主人看也不看他那副可憐相，從堆在背後的書中抽出一本，在桌上攤開。桌上還擺著那個桐箱。因爲聊起竊盜騷動，感覺連詛咒都相形失色了。

益田「我、我、我」了幾次以後，放聲哭起來說，「我才不認命！」接著隔了一會兒，這次他「噢」地短促一叫，然後再次看我……

不曉得是不是終於神智失常了，他狡猾地一笑，說：

「這樣啊，這樣啊，我懂啦，中禪寺先生。」

「你懂什麼了？」

主人連頭也不抬，但益田坐著，挨近冷漠的主人：

「哎唷，中禪寺先生，你人也太壞啦。你明明全都知道，卻還這樣默不吭聲，還說那種讓人心寒的話……」

「全知道？」

「你已經識破眞相了，對吧，中禪寺先生？然後呢，這個事件的構造看來跟上次是一樣的嘛。換句話說，就像上次的本島一樣，我就算遭到懷疑，也不會被捕嘛。我很安全的，對吧？就是吧？中禪寺先生。」

的確，我被懷疑了，但我平安無事。

不，老實說，小角色的我連遭到懷疑都沒有。

我雖然嚇破了膽，但那完全是因爲我是個懦夫，上次的事件裡，不管事情怎麼發展……我都是安全的。敵人看到的完全是榎木津，我是生魚片旁邊的白蘿蔔絲。不，是用來釣榎木津這條大魚的海蚯蚓魚餌。

「益田。」

此時中禪寺抬起頭來，苦惱地打量著益田不正經的笑臉，好半晌……一聲不吭。

「什、什麼？」

「我呢，對於這個事件的性質是理解了，但完全不了解是什麼樣的手法。資訊太少了。」

「少來了。」

「我知道的只有敵人的首腦是羽田隆

三，目標是榎木津，而榎木津陣營的你掉進了陷阱，只有這樣。可是呢，益田，羽田隆三可沒那麼傻。他在種種意義上都稱得上大人物，是個老獪而狡猾的老人。我想他是不會犯下同樣的過錯的。至少他不會蠢到重蹈上次的覆轍。」

「什麼意思？」

「所以呢，我是在說，這次……不會像上次那麼簡單。對手太難纏了。你真的認命比較好。」

「這這這是什麼話？」益田激動起來。

「唔，益田……會被拘留吧。」

「咦？」

「接下來敵人會使出什麼樣的手段，完全無法預料。所以你的境遇是未知數。或許這是沒有目的、沒有展望的單純騷擾行動，是只打算讓你被判處實刑的陰謀。」

「就、就算我被判處實刑，榎木津先生也不癢不痛啊。」

「沒錯。」

他毋寧會高興——古書肆說。

我也這麼覺得。

「所以呢——我是不曉得那個精力十足的老人想出了什麼點子——但不管他使出什麼樣的方法，要打垮榎木津都是件難事吧。因為榎木津是個呆瓜嘛。不管對他做什麼，我想都會是徒勞無功。羽田隆三是打算讓他無法經營偵探業嗎？但那也是白費吧。」

中禪寺把頭歪向另一邊說，「總覺得……」

「總覺得……什麼？」

「不管怎麼樣，蒙受池魚之殃的都是你們奴僕吶。嗳，益田跟本島都無視於我親切無比的忠告，主動自願成了那個笨蛋的奴僕嘛……不管碰上什麼事，都只能為自己的冒然行動懊悔，詛咒自己而已了吶。」

中禪寺冷冷地說完後，轉過頭交互看了一下矮桌上的桐箱和打開的書頁。益田張著嘴巴，就這樣僵掉了。

那是無聲的宣言，你的事就此打住。

好恐怖的壓迫感。

今川依然面無表情地說著「如何？」一樣望向桌上的書本。

從他的口氣聽來，看樣子今川和中禪寺在我們闖入之前——不，即使在我們闖入之後，也一直在調查那個面具。

「無可如何吶。」中禪寺說。

「是贗品嗎？」

「不會是眞品吧。可是說它是贗品嘛，也缺少決定性證據，總而言之，這的確是個無法一下子相信的東西吧。就算撇開你說的樣式問題不談，光是老舊的程度，就不能相信了。」

「它很古老嗎？」

我暫且把僵住的益田擱到一旁，這麼問道。

反正我本來介意的就是這件事。

中禪寺打開桐箱蓋，取出面具。

「至少表面看起來很古老。可是這類東西的保存狀態好壞，全都要看環境。溫度變化、日光照射時間和乾燥的程度會有很大的影響。不能光靠外表來判斷。唔，如果這是最近才完成的，那仿古的技術眞的是巧奪天工……可以說是大師技巧了。」

中禪寺翻過面具。

「所以樣式才會成爲問題。樣式每一個時代都不同。樣式有流行，而且技法也在模仿與鑽研之中逐漸確立，所以如果看到某個特徵性的技法，製作年代就無法回溯到那種技法確立以前了。這是基本。」

「沒錯。」今川說。

「可是如果是各地流傳的民間古面，想

要光靠樣式一下子查出來，是相當困難的。有時候樣式本身不會完全反映出來。也會有人製作一些落伍的面具，也有樣式獨一無二的獨創面具。加之個人收藏的話，保存狀況也不好。所以噯，除了可以靠物品上面的文字來確定年代的面具以外，幾乎都會被鑑定爲年代不詳。噯，一般再早也是室町。此外都是不詳、不明。大部分情況都是曖昧帶過，像是從樣式來看，應是江戶中期之作等等。然而……」

中禪寺撇下嘴角，瞄了瞄在一旁正襟危坐、動物般的古物商說：

「今川興起想要懷疑樣式確立過程本身的欲望。可是呢……」

今川說那是妄想。果然就像本人自己說的，那是不可能的事嗎？

中禪寺彷彿看透了我的心，說：

「也不是不可能。像法隆寺代代相傳的伎樂面，應該就是奈良時代的東西。法隆寺的面具在明治十一年獻給皇室了，但還有一面留在法隆寺，那個面具像是這樣，頭呈尖型，是叫做太孤父的面具，我想皺紋的感覺等等，與這個面具非常相似。所以今川的發想眞僞姑且不論，這個面具是古物的可能性……並非沒有。」

「偶然是白豬……是嗎？」

「什麼白豬？」中禪寺露出奇怪的表情。

今川大概沒有把他那古怪的譬喻說給中禪寺聽吧。

可是用不著我笨拙地說明，中禪寺似乎也已經了解，應了聲「是啊。」

他比今川更敏銳。

「如果這是一面只是酷似後世能面的伎樂面，唔，就算古老也沒有任何問題。但問題果然是這段……」

中禪寺再次翻過面具對著我。

「面具上所寫的文字。文字已經變得模糊不清，幾乎無法辨讀……不過好像是寫著高德的貴人賜與之物，但是缺了許多字吶。」

「上面有寫年代嗎？」

「沒有年代。」中禪寺答道，「上面沒有任何可以確定製作年代的資訊。而且這些文字……應該是室町以後才寫上去的吧。」

「果然是嗎？」今川說。

「雖然沒有確證，不過似乎無法再往前追溯了呢。所以……」

「如果是室町時代的面具，不就沒有問題了嗎？」

記得今川說能樂成立，是那個時候的事。

「不……我是說裡面寫上文字，應該是室町左右的事。但製作年代又不同了，問題就在……這個部分。」

中禪寺指著面具內側的中央處。

「前後文還是無法判讀，不過這裡……」

我把臉伸到矮桌上。凝目細看，勉強依稀可以看到墨痕般的痕跡，但在我看來，還是像污垢。

「這讀起來是秦河勝三個字。」

「哦，那是……？」

我是電氣配線工程公司的製圖工，根本沒聽過那種經文還是咒文般的詞彙。

「那很重要嗎？」

「是啊。這段文字也可以讀成……秦河勝**所作**之面。所以今川也嚇了一大跳吧。」

「那個人是古代人嗎？」

「他是聖德太子的親信。」中禪寺說。

「聖德太子是那個聖德太子嗎？」

「本島，別用那種教人無從答起的問法問話好嗎？說到聖德太子，就只有那個聖德太子了。就是用明天皇的皇子，廄戶豐聽耳皇子、上宮聖王、法大王。秦河勝是渡來人（註一）的菁英技術者集團——秦氏一族的中心人物，也是那座以彌勒半跏思惟像聞名的廣隆寺的建設者。」

「那樣的話……」

「是七世紀前半的人。」今川說。

「那……很古老呢。」

古老得要命。

難怪今川會驚訝。

「那個叫河勝什麼的渡來人是雕刻家還是什麼嗎？技術者的頭頭之類的……」

「不清楚。秦河勝與其說是歷史人物，已經變成傳說之類了。他應該是自稱秦氏的渡來人集團的首領人物，可是也傳說他在討伐物部守屋（註二）時活躍、懲治了可疑的新興宗教什麼的，在古老的記錄中，也有許多這類武人的一面。」

「他也是猿樂之祖。」

今川說，中禪寺接著道：

「是世阿彌說的呢。嗯，秦氏當中有這樣的傳說，說河勝被聖德太子交付教授百濟傳來的伎樂的任務，因為秦氏是天王寺的樂人。河勝是猿樂之祖的記述，始見於世阿彌的《風姿花傳》吧。」

「在那以前沒有嗎？」

「口傳無從知曉，或許在《風姿花傳》以前也有類似的傳說。」

「有嗎？」

「嗳，關於伎樂之類的傳說應該是有，不過河勝被明確地當成猿樂之祖，是在世阿彌以後吧。《風姿花傳》中說，天下動盪，上宮太子隨神代、佛在所（註三）之吉例，命彼河勝仿六十六物，並仿該六十六物製面予河勝……從這個時候開始，秦河勝就被神格化為演藝的始祖了。說什麼他坐在壺中乘水而來、傳播猿樂之後乘空穗舟（註四）離去，後來還顯靈在播磨，成了荒猛的宿神等等，那根本已經不是人了。」

「是神。」今川說。

「所以我認爲將這類演藝的面具與秦河勝連結在一起本身，已經是室町時代的發想了。雖然無法判讀，但我認爲這不是室町以前寫下的文字吶。」

「那，這果然……」

「不，我認爲最好把文字看做與這個面具本身的年代完全無關。面具是文字寫上去之前完成的，這一點應該不會錯。所以呢……」

「京極堂先生的意思也就是說，把它當成傳．秦河勝作之古面，製作年代不詳，這樣才是正確的做法吧？」

「差不多吧。」中禪寺說，像要戴上面具似地把臉湊上去。它應該是個詛咒面具耶。

「加上一個『傳』字，至少就不是贗品了。可是應該也不是眞品——就是這麼回事。不過，如果這眞的是秦河勝的作品的話……」

中禪寺交互看著面具內側與今川的臉，然後看我，悠哉地呢喃，「原來如此啊。」

「原來如此什麼？」益田搖晃著瀏海探上前來。

「哦，因爲秦河勝遙遠的子孫羽田隆三(註五)，就是陷害我們益田偵探助手的罪魁禍

註一：渡來人指日本古代四世紀到七世紀之間，從朝鮮、中國來到日本定居的外國人。他們帶來先進的技術及文化，對當時的日本的各方面發展大有助益。

註二：物部守屋（?～五八七），敏達、用明天皇的最高執政官，因排斥佛教而與蘇我馬子對立，用明天皇死後欲立穴穗部皇子爲帝，被蘇我氏攻討而死。

註三：佛在所即佛陀出世之地，指印度。

註四：空穗舟爲一種挖空巨木中心而成的中空小舟。

註五：羽田與秦日文發音皆爲hata，羽田氏爲秦氏末裔一說，詳見《絡新婦之理》及《塗佛之宴》。

首嘛。我心想這也是命中註定吶。」

「說這什麼悠哉……呃，等一下，中禪寺先生。」

益田撩起垂下的瀏海，露出苦惱的表情。

「到底要我等什麼？」中禪寺厭惡地說。

「就是那個，那個骷髏的面具啊，中禪寺先生。如果、假設那眞的是那個叫河勝的人製作的，那不就是國寶級的寶貝了嗎？」

「國寶……是不到這個程度啦，不過應該會是重要文化財產吧。不過九成九不可能。」

「就算不可能，也是『傳』，對吧？『傳』。這麼傳說的話，當然也有人相信吧？」

「以前或許是吧，是過去式。」

「不，現在也有人這麼相信，是現在進行式。例如說，把這個面具當成傳家寶的人家，就會這麼相信吧？」

益田不知爲何有些激動地說。

「如果有這樣的傳說的話，那當然會信了吧，益田。但我剛才說的並不是傳說，全是靠這個面具內側的文字推測出來的，而這個玩意兒是莫名其妙地塞在連環畫畫家近藤的櫥櫃裡的雜物……」

「近藤！」益田擠出聲音似地說，「那、那是那個叫近藤的人的東西嗎？是他的東西？所、所有物？」

他眞的很激動。

我告訴益田，近藤是住在我隔壁的兒時玩伴，這個面具是從他家如同魔窟般的櫥櫃裡面挖掘出來的。

益田他……

「喀喀喀喀」地笑了。好恐怖。

「怎麼了？你發瘋了嗎，益田？」

「誰誰誰會發什麼瘋？這叫做絕處逢生啊，中禪寺先生。我眞是太走運了。幸好我跟著本島來到這裡。因爲這樣，我得救啦。本島住的是高田馬場，對吧？」益田弓起腰來說。

「什麼？怎麼了？」我問。

「竊賊啊，竊賊。」

「誰是竊賊？」

「我已經識破了。我識破眞兇是誰了！」

「果然瘋了。」中禪寺撇下嘴角，揚起右邊眉毛，「益田，你那反應簡直就是榎木津。什麼喀喀喀，給我說明清楚。」

益田站了起來，挺起胸膛：

「哎呀，中禪寺先生，關鍵時刻，我也是做得來的。聽好嘍，我在剛才那一瞬間，確信了本島的總角之交，那位近藤先生呢，就是絕世大壞蛋，連續竊盜犯！」

「近藤怎麼會……」

我完全不懂益田的思考回路。

「本島眞是沒用吶，本島眞是有夠鈍的吶。」益田說著沒禮貌的話，歪著薄唇邪笑個不停。眞下流。「你沒聽見青木刑警說的話嗎？咱們不是一塊兒聽的嗎？你的注意力也眞差呢。」

「什麼注意力，這次的事跟我無關啊。他說了什麼嗎？」

「哎唷，不是你跟青木先生提起的嗎？喏，青木先生說了什麼？他是不是說，羽田的別墅失竊的東西是家傳的國寶級面具？」

「你、你說它就是這個？」我忍不住拿起矮桌上的桐箱。

面具在中禪寺手裡，而且我還不想碰它。那是詛咒的面具嘛。

「那個羽田先生，我記得他是秦氏的末裔吧？我可是知道的。織作家的事件，還有伊豆騷動，我都有關係嘛。那個色老頭說了什麼猶太啊徐福怎樣的。猶太是那個，呃，叫什麼的神社，是在太秦，對吧？說到太秦就是廣隆寺。而徐福是秦始皇的使者，對吧？秦啊，秦。」

「這哪門子亂七八糟的說明？」中禪寺目瞪口呆。

「哪裡亂七八糟了？我又不是中禪寺先生。那些囉嗦的細節，可沒辦法細細講解。可是呢，只要大概說對了就好了。小地方不用計較啦。羽田先生自稱秦氏的末裔，這是事實吧？被偷的可是羽田家代代家傳的面具呢。而且是國寶級的。也就是說，那可不是非同小可的舊。說到羽田先生的祖先，而且舊到可以說是國寶級，當然就是那個秦河勝啦。」

「可、可是……」

這太武斷了。

「可是近藤不可能……」

雖然他長得一副大盜模樣。

「近藤不是小偷啦。」

「我也不是毛賊啊。」益田說，「的確，或許我看起來像個可疑人物，可是那是偵探業務所需。用一副可疑的模樣四處亂晃，是偵探的本分。反之，那個近藤某人，聽說他是個連環畫畫家，是嗎？爲什麼一個連環畫畫家的家裡會有如此昂貴的面具？而且自己家中竟然有好幾樣不認得的物品，這豈不是太不自然了？那當然不自然了。因爲據我推測……」

益田演講似地長篇大論到這裡，用細長的眼睛俯視我。

「什、什麼？」

「你實在是個爛好人。」

或許吧。

「他謊稱不記得這樣東西，把它塞給你，打算讓你拿去給今川先生估估究竟値幾兩錢，是吧。偷是偷了，卻不明白價値，一定是的，一定就是這樣！」

「根本不是。」中禪寺制止。

「不、不是嗎？怎麼會？近藤先生的行動不是很不自然嗎？」

「是不自然。」

「那……」

中禪寺突然蹙起眉頭，一臉不悅地看起古面具。

我屏氣凝神，等待中禪寺的下一句話。因爲我善良的鄰居突然被指控爲眞兇，這眞正是晴天霹靂。可是中禪寺卻遲遲不開口。

益田站著，扭過身體：

「到底是怎樣嘛！」

「喂，益田，青木提過羽田家失竊的東西是哪些嗎？」

「就是羽田家家傳的國寶級面具……」

「那麼……你記得其他人家失竊的物品嗎？」

「咦？我記得是……香爐、毘沙門天像、刀子和手鏡……這些吧？」

我記得好像是這樣。

中禪寺又沉默了半晌，接著他看也不看我，卻對著我慢條斯理地問了：

「本島，你住的文化住宅有幾棟？」

「我、我嗎？我家是嗎？十棟啊。」

「每一戶人家都掛了門牌嗎？」

「門、門牌？」

有嗎？我沒仔細留意過。

至少我家沒有門牌。那算門牌嗎？玄關口有個可以裝名牌的框框，但我家是空欄。因爲框生鏽了，沒辦法抽放。近藤家也是一樣。文化住宅這名稱是好聽，但說穿了只是大正時代蓋的和洋折衷的簡陋房子。

有些人家也裝有類似信箱的東西，但掛有名牌的人家……

「不清楚呢。不，就算有也只是貼張紙，掉了就沒了，我想幾乎沒有人掛正式的門

牌。」

「郵差送信會困擾的。」今川說。

負責的郵差是熟悉那一區的老爺子，所以目前看起來並沒有困擾的樣子，不過的確，郵差換人的話，或許會不知所措。可是……

「這怎麼了嗎？」

沒頭沒腦的是中禪寺。

「你的住處是第十棟嗎？」

「咦？嗯，是最邊邊。每一棟有兩列，各有五戶，唔，從道路那一側進來的話，相當於我家背面的坂野家——那裡只有一個老婆婆獨居——坂野家跟我家是最盡頭。旁邊就是大水溝了。隔壁是近藤家。唔，從道路過來算是最裡面……這到底怎麼了？」

「這怎麼了？」益田也同時說，「就、就就是嘛，想要聽到解釋的是我們才對呢，中禪寺先生。本島的住家環境跟我的冤罪沒有因果關係吧？」

「近藤家是什麼時候遭小偷的？」

「哦，上星期六上午。前天的事。房間裡亂成一團，整理好的時候都深夜了，累得我昨天睡了一整天，然後就到了今天，錯不了的。」

「上午啊……那個時候你人在哪裡？」

「那天是星期六，我去了公司，不過現在不景氣，沒有工作，中午我就回來了。這怎麼了嗎？」

我回家後正悶悶不樂地胡思亂想時，近藤就來了。

中禪寺要我更詳細地說明當時的時間經緯。

「哦，我下班回家的時間……我記得是正午，要不然就是快正午。因爲太閒了，還沒到中午我就離開公司了，然後我吃了飯……」

接著我堅定再堅定地下定決心絕對不再

去找榎木津了。雖然才隔了一天，我的決心就化爲泡影了。

「……近藤來找，是下午三點過後。」

「今川說，近藤爲了查出有什麼東西失竊，將收在櫥櫃裡的家當全部搬了出來，那花了多久時間？」

「問得眞細。整理花了八個小時以上，不過拿出來應該更快……大概兩、三個小時吧。」

「那麼近藤外出回來的時刻，跟你從公司回來的時刻差不了多少，是嗎？」

「嗯。」

實際上怎麼樣呢？

「呃，我並沒有正確掌握近藤的行蹤，不過或許我比他更早一點點回到家也說不定。近藤說他去送完成的連環畫，外出了兩小時左右。從過去的經驗來看，他從來不會在十點以前出發去畫商那裡……」

「原來如此啊。」中禪寺說，「是弄錯了啊。」

「弄錯？弄錯什麼？」

「這麼一來……表示敵方犯了致命的過失吶。」

「敵方？是說羽田先生嗎？」站著的益田前屈似地探出身子。

「是啊。可是，雖然是個致命的過失，但或許也不會有太大的影響。因爲本島跟近藤很要好。這個失誤或許不太有意義。不……我知道了。我本來還在納悶他們究竟想怎樣，嗳，原來如此啊，我幾乎懂了。懂是懂了……這陰謀呢，是啊，你也是毛賊。」

「嘿？」

中禪寺居然指住了我。

「我、怎麼會……？」

「嗯，可是這個計畫好像出了一點紕漏。只要咬緊這一點，本島──不，不行吶。

看對方怎麼出招，搞不好你也會被捕。」

「什、什麼意思！」

這次輪到我探出身子了。

「我、我只是個平凡的小市民，怎麼會被逮捕……」

我是莫名其妙。

「我不是再三再四地說過，都是你自己要跟榎木津扯上關係的。你為什麼就是聽不進去我的忠告？和榎木津混在一起，就等於是放棄了平凡的一般市民的頭銜了。你差不多也該認清這一點了。聽好了，就像益田胡猜的，這個面具應該是羽田隆三的東西。至於是不是真品，那就像我剛才說的，即使有什麼傳說，也很難說那個老頭子是否真心相信……不過一樣東西的價值，那才是說了算。」

中禪寺說著，「原來這是羽田家的傳家寶面具。」把面具收回桐箱裡。

「羽、羽田製鐵顧問的寶貝，怎麼會在近藤家的櫥櫃裡？那一定是搞錯了吧？」

「沒有錯，這是陰謀啊，本島。」

你也被陷害了──中禪寺說。

「我嗎？」

「是啊。噯，這個輕浮的偵探，被花言巧語矇騙，做出一連串輕率的行動，近乎滑稽地完全掉進陷阱，漂亮地以毛賊身分出道了。」

「請等一下。」益田坐下。

那動作就像洩了氣的氣球。

「問題是贓物。這個愚蠢的毛賊雖然有偷竊的行徑，卻沒有被竊的物品。他**只**在發生竊案的現場閒晃，**只**偵查發生竊案的家庭情況，極盡可疑行動之能事，完美地塑造出毛賊形象，不過這個毛賊樣，其實是虛有其表。任誰來看，益田都是竊賊，但他手中卻沒有失竊的物品，這樣就缺了臨門一腳了。」

「我、我是清白的嘛。」

「對方想讓你有罪啊。所以才做了精心佈置，不是嗎？」

「就算想，我也是清白的啊。」

「有罪無罪不是由司法來判斷的嗎？」

「是是是這樣沒錯，可是我是清白的。」

「那我訂正好了。對方無論如何，都想揑造出一樁冤獄。換言之，失竊的物品，遲早一定會在榎木津身邊被找到……計畫就是這樣的。」

「計畫？」

「是啊。都花了那麼多功夫，做到這種地步了，當然要收尾啦。益田偷走的——被當成益田偷走的東西，絕對會在與榎木津有關的地點被找到才對。所以我才說除非找到真兇，否則是不可能洗刷冤情的。可是，想要溜進榎木津的事務所，栽贓進去，相當困難，對吧？和寅一直待在那裡，而且他意外地神經質。嗳，如果侵入榎木津的房間，他房間裡衣服樂器什麼的丟得像個垃圾場，想藏在哪兒都行，但那裡是大樓嘛。事務所又不在一樓，難以入侵。如果像個黑幫分子硬闖進去，就沒有意義了。嗳，要擺在益田租的地方感覺是很容易啦。」

「很、很容易啊。而且我不常回去嘛。」益田說。

「可是就算容易，那樣一來，就不容易把榎木津給拖下水了吧？益田偷的東西在益田的租屋處找到的話，就只是益田是個竊賊罷了。」

「我不是竊賊啊。」

「知道啦。可是那樣一來，就變成一個單純地陷益田於罪的策略而已了，不是嗎？敵人的目標完全是榎木津，要陷害益田這種小角色，這樣的圈套也太小題大作了。」

「託您的福，我就是小角色。」益田神

氣地說。

「敵人在先前的神無月事件中，相當仔細地調查過榎木津的周遭了。所以，唔，他們已經推測出……榎木津的身邊誰可以拿來當成犧牲品。」

中禪寺再次指住我。

眞是討厭到了極點。

「我……嗎？」

「就是你啊。仔細想想，在銀信閣事件裡，你是最爲活躍的一個。」

「中、中禪寺先生不也在暗地裡活躍嗎？還有其他……對了，像沼上先生……」

榎木津身邊有許多可疑人物。

「羽田隆三不會對我出手的。」

中禪寺以冷靜的聲音斬釘截鐵地說。

「不會對你……出手嗎？」

「我也不想對那種老頭子出手，對方肯定也是一樣。再說，沼上是我的朋友，和榎木津沒有關係。可是本島是把銀信閣事件帶到榎木津那裡的人，與委託人又認識，而且還自稱偵探助手。」

「那、那是假的……」

是情急之下的謊言。是隨口胡謅。

「就算對你來說是謊言，對委託人而言，現在也依然是眞實。事件結束之後的現在，你依然戴著那樣的面具吧？」

的確，我完全沒有辯白清楚。

事到如今也很難開口承認那是騙人的，而且我認爲就算置之不理，今後我們應該也不會再有關係了，所以就這麼丟著沒管了。

「我以前也忠告過你，爲了應付場面而撒的謊最要不得吧？」中禪寺語氣滿是嘲諷地說，「原來你們完全聽不進去我的忠告啊。嗳，你們的主人不是我，是榎木津嘛，這也是沒辦法的事嗎？」

我非常想聽。

這我已經切身體會到了。我深自反省，也深深後悔。

可是，

「總之因為這樣，敵人相中了本島。是保管益田偷走的贓物的角色。」

「就說我沒偷了啦。」

「你很囉嗦喔，知道啦。然而，本島做為榎木津的奴僕，算是新人，資歷也很淺吧？」

「我……我也還不到一年啊。」益田說，「差別根本微不足道嘛。」

「是這樣沒錯，但你已經完全跟那個笨蛋混在一塊兒了啊，益田。待遇姑且不論，你是每天上班的正職員工，玫瑰十字偵探社的一些雜項工作也是你在負責的吧？相較之下，本島沒有存在感，外表也很低調凡庸。」

好過分。

雖然過分，卻是事實。

「我想那些人雖然知道本島的地址，卻不清楚共有十棟的文化住宅中，哪一戶才是本島家吧。」

「咦？也就是……」

「是啊。但也不能在鄰近打聽本島先生的家是哪一戶啊。與鄰居接觸是很危險的。而且萬一問到的就是本島家，那計畫就全毀了。那些人在幹的不是偵探工作，而是設圈套害人嘛。所以敵人對沒有貼出門牌的人家……」

「啊。」

近藤說除了自己家以外，還有四戶遭小偷了。

「那……」

這表示十棟之中，包括我家和近藤家在內，總共有六戶沒有掛門牌，是嗎？

「他們潛入每一戶，確認住戶是什麼人吧。我不曉得近藤是怎麼說的，不過那幾家實際上應該沒有竊盜損失才對。只是應該鎖上的

鎖打開了，或是室內有遭人翻過的形跡而已吧。即使如此，闖空門還是闖空門，大部分的人都會心想只是因爲沒有值錢的東西，才沒有被偷。」

「那近藤是……」

「他被搞錯成你了。近藤才是最大的受害者。聽好了，本島，闖空門的呢，例如偷跑進來翻箱倒櫃的時候，一定會從最下面開始開抽屜。因爲這樣就不必再關上了。」

「哦……」

的確，從上面開始開的話，不一一關上，就沒辦法打開底下的抽屜。

「你那裡也一樣。掛出門牌的人家就跳過，從馬路那裡依序入侵，確定是無關的人家，就丟下繼續找下一戶。然後敵人來到近藤家，結果搞錯了。一定是因爲那個……」

「招貓，是嗎！」

「你也有一隻吧？」中禪寺問。

益田詫異地抬頭說：

「咦？本島的貓不是被榎木津先生給砸個稀爛了嗎？」

「那是小池英惠小姐的貓。我拿去的貓被小池小姐拿走了，所以現在不曉得在哪裡了……可是那隻貓其實也是近藤的……」

「那麼近藤先生家應該就沒貓了啊？」

「不是的。」

近藤有一段時期擁有兩個招貓。一個舉右手，一個舉左手。

舉左手的被小池英惠拿走，下落不明的是在豪德寺買的舉右手的貓，也就是和我的一對的貓。

「不，可是怎麼會……」

「我想情報來源應該是奈美木節小姐吧。」中禪寺說。阿節是銀信閣社長家的女傭，也是五德貓事件的委託人。我因爲偶然在豪德寺邂逅那個女孩，人生方向稍微偏離了正道。

「遇到她的時候，你是不是帶著招貓？」

沒錯，我當時就帶著招貓。

我和阿節是在豪德寺遇見的。而且我等於是爲了買招貓才去豪德寺的。這麼說來，我在撕下的招貓包裝紙寫下玫瑰十字偵探社的電話號碼，交給了阿節。紙上沒有商品名，不過撕破的時候，她應該看到了裡面包的招貓吧。

「那麼……也就是他們認爲文化住宅中，有豪德寺招貓的人家就是我家？這樣會不會有點太不牢靠了？」

其他人家也有可能有招貓。

「不是的。」中禪寺說，「我不曉得是誰，但應該有人先潛進去，好確定住戶吧。像是有小孩的人家，只要進去看上一眼就知道了。如果晾著換洗衣物，用不著進去也看得出來。只要看看玄關的鞋子，就可以推測出家庭成員。其他的人家，住的是不是都是夫妻檔？」

「嗯，有不少夫妻，也有的人家有小孩，還有獨居老人。」

「你是暮氣沉沉的單身男子，而且不是老人。每一戶進去的人家都落空，最後他們找到了一戶符合單身男子的骯髒殺風景人家。唔，要是屋裡擺著畫到一半的連環畫什麼的，或許多少還會起疑一下。」

可是沒有連環畫。

近藤拿去交貨了。

「只看到畫材，不會起疑的。你擔任偵探助手的餘暇，還兼電氣配線的製圖工，這一點他們也已經調查到了吧。大概只會覺得是製圖工具。」

製圖工算餘暇工作嗎？

「然後侵入者發現了招貓。然後他們誤會了。以爲找到了。那天是星期六，等到下午，屋主可能就會回來，他們急了吧。然後……」

他們依照預定，把贓物藏起來──中禪寺說。

「藏起來？」

「就像我剛才說的，侵入者不是來偷東西的，而是要把益田偷走的──被當成益田偷走的東西**栽贓進來**的。」

「咦？那樣說的話，那堆雜物裡面有贓物……？」

「喏，不是有很多嗎？包括這個面具在內，沒有印象的物品……」

「啊。」

是指古老的手鏡等等的嗎？

「可是刀啊毘沙門天的……」

我記得沒有。香爐好像有好幾個，但近藤並沒有說他沒有印象。

「我想香爐一開始就藏在箱子裡吧。可能只掉包了裡面裝的東西。要是一下子就被發現，對敵方來說也是困擾。佛像一定也藏在某處。刀子可能是和巡迴藝人的長匕首的內容物掉包……明明是竹刀，是不是滿重的？」

我這個凡庸的製圖工不可能知道竹製的長匕首應該有多重，不過我記得不算輕。

「無關的人家，應該是翻箱倒櫃，門戶大開，不過如果敵人認定那裡就是本島家，應該會掩飾潛入的形跡才對。萬一兩三下就被發現，那就沒戲唱了。門也照原樣鎖回去了吧？」

沒錯。

近藤也說如果不是發現招貓不見，他應該也不會發現有人入侵家中。

「呃，可是……對了。」

近藤的招貓不見了。我這麼說，中禪寺便說，「那個招貓一定是被拿去用在和鞭子一樣的用途上了。」

「鞭子！是說那個鞭子嗎？」

「沒其他鞭子啦，益田。嗳，我想偷走鞭子的，就是自稱鯨岡勳的外遇調查委託人吧。他一開始是直接去事務所的，對吧？」

「鞭子從那天就不見了！」益田大聲說，「啊，的確，和鯨岡先生說話時，我拿著鞭子把玩。可是……後來就再也沒看見鞭子了。」

「附近頻傳的闖空門事件，全都是障眼法吧。近藤家不見的東西，只有那個招貓嗎？」

「咦？呃……」

近藤說還有鴨舌帽和仿造手槍。

「原來如此，有這麼剛好的東西啊。」中禪寺竊笑，「時機一到……我看要不了多久吧，就會發生本島戴著那頂鴨舌帽，拿著仿造手槍強盜未遂的事件吧。」

「本島是強盜啊？」益田愉快地說，「強盜比毛賊更要壞多了呢。罪也重多了。太好了，太好了。」

「一點都不好。你也是共犯啊，益田。」

「我、我是清白的啊！」

我也是清白的。

或者說，根本什麼都還沒有發生。

「唔，強盜事件會未遂以終……才對。未遂的話，我想連續行竊五戶人家更惡性重大多了。然後呢，現場會炫耀似地掉下仿造槍、招貓等等的。」

「怎、怎麼會掉著什麼招貓呢？」

「唔，這個啊……嗳，關於招貓，我是覺得是不可抗力啦。敵人當時可能也慌了吧。」

「慌了？」

「他們根本就搞錯人家了，其實也沒什麼好慌的……不過你比平常星期六回家的時間更早一些回去吧？敵人的同伙之類的在小巷子監視，看見你走回來的身影，慌忙通知屋裡的伙伴。所以他們慌了手腳，不小心把招貓給拿走了……我想這或許才是眞相，但既然拿走了，應該會加以活用吧。隨身帶著招貓的強盜是很好笑，不過這是圈套嘛，沒辦法。」

「沒辦法？」

「沒辦法啊。然後……本島會被懷疑。」

「呃，所以說……」

「而且警方有你的指紋。」

「啊。」

我前幾天主動捺下了指紋。

「然後你家會被搜索，會找到贓物，益田和本島會變成共犯，玫瑰十字偵探社會曝露出拿偵探招牌當掩護的竊盜集團眞面目，榎木津會被懷疑是竊盜集團頭頭，最後只能收起偵探社……」

這計畫眞是太隨便了吶——中禪寺目瞪口呆地說。

「是很隨便。」今川也說，「這件事對榎木津先生來說，一定是不痛不癢。傷腦筋的只有這些人而已。如此罷了。」今川面不改色地說。

「如此罷了嗎！」益田尖叫，「好過分，太過分了。這實在過分到底了。幫幫我們啊！」

「幫不了，這無法逃躲，面對現實吧，益田。」中禪寺冷冷地說。

「這樣好嗎，本島？」

「不，不好。」

一點都不好。

可是，

「可、可是，可是啊，中禪寺先生，招貓、手槍和鴨舌帽都不是我的東西啊。全都是近藤的。呃，贓物也是在近藤家，我家是空無一物，甚至連家具什麼的都沒有。而且我的貓……」

還在我手裡。

「貓也還在我家。」我主張說。

「那麼，雖然對近藤過意不去，但可疑的就變成了近藤吧。近藤與玫瑰十字偵探社無關，那麼……」

中禪寺默默地指著桌上的桐箱。

「這是什麼？」

「詛、詛咒的……」

「不是啦。這是贓物啊。那麼，這東西是誰拿來的？」

「今、今川先生……」

「是你。」中禪寺厭煩地說，「你忘記了嗎？這個贓物，是你拿去待古庵的。所以我不就說了嗎？敵人的確是搞錯了目標的住處，犯下了以某個意義來說是致命的過失，但這個過失，看來對大局並沒有影響。因爲被誤以爲是你家的近藤，跟你非常親近……」

你們這下子就變成玫瑰十字竊盜團了——中禪寺說，深深地嘆了一口氣。

「眞教人頭疼……如此這般，偵探小說中說的解謎部分，到這裡就全部結束了。你們沒有明天了。」

「只、只到今天了嗎！」益田從鼻子洩出氣來。

「我不曉得是到今天還是明天，不過我一開始不就說過那麼多遍了嗎？認命吧。眞是不死心。」

——連我也是嗎？

我什麼都沒說，中禪寺卻說「你也是。」

「還有……不管這個面具擁有多少價值，這下子也不能怎麼樣了呢，今川。要是販賣贓物，也會影響到你店裡的信用。我也不想和它扯上關係。眞正是詛咒面具。好了，本島，你帶著這個面具，快給我回家去吧……」

冷酷無比的舊書商用一種讓人絕對不敢頂嘴的恐怖表情，把桐箱推回我這裡。

可是推到一半，那隻手突然停住了。

古書肆的左眉慢慢地揚起，嘴角撇了下去。

「怎麼了？」今川問。

「哦，我淨是注意裡面裝的東西，沒怎麼留意箱子……」

中禪寺拿起箱蓋，訝異地端詳。

「禍字……姑且不論，它旁邊的字倒是很新呢。」

「是嗎？」今川也看過去。

「書寫的年代顯然不同……或者說，今川，這很新啊。喏，你看，墨痕的狀態完全不同。」

「是……最近寫上去的？」

「不，應該不是最近，不過是很後來才寫的。唔，不，等一下，我好像**看過**這個筆跡。」

「中禪寺先生看過……？是知名的書法家嗎？」今川接著問。

「我想應該不是。」中禪寺納悶地偏頭說，「是在哪裡看到的呢……唔唔……裡頭有護符，對吧？」

中禪寺說，今川從箱中取出那張護符。

「這個嗎？不曉得上面寫了些什麼。」今川說，把護符遞給中禪寺。

「這是陀羅尼的護符。」

「是陀羅尼嗎？」

「是啊。這是將一切邪魔燃燒殆盡的陀羅尼護符……不過這種樣式，是江戶末期以後的呢。紙也是……沒那麼舊。搞不好是快到明治時代左右的東西。可是……至少不是昭和的。」

「這樣嗎？」

「嗯……那這個無關吧。」

中禪寺把護符放回箱子裡，蓋上蓋子，這次凝視起撕破的封印部分。

「啊啊？」

這反應以古書肆而言很稀奇。

中禪寺交互比對封印的朱字與箱蓋上的文字後，說「筆跡相同」，然後再次短促地「啊啊」一聲。

「你想起來了嗎？」

「嗯，太意外了。不……這樣啊。但論可能性，是有十足的可能性吶。」

「怎麼又在講面具了啦？」

益田鬧彆扭似地頂出尖細的下巴。

「爲什麼會這樣嘛？那種面具別管它了啦。爲什麼面具比人還重要嘛？反正是贓物嘛。管它再有價值——不，就算沒價值，反正也不能把它怎樣不是嗎？何必爲那個可恨的羽田老頭鑑定呢？」

對了，把它扔了怎麼樣？——益田說。

跟我對近藤說的話一樣。

「只要把這些贓物全部丟掉，就沒有任何證據……」

「不行。」中禪寺當場駁回。

——原來如此。

我明白了。

贓物——雖然實際上並不是益田偷來的——每一樣似乎都是**頗具價值**的物品。像眼前的這個詛咒面具，甚至是相當於國寶級的東西——傳家寶。每一樣都是……

因爲如果是便宜貨，計畫曝光的時候，有可能被直接拿去丟掉吧。

不，這不是金額的問題。

其他東西姑且不論，這個面具似乎是設下圈套的主謀的所有物。我想一般是不會把傳家寶拿來用在這種圈套上的。青木說，羽田在

蒐集美術品，他應該還有許多其他昂貴的物品。即使如此，還是有理由非得要這個面具出馬不可。敵人需要的不是金錢價值，而是**文化價值**。

具有文化價值的東西……

沒辦法丟。

敵人是不是已經料到，如果會有人識破計畫，那絕對是中禪寺，而他絕對不會丟掉或破壞這類東西？

這麼想想，這個面具才是這個圈套的最佳誘餌。贓物必須是盡可能具有文化價值的東西才行吧。

所以才會拿出傳家寶來吧。

「比起活人的將來，老面具更重要，是吧？」益田哭道，「本島，你看看，這些人對這些無關世俗的事，就嚴肅個半死。明明眼前前途無量的青年偵探跟人畜無害的製圖工這兩個善人的人生就要結束了說……」

人畜無害的製圖工——這樣的形容讓我強烈地感到介意。雖然這是事實，也不是特別貶損我吧。再說……

——就要結束了嗎？

我人畜無害的人生。

「咱們可是山窮水盡呢。對自己人的不幸這麼冷漠，一談到面具妖怪什麼的，卻馬上沉迷其中。你說對不對，本島？」

「唔……」

我想上次益田對我也很冷漠。

「才沒那種事。」中禪寺說，「我是在說或許有勝算。」

「勝算是什麼蒜？有那種蒜頭面具嗎？」益田自暴自棄到了極點地說。

他消沉沮喪。看到別人先萎靡，我有種來不及萎靡到的感覺。

「益田，沒必要裝那種可憐兮兮相。你這種輕薄的傢伙，不管是挫折還是嘔氣，這世上都不會有人爲你心痛。你那種態度，裝了也是白裝。我說的是，或許……有辦法讓那個羽田隆三狠狠地吃上一次癟。」

「吃癟？」

「等我一下。」中禪寺說，站起來走出客廳，不久後拿了一個文箱般的東西回來。

「因爲得寫賀年片了，我昨天正好在翻閱一些舊信，呃……有了。」

「有了？有什麼？」

中禪寺從文箱裡取出一只信封，翻過來細細地與桐箱的封印比對。接著他從信封裡取出信紙，和箱書放在一起比較。

非常嚴肅。

今川看到他那個樣子，露出眞的就像那些紙糊鬼面具般的表情來。

「呃，京極堂先生，你說眼熟，莫非那是你朋友的筆跡嗎……？難道是羽田隆三的筆跡之類的？」

「這你就猜錯了，今川。」中禪寺露出凶惡的眼神，「我跟那個老人，並沒有個人書信往來的關係。我才沒有跟那種俗物當筆友的低級嗜好。嗯，我想應該沒錯。這字跡很流麗，可是如果眞是這樣……」

那個老人應該**不曉得這個事實**吧——中禪寺表情變得更加凶惡地說。

「這個事實？」

「哦，只是推測。現階段我什麼都不能說，不過嘍，既然對方都像這樣拿這個面具當誘餌設圈套了……」

那他應該不曉得吧——中禪寺說，收起信封。

「什、什麼跟什麼啊？中禪寺先生？那麼你說的勝算，不是在說那個面具嗎？」

「不，就是在說這個面具。」

「那個面具怎麼了？你說要讓他吃癟，要怎麼做？總不會是要塞面具給他吃吧？中禪寺先生，透露一點嘛。」

「吵死了。」古書肆露出凶惡的表情瞪著益田，「還是索性就照你說的，把這個面具扔了算了？這樣一來，連那丰丁點的勝算也要沒嘍？」

中禪寺假裝就要隨手扔掉裝著面具的箱子。

「住手呀……！」益田大叫，「我是一頭霧水，不過至少還是留下那丰丁點的勝算吧。」

「就算丟了，我也一點都不癢不痛啊。」

「不，呃，那麼中禪寺先生說的那丰丁點的勝算，難、難難道是想到了該怎麼救我嗎？請你再說清楚……」

益田似乎再也按捺不住，身體有一半都探到矮桌上的時候——

我湧起一股糟到了極點的預感。

瞬間——紙門左右大開。

預感成眞了。

「哇哈哈哈哈，喂，京極，有啦有啦！」

「榎、榎木……」

是榎木津。

不管怎麼樣他都要熱鬧登場就是了。我甚至覺得旁邊沒有鑼鼓助陣反而不自然。如果這裡有鑼鼓，應該要齊聲奏樂才正常吧。

榎木津用鼻子哼了一聲，深深地吸了一口氣後，望向我等奴僕。和下午拜訪事務所時相比，我早了一些被注意到。

「怎麼！毛賊跟本島貢札雷斯還有噁心的乃介都在啊。你們竟然還活著啊，眞是不死心。罪犯跟珍獸什麼的，就快快被處刑，爲你們的愚蠢向世人道歉吧！不管那個，京極。」

榎木津飛快地撇下奴僕，望向主人。古書肆倦怠地仰望吵鬧煩人的偵探。

不過，

我差點聽過就算了……可是貢札雷斯這稱呼也太扯了吧？

「我說你啊，」中禪寺登時變得面無表情，唸台詞似地以平板調說，「拜託你，可以安靜點開紙門嗎？反正你一定是在老家找到追儺式的全套服裝，跑來叫我教你怎麼弄，是吧？」

「虧你猜得出來吶。」榎木津好像真的很吃驚。

我覺得這個結論連凡人的我都想得到，榎木津卻連聲嚷著「好厲害好厲害。」高興地笑。接著他突然變回一臉正經，瞇起眼睛看中禪寺。

「喂，你……」

「幹什麼啦？毛毛躁躁的。可以別杵在那裡礙眼嗎？快坐下來吧。」

「那我坐了。」

榎木津在中禪寺正面坐下。

我和益田閃到左右兩邊。那與其說是讓位，更像緊急避難。

「好了，我坐了。坐下了。喂，你……」

榎木津湊近中禪寺。古書肆像要避開偵探似地，身體歪向一旁。

「幹嘛？感覺好可疑吶。你剛才別開視線了，是吧？唔，你是不是想到什麼好像很好玩又不太好玩的事？」

「你在懷疑什麼？你才更可疑多了。再說，這事跟我完全無關，所以不好玩也不好笑啊。只是你那兩個坐在那兩邊的奴僕……」

「這些傢伙是愛哭鬼的無能之輩，讓他們哭去吧。誰叫他叫哭山呢？反而教人想把他弄哭呢。揍下去會哭嗎？」

「我已經哭了啦。」益田說。

「哇哈哈哈哈，真是個哭山。這裡要是

再來上一隻狼，就可以上演狼號鬼哭了。眞可惜吶。眞想聽聽狼號鬼哭吶。咦？」

此時榎木津也蹙起了眉毛。

「喂，京極。」

偵探凝視著中禪寺的頭頂一帶。

「果然吶。」中禪寺說，「我就在想會不會是吶。你認得，是吧？確定沒錯嗎？」

「我怎麼可能弄錯。」榎木津不可一世地說，「沒錯是沒錯，可是我不懂意思。我也不想聽你說明，不過那好玩嗎？」

「有人說不好玩。」

中禪寺說著，交互看著我和益田。

「眞麻煩吶……」中禪寺撫摩下巴。

「總覺得不合我的品味。」

「這不是品味的問題吧？」益田說。

唔，我也這麼覺得。

中禪寺懶散萬分地「唔唔」呻吟，心不甘情不願地轉向榎木津。

「如何，榎兄？你還要……大鬧一場嗎？」

「呵呵呵。」

榎木津笑了。

不安。眞令人不安。

「嗄……如果這次能夠請到厲害一些的大人物出馬，那就更是如虎添翼了吶。這樣也行嗎？」

「哼。」榎木津在鼻子上面擠出皺紋。

「我才不要跟**那玩意兒**說話。你自個兒談得攏的話，不關我的事。」

「這樣。」中禪寺抱起雙臂，「那……嗄，既然益田哭個沒完，本島也一副快哭出來的樣子……」

現在的我看起來快哭了嗎？不，說老實話，我眞的很想哭。

「眞是的，這個年關，到底要給我惹出多少麻煩才甘心……不過就當成**追儺式的預**

演好了。」

倦怠地這麼說的中禪寺也……

看著我笑了。

6

無法釋然。

這種狀況，不管誰說什麼，我都無法接受。怎麼樣都無法釋然。就算明白這是爲了在火苗燒到自己屁股之前先滅火才做的事，我還是百般不情願。

壞蛋一伙——在我心中，偵探與壞蛋已經變成同義語了——的動作迅捷無比。一如既往，沒有任何綿密的商量，即使如此，榎木津和中禪寺卻在默默之中策畫好了什麼，我們奴僕完全掌握不到整體的樣貌，就這樣被團團轉地要來要去——不，中禪寺也就算了，我實在不認爲榎木津明白狀況。他那感覺分明是「好像很好玩，我也要參一腳。」

那個名偵探應該完全沒有自己是始作俑者的自覺，也絲毫沒有要救助困窘的奴僕的意思吧。然而榎木津卻用一副好似看透了一切的**堅毅傲慢態度**命令我們。

我一頭霧水。

根本不可能明白。

所以我茫無頭緒，但事實似乎是：狀況不容再繼續拖拖拉拉下去了。

要是慢吞吞的，可能一個酷似我的男子就要戴著近藤的鴨舌帽，一手拿著仿造槍，不知爲何抱著招貓，在某處引發強盜未遂事件了，那麼一來——在各方面——就太遲了。遲了的話，遭殃的好像會是我，而且和上次不一樣，聽說這次我會被逮捕，都被說到這個地步了，我也不能不幫忙。

雖然是不能不幫。

可是至少也告訴我一下作戰內容吧。

儘管莫名其妙，但益田被吩咐去查出羽田隆三的行程，而我則被命令火速回收贓物，送到待古庵去。

確實，要是東西被毫不知情的近藤給賣到附近的舊貨攤去，一切心血全都白費了。我那雖然有整頓能力，卻缺乏整理能力的朋友，總是會把到手的東西全部收起來。

雖然會收起來，但不會丟掉也不會賣掉。這是近藤的一般做法，不過這次卻不能保證也是如此。

因爲他對那些東西沒有感情。那不是他的東西，這也是當然的。

所以或許他會把東西丟了。

不，丟了還好，萬一賣了……大概可以賣到高價。而如果近藤因此變得口袋鐺啷鐺啷，我們就成了不折不扣的竊盜集團了。

要是那樣就慘了。這點事連我都想得到，所以我火速衝了回去。

我一邊跑，一邊感到空虛。

十二月，在師走（註）奔跑的是老師。

而我是膽小的凡人。

爲什麼凡人的我要奔跑？而且甚至還向公司請假。

汗流浹背不停工作，才是小市民的本分。而玩到不小心忘了工作，也是愚民的天性吧。

然而我……雖然汗流浹背，卻不是在工作，話雖如此，卻也不是忘了工作耽溺於玩樂。我的情況，只是忙亂得全身出汗而已。包括冷汗。

到底是怎麼搞的？

翻過堤防，彎進小巷，進入濕氣重的低地。眼前是古老的和洋折衷的文化住宅……

我慌忙開門一看，近藤大熊坐在像是整理了一半的一團亂房間正中央，穿著綿袍，頭上綁著手巾，正在畫連環畫《機關偵探帖》的底稿。

「怎麼，本島，有何貴幹？」熊發出舊時代的招呼問，我朝他的手上一看……他竟然把那個疑似裝著高級香爐的箱子拿來當文鎮用。

我沒有半句說明，當場把它拿起來，打開蓋子出示內容物問，「這是你的嗎？」

近藤露出碩大健康的牙齒答道，「你終於腦袋燒壞了嗎？本島？」

「腦袋是沒壞，倒是我覺得人生失敗了。總之你看仔細，這個香爐不是你的吧？」

「是在下的東西啊。它就在舍下嘛。」

「在你家的東西不一定就是你的東西啦。怎麼樣？這東西看起來昂貴得要命耶。」

眞的是個豪華而精緻的工藝品。

「這絕對不可能是你的。你根本沒見過它吧？對了，那把長刀哪去了？」

「長刀？噢，你說拿來當《旅烏鴉假面江湖客》的參考資料的竹刀嗎？」

「不要畫那種古怪的連環畫啦，所以才會一下子就被腰斬。嗳，管它是什麼資料都好，快點拿出來。」

「不就拿出來了嗎？」近藤拿起擱在暖爐矮桌旁邊的刀子，一把抽出來。

「笨笨笨笨蛋不要砍啦！」

「竹刀怎麼砍得了東西？」

「你看仔細！不覺得重嗎？不是閃閃發光嗎？」

「嗯？這麼說來，的確沉甸甸的吶。」

近藤說，把臉湊近刀子，但才湊到一半，刀身竟冷不防從刀柄脫落了。

「嗚哇！」熊吼道，「這、這是眞傢

註：師走原本是日本陰曆十二月的別名，現在也指新曆十二月。意思是年底時候，連平日端坐誦經的師僧也會忙得四處奔走。

伙！本島，怎麼會這樣？本島，你看看這個，刀柄都被刀身的重量壓得裂開了！只差一點在下就要血肉橫飛了！」

「所以我不就說了嗎？別人的話你也聽進去一些吧，近藤。還有……喏，那個手鏡跟毘沙門天。」

「你怎麼會知道毘沙門天！」熊又吼道。

「眞的有嗎？」

「該說是有嗎……它就祭祀在那兒。」

「祭祀？」

近藤指著天花板角落。

他的手指前方設了一個又小又骯髒的神龕。

平常根本不會意識到那裡有那種東西。

「祂是突然顯靈的。」

「什麼？」

神龕裡站著一尊神像。

「我以爲是神佛顯聖，吃驚不已呢。」

「笨、笨蛋，你信的是其他宗派吧？這種狀況懷疑一下好不好？還神佛顯聖，那根本是不可能的事好嗎？」

「這是神佛混合（註）啊。我以爲是祥瑞之兆呢。」

「完全相反，那是凶兆。好了，近藤，我沒時間跟你詳細解釋，就算解釋了你應該也不會相信，我也懶得解釋，不過如果你繼續留著這些東西，我平靜而卑微的人生馬上就要宣告終結了。你那醜陋的人生或許也會跟著再見。等在未來的，只有挾帶著驚濤駭浪的悲慘活地獄。如果你今後還想走在陽光底下，就把它交給我。」

「本島。」近藤解下頭巾，「閣下最近是不是個性變了？」

「個性……？什麼啦？」

「我一直以爲你是個更遜的傢伙。低調

不起眼凡庸無可無不可不燒香也不放屁……」

「囉嗦啦，不行嗎？」

「不是不行，可是突然闖進別人家裡，叉著兩條腿連珠炮似地滔滔不絕，這一點都不像閣下。而且你的口氣也有點像古裝劇。」

「口氣是像你的啦。其他的……」

——不想說。

雖然我覺得不可能，可是難道我眞的被影響了？

「別、別囉嗦那麼多了啦，如果你還想要幸福的明天，就聽我的話，把它交給我。求你啦。」

結果我這人到最後還是只能懇求。高壓的態度怎麼樣就是不合性子吧。我懇求哀求再跪求，拿到了四樣贓物，再次跑了起來。

我一邊跑，這次怕起來了。

因爲這一切都是眞的。

說這話感覺好像會被罵「事到如今還說這什麼話」，但光聽別人說明，全都不關己事，聽到的內容只能是故事。

故事總是飄浮在距離現實有些遙遠的地方。

處在漩渦之中，就看不見故事了。

平常的話……體驗會變成記憶，記憶以談話的形式重現，然後現實才會變成故事。然而這次卻是反過來了。我先聽到了故事，然後現在才體認到那竟是現實。

我手中抱的四樣物品就是證據。

刀子鏡子香爐與毘沙門天，它們把中禪寺述說的虛假而荒誕無稽的天馬行空之事，變換成不動如山的現實了。

一個叫羽田某人的、我見也沒見過的大

註：指日本固有神明與佛教信仰折衷融合的現象。這裡因爲佛教的毘沙門天像出現在祭祀神道教神明的神龕上，故近藤如此說。

人物設下的荒唐圈套，看來是眞的了。

每一個贓物都很難拿。用破布層層包裹的刀子重得要命，一想到那是凶器，我就提心吊膽。其他的東西也都貴重得嚇人。

萬一掉了還是弄壞了，我想沒一樣是我賠得起的。

而且，

今天的我，顯然是個可疑人物。

舉止可疑、拿的東西可疑，最糟糕的是，我疑神疑鬼起來了。要是移動途中被警察給看見，絕對會被叫住。萬一遭到盤問，一切都完了。

沒有配線工會抱著刀子四處亂跑的。

不，沒有執照就持有刀械，光是這樣好像就會吃上官司了。所以如果被警察叫住，我絕對會被捕吧。會被逮捕。被捕就曝光了。別說是曝光了，我身上的東西全是人家報案失竊的物品啊。

這樣一來，我就成了個貨眞價實的竊盜犯了。

比起緊張，我更是僵住了。

心裡焦急著快點快點，身體卻僵硬極了，而且動作還偷偷摸摸鬼鬼祟祟。活脫就是個罪犯。

直到這個時候，我才總算了解到益田想要遮住臉的理由。

會遮住臉，不光是爲了僞裝身分，欺騙世人。遮住臉這個行爲，也具有消滅個體的效果。有的世界，是湮滅自我、變成無人知曉之物，才能夠獲得的。

然後……看到待古庵的窗戶透出來的燈光時，那種安心眞是難以名狀。

被吩咐過來這裡，我毫不懷疑，只是深信著一路奔走，但沒有保證店會是開著的。如果店關著，我就眞的走投無路了。我只能抱著一堆贓物，如同字面所述地流落街頭。

隨著走近今川的店，這樣的不安徐徐膨脹……支配了我。

所以玻璃門打開，看到古物商那張宛如面具的個性派面孔時，我眞是放下了心中一塊大石。

我「呼」地一聲，幾乎要把肺擠乾地深深喘了一口氣。

今川看到我，以完全無異於平素的語氣說了聲，「辛苦你了。」

我把東西全部交到他那粗短的手指中，總算從奇妙的僵硬解放了。我「嗯」地伸展手腳，還伸了個懶腰，喝著今川泡給我的熱粗茶，總算覺得活過來了。

總之，我眞是飽嚐了當竊賊的滋味。

當時……我以爲事情這樣就結束了。

至少贓物離開我手中了。已經沒有任何把竊盜案跟我連結在一起的要素了。接下來即使如同中禪寺所說的發生了強盜案件，招貓跟手槍都是近藤的東西。雖然對近藤不好意思，但那是他運氣不好，不是我害的。即使益田遭到逮捕，也拖累不到我身上吧。

我這麼盤算。

然而，

下一個指令已經下來了。

說是叫我買來和近藤家失竊的鴨舌帽同款同色的帽子，還有豪德寺的招貓，並盡快把這兩樣東西送到今川這裡。

的確，買來不見的東西，這一點我可以理解。遭到調查時，這可以用來推說不知情。可是那樣的話，應該把東西交給近藤才對，爲什麼非拿給今川不可，這一點教人費解。

雖然費解，但就算問今川也不會有結果，那麼也只有答應下來了。

可是……貓我記得是五十圓還好，但我沒買過鴨舌帽，不曉得要多少錢，而且我的荷包總是扁得可憐。

我這麼說，今川便借給我一千圓。

一頭霧水的我握著那一千圓，折回高田馬場，胡亂向近藤說明狀況，詢問他包括購買地點在內的鴨舌帽細節。不出所料，不見的鴨舌帽好像是從舊衣鋪廉價購得的。照他說的來看，想要買到完全一樣的東西，感覺是不可能的事。但那好像也不是什麼特殊的款式，我自作主張而且隨便地決定找個類似品代替。

回到家一看，已經超過十點了。這天我幾乎什麼也沒吃，奔波了一整天。我睡得像死了一樣，然後條件反射性地醒來，腦袋空空地前往淀橋的公司。

這是習慣。

我裝出工作的樣子，無爲地賴到午休時間，吃午餐的時候順便到公司附近的舊衣鋪去買了類似的帽子，然後再假裝工作到下班時間，回程的時候繞到豪德寺去，在大門前買了招貓。

我就這樣直接去了今川的店，把找錢和兩樣東西交給他，然後感到完全解脫了。

這次我眞的沒關係了。

不管誰怎麼說，都跟我無關。

我這麼想，是星期二的事，然後事情發生在又過了兩天的晚上，所以大概是星期四。我下班回家，正在煮味噌湯的時候，態敲了我家的門。敲門聲很粗魯，用不著應門，我也立刻就知道是在誰敲門了。

近藤手裡拿著報紙。

「你看到了嗎？」

「看到什麼？」

「這個。」近藤出示報紙。

報紙被揉得皺巴巴的，根本看不出寫了什麼。

「我說啊，我沒訂報紙這種高級品，在公司也不讀報。我再怎麼閒也不想看報。因爲不管世上發生什麼事，對我平凡過頭的人生都不會有任何影響。就算知道也是白費。對我來說，事件指的只是我身邊發生的一些無聊事啊。」

「別再戴什麼凡人的假面具了，本島。」

「假、假面具？近藤，你這話是什麼意思？」

近藤把那張滿是鬍鬚的大臉用力湊向我。

我在極近的距離看到那張臉孔，打從心底覺得應該收回熊這個比喻。那張臉連熊看了都要嚇跑。鬍子臉說了：

「你做了什麼？那伙人究竟有什麼陰謀？」

「那、那伙人？」

「那伙人就是那伙人，偵探一伙。本島，你自個兒看個仔細！就算你騙得了世上的愚民，也瞞不過我近藤大爺的眼睛！看，這張照片拍到的不就是你嗎？這不是我的鴨舌帽嗎？你上次不是死纏爛打地向我打聽那頂鴨舌帽嗎？花紋怎樣形狀怎樣的，你去買了一樣的帽子，是吧？」

「咦？」

報導篇幅並不大，但附了照片。

一個頭戴鴨舌帽，矇著臉的男子叉著腿站著，朝著攝影機亮出什麼東西——好像是這樣一張照片。

「這到底是啥啊？」

「少裝蒜了，這是怪盜招貓人。」

「啥？」

「可不許跟我說不曉得。你上次不是才跟我說了一堆有的沒的嗎？雖然完全不得要領，可是語氣跟平常完全不同。你差不多該拿下你那張普通人代表似的假面具了。我都看穿了，看透了。」

「我、我……」

我眞的是個普通人。

「喂，我再說一次，你上次不是鉅細靡遺地向我打聽被偷的鴨舌帽是在哪裡買的、形狀如何質料是什麼花紋怎樣嗎？那是爲了什麼？就是爲了這個吧！」

「我、我不曉得……」

眞的不曉得。或者說……

「這、這就是敵人爲了陷害我而設下的圈套啊！上次，對了，昨天晚上我不是跟你說過嗎？所、所以我才……」

「可是你昨晚跟我說強盜案會未遂以終，現場會遺落招貓，不是嗎？然後我還是你會遭到懷疑。可是這個，你看看，這不是未遂呀。是連續吶。」

「連、連續？」

怪盜招貓人大鬧銀座……

是這樣的標題。仔細一看，地上倒著好幾個疑似人的物體。雖然不是拍得很清楚，不過好像是被打垮的警察。

是一場大亂鬥後，打倒所有警察的怪盜，得意洋洋地向趕到現場的記者亮出招貓的景象……吧。

簡直胡鬧。

「這、這不是我。」

絕對不是我。我向天地神明發誓，絕對不是。

「怎麼，眞的不是啊？」近藤遺憾萬分地說。

「這還用說嗎？近藤，爲什麼我非幹出這種事嘛？你啊，不是應該打小就最了解我這個人了嗎？我打起架來比誰都要弱，而且賽跑也跑不快啊。我怎麼可能打得倒警察？」

「就是說吶。」近藤抱起粗壯的臂膀，「不，噯……吾輩也覺得不是，只是你最近的樣子實在有點不對勁，所以我也才懷疑起來。哦，我是想說如果這眞的是你，我從今以後就要對你刮目相看了，什麼嘛，原來你還是個凡庸之輩啊。」

「你說那是什麼話？我永遠都是凡庸的，我一輩子都走在凡庸的大道上啦。不好意思啊。那，這案子是怎麼回事？」

「好像是怪盜招貓人前天潛入青山的古董店，偷走了一樣値錢的物品……」

「青山的古董店？」

那難道是……

「怪盜逃走的時候被店老闆發現，老闆急忙報警，怪盜擊垮火速趕到的衆警察，擺出架式後逃走了，而昨天怪盜又從銀座的畫廊偷走了不曉得哪個名家的畫，和趕到的警官隊一陣廝殺，一一閃過接連攻擊上來的警棒捕繩，還反過來抓一個扔一個……」

聽說有八名警察負傷──近藤說。

「還說受傷的警察要十天到一個月才能康復。」

是……榎木津。

會做出那麼過分的事，絕對是榎木津。

不，這是只有榎木津才做得來的事吧。照近藤說的聽來，怪盜不是擺脫追上來的警官隊追蹤而逃亡。從第一起案件開始，就是把警察打得落花流水，所以是發生戰鬥了吧。

從照片上看來，怪盜是從容自得。能夠大白天的在銀座以八名警察爲對手，一對八地上演全武行並輕鬆獲勝，那也只有榎木津了吧。榎木津打起架來，不是開玩笑地強。他一瘋起來，根本無人能夠招架。

「然後呢，聽說這個怪盜每一鬧事，就會亮出招貓，叫著『喵咪』什麼的。眞是太亂七八糟了。」

已經……

沒有懷疑的餘地了。

是榎木津。

絕對是榎木津。

光是身手高強，還有可能是別人；但再加上荒唐胡搞這樣的條件，就只剩下榎木津了。我想不到其他人。無法想像還能有別人。

──什麼喵咪。

可是，

就算是這樣，他究竟在打什麼算盤？

一開始說的青山的古董店，唔，應該是待古庵，所以這應該是套好的鬧劇無疑。可是銀座的畫廊什麼？如果相信報導所言，他大概眞的偷了畫。

完全無法理解。

如果眞的偷了東西，不管有什麼理由，那就是犯罪。是不折不扣的小偷了。

就算手下遭到陷害，蒙上了竊盜嫌疑，但雇主眞的下海當小偷又能怎麼樣？

因爲不爽被冤枉，乾脆趁機轉行變成眞正的竊盜團嗎？就算是這樣，我覺得怪盜招貓人這名號也未免太不倫不類了。

不管怎麼樣，**喵咪**太多餘了。絕對多餘。不管有什麼樣的計畫還是漫無計畫，只有**喵咪**絕對是多餘的。

還是自暴自棄，想要把我也給牽扯進去？

就算把我牽扯進去又能如何？

我懇切並強硬地說「總之跟我無關，把它忘個一乾二淨吧。」把近藤給趕了回去。

然而，

到了隔天，星期五的下午，一道電話鈴聲又在我風平浪靜平凡平穩平板平坦的人生製造出裂痕。

那個時候，我難得正在看報。

因爲我多少還是會感到在意。

報紙說，怪盜招貓人昨天好像也出現在池袋，從茶道具店偷走了一個已經付清款項的昂貴茶碗。如果完全相信報導內容，店裡的人作證說，怪盜是從正門入口堂而皇之地走進去，舉起招貓，發出怪聲恫嚇，趁著店員混亂退縮的時候，**就這樣把東西偷走了**。

如此大膽而且荒唐的小偷，找遍古今東西，是絕無僅有。

不應該有。

而且他不是強盜，是怪盜。的確是古怪到了極點。那果然絕對是榎木津。

我想像戴著我從舊衣鋪隨便買來的鴨舌帽，高舉招貓的榎木津拿著茶碗哈哈大笑的場面，覺得萎靡到了極點，就在這個時候……

電話響了。

雖然不景氣，這裡畢竟是公司，有電話響一點都不奇怪。可是事務員花田接起電話，表情變得就像熬了一整晚沒睡的警衛般轉向我，我便大概察覺了。

我察覺，心情愈來愈黯淡。

不會有人打電話來找我這種凡夫。不可能有什麼十萬火急之事非要打到公司找我不可。我想就連家人危篤還是過世也不會有電話打來。因爲我老家根本沒電話，我也沒有半個朋友家裡有電話。

然後……

不出所料。

我接起話筒，裡面傳來益田龍一疲倦已極的聲音。益田似乎極度倦怠。他叫我明天下午一點之前，一定要到目黑來。

他說是榎木津的命令。

我果敢地提出抗議。爲什麼我非得聽從他的命令不可？我沒道理要讓一個偵探——不，讓一個小偷來指使。

我再也不去榎木津那裡了。

我如此堅定再堅定地下定決心——不，重新下定決心，度過這個年尾。這次的決心至少要比上次的決心堅定太多了。它可沒脆弱到才隔一天就會瓦解。這可是堅硬到媲美鑽石的決心。

所以我拒絕了，毅然決然地拒絕了。

我拒絕，於是益田說了，

——討厭啦，本島。

——**為了**本島你，

——連那麼招搖的事都做了呢。

——這次你也助我一臂之力嘛。

什麼叫**為了**我？

難道他想說怪盜招貓人是**為了**我而搶劫的嗎？就算說得那麼賣人情，我也完全聽不懂，也不想懂。

爲什麼。爲了什麼。爲什麼是我。怎麼可能。沒那種道理。無法理解。我絕對不去。誰要去。我再也不唯唯諾諾、任人擺布了——儘管我這麼想。

「這是什麼鬼樣子啊！」

我無法釋然。

這種狀況，不管誰說什麼，我都無法接受。怎麼樣都無法釋然。就算明白這是爲了在火苗燒到自己屁股之前先滅火才做的事，我還是百般不情願。

「噯，這也是沒辦法的事。」中禪寺說，「像我，明明毫無關係，卻也像這樣大老遠跑來目黑了嘛。不過我馬上就要回去了。」

「中、中禪寺先生要回去了嗎？」

「當然啦，這還用說嗎？我在這次事件中的任務已經結束了。我已經全部說明清楚了，而且狀況也完全就像我說的啊。」

「是這樣沒錯……呃，那個招貓人……」

怪盜招貓人昨天好像從麻布的乾貨店偷走了一條上好的鰹魚，一邊嘲弄追捕的警察，一邊往惠比壽的方向逃走了。

「眞是太招搖了吶。」中禪寺也目瞪口呆地說，「噯，鬧得那麼誇張，事到如今，**你的冒牌貨也無從登場**了。就算出現也沒有意義。因爲不管做什麼，都會被當成是招貓人幹的，若非如此，就是被當成模仿犯吧。弄個不好，還會連招貓人的罪行都一塊兒背上。」

「啊……」

所以……益田才會說是爲了我嗎？

「好遠吶。」中禪寺埋怨說，「比起目黑站，中目黑站是不是還比較近些？益田做事也眞是隨便。嗳，把它當成散步好了……你看，目黑區遭到的空襲損害比較少，所以有很多古老的建築物，對吧？」

「那、那不重要，重要的是我、我的這身樣子。中禪寺先生，這算什麼打扮？」

厚夾克加及膝燈籠褲、綁腿、膠底鞋。還有手巾。我怎麼會可悲到去做這種打扮？

「不曉得。」中禪寺裝傻，「好像是益田去了榎木津說派不上用場的服裝出租店辛辛苦苦幫你湊了一整套租來的。嗳，既然你都詐稱是偵探助手了，這點程度的變裝，也得至少忍耐一下。啊，彎過那裡就到寺院後面了，今川在那裡等我們……」

中禪寺加快腳步，走到小巷轉角，說著「啊啊，在那裡。」揮起手來。

今川慢吞吞地現身。

「讓你久等了。辛苦了……好大吶。」

「哦，每一樣都裝箱了，所以體積變大了。沉重東西不多，所以我想扛起來沒有看上去那麼沉……」

「那是什麼？」

今川揹著一個有如行商老太婆揹的巨大包袱。而且還是花俏的唐草花紋包袱。

「你揹上去。」中禪寺威壓地說。

「我、我來揹嗎？爲什麼？」

「這裡就只有你了啊。而且今川不也說了嗎？包袱沒有外表看上去那麼重。」

「我不是問那個，我……」

看來不接受任何質問。糊里糊塗之中，我被迫揹起了巨大的唐草花紋包袱。

「重嗎？」

「咦？呃，唔，是沒那麼重啦，不過很有壓迫感呢。怎麼說，重心抓不太穩。不，我是說……」

「我怕滑下去，所以包得很緊。」

「跑得動嗎？」中禪寺一臉嚇人地問我。

「跑？這個樣子跑？」

「不，這種情況……應該說準備開跑吧，今川？」

「倒不如跌倒更好。」

「跌倒？」

「我說本島啊，這場戰略行動是建立在非常精密的時程上。幾秒鐘的誤差都會決定生死。就是這麼細密的計畫。我記得是……」

「下午三點整實行。」今川說。

「實行什麼！我不要啦！」

「還有五分鐘左右吶。」中禪寺說。他根本不聽我說話，古書肆只是盯著懷表看。

「呃……」

「好了，快準備。」

「像這樣對吧？」今川拿手巾裹住了我的頭。

「不，得先**塗**才行。喏，要在鼻子底下打結嘛。」

「哦，是的。」

今川從口袋裡取出鞋油，抹到掌心。

「幹幹、幹什麼！」

「本島別動。要是沾到衣服上，就得買下來了。不過叫益田賠就得了。」

「是、是不能沾到衣服上，可、可是沾到我的臉也……」

我無法抵抗。看來我的嘴巴跟眼睛周圍都被塗上了鞋油，還被罩上手巾，蒙住了頭臉。

而且手巾不是綁在下巴，而是在鼻孔下

面打結。有點呼吸困難。我甚至被交代戴上手套，我幾乎都要忘了我是誰、是什麼人了。

這是什麼鬼模樣？

古書肆與古物商退到離我稍遠的地方站住，細細地端詳我的模樣。中禪寺狀似感動地沉吟了一聲，「這幾乎可以說是完美了吧？」

「是萬眾期望的模樣。」

「最好就是這個樣子呢。」

「什、什麼跟什麼？」

「聽好了，本島，不要想些無聊的問題，快點過來這裡。看好，就是這條路。你站在這裡看看。旁邊有一道長長的圍牆，對吧？」

是一道設有防盜尖鉤、頗為高大的圍牆。

好像是一棟相當宏偉的宅第。

「那一帶。喏，看得到後門吧？後門也很氣派……你呢，要沿著這道圍牆，偷偷摸摸地走到那裡。這樣就行了。」

「什麼這樣就行了……」

「你什麼都不必知道，也不用做什麼。你只要小心再小心地走過去就行了。聽到了嗎？小心翼翼地走。今川剛才不負責任地說什麼最好跌倒，可是聽好了，本島……」

中禪寺露出再恐怖也不過的表情瞪著我。

「……絕對不許跌倒。」

「絕對……嗎？」

「沒錯，絕對。」

中禪寺頭也不點，更凶狠地瞪我。

「沿著圍牆，慢慢地、小心地走，絕對不能跌倒。而且你必須在……呃，我看看，必須剛好花兩分鐘走到那裡。走到那道門那裡。看仔細，就是那道門。那裡就是終點。聽兩分鐘整之後，你必須人在那道門前才行。聽到了沒？兩分鐘整。很簡單吧？你在心裡一、

二、三地計算秒數吧。來，看著這秒鐘。」

中禪寺把懷表吊在我面前。

秒針在動。

兩點五十七分五十七秒。五十八秒。五十九秒。

「好了，去吧。」中禪寺推我的肩膀。

我被這樣一推，失去平衡，踉蹌著往前踏出了一步。爲了平衡第一步的蹣跚，我大步重整姿勢，反作用力使得我小跑步前進了好幾步。

不，不能用跑的。既然都交代不許跌倒了，或許包袱裡面裝著易碎品。

而且中禪寺說要沿著圍牆走。

也就是說……我必須盡量靠著圍牆走才行嗎？我這麼想，往圍牆靠去，包袱卻磨擦到牆壁。我暗叫糟糕，想要遠離，又差點跌倒。腳絆在一塊兒。不妙。重新站穩。不行。

我絕對不能跌倒。

——經過幾秒了？

我得在兩分鐘整走到那裡才行。

我的注意力全在腳下，完全忘了計時。

現在已經過了幾秒了？感覺好像已經過了一分鐘。照這個樣子，絕對來不及……感覺會來不及。

不，等一下，結果我又對中禪寺唯命是從了。總覺得那樣也教人不服氣。

我像這樣想著無關的事，覺得時間好像更不夠用了。

這樣不行，會來不及，冷汗直淌，明明很冷的。

我四下掃視了一下。

加快腳步。

他說的門是那裡嗎？

這樣就行了嗎？

就在我回望背後的時候……

「賊呀！有賊呀！」

「咦?」

大叫響徹整條馬路。一個女人從反方向的轉角探出頭來。還有許多人三三兩兩跑過來的聲息。聲音……是從圍牆裡面來的。我。現在是幾分?門呢?

在喊著賊呀賊的是……

「咦?咦?」

賊、賊說的……

——是我嗎?

根本……用不著想。

不管是打扮、動作,一切的一切,我徹頭徹尾毫無疑問……

就是個賊,古典而典型的賊。

唐草花紋的包袱。用鞋油抹得黑黑的臉。膠底鞋。再加上蒙頭巾。我。

——我這不就是個不折不扣到簡直滑稽的賊嗎?

我回頭。中禪寺跟今川都不見了,剛才大叫的大概就是他們兩個。開什麼玩笑。有人飛快地衝了上來。我再次回頭。有個女人一臉很嚇人,已經來到我旁邊了。

「啊、啊……」

我別過臉去。轉得太猛,差點跌倒,別過去的臉正面就是後門。那道門打開來,伸出好幾條漆黑的手。我沒有跌倒,身體停住了。不,不是的。我的身體被許多黑衣男子給抓住了。

「啊、呃、對不起!」

我道什麼歉啊我……或者說,這是什麼狀況?

我連同包袱一起被拖進門裡面了。熊腰虎背長相猙獰的黑衣人大約有五、六個人以上吧。而且還有狗。不是哈巴狗或土佐犬。是一頭看起來又大又強壯的西洋犬。狗……

果然有狗。換句話說,這棟巨大的宅

第……

「這個混帳，你偷了什麼！」

包袱被用力拉扯，我跌了個四腳朝天。

穿著西式服裝的時髦女子──益田說她是瑪琳．黛德麗──關上門扉，堵在門口。

已經無處可逃了。

狀況糟到了極點。

我被揪起衣襟，包袱被扯下來。

「你從哪裡進來的，偷了什麼！」女子逼問說，「究竟是從哪裡溜進來的？」

我又沒進去。

「你、你們到底是在看哪裡，沒用的東西！」

「呃，哦，我們在各自的崗位……」

「我不想聽藉口。你們應該知道老爺今天要過來吧？竟然給我出這種紕漏……」

「大、大姊，這傢伙……好像溜進了保管庫呢。可惡的東西。」

「保管庫？不可能！騙人！」

「呃，可是這些桐箱，全都是應該在保管庫裡的東西啊。上面烙著家紋……還貼著管理用的名牌……」

「開什麼玩笑！」女人尖叫說，「還、還愣在那裡幹什麼，快點去檢查門鎖！然後趕快把這些東西放回保管庫。你們以為現在幾點了。老爺就要到了。要是被老爺知道這件事，你們全都要遭殃！連、連我也……」

「咚、咚」。有人敲門。

女人──鯨岡，不，還是菊岡？──名字我不清楚，不過她確實是個時下流行的八頭身美女──瞬間噤聲，向一名黑衣人使眼色。

接著她努努下巴，催促剩下的人收拾物品。

兩個人抱著我帶來的東西──包袱裡頭裝的似乎是大大小小的桐箱──往建築物跑去。被使眼色的一個人微微打開門扉。

一隻手從門縫裡伸了進來。

手裡拿著一本黑色的手冊。

我好像看過，

或者說，那似乎是非常討人厭的東西……

「打擾到你們，先說聲抱歉，我們是警察。」

我聽到這樣的聲音。

所謂警察，是取締犯罪，也就是主要是逮捕小偷之類的所謂警察吧。

而我，

是現在正背負不法入侵及竊盜嫌疑，被好幾個人押倒在地上，一身十個人看到十個人會說是的典型而傳統的小偷扮相的——男子。

這發展已經不是糟糕透頂，根本是絕望了。

從這些人的口氣聽來，我在不知不覺間被迫揹上的東西，應該是事先從這戶羽田邸的保管庫裡偷出來的東西吧。我不曉得是怎麼偷出來的，不過偷的八成是那個荒唐得要死的……

「怪盜招貓人？」

女人上前去，這麼說道。

「是的，我是麻布署的調查員。」

「麻布？那弄錯轄區了吧。這裡是目黑署的轄區吧？」

「我們明白。」刑警說，「其實呢，我們追蹤昨天發生在麻布署轄區內的竊盜案的歹徒——俗稱怪盜招貓人的傢伙——來到這附近，卻在這後面的寺院一帶追丟了人，我們四處搜索……結果突然聽到有人喊賊。」

兩名黑衣人按住的門扉被用力推開，半張嚴肅的臉探了進來。

一名黑衣人放開我，過去一起壓門。

「怎麼，那裡的那個傢伙是小偷嗎？喂喂，讓我們進去啊。」

「不、不行不行。就算是警察，也不能隨便闖進民宅吧。這裡可是羽田製鐵顧問羽田隆三先生的別墅呢。」

「管你羽田還是稻田，讓我進去！」刑警用不像刑警的口氣說。

我覺得……這聲音似曾相識。

門被用力頂開了，「喂，給我等一下！」黑衣人大聲說。

「才不等哩。罪犯就在眼前，人家叫等你就等，這還算哪門子警察？還是怎樣？這戶人家有什麼見不得人的隱情，不能放警察進去是嗎？那樣的話，更不能等了。我可是背負著櫻花紋章（註）在執行任務的吶。」

「管你是誰，都不能隨便進來！」

「哪裡是隨便了？」刑警說，「我不就像這樣跟你們徵求同意了嗎？我不曉得這是在幹嘛，可是要打我可不會落下風。這附近還有六名制服警察跟兩名便衣刑警，我一吹哨子，人馬上就會趕到了。要我們強行突破嗎，啊？」

女子——我想起她叫做菊岡範子——使眼色命令黑衣人開門，站到我旁邊。我聞到香水的味道。

門一打開。

我看見站在那裡的是，

木場修太郎。

我凡庸的腦袋混亂了。

不，這或許代表我這顆平凡的腦袋總算開始有了一點活動。因為聽到喊賊的聲音，一直到看到木場的臉之前，我這凡人的愚鈍頭腦完全是停止思考狀態。

木場就像他報上的身分，是東京警視廳麻布署的刑警。

可是這名凶悍的男子並非普通的刑警。

木場……

是榎木津的同伴——訂正，是榎木津一

伙的。

那麼，這也是什麼圈套嗎？

不……

怪盜招貓人昨天好像真的出現在麻布，然後往惠比壽方向逃跑了。從方向來看，他會潛伏在目黑也不奇怪。

是不奇怪，可是……

「喂，這小偷是什麼人？這年頭連連環畫都不會出現這種十足賊樣的賊了吶，喂。那麼，這傢伙偷了什麼？」

「什、什麼都……」

「什麼都？」木場把那張正方形的臉湊向菊岡範子，「妳是說這傢伙**啥都沒偷**？」

「嗯，呃……」

「那是怎樣？這呆瓜只是偷溜進來而已嗎？未遂嗎？就算是這樣，也是非法入侵。那我得用侵入家宅罪把你拘捕。」

「不、不是的……」

「那是怎樣？」木場吼道。

四名黑衣人在菊岡範子左右兩排站開。

「你們那是什麼態度？還是怎樣？難道你們抓住一個只是在路上閒晃的傢伙，硬把人家誣賴成賊嗎？啊？」

「呃、那是……」

菊岡支吾其詞，望向手表。

原本一臉高高在上的女子變了臉色。

沒時間了。

——羽田隆三要來了嗎？

「因、因爲他在屋子周圍徘徊，還有，他的模樣實在是太可疑了，所以警備人員叫住他，結果……對，結果他竟然拔腿就跑。這個家裡面保管著非常多的貴重物品，戒備也非

註：櫻花紋章爲警徽的俗稱，也稱旭日章等，圖案設計象徵朝日四射。除警察以外，也有許多日本政府機關採用爲標誌。

常森嚴，所以，呃……」

「唔，這傢伙的確是可疑得一目瞭然吶。這簡直就像在身上掛個名牌，昭告世人說我就是個賊嘛。臉也一片烏漆麻黑，喂，你這簡直就是在叫人抓你嘛。這要不是賊，這臭傢伙胡鬧也該有個限度。可是啊……如果他什麼也沒偷，那不就好了嗎？這笨蛋就交給我吧。」

「不，這……」

「你們沒有拘留別人的權利啊。」

「是這樣沒錯，可是……」

菊岡再次含糊其詞的時候，去收拾東西的兩個人從建築物那裡回來了。

「大姐，事情古怪了。這傢伙拿的東西，整理編號是亂七八糟呢。東西我們是先收進保管庫了……」

「什麼？你們說這傢伙拿的東西是指什麼？這傢伙帶著什麼東西嗎？」

「沒有。」

「那把他交給我。」

「這……」

「眞可疑吶。要是他偷了什麼，何必這樣包庇他？就算東西拿回來了，竊盜就是竊盜吧？還是怎樣？你們自己也有什麼虧心事怕別人知道嗎？」

「不、沒有那種事，請、請警察先生回去吧。這、這位先生……」

菊岡惡狠狠地瞪我。

那眼神怨毒極了。

「……呃，對，這位先生是無辜的，卻被底下的小伙子抓進來，呃，我想要好好向他賠禮一番，再請他回去……」

「混帳東西，我說啊，就算他啥都沒做，這種垃圾也沒必要向他道歉。誰叫他一副可疑的打扮，鬼鬼祟祟，光是這樣就已經是犯罪了吧？這種混帳，警察就該取締。把他交過來！」

「不行……」

就在菊岡擋到木場和我中間的時候。

我看到有什麼人從圍牆上面倏地站了起來。

「這、這次又是什麼了！」

菊岡範子歇斯底里地大叫，惡狠狠地跺著那雙修長苗條的腳。

嵌著防盜尖鉤的圍牆上……

沒錯，帶來混沌黑暗的最糟糕的神明，一如往例，光怪陸離地降臨了。

「哇哈哈哈哈哈哈哈，喵咪駕到！」

怪盜招貓人——或者說，知道的人一看，任誰都看得出那根本就是榎木津禮二郎其人——那個不曉得是怪盜還是偵探的古怪東西，發出一如往常的大笑，俯視下界的眾人。

防盜尖鉤一點作用也沒有。

木場露出一臉凶相，蹙起眉毛，鼻子擠出一堆凶暴的皺紋，悄聲唾罵「那個白痴」。小眼睛都倒吊起來了。

「眾位！」榎木津大叫，「這群竊賊！你們的壞勾當，全都看在我的眼裡了！這麼說的我也是個怪盜，但我可不做你們那種偷偷摸摸的小人勾當，蠢傢伙們！不甘心的話，就過來這裡！」

——完了。全完了。

這下子一切都毀了——聽見那道聲音，我如此覺悟。

榎木津是破壞神。無論善惡、有罪無罪，不幸在場的我們，一定全都會被徹底粉碎，不留原型。

榎木津輕巧地從圍牆跳下來，騎到一名黑衣人身上。

從左右飛撲上來的黑衣人一眨眼就被打飛了。

榎木津極其愉快地高聲大叫：

「喂！那邊那個四角臉的骰子人！接下來要進行的不是犯罪，是神明嬉遊的宗教活動，不識趣無能又無禮的警察就閉嘴觀摩吧！」

木場把手按到臉上，接著屈身對我說：

「你也夠呆的了，不會想法子制一制那蠢材啊。」

就算跟我說，我也無能爲力。

「眞沒辦法……」木場呢喃，一臉厭倦萬分地站起來，把臉探出大門外。他是在確定有沒有其他警察吧。這種場面要是有人闖進來，木場的立場就尷尬了。木場打開門一看，益田站在那裡。

益田一臉泫然欲泣地瞥了我一眼，接著聳起肩膀，往榎木津跑去。

他的手中……

是那個茶箱……

我聽見好幾道模糊的慘叫。

一直軟著腿的我總算回過神來，一陣猶豫之後，躲到木場背後。我是這種打扮，所以看起來大概非常像個毛賊吧。

我隔著木場的肩膀窺看……大宅第的庭院一眨眼就變成了異樣的情景。

原本應該是優雅的庭園景觀，變成了一片地獄圖。

這不是比喻。

身穿黑衣的好幾隻鬼奔逃掙扎，遭到榎木津的**懲治**。唔，這如果是眞正的地獄，或許應該是鬼在懲治人才對，但這裡是鬼專用的地獄。

不，他們是眞正的鬼。

定睛一瞧……黑衣人都被戴上了茶箱中的那些玩具鬼面。

我不曉得是什麼時候戴上去的，榎木津把紙糊面具貼到那群黑衣人臉上，而且還加以凌虐，樂在其中。

「哈哈哈哈哈，內側塗了膠，可沒那麼簡單就可以拿下來啊，蠢蛋們！你們這些傢伙就該這樣！」

好殘忍。比鬼更恐怖。

鬼被踹上背後，往前仆倒。

鬼被踢上肚子，翻了個筋斗。

鬼被毆打，鬼被過肩摔。

鬼在奔逃。

鬼在哭泣。

完全就是……欺負鬼大會。

菊岡範子似乎無法認識狀況，倉皇亂跑了一陣，沒多久她似乎想起木場，扯開嗓子發出近乎尖叫的聲音：

「刑警先生，你想想辦法啊！這、這是犯罪！快、快點制止那個瘋子！」

「是啊。要是制止他就會住手，我是會制止啦。喂，喂，叫你啊！喂，聽話啊！禮二郎！你那是暴行傷害罪吶！住手！」

「你這個方燈頭胡扯些什麼？這才不是什麼暴行。這是舞蹈啊，舞蹈。這可是來歷正統的宗教舞蹈呢，蠢蛋。哇哈哈哈哈哈，你連這都不曉得嗎？可是太弱了，不好玩！」

只是在發洩情緒罷了。黑衣人吃了一記迴旋踢，面具粉碎了。

「就是你吧！這個假老公！」

狠狠踏上去。

那就是自稱鯨岡的男子嗎？

「你們才是正牌毛賊吶！」榎木津說，把三個人打垮在地上。

然後……

鬼全滅了。

雖然呈現一片阿鼻地獄的慘狀，不過以時間來看，好像只有短短一兩分鐘。

益田用比我更偷偷摸摸的動作湊過來旁邊，向我遞出手帕。

「臉，擦一下比較好吧。」

「咦？」

這麼說來，我的臉是黑的。雖然我自個兒沒看到。

「重、重要的是，這到底是要怎麼收場？」

益田甩著瀏海說，「我不曉得。」

此時……

「這……這是怎麼回事？究竟是在搞什麼鬼？菊岡！菊岡人呢？庭院怎麼搞得一團亂！」

粗俗的關西腔。

是老人。

一頭出色的銀髮、埋沒在皺紋中的銳眼，還有鷹鉤鼻。老人穿著染有家紋的和式禮服，節骨分明的手中握著有裝飾的手杖。個子雖小，看起來卻十分龐大。

這就叫做……大人物風範嗎？老人背後有四名一身看似高級西裝打扮的魁梧男子一字排開。

益田一看到老人，悄聲「嗄」地一叫，躲到木場身後的我的更後面，深深重新戴好鴨舌帽。老人認得他吧。菊岡一副螺絲全散了的模樣，用一種僵硬莫名、宛如發條人偶的動作驚慌地回過身。

「啊。老、老爺，這是……」

「還這是！混帳東西，這是在搞什麼？蠢貨，我是在問妳，這一場糊塗的狀況是怎麼回事？這些傢伙怎麼會戴什麼鬼面具？重點是，那邊那個到底是……」

此時，榎木津把手裡拎住後頸的黑衣人惡狠狠地砸到地上，倏地挺起身來，與老人對峙。

他的視線筆直盯住了老人。

榎木津扯下身上的外套。

「你……難不成是……」

老人緊緊握住了手杖。

「榎木津家的……小毛頭嗎？」

「我不是小毛頭，是偵探！」榎木津說，挺起胸膛。

「這樣，鼎鼎大名的偵探，是嗎？原來如此，看來你的確是個名過其實的阿呆吶。我和你有過不少過節，但這還是頭一遭見面吶。我是羽田隆三。伊豆那件事，似乎承蒙你照顧不少……話說回來，你這玩笑是不是過頭了點？」

老人身後的魁梧男子們擺出架勢。

「哼。」榎木津嗤之以鼻，「玩笑開過頭的是你才對吧。」

「什麼？」

「注、注意你的口氣！」菊岡慌忙斥責。「你、你以爲這這這位老爺是什麼人！」

「貪得無厭臭老頭。」

「嗄！」菊岡也尖叫起來。

老人──羽田隆三露齒笑了。

「眞是個愛耍嘴皮子的小子。嗯，我中意你。那麼，你這趟來是爲了哪樁？在老子的庭院欺負老子的傭人，是要叫老子做啥？這究竟算哪門子禮數？」

「這是日本的傳統活動。」

榎木津說道，再一次踢飛腳下的黑衣人。

「這群壞蛋好像邀我的奴僕玩些好玩的遊戲，我爲了答謝，正在陪他們玩耍。」

「那遊戲好玩嗎？」

「無聊斃了。這些傢伙好像素行太差，弱得要命。我一點都玩不爽快。毛賊畢竟只是毛賊，打起來咬起來半點勁都沒有！」

榎木津把好不容易撐起上半身想爬起來的男子又踹回原地。

「原來如此，全被你看透了，是吧。失敗了吶，菊岡。」老人把鷹鉤鼻轉向菊岡，「妳還是不適合這種工作吧。就是貪心不足，自不量力，才會落得這種下場。妳該滿足於夜晚的報酬就好了。那麼……怎麼，我猜八成是那個棘手的舊書商在背地裡牽的線，是吧？」

「哼，在關東，會牽線的只有納豆。那種傢伙老早就回去啦。他是天下第一薄情男嘛。和他相比，我眞是好心得可怕呢。」

就是吧，你們？——榎木津指著我們說。

「什麼好心，榎木津先生，你是個大阿呆。上次你那樣撒潑放刁，對事態也沒有任何幫助。沒有意義啊。的確，你或許身手不凡，揍了我底下的小伙子或許就能氣消了，可是啊，你那兒的手下啊，可沒辦法免去牢獄之災吶。我也不想要這種幼稚的手段……」

不過我會繼續作對，直到搞垮你爲止——老人說。

我覺得這句話眞是幼稚到了天邊。

「你好像也搞了什麼怪盜招貓人的小手段，不過……我看看，就是你吧？」

老人拿手杖指住我。不，是指住我背後的益田。

「我記得你是偵探助手，叫益田，是吧？你絕對會被打進大牢，做好心理準備吧。」

「怎麼這樣……」

益田緊緊抓住我。他眞的是個膽小鬼。

「如何啊，榎木津？」老人威嚇說。

「那眞是太教人高興了！」榎木津格外大聲地叫道。

「什、什麼高興，你……難道眞是個傻瓜？」

「我不是傻瓜，是偵探，要我說幾次你才會懂？因爲高興，所以我才說高興，這樣罷了啊。這種臭毛賊，管他變成怎樣都不關我的事。他愈哭我愈高興！就算他死了，我甚至不會掉半滴眼淚！」

「別逞強啦，榎木津先生。你可以直接去向警察探聽探聽，事情可大條了吶。弄清楚了沒？」

羽田隆三用埋沒在皺紋裡的眼睛瞪住偵探。

榎木津用那雙宛如水晶的大瞳孔反瞪回去。

「我說各位啊……」木場出示手冊裡的警徽，「我就是你們說的警察。」

老人瞬間板起臉來：

「刑……刑警怎麼會在這兒？喂，菊岡！」

「那、那是……」

「跟那個大姊無關啦，老先生。就算問我怎麼會在這兒，我也無從答起。總之我就是在這兒啦。我說啊，這個笨偵探就別管了，我非常清楚他是個無可救藥的笨蛋。還有那個簡直變態的小子就算被抓，也是造福社會。重點是……」

木場揪起我的手。

「你看看這個小偷。他怎麼看都是個小偷吧？這傢伙好像溜進了你家裝寶貝的倉庫吶。」

我被拖到前面去。

大人物老人品評似地直打量著小人物代表的我，最後發出一種不屑一顧的「呸」聲：

「聽你胡扯。這種東西怎麼可能溜得進老子的倉庫。我這兒啊，自從上回遭過小偷以後，戒備就森嚴得很吶。派了六個人負責警衛……」

可是那六個人都攤在地上了。

老人在眉間擠出深深的皺紋，短促地嘆了一口氣。

「嗳，我這兒的倉庫，鎖非常牢固，是特別訂做的。任誰都進不去。」

「哦，或許就像你說的吧，可是有點不太對頭呢。你的部下們態度也很可疑。總之先別管這群蠢蛋了，讓我看看你這兒的倉庫吧。」

「爲、爲什麼？」

「沒聽見嗎？叫你讓我看倉庫。你不相信警察嗎？」木場舉起手冊。

「就算是警察，我也不能相信。你別以爲你的頂頭老闆是日之丸（註）就囂張。支撐著那個日之丸的也是老子啊。你以爲老子一年繳多少稅？」

「何必激動成那樣啊？」木場說，「放心吧，我沒搜索票，所以沒有強制力。我完全是路過的罷了。可是啊，我也不能就這麼視而不見吶。」

「什麼意思？」老人向菊岡詢問狀況。

女人支吾其詞。羽田隆三說著「這女的怎麼這麼不得要領。」臉色愈來愈沉。

「我摸不清楚這是什麼狀況。爲啥我非得讓警察看保管庫不可？我不曉得菊岡說了什麼，但我們沒有任何損失。告訴你，小偷就是那邊那個榎木津的手下啊。」

益田哭道，「我是冤枉的！」

「什麼冤枉？這臭小子。你不就到處搜刮一通嗎？啊？你溜進刀劍鋪園藝店偷了東西，不是嗎？對吧？也到我這兒來闖空門了，不是嗎？我說刑警先生啊，溜進我這兒偷東西的，不是那邊那個白痴似的小偷，而是這個小子。這小子偷了我家代代流傳的家寶面具。我也已經報案了。怎麼樣？你把贓物藏哪去了？」

「我、我是清白的……！」

「嗄，很簡單，查一下就知道了。」木場說，打開門扉，上半身探出馬路，大大地招手。

很快地，幾名警官和一個疑似便衣刑警

的削瘦男子現身了。

另一名削瘦的刑警看見圍牆中的狀況，似乎大吃一驚。

這也難怪吧。好幾個魁梧的男子戴著鬼面具癱倒在地上，怪盜兼偵探與財界大人物兩相對峙，還有一個狀似毛賊的可疑傢伙哭個不住，一個典型的小偷驚恐戰慄。

「武兄，這……」

削瘦的刑警似乎啞然失聲。可是木場怎麼會叫**武兄**？

「噯，說來話長……也不長吧。就算短也沒法說明啊。笨蛋白痴亂闖進來，狀況一下子變得亂七八糟。總之，如果你沒做虧心事，就讓我們看看倉庫裡面。」

「哼。」

小個子的羽田隆三不曉得是不是想要維持威嚴，勉強拱起肩膀，瞪住木場宛若巨人的胴體。

「我說警察啊，我俯仰無愧。聽好了，警察，我不曉得你們是在胡亂猜疑些什麼，但先前目黑署的傢伙也來過，勘驗過現場了。就是我報案失竊的時候。是吧，菊岡？」

「咦？呃，是這樣……沒錯，可是……」

「警方已經勘驗過了。全看過了。你們是別的轄區的人吧？這樣插手別人地盤的閒事好嗎？如果你們說好，我完全無所謂。相反的，要是什麼都沒查到，你們要把這裡的這些小子全部給我逮捕。這伙人是小偷，是竊盜集團。那個榎木津甚至是暴行傷害罪的現行犯，不是嗎？聽見了沒？」

木場以那雙小眼睛看了榎木津一眼，接著狂傲地笑了：

註：指日本國旗。

「好啊，要是可以逮捕這個混帳偵探，那才叫大快人心。要是我有手槍，還眞想當場把他給斃了吶。沒先申請攜槍出來辦案，眞是教我後悔莫及。」

上！——木場簡短地命令。

削瘦的刑警領頭，警官隊跟了上去。

在老人的指示下，菊岡膽戰心驚、渾身僵硬、搖搖晃晃地跟上去。

榎木津看著無關的方向。益田一臉疲倦地看著警察的動向。至於我，究竟發生了什麼事，我完全無法整理，也絲毫無法聯結。我只能頂著一張小偷臉，靜觀其變。

完全……

不凡庸。

內在一點都沒有改變，我是我，就是我本人無疑，但任誰來看，現在的我大概都是個小偷，而在這個荒唐的場面中，比起凡庸的配線工，小偷要更適合多了……

隔了五分鐘左右，一個年輕制服警察一臉奇妙地捧著桐箱回來了。五官有些鬆垮的削瘦刑警瞥了羽田隆三一眼後，在木場面前露出極爲困窘的表情。

「該怎麼辦才好？」

「怎麼啦坂野？找到什麼了嗎？」

「不，唔，這下有點麻煩了。或許該連絡一下本廳比較好。這裡畢竟是目黑的轄區嘛。」

「到底是怎麼啦？」羽田發出蛙叫般的聲音。

「沒怎麼了，羽田先生，或許你地位非凡，可是自家倉庫起出大量贓物的話，應該也會有點麻煩吧？」

「贓、贓物？什麼叫贓物？」

「眞傷腦筋吶。」削瘦的刑警嘆息似地說，「羽田先生，我們是一路追蹤昨天乾貨店失竊的鰹魚來到這裡的。有個綽號胡鬧的怪盜偷了鰹魚。可是呢，你看這個。這……是鰹魚吧？」

削瘦的刑警打開桐箱蓋。箱裡收著一整條鰹魚。

「這是啥！」

「就是鰹魚啊。不只是這個。前天茶道具店失竊的古唐津茶碗，大前天畫廊失竊的東雲大師的畫，還有先前古董店失竊的物品，全都在府上倉庫裡。不，還不只這些，之前失竊的刀、佛像、手鏡和香爐也都……」

「你、你說什麼？」羽田叫囂得更大聲了，「你、你們在鬼扯些什麼夢話？怎、怎麼可能有那種東西？那全是……」

「喏，署裡頭也有接到通知吧？就是那個一品偷的贓物啊。而那些刀、佛像、手鏡和香爐，卻都收在烙有府上家紋的桐箱裡頭吶。」

「胡扯、胡說八道！」老人頂撞刑警說，「那種東西怎麼會在我家！哪可能有！不可能有！刀和香爐，我這兒多的是，可是那全都是我的。贓物全部……」

「應該在別處，是嗎？」榎木津別著臉，嘲笑似地說。

「我、我不曉得，我不曉得，可是總之不應該會在這裡……」

「這您也不認得嗎？」削瘦的刑警打開一個小桐箱，「這……怎麼看都是報案失竊的毘沙門天像，對吧，木場兄？還有這把仿造刀，上頭的銘刻吻合描述。」刑警說。

木場望進細長的木箱。

警官隊接連把東西搬出庭院。

菊岡一臉慘白，隨時都會昏倒似地看著那些東西。

——那些東西。

會不會是我**剛才扛在背上的東西**？那樣的話，中禪寺跟今川竟然……

讓我揹著塞給近藤的贓物和怪盜招貓人偷來的東西嗎？

然後……

一身理想小偷裝扮的我近乎好笑地輕易被逮住，背上的東西就這樣全部移到倉庫裡面了……是這麼回事嗎？先讓今川回收贓物，是爲了訂做裝那些東西的桐箱吧。爲了僞裝成羽田的收藏品……

可是，

哪有人連鰹魚都裝進去的？

「我們找到這樣的東西！」我聽到這樣的叫聲。

另一個刑警小跑步靠近木場。菊岡眩暈發作似地踉蹌。

「這個東西擺在倉庫入口處的架子上。請檢查。」

「啊啊，那個是……」菊岡說到一半，急忙摀住嘴巴。刑警把一個黑色的包袱遞給木場。

木場解開了包袱。

「這……」

包袱裡頭的東西……

「這不是招貓嗎？怎麼會有這種東西？」

「那跟怪盜招貓人的招貓不是一模一樣嗎？」

不一樣，那大概是近藤的招貓。怪盜舉的毫無疑問是我後來重買的招貓。話雖如此，兩邊都是在豪德寺大門前買來的五十圓招貓。

「招、招、招貓哪裡都在賣吧，有招貓又怎樣？」

「招貓是在賣……但這個怎麼說？」小個子刑警從包袱裡抓出一樣東西。

「哎呀呀，這可不行吶。」削瘦的刑警說。「木場兄，請看，這個……」

「嗯？喂，那不是仿造槍嗎？」

木場從小個子刑警手中接過來的東西，確實是手槍形狀。

那是……

一定是近藤借來的木雕手槍。

木場把玩了兩三下說，「還奇怪怎麼那麼輕，原來是木雕的啊。還有，這不是招貓人的鴨舌帽嗎？」

——什麼招貓人。

怪盜本人不就在那裡嗎？我心想，朝那裡望去，榎木津不知何時竟已摘下了原本應該戴在頭上的鴨舌帽。眞是萬無一失。

「少、少胡扯了，哪可能有這種事。喂，菊岡，這……這到底怎麼搞的？」羽田隆三氣急敗壞說，「把這種東西擺在倉庫，不就……啊。」

「是啊。」木場受不了似地在鼻子上擠出皺紋，「這下子可沒辦法就這麼算了吶。羽田先生，至少得請你過來警署一趟，說明狀況吶。噯，沒辦法逮捕那個笨偵探，教人不甘心……不過這可是犯罪吶。看來眞正的怪盜招貓人就在你這兒。喂！」

羽田隆三的臉一眨眼變得慘白。

「啊、呃、喂！菊岡！這到底是……怎麼會搞成這樣？這……」

埋沒在皺紋裡的眼睛睜得老大。

「榎木津！你小子，竟敢陷害我！」

榎木津咧嘴一笑，說出莫名其妙的話來：

「阿拉斯加帝王蟹。」

老人把手杖往地上一扔：

「混帳！信濃也好，神無月也是，爲什麼我這些手下全是一群蠢材！廢物！居然被這樣一個臭小子整得團團轉！喂，菊岡！」

「噫！」女子發出分不出是慘叫還是嗚咽的叫聲，癱坐下去。

「是哭是叫都沒用，這可是個大問題。

羽田先生，怎麼樣？不好意思，可以跟府上借個電話嗎？我想連絡一下本廳……」

「且慢、且慢！」老人慌了，差點摔倒，背後的男人們扶住他，「這是誤會，絕對有什麼誤會，不，完全是誤會。所以請、請再稍等一會兒……」

「好像是這樣呢，羽田先生。」

一道清亮的聲音響起。

「這、這次又是誰了？」

從主屋現身的人物……是中禪寺。

「有夠慢的。」木場悄聲罵道。

「木場刑警，其實呢，院子裡的眾多物品……似乎已經不再是贓物了。」

中禪寺說道，來到羽田隆三面前。

「喂，什麼意思？」木場緊激動地反問突然現身的和服男子。

「哦，你可以向負責的部署確認，竊案通報應該在剛才全部撤銷了。噯，看來一切……都以誤會一場的形式收場了。」

「誤會？」

「當然，那是騙人的。」古書肆說，「事實上呢……是**以相當高的金額**向遭竊的地點**買下**了那些贓物。」

「買下？」木場發出莫名尖銳的啞聲說，「那種東西誰會買？或者說，爲什麼要買？」

「噢……其實呢，怪盜招貓人偷走的東西，全都是已經出售的貨品。買下那些貨品的全是同一個人，那個人儘管東西被偷了，卻仍然依著契約，付錢給遭竊的商家。這樣一來，商家就不會有任何怨言了。還有，對招貓人之前的竊盜事件——刀劍鋪和園藝店還有茶道具店，都支付了超過贓物的金額，和解了這件事。」

交易成立了——中禪寺說。

「你的意思是，有人買下了贓物嗎？」

「也不算是買，唔，算是一種協商吧。雖然我覺得竊盜案沒什麼協商可談……但金錢的力量不容小覷呢。」

「喂，你幹嘛那樣做？你是在包庇竊賊嗎？這太荒謬了。」

「不不不，這當然是……爲了**賣人情**給這位羽田隆三先生啊。」中禪寺壓低了聲音說。

「賣、賣我人情？」

羽田隆三因爲扔掉了手杖，手不曉得該往哪擺吧，他抓住自己的外套袖子，回看中禪寺。

「你、你說賣我人情……是什麼意思？」

「是的，羽田隆三先生，就是賣你人情。這不是當然的嗎？你好歹也是羽田製鐵的會長兼董事顧問，居然與連續竊盜案、而且是闖空門案件有關係，這樣的醜聞……當然會想要避免吧？無論……你與這些案子究竟是什麼關係，都是一樣的。」

中禪寺恐嚇似地說：

「不管有什麼樣的理由、什麼樣的動機，是親自偷竊還是派人下手，這都不值得稱讚吶。這……是什麼誤會，對吧？」

中禪寺以更充滿迫力的聲音說：

「我說的不對嗎，羽田先生？」

「沒、沒錯。這是……是誤會。」

「我就這麼想嘛。而這些東西，是那邊那位先生剛才購入的物品，他請你暫時爲他**保管**一下，嗳……就是這麼回事，對吧？」

就是這樣吧？——中禪寺強調說。

「這……你是說……」

「買下遭竊的商品，施恩於你的……就是那位先生。」

幾乎所有的人都轉向中禪寺指示的方向——主屋。那裡……

寂然佇立著一名上了年紀的男子。男子身材十分偉岸。由於姿勢挺拔，看上去更是氣勢不凡。

他穿著上等的三件式西裝，拄著一把看起來又長又牢固的手杖，戴著玳瑁圓框的優雅眼鏡，一頭黑髮全往後梳攏。

瓜子臉的左右是一雙大大的耳朵，額頭正中央有顆大圓痣。是個氣質出眾，看起來極溫良的紳士。

「那位先生……就是榎木津幹麿前子爵。」中禪寺這麼說。

「榎、榎木津、子……」

羽田隆三的呻吟，被偵探粗魯的叫聲給蓋過了，「是我家笨老爸！」

換句話說。

那就是……榎木津的父親嗎？

應該就是吧。就連木場都呆然張口，僵在原地，益田也是。

榎木津前子爵揮著手杖，快步走到羽田前面，說道：

「午安。」

接著他瞥了旁邊的桐箱一眼，轉向中禪寺問：

「是哪個？」

榎木津斜著眼睛瞄了父親一眼，厭煩地說，「蠢，反應有夠蠢。」

中禪寺從堆在地上的箱中取出格外古老的一只，說「是這個。」遞了出去。前子爵接下箱子，高興地說：

「啊啊，眞的。」

「那、那是詛咒的……」

裝著詛咒面具的箱子。我還沒全部說完，羽田隆三便吼道：

「那是我家的傳家寶面具！喂，只、只有那個面具，不管誰說什麼，都是我的東西！那是羽田家代代相傳的……」

「那個面具不是被偷了嗎？」木場恫嚇說，「不是向警方報案失竊，還勘驗過了嗎？喂，它怎麼會在這裡？你說啊！」

木場罵道，羽田隆三吼了回去：

「囉、囉嗦啦！不曉得怎樣，東西全回來了啦。不是說這位先生買下了嗎？那不就好了嗎？管你要賣人情還是啥，老子買了就是。可是啊，其他東西我不管，但那個面具我可不記得我賣給了誰。那可是我家代代相傳的家寶……」

「這話就錯了。」中禪寺說。

「哪、哪裡錯了？」

「真傷腦筋吶。喏，羽田先生，請你看仔細，箱蓋上面寫著什麼？」

中禪寺傾斜箱子，讓眾人都看得到。

「嗯？」

眾人皆望過去。

上面寫著不祥的文字……

「不、不一樣……」

我忍不住脫口而出。

「沒錯，不一樣，本島。你看到的箱子，上面寫著什麼？」

「是……是禍字嗎？」

「是啊。喏，這裡。羽田先生，請仔細看。這個箱子上面寫著什麼？」

「呃……翁……？」

「沒錯。這個箱子上面寫著翁字。其實呢，這是三四天前……這位榎木津前子爵家**不見**的東西。」

「也是被偷的嗎？」木場叫道。

然而榎木津前子爵沒有回答，只是維持柔和的表情，臉頰擠出皺紋微笑。接著他這麼說了：

「是**離家出走**了。」

「離、離家出走？」

木場張著嘴巴看榎木津。我也看榎木

津。

榎木津說，「看吧，蠢。」

「什、什麼？」

羽田隆三不曉得是不是混亂了，他抓著銀髮，接著叫道：

「那種東西怎麼會在我家？混淆視聽！就、就像那邊那個小偷說的，我家的家寶箱子上面寫的是禍字。」

「是這個嗎？」中禪寺說，從箱山裡挑出大小、材質、設計都與剛才的箱子分毫不差的古老桐箱。

他出示箱蓋。

——禍。

是詛咒面具。

「就是那個，是那邊那個，那才是我羽田家代代相傳、具有國寶級價值的面具。」

「那也是騙人的。」中禪寺斬釘截鐵得恐怖。

「什、什麼騙人的？哪可能是騙人的？」

「是騙人的啊。這兩個面具呢，原本都是前公家（註）榎木津家的古面具。不可能只有其中一個是羽田家的。這……是榎木津家的東西。」

「什、什麼！膽敢那樣胡說八道，我可饒不了你！」羽田隆三怒罵中禪寺說，「放、放任你說，居然在那裡滿口瞎話，你說啥？那個面具是榎木津家的東西？到底要怎樣搞才會變成那樣？啊？你有證據嗎？有證據就拿出來啊？你說啊？」

「根本就沒放別人說嘛你。」榎木津說。

中禪寺吃不消地「哎」了一聲，聳了聳肩：

「我說啊，羽田先生，請你仔細看看這個，好嗎？」

中禪寺再次拿起寫著翁字的箱子。

「這個，這不是你的東西吧？」

「就說不是了啊！那上面不是寫著翁嗎？」

「沒錯，是翁。可是裡頭裝的……」

中禪寺打開箱蓋，幾乎同時，榎木津發出奇矯的聲音大叫，「是鬼呀，鬼！」

寫著翁的箱子中……裝著一個形狀古怪非常的異相面具。

「沒錯，它雖然沒有角，不過就像那裡的偵探說的，這是鬼。是追儺式等儀式中佩戴的面具，也就是鬼面具。聽好了，羽田先生，接下來是重點。你宣稱是家寶的面具，是這個面具，對吧？」

中禪寺拿起禍的箱子。

「這上面寫著禍字。可是……如你所知，箱裡……」

中禪寺揭開蓋子。

是年代不明的詛咒面具。

「這看起來不像鬼吧？」

沒錯，那是尉面——翁面。

「這究竟是怎麼回事呢，前子爵？」中禪寺問道。

「那當然是放錯嘍。」榎木津前子爵笑也不笑地答道。

「你你你、你說什麼？」羽田隆三叫道。

「就是放錯了嘛。」

「嗄，**放錯的本人**都這麼說了，這就是眞相吧。這個面具，是幾個面具一組，爲榎木津家代代相傳的物品。羽田先生，不管你如何主張，唯獨這一點，是毫無疑義的事實。對吧，前子爵？」

註：公家相對於武士的武家而言，指過去任職於朝廷的朝臣。

紳士悠然點頭。

羽田隆三……

完全僵掉了。

「眞遺憾呢。」中禪寺說，「或許你以爲運氣好，得到了一個國寶級的逸品……不過就是這麼回事啊，羽田先生。這不能拿來當家寶啊。啊啊，對了，本島，我也順道解除你的詛咒好了。」

「我、我的詛咒？」

「沒錯。」中禪寺說，只揚起一邊臉頰笑了，「請問前子爵，關於這個箱子呢，原本四邊都施有封印，用朱字寫下了封，這……究竟是爲了什麼？」

「這個嘛……是因爲蓋子鬆了啊。」前子爵悠然答道。

「鬆、鬆了？」

「看來是呢。那請容我再請教一個問題。箱子的表面……爲什麼寫下了近似詛咒的內容？」

「哦。」前子爵拍手，「這我記得很清楚。那個禍面的箱子，本來就裝著護符嘛，所以我想乾脆在蓋子上也寫下類似的可疑字句，或許小偷看了就會心裡發毛，不敢偷了……」

只……只是這樣而已嗎？

這次輪到我嘴巴合不攏了。

完全被騙了。

不，被詛咒了。

「可是，結果我料錯了呢。難得我特意寫下……結果還是被偷走了嘛。大概二十年前，就只有那個面具被偷了呢。」子爵看起來相當愉快地答道，「哈哈哈」地高雅地笑了。

「什、什麼偷，我可沒……」

「羽田先生，依你的作風來看，我想你應該是砸重金從什麼人手中買來的，但你應該要仔細確認一下出處才對。或者說……我想應該不可能，莫非眞的是你偷來的？你抵擋不過傳說是羽田家祖先秦河勝雕刻的面具這種來歷的誘惑……從榎木津家的倉庫弄來了？」

「不是不是才不是！」應該是大人物的老人像個小人物似地沒命搖頭，「要、要我向天地神明發誓也行，我、我沒有偷！」

「這我明白。」前子爵靜靜地說，朝癱坐在地上的羽田老人伸出手去。

「你、你明白？明白什麼？」

「這些面具呢，似乎從以前就經常**自個兒外出**。怎樣的道理我不清楚，但不可思議的是，它們會彼此吸引，或彼此排斥呢。」

「你說什麼？」

「這個面具原本都收在哪裡呢？」

「擺、擺在京都的本宅裡……」

原來如此……是爲了這次這場無聊的圈套，特地從京都拿過來的吧。

前子爵感動似地，深深地點頭說：

「就是吧，就是吧。相隔太遠，可能就不會反應了吧。哎，這次也是，因爲這裡有這個翁面，這個鬼面才會溜出我家倉庫，大老遠地跑來目黑這兒。」

這麼說來……前子爵一開始就說面具是**離家出走**。可是。

我想那個面具會不見，不是被偷也不是自個兒跑出來，而是寅吉的父親受榎木津所託，從倉庫裡拿出來的，這才是眞相吧。

前子爵向羽田隆三恭敬地行禮，說：

「噯，眞是非常抱歉。我會趁這個機會，把兩個面具**都好好帶回去**，就請你大人大量，多多包涵了，羽田先生。」

「什、什麼兩個都……」

羽田隆三抓著前子爵，本來就要站起來，聞言又腿一軟，一屁股跌坐在地面。染有家紋的和式褲裙變得皺巴巴，頭髮也亂成一團。

登場時的大人物風範早已蕩然無存。

雖然很失禮……但就像益田說的，看起來只是個色老頭子。

「大、大叔，你兩個都要拿走嗎？唔……」羽田擠出聲音來似地說。

中禪寺蹲下身去，盯著那張皺巴巴的臉說：

「眞是賠了夫人又折兵呢。羽田先生，你打算用這個面具，狠狠地惡整一下可恨的榎木津禮二郎，絞盡腦汁計畫了不少策略吧。可是很遺憾，看來是適得其反了呢。」

「什、什麼適得其反……」

「你砸重金設下圈套……結果看來只是在協助這個面具返鄉罷了。以結果來說，你是被面具的靈氣給利用了。」

「什……什麼面具的靈氣！」

「對於老東西，千萬要小心。還有……再奉勸你一句話。」中禪寺說，「今後不要再去惹那個榎木津偵探，才是明哲保身之道。聽好囉，跟那種傢伙扯上關係……」

可是會兩三下就變成傻子的——古書肆說。

換句話說，那個老人……

也跟我一樣。

羽田隆三從鼻孔噴了一團氣，垂頭萎頓下去。然後他轉向在木箱旁邊茫然若失的菊岡，無力地說，「妳被解雇了！被放逐了！」菊岡範子露出彷彿被揍了兩三拳的表情，也不回話，搖搖晃晃地離開了。

榎木津前子爵一臉擔心地看著她那個樣子，結果只說了句，「眞難爲吶。」

接著前子爵吩咐羽田帶來的四名魁梧男子，把堆在庭院的箱子全部搬去停在正門的車子。

沒有一個人忤逆。

前子爵威鎭全場。

刑警和警官們變得不曉得所爲何來了。瘦刑警和小個子刑警頻頻向木場追問問題。他們好像主張說榎木津的外貌酷似怪盜。木場露出再凶狠不過的表情，再三重申，「才不像！一點都不像！」接著轉向榎木津說：

「臭傢伙，你給我記住！」

榎木津下巴邋遢地掛了下來，擺出不可一世的樣子說，「就算你叫我忘記，我也不給你記住，笨蛋！」

「禮二郎，總有一天我一定要斃了你！」

木場丟下一句實在不像是警察該說的恐怖威脅，轉身離開了。兩名刑警和警官隊隨著無賴刑警丟下的唾罵，各自納悶地偏著頭，從後門離開了。

榎木津前子爵好像覺得離去的衆刑警模樣很有趣，一直目送他們直到人影全不見了，然後吟唱似地說，「面具都齊了，眞是可喜可賀啊。」

聽到這句話，羽田隆三可能確信自己徹底失敗了吧。萎靡的老人搖搖晃晃地站起來，向前子爵行了個禮，朝中禪寺與榎木津分別送上憎恨的視線，隨著好像搬完了箱子的四名手下，往主屋離去了。

接著前子爵拍手叫了聲「對了。」向站在遠處的兒子說：

「我決定了。那些鏡子刀子香爐，因爲中禪寺君勸說，所以我才買下了，可是仔細想，我根本用不著嘛。我決定還給物主。還是禮二郎你要？」

榎木津背著父親答道：

「我才不要。不過……欺負鬼用的面具留下來別收吧。我懶得再從倉庫搬出來。」

「噢，噢。」前子爵頻頻點頭，「啊，這麼說來，禮二郎，你先前說什麼壞事接二連三，是吧，果然是要幫朋友消災解厄嗎？」

什麼？

——幫朋友？

是這樣嗎？

我望向榎木津。

欺負鬼活動，不光是爲了欺負我還是關口先生而舉行的嗎？榎木津毫無意義地說了一大串敷衍之詞後，想起來似地說了：

「還有……招貓跟假槍還有髒帽子是那邊那個小偷的朋友熊貓的東西，不要拿走啊。」

然後他微微轉向我說：

「趕快把那些東西拿去還給那個熊貓人吧，你這個本島五十三次。」

我頂著一張小偷臉坦率地說，「我知道了，謝謝。」

只是就算是這樣，

五十三次這個名字，

實在教人無法釋然。

7

「無法釋然嗎？」中禪寺問。

不，老實說的話，事件之後的我，並沒有那麼無法釋然。噯，除了要洗乾淨被鞋油抹得全黑的臉費了我好大一番功夫以外，我沒有受傷，也沒有吃虧，近藤家被偷的招貓和手槍甚至連鴨舌帽都失而復得，我的生活本身與以前毫無二致。

眞的一點變化也沒有。

雖然年關將近，但也沒有任何異於平常的地方，只是街上感覺變得更加忙亂，我也跟著裝出忙碌的樣子罷了。可是。

不知爲何，我的心情變得極爲平靜。

應該也不是有什麼不同，但幾天前那種捉摸不定、分不清是焦躁還是認命的無法釋然的心情，在不知不覺間煙消雲散了。

我的心情非常自然。

工作還是一樣閒，但也不到沒飯吃的地步。我似乎不會被解雇，公司也沒有要倒閉的樣子。

如此這般……我在那場大騷動過了三天的這天，早早結束工作，來到了京極堂。

我一直打算在年底收工之前過來拜訪一次。爲什麼會這麼想，我自己也不太清楚。我想我是想聊聊事件吧。不過我不敢去玫瑰十字偵探社。雖然不是有什麼隔閡，但總覺得有點兒害臊。

「不是的。」我回答。

「那個面具呢，」中禪寺接著說，「是贗品。」

「贗、贗品？什麼意思？」

「那似乎不是今川幻想的那類東西。不是能夠改寫我國演藝面具歷史的東西。」

「那很新嗎？」

「嗯。」中禪寺答。

「果然是室町以後的東西嗎？」

「……或者說，它的製作年代，和放在箱中的護符一樣，是江戶末期。」

「那麼新……？」

不只是差了幾百年，甚至差了一千年以上。

「這表示……今川先生鑑定錯了嗎？」

「嗳，這次是沒辦法。」中禪寺苦笑，「江戶末期不會製作那種樣式的東西，而且以江戶末期的東西而言，也太古色古香了。」

是被騙了——中禪寺說。

「被誰騙？」

「製作那個面具的人。今川被近百年以前的人給輕易騙過了。當然，我也差點就被騙了……」

「哦……」

我不是很懂。

「也就是說，其實是這麼回事。」中禪

寺這次有些快活地笑了，「江戶末期，能面的樣式已經完全確立了。設計也變得十分洗練。具有某程度技術的人，應該都能做出符合樣式的面具，也應該都會這麼做。」

唔，是吧。

「另一方面，製作那個面具的人，面具的作者，擁有相當高超的技術。眞的是爐火純青呢，不論是形象、細節、潤飾，都極爲巧妙。技術水準極高。然而……」

「哦，樣式……」

「一般人不會想到是**故意**把它弄成那樣的嘛。那個面具是**故意**做得看起來古老的。那是參考當時已經完成的能面，**想像比能面更古老的形態**而製作的。在現代……從古代到現代的演藝面具的變遷過程等等已經釐清到某個程度了，也編纂出類似俯瞰通史般的東西來，但當時應該沒有那麼清楚的資料吧。換言之……那個彷彿可能有又不可能有的面具，是江戶末期**捏造出來**的古代面具。」

「原來是這樣啊。」

也就是一開始就製作成古老的樣子。

「沒錯。」中禪寺說，「製作的時候，那個面具就已經施以仿古加工了。作者是**在江戶末期製作出奈良時代以前的面具**。」

我問爲了什麼，中禪寺答道當然是爲了行騙。

「騙誰？眞的是要騙後世的人嗎？」

記得今川說過，相隔一段時間與場所，卻依然能夠發揮效果的情報，就是詛咒。

「不是的。」中禪寺說，笑得更深了，「這世上沒有那麼多瘋狂的惡作劇傢伙，會想要在自己死後騙什麼人吧。製作這個面具的人物，當然是想要唬弄那個時代的什麼人吧。簡而言之……就是贗品。」

「是過、過去的贗品嗎？」

多麼教人目瞪口呆的東西。

「詐稱是秦河勝作，拿去欺騙了什麼人呢。至於是怎麼騙、爲何而騙，這我就不曉得了……」

不管哪個時代，都有這樣的人呢——中禪寺十分愉快地說。外表看上去幾乎沒有變化，但感覺他的心情比平常更好。雖然我會這麼想，或許只是因爲我稍微熟悉中禪寺一點罷了。

「你怎麼知道的？」

「很簡單啊。後來我跟今川兩個一起去了榎木津本家的倉庫，看了全部的面具。面具除了那兩個以外，還有四個，總共是六個，我們一起調查了箱書之類的，竟然附有文書呢。」

「文書嗎？」

「是類似由來書的東西。上面白紙黑字地寫著，此面爲詐術騙局用之贋作，然鬼氣逼人，不遜眞品，値留傳後世云云。」

「哦，也就是說，這些面具是爲了用在詐欺還是不曉得什麼上面，可是因爲做得太好，所以……」

「沒錯，」中禪寺捏起茶點，「丟掉太可惜了。可是也不是眞品。無可奈何，只好送到寺院奉納。那座寺院在明治時期成了廢寺，後來面具流落到榎木津家手中。」

「是……明治時期嗎？」

「就是啊。就算是榎木津家那裡，也不是代代相傳呢。」

中禪寺出聲大笑。

或許他眞的心情很好。

「對了。」中禪寺站起來，「這個交給你吧。」

主人拿起擺在右邊書架中段的東西，像是一只信封。古書肆愉快地把它翻來覆去看了好一會兒，然後遞給我。

果然是信封，不是老東西。

「那傢伙好像不曉得你的住址。都多大年紀了，眞傷腦筋，可是連和寅跟益田都不曉得，實在教人頭痛吶。結果那些傢伙竟然認爲我當然知道。眞教人氣憤。」

「那傢伙？」

是在說榎木津嗎？從說話內容來看，似乎是指榎木津。可是……

──榎木津寫信給我？

會有這種事嗎？不，這種事有可能嗎？

「好像是邀請函呢。」中禪寺說。我戰戰兢兢地接過信封。

「喏，那傢伙不是嚷嚷著要辦追儺嗎？噯，去年夏天到現在，咱們身邊接連發生了許多事件。新年剛過就發生箱根事件，勝浦、伊豆、白樺湖，然後是大磯，每一宗都是慘絕人寰。榎木津那種笨蛋也就算了，他想關口跟你這種人，首先就承受不住吧。」

「我、我也是嗎？」

「所以那笨蛋打算幫你們消災解厄啊。」中禪寺板起臉來搔了搔鼻頭，「如果你不排斥，就爲他露個臉吧。不過即使去了，他也不會坦率地高興，搞不好又會做出什麼瘋癲事來……」

「什麼排斥……我怎麼可能……」

凡人、小人物、小市民、凡庸又存在感稀薄的平凡普通的我，怎麼可能會排斥。

「榎木津他呢，別看他那樣，他也是戴著榎木津這個面具在過活。他看起來什麼面具也沒戴，本人也這麼表現……**但那就是那樣的面具啊**。」

中禪寺站著說道。

那樣的話……果然和我一樣。

我望向信封。是隨手寫下般的潦草字跡。背面寫著榎木津禮二郎。看來似乎是親筆信。正面寫著……

──本島俊夫先生。

我感覺第一次被榎木津親口叫了我的本名。

可是，這本名反而讓我覺得像假名，我說著，「一點都不像他呢。」為了掩飾害臊……大聲笑了。

參考文獻

《鳥山石燕・畫圖百鬼夜行》
高田衛　監修／國書刊行會
《京都民俗誌》井上賴壽／岡書院
《貓的歷史與奇話》平岩米吉／築地書館
《貓的民俗學》大木卓／田　書店
《民間的假面》後藤淑／木耳社
《民間的古面》
後藤淑・萩原秀三郎／芳賀書店
《假名草子集成》
朝倉治彥・深澤秋男編／東京堂出版
《叢書江戶文庫》
高田衛　監修／國書刊行會
《風姿花傳・世阿彌》
野上豐一郎・西尾實　校訂／岩波書店
《日本隨筆大成》／吉川弘文館

解說
妖怪的最小單位——談《百器徒然袋——風》

／邱稚亘

大江健三郎在半自傳性小說《換取的孩子》中有一個極其迷人的場景是這樣的，男主角古義人在童年時期曾經因爲發燒至瀕臨死亡。在那個宛如高熱夢境般朦朧的空間裡，小小的古義人忍不住問了爲看護他已經數天沒睡的母親：「媽，我會不會死掉？」而母親的回答是：「放心，你就是死了，媽還會把你再生一次。」

然而，死去的孩子與重新被生出來的孩子還是同一個人嗎？母親繼續說：「我會把你出生以來看過、聽過、讀過、還有做過的事，一股腦兒說給新的你來聽。而且所有你使用的語言，新的你也都會說，所以兩個小孩是完全一樣的。」

小古義人雖然不大明白是什麼意思，心情卻平靜下來，病情也慢慢好轉。這樣的轉變或許來自於母親的保證，既然母親保證了自己的人生從過去至今的所有一切都可以透過重新出生來進行轉移，那麼，當下這個因爲重病而即將消逝的「自我」也可以完整地保留與延續吧。

雖然兩者的創作意旨相差甚多，但在先前讀到京極堂系列的「百鬼夜行」本傳如《姑獲鳥之夏》、《狂骨之夢》、《塗佛之宴》裡關於自我暗示、催眠與記憶置換的段落，我常常想到這個場景。然後，在接續著閱讀以各式物件的丟失與尋回爲題材的《百器徒然袋》系列時，我又忍不住想起這些。

一個孩子消失，又透過肉體與記憶的嫁接與重建再次復活，就像從日復一日的生活中丟失又尋回的物件。然而在兩段時序銜接的空白地帶，那段被稱為遺失的，不在場的時間裡，他們看見，或是經歷了什麼呢？嚴格來說，這些物品並沒有「遺失」什麼，「遺失」實際上指的是物件失去了原本擁有者的注視這件事。而人的記憶錯置與物品在遺失後的經歷這兩者的相似與相異，似乎便構成了京極夏彥《百器徒然袋》這系列與百鬼夜行本傳之間那樣互為表裡，又遙相呼應的關係。

在百鬼夜行本傳系列裡，作者透過主角中禪寺的口中說出，妖怪的本體其實來自於古代社會裡無法以常識解釋的不安與恐懼，當社會共同體的內部產生難以理解，或是不合理的事件時，妖怪便被當成一種解決手段似的，擁有民俗學意涵的裝置。這意思是說，人們習慣將未知的恐懼加以區隔，排除在日常社會之外，當我們將未知的混沌賦予了妖怪的稱謂與形體，那些不可解的恐懼便成為能夠被理解與轉述的已知事物。而當整個社會共同體透過「妖怪」的創生機制解決人們的蒙昧與不安時，託辭妖異便成了安撫人心，使社會運作回歸正軌的必要機轉。

而這所謂「不安與恐懼」或是「難以理解的事件」的起源，一部分來自於古代的知識領域還無法解釋的自然現象，另一部份則是人們心中幽深黯昧處難以捉摸的妄念。而即使京極堂系列小說中主角們身處的時空環境已經不存在「妖怪」的普遍認知，但當那些從個體內心深處如海底火山般浮起的的扭曲執念顯露於外，成為影響社會的犯罪行為時，我們仍然可以將既存的妖怪型態視為意識運作的複合結構物，來進一步還原犯罪者的動機，甚至預測犯罪者的行為。

換句話說，在社會集體意識以及人心結

構具有歷史發展的連續性與相似性的前提下（如果這個歷史連續性的前提不存在，那麼所有本傳書寫中「透過前代妖怪型態的變化歷程來解釋當代的犯罪獵奇事件」的書寫機關也就無法成立），我們才能夠透過溯源考據和妖怪相關的儀式典故，去逆向進行與此種「妖怪」具有同一內在意識結構的現代犯罪事件的推理與破譯。

也因此在本傳中「正確地認識妖怪」的觀念被如此反覆地強調，既然妖怪的產生是將未知物事導向人爲的重組與賦形，那麼，找到宛如妖怪般混沌龐巨的犯罪妄念的組成因素，加以重新正確地辨認，解釋並拆解，便是唯一能穿透記憶的表象，將妖怪封印並加以祓除的方法了。我們於是一次次地目睹中禪寺在最後一刻華麗地出場（依據中禪寺引述量子力學的「測不準原裡」，旁觀者的過早介入反而會誘使事件產生無可預期的方向改變，或是用中禪寺的話來說，會改變妖怪的外在形貌而使本體隱藏），踏入犯罪者隻手搭構的重力結界，像一個技藝高超的駭客終於找到系統的隱微罅隙那樣地，以精心鋪排的語言爲武器，與犯罪者進行拆解技藝與崩壞世界的對決。

那麼，和本傳裡精心設計，事件與事件之間交錯嵌鎖，壯闊雄辯又鬼氣森森的敘事風格相較，《百器徒然袋》系列卻讓人訝異地跳脫與輕巧。這系列目前包括「雨」與「風」共六個短篇，每個短篇都以浮世繪畫家鳥山石燕《百器徒然袋》畫卷裡的妖怪爲題材，延伸出尋找不同失物的偵探故事。但與本傳稍有不同的是，本傳裡的犯罪推理事件多半與妖怪歷史的典故遞轉有著內在結構的呼應，但在《百器徒然袋》裡的兩造關係並沒有那麼緊密，而更像是小說作者擷取畫作裡的形象元素再加以變化成故事的篇章。我們該如何進一步解釋作者創造這兩個系列的因由與定位呢？

《百器徒然袋》是鳥山石燕生涯最後一系列的妖怪畫作品，畫家在陸續完成了《畫圖百鬼夜行》、《今昔續百鬼》、《今昔百鬼拾遺》等作品後，在《百器徒然袋》裡描繪了更多由生活日用百器「物久成精」演化而來的付喪神靈。如果我們將畫家所有的作品按時序攤開，我們會發現，畫作背景裡人類生活的痕跡與物件的增加趨勢日益明顯。更有趣的是，在這個最後的妖怪畫卷中，凡是在題識中言及「於夢中思於此」的妖怪形象全都來自於畫家自身的創造。我們似乎可以想像這樣的場景：畫家在經歷了長時間妖怪考據與圖繪的工作，進而掌握各種再現妖怪的繪畫語法之後（而那似乎是一個從山巔水湄緩慢向人間移動的過程），某一天忽然將畫筆所凝視的對象，由典籍裡的文字敘述轉向了身邊的使用之物……

或許我們都聽過被發明物，那些被創造用來改善生活的日用物品可以視爲人類肢體的工具性延伸的說法。而關於對身外之物的凝視與再現，哲學家黑格爾在論及十七世紀荷蘭風俗畫派時提出過一個著名的論點—他認爲這些在十七世紀時大量出現的風俗畫中對於生活中各式用品、食物、家具、飾物等津津玩味又不厭其煩地描繪與觀看的需求，其心理基礎來自於當時人們對現實生活的肯定，以及對人類自身能夠征服自然的讚頌。我們必需以觀看的形式反覆確認由自我延伸而出的創造之物，才能肯定現世的價值。

那麼，對於鳥山石燕透過畫筆，將原本依附於人類生活的物品賦予獨立生命，將他們偷換面目改造成妖怪的過程，我們也可以沿用類似的切入角度吧，那樣的創作初衷必定也來自於對身邊物件的把玩不倦與深情凝視。畫家不直接言明這些形象來自於自我的想像，而託借於夢或許也有其道理，由物品化身而成的妖怪畢竟不完全等同於現實存在之物，就如同夢境總是產生於人類的日常活動停止了，那個清醒的自我「不在場」的當下，而成爲一種現實的補充與變形。在此畫家走得更遠一些，或許畫家與小說家同樣想到的是，妖怪的世界其實是一抹與現實具有同樣內在結構的朦朧倒影。

由此我們終於可以了解，京極夏彥在《百器徒然袋》裡選擇以榎木津做爲主角的理由，相對於本傳中以博學強記，典故耙梳與語言邏輯爲代表的古書屋主人兼陰陽師中禪寺秋彥，榎木津最獨特的象徵在於可以看見他人的記憶，只有這個身上貼滿一切讓世俗豔羨的典型標籤，卻又對之不屑一顧的俊美偵探具有直接穿透言語與邏輯的迷障，直視「當物品不在眼前時發生了什麼」，並且進一步找回遺失物品，使其歸返原來面貌的能力。

敘說的言語與凝視的圖像，我想這就是本傳與《百器徒然袋》系列之間彼此呼應又互補的對位關係吧。京極夏彥必定也意識到畫家通過凝視物件並將其重新賦予生命的創造過程，並且也採取了類似的創作手法。《百器徒然袋—風》裡的每個短篇都含有從圖畫原作裡粹取出的形像元素：譬如〈五德貓〉原圖裡那隻後腳蹲踞，兩隻前爪手持竹筒，似乎急於在暖爐裡生火卻不知所爲爲何的貓（於是委託偵探的事主便是一個長期從事家事勞動，眞實身份卻被人隱藏的女僕），〈雲外鏡〉的原圖是一枚飄浮在空中，無映照之物，鏡面卻浮現人臉的鏡子（於是小說裡便出現了具有肉眼難以辨別的凹槽紋路，因而可以憑空投射出地藏王菩薩光暈的古代銅鏡），〈面靈氣〉裡除了那無從判斷來歷眞僞的能面具之外，更把連環畫家近藤的道具收集癖發展成關於物件與遺失的精彩隱喻。當我們面對著滿室雜物，每每疑惑究竟有沒有遺失了什麼或是其中是否憑空多出什麼的時刻，不正是日常生活中最隨手可得的異樣感的來源嗎？

在大江健三郎《換取的孩子》的續篇《憂容童子》裡，有另一個貫串全書的意象是這樣的，童年的古義人在很長的一段時間中，一直認爲自己和另一個叫做「古義」的自己生活在一起，這個「古義」自然是他人看不見的，小古義人並沒有對家人隱瞞這個事實，家人對這樣的童言童語也不以爲奇怪。然而有一天，毫無徵兆地，古義人看見「古義」在自己眼前爬上窗台，從敞開的窗戶走出，最後一步步消失在屋外的茂密森林裡……那是我們每個人都曾經經歷但卻未必意識到的「自己和自己分離」的魔幻時刻，我們一方面焦慮著自我意識的延續是否可能，一方面又不斷地返身檢視自己，我們到底是在漂流的連續時間裡的什麼時刻，丟失了重要的什麼，然後才終於長成現在的樣子？

這個問題如果讓鳥山石燕或是京極夏彥來回答，我們大概會得出「妖怪」這個解答吧，「妖怪」延續了我們有限的自我，又同時是我們往理性的光圈外放逐的那些物事。在最後的最後，讓我們重新回到妖怪的創生命題，如果我們想像這世界上存在著一個類似「妖怪製造機」那樣簡便的機器，只要倒入各式生活中無法定義和難以言說的不安與恐懼便可以創造出各種妖怪的話，那麼最容易獲取，我們甚至可以命名爲「妖怪原料的最小分子」的物事，或許便是來自於當我們長久凝視身邊之物，或是當我們與曾經擁有的遺失之物久別重逢時反而突然升起的異樣陌生感吧。《百器徒然袋》讓我們知道的是，或許那便是所有能被稱爲妖異之物的起點，妖怪創生的瞬間，也是我們朝向包覆自身的，如無形氣流蒸騰成海市蜃樓的未知世界，若即若離又期期伸出的，向虛空投出詢問的手勢。

作者介紹

邱稚亘，一九七七年生於臺北，東吳大學物理系，中央大學藝術學研究所畢業。得過一些文學獎，出版過一本叫《大好時光》的詩集，目前藏身於政府機關，時常在立志要持續閱讀並且做一個對世界有用的人。

國家圖書館出版品預行編目資料

百器徒然袋—風／京極夏彥著／王華懋譯；.–.初版.–.臺北市；
獨步文化：家庭傳媒城邦分公司發行, 民101.12
面；公分.（京極夏彥作品集：19）
譯自：百器徒然袋—風
ISBN 978-986-6043-72-7（平裝）

京極夏彥 作品集19

ひゃっきつれづれぶくろ—かぜ

百器徒然袋—風

原著書名　百器徒然袋—風
原出版社　講談社
作者　京極夏彥 KYOGOKU NATSUHIKO
翻譯　王華懋
責任編輯　張麗嫺
編輯總監　劉麗真
總經理　陳逸瑛
榮譽社長　詹宏志
發行人　涂玉雲
出版　獨步文化
城邦文化事業股份有限公司
104台北市中山區民生東路二段141號5樓
電話：(02) 2500-7696　傳真：(02)2500-1966
發行　英屬蓋曼群島商家庭傳媒股份有限公司城邦分公司
104台北市中山區民生東路二段141號2樓
讀者服務專線：(02)2500-7718；2500-7719
24小時傳真服務：(02)2500-1990；2500-1991
服務時間：週一至週五 上午09:00～12:00 下午13:00～17:00
讀者服務信箱E-mail：service@readingclub.com.tw
劃撥帳號：19863813　戶名：書虫股份有限公司
香港發行所　城邦（香港）出版集團有限公司
新址：香港灣仔駱克道193號東超商業中心1樓
電話：(852) 25086231　傳真：(852) 25789337
E-mail：hkcite@biznetvigator.com
馬新發行所　城邦（馬新）出版集團
Cite(M)Sdn.Bhd.(458372U)
41, JalanRadinAnum, Bandar Baru Sri Petaling,
57000 Kuala Lumpur, Malaysia.
Tel: (603) 90578822　Fax:(603) 90576622
email:cite@cite.com.my
妖怪繪製　張敬恩
封面設計　張敬恩
排版　浩瀚電腦排版股份有限公司
印刷　前進彩藝有限公司
2013（民102）年12月初版
定價480元　ISBN 978-986-6043-72-7

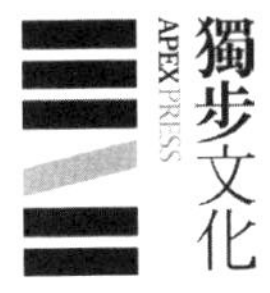

廣　告　回　函
北區郵政管理登記證
台北廣字第000791號
郵資已付，免貼郵票

104台北市民生東路二段 141 號 5 樓

英屬蓋曼群島商家庭傳媒股份有限公司

城邦分公司

獨步文化　　收

請沿此虛線剪下，將活動卡對摺、黏貼後寄回即可

黏貼處

獨步文化 APEX PRESS

== 獨步 2013 集點送 !==
推理御貓 bubu 的獻身
粉絲限定！專屬於推理迷的 bubu 獻禮

10 點 bubu 貓環保筷

15 點 bubu 貓馬克杯

20 點 bubu 貓書衣

你是個超級日本推理迷嗎？每年總是大手筆購買一脫拉庫的獨步好書嗎？那你就是 bubu 貓要獻身的對象啦！獨步自 2012 年始，新書書末皆附有 bubu 貓點數，集點可兌換 bubu 貓的周邊贈品！

【活動辦法】：即日起至 2013 年 12 月 31 日期間，獨步出版新書書末附有「推理御貓 bubu 的獻身」活動卡一張，每卡附贈一枚 bubu 貓點數（見右下角），將點數剪下貼於下方黏貼處，即可依點數兌換 bubu 貓周邊禮品～

◎ 2012 年度所發送的 bubu 貓點數也可參加 2013 年的集點活動哦！
贈品照片及更詳細活動規則請上獨步部落格：http://apexpress.blog66.fc2.com/

【兌獎期間】：即日起至 2014 年 1 月 31 日（郵戳為憑）

【點數黏貼處】

請沿此虛線剪下，將活動卡對摺，黏貼後寄回即可

【聯絡資訊】（煩請以正楷填寫以下資料，以免因字跡辨識困難導致贈品寄送過程延誤）

姓名：＿＿＿＿＿＿　年齡：＿＿＿＿　性別：☐ 男 ☐ 女

電話：＿＿＿＿＿＿　E-mail：＿＿＿＿＿＿

獎品寄送地址：＿＿＿＿＿＿

【個人資料蒐集告知事項】為提供訂購、行銷、客戶管理或其他合於營業登記項目或章程所定業務需要之目的，家庭傳媒集團（即英屬蓋曼群島商家庭傳媒股份有限公司城邦分公司、城邦文化事業股份有限公司、書虫股份有限公司、墨刻出版股份有限公司、城邦原創股份有限公司），於本集團之營運期間及地區內，將以 mail、傳真、電話、簡訊、郵寄或其他公告方式利用您提供之資料（資料類別：C001、C002、C003、C011 等）。利用對象除本集團外，亦可能包括相關服務的協力機構。如您有依個資法第三條或其他需服務之處，得洽詢本公司服務信箱 cite_apexpress@cite.com.tw 請求協助。

☐ **我已詳讀權利義務之相關條款，並同意遵守。**

黏貼處

【注意事項】1. 本活動限臺澎金馬地區讀者參與。 2. 參加者請務必留下有效郵寄地址，若贈品無法投遞，又無法聯絡到本人，恕視同棄權。 3. 本活動卡及 bubu 貓點數影印無效。 4. 獨步文化保留變更活動辦法的權利。

歡迎加入獨步臉書粉絲團　獲得最快最新的出版資訊！bubu 在臉書等你呦～
獨步粉絲團：https://www.facebook.com/APEXPRESS

◀歡迎剪下我